EDITION SF

Herausgegeben von
Klaus-Dietrich Petersen

Science Fiction Anthologie

Band 3: Die Vierziger Jahre I

Herausgegeben von
Hans Joachim Alpers
und Werner Fuchs

EDITION SF

«Hohenheim» Verlag Köln

ISBN 3-8147-0027-9

Lektorat: Klaus-Dietrich Petersen, Hamburg
Titelgrafik: Oliviero Berni, Mailand
Umschlaggestaltung: Hanswerner Klein BDG/BFF, Leverkusen
Satzherstellung: Deutscher Ärzte-Verlag, Köln-Lövenich
Druck und Bindung: Franz Spiegel Buch GmbH, Ulm

Inhalt

Vorbemerkung

Seit 1960 kann der deutsche Leser Science Fiction-Romane und -Kurzgeschichtenbände aus einem ständig anwachsenden Taschenbuch- und Buchangebot auswählen, und insbesondere in den letzten fünf Jahren war ein rapider Zuwachs an Neuerscheinungen zu verzeichnen. Es gibt heute so gut wie keinen wichtigen SF-Roman aus dem „Golden Age" der Science Fiction und der Zeit danach, der nicht in einer deutschen Fassung erhältlich wäre. Etwas anders bestellt ist es auf dem Gebiet der Kurzgeschichte. Da sich im deutschen Sprachraum SF-Magazine schwertaten und Taschenbuch- und Buchanthologien vergleichsweise selten waren, blieben eine Reihe von guten Erzählungen bislang noch unübersetzt. Dennoch gilt auch hier, daß der größte Teil des wichtigsten Kurzgeschichtenmaterials — wenn auch auf eine Vielzahl von Publikationen verteilt — eine Übersetzung ins Deutsche erfahren hat.

Eines allerdings gab es bisher nicht: eine mehrbändige Anthologie mit der Zielsetzung, aus dem Fundus der besten SF-Kurzgeschichten der Welt jene zu einer Sammlung zu vereinigen, die in besonderer Weise zeittypisch, charakteristisch oder für die Entwicklung der Science Fiction von besonderer Bedeutung sind. Dieses Ziel haben wir uns bei der Zusammenstellung der **Science Fiction-Anthologie in 15 Bänden** gesteckt. Das Buch, das Sie jetzt in Händen halten, ist Teil dieses chronologisch angeordneten Werkes. Bitte beachten Sie, daß die einzelnen Bände zwar in sich chronologisch geordnet sind, aber im Erscheinungsmodus nicht zwingend von den Klassikern bis zur Moderne vorstoßen. Insgesamt sind 10 Bände zur angloamerikanischen Science Fiction (je einer zur SF der zwanziger sowie der dreißiger Jahre, je zwei zur SF der vierziger, fünfziger, sechziger und siebziger Jahre) geplant. Drei weitere Bände widmen sich den Klassikern (ein Band angloamerikanische Klassiker, ein Band europäische Klassiker, ein Band deutsche Klassiker), zwei Bände schließlich sind der modernen europäischen beziehungsweise deutschen Science Fiction vorbehalten.

Zu den Intentionen der Herausgeber gehört es, ein Kernwerk der Science Fiction (für den Bereich der kürzeren Texte) zu schaffen, das dem Leser einen Überblick über die literarische Entwicklung des Genres bietet und die wichtigsten Autoren mit je einer Story vorstellt. Es soll dabei versucht werden, Story und Autor der Gesamtentwicklung zuzuordnen und nach Möglichkeit in einen zeitgenössischen Kontext zu setzen. Zugleich wird versucht, bei der Auswahl der Beiträge in jeder Hinsicht ein möglichst breites Spektrum zu wahren und im Zweifelsfalle eher zugunsten unübersetzten Materials zu entscheiden. Letzteres bedeutet: Entscheidend sind die eingangs genannten Kriterien. Stehen jedoch gemäß diesen Kriterien von einem Autor mehrere gleichwertige Stories zur Verfügung, wird meistens jene Story berücksichtigt, die im deutschen Sprachraum die unbekanntere ist. Es gibt allerdings Fälle, dies als Einschränkung, in denen der Name eines Autors so eng mit einer einzigen Story verbunden ist, daß ein solcher Dualismus nicht ignoriert werden kann. Dies gilt im vorliegenden Band zum Beispiel für die Story **„Farewell to the Master“** von Harry Bates, und wir mochten guten Gewissens auch nicht auf für ihre Verfasser so wichtige Geschichten wie **„Arena“** von Fredric Brown und **„Nightfall“** von Isaac Asimov verzichten. Solche einflußreichen Erzählungen auszuklammern, hätte eine nicht zu rechtfertigende Verzerrung bedeutet.

Hans Joachim Alpers
Werner Fuchs

Einleitung

Die vierziger Jahre waren für die Science Fiction von enormer Wichtigkeit; sie stellten einen Meilenstein, einen Wendepunkt in der Entwicklung des Genres dar. Zu einer Zeit, da in Europa schon der Zweite Weltkrieg tobte und vielen Menschen nur das nackte Überleben in den Sinn kam, wenn sie an die Zukunft dachten, erlebte die Phantasie in den USA ungeahnte Höhenflüge. Die Vereinigten Staaten waren gerade aus der Lähmung erwacht, die die Depression der dreißiger Jahre mit sich gebracht hatte. Mit der Industrie ging es langsam wieder aufwärts, und der Krieg war noch nicht zur Wirklichkeit geworden, obgleich er schon bedrohliche Schatten warf. Besonders die Unterhaltungsindustrie hatte Hochkonjunktur, und ihre phantastischen Bereiche in diversen Medien blühten auf. Neben dem Qualitätssprung, den die Science Fiction machte, sei nur auf die großartigen abendfüllenden Zeichentrickfilme Walt Disneys (etwa **„Fantasia“**, 1940) oder die künstlerische Entwicklung im amerikanischen Comic strip (Foster, Raymond, Hogarth) hingewiesen.
1939 hatte in der Science Fiction das begonnen, was Fans und vorbelastete Chronisten des Genres in nostalgisch verzückter Rückschau das „Goldene Zeitalter“, das „Golden Age“ der Science Fiction nennen. Das „Golden Age“ ist eng mit dem Magazin **„Astounding Science Fiction“** und dessen Herausgeber John W. Campbell jr. verbunden und dauerte die ganzen vierziger Jahre an. In dieser Epoche begannen viele Autoren zu publizieren, die das Gesicht des Genres auf Jahre hinaus prägen sollten.
Eine Verbesserung der Situation für die Magazin-SF, die damals mit der SF insgesamt gleichzusetzen war, hatte sich bereits ge-

gen Ende der dreißiger Jahre abgezeichnet. Der Markt begann sich zu vergrößern, die drei großen, regelmäßig erscheinenden Magazine **„Amazing Stories“**, **„Wonder Stories“** (ab 1936 **„Thrilling Wonder Stories“**) und **„Astounding Stories“** bekamen Konkurrenz. 1938 wurde **„Marvel Science Stories“** gestartet, und allein 1939 waren es neun neue Magazine, die auf den amerikanischen Markt kamen, darunter so bekannte Publikationen wie **„Startling Stories“**, **„Planet Stories“** und **„Unknown“**, das der Fantasy gewidmete Schwestermagazin von **„Astounding“**, für das ebenfalls John W. Campbell jr. als Herausgeber zeichnete. Kurz vor dem Zweiten Weltkrieg steuerte die SF in ihren ersten Boom hinein. Dieser drückte sich aber nicht nur in der Anzahl der konkurrierenden Magazine aus, sondern auch in einer qualitativen Steigerung, die fast ausnahmslos in **„Astounding“** stattfand, so interessant auch manche der neuen Magazine sein mochten.
Wie war es zum Aufstieg von **„Astounding“** gekommen? Im Oktober 1937 hatte der SF-Autor John W. Campbell jr. die Herausgeberschaft des Magazins übernommen und langsam begonnen, den Inhalt seinen Vorstellungen anzupassen. Zwar galt **„Astounding“** bereits als bestes SF-Magazin, doch war der Abstand zu den anderen Magazinen nicht sehr groß. In den ersten eineinhalb Jahren geschah noch nichts Sensationelles. Campbell änderte den Namen von **„Astounding Stories“** in **„Astounding Science Fiction“**, kurz **„ASF“**, später wollte er das reißerische „Astounding“ ganz fallen lassen und das Magazin nur noch **Science Fiction** nennen, aber als 1939 ein Magazin gleichen Namens publiziert wurde, war das nicht mehr möglich. Er veröffentlichte die ersten Geschichten von Lester del Rey und L. Ron Hubbard, reaktivierte Clifford D. Simak. Aber 1939 begann sich die Situation dramatisch zu verändern. Mit dem Boom in neuen Magazinen begannen auch neue Autoren SF zu schreiben und sofort auf sich aufmerksam zu machen.
Isaac Asimov und Alfred Bester hatten ihre ersten Geschichten zwar nicht in **„ASF“**, aber im Sommer debütierten dort während drei aufeinanderfolgender Monate A. E. van Vogt, Robert A. Heinlein und Theodore Sturgeon. Hinzu kam Fritz Leiber in **„Un-**

known". Noch im selben Jahr stieß Asimov zu dieser Mannschaft, Bester, L. Sprague de Camp, Eric Frank Russell, Henry Kuttner und C. L. Moore folgten später. Alle waren Autoren der zweiten Generation, das heißt, sie waren mit **„Amazing"** und **„Wonder Stories"** aufgewachsen und Fans der ersten Stunde, die sich nun selbst schriftstellerisch versuchten und innerhalb kürzester Zeit die Science Fiction beherrschten, ja auf Jahrzehnte hinaus zu ihren bekanntesten Vertretern werden sollten. Aber diese jungen Autoren fielen nicht vom Himmel, Campbell versammelte sie um sich. 1952 schrieb Isaac Asimov in **„Social Science Fiction"**: „Campbells Hauptverdienst liegt darin, daß er sich nicht mit dem zufälligen Auftauchen der Weinbaums zufriedengab. Er suchte nach ihnen. Er ermutigte sie." Es ist nun müßig zu fragen, wie sich Asimov, Heinlein, van Vogt & Co. entwickelt hätten, wenn sie nicht von einer solch starken Herausgeberpersönlichkeit wie John W. Campbell jr. geleitet und inspiriert worden wären. Fest steht, das „Golden Age" resultierte aus der fruchtbaren Zusammenarbeit eines idealen Herausgebers mit seinen talentierten Autoren. John W. Campbell jr. hatte eigene Vorstellungen von der Science Fiction. Als Autor hatte er die SF der dreißiger Jahre entscheidend mitgeformt. Zunächst war er mit abenteuerlichen Space Operas zum Hauptkonkurrenten des damals beliebtesten SF-Schriftstellers, E. E. „Doc" Smith, geworden, dann hatte er unter dem Pseudonym Don A. Stuart Geschichten geschrieben, die ihn nach Stanley G. Weinbaum zum wichtigsten Erneuerer der SF der dreißiger Jahre machten. Erzählungen wie **„Twilight"** (1935) oder **„Who Goes There"** (1938) hinterließen einen starken Eindruck bei der zeitgenössischen Leserschaft und stehen auch heute noch hoch im Kurs, was zahlreiche Polls beweisen. Nach seiner Übernahme von **„ASF"** wurde seine eigene Storyproduktion kleiner und versiegte schließlich ganz. Statt dessen konzentrierte er sich auf die Leitartikel im Magazin, in denen er auf die neuesten wissenschaftlich-technischen Entwicklungen einging und die Science Fiction definierte. Letzteres geschah natürlich auch in Diskussionen mit seinen Autoren. Campbell verhielt sich in seiner Rolle als Herausgeber nicht passiv, er wirkte auf seine Autoren ein, gab Ideen an sie weiter, beeinflußte sie. Die ortsansässigen New Yorker Schriftsteller berichteten von langen Unterhaltungen mit ihm, den Auswärtigen schrieb er Briefe, deren Länge oft die der Stories übertrafen, die aus diesen Briefwechseln resultierten. So gehen die Grundideen vieler bekannter Stories mit auf ihn zurück, etwa die drei Robotgesetze, die später ihren Teil zu Isaac Asimovs Popularität beitrugen:

1. Ein Robot darf kein menschliches Wesen verletzen oder durch Untätigkeit gestatten, daß einem menschlichen Wesen Schaden zugefügt wird.
2. Ein Robot muß den ihm von einem Menschen gegebenen Befehlen gehorchen, es sei denn, ein solcher Befehl würde mit Gesetz Eins kollidieren.
3. Ein Robot muß seine Existenz beschützen, solange dieser Schutz nicht mit Gesetz Eins oder Zwei kollidiert.

Darüber hinaus gab Campbell den Anstoß zu so bekannten Erzählungen wie Asimovs **„Nightfall“** oder Leinsters **„First Contact“** (die in diesem bzw. im zweiten Band über die SF der vierziger Jahre enthalten sind), und Robert A. Heinleins Roman **„Sixth Column“** beruht sogar ganz auf einer unveröffentlicht gebliebenen Kurzgeschichte Campbells.
Eine seiner Hauptforderungen an die Autoren war, daß deren Romane und Erzählungen in sich logisch sein mußten. Die Charaktere sollten vor allem glaubhaft dargestellt werden, während die Hypothese, auf der die ganze Story beruhte, beliebig „verrückt“ sein durfte, ohne allerdings die Grenzen zur reinen Phantasie zu überschreiten. In **„ASF“** wurde schließlich nur Science Fiction publiziert, aber Science Fiction war für John W. Campbell jr. ein weites Feld. Wie Brian W. Aldiss und Harry Harrison im Vorwort ihrer zweibändigen Anthologie **„The Astounding-Analog Reader“** (1972) bemerken, sah er sie nicht als Untergruppe der allgemeinen Literatur, wie das normalerweise üblich ist. Im Gegenteil: Für ihn war Science Fiction die Literatur, „... die alle Zeiten und Räume umfaßt, von der Geburt des Universums ... bis

zu seinem Hitzetod.“ Innerhalb dieses universellen Spielraumes nahm für ihn dagegen die englische Literatur nur „... einen mikroskopisch kleinen Teil des Ganzen ein“ und war aus diesem Grund der SF untergeordnet.
Diese Sicht der Dinge kommt in vielen Geschichten des „Golden Age“ zum Ausdruck. Das Spielfeld der Autoren ist die Ewigkeit, ihr Leitmotiv die Naturwissenschaften. Sie sahen die Menschheit als eine auf Wissenschaft und Technik bauende Spezies und versuchten deren Bestimmung und Schicksal in Raum und Zeit zu ergründen. Aber Campbell wollte die Naturwissenschaften nicht zum Selbstzweck erheben, er war sich sehr wohl darüber bewußt, daß gute Stories auch passabel geschrieben sein mußten. Die Idee allein, umgeben mit einem wissenschaftlichen Mäntelchen, machte noch keine Spitzenstory aus. Er wies darauf hin, daß „... eine Geschichte — ob nun SF oder nicht — eine Geschichte über Menschen ist ... In der Science Fiction früherer Jahre dominierte die Maschine oder die große Idee. Die heutige Leserschaft ... will Geschichten über Leute, die in einer Welt leben, wo die Idee oder Maschine den Hintergrund darstellt. Aber es ist der Mensch, der zählt, nicht die Idee oder die Maschine.“
Dennoch zielte Campbell mit **„ASF“** auf ein naturwissenschaftlich-technisch orientiertes Käuferpublikum, auf Ingenieure, Techniker, Akademiker. Er legte sehr großen Wert darauf, daß wissenschaftliche Beschreibungen und Theorien akkurat und plausibel abgehandelt wurden. Die Hypothesen, die der Story zugrundeliegenden Ideen durften ruhig ausgefallen sein, und auch die wildesten Spekulationen durften angestellt werden, nur mußte der Handlungsablauf logisch oder glaubhaft erscheinen. Bei van Vogt blieb die Logik oftmals auf der Strecke, trotzdem hatte Campbell nichts gegen dessen Stories einzuwenden, denn van Vogt verstand es, auch die haarsträubendsten Situationen als völlig normal erscheinen zu lassen. Und obendrein war Campbell selbst nicht gegen Irrationalismen gefeit. Immer auf der Suche nach Neuem, nach wissenschaftlichen Durchbrüchen, ging er häufig Pseudowissenschaftlern auf den Leim. So applaudierte er Charles Hoy Fort und seinen eher absurden Werken über ungeklärte

Phänomene, gab in den fünfziger Jahren „Heilslehren" wie der Dianetik (Scientology) in **„ASF"** breiten Raum und verteidigte Mätzchen wie die Hieronymus-Maschine und den Dean-Drive mit messianischem Eifer.

Das änderte aber nichts an der Tatsache, daß John W. Campbell **„ASF"** zu einer ernst zu nehmenden und im Vergleich mit anderen SF-Magazinen geradezu „erwachsenen" Publikation machte. In **„ASF"** wurde der Intellekt des Lesers angesprochen. Das geschah ab 1939 rein äußerlich durch die unterkühlt und nüchtern wirkenden Titelbilder von Hubert Rogers, dessen Arbeiten sich sehr von den stereotypen, meist leichtbekleidete Mädchen, außerirdische Monster und einen Helden mit Strahlenpistole darstellenden grellbunten Cover seiner Kollegen abhoben. Als Innenillustrator setzte Charles Schneeman neue Maßstäbe bei den Schwarzweißzeichnungen, durch welche die Texte aufgelockert wurden.Campbell führte auch neue Rubriken ein, wie eine wissenschaftliche Kolumne, die von Fachleuten geschrieben wurde, oder das „Analytische Labor", in dem abgestimmt wurde, wie gut die einzelnen Beiträge einer Nummer beim Leser ankamen. Dann wurde großer Wert auf die Kommunikation mit der Leserschaft gelegt, und die Leserbriefe bewiesen, die Fans von heute waren die Autoren von morgen. Namen wie Ray Bradbury, Frederik Pohl, James Blish, C. M. Kornbluth waren keine Seltenheit auf den Leserbriefseiten der Jahre 1938—1940.

Das wichtigste von allem waren aber die neuen Geschichten. Allerdings, so ganz neu waren nicht alle ... Da man bei **„ASF"** bessere Honorare erwarten konnte als bei jedem anderen SF-Magazin, war es für Campbell natürlich ein Leichtes, auch bekannte Autoren um sich zu versammeln. 1937/38 war der erste Roman einer neuen Serie von E. E. „Doc" Smith mit großem Erfolg in **„ASF"** gelaufen: **„Galactic Patrol" („Galaktische Patrouille"),** der Beginn der Lensman-Saga. Gegen Ende 1939 erschien dann der zweite und noch weitaus bombastischere Teil dieser Space Opera in Fortsetzungen.

Gray Lensman **(„Die grauen Herrscher")** entzückte die Leser mit seinen Gigantomanien und immer gefährlicher werdenden kosmischen Auseinandersetzungen. Sicherlich waren es nicht nur die intellektueller angehauchten Stories eines Asimov, Heinlein, van Vogt oder Lewis Padgett, die viel von der Faszination des „Golden Age“ ausmachten, auch der abenteuerliche Lesestoff, den E. E. Smith mit seinem vorerst 4teiligen Lensman-Zyklus, Jack Williamson mit seiner **„Legion of Time“** (1938, **„Die Zeitlegion“)** und Clifford D. Simak mit **„Cosmic Engineers“** (1939, **„Ingenieure des Kosmos“)** lieferten, verfehlte seinen Eindruck nicht, besonders bei den jüngeren Lesern.

Der „sense of wonder“ war jedoch allgemein. Ab Sommer 1939 fielen in **„ASF“** die guten Geschichten und bekannten Namen hageldicht. Der große Star der Gipfeljahre 1940 und 1941 war Robert A. Heinlein, der nach nur zwei Jahren in der SF schon ihr berühmtester Autor war. In diesen zwei Jahren hatte er 3 Romane und 14 Erzählungen in **„ASF“,** und wir wollen einmal die bekanntesten aufzählen, damit der Leser Vergleichsmöglichkeiten zu Neuveröffentlichungen in heutigen Magazinen hat:

1940: **„Requiem“** (Januar); **„If This Goes On“** (Februar/März); **„The Roads Must Roll“** (Juni); **„Coventry“** (Juli); **„Blowups Happen“** (September). 1941: **„Sixth Column“** (Januar/März); **„And He Built a Crooked House“** (Februar); **„Logic of Empire“** (März); **„Universe“** (Mai); **„Solution Unsatisfactory“** (Mai); **„Methuselah's Children“** (Juli/September); **„By His Bootstraps“** (Oktober); **„Common Sense“** (Oktober).

Im gleichen Zeitraum erschienen folgende Romane: Von L. Ron Hubbard **„Final Blackout“** (1940); A. E. Van Vogt **„Slan“** (1940, **„Slan“**); die Roboterstories von Isaac Asimov wurden begonnen, später als **„I, Robot“** (1950, **„Ich, der Robot“**) gesammelt; die Jay-Score-Serie von E. F. Russell begann (bei uns unter dem Titel **„Menschen, Maschinen, Marsianer“** gesammelt), und die ersten Noveletten des Isher-Zyklus von van Vogt wurden publiziert (auf deutsch als **„Die Waffenhändler von Isher“** bzw. **„Die Waffenschmiede von Isher“**). Und dazu kam natürlich eine große Zahl bekannter Einzelgeschichten wie Asimovs **„Nightfall“** (1941); Sturgeons **„Microcosmic God“** (1941), Besters **„Adam and No Eve“** (1941) u.a.

Nach dem Kriegseintritt der USA war 1942 noch eines der Spitzenjahre des „Golden Age“: Van Vogt dominierte es mit seinem Isher-Zyklus, den begonnenen Rull-Stories — die erste war **„Co-operate or Else!“** — und mehreren guten Einzelstories, wie die in diesem Band enthaltene **„Asylum“.** Auch Asimov war sehr stark vertreten. Er begann in diesem Jahr die Foundation-Serie mit der Geschichte **„Foundation“** und setzte die Roboterstories fort. Lester del Rey machte durch den Kurzroman **„Nerves“** auf sich aufmerksam, und Robert A. Heinlein veröffentlichte mit dem Roman **„Beyond This Horizon“** und den Novellen **„Waldo“** und **„Goldfish Bowl“** interessante Texte. Danach wurde es still um ihn. Er war eingezogen worden. Campbell mußte sich nach Ersatz umsehen, nicht nur für Heinlein, auch andere Autoren wurden eingezogen oder mußten in der Kriegsindustrie verstärkt zupacken. Campbell fand Ersatz in Fantasyautoren aus dem Schwestermagazin **„Unknown“,** das langsam die Papierknappheit zu spüren bekam und bald darauf eingestellt werden mußte. C. L. Moore und Henry Kuttner kamen herüber und drückten mit ihren Pseudonymen Lawrence O'Donnell und Lewis Padgett dem Jahr 1943 ihren Stempel auf. Auch Fritz Leiber, der in **„Unknown“** mit seiner Sword-&-Sorcery-Serie um Fafhrd und den Grauen Mausling debütierte, schrieb jetzt mehr SF. **„Gather Darkness“** war sein Fortsetzungsroman, der in einem kleiner gewordenen **„ASF“** von 1943 anlief. Ein weiterer Neuling war G. O. Smith mit seiner Venus-Equilateral-Serie. 1944 brachte wieder den Beginn einer später sehr berühmt gewordenen Serie von Kurzgeschichten, **„City“** von Clifford D. Simak. Eine weitere herausragende Erzählung — neben der von uns ausgesuchten Fredric-Brown-Geschichte — war Theodore Sturgeons **„Killdozer“,** aber als *das* Ereignis des Jahres muß zweifellos Cleve Cartmills Story **„Deadline“** bezeichnet werden, allerdings nicht, weil **„Deadline“** eine herausragende SF-Geschichte gewesen wäre (in diesem Fall hätten wir sie hier aufgenommen, aber es handelt sich um ein schrecklich langatmiges Garn), sondern weil in ihr die Wirkungsweise einer Atombombe beschrieben wurde, und das so genau, daß Campbell Besuch vom FBI bekam, der einem offensichtlichen Geheimnisverrat nachgehen wollte. Was in der SF-Welt schon lange als selbstverständlich hingenommen wurde, war draußen in der realen Welt Wirklichkeit geworden. Die Menschheit stand an der Schwelle zum Atomzeitalter, und als man sie überschritt, hatte das auch für die SF Folgen: Sie verlor ihre Unschuld als Literatur der unbegrenzten wissenschaftlichen und technischen Möglichkeiten, auch wenn **„ASF“** und John Wood Campbell jr. das erst als letzte zugeben wollten. Neben den immerwährenden Fortschritt trat nun die Angst, doch das ist Gegenstand der nächsten Halbdekade.

Sieht man sich die Jahre 1940—44 noch einmal unter dem Gesichtspunkt der wichtigen neuen Autoren, Romane und Kurzgeschichten an, so entsteht vielleicht der Eindruck, außer **„ASF“** hätte es keine Science Fiction-Publikationen gegeben. Das stimmt natürlich nicht. Die Dekade begann mit einem Boom. 20 Magazine waren auf dem Markt, aber der Krieg forderte seinen Tribut, und Ende 1944 blieben nur noch 8 Magazine übrig. Die charismatischeren davon, **„Amazing“, „Thrilling Wonder“, „Startling“** und **„Planet“** brachten vornehmlich SF-Abenteuergeschichten, **„Planet-Stories“,** sogar nur solche, die auf anderen Planeten spielten. Auch in ihnen wurden einige bemerkenswerte Romane und Stories abgedruckt, aber in allen zusammen nicht so viel, wie in einem guten Jahr von ASF. Die qualitativ schärfste Konkurrenz bekam ASF noch aus dem eigenen Haus mit **„Unknown“,** das sich ganz der Fantasy widmete und teilweise hervorragende Geschichten und Romane u. a. von Sturgeon, de Camp, Russell usw. brachte. Eine SF-Buch- oder Taschenbuchproduktion gab es damals noch nicht, daher die unangefochtene Führungsrolle von **„ASF“.** Die erste Buchanthologie **„The Other Worlds“** von Philip D. Stong erschien 1941 und enthielt viel Horrormaterial. 1943 kam Donald Wollheims **„Pocket Book of SF“** heraus, das aber ebenfalls noch nicht als stilechte SF-Anthologie gelten kann. Romane in Buchform waren genauso dünn gesät. **„Donovan's Brain“** von Curd Siodmak erschien 1943, ebenso wie **„Perelandra“** von C. S. Lewis. 1944 wurde **„Sirius“** von Olaf Stapledon publiziert, das wie **„Perelandra“** nicht der Genre-SF zugerechnet werden kann. Die Szene blieb auf die Magazine beschränkt.

Die frühen vierziger Jahre standen im Zeichen hektischer Aktivität. Das Universum war groß und literarisch unerforscht, der Optimismus der SF-Autoren grenzenlos. Die Autoren der Campbell-Ära sahen den Menschen zum erstenmal als kosmische Spezies, die durch Anwendung von Wissenschaft und Technik die Tür zu den Sternen aufstieß. Es war die Zeit der großen Abenteuer und der ersten großen Themenexplosion im Genre. Anfang des Jahrhunderts hatte H. G. Wells die wichtigsten Themen der SF in seinen „Scientific Romances" abgesteckt (Zeitreise, Invasion von einer anderen Welt, Genmanipulation usw.), nun wurden neue Themen angegangen oder bekannte in einem anderen Licht gesehen. Dazu zählen Roboter (bei Asimov, del Rey), die teilweise mit Akribie behandelt wurden, das Generationenraumschiff (Don Wilcox, Robert A. Heinlein), später dann Mutationen und Psi-Phänomene. Es war auch die Zeit des aufkeimenden Fandoms.

Die Fans der Science Fiction sammelten sich in Clubs; 1939 wurde der erste Weltcon abgehalten, ein jährliches Treffen der SF-Fans, das sich heute zu einer Institution entwickelt hat.

Das „Golden Age" hinterließ bei vielen damaligen Fans einen tiefen Eindruck, und manche Mitglieder des First-Fandom halten die Zeit der naturwissenschaftlichen SF, die mit den vierziger Jahren identisch ist, für die beste Zeit der SF überhaupt. Wir müssen dem widersprechen. Auch die fünfziger Jahre könnte man im Hinblick auf die Romanproduktion, die sechziger in bezug auf ihre thematische und stilistische Revolution und die siebziger aufgrund der Anerkennung eines einst geächteten Genres und weltweiter Verkaufserfolge als das Goldene Zeitalter der Science Fiction bezeichnen. Die vierziger Jahre waren nur deshalb aufregender, weil die Veränderung über Nacht kam und rasch voranschritt. Alles war für den Fan überschaubar, und vor allem konnte er noch alles lesen, was auf den Markt kam. In solch familiärer Atmosphäre entstehen tiefe Beziehungen, die im Lauf der Zeit dann glorifiziert werden.

Mit Sicherheit werden heute einige der damals aktiven Autoren überschätzt. Mit wenigen Ausnahmen (z.B. Sturgeon) zählten ohnehin nicht die größten Stilisten des Genres zu ihnen, die kamen erst später. Der Reiz der vierziger Jahre lag jedoch in der großen Ideenfülle und dem „sense of wonder", den diese Geschichten ausstrahlten. Zuvor hatte man etwas Ähnliches noch nie gelesen!

Zum Schluß noch die Autoren, die in dieser Halbdekade ihre ersten Veröffentlichungen hatten:
1940: James Blish, Leigh Brackett, H. B. Fyfe, C. M. Kornbluth, Winston K. Marks, Frederik Pohl, Robert W. Lowndes.
1941: Fredric Brown, Cleve Cartmill, Damon Knight, William Morrison (Joseph Samachson), Wilson Tucker.
1942: Ray Bradbury, Hal Clement, Robert Abernathy, Emil Petaja, George O. Smith, Edna Mayne Hull.
1943: James H. Schmitz
1944: A. Bertram Chandler.

Hamburg/Erkrath, im Mai 1982

Hans Joachim Alpers
Werner Fuchs

1940

Ross Rocklynne

Aufstieg und Untergang

(Unguh Made a Fire)

Harry Bates

Abschied vom Herrn

(Farewell to the Master)

1940...

Deutsche Truppen besetzen die neutralen Länder Dänemark und Norwegen. Paris wird eingenommen. Frankreich ist damit militärisch besiegt und wird zum Waffenstillstand gezwungen. Auch die Operationen gegen Frankreich geschehen unter rücksichtsloser Einbeziehung von neutralen Ländern: den Niederlanden, Belgien und Luxemburg. Igor Strawinsky schreibt seine „Symphonie in C-dur". Hermann Göring wird „Reichsmarschall des Großdeutschen Reiches". Es gibt die ersten Nylonstrümpfe. Es sterben: der deutsche Maler Paul Klee, der seit 1933 im Schweizer Exil lebt, der deutsche Operettenkomponist Walter Kollo, der deutsche Chemiker, Nobelpreisträger und Industrielle Karl Bosch, der britische Premierminister Neville Chamberlain. Leo Trotzki, der Gründer der Roten Armee, wird in seinem mexikanischen Exil ermordet. Unter General Sikorski formiert sich in London eine polnische Exilregierung. Deutsche Luftangriffe auf Coventry, London und Malta. Italien tritt kurz vor Beendigung des deutschen Frankreichfeldzuges auf deutscher Seite in den Krieg ein. Veit Harlan dreht den antisemitischen Hetzfilm „Jud Süß". Die Nazis beginnen mit der systematischen Vernichtung von Geisteskranken und anderen sogenannten unwerten Lebens. Walt Disney dreht den Zeichenfilmklassiker „Fantasia". Die Engländer erleiden bei Dünkirchen eine Niederlage. Charlie Chaplin dreht in Amerika den Film „Der Diktator", eine Persiflage auf Adolf Hitler. Der französische Marschall Pétain, Führer des unbesetzten Frankreichs, arbeitet mit der deutschen Besatzung zusammen, während sich im Untergrund eine starke Widerstandsbewegung formiert. Mikrofilme kommen erstmals massiv zum Einsatz und dienen insbesondere Bibliotheken als platzsparende Technik. In der „Schlacht um England" gelingt den britischen Truppen die Zerschlagung der deutschen Luftoffensive. Deutsche Invasionspläne werden daraufhin zu den Akten gelegt. Alfred Hitchcock dreht den Film „Rebecca" nach einer Romanvorlage von Daphne du Maurier.

Ross Rocklynne

Aufstieg und Untergang

(Unguh Made a Fire)

Ross Rocklynne heißt eigentlich Ross L. Rocklin und wurde 1913 geboren. Er ist wohl der am wenigsten bekannte Autor dieser Sammlung, dennoch haben wir es mit einem bedeutenden SF-Epigonen der vierziger Jahre zu tun, über den in der von Peter Nicholls herausgegebenen ***„Encyclopedia of Science Fiction“*** *steht: „RR war einer der interessantesten Pulp-Schreiber jener Tage; er hatte eine blühende Phantasie und schrieb viel besser als die meisten anderen.“*

Rocklynne begann 1935 SF zu publizieren, und bis 1947 waren in Magazinen wie ***„Startling Stories“, „Amazing Stories“*** *und vor allem* ***„Astounding Science Fiction“*** *etwa 75 seiner Kurzgeschichten und Novellen erschienen. Er blieb bis in die fünfziger Jahre hinein aktiv und feierte gegen Ende der sechziger Jahre ein überraschendes Comeback, mit dem er der staunenden Fachwelt bewies, daß er auch stilistisch mit den modernen SF-Autoren mithalten und sich den veränderten Erfordernissen im Genre anpassen konnte. Eine seiner Geschichten erschien sogar in Harlan Ellisons Anthologie* ***„Again Dangerous Visions“*** *(1972). Da von ihm nur zwei Bücher erschienen, die Storysammlung* ***„The Men and the Mirror“*** *(1973) und der Roman* ***„The Sun Destroyers“*** *(1973), kann man ihn als typischen Magazinautor bezeichnen.*

Rocklynne hatte seine beste Zeit in den frühen vierziger Jahren, als eine Reihe guter Geschichten aus seiner Feder in ***„Astoun-***

***ding"** erschienen. **„Quitus"** (1940) und **„Time Wants a Skeleton"** (1941), die beide auch in deutschen Übersetzungen erschienen, zählen dazu, ebenso wie die von uns ausgesuchte Geschichte **„Unguh Made a Fire" („Aufstieg und Untergang")**, einem romantisch-traurigen Stimmungsbild, das Rocklynnes Stärke, menschliche Schicksale — und hier sind es die ganzer Spezies — in einen SF-Rahmen zu setzen, gut verdeutlicht. Zwar vergaß Ross Rocklynne in seinen Geschichten jener Zeit nie die kosmische Komponente, doch stand bei ihm immer der Mensch im Mittelpunkt. Das Thema und die edlen, in tragischer Größe geschilderten Außerirdischen machen die vorliegende Story zu einem Musterbeispiel dessen, was John W. Campbell zu Beginn seiner Herausgeberschaft bei **„Astounding"** forderte: glaubhafte Personen, die sich in einer hypothetischen Umwelt logisch verhalten; Geschichten, die auch noch Jahrhunderte später lesbar sein sollten.*

Das Raumschiff vom Mars durchstieß die Atmosphäre und senkte sich langsam auf eine weite, grüne Fläche hinab, die zwischen einem ruhig dahinfließenden Strom und einem grünen Wald lag. Der Planet Erde befand sich im Zeitalter des Pliozäns, der jüngsten Stufe des Tertiärs.
Kommandant Talbo hatte den Dienst an seinen zweiten Kommandanten Keddel abgegeben und begab sich — mit einem feinen Lächeln auf dem Gesicht — hinauf zur Beobachtungskabine. Trotz der im Schiff herrschenden leichten Marsgravitation stolperte er.
Die Beobachtungskabine bestand praktisch mehr aus Quarzfenstern als aus festen Metallwänden. Talbo schloß die Tür hinter sich und lehnte sich mit dem Rücken gegen sie. Einen Augenblick lang betrachtete er die sechsundzwanzig Personen, die, außer Keddel, Cay, Rignor und ihm selbst, die letzten Überlebenden des Marsvolkes waren, das von einer furchtbaren Seuche dahingerafft worden war. Schweigend starrten diese sechsundzwanzig Gefährten durch die Sichtluken hinaus auf die neue Welt, die ihre zweite Heimat werden sollte. Der silberne Strom, die wiegenden Gräser und die gewaltigen, hohen Bäume wirkten einladend und freundlich. Fern am Horizont sank eine große Sonne der Nacht entgegen — eine Sonne, die viel größer war als die, welche sie kannten.
Talbo schwieg noch immer, aber Teth hatte sein Kommen bemerkt. Mit strahlenden Augen wandte sie sich um und sah ihren Vater glücklich an.
„Du wirst müde sein, Vater. Du mußt schlafen!"
„Ich will erst mit euch sprechen", sagte Talbo bestimmt.
Die anderen drehten sich ebenfalls langsam um und sahen ihren Kommandanten erwartungsvoll an. Keiner von ihnen war mehr als fünfzehn Marsjahre alt und alle waren sie erfüllt mit der ewigen Hoffnung der Jugend, die es ihnen ermöglichen würde, eine alte Rasse vor dem Aussterben zu retten. Und die Erde schien zu locken, schien sie friedlich empfangen zu wollen. Ihre Hautfarbe war rotgelb, doppelte Brauen standen über den etwas schrägliegenden Augen, die Nasen waren ein wenig groß, und

die Ohren liefen oben spitz zu. An den Händen bewegten sich schlank sieben Finger. Breite Schultern und gewölbte Brustkästen standen in krassem Gegensatz zu den schmalen Hüften. Ihre Kleidung bestand aus einem einfachen Gewand, das durch farbenprächtige Gürtel zusammengehalten wurde. Voller Respekt und Achtung erwarteten sie die Worte ihres Kommandanten.
„Ich danke euch allen für eure Hilfe“, begann Talbo langsam und — wie es schien — müde. „Es gab Zeiten während unseres Fluges, in denen die Langeweile fast tödlich wirkte. Ich danke euch für eure Geduld und für euren Optimismus. — Aber was ich euch ganz besonders sagen wollte, betrifft die Seuche. Es besteht die gräßliche Möglichkeit, daß durch nur eine Sekunde des Zögerns auch der Rest unseres stolzen Volkes ausgelöscht wird. Einer von uns kann Träger der Bazillen sein und plötzlich ihre Tätigkeit bemerken. Es ist furchtbar für mich, es hier noch einmal zu sagen: Er wird wissen, was er zu tun hat! Er muß in die Todeszelle gehen!“
Die Zuhörer bewegten sich unruhig hin und her.
„Aber ich möchte auch von etwas Erfreulicherem reden. Diese Welt gehört uns — und wir werden das aus ihr machen, was sie zu werden verspricht: ein Paradies. Sie trägt kein intelligentes Leben, nur Tiere und eine Unmenge von Pflanzen. Um Nahrung brauchen wir uns also keine Sorgen zu machen. Und Wohnplätze? Ich habe zwar keine Ahnung, was jene hohen Pflanzen dort bedeuten — auf Mars gab es keine ähnlichen Gebilde —, aber in meinem Gehirn formt sich schon ein brauchbarer Plan. Wir werden mit diesem Tal beginnen, werden hier wohnen. Dann — viel später — werden wir uns ausdehnen und in die Wälder und Hochebenen ziehen. Es wird einst auch auf dieser Welt eine Zivilisation geben, die unserer vergangenen auf dem Mars nicht nachstehen wird.“
Er endete mit einem schwachen Lächeln, und Teth nahm besorgt seinen Arm.
Er mußte müde sein, denn in den letzten dreißig Stunden war er ununterbrochen im Kontrollraum gewesen und hatte die Annäherung an die Erde geleitet. Wie es schien, war

dieser Planet von einem ständig kreisenden Meteoritenschwarm umgeben.
Sie führte ihn in seine Schlafkabine, half ihm beim Ablegen der Oberkleidung und sah lächelnd zu, wie er unter die silberfarbenen Decken kroch. Dann betrachtete er sie ein wenig schmerzlich.
„Du tust mir so leid, Kind“, sagte er endlich. „Zum Wohle des Fortbestehens unseres Volkes muß ich dir großes Unrecht antun — aber ich sehe keinen anderen Weg. Du weißt, was ich meine?“
„Ja, Vater! Aber ich habe eine Bitte: Cay muß mein erster Gatte sein!“
„Er soll es sein!“ sagte Talbo, und bald verrieten tiefe Atemzüge, daß er eingeschlafen war. Geräuschlos verließ Teth die Kabine.

Leichtfüßig lief Teth durch die Gänge des Schiffes und erreichte die Tür zum Maschinenraum. Sie öffnete diese leise und schloß sie wieder. Schweigend betrachtete sie den großen Mann, der dort über die Bedienungsschalter der Lufterneuerungsanlage gebeugt war. Cay hatte diese so eingestellt, daß bis zum morgigen Tage die Atmosphäre im Schiff genau der glich, die es umgab. Somit konnten die Marsianer sich langsam an die irdischen Verhältnisse gewöhnen.
Vorsichtig schlich das Mädchen sich heran und schlang dann plötzlich die Arme um ihn. Er drehte sich blitzschnell um, zog sie zu sich heran und küßte sie.
„Meine kleine Teth!“ rief er glücklich aus. „Immer lustig und vergnügt.“
„Ich bin sogar glücklich!“ lachte sie. „Wir haben die Erde erreicht — und eine ganze Welt gehört uns. Es ist eine junge Welt mit einer wunderbaren Luft, mit viel Wasser und voller Schönheit.“ Sie machte eine Pause und seufzte. „Aber manchmal möchte ich traurig sein, denn mein Leben wird nicht so sein, wie wir es uns einst vorstellten. Ein herrliches, wundervolles Jahr liegt vor uns, Cay, ein Jahr! Solange wirst du mein Mann sein — aber dann, wenn unser Kind geboren ist, muß ich den zweiten Mann nehmen. Warum kamen denn auch nicht mehr Mädchen mit uns,

als die Entscheidung nahte? Und was wäre — wenn auch ich nicht ...?“
„Der Fortbestand unseres Volkes ist mehr als unser eigenes Glück!“ sagte Cay schwer. „Ich bin froh und glücklich, daß wir eine Chance haben. Und unser Volk wird weiterleben, wenn — wenn die Seuche nicht mit uns gekommen ist.“
Sie dehnte ihren Körper in seinen Armen.
„Eines Tages werden unsere Städte diese Welt bedecken, breite Fahrstraßen werden sie miteinander verbinden, und große Luftschiffe werden über sie hinweggleiten. Millionen und aber Millionen glücklicher Menschen werden auf diesem Planeten leben!“
„Und alle diese Menschen“, sagte Cay leise, „werden von deinem Blute sein! Das ist etwas, worauf du stolz sein kannst! Es wird deine Rasse sein!“

Am anderen Morgen verließen sie das Raumschiff und betraten zum ersten Mal den Boden dieser wilden, schönen Welt. Die Luft war dichter als auf dem Mars, aber sie war auch erfrischender. In einzelnen Gruppen wanderten sie durch das breite Tal und versuchten, etwas Neues zu entdecken.
Talbo, Cay und Teth blieben zusammen und gingen zum Rande des dichten Waldes hinüber. Der Kommandant interessierte sich ganz besonders für die „hohen Pflanzen“, die er von seiner Heimat her nicht kannte. Mit einer scharfen Messerschneide schnitt er ein Stück Rinde ab, untersuchte mit großer Sorgfalt das faserige Gewebe.
„Ich habe schon gedacht, wir müßten im Schiff leben, bis wir ein Lager des bekannten Erzes fänden. Aber nun glaube ich doch, daß wir es bald verlassen können. Dieses Material wird genügen, Häuser zu bauen. Wir benötigen die richtigen Werkzeuge, die Pflanzen zu fällen und zu zerschneiden. Doch das dürfte nicht allzu schwierig sein.“
„Es wird nicht halten, es wird zusammenbrechen!“ gab Cay zu bedenken.
„Nein!“ widersprach Talbo ruhig. „Du bist nur unsere gewaltigen Städte aus Metall gewohnt. Du mußt dich umstellen. Wir werden

ein niedriges, langgestrecktes Gebäude herstellen, das wir mit Hilfe dieses Materials in einzelne Räume und Sektionen unterteilen. Wir werden bald die nötigen Erfahrungen gesammelt haben."
„Du könntest recht haben, Talbo", gab Cay endlich zögernd zu. „Immerhin muß das Material ziemlich stark sein, sonst könnte es nicht das eigene Gewicht tragen. Sieh nur, wie hoch dieser schmale Stamm ist!"
Sie traten einige Schritte zurück und folgten der schlanken Linie des Baumes bis zum Wipfel. Hoch oben breitete sich die Krone mit ihren Ästen und dichtem Blätterwerk aus.
Und es war in diesem Augenblick, da sie das Gesicht bemerkten, das dort oben aus den Blättern heraus auf sie herabschaute. Eine flache, fliehende Stirn, die platte, breite Nase und das vorgeschobene Kinn. Die Augen lagen in tiefen Höhlen. Das ganze Wesen schien mit einem dichten Haarkleid bedeckt zu sein.
Dann verschwand das Gesicht, und sie hörten raschelnde Laute in der Baumkrone. Aber so sehr sie sich auch bemühten, die Aufmerksamkeit des fremden Wesens noch einmal zu erregen, indem sie kosende Locklaute von sich gaben, es zeigte sich nicht mehr.
„Ich habe mich geirrt!" sprach Talbo langsam und voller Bedeutung, als sie endlich gemächlichen Schrittes wieder auf das ferne Schiff zugingen. Cay und Teth sahen ihn fragend an. „Ja, ich habe mich geirrt, als ich behauptete, diese Welt sei ohne intelligentes Leben. Sicher, noch ist diese Intelligenz nicht entwickelt, aber sie ist ohne jeden Zweifel bei diesem Tier vorhanden. Die Nachkommen dieses Baummenschen würden einst die herrschende Rasse dieses Planeten sein, wenn wir nicht gekommen wären!" wiederholte er noch einmal.
Ein unsichtbarer Schatten hing über den drei Marsianern, als sie ihre Schritte beschleunigten, um ihr Schiff zu erreichen.
Am Ufer des breiten Stromes nahm das Haus langsam Formen an. Langgestreckt und flach lag es dort, genau so, wie Talbo es geplant hatte. Wochen hatte es gedauert, bis man endlich die einfachste Methode des Fällens der gewaltigen Bäume gelernt hatte. Zuerst hatte man es mit einer scharfen Klinge versucht,

aber dann hatte einer der Männer entdeckt, daß es viel besser ginge, wenn man in regelmäßigen Abständen Kerben in das Metall schlug und die Schneide kräftig an dem Stamm hin und her bewegte. Von diesem Augenblick an schritt die Arbeit schneller voran, und bald stand das Haus. Sie hatten vierzig Räume eingerichtet. Dreißig für die Bewohner selbst, neun für Vorräte und einen — für die Seuche. Dieser Raum, die Todeszelle, lag genau in der Mitte des Hauses.
Die Wände dieses Raumes waren mit einer Substanz bestrichen, die selbst von den Viren der Seuche nicht durchdrungen werden konnte, obwohl sie sich gewöhnlich durch jedes Material zu winden verstanden.
Denn immer hing das Schwert des noch nicht geborenen Damokles über ihnen: Die Seuche konnte wieder ausbrechen und sie alle vernichten. Oft genug gab es Stunden der Instruktionen, und jeder von ihnen wußte, was er zu tun hatte, wenn er an sich die Zeichen der Seuche bemerken sollte.
Und somit legten sie den Grundstein zu einer neuen, gewaltigen Marszivilisation. Sie waren voller Hoffnung, und nach weiteren drei Wochen begannen sie, jene Seuche zu vergessen, die innerhalb kurzer Zeit die gesamte Bevölkerung des Mars ausgerottet hatte.
Doch am Ende dieser drei Wochen geschah etwas anderes: Der Eigentümer des Gesichtes, das damals aus der Baumkrone gelugt hatte, zeigte sich wieder. Cay und Teth befanden sich auf einem Spaziergang zum Rande des Waldes, dort, wo sie die Bäume gefällt hatten und eine gewaltige Lichtung mit nur einzelnen Bäumen lauschige Plätzchen zum Plaudern bot. Sie lagen in dem weichen Gras, schauten zu den grünen Blättern empor und unterhielten sich leise.
Plötzlich richtete Cay sich auf und starrte in Richtung der nahen Büsche. Teth folgte seinem Blick und sah den Baummenschen in geringer Entfernung auf dem Boden stehen, zwischen zwei hohen Bäumen. Er war völlig nackt, nur mit den langen, braun-grauen Haaren bedeckt. Die muskulösen Arme hingen bis in die Höhe der Knie herab. Die Beine selbst waren leicht gebogen und sehr

lang. Er schaute zu ihnen herüber und begann dann plötzlich, mit unregelmäßigen, fast springenden Bewegungen auf sie zuzugehen. In seinen Augen, die eine schwache Intelligenz verrieten, lag nichts als Neugierde.

Cay erhob sich langsam.

„Komm! Es ist besser, wenn wir gehen."

Doch Teth schüttelte entschieden den Kopf.

„Wozu? Hast du Angst um mich? Das ist nicht nötig. Der Bursche ist nur wißbegierig und ganz ungefährlich. Wollen wir nicht mit ihm Freundschaft schließen?"

Cay gab nach und ließ sich wieder auf den Boden sinken. Er brachte es sogar fertig, sich wieder neben Teth zu legen und ruhig abzuwarten.

Das Lebewesen kam näher, stand endlich fast über ihnen und betrachtete sie mit einem nachdenklichen Zug auf den primitiven Mienen.

Cay und Teth gaben den Blick auffällig zurück. Sie schwiegen eine lange Zeit.

Der Waldmensch schüttelte schließlich leicht und kaum merklich den behaarten Kopf, und undeutlich kam ein Wort aus seinem Bart.

„Unguh!"

„Was soll das nur bedeuten?" flüsterte Cay kaum hörbar. „Ich will versuchen, mit ihm zu sprechen."

„Unguh!" machte auch Cay und sah dabei den Waldmenschen an.

Der gab aber keine Antwort mehr, sondern schüttelte jetzt nur etwas deutlicher den Kopf. Dann hob er den Arm und zeigte in Richtung des neuerrichteten Hauses, das nicht in allzu weiter Entfernung lag und gut sichtbar war.

„Er hat keine Angst vor uns", wisperte Teth. „Nehmen wir ihn einfach mit!"

Ganz langsam und vorsichtig erhoben sie sich aus dem Gras, gingen gemächlich auf das Haus zu. Der Baummensch folgte ihnen nach anfänglichem Zögern mit seinem seltsamen, schwankenden Gang.

„Ich habe niemals etwas so Wildes gesehen", bekannte Teth leise lachend. „Aber irgendwie scheint er mir eine Spur von Intelligenz zu besitzen."
„Auf jeden Fall bedeutet ‚Unguh' etwas, ich weiß nur nicht, was. Vielleicht hat er sich verlaufen und sucht seinen Stamm. Denn der wäre doch sonst sicher in der Nähe. Aber wir haben bisher dergleichen nicht entdecken können."

An dem Haus angelangt, näherten sich die anderen Marsianer neugierig und betrachteten voller Interesse den Neuankömmling. In einem Halbkreis umstanden sie Cay, Teth und den Waldmenschen.
„Ist das der Kerl, den wir damals sahen?" fragte Talbo.
„So genau kann ich das auch nicht sagen", lachte Cay sorglos. „Aber ich möchte es fast annehmen. Ich habe ihn Unguh getauft, denn das war das einzige Wort, das er bisher zu uns sagte."
Unguh sah mit einem dummen Ausdruck um sich und kratzte sich das Fell.
„Unguh!" sagte er schließlich mit einem befriedigten Grunzen.
„Das scheint er am liebsten zu sagen", grinste Keddel.
Nach einigem Hin und Her kam man zu dem Ergebnis, daß „Unguh" vielleicht „Hunger" bedeute, und bot dem Gast eine frische Antilopenkeule an. Der nahm sie und versenkte seine gelben, scharfen Zähne schmatzend in das noch blutige Fleisch. Für fünf Minuten setzte er seine Vorstellung fort und warf dann endlich den leergeleckten Knochen weit von sich fort. Mit einem letzten Schmatzen starrte er dann stirnrunzelnd auf die dreißig Menschen, die seinem Mahl mit glänzenden Augen gefolgt waren. Dann trat der Baummensch einen kleinen Schritt vor, stand vor Cay, den er lange ansah. Seine mächtigen Arme kamen hoch und schlugen sich fest vor die behaarte, breite Brust. Es war ein regelrechtes Trommeln.
Dann sagte er:
„Unguh!"
„Unguh!" gab Cay zurück. „Er meint also doch nicht ‚Hunger'. Was will er denn nur von mir?"

Unguh nahm Cay einfach beim Arm und zog ihn mit sich. Der junge Mann folgte neugierig und daher sehr willig. Der primitive Gast führte ihn so ein Stück vom Haus fort bis zu jener Stelle, an der ein großer Haufen Holzkohle lag, Überreste eines Feuers. Dort blieb er stehen, deutete auf die Asche und sagte:
„Unguh! Unguh!"
Jetzt glaubte Cay zu verstehen. Sicherlich hatte der andere von einem Baum aus das ferne Feuer gesehen und wollte nun wissen, was es war, oder gar, wie man es machte.
Und somit zeigte Cay ihm, wie man ein Feuer machte. Er strich ein gewöhnliches Stückchen harter Pflanzenfaser, an deren Ende eine Mischung von Phosphor und Sulphat war, gegen eine Reibfläche. Es war ein gewöhnliches Streichholz, wie man sie auch heute noch benutzt. Die Flamme flackerte unruhig, als Cay ein kleines Ästchen damit entzündete, größere hinzulegte, und schließlich brannte ein hell auflodenrdes Feuer.
Unguhs Augen quollen vor Erstaunen fast aus den Höhlen. Er rückte näher an die Flammen heran und fühlte die wohltuende Wärme. Doch er verbrannte sich dabei, denn mit einem wütenden Knurren sprang er auf und lief einige Meter davon. Zusammen mit Teth, die herangekommen war, näherte er sich jedoch erneut und fand bald heraus, daß die Flammen in einer gewissen Entfernung nicht verbrannten, sondern angenehm wärmten.
Nach einer Weile versuchte er, selbst ein Feuer zu machen. Aber er hatte den Unterschied zwischen einem gewöhnlichen Holzstäbchen und einem Streichholz noch nicht erkannt. Seine Zähne fletschten wütend, als sein Experiment nicht gelang. Eine Reihe unverständlicher Worte sprudelten hervor.
„Er will ein Streichholz!" übersetzte Teth lachend.
„Welchen Sinn hätte das?" gab Cay zu bedenken. „Ich will ihm ja das Feuer schenken, aber was würde ihm da ein Streichholz nützen? Selbst wenn er tausend davon hätte, so hätte seine Rasse immer noch nicht das Feuer. Nein, ich muß ihm zeigen, wie er *immer* Feuer machen kann."
Er suchte ein passendes Stück Holz mit einer Vertiefung in der Mitte. Dann nahm er ein zweites, kleineres Stückchen, das genau

in diese hineinpaßte. Mit den Handflächen rieb er dieses letztere Stück so lange, bis die Reibung die nötige Hitze erzeugte, um die ersten glühenden Funken sprühen zu lassen. Trockenes Gras entzündete sich sofort, und sehr bald brannte neben dem ersten Feuer ein zweites.

Es war sehr schwierig, dem Waldmenschen den Vorgang zu zeigen und ihn zu lehren, ihn selbst zu wiederholen. Aber sowohl Cay wie Teth hatten eine unendliche Geduld. Und dann brannte schließlich ein drittes Feuer. Unguhs Feuer!

Als die anderen Marsianer herangekommen waren, saß Unguh immer noch vor seinem Feuer und warf ab und zu nachdenklich einen Ast in die auflodernden Flammen.

Cay sah spät nachts noch einmal aus der Tür und gewahrte Unguh, der langausgestreckt neben dem Feuer lag und schlief.

Mit banger Ungewißheit dachte Cay über die Frage nach, wem wohl dereinst die Erde gehören würde: den Kindeskindern von Unguh oder dem Volk vom Mars.

Würde letzteres nicht vielleicht dann nur noch ein undeutlicher, vager Erinnerungstraum der zukünftigen Menschheit sein?

„Morgen hat Teth Geburtstag", erwähnte Talbo an der gemeinsamen Frühstückstafel beiläufig und beugte sich zu Keddel hinüber. „Sie ist schön und kräftig, der rechte Anfang für eine neue Generation. Aber — ich habe die Seuche noch nicht vergessen können."

„Ich auch nicht", bekannte Keddel leise. „Und selbst, wenn das Schicksal will, daß unsere Rasse fortbesteht — wird es nicht auf Kosten von Unguhs Rasse geschehen?"

Talbo nickte langsam, dann jedoch schüttelte er heftig den Kopf, als habe er sich anders besonnen.

„Morgen ist ein Festtag für uns!" sagte er. „Heute werden wir jagen, um diesen Tag entsprechend begehen zu können. Morgen werden wir ernstlich daran gehen, unsere Zivilisation aufzubauen — und zu erhalten."

Talbo, Cay, Thuran, Rignor und fünf andere Männer begaben sich auf die große Jagd und kehrten erst am Abend mit ihrer reichen Beute zurück. Die Daheimgebliebenen hatten das Haus bereits

mit bunten Blumen und Zweigen geschmückt, und alles zeugte davon, daß morgen tatsächlich ein großer Feiertag werden sollte.
Die Nacht kam. Cay und Teth saßen noch einsam auf der Veranda und bewunderten den Mond, der hoch am Himmel stand. Sie hatten beide den gleichen geheimen Gedanken: In einer Million Jahre würde der gleiche Mond auf die gleiche Erde scheinen. Aber auf wen?
„Auf uns — oder auf Unguh?“ flüsterte Teth.
Und dann kam Unguh im Mondschein bis zur Veranda heran, sah sie. In seinen Händen hielt er die beiden Holzstücke, die Cay ihm gegeben hatte. Sie erhoben sich und gingen zu ihm hinab. Er überschüttete sie mit unverständlichen Lauten, aus denen sie jedoch etwas Forderndes, Bestimmendes zu erkennen glaubten. Unguh machte einige Schritte, blieb stehen und wartete auf sie.
„Er will uns etwas zeigen“, vermutete Teth. „Gehen wir mit ihm.“
Unguh führte sie zu einem großen Haufen dürren Holzes, kauerte sich davor nieder und begann, die Hölzer aneinander zu reiben.
„Ah — er will uns beweisen, wie schlau er ist. Immerhin, er hat es sehr schnell gelernt“, gab Cay zu, und sie legten sich beide in das weiche, trockene Gras, schauten zu, was Unguh ihnen zeigte.
Sie erkannten, daß Unguh inzwischen geübt haben mußte, denn er rieb mit einer derartigen Fertigkeit das kleinere Stück Holz zwischen den glatten Flächen seiner Hände, daß sehr bald die ersten Funken sprühten, in das aufgehäufte Gras fielen und die Flammen auflodern ließen. Dann brannte das Feuer. Unguh setzte sich dicht daneben und starrte mit Andacht auf sein Werk. Seine Lippen murmelten undeutliche Laute, und ab und zu warf er einen Blick auf die beiden Marsianer, wie um sich zu überzeugen, daß sie seine Fähigkeiten anerkannten.
Teth rückte näher an Cay heran.
„Ich habe Angst“, flüsterte sie.
Er legte den Arm um sie.
„Du auch…? Fühltest du es auch?“
„Wir fühlen es alle. Über uns hängt immer noch die unsichtbare Drohung der Seuche. Wenn sie nun wieder ausbräche — und

sich auf Unguh übertragen würde? Damit würden wir die Erde ihrer Chance berauben, jemals intelligentes Leben zu tragen. Noch ist er der König seines Stammes, denn er besitzt das Feuer."
Teth bewegte sich unruhig.
„Laß uns gehen. Morgen ist mein Geburtstag — und du mußt mir ein Gedicht aufsagen. So wie der Brauch es will."
Davor habe ich noch mehr Angst", lachte Cay und erhob sich.
Trotz der ärgerlichen Proteste von Unguh verließen sie das knisternde Feuer und wanderten dem dunklen Haus zu.

Es war am Vormittag des nächsten Tages. Cay hatte sich gewaschen und summte eine frohe Melodie vor sich hin. Während er sich abtrocknete, betrachtete er — wie es vorgeschrieben war — aufmerksam seinen Körper, suchte nach einem Anzeichen der Seuche. Doch seine Haut war rein und makellos, nichts Verdächtiges war zu sehen. Anscheinend hatten sie also doch die Gefahr überwunden, denn sonst hätte sich schon längst mal etwas gezeigt.
Schon viele Monate waren nun vergangen, seit sie Mars verlassen hatten. Keiner war mehr von ihnen erkrankt, die Seuche mußte tot sein.
Und heute hatte Teth Geburtstag!
Ein letzter Blick in den Spiegel, dann verließ er sein Zimmer. Vor der Tür zu Teths Raum wartete er, bis sie sich öffnete und das Mädchen förmlich in seine Arme lief. Sie küßten sich, lachten und gingen dann Hand in Hand zur Veranda, wo ihnen das fröhliche Geplauder der Gefährten entgegenschallte. Achtlos passierten sie dabei DEN RAUM.
Bei dem letzten Fenster vor der Veranda machten sie halt. Cay blickte hinaus auf die freie Steppe, wo ganze Herden von Antilopen grasten. Teth stand dicht neben ihm und folgte der Richtung seines zeigenden Arms. Sie erblickte jedoch nicht mehr die Tiere, sondern ihre Augen blieben auf seinem Handgelenk hängen. Einen Augenblick nur, dann stieß sie einen kaum hörbaren Schreckensruf aus, wich vor ihm zurück. Sie hob instinktiv die Hände, als er ihr erstaunt folgen wollte.

„Bleib! Komm mir nicht zu nahe, Cay! Geh weg!"
Er versuchte ein Lächeln, obwohl er ihren Scherz nicht verstand.
„Was ist?" fragte er und kam auf sie zu.
Sie schrie auf, diesmal laut und schrill.
„Geh weg! Weg von mir!"
Ganz langsam kroch in Cay die entsetzliche Erkenntnis hoch, daß dies kein Scherz, sondern tödlicher Ernst war. Das Blut schien zu stocken, und in seinem Gehirn entstand eine gräßliche Leere. Ohne auf seinen Arm zu schauen wußte er, daß er der Bitte von Teth entsprechen mußte, obwohl er nicht verstehen konnte, daß dies ohne Abschied geschehen sollte.
Und dann drehte er sich um und ging mit Füßen, die aus Blei sein mußten, den Gang zurück. Hinter sich vernahm er das verhaltene Schluchzen des Mädchens, hörte ihr Weinen. Doch dann kamen ihm Stimmen entgegen, Stimmen, die er so gut kannte. Einige seiner Gefährten wollten sich zur Veranda begeben, würden ihm gleich begegnen. Plötzlich konnte er sich wieder bewegen, sogar laufen. Aus seinem Munde kam nur ein einziges Wort, das er ihnen entgegenbrüllte:
„Die Seuche!"
Zuerst verstanden sie nicht, aber dann war der Gang plötzlich wie leergefegt. Blitzschnell hatten sich die Männer in die nächstbesten Zimmer geflüchtet.
Cay war wieder allein. Er verlangsamte seine Schritte, nahm mit einem Blick noch einmal alles in sich auf und stand dann vor DEM RAUM.
Die Außentür glitt auf, schloß sich wieder. Dann erst öffnete sich die innere Tür, und er betrat die Todeszelle. Es war ein kalter, schmuckloser Raum. Kein Fenster, kein Möbelstück, nichts. Nur der Tod. Von den glatten Wänden strahlte ein gleichmäßiges, eisiges Licht.
Wie fasziniert starrte Cay auf seinen Unterarm. Ja, da waren sie, die winzigen Spiralen. Er konnte sich nicht erklären, daß er sie nicht selbst entdeckt hatte, vorhin nach dem Waschen. Noch während er auf die kaum wahrnehmbaren Kreise schaute, wurden diese größer. Die Viren arbeiteten, ihr Ziel war das Herz. Es

waren die gleichen Viren die damals aus dem Weltraum zum Mars gekommen waren und dessen Leben innerhalb von wenigen Tagen zerstört hatten.
Und in wenigen Stunden würde auch er, Cay, tot sein.
Er dachte an die anderen und schauderte zusammen. Sie würden keine Chance haben. Zu oft war er stets mit Teth zusammengewesen, auch sie trug den Tod nun in sich. Oder jene, die den Korridor herabkamen, ehe er zu DEM RAUM gelangen konnte.
Verzweifelt warf er sich auf den harten Boden, blickte hinauf gegen die bemalte Decke. Etwas wie Befriedigung überkam ihn, als er an Unguh dachte. Die Erde hatte Unguh, und Unguh hatte das Feuer.
In wenigen hunderttausend Jahren würde Unguh nicht mehr nur mit Feuer spielen. Dann spielte er mit der Elektrizität — oder mit Atomen.
Cay war ganz ruhig, als er wartete.

Er wartete nicht sehr lange.
Die Tür öffnete sich langsam, und ein Kopf schob sich herein.
„Ich bin's, Keddel. Du kannst genausogut auch herauskommen, Cay."
Cay gab keine Antwort, sondern erhob sich schweigend. Er hatte noch nicht begriffen. Keddel kam herein, zog die Tür achtlos hinter sich zu. Er schritt auf Cay zu und legte seine Hand auf dessen Schulter.
„Es hat keinen Zweck mehr. Wir sind in der gleichen Lage wie du."
Cay ließ die Schultern hängen.
„Es ist nur meine Schuld!" klagte er sich bitter an.
„Keiner hat Schuld, Cay! Komm mit, die anderen warten nur noch auf dich. Sie sitzen am gedeckten Tisch. Kein Gott soll uns daran hindern, daß wir Teths Geburtstag feiern!"
Cay dachte flüchtig an den Vers, den er für sie gedichtet hatte. Ob seine Freunde jetzt auch noch darüber lachen konnten? Dann fiel ihm etwas ein.

„Habt ihr Fenster und Türen dicht verschlossen?"
„Teth hat daran gedacht. Unguh soll seine Chance haben."
Sie verließen DEN RAUM.
„Teth erwartet dich in ihrem Zimmer."
Sie saß auf dem Bett und warf sich ihm um den Hals, als er ihr Zimmer betrat. Wenige Minuten verweilten sie so, dann schritten sie gemeinsam zur Veranda, deren Glasfenster hermetisch geschlossen waren.
Die achtundzwanzig Freunde erwarteten sie. In ihren Augen leuchteten Freude und froher Übermut. Cay wunderte sich, ob dieser Ausdruck nicht gezwungen war, aber er kam zu keinem Ergebnis. Man hatte ihnen die beiden Plätze am Kopf des Tisches frei gelassen. Kaum saßen sie, als die Gefährten begannen, das alte Lied zu singen. Es erzählte vom Sinn des Lebens und vom Glücklichsein. Tränen waren in den Augen der Marsianer, als sie endeten.
Doch dann erhob sich Cay, nahm sein Glas mit köstlichem Marswein in die Hände und hielt es Teth entgegen.
„Auf das schönste Marsmädchen, das es gibt — und nicht deshalb, weil sie das einzige Marsmädel ist!"
Sie lächelte zurück.
„Danke, Cay!"
Dann sprach Keddel, während er sich erhob.
„Auch ich will einen Trinkspruch bringen, aber einen wesentlich ernsteren:
Auf Unguh! Auf sein Feuer! Auf seine Weiterentwicklung!"
Nachdenklich und langsam standen sie alle auf, setzten die Gläser an und tranken sie bis auf den Grund leer.
Als sie sich wieder auf ihre Sitze niederließen, sprach keiner von ihnen ein Wort. Das Schweigen wurde fast unheimlich, und sie alle versanken in Erinnerungen an ihre Vergangenheit. Nur Talbo seufzte einmal tief auf, und Keddels Augen hatten einen feuchten Schimmer.
Cay und Teth saßen eng nebeneinander. Sie starrten auf die Männer, die nicht mehr zu leben schienen, sondern mit dem Gedanken an das Ende eines großen, wunderbaren Volkes anschei-

nend auch ihre Seele verloren hatten. Cay hielt es nicht mehr länger aus. Er sprang auf.

„Talbo!“ rief er laut. „Keddel! Rignor! Dinal! Thuran! Kommt!“

Sie öffneten nur müde die Augenlider, sahen ihn kurz und düster an, um wieder in ihre alte Stellung zurückzusinken.

Cay setzte sich wieder hin.

„Ich verstehe sie“, murmelte er zu Teth. „Unsere Rasse ist tot!“

In diesem Augenblick wurden sie durch ein Geräusch aufgeschreckt, das ihnen allen so bekannt war. Es drang durch die gläsernen Scheiben und gelangte an ihre Ohren, wie der Laut einer neugeborenen Welt.

Unguh rief sie in seiner unverständlichen Sprache.

Keddel erhob sich und ging zu den Fenstern hinüber, schaute hinaus.

Dann drehte er sich um und sagte: „Unguh darf nicht zu nahe an das Haus kommen. Ihr versteht?“

Cay nickte und erhob sich. Mit schleichenden Schritten begab er sich zu seinem Zimmer und kehrte mit dem Paralysator zurück. Er öffnete das Fenster, vor dem Unguh stand und ihn mit drängenden Gebärden dazu aufforderte, ihm zu folgen.

Cay verstand. Unguh wollte ihm zeigen, wie gut er Feuer zu machen verstünde.

Aber Unguh verstand nicht.

Er fiel zwar rücklings auf den Boden, als Cay den Auslöser drückte, aber er lief nicht davon, als er sich wieder erhoben hatte.

„Unguh!“ rief er wütend. „Unguh!“

Cay schickte ihm erneut den geschwächten Strahl direkt entgegen.

Wieder fiel Unguh, aber er wich nicht. Breitbeinig stand er vor dem Fenster, fletschte die gelben Zähne.

Cay schoß ein drittes Mal. Nun rannte Unguh davon, blieb etwa fünfzig Meter von dem Haus entfernt stehen und schaute zurück. Langsam dämmerte ihm die Erkenntnis, daß jene in dem Haus ihn geschlagen hatten.

Noch niemals hatte man Unguh so mißhandelt, die tierische Wut kroch in ihm hoch. Er leckte sich das Maul und dachte an das Tier, das er eben noch getötet hatte. Das rohe Fleisch hatte ihm gemundet. Warum sollte er nicht auch jene Tiere in dem Haus töten können? Rache! Das war es, was er dachte:
Rache!
Aber er vermochte nicht, klar zu denken. Und ganz bestimmt nicht konnte er gleich zwei Dinge auf einmal denken. Es war wohl noch zu früh dazu.
Und so sahen die dreißig Marsianer, wie Unguh sich langsam im Gras niederließ und mit seinen beiden Holzstückchen zu spielen begann.

Sie setzten sich wieder an die lange Tafel, die Gläser begannen erneut zu klingen, und vereinzelte Gespräche flackerten auf. Hin und wieder lachte sogar jemand. Sie hatten Unguh ganz vergessen.
Nur Talbo und Keddel tranken nicht, beteiligten sich nicht an einem Gespräch. Es schien, als ob sie auf etwas warteten. Cay bemerkte es und vergaß ebenfalls das Trinken, das die anderen bereits mit schwerer Zunge reden ließ.
Und dann hörte er plötzlich das Knistern und das feine Rauschen, das von draußen zu ihnen hereindrang. Entsetzen packte ihn, er sprang auf seine Füße und starrte hinaus in die Steppe, hinüber zum Wald.
Rote, riesige Flammen fraßen sich mit unheimlicher Schnelle auf das Haus zu, Rauchschwaden begannen es einzuhüllen.
Cay blickte zu Keddel, sah, daß dieser lächelte und mit dem Kopf nickte. Er wartete. Und dann erst bemerkten die anderen, denen der Wein einen schweren Kopf gegeben hatte, das Feuer. Sie waren sofort nüchtern und sprangen von ihren Sitzen hoch.
Sie empfanden das Feuer als eine Bedrohung des Lebens. Nicht so jedoch Cay, Talbo, Teth, Keddel und einige andere, deren Beispiel der besonnenen Ruhe die restlichen bald ansteckte.
„Unguh!“ sagte Keddel leise und mit träumerischer Stimme. „Er hat diese Welt gerettet — denn Feuer ist reinigend!“

Er schritt auf seine Gefährten zu, gab jedem einzelnen die Hand und drückte ihnen dabei eine kleine, flache Kapsel in die widerstrebenden Finger.

„Leb wohl, Talbo! Auf Wiedersehen, Duran! Macht es gut, Dinal und Dray! Und auch du, Teth!" Er küßte sie und wandte sich schnell ab.

„Setzt euch wieder hin!" befahl er dann, und sie gehorchten, als seien sie hypnotisiert. Er blieb stehen und betrachtete sie voller Mitleid und Verständnis. Die ersten Hitzewellen strömten über den Tisch, versengten ihre Haut. Die andere Hälfte des Hauses brannte lichterloh.

Unguh hatte wirklich diesmal ein gewaltiges Feuer gemacht. Sie konnten nicht wissen, was in seinem Kopf vorgegangen war, als er diesmal die Holzstückchen aneinander rieb, aber sie sahen das Ergebnis.

Keddel lehnte sich vor. Seine Stimme war heiser, als er sagte:

„Da ist noch ein Schluck Wein in den Gläsern. Damit könnt ihr die Kapsel hinabspülen. Seht, ich mache es euch vor!"

Und er legte die Kapsel auf seine Zunge, setzte das Glas an und trank. Die Kapsel war verschwunden, als er das Glas absetzte.

Einer nach dem anderen folgten sie seinem Beispiel. Die Hitze wurde unerträglich.

Cay hatte Teth und sich je eine Kapsel in dem Mund geschoben und Teth das Glas in die Hand gegeben. Dann tranken sie. Teth lächelte ihm dabei zu. Ihr Blick fiel auf die Reste des Mahles und auf die Geschenke, die Cay ihr gebracht hatte. Darunter auch eine runde, goldgelbe Frucht mit saftigem, schmackhaftem Fleisch und schwarzen Kernen.

Sie zeigte auf diese Frucht.

„Sie war so lecker, Cay. Ich danke dir für deine Liebe — und für diese Frucht. Ich danke dir auch für den Tod, den ich schon nahen fühle. Oh, es ist so gräßlich warm. Nicht mehr lange wird es dauern ..."

Cay zog sie in seine Arme.

Als der Rest des Hauses in die hell auflodernden Flammen stürzte, tanzte draußen Unguh wie wild auf dem heißen Grasboden hin

und her und trommelte sich mit den Fäusten auf die haarige Brust.
Immer wieder würde er ein solches Feuer machen können!
Und nicht nur er, sondern auch seine Stammesgenossen.
Er würde es sie schon lehren!

Harry Bates

Abschied vom Herrn

(Farewell to the Master)

Harry Bates lebte von 1900 bis 1981. Neben seinen Veröffentlichungen als SF-Autor erinnert man sich in erster Linie an seine herausgeberische Tätigkeit. In den zwanziger Jahren arbeitete er bei Clayton, einem Verlag, der eine ganze Reihe Pulp-Magazine publizierte. Dort editierte er zunächst ein Abenteuermagazin, bis man sich bei Clayton entschloß, in das junge Science Fiction-Genre einzusteigen und ***„Amazing Stories“*** *Konkurrenz zu machen.* ***„Astounding Stories of Super Science“*** *hieß die neue Publikation, die später zum bekanntesten SF-Magazin überhaupt werden sollte, und Harry Bates war ihr Herausgeber, bis sie 1933 von Street & Smith übernommen wurde.*

Noch während seiner Herausgeberzeit begann Bates zu schreiben und ***„Astounding“*** *mit Geschichten zu füllen. Zusammen mit seinem Mitherausgeber Desmond W. Hall verfaßte er unter dem Pseudonym Anthony Gilmore die Weltraumabenteuer um* ***„Hawk Carse“****. Trotz dieser recht erfolgreichen Erzählungen blieb sein SF-Werk sehr schmal. In den nächsten Jahrzehnten schrieb er nur wenige Stories, unter denen* ***„A Matter of Size“*** *(1934) und* ***„Alas, All Thinking“*** *(1935) herausragen. Sein unzweifelhaft bekanntestes Werk ist die Novelle* ***„Farewell to the Master“****, die wir für Sie auswählten und die als Vorlage für einen der besseren SF-Filme der fünfziger Jahre diente:* ***„The Day the Earth Stood Still“*** *(1951),* ***„Der Tag, an dem die Erde stillstand“*** *von Robert Wise. Geschichte und Film (letzterer hält sich nicht sklavisch ge-*

nau an die Vorlage) sind frühe Beispiele, in denen die Menschheit anderen kosmischen Intelligenzen als technisch und vor allem ethisch unterlegen dargestellt wird. Bates ist keiner der großen SF-Autoren, aber mit ***„Farewell to the Master“*** *machte er Eindruck auf viele andere Autoren. Die Novelle zeigt, daß auch weniger bekannte Autoren vom Enthusiasmus Campbells mitgerissen wurden und in* ***„Astounding“*** *ihre besten Geschichten veröffentlichten. Heute jedenfalls gilt die Geschichte um den großen Roboter Gnut und seinen Herrn und Meister Klaatu als Klassiker der SF.*

1

Cliff Sutherland saß auf einer Leitersprosse hoch über dem Museumsboden und studierte sorgfältig jede Linie und jedes Detail des großen Roboters. Dann wandte er sich um und blickte zu den Besuchern hinab, die aus dem ganzen Solarsystem herbeigeströmt waren, um Gnut und das Schiff mit eigenen Augen zu sehen und ihre erstaunliche, tragische Geschichte noch einmal zu hören.

Er selbst war gekommen, weil er ein fast besitzergreifendes Interesse an der Ausstellung hatte, und das mit gutem Grund. Er war der einzige freiberufliche Photoreporter auf dem Gebiet des Capitols gewesen, als die Besucher aus der unbekannten Welt eingetroffen waren, und hatte die ersten professionellen Schnappschüsse von dem Schiff gemacht. Jedes Ereignis dieser aufregenden Tage hatte er aus nächster Nähe beobachtet. Danach hatte er den acht Fuß großen Roboter, das Schiff und Klaatu, den schönen schlanken Botschafter, und sein imposantes Grab im Tidebecken noch oft photographiert. Da das Interesse der vielen Milliarden Leute im ganzen bewohnbaren All noch immer nicht nachgelassen hatte, war er wieder einmal hier, um neue Photos zu machen — wenn möglich, aus einem neuen Blickwinkel.

Diesmal war er auf ein Bild versessen, das Gnut unheimlich und drohend darstellte. Die Schnappschüsse, die er am Vortag gemacht hatte, erzielten nicht ganz die Wirkung, die er sich wünschte, und er hoffte, daß er es heute schaffen würde. Aber das Licht stimmte noch nicht, und er mußte warten, bis die Abenddämmerung hereinbrach.

Die letzten Leute, die zu dem derzeit zugelassenen Besucherkontingent gehörten, eilten herein und schrien bewundernd auf, als sie die schöngeschwungenen Kurven des geheimnisvollen Zeitenraumschiffs sahen, doch sie vergaßen es sofort beim Anblick des furchterregenden Riesen Gnut. Drehbare Roboter von annähernd menschlicher Gestalt waren allgemein bekannt, aber noch nie zuvor hatten irdische Augen auf einem solchen Geschöpf geruht. Denn Gnut sah fast genauso aus wie ein Mensch — wie ein gigantischer Mann, dessen Fleisch und schwellende Muskeln durch grünliches Metall ersetzt worden waren. Bis auf einen Lendenschurz war er nackt. Er stand da wie der mächtige Maschinengott einer Zivilisation, die zu ungeahnten wissenschaftlichen Leistungen fähig war, mit ernstem, nachdenklichem Gesichtsausdruck, die Leute, die ihn anschauten, machten keine Witze oder oberflächlichen Bemerkungen, und jene, die ihm am nächsten standen, sagten überhaupt nichts. Seine seltsamen, von innen beleuchteten roten Augen waren so eingestellt, daß jeder Betrachter das Gefühl hatte, sie wären auf ihn allein gerichtet. Und er erweckte den Eindruck, als würde er jeden Moment wütend vortreten und unvorstellbare Taten vollbringen.

Ein leises Rauschen drang aus den Lautsprechern, die versteckt an der Decke installiert waren, und die Menge verstummte sofort. Nun sollte die auf Tonband aufgezeichnete Vorlesung gehalten werden. Cliff seufzte. Er kannte den Text auswendig, war sogar dabei gewesen, als man ihn aufgenommen hatte. Damals hatte er den Sprecher, einen jungen Burschen namens Stillwell, kennengelernt.

„Meine Damen und Herren“, begann eine klare, gut modulierte Stimme — aber Cliff hörte nicht mehr zu. Die Schatten in den Vertiefungen von Gnuts Gesicht und seiner Gestalt waren dunkler geworden. Bald würde er seine Aufnahme machen können. Er griff nach den Probeabzügen der Photos, die er am Vortag gemacht hatte, und verglich sie kritisch mit dem Roboter.

Plötzlich runzelte er die Stirn. Zuvor war es ihm nicht aufgefallen — aber jetzt hatte er das Gefühl, daß sich Gnut seit gestern irgendwie verändert hatte. Die Haltung war die gleiche wie auf den Photos, alle Details schienen übereinzustimmen. Trotzdem konnte er sich des Eindrucks nicht erwehren, daß irgend etwas anders geworden war. Er zog eine Lupe hervor, sah sich die Photos noch einmal in allen Einzelheiten an und verglich sie mit der Riesengestalt. Und da entdeckte er den Unterschied.

Erregt machte Cliff zwei Aufnahmen mit verschiedenen Belichtungszeiten. Er wußte, daß er noch ein wenig warten und weitere

Photos schießen müßte. Aber er war ganz sicher, daß er einem wichtigen Geheimnis auf die Spur gekommen war, und so packte er rasch seine Ausrüstung zusammen, kletterte die Leiter hinab und lief hinaus. Zwanzig Minuten später entwickelte er die neuen Photos in seinem Hotelzimmer, von brennender Neugier getrieben.

Als Cliff die Negative von gestern und heute miteinander verglich, rann ihm ein Schauer über den Rücken. Da war tatsächlich eine schräge Linie. Und offenbar hatte es niemand außer ihm bemerkt. Trotzdem — was er da herausgefunden hatte, war nur ein kleiner Fingerzeig, wenn seine Entdeckung auch im ganzen Solarsystem Schlagzeilen machen würde. Was wirklich geschehen war, wußte er ebensowenig wie die anderen, und es war sein Job, die Wahrheit zu finden.

Das bedeutete, daß er sich ins Museum einschleichen und die Nacht darin verbringen mußte — diese Nacht. Er hatte gerade noch Zeit, vor der Sperrstunde in das Gebäude zurückzukehren. Er würde eine kleine Infrarotkamera mitnehmen, die im Dunkel sehen konnte, und dann würde er ein wirklich interessantes Bild mitsamt der passenden Story bekommen.

Er packte den kleinen Photoapparat, nahm sich ein Lufttaxi und flog zum Museum zurück. Inzwischen war ein weiterer Teil der unaufhörlichen Menschenschlange in das Gebäude geströmt, und die Vorlesung wurde gerade beendet. Er dankte dem Himmel, daß er eine Vereinbarung mit der Museumsleitung getroffen hatte, die es ihm gestattete, zu kommen und zu gehen, wann er wollte.

Er hatte bereits beschlossen, was er tun würde. Zuerst ging er zu einem der Wächter, die ständig unterwegs waren, stellte eine Frage, und seine Vorfreude wuchs, als er die erwartete Antwort erhielt. Dann mußte er eine Stelle finden, wo er vor den Blicken der Männer sicher war, die diese Etage für die Nacht schließen würden. Es gab nur einen einzigen Ort, der sich für seine Zwekke eignete — das Labor. Selbstbewußt zeigte er einem zweiten Museumsaufseher in dem Korridor, der zum Labor führte, seinen Presseausweis und erklärte, daß er den Wissenschaftler interviewen wollte. Und einen Augenblick später stand er an der Tür des Labors.

Er war schon oft hier gewesen und kannte den Raum gut, in dem ein heilloses Durcheinander herrschte. Inmitten schwerer, massiver Gegenstände versuchten die Wissenschaftler in das Schiff einzudringen, umgeben von Elektro- und Heißluftöfen. Glasballons mit Chemikalien, Asbestplatten, Kompressoren, Schüsseln, Schöpfkellen, einem Mikroskop und einer Menge kleinerer Geräte, die man in einem metallurgischen Labor brauchte. Am anderen Ende des Raumes arbeiteten drei Männer in weißen Kitteln an einem Experiment. Cliff wartete eine Weile, dann schlüpfte er hinein und versteckte sich unter einem Tisch, auf dem sich Vorräte türmten. Hier würde man ihn ganz sicher nicht entdecken. Es war Abend, und die Wissenschaftler würden bald nach Hause gehen.

Er hörte, wie an der anderen Seite des Schiffes ein weiterer Besucherstrom vorbeizog, der letzte des heutigen Tages, wie er hoffte. Er setzte sich so bequem zurecht, wie es unter diesen Umständen möglich war. Nun mußte jeden Augenblick die Vorlesung beginnen. Er mußte lächeln, als er an einen ganz bestimmten Satz des Textes dachte.

Und da klang sie wieder auf — Stillwells klare, gut ausgebildete Stimme. Die Menge hörte auf zu flüstern und mit den Füßen zu scharren, und Cliff konnte jedes Wort verstehen, obwohl das große Schiff zwischen ihm und dem Lautsprecher lag.

„Meine Damen und Herren — Smithsonian Institution heißt Sie in diesem neuen interplanetarischen Flügel willkommen und präsentiert Ihnen diese großartigen Ausstellungsstücke“, begannen die vertrauten Worte, dann machte Stillwell eine kleine Pause.

„Inzwischen wissen Sie sicher alle, was vor drei Monaten geschehen ist, auch wenn Sie es nicht auf dem Fernsehschirm verfolgt haben“, fuhr die Stimme fort. „Die wenigen Fakten sind schnell erzählt. Am 16. September, kurz nach fünf Uhr nachmittags, drängten sich die Besucher so zahlreich wie üblich vor diesem Gebäude, zweifellos von den üblichen Gedanken ergriffen. Es war ein schöner, warmer Tag. Ein Menschenstrom verließ das

Museum durch den Hauptausgang, bewegte sich genau in die Richtung, in die Sie jetzt blicken. Damals gab es diesen Flügel natürlich noch nicht. Alle strebten nach Hause, müde nach den vielen Stunden, die sie auf den Beinen gewesen waren, während sie das Museum und die vielen anderen Gebäude rings um das Capitol besichtigt hatten. Und dann geschah es:

Auf dem Platz zu Ihrer Rechten erschien das Zeitenraumschiff, von einer Sekunde zur anderen. Es war nicht vom Himmel herabgeflogen — es war plötzlich da. Das können Dutzende von Zeugen beschwören. Es stand an derselben Stelle wie jetzt.

Die Leute in der Nähe des Schiffes wurden von Panik erfaßt und rannten schreiend davon. Die Aufregung breitete sich in ganz Washington wie eine riesige Welle aus. Reporter eilten sofort herbei. Die Polizei bildete einen breiten Kordon rund um das Schiff, Armee-Einheiten gingen in Stellung und richteten Geschütze und Strahlenprojektoren darauf. Man fürchtete, daß jeden Augenblick eine Katastrophe über uns hereinbrechen könnte.

Man hatte auf den ersten Blick erkannt, daß dies kein Raumschiff aus unserem Solarsystem war. Jedes Kind weiß, daß man auf der Erde nur zwei Raumschiffe und auf den anderen Planeten und Satelliten kein einziges gebaut hatte. Eins der beiden Schiffe wurde zerstört, als es von der Sonne angezogen wurde. Das andere ist, wie wir soeben erfahren haben, sicher auf dem Mars gelandet. Außerdem besaßen die Schiffe, die man hier hergestellt hatte, Rümpfe aus einer festen Aluminiumlegierung, während dieses hier aus einem unbekannten grünlichen Metall besteht.

Das Schiff erschien und stand einfach da. Niemand stieg aus, und nichts wies darauf hin, daß sich irgendwelche Lebewesen darin befanden. Die allgemeine Aufregung wuchs. Wen oder was beherbergte das Schiff? Waren uns die Besucher freundlich oder feindlich gesinnt? Woher war das Schiff gekommen? Warum hatte es ganz plötzlich an dieser Stelle gestanden, ohne vom Himmel herabzufliegen?

Zwei Tage lang stand das Schiff da, so wie Sie es jetzt sehen, ohne daß irgendeine Bewegung oder ein Anzeichen erkennen ließ, ob es lebende Wesen enthielt oder nicht. Schon vor Ablauf dieser zwei Tage hatten die Wissenschaftler erklärt, daß es kein Raumschiff sei, sondern ein Zeitenraumschiff, denn nur ein solches könnte auf eine so seltsame Weise landen — indem es sich einfach materialisiert. Sie machten uns darauf aufmerksam, daß wir die Funktion dieses Schiffs zwar theoretisch verstehen könnten, aber beim derzeitigen Stand unserer Wissenschaft unfähig seien, ein ähnliches Exemplar herzustellen, und daß dieses hier, von Relativitätsprinzipien betrieben, aus einer fernen Ecke des Universums kommen könnte und eine Strecke zurückgelegt haben müßte, zu deren Bewältigung sogar das Licht Millionen von Jahren benötigen würde.

Als diese Meinung verbreitet wurde, wuchs die Spannung in der Öffentlichkeit, bis sie fast unerträgliche Ausmaße annahm. Woher war das Schiff gekommen? Wer saß darin? Warum waren die Fremden zur Erde geflogen? Und — vor allem — warum zeigten sie sich nicht? Bereiteten sie womöglich eine Waffe von schrecklicher Zerstörungskraft vor?

Und wo war die Einstiegsluke? Die Männer, die sich in die Nähe des Schiffs gewagt hatten, berichteten, daß sie keine Luke entdeckt hätten. Keine noch so schmale Ritze unterbricht die glatte Oberfläche des eiförmigen Rumpfes. Eine Delegation hoher Beamter klopfte an die Schiffswand, aber die Insassen rührten sich nicht.

Endlich, nach genau zwei Tagen, vor den Augen der vielen tausend Menschen, die sich in gebührendem Abstand rings um das Schiff versammelt hatten, vor den zahlreichen Mündungen der mächtigen Geschütze und den Strahlenprojektoren, klaffte plötzlich ein Loch in der Schiffswand, eine Rampe glitt herab, und ein Mann stieg aus, von göttlicher Erscheinung und menschlicher Gestalt, dicht gefolgt von einem riesigen Roboter. Als ihre Füße den Boden berührt hatten, glitt die Rampe zurück, und die Öffnung schloß sich wieder.

Die vielen tausend, die sich versammelt hatten, erkannten sofort, daß uns der Fremde freundlich gesinnt war. Er hob den rechten Arm in der universalen Friedensgeste. Aber nicht das war es, was die Menschen beeindruckte, die ihm am nächsten standen, sondern der Ausdruck seines Gesichts, das Freundlichkeit, Weisheit und reinsten Edelmut ausstrahlte. In seiner schön gefärbten Robe sah er aus wie ein gütiger Gott.

Ein Komitee hoher Regierungsbeamter und Armeeoffiziere, das auf diesen Augenblick gewartet hatte, trat vor, um den Gast zu begrüßen. Voller Anmut und Würde zeigte er auf sich selbst, dann auf seinen Begleiter, und sagte in perfektem Englisch mit merkwürdigem Akzent: ‚Ich bin Klaatu ...' Zumindest klang der Name so ähnlich. ‚... und das ist Gnut.' Damals hatte man die Namen noch nicht so deutlich verstanden, doch der Tonfilm, den das Fernsehen gedreht hatte, hielt sie fest, und bald wurden sie allgemein bekannt.

Und dann kam es zu jenem Ereignis, für das sich die menschliche Rasse bis ans Ende ihrer Tage schämen muß. In einem Wipfel, etwa hundert Yards entfernt, blitzte ein violettes Licht auf, und Klaatu stürzte zu Boden. Die versammelte Menge stand sekundenlang wie betäubt da und begriff nicht, was geschehen war. Gnut, der schräg hinter seinem Herrn stehengeblieben war, wandte sich zu ihm, bewegte zweimal den Kopf. Und dann stand er still, in derselben Haltung, in der Sie ihn jetzt sehen.

Nun brach die Hölle los. Die Polizei zerrte Klaatus Mörder aus dem Baum. Er war geistegestört und schrie immer wieder, daß der Teufel gekommen wäre, um alle Menschen zu töten. Man führte ihn ab, und Klaatu wurde in die nächste Klinik gebracht, obwohl er offensichtlich tot war. Man versuchte verzweifelt, ihn ins Leben zurückzurufen. Verwirrt und verängstigt harrte die Menge bis zum Abend und auch noch die halbe Nacht vor dem Capitol aus. Das Schiff stand still und reglos da wie zuvor. Und auch Gnut rührte sich nicht von der Stelle, an der er erstarrt war.

Gnut bewegte sich auch danach nicht mehr. Er blieb die ganze Nacht hindurch und auch noch während der nächsten Tage in der Haltung stehen, in der Sie ihn jetzt sehen. Als das Mausoleum im Tidebecken gebaut war, wurde Klaatu hier an dieser Stelle die letzte Ehre erwiesen. Die höchsten Funktionäre aus allen großen Ländern der Welt nahmen an den Feierlichkeiten teil.

Die Zeremonie war nicht nur angemessen, sie galt auch als Sicherheitsfaktor. Denn falls noch weitere Lebewesen im Schiff saßen, was damals noch vermutet wurde, wollte man sie beeindrucken, indem man demonstrierte, wie sehr die Erdenmenschen jenen schrecklichen Vorfall bedauerten. Falls Gnut noch lebte — oder vielleicht sollte ich besser sagen, falls er noch funktionierte, war nichts davon zu bemerken. Während der ganzen Zeremonie stand er so reglos da, wie Sie ihn jetzt sehen. Er stand auch so da, als sein Herr ins Mausoleum getragen und gemeinsam mit dem traurigen kurzen Filmbericht über seinen historischen Besuch den späteren Jahrhunderten übergeben wurde. Und so stand er auch danach da, Tag für Tag, Nacht für Nacht, im Sonnenschein und im Regen, rührte sich nicht, gab nicht einmal durch das leiseste Zeichen zu erkennen, ob er sich seiner Umgebung bewußt war.
Nach der Bestattung wurde dieser Flügel an das Museum angebaut, der nun Gnut und das Schiff beherbergt. Das war die einzige Möglichkeit, denn der Roboter und das Schiff sind so schwer, daß sie mit unseren verfügbaren Mitteln nicht transportiert werden können.
Sie wissen, daß sich unsere Metallurgen bemühen, das Schiff zu öffnen, und daß sie bisher keinen Erfolg hatten. Wie Sie zu beiden Seiten des Schiffes sehen können, wurde dahinter ein Labor eingerichtet, wo sie immer noch experimentieren. Das wunderbare grünliche Metall hat sich bisher als unantastbar erwiesen. Die Wissenschaftler sind nicht nur unfähig, es zu durchdringen, sie können auch die exakte Stelle nicht finden, an der Klaatu und Gnut ausgestiegen waren. Die Kreidemarkierungen, die Sie hier sehen, weisen nur auf Vermutungen hin.
Viele Leute haben befürchtet, daß Gnut nur für eine gewisse Zeit erstarrt sei und uns allen gefährlich werden könnte, sobald er wieder funktionieren würde. Deshalb haben die Wissenschaftler diese Möglichkeit ausgeschaltet. Er schien aus demselben grünlichen Metall zu bestehen wie das Schiff, was bald bestätigt wurde, da es ihren Angriffen ebenso eisern standhielt. Es gab keine Möglichkeit, in das Innere des Roboters vorzudringen, aber die

Wissenschaftler hatten andere Mittel. Sie schickten elektrische Ströme von ungeheurer Voltspannung und Amperezahl durch seinen Körper. Sie setzten alle Teile seiner Metallhülle einer gewaltigen Hitze aus. Sie tauchten ihn tagelang in Gase und Säuren und stark korrodierende Lösungen, sie bombardierten ihn mit allen bekannten Strahlenarten. Sie brauchen nun keine Angst mehr vor Gnut zu haben. Er kann seine Funktionsfähigkeit nie mehr zurückgewinnen. Das ist völlig unmöglich.
Aber seien Sie trotzdem vorsichtig. Die Regierungsbeamten wissen, daß manche Besucher dieses Gebäudes den nötigen Respekt vermissen lassen. Vielleicht wird die unbekannte, unvorstellbar mächtige Zivilisation, aus der Klaatu und Gnut stammen, weitere Repräsentanten zu uns schicken, um herauszufinden, was den beiden zugestoßen ist. Dann darf keiner von uns eine Haltung einnehmen, die jene Macht beleidigen könnte. Niemand konnte voraussehen, was an jenem Tag geschah — aber in einem gewissen Sinne sind wir trotzdem dafür verantwortlich, und wir müssen alles Menschenmögliche tun, um keine Vergeltungsmaßnahmen herauszufordern.
Sie dürfen jetzt noch fünf Minuten hierbleiben, und wenn der Gong ertönt, gehen Sie bitte sofort. Die Roboterwärter an den Wänden werden Ihnen alle Fragen beantworten.
Schauen Sie sich Gnut und das Schiff genau an — denn sie sind die starren Symbole für die Macht, das Mysterium und die Schwäche der menschlichen Rasse."
Die Tondbandstimme verstummte. Vorsichtig bewegte Cliff seine verkrampften Glieder und grinste. Wenn sie alle wüßten, was er wußte ...
Denn die Geschichte, die seine Photos erzählten, stimmte nicht ganz mit der Vorlesung überein. Auf den Photos von gestern war am Außenrand eines Roboterfußes ganz deutlich eine Linie des gemusterten Bodens zu sehen. Und auf den heutigen Photos war diese Linie bedeckt. Gnut hatte sich bewegt.
Oder er war bewegt worden, was allerdings unwahrscheinlich war. Wo war der Kran, wo waren andere Anzeichen solcher Aktivitäten? Man hätte es kaum in einer Nacht schaffen und dann alle

Spuren so rasch beseitigen können. Und warum hätte man es überhaupt tun sollen?
Um ganz sicherzugehen, hatte er den Museumsaufseher befragt. Er konnte sich ganz genau an die Antwort erinnern.
Nein, Gnut hat sich seit dem Tod seines Herrn nicht mehr bewegt, und er wurde auch nicht bewegt. Man hat genau darauf geachtet, daß er die Position beibehielt, die er nach Klaatus Tod eingenommen hatte.
Der Boden wurde unter seinen Füßen gebaut, und die Wissenschaftler, die ihn funktionsunfähig machten, stellten ihre Apparate rings um ihn auf, ohne seinen Standort zu verändern. Sie brauchen keine Angst zu haben."
Cliff lächelte. Er hatte keine Angst.
Noch nicht.

2

Einen Augenblick später ertönte der große Gong über dem Ausgang und kündigte die Sperrstunde an. Gleich danach rief die Stimme aus dem Lautsprecher: „Fünf Uhr, meine Damen und Herren! Sperrstunde!"
Die drei Wissenschaftler schienen erstaunt zu sein, weil es schon so spät war. Hastig wuschen sie sich die Hände, zogen ihre Kittel aus und verschwanden im Korridor, ohne den jungen Reporter zu bemerken, der sich unter dem Tisch versteckt hatte. Rasch verklangen die Schritte der Museumsbesucher, und dann war nur noch zu hören wie die beiden Aufseher umhergingen, die sich vergewisserten, daß alles in Ordnung war. Der eine blickte sekundenlang in die Tür des Labors, dann wandte er sich zusammen mit dem anderen zum Ausgang. Klirrend fiel das schwere Metalltor ins Schloß, dann war alles still.
Cliff wartete noch ein paar Minuten, dann steckte er vorsichtig den Kopf unter dem Tisch hervor. Als er sich aufrichtete, hörte er ein klirrendes Geräusch am Boden, dicht neben seinen Füßen. Er

bückte sich und entdeckte die dünnen Glasscherben einer Pipette, die er vom Tisch gestoßen hatte.
Daraus ergab sich eine Möglichkeit, an die er bisher nicht gedacht hatte. Ein Gnut, der sich bewegt hatte, konnte vielleicht auch sehen und hören — und ihm gefährlich werden. Er mußte sehr vorsichtig sein.
Er blickte sich um. Der Raum war durch zwei Holzfaserwände abgegrenzt, deren eine dicht am geschwungenen Ende des Schiffes aufragte. Eine Seite des Labors bildete das Schiff selbst, die dritte war die Südwand des Flügels. Der Raum hatte vier hohe Fenster und nur eine einzige Tür.
Ohne sich zu bewegen, schmiedete er seinen Plan, wobei ihm seine genaue Kenntnis des Gebäudes zugute kam. Der Flügel war mit dem westlichen Teil des Museums durch eine Tür verbunden, die niemals benutzt wurde, und erstreckte sich nach Westen bis zum Washington Monument. Das Schiff lag in der Nähe der Südwand, und Gnut stand davor, nicht weit von der Nordostecke entfernt, zwischen dem Haupteingang und dem Korridor, der zum Labor führte. Wenn Cliff den Weg zurückging, den er gekommen war, würde er eine Stelle erreichen, die möglichst weit vom Roboter entfernt war. Und genau das wollte er, denn an der anderen Seite des Eingangs stand, auf einer Plattform, ein paneelierter Tisch, in dessen Fach das Tonbandgerät untergebracht war. Hinter diesem Tisch konnte er sich verstecken und Gnut beobachten. Die einzigen anderen Gegenstände im Ausstellungsraum waren sechs menschenähnliche Roboterwärter, die an der Nordwand postiert waren, um die Fragen der Besucher zu beantworten. Er mußte diesen Tisch erreichen.
Er wandte sich um, verließ auf Zehenspitzen das Labor und schlich den Korridor hinab. Hier war es bereits dunkel, denn das Licht, das durch den Ausstellungsraum hereinfiel, wurde von dem großen Schiffsrumpf abgehalten. Lautlos erreichte er das Ende der Passage, spähte vorsichtig um das Schiff herum, zu Gnut hinüber.
Sein Atem stockte. Die Augen des Roboters waren direkt auf ihn gerichtet. Zumindest sah es so aus. Lag das nur an der Einstel-

lung der Augen — oder war Cliff bereits entdeckt worden? Gnuts Kopfhaltung hatte sich anscheinend nicht verändert. Sicher war alles in Ordnung — aber er wünschte, er müßte nicht zum anderen Ende des Ausstellungsraums kriechen, von dem Gefühl erfaßt, daß ihm die Roboteraugen folgten.
Er zog sich zurück, setzte sich auf den Boden und wartete. Es mußte erst völlig dunkel werden, bevor er es wagen konnte, zu dem Tisch hinüberzugehen.
Er wartete eine volle Stunde lang, bis der Schimmer der Lampen draußen auf dem Vorplatz den Raum schwach erfüllte, stand auf und spähte wieder um das Schiff herum. Die Roboteraugen schienen ihn zu durchdringen wie zuvor, aber nun wirkte die seltsame Innenbeleuchtung viel heller, was zweifellos auf die Dunkelheit zurückzuführen war. Ein Schauer lief über Cliffs Rücken. Wußte Gnut, daß er da war? Was dachte der Roboter? Was konnte eine von Menschenhand geschaffene Maschine schon denken — auch wenn sie so großartig war wie Gnut?
Es war Zeit, hinüberzugehen, und so schlang sich Cliff die Kamera um den Hals, sank auf Hände und Knie hinab und bewegte sich vorsichtig zur Nordwand des Ausstellungsraumes. Dicht an die Mauer gedrückt, kroch er weiter, Zoll für Zoll, ohne anzuhalten, ohne einen Blick auf Gnuts entnervende rote Augen zu riskieren. Er brauchte zehn Minuten, um eine Strecke von hundert Fuß zurückzulegen. Er war schweißüberströmt, als seine Finger endlich die einen Fuß hohe Plattform berührten, auf der sein Ziel stand — der paneelierte Tisch. Immer noch ganz langsam, lautlos wie ein Schatten, kletterte er hinauf und ging hinter dem Tisch in Deckung. Zumindest hatte er den ersten Teil seines Plans verwirklicht.
Er erholte sich ein paar Sekunden lang von der Anstrengung, dann spähte er vorsichtig um den Tisch herum.
Gnuts Augen waren direkt auf ihn gerichtet. Oder es sah so aus ... Im dichten Dunkel ragte der Roboter auf wie ein mysteriöser, noch dunklerer Schatten und schien den Raum zu beherrschen, ebenso diese Plattform, obwohl er hundertfünfzig Fuß entfernt war.

Aber wenn Gnut ihn auch ansah, so tat er zumindest nichts anderes. Cliff nahm auch nicht die geringste Bewegung wahr. Der Roboter stand genauso da wie in den letzten drei Monaten — in der Finsternis, im strömenden Regen und seit einer Woche im Museum.
Cliff beschloß, seiner Angst nicht nachzugeben. Die Kriechtour war mühsam gewesen, und er verspürte noch immer einen brennenden Schmerz in den Händen und Knien. Seine Hose war zweifellos ruiniert. Aber was bedeutete das schon, wenn sich seine Hoffnungen erfüllen sollten? Wenn Gnut sich bewegte und wenn es ihm gelang, diese Bewegung mit seiner Infrarotkamera einzufangen, würde er eine phantastische Story haben. Dann konnte er sich fünfzig neue Anzüge kaufen. Wenn er dann auch noch herausfand, welchen Zweck Gnut mit seinen Bewegungen verfolgte, wenn überhaupt ein Sinn darin lag, würde die Story auf der ganzen Welt Aufsehen erregen.
Er wartete. Er wußte nicht, wann Gnut sich bewegen würde — falls er sich in dieser Nacht überhaupt bewegen sollte. Cliffs Augen hatten sich längst an das Dunkel gewöhnt, und er konnte die größeren Gegenstände gut erkennen. Von Zeit zu Zeit blickte er zu dem Roboter hinüber, starrte ihn lange und intensiv an, bis seine Umrisse zu beben schienen, bis er sich zu bewegen schien, und dann mußte Cliff blinzeln und seinen Augen eine Zeitlang Ruhe gönnen, bevor er wieder hinschaute und feststellte, daß alles nur Einbildung gewesen war.
Wieder kroch der Minutenzeiger auf seiner Armbanduhr ein Stückchen weiter.
Da so lange nichts geschehen war, ließ Cliffs Wachsamkeit nach, und er spähte immer seltener am Tisch vorbei. Deshalb wurde er dann halb verrückt vor Angst, als Gnut sich tatsächlich bewegte. Seine Sinne waren bereits abgestumpft vor Langeweile — und da sah er den Roboter plötzlich mitten im Ausstellungsraum stehen, der Plattform zugewandt.
Aber das war weniger beängstigend als die Tatsache, daß Gnut sich nicht zu bewegen schien, als Cliff ihn anstarrte. Er stand reglos da, wie eine Katze, die sich an eine Maus heranschleichen

will. Seine Augen strahlten jetzt noch heller, und an der Blickrichtung gab es gar keinen Zweifel mehr — er sah direkt auf Cliff.
Und Cliff erwiderte den Blick, halb hypnotisiert, wagte kaum zu atmen. Seine Gedanken überschlugen sich. Was hatte der Roboter vor? Warum rührte er sich jetzt nicht mehr? Hatte er sich heranschleichen wollen? Wieso konnte er sich völlig lautlos bewegen?
Und dann kamen Gnuts Augen im dichten Dunkel näher. Langsam, aber in vollendetem rhythmischen Gleichmaß, drang das fast unhörbare Geräusch der Schritte in Cliffs Ohren. Der junge Reporter, der sich sonst in jeder Situation zurechtfand, war wie gelähmt vor Furcht, war unfähig zu fliehen, konnte nur reglos daliegen, während das Metallmonstrum mit den feurigen Augen auf ihn zukam.
Für einen Augenblick verlor er das Bewußtsein, und als er wieder zu sich kam, stand Gnut dicht vor ihm, die Beine fast in Reichweite, leicht gebeugt. Die brennenden schrecklichen Augen schienen sich in die seinen zu bohren.
Es war zu spät, um noch an Flucht zu denken. Zitternd wie eine Maus in der Falle wartete Cliff auf den Schlag, der ihn zermalmen würde. Eine Zeitlang, die ihm wie eine Ewigkeit erschien, starrte Gnut ihn an. Und in jeder Sekunde dieser Ewigkeit erwartete er die Vernichtung — plötzlich, blitzschnell und endgültig. Und dann war es vorbei, völlig unerwartet. Gnuts Körper richtete sich auf, er trat zurück. In einem harmonischen Rhythmus, ganz im Gegensatz zu den ruckartigen Bewegungen anderer Roboter, kehrte er an den Ort zurück, von dem er gekommen war.
Cliff konnte kaum glauben, daß er noch lebte. Gnut hätte ihn wie einen Wurm zertreten können. Aber er hatte sich abgewandt und war davongegangen. Warum? Man konnte doch nicht annehmen, daß ein Roboter menschlicher Regungen fähig war.
Gnut ging geradewegs zum anderen Ende des Schiffs, blieb abrupt stehen und gab seltsame Laute von sich. Cliff sah, wie sich plötzlich ein Loch in der Schiffswand auftat, schwärzer als der dunkle Ausstellungsraum, dann klang ein leises, gleitendes Geräusch auf, als die Rampe herabgelassen wurde. Gnut ging die

Rampe hinauf, bückte sich und verschwand im Innern des Schiffes.
Erst jetzt erinnerte sich Cliff an die Aufnahmen, die er machen wollte. Gnut hatte sich bewegt, und er hatte ihn nicht photographiert. Aber wenigstens konnte er jetzt die Rampe mit der Öffnung aufnehmen, dann würde er abwarten, ob sich später noch weitere Gelegenheiten ergaben. Er stellte die Kamera ein und machte ein Photo.
Eine lange Zeit verstrich, und Gnut ließ sich nicht blicken. Was tat er da drinnen? Cliff hatte seine Angst inzwischen überwunden und spielte mit dem Gedanken, zu dem Schiff zu kriechen und durch die Luke zu spähen. Aber soviel Mut konnte er denn doch nicht aufbringen, Gnut hatte ihn verschont, zumindest vorerst, aber man konnte nicht wissen, wie weit seine Toleranz gehen würde.
Eine Stunde verstrich, dann noch eine. Gnut mußte irgend etwas im Innern des Schiffes tun, aber was, das konnte sich Cliff nicht vorstellen. Wäre der Roboter ein Mensch gewesen, dann hätte sich Cliff zum Schiff gewagt, um einen Blick durch die Luke zu riskieren. Aber Gnut war eine unbekannte Größe. Auch die einfachsten Erdenroboter zeigten in gewissen Situationen überraschende Reaktionen. Was konnte man dann von diesem Roboter erwarten, der einer unbekannten, sogar unvorstellbaren Zivilisation entstammte, von dieser wunderbarsten Konstruktion, die das menschliche Auge jemals erblickt hatte? Welche übermenschlichen Kräfte besaß Gnut? Es war den Erdenwissenschaftlern nicht gelungen, ihn auszuschalten. Säure, Hitze, Strahlen, schreckliche Schläge — er hatte alles überstanden, völlig unversehrt. Wahrscheinlich konnte er in der Dunkelheit alles genau sehen. Und vielleicht könnte er es sogar drinnen im Schiff hören oder fühlen, wenn Cliff seine Position auch nur geringfügig veränderte.
Weitere Stunden verstrichen, und irgendwann nach zwei Uhr geschah etwas ganz Simples, Vertrautes. Aber es kam so unerwartet, daß Cliff beinahe sein inneres Gleichgewicht verlor. Plötzlich drang das leise Surren von Flügeln durch das dunkle, schwei-

gende Gebäude, und kurz darauf klang die süße, durchdringende Stimme eines Vogels auf. Eine Spottdrossel, irgendwo in der Finsternis über seinem Kopf ... Rein und klar ertönte ihr Zwitschern, und sie sang ein Dutzend kleiner Lieder, eins nach dem anderen, ohne Pause dazwischen — ließ kurze, eindringliche Rufe erschallen, tschirpende Laute, lockende Melodien, bezaubernde Frühlingsliebeslieder. Und dann verstummte die Vogelstimme so plötzlich, wie sie erklungen war.

Wenn eine Invasionsarmee aus dem Schiff gequollen wäre, Cliffs Staunen wäre nicht größer gewesen. Es war Dezember, und die Spottdrosseln hatten nicht einmal in Florida zu singen begonnen. Wie war der Vogel in das fest verschlossene, düstere Museum gelangt? Warum sang er da oben in den Schatten?

Er wartete neugierig. Dann entdeckte er plötzlich Gnut, der vor der Luke stand, ganz still. Die glühenden Augen blickten in Cliffs Richtung. Sekundenlang schien sich die Stille im Museum zu vertiefen, dann wurde sie durchbrochen von einem leisen Aufprall auf dem Boden, in Cliffs Nähe.

Das Licht in Gnuts Augen veränderte sich, und er kam mit seinen geschmeidigen Schritten auf Cliff zu. Nur wenige Fuß von dem Reporter entfernt, blieb der Roboter stehen, bückte sich und hob etwas auf. Lange Zeit stand er reglos da und starrte auf das kleine Ding in seiner Hand. Cliff wußte, daß es die Spottdrossel war, obwohl er sie nicht sehen konnte. Nein, ihre Leiche — denn er war sicher, daß ihr Lied für immer verstummt war. Dann wandte Gnut sich ab, und ohne Cliff einen Blick zu schenken, kehrte er zum Schiff zurück und ging wieder hinein.

Einige Stunden verstrichen, während Cliff auf eine Fortsetzung seiner erstaunlichen Erlebnisse wartete. Vielleicht lag es an seiner Neugier, daß seine Angst vor dem Roboter nachließ. Wenn der Mechanismus ihm feindlich gesinnt war und ihm etwas antun wollte, hätte er ihn längst getötet. Sollte er es wagen, einen Blick in das Schiff zu werfen? Und ein Photo zu machen? Daran mußte er unbedingt denken. Er vergaß immer wieder, warum er hier war.

Im schwindenden Dunkel der ersten Morgendämmerung hatte er endlich genug Mut gefaßt, um das Wagnis auf sich zu nehmen. Er zog seine Schuhe aus, band sie an den Schnürsenkeln zusammen und schlang sie über die Schultern. Dann lief er auf Socken hinter den ersten der Roboter, die an der Wand postiert waren, blieb stehen, wartete auf ein Geräusch, das ihm verraten würde, ob Gnut seinen Stellungswechsel mitbekommen hatte. Als er nichts hörte, schlüpfte er hinter den nächsten Roboter und blieb wieder stehen. Wieder blieb alles still. Ermutigt spurtete er zum sechsten und letzten Roboter, der direkt gegenüber der Luke stand. Dort erwartete ihn eine Enttäuschung. Kein Licht war im Innern des Schiffes zu sehen. Nur Dunkelheit — und Stille ... Trotzdem beschloß er, eine Aufnahme zu machen. Er hob die Kamera, stellte sie auf die schwarze Öffnung ein, knipste ein Photo mit langer Belichtungszeit. Dann stand er da und wußte nicht, was er als nächstes tun sollte.
Plötzlich drangen gedämpfte Geräusche an sein Ohr, die offenbar aus dem Schiff kamen. Tierische Laute — ein Scharren und Keuchen, begleitet von einem Klicken, das sich mehrmals wiederholte, dann ein tiefes, heiseres Knurren, unterbrochen von weiteren scharrenden, keuchenden Geräuschen, als ob da drinnen irgendein Kampf stattfinden würde ... Und dann, bevor Cliff auch nur den Entschluß fassen konnte, zum Tisch zurückzulaufen, sprang ein langer, niedriger Schatten aus der Luke, wirbelte herum, wuchs zur Größe eines Mannes an. Eine grausige Angst stieg in Cliff auf, noch bevor er wußte, was das für ein Schatten war.
Im nächsten Augenblick erschien Gnut in der Luke, lief ohne zu zögern die Rampe herab, auf den Schatten zu, der langsam zurückwich. Doch dann blieb die dunkle Gestalt stehen, dicke Arme erhoben sich an beiden Seiten, begannen laut auf die Brust zu trommeln, während sich ein tiefes Knurren der Entrüstung aus der Kehle rang. Nur ein einziges Wesen auf der ganzen Welt würde so auf seine Brust trommeln und solche Laute von sich geben. Der Schatten war ein Gorilla.
Ein riesengroßer Gorilla ...

Gnut ging auf ihn zu, und als er nahe genug herangekommen war, sprang er vor und packte das Tier. Cliff hätte nicht geglaubt, daß sich der Roboter so schnell bewegen könnte. Im Dunkel konnte er nicht genau sehen, was nun geschah. Er wußte nur, daß die beiden großen Schatten, der titanische, metallische Gnut und der vierschrötige, aber schrecklich starke Gorilla für einen Augenblick miteinander verschmolzen. Der Roboter gab keinen Laut von sich, während der Affe ein tiefes, unbeschreibliches Brüllen ausstieß. Dann trennten sich die beiden, und es sah so aus, als wäre der Gorilla zurückgeschleudert worden.
Er richtete sich zu seiner vollen Größe auf und schrie ohrenbetäubend. Gnut kam wieder auf ihn zu, sie verschmolzen erneut miteinander, der Kampf fand das gleiche Ende wie zuvor. Der Roboter näherte sich dem Tier von neuem, das nun quer durch den Raum zurückwich. Plötzlich sprang es einen menschenähnlichen Schatten an der Wand an, warf den fünften Roboterwärter mit einer blitzschnellen Bewegung zu Boden und enthauptete ihn.
Atemlos vor Angst duckte sich Cliff hinter seinen Roboter und dankte dem Himmel dafür, daß Gnut zwischen ihm und dem Gorilla gestanden hatte und jetzt wieder auf die Bestie zuging. Der Affe wich zurück, packte plötzlich den nächsten Roboter in der Reihe, und mit unglaublicher Kraft riß er ihn aus seiner Verankerung und schleuderte ihn auf Gnut. Mit einem scharfen, metallischen Klicken stießen die beiden Roboter zusammen, und der Erdenmechanismus fiel zur Seite, rollte über den Boden und blieb reglos liegen.

Später verfluchte sich Cliff, weil er wieder vergessen hatte, ein Photo zu machen. Der Gorilla wich weiter zurück, demolierte in schrecklichen Wutausbrüchen jeden Roboter, an dem er vorbeikam, und warf die Trümmer auf den unerbittlichen Gnut. Bald waren sie bei dem Tisch angekommen, und Cliff dankte seinem Schicksal, weil er rechtzeitig die Stellung gewechselt hatte. Nun trat eine kurze Stille ein, Cliff konnte nicht feststellen, was nun vorging, aber er nahm an, daß der Gorilla das Ende des Raumes erreicht hatte und nun in der Falle saß.

Aber offenbar nur für einen Augenblick ... Plötzlich zerriß ein schreckliches Brüllen die Stille, und die plumpe Tiergestalt raste auf Cliff zu. Zwischen dem sechsten Roboter und der Luke wirbelte der Affe herum. Verzweifelt hoffte der junge Reporter, daß Gnut schnell zurückkommen möge, denn der Erdenmechanismus würde ihm keinen ausreichenden Schutz vor der wilden, gefährlichen Bestie bieten. Und da tauchte plötzlich Gnut aus dem Dunkel auf. Der Gorilla richtete sich zu seiner vollen Größe auf, trommelte auf seine Brust und stieß ein herausforderndes Heulen aus.
Dann geschah etwas Merkwürdiges. Langsam brach er zusammen, als ob er erschöpft oder verletzt wäre. Er keuchte, gab furchterregende Laute von sich. Dann kam er mühsam wieder auf die Beine und blickte Gnut entgegen, der mit großen Schritten auf ihn zukam. Während er wartete, fiel sein Blick auf den letzten Roboter — und vielleicht auch auf Cliff, der sich dahinter versteckte. In wilder, zerstörerischer Wut wankte der Gorilla auf Cliff zu, der trotz seiner Panik sah, daß sich das Ding nur mit Mühe bewegen konnte und anscheinend verwundet war. Im letzten Moment sprang er zurück. Der Gorilla zerrte den letzten Roboter aus seiner Verankerung, schleuderte ihn mit aller Kraft auf Gnut und verfehlte sein Ziel nur um Haaresbreite.
Das war seine letzte Tat. Wieder überwältigte ihn ein Schwächeanfall. Schwerfällig stürzte er zur Seite, rollte ein paarmal hin und her, zuckte krampfhaft, dann blieb er reglos liegen.
Das erste schwache Tageslicht kroch in den Raum. Aus der Ekke, in die er geflohen war, beobachtete Cliff den großen Roboter, der sich sehr sonderbar benahm. Er stand vor dem toten Gorilla und sah auf ihn herab, mit einem Blick, der in menschlichen Augen wie Trauer gewirkt hätte. Cliff sah es ganz deutlich. Gnuts grüne Gesichtszüge zeigten einen nachdenklichen, leidvollen Ausdruck, der eine ganz neue Erfahrung für den jungen Reporter darstellte. Sekundenlang stand Gnut bewegungslos da, dann beugte er sich langsam hinunter, wie ein Vater zu seinem kranken Kind, nahm den großen Affen auf seine Metallarme und trug ihn in das Schiff.

Cliff rannte zurück zu seinem Tisch, voller Angst vor neuen unbegreiflichen Ereignissen. Dann überlegte er, daß er im Labor am sichersten wäre, und auf zitternden Knien kroch er hinter das Schiff und versteckte sich in einem der großen Öfen. Verzweifelt betete er darum, daß es bald Tag werden möge. Seine Gedanken schwirrten chaotisch durcheinander. Als er wieder klarer denken konnte, rief er sich alle Geschehnisse dieser Nacht in Erinnerung, eins nach dem anderen, doch sie waren ihm alle rätselhaft. Anscheinend gab es keine vernünftige Erklärung dafür. Die Spottdrossel — der Gorilla, Gnuts trauriger Blick, seine Zärtlichkeit ... Was sollte man mit einem so phantastischen Wirrwarr von Eindrücken anfangen?
Langsam brach der Tag an. Eine lange Zeit verstrich. Schließlich begann er zu glauben, daß er diese geheimnisvolle, gefährliche Stätte tatsächlich lebend verlassen würde. Um halb neun hörte er Geräusche am Eingang. Er kroch aus dem Ofen und schlich auf Zehenspitzen zum Korridor.
Plötzlich hörten die Geräusche auf, ein angstvoller Schrei drang durch das Gebäude, gefolgt von schnellen Schritten. Dann war alles still. Vorsichtig ging Cliff den Korridor hinab und spähte furchtsam um das Ende des Schiffes herum.
Gnut stand an der üblichen Stelle, in derselben Pose, die er nach dem Tod seines Herrn eingenommen hatte, starrte düster vor sich hin. Das Schiff war verschlossen — der Raum ein Trümmerfeld. Das Metalltor stand offen, und Cliff rannte atemlos hinaus. Ein paar Minuten später, in der Sicherheit seines Hotelzimmers, ließ er sich erschöpft auf einen Stuhl fallen und schlief sofort ein. Später, immer noch angezogen und im Halbschlaf, taumelte er zum Bett hinüber. Er erwachte erst am Nachmittag.

3

Nur langsam fand er aus dem Schlaf zurück, wußte nicht, daß die Bilder, die durch seinen Kopf rasten, reale Erinnerungen waren und kein phantastischer Traum.

Erst als ihm die Photos einfielen, stand er auf und begann hastig den Film zu entwickeln.
Bald hielt er den Beweis dafür in der Hand, daß die Ereignisse der Nacht Wirklichkeit gewesen waren. Die beiden Aufnahmen waren sehr gut geworden. Die erste zeigte deutlich die Rampe, die zu der Luke hinaufführte und die er in der Nacht nur verschwommen gesehen hatte. Das Photo von der offenen Luke war eine Enttäuschung, denn eine blanke Wand, direkt hinter der Öffnung, versperrte die Sicht ins Innere des Schiffes. Deshalb also war kein Licht herausgedrungen, als Gnut an Bord gewesen war — vorausgesetzt, daß er überhaupt Licht für seine Aktivitäten brauchte.
Cliff betrachtete die Negative und schämte sich. Was für ein miserabler Reporter war er doch! Mit zwei lächerlichen Photos zurückzukommen! Dabei hätte er genug Gelegenheiten gehabt, viel bessere zu machen — Schnappschüsse von Gnut in voller Aktion — von Gnuts Kampf mit dem Gorilla — von Gnut, wie er die Spottdrossel aufhob — das wären Bilder geworden, die den Leuten Angstschauer über den Rücken gejagt hätten. Aber alles, was er mitgebracht hatte, waren zwei Aufnahmen von einer Schiffsluke. Sicher, sie waren nicht zu verachten — aber er war ein Idiot ersten Grades.
Und um das Maß vollzumachen, war er auch noch eingeschlafen. Jetzt mußte er sich beeilen, um endlich auf die Straße zu kommen und herauszufinden, was in der Zwischenzeit geschehen war.
Rasch duschte er und rasierte sich, wechselte die Kleider, und bald darauf betrat er ein nahegelegenes Restaurant, in dem hauptsächlich Reporter verkehrten. An der Lunchbar saß ein Freund und Rivale.
„Na, was hälst du davon?“ fragte er, als Cliff auf dem Nebenhokker Platz genommen hatte.
„Ich kann nicht denken, bevor ich gefrühstückt habe.“
„Hast du es denn noch gar nicht gehört?“
„Was denn?“ fragte Cliff, der sehr wohl wußte, was jetzt kommen würde.

„Du bist mir ein feiner Reporter", meinte sein Freund. „Wenn endlich mal was Tolles passiert, schläfst du." Dann erzählte er von der Entdeckung, die man heute morgen im Museum gemacht hatte, und von der weltweiten Aufregung. Cliff tat drei Dinge gleichzeitig — und das auch noch erfolgreich. Er verschlang ein üppiges Frühstück, dankte immer wieder seinem Schicksal, das weitere Sensationen verhindert hatte, und spielte den Überraschten.

Dann sprang er auf, immer noch mit vollem Mund, und lief zum Museum hinüber.

Vor dem Tor drängten sich zahllose Neugierige, aber es fiel Cliff nicht schwer, sich mit Hilfe seines Presseausweises Eingang zu verschaffen. Gnut und das Schiff standen genauso da wie am Morgen, als er sie verlassen hatte, aber der Boden war inzwischen gesäubert worden. Die Trümmer der demolierten Roboter lagen in einem großen Haufen an der Wand. Natürlich waren schon viele Kollegen vor ihm eingetroffen.

„Ich war nicht da — ich habe alles verpaßt", sagte er zu einem Rivalen namens Gus. „Hat man schon eine Erklärung für den Vorfall?"

„Frag mich was Leichteres! Das weiß niemand. Einige Leute glauben, daß irgendwas aus dem Schiff gekommen ist — vielleicht ein zweiter Roboter. Wo warst du eigentlich die ganze Zeit?"

„Ich habe geschlafen."

„Dann mach, daß du an die Arbeit kommst! Mehrere Milliarden Zweibeiner sind ganz wild vor Angst. Sie befürchten, daß Klaatus Freunde seinen Tod rächen und die Erde angreifen wollen."

„Aber das ist doch ..."

„Verrückt, ich weiß, aber genau das ist die Story, die ihnen verkauft wird. Und ich kann dir sagen, sie verkauft sich gut. Jetzt ist allerdings noch was Neues aufgetaucht. Eine tolle Überraschung! Komm hierher!"

Er führte Cliff zu dem Tisch, wo ein paar Leute standen und interessiert auf mehrere Gegenstände starrten, die von einem Techni-

ker bewacht wurden. Gus zeigte auf ein längliches Deckglas, auf dem ein paar kurze dunkelbraune Haare lagen.
„Diese Haare stammen von einem großen männlichen Gorilla", erklärte Gus mit hartgesottenem Gleichmut. „Die meisten wurden heute morgen auf dem Boden gefunden, im Kehricht. Die restlichen klebten an den Robotertrümmern."
Cliff versuchte überrascht dreinzuschauen. Gus wies auf eine Teströhre, die zum Teil mit einer hellbraunen Flüssigkeit gefüllt war.
„Das ist verdünntes Blut — Gorillablut. Es wurde an Gnuts Armen gefunden."
Cliff brachte mühsam einen staunenden Aufschrei zustande. „Gütiger Himmel! Hat man eine Erklärung dafür?"
„Nicht einmal eine Theorie. Das ist deine große Chance, du Wunderknabe."
Cliff wandte sich von Gus ab, unfähig, noch länger Theater zu spielen. Er wußte nicht, was er mit seiner Story machen sollte. Die Pressedienste würden ihm eine schöne Summe dafür anbieten, auch für die Photos. Aber damit wären ihm die Hände gebunden, er könnte nichts mehr unternehmen.
Im Hintergrund seines Bewußtseins entstand der geschickte Plan, auch die nächste Nacht im Museum zu verbringen, aber ... Nun, er hatte ganz einfach Angst. Er hatte genug durchgemacht...
Er ging zu Gnut hinhinüber und sah zu ihm auf. Niemand hätte erraten können, daß sich der Roboter bewegt und daß ein trauriger Ausdruck auf dem grünlichen Metallgesicht gelegen hatte. Diese unheimlichen Augen ... Cliff fragte sich, ob sie ihn wirklich anschauten oder ob er sich das nur einbildete, ob sie den kühnen Eindringling von gestern nacht wiedererkannten. Aus welchem unbekannten Stoff waren sie gemacht, diese Dinger in den Augenhöhlen, hineingesteckt von unbekannten Verwandten der Menschenrasse, so kompliziert, daß die Erdenwissenschaft ihre Funktion überhaupt nicht beeinträchtigen konnte? Was dachte eigentlich Gnut? Was konnte ein Roboter denken — ein Mechanismus aus Metall, entstanden in menschlichen Schmelztiegeln.

War er böse auf ihn? Das bezweifelte Cliff. Er war Gnut wehrlos ausgeliefert gewesen — und der Roboter war davongegangen. Würde er es wagen, noch eine Nacht im Museum zu verbringen? Vielleicht ...
Cliff wanderte im Ausstellungsraum umher und dachte darüber nach. Er war überzeugt, daß Gnut sich erneut bewegen würde. Mit einer Mikton-Strahlenwaffe könnte er sich vor einem weiteren Gorilla schützen — auch vor fünfzig Gorillas. Noch hatte er keine wirklich gute Story — nur zwei jämmerliche Photos von einer schwarzen Luke.
Er hätte sich schon von Anfang an denken können, daß er hierbleiben würde. In der Abenddämmerung lag er wieder unter dem Tisch im Labor, bewaffnet mit seiner Kamera und einem kleinen Mikton-Revolver, und hörte, wie das Metalltor zufiel.
Diesmal würde er seine Story bekommen — und auch die passenden Photos.
Hoffentlich war kein Wächter im Museum postiert worden ...

4

Cliff lauschte angestrengt auf Geräusche, die ihm verraten hätten, daß man den Ausstellungsraum bewachen ließ. Aber nichts störte die Stille ringsum. Er war froh darüber — wenn auch mit Vorbehalten. Das Dunkel, das immer dichter wurde, und das Bewußtsein, daß er hier unausweichlich festsaß, ließen den Gedanken an einen Gefährten in angenehmem Licht erscheinen.
Eine Stunde, nachdem die Nacht hereingebrochen war, zog er die Schuhe aus, schlang sich die verknoteten Schnürsenkel um die Schulter und stahl sich lautlos durch den Korridor zum Ausstellungsraum.
Alles sah genauso aus wie am vergangenen Abend. Gnut war ein unheimlicher verschwommener Schatten am anderen Ende des Saales, und die glühenden roten Augen schienen sich wieder auf Cliff zu richten. Wie gestern abend, nur noch vorsichtiger, kroch

Cliff an der Wand entlang zu der niederen Plattform. Nachdem er sich hinter den Tisch gesetzt hatte, stellte er seine Kamera ein und legte den Revolver schußbereit auf die Knie. Diesmal würde er seine Photos machen, das schwor er sich.

Er wartete und beobachtete Gnut. Seine Augen hatten sich längst an das Dunkel gewöhnt. Nach einiger Zeit begann er sich einsam zu fühlen, und eine vage Angst stieg in ihm auf. Gnuts rotglühende Augen zerrten an seinen Nerven. Immer wieder sagte er sich vor, daß der Roboter ihm nichts antun würde. Er bezweifelte nicht, daß er ebenfalls beobachtet wurde.

Langsam schlichen die Stunden dahin. Von Zeit zu Zeit hörte er leise Geräusche vor dem Eingang. Vielleicht ein Wachtposten — oder ein neugieriger Besucher ...

Um neun Uhr sah er, daß Gnut sich bewegte. Zuerst wandte er nur den Kopf, so daß die Augen noch intensiver in Cliffs Richtung starrten. Dann regte sich auch die dunkle Metallgestalt und begann langsam auf den Reporter zuzugehen. Cliff hatte geglaubt, daß er sich heute nacht nicht mehr fürchten würde, aber nun drohte sein Herz stillzustehen. Was würde nun geschehen? Erstaunlich lautlos kam Gnut näher, bis er wie ein ominöser Schatten vor Cliffs Versteck aufragte. Lange Zeit starrten die roten Augen brennend auf den Mann hinab, der da hinter dem Tisch lag. Cliff zitterte am ganzen Körper. Es war schlimmer als das erstemal. Und ohne es geplant zu haben, begann er plötzlich mit der Kreatur zu sprechen.

„Du wirst mir doch nicht weh tun ... Ich war nur neugierig. Ich wollte sehen, was hier vorgeht. Das ist mein Job. Kannst du mich verstehen? Ich werde dich nicht angreifen — oder belästigen. Ich könnte es gar nicht — selbst wenn ich es wollte. Bitte!"

Der Roboter rührte sich nicht, und Cliff hatte keine Ahnung, ob Gnut seine Worte verstanden oder auch nur gehört hatte. Als er die Anspannung nicht mehr ertragen konnte, streckte Gnut die Hand aus und nahm etwas aus der Schublade des Tisches — oder er legte etwas zurück. Dann trat er zurück, wandte sich ab und ging davon. Cliff war gerettet. Wieder hatte der Roboter ihn verschont.

In diesem Augenblick ließen Cliffs Ängste erheblich nach. Er war jetzt ganz sicher, daß der Roboter ihm nichts zuleide tun würde. Zweimal hatte er ihn in seiner Gewalt gehabt, und jedesmal hatte er ihn nur angesehen und war dann davongegangen. Cliff konnte sich nicht vorstellen, was Gnut in der Schublade gemacht hatte. Neugierig wartete er ab, was nun als nächstes passieren würde.
Wie in der vergangenen Nacht kehrte der Roboter geradewegs zum Schiff zurück und gab die seltsamen Laute von sich, mit denen er die Luke öffnen konnte. Als die Rampe herabgeglitten war, ging er hinein. Danach blieb Cliff lange Zeit allein im Dunkel — vielleicht zwei Stunden. Kein Geräusch drang aus dem Schiff.
Cliff wußte, daß er sich zur Pforte schleichen und hineinschauen müßte, doch er konnte sich nicht dazu durchringen. Zwar wäre er mit seiner Waffe einem Gorilla gewachsen, aber wenn Gnut ihn erwischte, könnte das sein Ende bedeuten. Er erwartete, daß auch heute nacht irgend etwas Phantastisches geschehen würde — wenn er auch nicht wußte, was. Vielleicht würde wieder das süße Lied einer Spottdrossel erklingen, vielleicht würde ein weiterer Gorilla auftauchen — oder irgend etwas anderes ...
Aber was dann passierte, kam völlig überraschend. Er hörte ein gedämpftes Rauschen, dann Worte — menschliche Worte, die ihm sehr vertraut waren.
„... Herren ...“ Eine kleine Pause entstand, dann fuhr die Stimme fort: „Die Smithsonian Institution heißt Sie in diesem neuen interplanetarischen Flügel willkommen und präsentiert Ihnen diese großartigen Ausstellungsstücke.“
Es war Stillwells Tonbandstimme. Aber sie kam offensichtlich nicht aus dem Lautsprecher an der Decke, sondern aus dem Inneren des Schiffes.
Nach einer weiteren Pause fügte sie hinzu: „Sie alle müssen — müssen ...“ Die Stimme stotterte und verstummte. Cliffs Haare sträubten sich. Dieses Stottern war nicht auf dem Band.
Nur für einen Augenblick herrschte Stille, dann klang im Innern des Schiffes ein wilder Schrei auf, gefolgt von einem Keuchen und Stöhnen. Es hörte sich an, als würde ein verzweifelter Mann große Ängste ausstehen.

Mit angespannten Nerven beobachtete Cliff die Luke. Dann drang plötzlich Lärm aus dem Schiff, ein Schatten flog aus der Tür, ein Schatten von menschlicher Gestalt. Er rang nach Luft, dann rannte er stolpernd durch den Raum, auf Cliff zu. Als er nur noch zwanzig Fuß von der Plattform entfernt war, trat Gnut aus der Luke.

Atemlos sah Cliff zu. Der Mann — es war Stillwell, das konnte er jetzt deutlich sehen — kam geradewegs auf den Tisch zu, hinter dem Cliff lag, als wollte er dort ebenfalls Zuflucht suchen, aber als er bis auf wenige Schritte herangekommen war, knickten seine Knie ein, und er brach zusammen. Plötzlich stand Gnut vor ihm, aber Stillwell schien es nicht zu bemerken. Offenbar fühlte er sich hundeelend. Krampfhaft versuchte er den Tisch zu erreichen — vergeblich.

Gnut rührte sich nicht, und so faßte Cliff Mut und fragte: „Was ist denn los, Stillwell? Kann ich Ihnen helfen? Haben Sie keine Angst! Ich bin Cliff Sutherland — Sie wissen doch — der Photoreporter."

Stillwell schien sich nicht über Cliffs Anwesenheit zu wundern, klammerte sich an diese neue Hoffnung wie ein Ertrinkender an einen Strohhalm. „Helfen Sie mir! Gnut — Gnut ..." Offenbar war er unfähig, weiterzusprechen.

„Was ist denn mit Gnut?" Nur zu deutlich war sich Cliff der Gegenwart des glutäugigen Roboters bewußt, und er wagte es nicht, sich dem Mann zu nähern. „Gnut wird Ihnen nichts tun", versicherte er. „Mir tut er auch nichts. Was ist denn passiert? Wie kann ich Ihnen helfen?"

Plötzlich sammelte Stillwell neue Kräfte und richtete sich auf den Ellbogen auf.

„Wo bin ich?" fragte er.

„Im interplanetarischen Flügel", antwortete Cliff. „Wissen Sie das denn nicht?"

Sekundenlang war nur Stillwells schwerer Atem zu hören. Dann fragte er mit heiserer, schwacher Stimme: „Wie bin ich hierhergekommen?"

„Das weiß ich nicht."

„Ich habe gerade einen Text auf Tonband gesprochen", sagte Stillwell. „Und plötzlich war ich hier — das heißt — im ..." Er brach ab, und neues Entsetzen schien ihn zu erfassen.
„Was war dann?" fragte Cliff sanft.
„Ich war — in dieser Schachtel. Und vor mir stand Gnut — der Roboter. Gnut! Aber sie haben doch dafür gesorgt, daß er sich nie mehr bewegen kann ..."
„Reißen Sie sich zusammen. Ich glaube nicht, daß Gnut Ihnen was antun wird."
Stillwell sank auf den Boden zurück.
„Ich bin sehr schwach", stieß er keuchend hervor. „Ich brauche ... Könnten Sie einen Arzt holen?"
Er bemerkte den schwarzen Schatten nicht, der hinter ihm aufragte, auch nicht die Augen, die glühend durch das Dunkel zu ihm drangen, die Augen des Roboters, den er so fürchtete.
Während Cliff noch zögerte und nicht wußte, was er tun sollte, begann der Mann stoßweise zu atmen, und die keuchenden Laute kamen so gleichmäßig wie das Ticken einer Uhr. Cliff kroch trotz seiner Angst zu ihm, aber er konnte ihm ohnehin nicht mehr helfen. Die Atemzüge wurden schwächer und immer krampfhafter, dann war er plötzlich still. Cliff tastete nach seinem Herzen, dann sah er zu den Augen auf, die über ihm im Dunkel glühten.
„Er ist tot", flüsterte er.
Der Roboter schien seine Worte zu verstehen oder zumindest zu hören. Er beugte sich herab und betrachtete die reglose Gestalt.
„Was ist es, Gnut?" fragte Cliff plötzlich. „Was ist es, was du da tust? Kann ich dir irgendwie helfen? Ich kann nicht glauben, daß du unser Feind bist. Und ich glaube auch nicht, daß du den Mann getötet hast. Aber was ist geschehen? Kannst du mich verstehen? Kannst du sprechen? Was hast du vor?"
Gnut gab keinen Laut von sich, als er auf die Leiche zu seinen Füßen hinabblickte. Und im Gesicht des Roboters, das ihm jetzt so nahe war, sah Cliff wieder diese nachdenkliche Trauer.
Minutenlang stand Gnut so da, dann beugte er sich noch tiefer hinab, hob die schlaffe Gestalt vorsichtig — und sehr zärtlich, wie Cliff fand — hoch und trug sie zu der Stelle, wo die Trümmer

der Roboterwächter lagen. Behutsam legte er Stillwell daneben, dann kehrte er ins Schiff zurück.
Cliff empfand keine Angst mehr, als er die Wand entlangschlich. Er hatte den Trümmerhaufen beinahe erreicht, als er plötzlich wie festgewurzelt stehenblieb. Gnut war wieder aufgetaucht.
Er trug eine Gestalt, die wie eine weitere Leiche aussah — eine größere. Er hielt sie in einem Arm fest, und dann deponierte er sie an Stillwells Seite. In der anderen Hand hielt er etwas, das Cliff nicht erkennen konnte und das er jetzt neben die Leiche legte, die er soeben aus dem Schiff geholt hatte. Dann verschwand er wieder in der dunklen Luke, kam erneut mit einer Gestalt heraus, die er sanft neben die anderen bettete. Dann blickte er eine Weile auf die schwarzen Schatten hinab. Schließlich wandte er sich langsam um, kehrte zum Schiff zurück, blieb neben der Rampe stehen, in tiefe Gedanken versunken.

Cliff unterdrückte seine Neugier, so lange er konnte, dann schlich er weiter und beugte sich über die Gestalten, die Gnut nebeneinander gelegt hatte. Die erste in der Reihe war Stillwells Leiche, wie er erwartet hatte, die nächste war die große, formlose pelzige Masse eines toten Gorillas, und daneben lag das kleine Ding, das Gnut in der Hand gehalten hatte — die tote Spottdrossel. Aber da lag noch eine vierte Gestalt, die er bisher nur verschwommen gesehen hatte. Er ging noch näher heran und beugte sich hinab.
Was er erblickte, raubte ihm den Atem. Unmöglich ... Seine Phantasie mußte ihm einen Streich spielen. Er blickte zu der ersten Leiche zurück, und sein Blut schien zu gefrieren. Die erste Leiche war Stillwell — die letzte ebenfalls. Da lagen zwei tote Stillwells.
Mit einem Schrei wich Cliff zurück, dann erfaßte ihn eine wilde Panik, und er floh vor Gnut, rannte zu dem großen Metalltor und hämmerte mit beiden Fäusten dagegen. Auf der anderen Seite des Tors waren Geräusche zu hören.
„Laßt mich hinaus!“ schrie er in namenlosem Entsetzen. „Laßt mich hinaus! Schnell!“

Eine Spalte öffnete sich zwischen den beiden Torflügeln, und er zwängte sich hinaus und stürmte auf den Rasen. Ein Ehepaar, das einen der Parkwege entlangwanderte, starrte ihn erstaunt an, und das brachte ihn wieder zur Besinnung. Er blieb stehen und sah sich um. Der Museumsflügel sah unverändert aus, und Gnut verfolgte ihn nicht.

Er spürte, wie die Kälte des nassen Grases durch seine Socken drang, setzte sich und zog keuchend seine Schuhe an. Dann stand er auf und versuchte sich zusammenzureißen. Was für ein unglaublicher Alptraum ... Der tote Stillwell, der tote Gorilla, die tote Spottdrossel — und alle waren vor seinen Augen gestorben. Und am schlimmsten war der Anblick des zweiten toten Stillwell gewesen — den hatte er nicht sterben gesehen. Und Gnuts seltsame Zärtlichkeit — der traurige Ausdruck, den er schon zweimal auf dem Robotergesicht gesehen hatte ...

Die Nacht erwachte zum Leben. Mehrere Leute hatten sich vor dem Metalltor versammelt, in der Luft dröhnte die Sirene eines Polizeihubschraubers, in der Ferne klang eine zweite auf, und von allen Seiten kamen Menschen angelaufen. Die Hubschrauber landeten auf dem Rasen vor dem Museum, Polizisten rannten die Stufen hinauf, dann flammten Lichter hinter den Fenstern auf. Cliff hatte seine Fassung wiedergewonnen und ging in den Ausstellungsraum zurück.

Als er geflohen war, hatte Gnut nachdenklich neben der Rampe gestanden, aber jetzt stand er wieder in der alten, wohlbekannten Pose auf dem üblichen Platz, als hätte er sich nie bewegt. Die Schiffsluke war geschlossen, die Rampe verschwunden. Aber die vier Leichen lagen immer noch neben den Trümmern der Roboter.

Er zuckte zusammen, als ein Schrei hinter ihm aufklang. Ein uniformierter Museumsaufseher zeigte auf ihn.

„Das ist der Mann!“ rief er. „Als ich die Tür öffnete, schob er sich hindurch und rannte davon, als ob alle Teufel hinter ihm her wären.“

Die Polizisten wandten sich zu Cliff um.

„Wer sind Sie?“ fuhr ihn einer der Männer an.

„Ich bin Cliff Sutherland — Photoreporter“, antwortete Cliff mit ruhiger Stimme. „Ich war hier drin, und dann rannte ich davon. Der Museumsaufseher hat die Wahrheit gesagt.“
„Was haben Sie hier gemacht?“ fragte der Beamte. „Und woher kommen diese Toten?“
„Gentlemen, das werde ich Ihnen alles erzählen — aber das Geschäft kommt zuerst. In diesem Raum haben sich phantastische Dinge abgespielt. Ich habe sie beobachtet, und ich habe meine Story, aber ...“ Cliff lächelte. „Ich kann Ihnen nichts sagen, ohne einen Anwalt zu konsultieren, solange ich die Story nicht an eins der neuen Syndikate verkauft habe. Sie wissen ja, wie das ist. Wenn Sie mir erlauben, das Funkgerät in Ihrem Hubschrauber zu benutzen — nur für ein paar Minuten, Gentlemen, werde ich Ihnen nachher alles erzählen — sagen wir, in einer halben Stunde, wenn das Fernsehen die Story gebracht hat. Vorläufig können Sie hier gar nichts tun, und es wird auch kein Schaden durch die Verzögerung entstehen.“
Der Beamte, der die Fragen gestellt hatte, blinzelte verwirrt, und der andere war geistesgegenwärtiger und ganz gewiß kein Gentleman. Mit erhobenen Fäusten kam er auf Cliff zu. Der Reporter entwaffnete ihn, indem er ihm seinen Presseausweis zeigte. Der Mann warf einen raschen Blick darauf, dann steckte er ihn in die Tasche.
Inzwischen hatten sich etwa fünfzig Leute versammelt, und darunter waren auch zwei Mitglieder einer Nachrichtenagentur, die Cliff kannte. Sie waren ebenfalls mit einem Hubschrauber gekommen. Die Polizisten murrten, aber sie erlaubten ihm, sich flüsternd mit den beiden zu verständigen und dann unter polizeilicher Bewachung in den Hubschrauber der Agenten zu gehen. Fünf Minuten später hatte Cliff per Funk ein Geschäft abgeschlossen, das ihm mehr Geld einbringen würde, als er je zuvor in einem ganzen Jahr verdient hatte. Er übergab den Agenten seine Photos und Negative, erzählte ihnen seine Story, und sie verloren keine Zeit und flogen sofort zu ihrem Büro zurück.
Immer mehr Leute hatten sich eingefunden, und die Polizei räumte das Gebäude. Zehn Minuten später traf das Team der Nach-

richtenagentur ein, bahnte sich einen Weg durch die Menge, zwängte sich durch das Metalltor. Und bald darauf stand Cliff im gleißenden Scheinwerferlicht vor dem Schiff, nicht weit von Gnut entfernt — er hatte sich geweigert, direkt vor dem Roboter Position zu beziehen —, und erzählte vor Kamera und Mikrophonen seine Story, die dann blitzschnell in alle Teile des Solarsystems gesendet wurde.
Danach brachten ihn die Polizisten sofort ins Gefängnis — aus Prinzip und weil sie schrecklich wütend waren.

5

Cliff blieb bis zum nächsten Morgen in der Zelle — bis die Burschen vom Nachrichtendienst einen Anwalt aus dem Bett gezerrt hatten, der ihn herausholte. Aber als er das Gefängnis verlassen wollte, packte ihn ein Regierungsbeamter am Handgelenk.
„Sie müssen sich einem weiteren Verhör unterziehen, drüben im Kontinentalen Bundeskriminalamt", sagte der Mann, und Cliff ging bereitwillig mit.
Ganze fünfunddreißig hohe Kriminalbeamte und andere „große Tiere" erwarteten ihn in einem imposanten Konferenzraum — ein Sekretär des Präsidenten, der Unterstaatssekretär, der Verteidigungsminister, Wissenschaftler, ein Colonel, Generaldirektoren und Kongreßmitglieder. Der alte Sanders mit dem grauen Schnurrbart, der Chef des Kontinentalen Bundeskriminalamts, führte den Vorsitz.
Sie forderten Cliff auf, seine Geschichte zu erzählen, dann einige Teile zu wiederholen, und dann noch mal von vorn anzufangen — nicht weil sie an seinen Worten zweifelten, sondern weil sie hofften, irgendwelche Hinweise zu entdecken, die ein Licht auf das Rätsel werfen könnten. Geduldig durchforschte Cliff sein Gehirn nach Einzelheiten, die er vielleicht vergessen hatte.
Sanders stellte die meisten Fragen. Nach etwa einer Stunde, als Cliff schon glaubte, man würde ihn entlassen, fragte ihn der alte Mann nach seiner persönlichen Meinung.

„Glauben Sie, daß Gnut auf irgendeine Weise durch die Säuren, die Strahlen und die anderen Behandlungsmethoden unserer Wissenschaftler beeinflußt wurde?"
„Davon habe ich nichts bemerkt."
„Glauben Sie, daß er sehen kann?"
„Davon bin ich überzeugt. Oder er hat andere Fähigkeiten, die unserer Sehkraft entsprechen."
„Glauben Sie, daß er hören kann?"
„Ja, Sir. Als ich ihm zuflüsterte, daß Stillwell tot sei, beugte er sich herab, als wollte er selber nachsehen. Es würde mich nicht überraschen, wenn er verstanden hätte, was ich gesagt habe!"
„Und er hat kein einziges Mal gesprochen? Er hat nur diese wenigen Laute von sich gegeben, mit denen er die Luke öffnen kann?"
„Er hat kein Wort gesagt, weder in Englisch noch in einer anderen Sprache."
„Wurden seine Kräfte Ihrer Meinung nach durch unsere Behandlung beeinträchtigt?" erkundigte sich einer der Wissenschaftler.
„Ich habe Ihnen ja erzählt, wie mühelos er mit dem Gorilla fertig wurde. Er griff das Tier an und schleuderte es zurück, worauf es sich ängstlich in den Hintergrund des Raumes zurückzog."
„Und wie erklären Sie sich die Tatsache, daß bei unseren Autopsien keine tödlichen Wunden, keine Todesursachen festgestellt werden konnten — weder im Gorilla noch in der Spottdrossel, noch in den beiden identischen Leichen Stillwells?" fragte ein Mediziner.
„Das kann ich mir nicht erklären."
„Glauben Sie, daß Gnut gefährlich ist?" wollte Sanders wissen.
„Potentiell ist er sehr gefährlich."
„Aber Sie haben gesagt, Sie hätten das Gefühl, daß er uns nicht feindlich gesinnt ist."
„Ich habe gesagt, daß er mir nicht feindlich gesinnt ist. Ich kann Ihnen leider nicht erklären, warum ich dieses Gefühl habe — ich kann nur wiederholen, daß er mich zweimal verschont hat, als ich in seiner Gewalt war. Vielleicht wurde ich auch von der sanften Art beeinflußt, mit der er die Toten behandelte — oder von dem

traurigen, nachdenklichen Ausdruck, den ich zweimal auf seinem Gesicht sah."
„Würden Sie es riskieren, eine weitere Nacht im Museum zu verbringen — allein mit Gnut."
„Um nichts in der Welt."
Sie lächelten.
„Haben Sie eigentlich in der vergangenen Nacht keine Photos gemacht?"
„Nein, Sir", gestand Cliff widerstrebend und bewahrte nur mühsam Haltung, weil er sich maßlos schämte.
Ein Mann, der bisher geschwiegen hatte, kam ihm zu Hilfe, indem er das Thema wechselte.
„Sie haben vorhin im Zusammenhang mit Gnuts Aktionen das Wort ‚zweckdienlich' gebraucht. Können Sie uns das genauer erklären?"
„Ja, das ist mir mehrmals aufgefallen. Gnut scheint sich niemals sinnlos zu bewegen. Und wenn er will, bewegt er sich erstaunlich schnell. Das konnte ich beobachten, als er den Gorilla angriff. Sonst geht er ruhig umher, als ob er irgendwelche simplen Aufgaben methodisch erledigen würde. Das erinnert mich an eine andere merkwürdige Beobachtung. Manchmal nimmt er Positionen ein, zum Beispiel eine gebückte Haltung, und dann verharrt er minutenlang in dieser Pose, ohne sich zu rühren. Anscheinend hat er ein anderes Zeitgefühl als wir. Manchmal bewegt er sich überraschend schnell — dann wieder überraschend langsam. Vielleicht hängen auch seine langen reglosen Perioden damit zusammen."
„Das ist sehr interessant", meinte ein Wissenschaftler. „Und welche Erklärung haben Sie für die Tatsache, daß er sich nur nachts bewegt?"
„Vielleicht will er bei seinen Aktivitäten nicht beobachtet werden. Und er ist nur nachts allein."
„Aber er setzte seine Tätigkeit fort, obwohl er Sie entdeckte."
„Ich weiß. Aber ich habe keine andere Erklärung. Vielleicht betrachtet er mich als harmlos — oder unfähig, ihm in die Quere zu kommen. Womit er ganz sicher recht hätte."

„Bevor Sie hierherkamen, hatten wir überlegt, ob wir ihn in einen großen Block aus Glastex einmauern sollen. Glauben Sie, daß er das zulassen würde?“
„Keine Ahnung. Wahrscheinlich schon. Er hat die Säuren und Strahlen ja auch über sich ergehen lassen. Aber man sollte das besser tagsüber machen, weil er sich nachts bewegt.“
„Aber er hat sich auch bei Tag bewegt, als er mit Klaatu aus dem Flugzeug gestiegen ist.“
„Ich weiß.“
Anscheinend fielen ihnen keine weiteren Fragen ein, Sanders schlug mit der flachen Hand auf den Tisch.
„Das wäre alles, Mr. Sutherland. Vielen Dank für Ihre Hilfe. Und ich muß Sie beglückwünschen. Sie sind ein schrecklich verrückter, bornierter, aber sehr tapferer junger Mann — und ein guter Geschäftsmann.“ Er lächelte schwach. „Sie können jetzt gehen, aber wahrscheinlich werden wir Sie später noch einmal brauchen.“
„Danke, Sir“, sagte Cliff. „Würden Sie mir bitte erlauben, die nächste Nacht vor dem Gebäude zu verbringen? Nicht drinnen, nur davor. Ich habe das Gefühl, daß etwas geschehen wird.“
„Immer auf der Jagd nach Sensationen, was?“ erwiderte Sanders nicht unfreundlich. „Und wenn was Tolles passiert, lassen Sie die Polizei warten, bis Sie Ihre Geschäfte abgewickelt haben.“
„Das werde ich nicht mehr tun, Sir. Wenn irgend etwas passiert, werde ich die Polizei sofort informieren.“
Der alte Mann zögerte.
„Ich weiß nicht recht ... Ich mache Ihnen einen Vorschlag. Alle Nachrichtenagenturen wollen ihre Leute vor dem Museum postieren, und das können wir nicht zulassen. Aber wenn Sie es so einrichten könnten, daß Sie sämtliche Nachrichtenzentralen vertreten, hätte ich nichts dagegen. Wahrscheinlich wird gar nichts passieren, aber Ihr Bericht würde die Hysteriker beruhigen. Halten Sie mich auf dem laufenden.“
Cliff bedankte sich, lief hinaus und rief sein Syndikat an, um ihnen kostenlos ein paar Tips zu geben, dann erwähnte er San-

ders' Vorschlag. Zehn Minuten später riefen sie zurück und sagten, daß alles arrangiert wäre und daß er ein paar Stunden schlafen sollte, damit er abends frisch und munter sei. Sie würden inzwischen die Stellung halten.
Leichten Herzens ging Cliff zum Museum. Auf dem Vorplatz drängten sich Tausende von Neugierigen. Ein starker Polizeikordon drängte die Menge immer wieder zurück. Er kam nicht durch, denn die Polizisten erkannten ihn. Er sah ihnen an, daß sie ihm immer noch nicht verziehen hatten. Aber das machte ihm nichts aus. Plötzlich war er sehr müde. Er ging ins Hotel und legte sich ins Bett.
Er hatte nur ein paar Minuten geschlafen, als sein Telefon läutete. Mit geschlossenen Augen nahm er den Hörer ab. Es war ein Bursche vom Syndikat, der seltsame Neuigkeiten für ihn hatte. Soeben hatte sich Stillwell gemeldet, quicklebendig. Der echte Stillwell. Die beiden Toten waren offenbar Kopien. Stillwell konnte sich das nicht erklären. Er hatte keine Brüder.
Für einen Augenblick war Cliff hellwach. Dann sank er ins Bett zurück. Jetzt konnte ihn nichts mehr aufregen.

6

Um vier Uhr passierte Cliff den Kordon, munter und ausgeschlafen, eine Infrarot-Vergrößerungskamera um die Schulter geschlungen, und ging ins Museum. Man hatte ihn erwartet und machte ihm keine Schwierigkeiten. Als sein Blick auf Gnut fiel, erfaßte ihn ein sonderbares Gefühl, und aus einem unerklärlichen Grund tat ihm der riesige Roboter fast leid.
Gnut stand so da wie immer, den rechten Fuß ein wenig vorgeschoben, einen nachdenklichen Ausdruck auf dem Gesicht. Aber nun steckte er in einem großen Block aus transparentem Glastex, von den Füßen bis zum Kopf war er in einem wasserklaren Gefängnis eingemauert, in einem Würfel von acht Fuß Seitenlänge, der es nicht einmal seinen erstaunlichen Muskeln gestattete, auch nur ganz leicht zu zucken.

Es war zweifellos absurd, Mitleid mit einem Roboter zu haben, mit einem von Menschenhand hergestellten Mechanismus, aber Cliff hatte begonnen, ihn ebenso als Lebewesen zu betrachten wie seine Mitmenschen. Er hatte bewiesen, daß er einen zielgerichteten Willen besaß, er hatte komplizierte Aktionen durchgeführt, sein Gesicht hatte zweimal ganz deutlich gezeigt, daß er Trauer empfinden konnte, und mehrmals tiefe Nachdenklichkeit. Er war gnadenlos mit dem Gorilla umgegangen und sehr sanft mit der Spottdrossel und den beiden menschlichen Leichen. Zweimal hatte er darauf verzichtet, Cliff zu zerschmettern, der in seiner Gewalt gewesen war. Cliff bezweifelte keine Minute lang, daß Gnut noch lebte — was für eine Art von Leben das auch immer sein mochte.

Aber draußen warteten die Männer vom Rundfunk und vom Fernsehen. Er mußte mit seiner Arbeit beginnen. Er ging zu den Leuten hinaus, die sofort hektische Betriebsamkeit entwickelten.

Eine Stunde später saß Cliff allein auf einem Ast, etwa fünfzehn Fuß hoch über dem Boden. Durch eines der Fenster konnte er Gnuts Oberkörper sehen. Auf den Zweigen rings um ihn waren drei Apparate befestigt — seine Infrarot-Vergrößerungskamera, eine infrarote Fernsehkamera mit Tonaufnahmegerät. Mit Hilfe seiner Kamera konnte er im Dunkeln so gut wie bei Tageslicht sehen und den Roboter vergrößern. Die anderen Geräte würden alles aufnehmen, in Bild und Ton, auch seine Kommentare, und sie an mehrere Sendestudios weiterleiten, die sie dann in alle Richtungen ausstrahlen würden, so daß sie im ganzen Solarsystem empfangen werden konnten, auch auf den entferntesten Planeten. Wahrscheinlich hatte man noch nie zuvor einen Photoreporter mit einer so wichtigen Aufgabe betraut — und ganz bestimmt keinen, der im entscheidenden Augenblick vergessen hatte, Photos zu machen. Aber daran dachte jetzt niemand mehr, und Cliff war sehr stolz und in voller Aktionsbereitschaft.

Weit hinten stand die Menge der Neugierigen und der Ängstlichen. Würde der Glastex-Würfel den Roboter festhalten können? Und wenn nicht — würde er herauskommen und Rache üben? Oder würden unvorstellbare Wesen aus dem Schiff kom-

men, ihn befreien und dann die Erdenmenschen vernichten? Millionen saßen zitternd vor ihren Fernsehapparaten, bereit, beim ersten Anzeichen einer Gefahr in die fernsten Zonen des Solarsystems zu fliehen.
An strategisch ausgewählten Punkten, nicht weit von Cliff entfernt, standen mobile Strahlenbatterien, von Armee-Einheiten bemannt. In einer Senke, schräg hinter ihm, war ein riesiger Panzerwagen mit einem gewaltigen Geschütz stationiert.
Jede Waffe war auf das Tor des Museumsflügels gerichtet. Eine Reihe kleinerer, schnellerer Panzerwagen stand einsatzbereit fünfzig Yards weiter nördlich. Ihre Strahlenprojektoren waren ebenfalls auf das Tor gerichtet, nicht aber die Geschütze. Im Gebiet rings um das Gebäude gab es nur eine einzige Stelle — die Senke, wo der große Panzerwagen stand —, an der ein Schuß, auf das Metalltor gezielt, keinen Schaden in der Stadt anrichten und kein Menschenleben gefährden würde.

Die Dämmerung brach herein. Die letzten Armeeoffiziere, Politiker und andere Privilegierte kamen langsam aus dem Museum, das Metalltor wurde verschlossen. Bald blieb Cliff allein mit den Männern zurück, die an den ringsum verteilten Waffen postiert waren.
Die Stunden verstrichen. Der Mond ging auf. Von Zeit zu Zeit teilte Cliff dem Studioteam mit, daß alles ruhig war. Mit dem bloßen Auge konnte er nichts von Gnut sehen außer den beiden roten Augenpunkten, aber durch das Vergrößerungsglas seiner Kamera sah er ihn so deutlich wie bei Tageslicht und aus einer scheinbaren Entfernung von zehn Fuß. Abgesehen von den glühenden Augen wies nichts darauf hin, daß der Roboter noch funktionierte, daß er nicht nur lebloses Metall war.
Eine weitere Stunde verstrich. Hin und wieder schaltete Cliff seinen winzigen Armbandfernseher ein, immer nur für ein paar Sekunden, um die Batterie nicht vorzeitig zu verbrauchen. Gnut tauchte auf dem Bildschirm auf, dann sein eigenes Gesicht mit seinem Namen, auch der Baum, auf dem er saß, wurde gezeigt. Es war ein komisches Gefühl, sich selbst zu beobachten.

Und dann entdeckte Cliff plötzlich etwas und beugte sich zu seinem Vergrößerungsglas hinab. Gnuts Augen bewegten sich — zumindest veränderte sich die Lichtintensität, die sie ausströmten. Es war, als ob die Strahlen zweier winziger roter Taschenlampen hin und her schweifen würden.
Atemlos informierte Cliff das Studio, schaltete die Fernsehkamera und das Tonaufnahmegerät ein, schilderte das Phänomen. Millionen hörten die Erregung in seiner Stimme. Würde sich Gnut nun aus seinem schrecklichen Gefängnis befreien?
Minuten verstrichen, die Augen wanderten weiterhin von einer Seite zur anderen, aber Cliff konnte nicht feststellen, ob sich der Körper des Roboters bewegte oder zu bewegen versuchte. In kurzen Abständen schilderte er, was er sah. Gnut lebte, und er stemmte sich zweifellos gegen sein transparentes Gefängnis, aber bis jetzt war keine Bewegung darin zu erkennen.
Cliff blickte von seinem Vergrößerungsglas auf — und zuckte zusammen. Die bloßen Augen auf den Roboter gerichtet, der in Dunkelheit gehüllt war, machte er eine erstaunliche Entdeckung — sah etwas, das er durch das Gerät nicht wahrgenommen hatte. Ein schwacher roter Schimmer hatte sich über Gnuts Körper ausgebreitet. Mit zitternden Fingern regulierte Cliff das Objektiv der Fernsehkamera, gleichzeitig verstärkte sich der rote Schimmer. Bald leuchtete der Körper des Roboters, als sei er bis zur Weißglut erhitzt worden.
Erregt beschrieb er den Anblick, nur in Satzfragmenten, denn er mußte sich hauptsächlich darauf konzentrieren, das Objektiv zu regulieren. Gnut erstrahlte immer greller, und dann begann er sich zu bewegen. Ja, er bewegte sich unverkennbar.
Offenbar besaß er die Fähigkeit, seine Körpertemperatur zu erhöhen, und suchte nun nach dem Schmelzpunkt des Plastikstoffs, der ihn umschloß. Cliff wußte, daß Glastex ein thermoplastisches Material war, das bei Kälte erstarrte und unter Hitzeeinwirkung wieder weich wurde. Gnut schmolz sich einen Weg in die Freiheit.
In abgehackten Worten schilderte Cliff den Vorgang. Gnuts Körper strahlte nun in blendendem Weiß, und der Würfel rings um

ihn begann sich zu verbiegen. Der Roboter konnte sich jetzt freier bewegen. Das flüssige Glastex rann an seinem Kopf herab, dann floß es von den Schultern, von der Taille — Cliff konnte den restlichen Körper nicht sehen. Aber er wußte, daß Gnut frei war. Und dann verschwand der Roboter aus seinem Blickfeld.
Cliff kniff die Augen zusammen, spitzte die Ohren, aber er sah nichts und er hörte nichts, außer dem fernen Johlen der Menge hinter dem Polizeikordon und den Stimmen der kommandierenden Offiziere, die den Soldaten an den Strahlenbatterien und Geschützen knappe, scharfe Befehle erteilten. Auch die hatten Cliffs Bericht gehört und das Geschehen vielleicht auch am Fernsehschirm verfolgt, und nun warteten sie angespannt.

Einige Minuten verstrichen. Dann flog das Metalltor krachend auf, und der Metallriese trat heraus. Stocksteif stand er da. Die weiße Glut war erloschen, nur die roten Augen leuchteten, ihr Blick wanderte durch das Dunkel.
Stimmen drangen durch die Nacht, brüllten Befehle, und Sekunden später war er in ein Kreuzfeuer aus bunten, zischenden Strahlen getaucht. Hinter ihm begannen die Metallflügel des Tors zu schmelzen, aber an seinem großen grünen Körper zeigte sich keine Veränderung. Und dann drohte die Welt unterzugehen. Es krachte ohrenbetäubend, und Cliffs Umgebung schien in einem rauchenden Chaos zu explodieren. Sein Baum wurde zur Seite gebogen, so daß er fast hinabstürzte, Schutt regnete herab. Der große Panzerwagen hatte einen Schuß abgefeuert, und der Reporter war überzeugt, daß Gnut getroffen worden war.
Cliff hielt sich an seinem Ast fest und starrte in die Rauchschleier. Als sich die Schwaden auflösten, nahm er eine Bewegung zwischen den Trümmern vor dem Tor wahr, und dann tauchte verschwommen, aber unverkennbar die große Gestalt Gnuts auf, der sich langsam erhob. Er wandte sich dem Panzerwagen zu, und plötzlich stürmte er zu der Senke. Das große Geschütz schwang in seine Richtung, aber der Roboter sprang blitzschnell in Deckung, und dann hatte er den Panzerwagen auch schon erreicht. Während die Soldaten das Weite suchten, zerschmetterte

Gnut den Hinterlader mit einem einzigen Faustschlag, dann wandte er sich um und blickte zu Cliff hinüber.
Er ging auf ihn zu, und Sekunden später stand er unter dem Baum. Cliff kletterte höher hinauf. Gnut schlang die Arme um den Stamm, zerrte daran, und der entwurzelte Baum landete krachend auf dem Boden. Bevor Cliff fliehen konnte, hoben ihn die Metallhände hoch.
Cliff glaubte, daß seine letzte Stunde geschlagen hatte, aber in dieser Nacht sollte er noch viele seltsame Dinge erleben. Gnut tat ihm nichts zuleide. Er hielt ihn auf Armeslänge von sich ab, blickte ihn sekundenlang an, dann setzte er ihn auf seine Schultern, so daß ihm die Beine auf die Brust hingen. Er umklammerte einen Knöchel des Reporters, dann ging er ohne zu zögern den Weg hinab, der nach Westen führte.
Cliff saß hilflos auf den Metallschultern. Drüben auf dem Rasen sah er, wie die Geschützmündungen Gnut verfolgten — und ihn. Aber sie feuerten nicht. Gnut war vor den Waffen sicher, da er eine Geisel bei sich hatte — das hoffte Cliff wenigstens.
Der Roboter ging geradewegs auf das Tidebecken zu. Die meisten kleinen Panzerwagen folgten ihm in großem Abstand. In weiter Ferne sah Cliff eine dunkle Woge über den Rasen rollen. Die Menge hatte den Polizeikordon durchbrochen, rannte hinter Gnut her, und bald hörte der Roboter die erregten Stimmen. Die Leute kamen nur bis auf fünfzig Yards heran, dann blieben sie stehen, nur wenige wagten sich noch weiter vor.
Gnut beachtete sie ebensowenig wie die Last auf seinen Schultern. Cliff saß auf hartem Stahl, aber die Muskeln, die unter der grünen glänzenden Haut lagen, spielten bei jeder Bewegung, und diese metallische Muskulatur war für ihn ein unfaßbares Wunder.
Schnurgerade ging Gnut dahin, über Wege und Wiesen, zwischen dünnen Baumreihen hindurch, verfolgt vom Gebrüll der Menge. Über Cliffs Kopf dröhnten Hubschrauber, Flugzeuge schnellten umher, Polizeiautos mit entnervenden Sirenen fuhren hinter dem Roboter her. Vor ihm lag das stille Wasser des Tidebeckens, in dessen Mitte sich das einfache Marmorgrab des er-

mordeten Botschafters Klaatu erhob. Schwarz und kalt schimmerte es im Licht der vielen Scheinwerfer, die den Nachthimmel erhellten. War dies ein Rendezvous mit dem Tod?
Ohne zu zögern, schritt Gnut die Uferböschung hinab und stieg ins Wasser. Es reichte ihm bis zu den Knien, dann bis zur Taille, Bald hingen auch Cliffs Füße im Wasser. Geradewegs ging der Roboter durch die dunklen Fluten, auf Klaatus Grab zu.
Der schwarze Marmorwürfel ragte immer höher auf, je näher sie herankamen. Gnuts Körper tauchte aus dem Wasser, als er die pyramidenförmige Treppe hinaufstieg, dann blieb er auf der schmalen Plattform stehen, auf der das Grabmal stand.
Hell angestrahlt von den blendenden Scheinwerfern, schritt der Roboter einmal um den Grabstein herum, dann bückte er sich, spannte die Muskeln an und stemmte sich dagegen. Der Marmor knirschte, der Würfel brach auseinander.
Im Licht der kreisenden Scheinwerfer spiegelte sich ein transparenter Plastiksarg wider, mit dicken Wänden, versiegelt für Jahrhunderte.
Darin lag die sterbliche Hülle Klaatus, des Besuchers, der von einer großen unbekannten Welt stammte. Er lag da, als würde er schlafen, auf dem Gesicht jenen Ausdruck göttergleichen Adels, der einige Ignoranten veranlaßt hatte, ihn als Gott zu bezeichnen. Er trug noch die Robe, in der er angekommen war. Keine welken Blumen, keine Juwelen schmückten den Sarg, denn sie hätten nur banal gewirkt. Am Fußende des Sarges stand eine kleine versiegelte Kiste, ebenfalls aus transparentem Plastik, die einen Bericht über Klaatus Besuch und die Ereignisse nach seiner Ankunft sowie einen kurzen Tonfilm enthielt, auf dem seine wenigen Gesten und Worte aufgezeichnet waren.

Cliff saß ganz still auf den Metallschultern und wünschte, er könnte Gnuts Gesicht sehen. Auch der Roboter verharrte lange Zeit reglos in seiner gebeugten Haltung, in einer Pose respektvoller Betrachtung. Auf dieser hell beleuchteten Pyramide, vor den Augen einer angstvollen, erregten Menge, erwies Gnut seinem schönen, angebeteten Herrn die letzte Ehre.

Dann bewegte er sich plötzlich, griff nach der kleinen Plastikkiste, richtete sich auf und begann die Treppe hinabzusteigen.
Er ging zurück durch das Wasser, geradewegs auf das Gebäude zu, über Wiesen und Wege, unaufhaltsam, mit gleichmäßigen Schritten. Vor ihm wichen die Menschen zurück, liefen hinter ihm her in gebührendem Abstand, zertrampelten einander im Bemühen, ihn nicht aus den Augen zu verlieren. Von Gnuts Rückkehr gab es keine Fernsehaufzeichnung. Denn die erregte Menge hatte die Geräte bereits demoliert, als Gnut zum Grab gegangen war.
Als sie sich dem Gebäude näherten, sah Cliff, daß das Projektil des Panzerwagens ein Loch in die Wand gerissen hatte, das mit einem Durchmesser von zwanzig Fuß vom Dach bis zum Boden reichte. Das Tor stand immer noch offen, und Gnut stieg über den Schutt hinweg, ohne den gleitenden Rhythmus seiner Schritte zu unterbrechen, und ging geradewegs auf das Schiff zu. Cliff fragte sich, ob ihn der Roboter jetzt freilassen würde.
Seine Hoffnung erfüllte sich. Gnut stellte ihn auf die Füße und zeigte zum Tor. Dann gab er die Laute von sich, die das Schiff öffneten. Die Rampe sank herab, und er ging hinein.
Und dann beging Cliff jene verrückte, mutige Tat, die ihn berühmt machte. Als die Rampe zurückzugleiten begann, sprang er darauf und betrat das Schiff. Die Luke schloß sich.

7

Es war stockdunkel und ringsum herrschte Grabesstille. Cliff rührte sich nicht. Er spürte, daß Gnut dicht vor ihm stand.
Die harte Metallhand packte ihn um die Taille, zog ihn an den kalten Körper, trug ihn irgendwohin. Plötzlich übergossen versteckte Lampen den Schiffsraum mit bläulichem Licht.
Gnut stellte Cliff auf die Beine und sah ihn an. Der junge Mann bereute seine unüberlegte Tat bereits, aber der Roboter schien nicht böse zu sein, wenn die roten Augen auch unergründlich waren. Er zeigte auf einen Stuhl in der Ecke des Raumes, und

Cliff gehorchte und setzte sich ermattet und wagte vorerst nicht sich umzublicken.
Als er sich von seinem Schrecken erholt hatte, stellte er fest, daß er sich in einem kleinen Labor befand. Komplizierte Metall- und Plastikapparate waren an den Wänden aufgestellt oder bedeckten mehrere kleine Tische. Er wußte nicht, wozu diese Geräte dienten, und er konnte es auch nicht erraten. Das Zentrum des Raumes beherrschte ein länglicher Metalltisch, auf dem eine große Kiste stand. Sie sah wie ein Sarg aus und war durch viele Drähte mit einem komplizierten Apparat an der gegenüberliegenden Wand verbunden. Ein Lichtkegel strömte von einer Lampe, aus vielen Röhren zusammengesetzt, auf den Tisch herab.
Ein Ding, das halb verdeckt auf einem anderen Tisch lag, sah wohlvertraut aus und schien überhaupt nicht hierherzupassen. Es war eine Aktentasche — eine ganz gewöhnliche Erdentasche, und Cliff fragte sich, wie sie hierhergekommen war.
Gnut schenkte ihm keine Beachtung. Mit einem massiven Werkzeug öffnete er die kleine Plastikkiste, die er aus dem Grab geholt hatte. Er nahm die Filmrolle heraus und verbrachte eine volle halbe Stunde damit, sie in den Apparat einzulegen, der durch Drähte mit dem Sarg verbunden war. Fasziniert sah Cliff zu, wie geschickt der Roboter die harten Metallfinger bewegte. Als diese Aufgabe bewältigt war, begann Gnut an mehreren Zusatzgeräten zu arbeiten, die auf einem anderen Tisch standen. Dann hielt er nachdenklich inne. Schließlich zog er an einem langen Hebel.
Eine Stimme kam aus dem Sarg — die Stimme des ermordeten Botschafters.
„Ich bin Klaatu", sagte sie. „Und das ist Gnut."
Der Tonfilm, dachte Cliff. Die ersten und letzten Worte, die der Botschafter nach seiner Ankunft gesprochen hatte. Aber in der nächsten Sekunde erkannte er, daß er sich geirrt hatte. Ein Mann lag in der Kiste. Der Mann bewegte sich, setzte sich auf, und Cliff starrte in Klaatus lebendes Gesicht.
Klaatu blinzelte überrascht und redete hastig auf Gnut ein, in einer fremden Sprache. Und dann hörte Cliff den Roboter zum er-

stenmal sprechen. Die Silben stürzten hervor, wie aus menschlichen Emotionen geboren, und der verwirrte Ausdruck in Klaatus Augen wich einer staunenden Bewunderung. Sie unterhielten sich einige Minuten lang, dann sank Klaatu, sichtlich ermüdet, zurück, richtete sich aber sofort wieder auf, als er Cliff entdeckte. Gnut begann wieder zu sprechen, Klaatu winkte Cliff zu sich, und der junge Mann gehorchte.

„Gnut hat mir alles erzählt", sagte Klaatu mit leiser, sanfter Stimme, dann sah er Cliff schweigend an, mit einem schwachen, müden Lächeln.

Hundert Fragen lagen Cliff auf der Zunge, aber er wagte es nicht, den Mund aufzumachen.

„Aber ...", begann er schließlich in respektvollem Ton, „Sie sind doch nicht der Klaatu, der im Grab lag?"

Das Lächeln des Mannes erlosch, und er schüttelte den Kopf.

„Nein." Er sah zu dem Roboter auf und sagte etwas in seiner Muttersprache.

Gnuts metallische Gesichtszüge verzogen sich schmerzlich. Dann wandte sich Klaatu wieder an Cliff. „Ich sterbe", erklärte er ganz schlicht, als müßte er seine Worte vereinfachen, um sie einem Erdenmann begreiflich zu machen. Wieder glitt dieses schwache, müde Lächeln über sein Gesicht.

Cliffs Zunge war wie gelähmt. Er konnte den Mann nur anstarren, auf eine Erleuchtung hoffen. Klaatu schien seine Gedanken zu lesen.

„Sie verstehen das nicht", sagte er. „Obwohl er anders ist als wir, verfügt Gnut doch über große Fähigkeiten. Als der Flügel gebaut war und die Vorlesungen gehalten wurden, hatte er eine wunderbare Inspiration. Eines Nachts stellte er diesen Apparat her, und nun hat er auch mich neu erschaffen — aus der Stimme, die Ihr Volk aufgenommen hat. Sie müssen wissen, daß jeder Körper charakteristische Laute hervorbringt. Gnut hat in mühsamer und langwieriger Arbeit einen Apparat konstruiert, der den Tonaufnahmeprozeß in umgekehrter Reihenfolge ablaufen läßt, und auf diese Weise kann aus einer Stimme der dazu passende Körper entstehen."

Cliff schnappte nach Luft. So war das also ...
„Aber Sie müssen doch gar nicht sterben!" rief er plötzlich voller Eifer.
„Ihre Stimme wurde aufgenommen, als Sie aus dem Schiff gestiegen waren, und da waren Sie noch kerngesund. Erlauben Sie mir, Sie in eine Klinik zu bringen! Unsere Ärzte sind sehr tüchtig."
Kaum merklich schüttelte Klaatu den Kopf.
„Sie verstehen es noch immer nicht", sagte er langsam und mit schwächerer Stimme. „Die Tonbandaufnahme war unvollkommen. Vielleicht waren die Fehler nur geringfügig — aber sie haben das Produkt beeinträchtigt. Gnuts Experimentalgeschöpfe sind alle schon nach wenigen Minuten gestorben. Er hat es mir gesagt ... Und auch ich muß sterben ..."
Plötzlich verstand Cliff den Ursprung der „Experimente". Er erinnerte sich, daß ein Angestellter der Smithsonian Institution an dem Tag, als der neue Museumsflügel eröffnet worden war, eine Aktentasche verloren hatte. Darin hatten sich Tonbänder befunden, mit Aufnahmen von Tierstimmen. Und hier auf dem Tisch lag eine Aktentasche.
Die beiden Stillwells mußten aus den Tonbändern entstanden sein, die in der Schublade des paneelierten Tisches im Ausstellungsraum gelegen hatten.
Mit schwerem Herzen sah er Klaatu an. Er wollte nicht, daß dieser Fremde starb. Und langsam nahm ein Gedanke in seinem Kopf Gestalt an, mit wachsender Erregung erklärte er, was er vorhatte.
„Sie sagen, daß die Aufnahme unvollkommen war. Und das war sie auch, weil das Aufnahmegerät unvollkommen war. Wenn Gnut den Apparat hätte, mit dem Ihre Stimme aufgezeichnet wurde, könnte er die Fehler ausmerzen — und Ihnen ein neues Leben schenken."
Kaum waren die letzten Worte über Cliffs Lippen gekommen, als Gnut zu ihm herumwirbelte und seinen Arm packte. Echte menschliche Erregung schimmerte in den Metallmuskeln seines Gesichts.

„Holen Sie mir den Originalapparat — damit ich die Fehler ausschalten kann!“ befahl er — in akzentfreiem Englisch. Er wollte Cliff zur Tür schieben, aber Klaatu hob die Hand.
„Es ist zu spät für mich“, sagte er mit ruhiger Stimme. „Wie heißen Sie, junger Mann?“
„Cliff Sutherland.“
„Bleiben Sie bei mir — bis zum Ende“, bat Klaatu. Er schloß die Augen und schwieg eine Weile. Dann lächelte er, ohne die Augen zu öffnen. „Seien Sie nicht traurig, denn vielleicht werde ich wieder leben — und das wird Ihr Verdienst sein. Ich habe keine Schmerzen ...“ Seine Stimme wurde immer schwächer. Und obwohl so viele Fragen auf Cliffs Zunge brannten, konnte er den Sterbenden nur stumm ansehen. Wieder schien Klaatu seine Gedanken zu lesen.
„Ich weiß“, flüsterte er, „ich weiß. Wir hätten einander so viele Fragen zu stellen ... über Ihre Kultur ... und Gnuts Kultur ...“
„Und Ihre“, sagte Cliff.
„Und Gnuts Kultur“, wiederholte die sanfte Stimme. „Vielleicht ... eines Tages ... wenn ich zurückkomme ...“
Reglos lag er da — für lange Zeit, und schließlich erkannte Cliff, daß Klaatu tot war. Tränen stiegen ihm in die Augen. Innerhalb weniger Minuten hatte er diesen Mann lieben gelernt. Er sah Gnut an. Auch der Roboter wußte, daß Klaatu tot war, aber in seinen roten Augen glänzten keine Tränen. Sie waren auf Cliff gerichtet, und der junge Mann wußte, was Gnut dachte.
„Gnut“, sagte er ernsthaft, als würde er einen heiligen Eid schwören. „Ich hole den Originalapparat — jetzt gleich.“
Wortlos führte Gnut ihn zur Luke. Er gab die Laute von sich, die das Schloß öffneten. Als die Tür aufschwang, drängten sich lärmende Menschen zum Ausgang zu.
Der Ausstellungsraum war hell erleuchtet. Cliff ging die Rampe hinab.

An die nächsten beiden Stunden hatte Cliff später nur vage, traumhafte Erinnerungen. Es war, als sei das mysteriöse Labor, in dem der Tote friedlich ruhte, die Wirklichkeit, der Mittelpunkt seines Lebens, als sei diese Szene mit den lärmenden Menschen nur ein barbarisches Zwischenspiel. Er stand nicht weit von der Rampe entfernt und erzählte nur einen Teil seiner Geschichte. Man glaubte ihm. Er wartete gelassen, während die höchsten Beamten seines Landes ihren ganzen Einfluß geltend machten, um ihm den Apparat, den der Roboter verlangt hatte, möglichst schnell zu beschaffen.

Als er das Gerät in Empfang genommen hatte, trug er es in das kleine Vestibül hinter der Luke. Gnut erwartete ihn. In seinen Armen hielt er die schlanke Gestalt des zweiten Klaatu, die er dem jungen Mann behutsam übergab. Wortlos nahm Cliff den Toten entgegen, als sei das alles zuvor besprochen worden. Er spürte, daß dies ein Abschied war.

Von allen Fragen, die er Klaatu hatte stellen wollen, ging ihm nur eine einzige nicht aus dem Kopf. Und jetzt, wo der große grüne Roboter vor ihm stand, eingerahmt von der Luke des grünen Schiffes, nutzte er die Gelegenheit.

„Gnut", sagte er mit ernster Stimme, den schlaffen Körper an sich gedrückt, „du mußt mir einen Gefallen tun. Hör mir jetzt ganz genau zu. Erzähl deinem Herrn — dem Herrn, der wieder leben wird —, daß es ein unglückseliger Unfall war, den der erste Klaatu erlitten hat — ein Unfall, den alle Erdenmenschen grenzenlos bedauern. Wirst du das tun?"

„Ich habe es schon immer gewußt", antwortete der Roboter sanft.

„Aber du versprichst mir, es deinem Herrn zu sagen — mit meinen Worten —, sobald er wieder am Leben ist?"

„Sie mißverstehen das alles", sagte Gnut, immer noch sanft, und dann fügte er mit ruhiger Stimme vier weitere Worte hinzu. Als Cliff sie hörte, glitt ein Nebel über seine Augen, und sein Körper erstarrte.

Als er aus seiner Erstarrung erwachte und der Schleier von seinen Augen fiel, sah er das große Schiff verschwinden. Es war plötzlich nicht mehr da. Er taumelte einen Schritt zurück. In seinen Ohren dröhnten Gnuts letzte Worte wie schwere Glocken.

Niemals — niemals würde er sie seinen Mitmenschen verraten, bis ans Ende seiner Tage nicht.
„Sie mißverstehen das alles", hatte der mächtige Roboter gesagt. „*Ich* bin der Herr."

1941

Isaac Asimov

Einbruch der Nacht

(Nightfall)

Robert A. Heinlein

Im Kreis

(By His Bootstraps)

1941...

Hitlers Minister Rudolf Heß springt mit dem Fallschirm über England ab, um Verhandlungen zu führen. Die Nazis erklären ihn für geistesgestört, die Briten setzen ihn gefangen. Das Soldatenlied „Lily Marleen" wird auf beiden Seiten der Front zu einem riesigen Hit. Das Schlachtschiff „Bismarck" versenkt die „H. M. S. Hood" und wird wenig später selbst versenkt. Unter General Rommel bringt das deutsche Afrikakorps die britischen Truppen in Bedrängnis. Deutsche Truppen marschieren in Griechenland ein und erobern Kreta. Bert Brecht schreibt im amerikanischen Exil „Mutter Courage und ihre Kinder", eine Chronik aus dem Dreißigjährigen Krieg. Das „Unternehmen Barbarossa" beginnt: Deutsche Truppen greifen die Sowjetunion an. Nach großen Anfangserfolgen der Deutschen bringt die Rote Armee im Winter die deutschen Panzer vor Moskau zum Stehen. Es sterben: der irisch-englische Autor James Joyce, der deutsche Nationalökonom Werner Sombart, der indische Autor und Nobelpreisträger Rabindranath Tagore, der französische Autor, Philosoph, Psychologe und Literaturnobelpreisträger Henri Bergson, der ehemalige deutsche Kaiser Wilhelm II., die englische Autorin Virginia Woolf. Hitler übernimmt anstelle des bisherigen Oberbefehlshabers von Brauchitsch den Oberbefehl über die deutschen Armeen an der Ostfront. Orson Welles dreht „Citizen Kane". Die Japaner greifen den US-Flottenstützpunkt Pearl Harbour an. Amerika tritt in den zweiten Weltkrieg ein. John Huston dreht mit Humphrey Bogart in der Hauptrolle „Der Malteser Falke". Die Nazis erschießen 50 Geiseln, um die französische Widerstandsbewegung zu bekämpfen. Alfred Hitchcock dreht den Film „Verdacht". Die Japaner erobern Hongkong. Heydrich wird „Reichsprotektor Böhmen-Mähren" und unterdrückt die tschechoslowakische Opposition. In Deutschland wird die Perlon-Kunstseide als Gegenstück zum amerikanischen Nylon entwickelt. Die UdSSR schafft es innerhalb von drei Monaten, das Herzstück ihrer Industrie, rund 1400 Großbetriebe, aus den frontnahen Gebieten nach Sibirien zu verlagern und weitere 2200 Großbetriebe aufzubauen. Das Elektronenmikroskop ist technisch soweit ausgereift, daß es in den praktischen Gebrauch überführt werden kann.

Isaac Asimov

Einbruch der Nacht

(Nightfall)

Dem auch nur einigermaßen bewanderten SF-Leser noch viel über Isaac Asimov zu erzählen, hieße Eulen nach Athen tragen. Asimov ist neben Heinlein und Clarke der bekannteste Autor der modernen Science Fiction. Mehr noch, wenn man großen Wert auf die Wissenschaft in der SF legt, wird einem der Name Asimov zuerst einfallen. Das liegt zum einen an der Rolle, die der 1920 in der UdSSR geborene Autor bei der Entwicklung der amerikanischen Science Fiction spielte, zum anderen in seiner profunden wissenschaftlichen Ausbildung — er ist Professor für Biochemie und Doktor der Philosophie — sowie in seiner Eigenschaft als Popularisierer der Wissenschaft durch Sachbücher begründet. Asimov schrieb unter dem Pseudonym Paul French sechs SF-Jugendromane und gewann mehrere Hugo- bzw. Nebula-Awards u. a. für den Roman ***„The Gods Themselves“*** *(1972,* ***„Lunatico“).*** *Seine erste SF-Kurzgeschichte,* ***„Marooned off Vesta“*** *erschien 1939 noch relativ unbemerkt in* ***„Amazing Stories,“*** *aber nachdem ihn John W. Campbell noch im gleichen Jahr zu* ***„Astounding“*** *holte, wurden dort innerhalb von nur drei Jahren alle wichtigen Werke (oder deren Anfänge) publiziert, die innerhalb der SF mit Asimovs Namen verbunden werden: Seine Roboter-Stories, später unter dem Titel* ***„I, Robot“*** *(1950,* ***„Ich, der Robot“****) in Buchform veröffentlicht; die ersten Stories der* ***„Foundation“****-Serie, später als* ***„Foundation“****-Trilogie in Buchform als beste SF-Serie aller Zeiten mit einem Hugo bedacht, und, im September*

*1941, **„Nightfall“**, seine bekannteste Einzelgeschichte überhaupt. Aus den Serien hätten sich für uns eine ganze Reihe erstklassiger Stories angeboten, **„Liar“**, **„Reason“** oder **„Runaround“** etwa, in denen die Gesetze der Robotik postuliert werden, oder auch **„Foundation“**, **„Bridle and Saddle“** etc., aber eigentlich kommt man an **„Nightfall“** nicht vorbei, wenn man die Entwicklung der Science Fiction dokumentieren will. Sie gilt nicht nur als Asimovs beste Geschichte, sondern häufig als beste SF-Story überhaupt, gewann sie doch mehrere Abstimmungen, nicht zuletzt die der Science Fiction Writers of America, als man die besten Erzählungen vor 1965 ermitteln wollte.*

*Wenn Heinlein der packende Geschichtenerzähler in Campbells Stall war, dann war Asimov der Mann der Ideen, auch wenn Campbell ihm gerade diesbezüglich viele Köder vor die Nase hielt. Wichtige Anstöße zu den Robotergesetzen oder zur **„Foundation“**-Serie stammten von **„Astoundings“** Herausgeber, und auch für **„Nightfall“** lieferte er, angeregt durch ein Zitat Ralph Waldo Emersons, die Grundidee. Folgender Dialog ist überliefert:*

Campbell jr.: „Stell dir ein Sonnensystem mit so vielen Sonnen vor, daß nur alle 1000 Jahre eine Konstellation entsteht, bei der keine Sonne am Himmel ist und es Nacht wird. Was würde mit einer Zivilisation geschehen, die dort existiert?“
Asimov: „Keine Ahnung.“
Campbell jr.: „Die Menschen würden wahnsinnig werden! Geh nach Hause und schreib das!“

Und Isaac Asimov schrieb das. Er war gerade 21 Jahre alt.

„Wenn einmal in tausend Jahren in der Nacht die Sterne erschienen, wie sehr würden die Menschen glauben und beten und für viele Generationen das Andenken an die Stadt Gottes bewahren."

Emerson

Aton 77, der Direktor der Saro-Universität, schob die Unterlippe langsam kampflustig vor und starrte den jungen Zeitungsmann wütend an.

Theremon 762, der solche Blicke gewöhnt war, ertrug es mit Fassung. Zu Beginn seiner Karriere, als seine inzwischen bei vielen Zeitungen nachgedruckte Kolumne noch als die spinnerte Idee eines grünschnäbeligen Jungreporters angesehen wurde, hatte er sich auf solche „undurchführbaren" Interviews spezialisiert. Zwar hatte ihm das mehrere Knochenbrüche, blaue Augen und diverse Prellungen eingebracht, gleichzeitig aber auch eine gehörige Portion Kaltschnäuzigkeit und Selbstsicherheit.

Also ließ er seine zum Gruß ausgestreckte Hand, die der Direktor so freundlich ignoriert hatte, wieder sinken und wartete erst einmal darauf, daß der alte Herr sich wieder abkühlte. Astronomen waren schon komische Vögel, und wenn es mit dem, was Aton so während der letzten zwei Monate getrieben hatte, tatsächlich irgend etwas auf sich hatte, dann war dieser Aton in der Tat der merkwürdigste seiner Sippe.

Allmählich fand Aton 77 seine Sprache wieder. Zwar zitterte seine Stimme noch vor unterdrückter Erregung, aber an seiner wohldurchdachten, etwas pedantisch anmutenden Redeweise, die als so etwas wie ein Markenzeichen dieses berühmten Astronomen galt, merkte man, daß er fast schon wieder der alte war.

„Mein Herr", begann er, „Sie legen eine geradezu flegelhafte Frechheit an den Tag, sich mit einem derart bodenlos unverschämten Vorschlag an mich zu wenden."

Der stämmig gebaute Telefotograf des Observatoriums, Beenay 25, fuhr sich mit der Zungenspitze nervös über die Lippen und versuchte, vermittelnd einzugreifen: „Nun, Sir, vielleicht..."

Der Direktor drehte sich um und zog eine seiner weißen Brauen indigniert in die Höhe. „Beenay, Sie halten sich da bitte raus. Ich will Ihnen zugute halten, daß Sie diesen Herrn mit besten Absichten hierher brachten, aber ich dulde jetzt keinerlei Unbotmäßigkeit Ihrerseits!"
Theremon hielt es nun für an der Zeit, auch mal etwas zu sagen. „Direktor Aton, vielleicht sollten Sie mich nun auch einmal ausreden lassen. Ich meine, wenn Sie mir vorhin bis zu Ende zugehört..."
„Das glaube ich kaum, junger Mann", gab Aton zurück. „Ich kann mir nicht vorstellen, daß Sie jetzt noch etwas vorbringen könnten, das etwas an dem Gesamtbild Ihres Geschreibsels aus den letzten zwei Monaten korrigieren könnte. Schließlich haben Sie eine Riesenkampagne geführt, um nicht nur meine Bemühungen, sondern auch die meiner Kollegen zu verunglimpfen. Sie haben alles getan, unsere Anstrengungen, das Volk gegen die drohende Gefahr zu wappnen, zunichte zu machen! Und nun ist es zu spät dazu. Ich muß schon sagen, Sie haben sich wirklich redliche Mühe gegeben, unseren gesamten Stab mit ihren persönlichen und unsachlichen Angriffen zum Gespött der Leute zu machen."
Der Direktor nahm die neueste Nummer des Saro City Chronicle vom Tisch und fuchtelte Theremon damit wütend vor der Nase herum. „Und ausgerechnet Sie besitzen die unglaubliche Frechheit, auch noch zu mir zu kommen und mich zu bitten, in Ihrer Zeitung über die Ereignisse des heutigen Tages schreiben zu dürfen! Selbst jemand, der so anerkanntermaßen unverfroren ist wie Sie, müßte da eigentlich Hemmungen bekommen haben. Und gerade Sie müssen sich hier hereintrauen!"
Aton ließ die Zeitung demonstrativ zu Boden fallen, ging zum Fenster und verschränkte die Arme hinter dem Rücken,
„Sie entschuldigen mich jetzt bitte", zischte er giftig über die Schulter. Dann starrte er mit mürrischem Blick auf den Horizont. Gamma, die hellste der sechs Sonnen des Planeten, war im Untergehen begriffen. Schon fahl und gelb geworden, tauchte sie allmählich in den blassen Dunst des Horizonts ein. Und Aton wußte, er würde sie nie wieder als geistig normaler Mensch wie-

dererblicken. Plötzlich drehte er sich mit einem Ruck um. „Halt, warten Sie! Kommen Sie her!"
Mit der Hand beschrieb er eine Geste, die keinen Widerspruch zuließ. „Sie sollen Ihre Story haben."
Der Zeitungsreporter, der sich noch gar nicht zum Gehen gewandt hatte, ging nun mit langsamen Schritten auf den alten Mann zu. Aton zeigte mit der Hand auf das Fenster.
„Von unseren sechs Sonnen ist nur noch Beta am Himmel. Sehen Sie das?"
Diese Frage war eigentlich überflüssig. Beta stand fast im Zenit; ihr rotes Licht tauchte die Landschaft nun, da die hellen Strahlen der untergehenden Gamma allmählich erloschen, in ein ungewohntes Orange. Beta stand im Aphelion. Sie war eigenartig klein; sie war kleiner, als Theremon sie jemals wahrgenommen hatte, und in diesem Moment war sie die unumstrittene Herrscherin über den Himmel von Lagash.
Lagashs eigene Sonne, Alpha, um die der Planet seine Bahn beschrieb, war nun auf der Rückseite so wie die beiden anderen, entfernteren Sonnenpaare. Der rote Zwerg Beta, Alphas unmittelbarer Partner, war allein, schrecklich allein.
Atons Gesicht leuchtete rötlich in Betas Strahlen. „In knapp vier Stunden wird das, was wir als Zivilisation bezeichnen, untergehen. Und zwar aus dem Grunde, weil Beta die einzige noch am Himmel stehende Sonne ist, wie Sie ja selbst sehen." Er lachte grimmig auf. „Und nun schreiben Sie das! Es wird niemand mehr da sein, der das noch lesen könnte."
„Und wenn sich nach vier Stunden — und vielleicht noch einmal vier Stunden — nichts getan hat? Was dann?" fragte Theremon leise.
„Zerbrechen Sie sich darüber nicht den Kopf. Es wird sich schon genug tun."
„Na schön. Trotzdem — wenn nun doch nichts passiert?"
Zum zweitenmal mischte Beenay 25 sich ein: „Sir, ich meine, Sie sollten ihm zuhören."
„Lassen Sie doch darüber abstimmen, Direktor Aton", sagte Theremon.

Unter den fünf noch anwesenden Mitgliedern des Observatoriumstabes entstand Bewegung. Bis jetzt hatten sie eine abwartend neutrale Haltung eingenommen.
„Das ist nicht nötig“, sagte Aton bestimmt. Er zog seine Taschenuhr hervor. „Also gut, da ihrem guten Freund Beenay soviel daran gelegen ist, will ich Ihnen fünf Minuten geben. Sprechen Sie!“
„Gut! Was würde es denn nun eigentlich ausmachen, wenn Sie mich einen Augenzeugenbericht über die kommenden Ereignisse machen ließen? Treffen Ihre Voraussagen zu, kann meine Anwesenheit ohnehin keinen Schaden mehr anrichten; denn in dem Fall würde mein Artikel ja niemals gedruckt. Andererseits müßte Ihnen klar sein, daß, wenn sich die ganze Sache als fauler Zauber erweist, Sie dem Gespött der Öffentlichkeit, wenn nichts Schlimmeres, ausgesetzt sind. Es wäre nicht das Unklügste, diesen Spott einer wohlwollend gestimmten Feder zu überlassen.“
Aton schnaubte auf. „Meinen Sie mit ‚wohlwollend‘ etwa sich selbst?“
„Wen denn sonst?“ Theremon räkelte sich hin und schlug die Beine übereinander. „Ich gestehe ja gern ein, daß der eine oder andere Artikel von mir manchmal vielleicht ein wenig hart geklungen haben mag, aber ich habe Ihren Leuten ja auch immer eingeräumt, sie in Frage zu stellen. Wir leben ja schließlich nicht mehr in einem Jahrhundert, in dem man den Leuten in Lagash so ohne weiteres den drohenden Weltuntergang verkünden kann. Sie sollten langsam mal einsehen, daß die Leute nicht mehr an das ‚Buch der Offenbarungen‘ glauben und daß sie ärgerlich werden, wenn die Wissenschaftler auf einmal wieder diesen alten Kram aus der Kiste holen und den Leuten verkaufen wollen, daß die Kultisten eigentlich ja doch recht hätten. Und...“
„So dürfen Sie das aber nicht betrachten, junger Mann“, unterbrach ihn Aton. „Auch wenn ein großer Teil unserer Daten aus den Lehren des Kults hervorgegangen ist, so haben unsere Ergebnisse absolut nichts zu tun mit dessen Mystizismus. Fakten sind nun einmal Fakten, und die sogenannte ‚Mythologie‘ der Kultisten gründet sich eben auf gewisse Fakten. So, und diese

Fakten haben wir herausgeholt und sie von dem ganzen mystischen Drumherum befreit. Ich versichere Ihnen, die Kultisten hassen uns dafür sicherlich noch mehr, als Sie uns jetzt hassen."
„Ich hasse Sie doch nicht. Ich versuche bloß, Ihnen klarzumachen, daß die allgemeine Stimmung in der Öffentlichkeit ziemlich gereizt ist. Die Leute sind einfach verärgert."
Aton verzog spöttisch den Mund. „Sollen Sie doch verärgert sein."
„Na schön, und was ist morgen?"
„Es wird kein ‚morgen' mehr geben."
„Und wenn es doch eins gibt? Stellen wir uns doch einfach mal vor, es gäbe eins, nur mal um zu sehen, wie es dann weitergeht. Die ärgerliche Stimmung in der Öffentlichkeit wird sich vielleicht in Gefährlicheres verwandeln. Bedenken Sie, daß im Geschäftsleben seit diesen zwei Monaten eine ziemliche Flaute herrscht. Zwar glaubt keiner so recht daran, daß die Welt tatsächlich untergeht, aber die Geschäftsleute lassen ihre Investitionen doch nur sehr spärlich fließen. Sie warten erst einmal ab, bis alles vorbei ist. Und der Durchschnittsbürger glaubt zwar auch nicht an Ihre Vorhersehungen, aber die neue Wohnungseinrichtung ist auch erst einmal nicht mehr so dringend — man kann ja nie wissen. Sie verstehen hoffentlich, was los ist. Sobald der ganze Spuk vorbei ist, haben Sie die gesamte Geschäftswelt auf dem Hals. Sie können sich vorstellen, was die sagen werden: Wenn irgendein Hohlkopf — Sie verzeihen den Begriff — in der Lage ist, bloß mit einer verrückten Prophezeiung jederzeit das Wirtschaftsleben des Landes durcheinanderzubringen, dann muß der Staat ihn eben daran hindern! Sir, die Fetzen werden fliegen!"
Der Direktor blickte den Kolumnisten finster an. „Und was haben Sie an Vorschlägen, um die Situation zu verändern?"
„Nun, ganz einfach", sagte Theremon grinsend. „Ich schlage vor, daß ich die Public Relations für diese ganze Sache in die Hand nehme. Ich kann die Geschichte so drehen, daß nur die lächerliche Seite daran in der Öffentlichkeit aufgebauscht wird. Natürlich wird es ein harter Brocken für Sie sein, Sie und Ihren ganzen Verein als einen Haufen Pappköpfe in der Öffentlichkeit darge-

stellt zu sehen, aber besser, ich kriege die Leute dazu, sich über Sie lustig zu machen, als daß sie übermäßig wütend auf Sie sind und Ihnen an den Kragen wollen. Das einzige, was mein Herausgeber als Gegenleistung dafür verlangt, ist ein Exklusivbericht."
Beenay nickte eifrig und platzte gleich los: „Sir, wir alle hier glauben, daß er recht hat. Wir haben doch in den letzten zwei Monaten alles mögliche in Erwägung gezogen, bloß nicht, daß die Millionen-zu-eins-Chance eintreten könnte, daß wir irgendwo in unserer Theorie oder in unseren Berechnungen einen Fehler gemacht haben. Aber diese Möglichkeit müssen wir doch auch in Erwägung ziehen."
Aus der Gruppe der Männer, die um den Tisch herumstanden, kam zustimmendes Gemurmel. Atons Gesicht verzog sich, als hätte er den Mund mit etwas Bitterem gefüllt und und wisse nicht, wohin damit.
„Dann können Sie hierbleiben, wenn Sie wollen. Aber Sie werden bitte so freundlich sein, uns nicht bei der Ausführung unserer Pflichten zu behindern. Und denken Sie bitte daran, daß hier gar nichts ohne meine ausdrückliche Zustimmung geschieht. Auch wenn es Ihrer Meinung über mich, die Sie ja in Ihren Artikeln zur Genüge zum Ausdruck gebracht haben, zuwiderläuft, ich erwarte hier von Ihnen mit Nachdruck absolute Unterordnung und Respekt."
Er hatte die Hände hinter dem Rücken verschränkt, und sein zerfurchtes Gesicht war entschlossen und energisch vorgeschoben, während er sprach. Er hätte wahrscheinlich endlos weitergeredet, wenn ihn nicht plötzlich eine andere Stimme unterbrochen hätte.
„Hallo, hallo, hallo", tönte eine helle Tenorstimme, und die ohnehin aufgeblasenen Wangen ihres Besitzers, der soeben in den Raum trat, plusterten sich unter seinem sympathischen Lachen noch mehr auf. „Was ist denn hier für eine Beerdigungsatmosphäre? Ihr verliert doch hoffentlich nicht jetzt schon die Nerven?"
Aton starrte den Neuankömmling erstaunt an und sagte dann mit einem Unterton der Verärgerung: „Was, zum Teufel, haben Sie

denn hier zu suchen, Sheerin? Ich dachte, Sie wollten eigentlich im Schutzbunker bleiben!"

Sheerin lachte nur und ließ seinen unförmigen Körper in einen Stuhl plumpsen. „Zum Henker mit dem Schutzbunker! Ich hab's dort vor Langeweile nicht mehr ausgehalten. Ich wollte hier sein. Hier ist wenigstens was los. Glauben Sie nicht, daß ich auch eine ordentliche Portion Neugierde besitze? Ich will diese merkwürdigen Sterne sehen, von denen die Kultisten immer reden." Er rieb sich die Hände und sagte, nun in etwas nüchternerem Ton: „Es beginnt draußen zu frieren. Der Wind ist schon so kalt und schneidend, daß einem fast Eiszapfen an den Nasenlöchern hängen. Beta scheint aus der Entfernung überhaupt keine Wärme zu spenden."

Der weißhaarige Direktor knirschte in plötzlich aufwallendem Zorn mit den Zähnen. „Müssen Sie unbedingt verrückt spielen, Sheerin? Was wollen Sie uns hier nützen?"

„Und was soll ich denen im Bunker nützen?" Er vollführte mit weit ausgestreckten Händen eine übertrieben komische Geste der Resignation. „Ein Psychologe ist in dem Schutzbunker keinen Heller wert. Die brauchen dort viel eher tatkräftige Männer und starke, gesunde Frauen, die Kinder gebären und aufziehen können. Na, passe ich also dorthin? Ich bin hundert Pfund zu schwer, um tatkräftig zu sein, und im Kindergebären wäre ich doch wohl auch eine Niete. Ich wäre bloß ein Fresser mehr, den sie mit durchfressen müßten. Hier oben fühle ich mich weit besser aufgehoben."

„Was meinen Sie denn mit ‚Schutzbunker'?" fragte Theremon mit lebhaftem Interesse.

Sheerin, der den Reporter wohl noch nicht wahrgenommen hatte, legte die Stirn in Falten und blies seine Pausbacken auf. „Wer, zum Teufel, sind Sie denn, Rotschöpfchen?"

Aton preßte die Lippen aufeinander und murmelte unfreundlich: „Das ist Theremon 762, dieser Zeitungsschreiberling. Sie werden doch wohl von ihm gehört haben."

Der Kolumnist streckte die Hand aus. „Und Sie sind doch sicher Sheerin 501 von der Saro-Universität. Ich habe schon viel von Ihnen gehört. Aber sagen Sie doch, was hat es denn mit diesem Schutzbunker auf sich?"

„Nun", führte Sheerin aus, „es ist uns gelungen, eine Anzahl Leute von der Stichhaltigkeit unserer ... hm ... Weltuntergangsprophezeiung — um es mal so spektakulär auszudrücken — zu überzeugen. Diese Leute haben geeignete Gegenmaßnahmen ergriffen. Die Gruppe besteht zum größten Teil aus engsten Familienmitgliedern des Observatoriumsstabes, einigen Leuten von der Saro-Universität sowie ein paar Außenseitern. Es sind insgesamt ungefähr dreihundert Personen, aber drei Viertel davon sind Frauen und Kinder."

„Ah, ich verstehe schon. Die sollen sich irgendwo verstecken, wo die Dunkelheit und die ... hm ... Sterne ihnen nichts anhaben können, und sie sollen als einzige übrig bleiben, während die übrige Welt hops geht."

„Wenn Sie es schaffen. Es wird gar nicht so einfach sein. Stellen Sie sich das einmal vor: Wenn die gesamte Menschheit dem Wahnsinn verfällt und wenn alle großen Städte in Flammen aufgehen, wie wenig einladend zum Überleben die Umwelt dann noch sein wird. Aber immerhin haben sie Lebensmittel, Wasser, ein Dach über dem Kopf und Waffen ..."

„Und nicht nur das", sagte Aton, „sie haben alle unsere Aufzeichnungen, natürlich bis auf die, die wir heute machen werden. Diese Aufzeichnungen werden für den nächsten Zyklus lebensnotwendig sein, und die müssen unbedingt durchkommen. Alles andere kann ruhig draufgehen."

Theremon stieß einen langen, leisen Pfiff aus und grübelte ein paar Minuten lang nach. Die Männer, die die ganze Zeit um den Tisch herumgestanden hatten, brachten jetzt ein Multi-Schachbrett herein und begannen eine Partie zu sechs Personen. Es wurde still in dem Raum. Lautlos und schnell glitten die Figuren über das Brett. Alle Augen starrten in gebannter Konzentration auf das Spiel. Theremon beobachtete die Männer eine Weile beim Spielen. Dann stand er auf und ging auf Aton zu, der sich ein wenig abseits vom Geschehen im Flüsterton mit Sheerin unterhielt.

„Hören Sie mal", sagte er. „Wollen wir uns nicht irgendwo hinsetzen, wo wir die anderen nicht stören? Ich würde Ihnen gern ein paar Fragen stellen."
Der betagte Astronom runzelte die Stirn und blickte ihn säuerlich an, aber Sheerin zwitscherte hocherfreut: „Aber gern. Ein bißchen Reden tut mir jetzt sicherlich gut; eigentlich tut es mir immer gut. Aton erzählte mir gerade, was Sie so meinen betreffs der Reaktion der Öffentlichkeit, falls die Voraussage sich als falsch erweist — und ich muß Ihnen sagen, ich stimme da mit Ihnen überein. Übrigens, ich lese Ihre Artikel ziemlich regelmäßig, und im großen und ganzen gefallen mir Ihre Ansichten."
„Sheerin, ich muß doch bitten", grollte Aton.
„Wie bitte? Ach so, natürlich. Gehen wir doch einen Raum weiter. Da sind die Sessel ohnehin bequemer."
Und in der Tat, im nächsten Raum gab es bequemere Sessel. Außerdem hingen vor den Fenstern dicke, rote Vorhänge. Den Boden bedeckte ein kastanienbrauner Teppich. Das Ganze sah in dem ziegelfarbenen Licht von Beta aus wie getrocknetes Blut.
Theremon lief ein Schauer über den Rücken. „Glauben Sie mir, ich gäbe mein letztes Hemd im Augenblick für ein bißchen anständiges weißes Licht, und wenn es nur für ein paar Sekunden wäre. Ich wünschte, Gamma oder Delta stünden jetzt am Himmel."
„Nun, was wollen Sie eigentlich wissen?" fragte Aton. „Bitte, denken Sie daran, daß wir nur begrenzt Zeit haben. In etwas mehr als einer und einer Viertelstunde gehen wir nach oben, und danach werden wir überhaupt keine Zeit mehr für längere Gespräche haben."
„Also, dann fangen wir mal an." Theremon lehnte sich in seinem Sessel zurück und faltete die Hände vor der Brust. „Wissen Sie, allmählich fange ich an, tatsächlich an Ihre Voraussagen zu glauben. Sie und Ihre MItarbeiter sind alle mit einem solchen Ernst bei der Sache. Würden Sie mir bitte einmal erklären, um was es denn nun im einzelnen eigentlich geht?"
„Was?" Aton explodierte förmlich. „Wollen Sie damit andeuten, daß Sie uns nun schon die ganze Zeit mit Ihren Artikeln der Lä-

cherlichkeit preisgegeben haben, ohne überhaupt eine Vorstellung zu haben, worum es geht?"
Der Reporter grinste wie ein Unschuldslamm. „So schlimm ist es nun auch wieder nicht, Sir. Der Grundgedanke ist mir schon klar. Sie behaupten doch, daß in ein paar Stunden eine weltweite Dunkelheit ausbricht und daß die gesamte Menschheit dem totalen Wahnsinn verfallen wird. Was mich nun interessiert, das sind die wissenschaftlichen Belege für Ihre Behauptungen."
„Das lassen Sie mal besser bleiben", mischte sich Sheerin ein. „Wenn Sie Aton danach fragen, wird er — falls er überhaupt in Stimmung ist zu antworten — seitenlange komplizierte Rechnungen herunterspulen und Ihnen bändeweise graphische Darstellungen zeigen. Daraus würden Sie sowieso nicht schlau. Aber wenn Sie mich fragen, so kann ich Ihnen gern die Sache vom Standpunkt des Laien aus begreiflich machen."
„Okay, dann frage ich eben Sie."
„Schön, aber zuerst möchte ich mal etwas zu trinken haben." Er rieb sich die Hände und schaute erwartungsvoll auf Aton.
„Wasser?" brummte Aton.
„Sind Sie übergeschnappt?"
„Seien Sie mal lieber nicht übergeschnappt! Heute herrscht striktes Alkoholverbot. Es wäre zu einfach, meine Männer betrunken zu machen. Ich kann es mir nicht erlauben, sie heute in Versuchung zu führen."
Der Psychologe knurrte etwas vor sich hin. Dann wandte er sich Theremon zu, fixierte ihn mit seinem durchdringenden Blick und begann zu erklären: „Sie wissen sicherlich, daß die Zivilisation auf unserem Planeten historisch gesehen einen zyklischen Charakter aufweist — verstehen Sie, was ich mit ‚zyklisch' meine?"
„Ich weiß wohl", antwortete Theremon vorsichtig, „daß das die derzeit gängige Theorie der Archäologen ist. Ist ihre Richtigkeit denn wissenschaftlich nachgewiesen?"
„Ziemlich. Seit dem Beginn dieses Jahrhunderts stimmen die Wissenschaftler ihr im allgemeinen zu. Dieser zyklische Charakter ist — oder sagen wir richtiger: war — eines der großen Geheimnisse. Wir haben eine ganze Reihe von aufeinanderfolgen-

den Zivilisationen — davon neun definitiv — historisch belegen können. Dazu gibt es noch ziemlich eindeutige Indizien für weitere Zivilisationen, die alle auf einem Entwicklungsstand angelangt waren, der mit dem unsrigen vergleichbar ist. Und nun kommt das Interessante: Sie alle wurden ausnahmslos auf dem Höhepunkt ihrer Entwicklung durch Feuersbrünste zerstört.
Und niemand wußte je, wie das gekommen war. Alle Kulturzentren wurden jedesmal völlig ein Opfer der Flammen, und zwar so gründlich, daß nichts übrig blieb, nicht einmal der kleinste Hinweis für die Ursachen der Zerstörung."
Theremon folgte gespannt den Ausführungen des Psychologen. „Gab es nicht auch eine Steinzeit?"
„Das ist ziemlich wahrscheinlich. Aber bis dato weiß man nicht viel mehr darüber, als daß die Menschen jener Periode kaum mehr als relativ intelligente Affen waren. Aber das können wir in diesem Zusammenhang wirklich vergessen."
„Ich verstehe. Erzählen Sie doch bitte weiter."
„Es gab und es gibt natürlich eine ganze Reihe von Erklärungsversuchen für diese immer wiederkehrenden Katastrophen. Aber sie sind alle mehr oder weniger fantastischer Natur. Manche führen die Feuersbrünste auf periodische Flammenregen zurück; wieder andere glauben, daß Lagash dann und wann mit einer Sonne in Berührung kommt; manche erzählen sogar noch tollere Geschichten. Aber es gibt auch eine Theorie, die sich von allen anderen unterscheidet und die seit einigen Jahrhunderten überliefert wird."
„Ich weiß. Sie spielen auf diesen Sternenmythos an, von dem die Kultisten in ihrem ‚Buch der Offenbarungen' sprechen."
„Genau den meine ich", nahm Sheerin mit zufriedenem Gesichtsausdruck den Faden wieder auf. „Die Kultisten sind davon überzeugt, daß Lagash alle zweitausendfünfzig Jahre in eine gewaltige Höhle gerät, so daß alle Sonnen verschwinden und — wie heißt es doch gleich — *eine große Finsternis über die Welt hereinbricht.* Und dann, so behaupten sie, tauchen merkwürdige Erscheinungen auf, die sie ‚Sterne' nennen und die den Menschen den Verstand rauben und sie zu wilden Tieren machen, die ihre

eigene Zivilisation, die sie sich selbst errichtet haben, zerstören. Natürlich vermengen sie das alles mit einem ganzen Wust religiös-mystischer Vorstellungen und Begriffe, aber der Hauptgedanke ist klar."

Sheerin hielt einen Moment lang inne und holte tief Luft. „So, und nun kommen wir zu der Theorie von der Universellen Gravitation." Er sprach diesen Begriff so deutlich aus, daß man ihn fast berühren konnte. Die Folge davon war, daß Aton, der die ganze Zeit über aus dem Fenster gestarrt hatte, sich von dort abwandte und mit einem lauten Schnauben aus dem Zimmer stolzierte.

Die beiden starrten ihm hinterher, und Theremon fragte: „Stimmt etwas nicht?"

„Ach, nichts Besonderes", antwortete Sheerin. „Zwei Männer des Stabes sind schon seit ein paar Stunden überfällig und sind bis jetzt noch immer nicht wieder aufgetaucht. Jetzt wird er natürlich nervös, denn es sind ja kaum Hilfskräfte da, weil alle, die hier nicht unbedingt gebraucht werden, drüben im Schutzbunker sind."

„Glauben Sie nicht auch, daß die beiden abgehauen sind?"

„Was? Aber doch nicht Faro und Yimot! Immerhin, sollten die beiden nicht innerhalb einer Stunde zurück sein, kommen wir hier ganz schön in die Bredouille." Er sprang mit einemmal auf und ließ die Augen schelmisch blinzeln. „Wie dem auch sei, solange Aton weg ist..."

Er ging auf Zehenspitzen zum nächsten Fenster, bückte sich und zauberte aus einem Schränkchen unter der Fensterbank eine Flasche hervor, in der eine rötliche Flüssigkeit verführerisch gluckerte.

„Hätte ich mir eigentlich schon denken können, daß Aton nichts von dieser Flasche weiß", sagte er und trottete langsam zurück zum Tisch.

„Hier, nehmen Sie das Glas. Wir haben bloß eins, und Sie sind hier der Gast. Ich bescheide mich mit der Flasche." Mit penibler Sorgfalt füllte er das Glas des Reporters.

Theremon öffnete den Mund, um zu protestieren, aber Sheerin warf einen strengen Blick zu ihm herüber. „Wollen Sie wohl das Alter respektieren, junger Mann?"

Der Reporter schrumpfte mit ängstlichem Gesichtsausdruck zusammen. „Nun saufen Sie schon, Sie alter Schwerenöter."
Der Psychologe setzte mit gekonntem Griff die Flasche an und ließ seinen Adamsapfel behaglich auf und ab hüpfen, während die Flüssigkeit durch seine Kehle rann. Dann setzte er sie mit einem satten Grunzen wieder ab, gab mit den Lippen ein schmatzendes Geräusch von sich und fuhr fort: „Nun, was wissen Sie über Gravitation?"
„Nichts, außer, daß die Theorie erst vor kurzem entwickelt wurde, daß sie sich noch nicht durchgesetzt hat und daß in ganz Lagash höchstens zwölf Leute so schlau sind, daß sie mit den komplizierten Berechnungen klarkommen."
„Woher haben Sie denn diesen Blödsinn? Ich kann Ihnen das ganze mathematische Gesetz der Gravitation in einen Satz packen. Soll ich mal? Also, das Gesetz der Universellen Gravitation besagt, daß zwischen allen Körpern des Universums eine Anziehungskraft besteht, und die Größe dieser Kraft zwischen zwei gegebenen Körpern verhält sich proportional zu dem Produkt der Massen der beiden Körper, dividiert durch das Quadrat der zwischen ihnen bestehenden Entfernung."
„Und das ist schon alles?"
„Das reicht zur Erklärung. Man hat vierhundert Jahre gebraucht, um dieses Gesetz zu entdecken."
„Warum denn so eine lange Zeit? So, wie Sie es erklärt haben, hört es sich ziemlich simpel an."
„Weil große Gesetze eben nicht durch einen plötzlichen genialen Geistesblitz entdeckt werden, wie Sie sich das wahrscheinlich vorstellen. Normalerweise bedarf es dazu der vereinigten Anstrengungen unzähliger Wissenschaftler, und zwar oft über Jahrhunderte hinweg. Seit der Entdeckung von Genovi 41, daß sich nämlich Lagash um die Sonne Alpha dreht und nicht, wie ursprünglich angenommen, umgekehrt, arbeiten schon Generationen von Wissenschaftlern — Genovis Entdeckung ist ja schon vierhundert Jahre alt — an diesem Problem. Der gesamte hochkomplizierte Bewegungsablauf der sechs Sonnen wurde nach und nach aufgezeichnet, analysiert und entwirrt. Dutzende von

Theorien wurden aufgestellt, geprüft und nochmals geprüft, modifiziert, wieder verworfen, neu aufgerollt und in wieder neue Theorien umgemodelt. Es war eine Mordsarbeit."

Theremon nickte gedankenvoll und hielt Sheerin auffordernd sein leeres Glas hin.

Der ließ widerwillig etwas aus seiner Flasche in das Glas des Reporters rinnen.

„Vor zwanzig Jahren", fuhr er fort, nicht ohne vorher noch einmal seine eigene Kehle angefeuchtet zu haben, „gelang es schließlich, den Beweis anzutreten, daß das Gesetz der Universellen Gravitation die Umlaufbahnen der sechs Sonnen exakt erklärt. Das war ein gewaltiger Fortschritt."

Sheerin erhob sich und ging ans Fenster. Seine Flasche hielt er noch immer in der Hand. „So, und nun kommen wir zum eigentlichen Punkt. Während der letzten zehn Jahre wurde Lagashs Kreisbewegung um Alpha gemäß den Gesetzen der Gravitation aufgezeichnet und berechnet. Und da stellte sich heraus, daß die Bewegungen der beiden Körper zueinander nicht ganz mit dem Gesetz übereinstimmten, nicht einmal dann, wenn man alle Störungseinflüsse, die auf die anderen Sonnen zurückzuführen sind, mit in Rechnung stellte. Entweder hatte das Gesetz irgendeinen Fehler, oder ein anderer, bisher unbekannter Faktor mußte für die Abweichungen verantwortlich gemacht werden."

Theremon stand auf und gesellte sich zu Sheerin, der noch immer regungslos am Fenster stand. Der Reporter starrte hinaus auf die bewaldeten Hügel, hinter denen die Turmspitzen von Saro City am Horizont in blutrotes Licht getaucht waren. Er schaute auf Beta und fühlte, wie Spannung und Ungewißheit sich seiner bemächtigten.

Die Sonne stand rotglühend am Zenit wie ein böser Zwerg.

„Sprechen Sie bitte weiter, Sir", sagte er leise.

„Die Astronomen tappten jahrelang im dunkeln. Jede der vorgeschlagenen Theorien erwies sich als noch unhaltbarer als die vorausgegangene — bis schließlich Aton den Einfall hatte, sich an die Kultisten zu wenden. Deren Oberhaupt, Sor 5, verfügte über gewisse Daten, die das Problem beträchtlich vereinfachten.

Endlich hatte man einen neuen Ansatzpunkt gefunden, und Aton machte sich sofort an die Arbeit.
Es ergab sich folgender Gesichtspunkt: Angenommen, es gäbe noch einen weiteren nichtleuchtenden Planeten, ähnlich dem unsrigen. Würde er nicht allein durch reflektiertes Licht zum Strahlen gebracht werden? Und wenn er aus bläulichem Gestein bestünde, wie es ja bei unserem Planeten der Fall ist, würde er dann nicht an dem rötlichen Himmel, angestrahlt vom ewigen Licht unserer Sonnen, völlig unsichtbar erscheinen, sozusagen ausgelöscht?"
Theremon stieß einen Pfiff durch die Zähne aus. „Was für ein verrückter Einfall!"
„Finden Sie ihn so abwegig? — Dann hören Sie mal gut zu: Nehmen wir einmal an, dieser Himmelskörper bewegt sich um Lagash in genau dem Abstand und genau der Kreisbahn und hätte genau die Masse, daß seine Anziehungskraft exakt die Werte erklären würde, die die Abweichung der Umlaufbahn Lagashs von der Theorie ausmachen — wissen Sie, was das bedeuten würde?"
Der Reporter schüttelte den Kopf.
„Ganz einfach: Irgendwann würde sicherlich dieser Körper einer der Sonnen in die Quere kommen." Wie zur Unterstreichung seiner Worte leerte Sheerin schnell den Rest der Flasche mit einem Zug.
„Und ich nehme an, das passiert jetzt", sagte Theremon.
„So ist es! Und nur eine Sonne liegt auf der Ebene seiner Umlaufbahn." Er wies mit dem Daumen auf die zusammengeschrumpfte rote Sonne am Himmel. „Beta. Es ist erwiesen, daß die Sonnenfinsternis nur dann eintritt, wenn sich folgende Konstellation ergibt: Beta muß sich allein in ihrer Hemisphäre befinden und auf dem Aphel ihrer Umlaufbahn sein. Gleichzeitig hat nämlich der Mond sein Perihel, und zwar gesetzmäßig. Die sich daraus ergebende Verdunkelung dauert gut einen halben Tag an, da nämlich der Mond durch seinen geringeren Abstand scheinbar den siebenfachen Durchmesser von Beta besitzt. Die Finsternis bedeckt Lagash völlig — nicht ein Fleckchen entgeht ihr

auf unserem Planeten. *Und diese Sonnenfinsternis tritt alle zweitausendundneunundvierzig Jahre ein.*"

Theremons Gesicht war zu einer ausdruckslosen Maske erstarrt. „Und das ist nun meine Story?"

Der Psychologe nickte. „Das ist alles. Zuerst wird die partielle Verdunkelung kommen — etwa in einer Dreiviertelstunde. Bald darauf wird völlige Dunkelheit herrschen — und vielleicht werden auch diese mysteriösen Sterne auftauchen. Und danach ... der Wahnsinn und ... das Ende unseres Zyklus."

Er machte ein nachdenkliches Gesicht. „Wir — ich meine, wir vom Observatorium — hatten noch eine Gnadenfrist von zwei Monaten. Aber diese Zeit reichte nicht mehr aus, die Bevölkerung von der drohenden Gefahr zu überzeugen. Vielleicht hätten nicht einmal zwei Jahrhunderte dazu ausgereicht. Aber eines haben wir geschafft: Alle unsere Aufzeichnungen und Daten befinden sich in dem Schutzbunker, und heute werden wir die Sonnenfinsternis fotografieren. Der nächste Zyklus wird sein neues Leben mit der Wahrheit über dieses Phänomen beginnen können, und wenn die nächste Sonnenfinsternis in zweitausendundneunundvierzig Jahren eintritt, wird die Menschheit wenigstens darauf vorbereitet sein. Denken Sie mal ein bißchen über dieses Thema nach. Auch das sollte zu Ihrer Geschichte gehören."

Ein schwacher Windzug bewegte die Vorhänge, als Theremon das Fenster öffnete und sich hinauslehnte. Der kühle Wind spielte in seinen Haaren. Er starrte auf seine Hand, die in dem Licht einen rötlichen Ton annahm. Eine plötzliche Auflehnung durchschoß ihn. Er fuhr herum.

„Was soll denn so Schlimmes an Dunkelheit sein, daß sie ausgerechnet mich in den Wahnsinn treiben könnte!"

Sheerin lächelte. Er drehte die leere Flasche mechanisch zwischen den Handflächen. „Haben Sie je in Ihrem Leben Dunkelheit erlebt, junger Mann?"

Theremon lehnte sich an die Wand. Sein Gesicht wurde nachdenklich. „Nein. Eigentlich kann ich das nicht behaupten. Aber ich *weiß* doch, was es ist. Einfach ... hm ..." Er machte ein paar vage Gesten mit den Händen. Plötzlich strahlte er über das ganze Gesicht. „Einfach nur, daß kein Licht da ist. Wie in einer Höhle."

„Waren Sie schon einmal in einer Höhle?"

„In einer *Höhle?* Selbstverständlich nicht!"

„Das dachte ich mir. Ich habe es letzte Woche einmal selbst ausprobieren wollen — einfach nur, um einmal zu sehen, wie es ist... Aber Sie glauben gar nicht, wie schnell ich wieder draußen war! Ich ging so weit hinein, daß der Höhleneingang nur noch von ferne als schwacher Lichtschimmer zu erkennen war; ansonsten um mich herum alles pechschwarz. Ich hätte nie geglaubt, daß eine Person von meiner Leibesfülle so schnell rennen kann!"

Theremons Lippen kräuselten sich spöttisch. „Also, ich glaube, wenn ich da drin gewesen wäre, ich wäre bestimmt nicht rausgerannt."

Der Psychologe musterte den jungen Mann mit ärgerlichem Stirnrunzeln. „Mensch, reißen Sie bloß nicht den Mund so weit auf! Ziehen Sie doch zum Spaß mal den Vorhang zu!"

Theremon blickte ihn überrascht an. „Wozu das denn? Wenn alle sechs Sonnen gleichzeitig scheinen würden, könnte ich das verstehen. Dann würden wir es uns angenehmer machen wollen und das Licht ein bißchen dämpfen. Aber so? Wir haben doch schon so zu wenig LIcht!"

„Ganz recht. Nun ziehen Sie schon den Vorhang zu, kommen dann zurück zu mir und setzen sich neben mich!"

„Na schön." Theremon griff nach der Quaste an der Vorhangschnur und zog. Der rote Vorhangstoff glitt vor das große Fenster. Mit einem quietschenden Geräusch rutschten die Messingringe über die Vorhangstange, und im selben Moment senkte sich düsterroter Schatten über den Raum.

Theremons Schritte hallten durch die Stille, als er zum Tisch zurückging. Auf halbem Weg machte er plötzlich halt. „Ich kann Sie nicht sehen, Sir", flüsterte er.

„Tasten Sie sich mit den Händen vor!" befahl Sheerin mit angespannter Stimme.

„Aber ich kann Sie doch nicht sehen, Sir!" Der Reporter atmete heftig. „Ich kann überhaupt nichts mehr sehen!"

„Haben Sie etwas anderes erwartet?“ kam die grimmige Antwort. „Kommen Sie schon hierher und setzen Sie sich!“
Wieder hörte man, wie die Schritte sich unsicher und langsam näherten. Ein Stuhl wurde zur Seite gerückt. Wie von fern ertönte Theremons zitternde Stimme. „D-da bin ich. Ich fühle mich... mpf ... ganz gut.“
„Es gefällt Ihnen wohl, nicht?“
„N-nein. Es ist ziemlich unangenehm. Es ist, als ob die Wände ...“ Er hielt inne. „Als ob die Wände sich um einen zusammenschlössen. Ich habe ständig das Gefühl, als müßte ich sie von mir wegdrücken. Aber *verrückt* werde ich bestimmt nicht davon. Wirklich! Das Gefühl ist jetzt schon nicht mehr so schlimm wie am Anfang.“
„Gut, ziehen Sie den Vorhang wieder auf.“
Man hörte wieder vorsichtige Schritte in der Dunkelheit, dann ein Rascheln, als Theremon, während er nach der Quaste suchte, den Vorhangstoff streifte, und dann das erlösende Quietschen der Metallringe, als der Vorhang aufglitt. Rotes Licht durchflutete den Raum. Theremon stieß einen Freudenschrei aus und schaute zur Sonne hoch.
Sheerin wischte sich mit dem Handrücken die Schweißperlen von der Stirn und sagte mit leicht bebender Stimme: „Und das war bloß ein verdunkelter Raum!“
„Das kann man doch aushalten“, sagte Theremon, der schon wieder obenauf war.
„Ja, einen verdunkelten Raum kann man noch aushalten. Aber waren Sie auf der Jahrhundertausstellung in Jonglor letztes Jahr?“
„Nein, ich hatte nicht die Gelegenheit. Sechstausend Meilen, das war mir doch ein bißchen zu weit, auch für diese Ausstellung.“
„Nun ich war jedenfalls da. Vielleicht haben Sie von dem sogenannten ‚Tunnel der Geheimnisse‘ gehört, der damals in dem Vergnügungszentrum auf der Ausstellung die Hauptattraktion war — jedenfalls in den ersten zwei Monaten.“
„Ja, daran erinnere ich mich. Gab es nicht später irgendwelches Theater wegen dieses Tunnels?“

„Ja, ein bißchen, aber es wurde weitgehend vertuscht. Sehen Sie, dieser ‚Tunnel der Geheimnisse' war nichts als ein einfacher Tunnel von einer Meile Länge — aber er war unbeleuchtet. Man setzte sich in einen kleinen offenen Wagen und holperte eine Viertelstunde lang durch die Dunkelheit. Dieses Vergnügen war ungeheuer beliebt — jedenfalls, solange es bestand."

„Beliebt?"

„Und wie. Es liegt eine gewisse Faszination in der Furcht, wenn man weiß, daß alles nur ein Spiel ist. Ein Baby kommt mit drei Urängsten zur Welt: der Angst vor lauten Geräuschen, der Angst, zu fallen, und der Angst vor der Dunkelheit. Darum sieht man auch einen besonderen Spaß darin, jemanden anzuspringen und laut ‚Buuh' zu schreien. Und hier liegt auch der Grund dafür, daß es so einen Nervenkitzel bereitet, auf einer Achterbahn zu fahren. Und darum wurde auch der ‚Tunnel der Geheimnisse' die Sensation auf der Ausstellung. Die Leute kamen zitternd, atemlos, manchmal halbtot vor Angst aus dem Tunnel heraus, und auf der anderen Seite stellten sie sich schon wieder in die Schlange und bezahlten ihr Eintrittsgeld für die nächste Fahrt."

„Warten Sie mal! Da fällt mir doch was ein! Kamen nicht sogar einige tot aus dem Tunnel heraus? Auf jeden Fall ging doch das Gerücht, nachdem man den Tunnel geschlossen hatte."

Der Psychologe schnaubte verächtlich. „Ach, was war das denn schon! Zwei oder drei starben. Die Hinterbliebenen bekamen eine Entschädigung, und der Stadtrat von Jonglor City wurde davon überzeugt, daß es besser wäre, die Sache schnell zu vergessen. Schließlich sagten sie, daß die Leute mit schwachem Herz den Tunnel eben auf eigene Gefahr benutzten. Und außerdem würde so was in Zukunft bestimmt nicht mehr vorkommen. Um den Sicherheitsvorschriften Genüge zu tun, setzten sie einen Arzt in das Kassenhäuschen am Tunneleingang, und jeder, der mitfahren wollte, mußte sich einer kurzen Untersuchung unterziehen, bevor er sich in den Wagen setzen durfte. Das hatte jedenfalls zur Folge, daß die Leute noch neugieriger herbeigeströmt kamen und die Einnahmen explosionsartig in die Höhe schnellten."

„Und dann?"
„Aber, sehen Sie, da war noch was anderes. Manchmal kamen Leute aus dem Tunnel, die machten einen völlig normalen Eindruck — scheinbar. Nur, daß die plötzlich in kein geschlossenes Gebäude mehr hineinzukriegen waren — egal, in was für eins, ob es nun ein Palast war, ein Landhaus, ein Wohnhaus, eine Mietskaserne, ein Wochenendhäuschen, eine Hütte, eine Wellblechbude, eine Scheune oder auch bloß ein Zelt."
Theremon starrte den Psychologen mit erschrockenem Blick an. „Heißt das, daß sie nur noch unter freiem Himmel blieben und sich weigerten, irgendwo hineinzugehen? Die mußten doch auch irgendwo schlafen!"
„Nun, sie schliefen eben im Freien."
„Konnte man sie denn nicht dazu zwingen, in ein Haus zu gehen?"
„Oh, das versuchte man ja. Die Folge davon war, daß diese Leute fürchterliche hysterische Anfälle bekamen und versuchten, sich ihren Kopf an der nächsten Wand einzurennen. Hatten Sie es erst einmal geschafft, eine solche Person in einen geschlossenen Raum hineinzukriegen, so mußten Sie ihr entweder eine Zwangsjacke verpassen oder eine Betäubungsspritze geben."
„Die müssen ja völlig verrückt gewesen sein."
„Das ist genau der richtige Ausdruck. Von zehn Personen, die in den Tunnel gingen, kam durchschnittlich eine in diesem Zustand wieder heraus. Man rief die Psychologen zu Hilfe, und wir taten erst einmal das Naheliegendste: Wir veranlaßten die Schließung des Tunnels." Er breitete die Arme aus.
„Aber was war denn nun eigentlich los mit diesen Leuten?"
„Eigentlich das gleiche wie mit Ihnen vorhin, als Sie das Gefühl hatten, die Wände kämen in der Dunkelheit auf Sie zu. Der psychologische Terminus für diese Angst des Menschen vor dem Eingeschlossenwerden heißt ‚Klaustrophobie'. Die Furcht vor der Dunkelheit steht im engem Zusammenhang zu dieser Angst vor dem Erdrücktwerden. Deshalb ist die Angst vor dem einen Phänomen exakt die gleiche wie vor dem anderen. Verstehen Sie?"
„Und die Leute, die aus dem Tunnel kamen, hatten das also?"

„Diese Leute gehörten zu den Unglücklichen, die nicht über genügende geistige Abwehrkräfte verfügen, diese Klaustrophobie abzuwenden. Als sie in dem Tunnel waren, wurden sie quasi von ihr übermannt. Fünfzehn Minuten ohne Licht; das ist eine lange Zeit. Sie brauchten vorhin die Dunkelheit höchstens zwei oder drei Minuten zu ertragen; und trotzdem machten Sie schon einen hochgradig erregten Eindruck auf mich.
Die Leute aus dem Tunnel hatten eine sogenannte ‚klaustrophobische Fixierung'. Ihre schon latent vorhandene Furcht vor Dunkelheit und geschlossenen Räumen hatte sich gewissermaßen kristallisiert und war aktiv geworden. Soweit wir das bis jetzt beurteilen können, ist sie bei ihnen damit zu einem Dauerzustand geworden. Da sehen Sie einmal, was eine Viertelstunde Dunkelheit alles anrichten kann!"
Langes Schweigen trat ein. Nach einer Weile runzelte Theremon die Stirn. „Ich glaube einfach nicht, daß es so schlimm ist."
„Sie wollen es bloß nicht wahrhaben, daß es so ist", sagte Sheerin bissig. „Sie haben Angst davor, es glauben zu müssen. Schauen Sie aus dem Fenster!"
Theremon tat wie gewünscht, und der Psychologe redete, ohne eine Pause zu machen, weiter: „Stellen Sie sich vor, alles wäre völlig dunkel — weit und breit kein Licht. Alles, was Sie jetzt noch sehen können — Häuser, Bäume, Felder, die Erde, der Himmel —, alles schwarz, pechschwarz! Und jetzt fallen Sterne über Sie her — wie auch immer die aussehen mögen. Können Sie sich das vorstellen?"
„Jawohl, das kann ich!" erwiderte Theremon trotzig.
In plötzlich aufkommendem Zorn ließ Sheerin die Faust auf den Tisch krachen. „Sie lügen! Keiner kann das! Auch Sie nicht! Ihr Gehirn ist für eine solche Vorstellung genausowenig konstruiert wir für die Vorstellung der Unbegrenztheit oder der Ewigkeit! Sie können nur darüber sprechen. Schon ein Zipfel der Realität, die von den gewohnten Erfahrungen abweicht, versetzt Sie in Aufregung. Und wenn dann diese Realität voll über Sie hereinbricht, ist Ihre Vorstellungskraft plötzlich mit einem Phänomen konfrontiert, das jenseits ihres Erfassungsvermögens liegt. Sie werden wahn-

sinnig werden — völlig und unheilbar! Und daran besteht nicht der geringste Zweifel!"
Und mit trauriger Stimme fügte er noch hinzu: „Und erneut werden sich zwei Jahrtausende mühevoller Arbeit in Nichts auflösen.
Morgen wird es in ganz Lagash nicht mehr eine einzige Stadt geben, die nicht dem Erdboden gleichgemacht worden ist."
Theremons seelisches Gleichgewicht hatte sich inzwischen wieder halbwegs stabilisiert. „Das muß doch nicht unbedingt die Folge sein. Ich sehe noch immer nicht ein, weshalb ich überschnappen soll, nur weil keine Sonne am Himmel steht. Aber selbst wenn ich verrückt würde und alle anderen mit mir, was für einen Schaden würde das dann unseren Städten zufügen? Wir würden sie doch nicht in die Luft jagen!"
Gereizt antwortete Sheerin: „Wenn Sie im Dunkeln ständen, wonach würden Sie sich am meisten sehnen? Was würden Sie sich mehr als alles auf der Welt herbeiwünschen? Licht, verdammt noch mal, *Licht!*"
„Na und?"
„Und wie würden Sie Licht bekommen?"
„Keine Ahnung", sagte Theremon hilflos.
„Welches ist denn die einzige Möglichkeit, sich Licht zu verschaffen, wenn die Sonnen nicht scheinen?"
„Woher soll ich das denn wissen?"
Sie standen ganz nah beieinander, Ihre Gesichter berührten sich fast.
„Sie stecken was in Brand, mein Bester. Schon mal einen Waldbrand gesehen? Schon mal beim Picknick was über einem offenen Feuer gebraten? Brennendes Holz spendet nämlich nicht nur Wärme, müssen Sie wissen. Es gibt auch Licht von sich. Und das wissen die Leute. Und wenn es dunkel ist, wollen sie Licht, und sie kriegen es auch!"
„Heißt das, daß sie Holz anzünden?"
„Daß heißt, daß sie das anzünden, was sie gerade in die Finger bekommen, Sie brauchen Licht, und da Holz meistens nicht zur Hand ist, verbrennen sie das, was ihnen gerade in die Quere

kommt. Sie werden ihr Licht bekommen — aber gleichzeitig bedeutet das, daß jedes bewohnbare Haus in Flammen aufgehen wird."
Sie starrten einander in die Augen, als sei die ganze Angelegenheit eine persönliche Meinungsverschiedenheit zwischen ihnen, und als sollte der recht behalten, der den stärkeren Willen besäße. Schließlich wandte Theremon wortlos den Blick ab. Sein Atem ging heftig und stoßweise. Zuerst hörte er kaum den plötzlichen Lärm, der durch die geschlossene Tür aus dem angrenzenden Raum drang.
Sheering sprach als erster, und es kostete ihn einige Mühe, seiner Stimme einen ruhigen und emotionslosen Klang zu geben. „Ich glaube, das war gerade Yimots Stimme. Anscheinend sind er und Faro zurückgekehrt. Gehen wir hinüber und hören mal, wo sie so lange gesteckt haben."
„Meinetwegen", murmelte Theremon. Er sog die Luft ein und schüttelte sich, als wollte er seinen Ärger und die Spannung abstreifen.
Das Nebenzimmer war in Aufruhr. Die Mitglieder des Stabes drängten sich um zwei Männer, die gerade ihre Mäntel ausgezogen und kaum gegen das auf sie hereinprasselnde Bombardement von Fragen ankamen.
Aton bahnte sich einen Weg durch das Gewühl, schaute die Männer kurz an und polterte wütend los: „Seid ihr euch eigentlich darüber im klaren, daß es bis zum Countdown nur noch eine knappe halbe Stunde ist? Wo habt Ihr beiden denn nur gesteckt?"
Faro 24 nahm erst einmal Platz und massierte sich die Hände. Er hatte von der draußen herrschenden Kälte noch ganz rote Wangen.
„Yimot und ich haben soeben in aller Ruhe ein kleines Privatexperiment durchgeführt. Wir haben versucht, eine Vorrichtung zu konstruieren, mit der man das Auftreten der Dunkelheit und der Sterne simulieren kann, um schon im voraus eine ungefähre Vorstellung von dem zu haben, was uns morgen erwartet."

Erstaunte Gesichter, Gemurmel ging durch den Raum. In Atons Augen leuchtete ein plötzliches Interesse auf. „Davon hat ja keiner etwas gewußt. Wir sind Sie auf den Gedanken gekommen?"
„Wir hatten schon lange die Idee", fuhr Faro fort, „Yimot und ich, und wir haben in unserer Freizeit daran gearbeitet. Yimot kannte da ein niedriges, einstöckiges Haus unten in der Stadt. Das Besondere daran ist das gewölbte Dach — es war wohl früher einmal ein Museum. Jedenfalls kauften wir es..."
„Woher hatten Sie denn das Geld?" fiel ihm Aton scharf ins Wort.
„Wir haben unsere Bankkonten aufgelöst. Es kostete bloß zweitausend", brummte Yimot 70. Dann fügte er rechtfertigend hinzu: „Was soll's schon? Morgen sind zweitausend Banknoten doch bloß noch zweitausend wertlose Papierfetzen, sonst nichts."
Faro nickte zustimmend. „Wir kauften also das Haus und schlugen es vom Dach bis zum Boden mit schwarzem Samt aus, um den Effekt größtmöglicher Dunkelheit zu erzielen. Dann bohrten wir kleine Löcher in das Dach und durch den Stoff und bedeckten sie mit kleinen Metalldeckeln, die man alle gleichzeitig mit einem Knopfdruck zur Seite gleiten lassen konnte. Diese Konstruktion machten wir natürlich nicht selbst; wir zogen einen Zimmermann, einen Elektriker und noch ein paar andere zu Rate — Geld spielte ja keine Rolle. Es ging uns darum, das ganze Ding so einzurichten, daß das Licht durch diese Löcher im Dach in das Haus fiel. Auf diese Weise wollten wir einen sternenähnlichen Effekt erzielen."
Atemlose Stille trat ein. Dann sagte Aton steif: „Sie hatten nicht das Recht, private..."
„Ich weiß, Sir", antwortete Faro, der ziemlich kleinlaut wirkte, „aber, offengestanden, Yimot und ich hielten das Experiment für ziemlich gefährlich. Wenn der erwartete Effekt wirklich eintrat, mußten wir uns ja halbwegs damit abfinden, verrückt zu werden. Ehrlich gesagt, nach allem, was Sheerin darüber berichtet hatte, waren wir fast überzeugt davon. Wir beschlossen also, das Risiko allein auf uns zu nehmen. Andererseits, so dachten wir, kommen wir heil aus der Sache heraus, haben wir vielleicht die Möglichkeit , eine Methode auszudenken, die uns der wirklichen Dun-

kelheit gegenüber eine gewisse Immunität verleiht. In dem Falle wollten wir dann alle anderen einweihen und derselben Behandlung unterziehen. Aber leider klappte das Experiment ganz und gar nicht..."

„Warum nicht? Was geschah denn?"

Diesmal antwortete Yimot. „Wir schlossen uns ein und warteten ab, ob sich unsere Augen an die Dunkelheit gewöhnten. Es ist ein scheußlich beklemmendes Gefühl, wenn man allmählich den Eindruck bekommt, die Wände und die Decke kämen auf einen zu. Aber irgendwie überstanden wir diese Minuten. Wir betätigten den Schalter. Die Metalldeckel glitten zur Seite, und über das ganze Dach verteilt leuchteten kleine Lichtpunkte auf..."

„Und weiter?"

„Weiter — weiter nichts. Das war ja das Verrückte daran. Es geschah überhaupt nichts! Es war nichts weiter als ein Dach mit Löchern, und genauso sah es auch aus. Wir versuchten es immer wieder — darum waren wir ja auch so lange weg —, aber so oft wir das Experiment auch wiederholten, der Effekt war gleich null."

Erschrockenes Schweigen folgte. Langsam richteten sich alle Augen auf Sheerin, der regungslos mit offenem Mund dasaß.

Als erster fand Theremon seine Sprache wieder. „Sheerin, Sie sind sich doch darüber im klaren, daß das Ihre ganze schöne Theorie über den Haufen wirft." Er grinste erleichtert.

Aber Sheeron hob die Hand. „Langsam, nicht so voreilig sein. Laßt mich die Sache mal einen Moment durchdenken." Nach ein paar Sekunden schnippte er mit den Fingern, und als er den Kopf hob, war keine Spur von Erstaunen oder Unsicherheit mehr in seinen Augen zu sehen. „Natürlich..."

Er kam nicht dazu, den Satz zu Ende zu sprechen. Aus den oberen Räumen ertönte ein helles Klirren. Beenay sprang wie der Blitz auf und schoß die Treppe hoch. „Was, zum Teufel..."

Die anderen folgten ihm auf dem Fuße.

Dann ging alles sehr schnell. Oben in der Kuppel angekommen, sah Beenay mit einem einzigen Blick die zerbrochenen fotografischen Platten... und den Mann, der sich soeben über sie

beugte. Mit fürchterlichem Wutgeheul warf er sich auf den Eindringling und bekam ihn an der Gurgel zu fassen. Ein wüstes Handgemenge folgte, und als auch die anderen Mitglieder des Stabes über den Fremden herfielen, wurde dieser von dem Leiberknäuel fast verschluckt und ächzte laut unter dem Gewicht von einem halben Dutzend zorniger Männer.
Als letzter kam Aton schweratmend die Treppe herauf. „Laßt ihn aufstehen!"
Nur zögernd entwirrte sich das Knäuel, und die Männer, die nur wiederwillig von dem Fremden abließen, zogen ihn hoch auf die Knie. Das Herz pochte ihm fast hörbar gegen die Rippen. Mit zerrissenen Kleidern und einer rasch anschwellenden Beule auf der Stirn kniete er nun vor Aton. Sein kurzer blonder Bart war sorgfältig nach der Art der Kultisten gestutzt.
Beenay löste langsam und geschickt seinen Würgegriff um den Hals des Eindringlings und packte ihn sogleich fest bei den Rockaufschlägen. Wütend und heftig schüttelte er den Mann. „Nun pack mal aus, du verdammte Ratte! Was hattest du vor mit den Platten?"
„Die Platten interessierten mich gar nicht", gab der Kultist kühl zurück. „Das war ein unglücklicher Zufall."
Beenay parierte den glühenden Blick des Mannes.
„Ah, ich verstehe," zischte er. „Du hattest es auf die Kameras abgesehen. Du kannst wirklich von Glück reden, daß du nur die Platten erwischt hast. Wenn du dich an der ‚Klickenden Berta' oder an einer der anderen Kameras vergriffen hättest, dann hätte ich dich ganz genüßlich zu Tode gefoltert. Aber ... " Er holte mit der Faust zu einem Schlag aus.
Aton hielt seinen Arm fest. „Schluß damit! Lassen Sie ihn!"
Der junge Techniker zauderte einen Augenblick. Dann ließ er widerwillig seinen Arm sinken. Aton schob ihn beiseite und schaute dem Kultisten ins Gesicht.
„Sie sind doch Latimer, nicht wahr?"
Der Kultist machte eine steife Verbeugung und zeigte auf das Abzeichen oberhalb seiner Hüfte. „Ich bin Latimer 25, Adjutant dritten Grades Seiner Erhabenheit Sor 5."

„Sie waren doch" — Aton hob seine weißen Augenbrauen, als er den Mann erkannte — „der Begleiter Seiner Erhabenheit, als er mich in der letzten Woche aufsuchte, nicht wahr?"
Latimer verbeugte sich zum zweitenmal.
„Nun, was wünschen Sie also?"
„Etwas, das Sie mir freiwillig nicht geben würden."
„Hat Sor 5 Sie hierher geschickt, oder war es Ihre eigene Idee?"
„Ich werde diese Frage nicht beantworten."
„Haben wir weitere Besuche seitens Ihrer Leute zu erwarten?"
„Auch diese Frage werde ich nicht beantworten."
Aton warf einen Blick auf seine Uhr und sagte ärgerlich: „Nun sprechen Sie schon, Mann! Was will Ihr Herr von mir? Meinerseits bestehen keinerlei Verpflichtungen mehr, was unsere gemeinsame Abmachung betrifft."
Latimer lächelte schwach, sagte aber kein Wort.
„Vielleicht erinnern Sie sich," fuhr Aton mit gereiztem Unterton in der Stimme fort. „Ich bat ihn um gewisse Daten, über die nur die Kultisten verfügen, und ich erhielt diese Daten. Dafür spreche ich meinen Dank aus. Ich versprach Ihrem Herrn, als Gegenleistung dafür den wissenschaftlichen Beweis für die grundsätzliche Richtigkeit des kultistischen Glaubens zu liefern."
„Dafür bedarf es keines Beweises mehr", entgegnete der Kultist stolz. „Das Buch der Offenbarungen ist seit Jahrhunderten Beweis genug."
„Für die paar Leute, die dem Kult anhängen, schon. Tun Sie nicht so, als mißverstünden Sie mich. Ich machte Ihrem Herrn das Angebot, den *wissenschaftlichen* Beleg für Ihren Glauben zu liefern. Und genau das habe ich bisher auch getan."
Die Augen des Kultisten verengten sich. „Ja, das haben Sie auch getan", sagte er mit bitterer Stimme. „Mit der Schläue eines Fuchses sind Sie dabei vorgegangen. Denn Ihre sogenannten wissenschaftlichen Beweise bestätigten zwar die Richtigkeit unseres Glaubens, andererseits aber entzogen sie ihm jede Daseinsberechtigung. Sie degradierten die Dunkelheit und die Sterne zu bloßen kalkulierbaren Naturerscheinungen und beraubten sie damit ihrer wahren Bedeutung. Das was Blasphemie!"

„Wenn die Dinge aber so sind, dann ist es nicht meine Schuld. Die Fakten sind nun einmal da, unwiderlegbar. Was erwarten Sie anderes von mir, als daß ich sie bestätige?"
„Ihre sogenannten Fakten sind nichts weiter als Schwindel und Betrug!"
Aton stampfte zornig mit dem Fuß auf. „Wie kommen gerade Sie dazu, so etwas zu behaupten?"
Die Antwort kam mit der absoluten Sicherheit bedingungslosen Glaubens. „Ich *weiß* es!"
Der Direktor lief rot an, und Beenay flüsterte ihm mit eindringlicher Gestik etwas zu. Aton machte mit der Hand eine eindeutige Bewegung, die ihn sofort verstummen ließ. „Und was will Sor 5 von uns? Ich vermute, er ist immer noch der Ansicht, daß wir das Heil zahlloser Seelen vernichten, indem wir versuchen, der Welt nahezubringen, Maßnahmen gegen die drohende Gefahr des Wahnsinns zu ergreifen. Vielleicht beruhigt es ihn, zu erfahren, daß uns das nicht im geringsten gelungen ist."
„Schon der Versuch, es zu tun, hat genügend Schaden angerichtet. Ihre Anstrengungen, mit diesen teuflischen Instrumenten und Apparaten noch tiefer in das Geheimnis einzudringen, sind eine schreckliche Sünde. Die Versuche müssen daher sofort unterlassen werden. Wir Kulisten unterwerfen uns dem Willen der Sterne, und ich kann nur zutiefst bedauern, daß meine Ungeschicklichkeit mich vorhin daran gehindert hat, all dies Teufelswerk hier zu vernichten."
„Davon hätten Sie nicht viel gehabt", erwiderte Aton. „Alle unsere Daten und Ergebnisse, abgesehen von denen, die wir heute bei dem bevorstehenden Ereignis gewinnen wollen, sind an einem sicheren Orte untergebracht, wo Sie sie nicht zerstören können." Er lächelte grimmig. „Aber das ändert auch nichts daran, daß wir Sie als auf frischer Tat ertappten Einbrecher anzusehen und zu behandeln haben."
Er drehte sich zu den Männern um. „Jemand soll die Polizei in Saro City verständigen."
Sheerin stieß einen entsetzten Schrei aus. „Verdammt Aton, sind Sie übergeschnappt? Für so etwas haben wir wirklich keine Zeit

mehr. Warten Sie..." — er drängte sich durch das Gewühl — „lassen Sie mich das in die Hand nehmen."
Aton schaute den Psychologen mißbilligend an. „Wenn wir für etwas keine Zeit mehr haben, dann ist es für Ihren Zirkus, Sheerin. Sind Sie bitte so freundlich, mir zu gestatten, diese Angelegenheit auf meine Weise zu regeln? Im Augenblick sind Sie hier ohnehin nur ein Außenstehender, vergessen Sie das doch bitte nicht."
Sheerins Gesichtsausdruck sprach Bände. „Was soll denn der Unfug? Jetzt noch, da die Verdunkelung Betas nur noch die Sache von ein paar Minuten ist, einen solchen Aufwand zu machen, wo doch dieser junge Mann hier offensichtlich bereit ist, sein Ehrenwort dafür zu geben, daß er sich nicht vom Fleck rührt und sich jeglicher Störungsversuche enthält."
Die Antwort des Kultisten kam prompt. „Das werden ich nicht tun. Es steht Ihnen völlig frei, zu tun, was Sie für richtig halten, aber ich muß Sie ganz offen warnen: Sobald ich nur die geringste Chance dazu sehe, werde ich das vollenden, wozu ich hergekommen bin. Wenn Sie sich jetzt noch auf mein Ehrenwort verlassen wollen, so rate ich Ihnen, doch lieber die Polizei zu benachrichtigen."
Sheerin lächelte ihm freundlich ins Gesicht. „Sie sind wohl fest entschlossen, hier den Helden zu spielen, was, Sie kleiner verfluchter Sauhund? So, jetzt will ich Ihnen mal was erzählen. Sehen Sie den jungen Mann da am Fenster? Ein starker, rauher Bursche, nicht wahr? Er kann hervorragend mit seinen Fäusten umgehen. Übrigens ist er auch ein Außenstehender. Wenn die Verfinsterung beginnt, wird er keine weitere Aufgabe haben, als Sie ein wenig im Auge zu behalten. Darüber hinaus bin ich auch noch da. Ich bin zwar ein bißchen zu dick für Boxkämpfe, aber ich kann sicherlich ein bißchen mithelfen."
„Und was wollen Sie tun?" fragte der Kulist eisig.
„Hören Sie schön zu. Ich erkläre es Ihnen", kam die Antwort. „Sobald die Verfinsterung eingetreten ist, werden Theremon und ich Sie packen und in einem kleinen Schrank deponieren, der kein Fenster hat und nur eine Tür, die wir mit einem dicken

Schloß verriegeln werden. Darin werden Sie es sich gemütlich machen, bis der ganze Spuk vorbei ist."

„Und danach", keuchte Latimer, „wird niemand mehr da sein, der mich noch herauslassen könnte. Ich weiß genausogut wie Sie, was das Erscheinen der Sterne bedeutet... Ich weiß es weit besser als Sie! Wenn Sie alle wahnsinnig geworden sind, werden Sie gar nicht mehr fähig sein, mich wieder aus dem Schrank zu lassen, und ich soll dort langsam und qualvoll ersticken oder verhungern, nicht wahr? So etwas Ähnliches habe ich auch von euch Wissenschaftlern erwartet. Aber trotz alledem werde ich Ihnen nicht mein Ehrenwort geben. Es ist für mich eine Frage des Prinzips, und ich will nicht weiter darüber diskutieren."

Aton machte einen fast verstört zu nennenden Eindruck. Seine blassen Augen schauten den Psychologen sorgenvoll an.

„Sheerin, wirklich, ich muß Sie bitten — *einschließen* —, das geht doch nicht!"

„Bitte!" Sheerin bedeutete ihm ungeduldig, zu schweigen. „Ich glaube keine Sekunde daran, daß es soweit kommen muß. Latimer hat soeben lediglich einen kleinen Bluff ausprobiert. Aber schließlich bin ich ja nicht nur Psychologe, weil mir das Wort so gut gefällt." Er grinste den Kultisten an. „Hören Sie, Sie glauben doch wohl nicht im Ernst, daß ich dazu fähig wäre, Sie langsam verhungern zu lassen. Mein lieber Latimer, wenn ich Sie in den Schrank sperre, dann werden Sie weder die Dunkelheit sehen noch die Sterne. Man braucht nicht viel von den fundamentalen Glaubenssätzen der Kultisten zu kennen, um zu wissen, was das bedeutet. Es bedeutet, daß Sie Ihre unsterbliche Seele verlieren müssen, wenn Sie das Erscheinen der Sterne nicht mit eigenen Augen erleben. Nun, ich will annehmen, daß Sie ein Mann von Ehre sind. Wenn Sie mir Ihr Wort geben, keine weiteren Anstrengungen zu machen, unsere Arbeit zu sabotieren, dann will ich es gern annehmen."

Die Adern in Latimers Schläfen pochten, und er schien in sich selbst zusammenzusacken, als er kaum hörbar murmelte: „Sie haben mein Wort." Und in plötzlich aufflammendem Haß fügte er hinzu: „Aber wenigstens eine Genugtuung habe ich. Sie alle werden für Ihr schändliches Treiben bis in alle Ewigkeit verdammt sein!" Er wandte sich auf dem Absatz um und ging aufrecht und mit stolzem Gang zu dem hohen, dreibeinigen Hocker, der nahe an der Tür stand.

Sheerin nickte dem Reporter zu. „Theremon, setzen Sie sich doch neben ihn — nur der Form halber. He, Theremon!"

Aber der Zeitungsmann rührte sich überhaupt nicht. Sein Gesicht war kreidebleich. „Schauen Sie nur!" Seine Stimme war ganz brüchig und versagte ihm fast den Dienst. Sein Finger, mit dem er auf den Himmel deutete, zitterte.

Alle Augen folgten gebannt der Richtung, die der Finger wies. Fast gleichzeitig ging ein Ton des Entsetzens über die Lippen der Männer. Den Atem anhaltend, starrten alle vor Schreck gelähmt hinaus.

Beta war kein Kreis mehr!

Das kleine Stück Schwärze, das sich in die Sonne hineingefressen hatte, war nicht viel größer als die Fläche eines Fingernagels am Rand eines Tellers. Aber auf die mit blankem Entsetzen starrenden Beobachter wirkte es hundertmal größer. Es war das Hereinbrechens des Weltuntergangs!

Nur einen Moment lang hatten sie auf Beta geblickt. Danach verfielen alle in laute, planlos wirkende Hektik. Aber nur für Sekunden. Das hektische Gewirr verwandelte sich in zielstrebige Aktivität — jeder nahm bitzartig seinen vorgeschriebenen Posten ein. In diesem entscheidenden Augenblick gab es für die Männer keinen Platz für Emotionen. Sie waren nur noch nüchtern denkende Wissenschaftler, die ihre Aufgabe zu erfüllen hatten. Sogar Aton hatte sich sofort an seinen Platz begeben.

Prosaisch stelle Sheerin fest: „Die erste Berührung muß vor etwa einer Viertelstunde erfolgt sein. Ein bißchen früh, aber in Anbetracht der Unsicherheitsfaktoren in unseren Berechnungen sehr exakt." Er blickte sich um und ging auf den Zehenspitzen zu Theremon, der noch immer wie gebannt aus dem Fenster starrte, und schob ihn sanft zur Seite.

„Aton ist wütend", sagte er im Flüsterton, „also gehen Sie besser vom Fenster weg. Wegen des Zwischenfalls mit Latimer hat

er den Moment des ersten Kontaktes zwischen Beta und dem Mond verpaßt, und wenn Sie ihm jetzt noch die Sicht versperren, bringt er es noch fertig und läßt Sie aus dem Fenster werfen."
Theremon nickte kurz und setzte sich hin. Sheerin musterte ihn erstaunt.
„Teufel, Mann!" rief er aus. „Sie zittern ja am ganzen Leib."
„Wie?" Theremon leckte sich über die trockenen Lippen und lächelte gequält. „Ich fühle mich nicht besonders, wirklich nicht."
Der Blick des Psychologen wurde hart. „Sie werden doch jetzt wohl nicht die Nerven verlieren!"
„Nein!" schrie Theremon in plötzlicher Wut auf. „Geben Sie mir doch eine Chance! Ich habe diesen ganzen Zauber wirklich nicht so recht ernst genommen, nicht in dieser Tragweite jedenfalls — bis zu dieser Minute. Lassen Sie mir Zeit, daß ich noch versuchen kann, mich an den Gedanken zu gewöhnen. Sie bereiten sich schließlich schon seit zwei Monaten oder länger darauf vor."
„Eigentlich haben Sie ja recht", antwortete Sheerin nachdenklich. „Sagen Sie, haben Sie Familie — Eltern, eine Frau, Kinder?"
Theremon verneinte. „Sie denken an den Schutzbunker, nicht wahr? Aber machen Sie sich hierüber keine Sorgen. Ich habe eine Schwester, aber sie wohnt zweitausend Meilen von hier entfernt. Ich kenne nicht einmal ihre genaue Adresse."
„Und Sie selbst? Sie hätten noch genug Zeit, den Bunker zu erreichen, und seit ich fort bin, fehlt denen sowieso einer. Schließlich haben wir hier ohnehin keine Verwendung für Sie, und für die Leute drüben wären Sie eine ganz nette Ergänzung."
Theremon blickte seinen Gesprächspartner mit müden Augen an. „Sie glauben, ich mache mir vor Angst in die Hosen, nicht? Aber nehmen Sie eins zur Kenntnis, mein Herr: Ich bin Reporter und habe die Aufgabe übernommen, eine Story über diese Sache zu schreiben. Ich habe die feste Absicht, das auch zu tun."
Ein schwaches Lächeln erschien auf den Zügen des Psychologen. „Ich verstehe. Berufsehre, nicht wahr?"
„Nennen Sie es, wie Sie wollen. Aber, Mann, ich würde jetzt meine rechte Hand für eine halbe Flasche von dem Zeug geben, von dem Sie vorhin eine ganze runtergezischt haben. Wenn jemals

einer einen Drink gebraucht hat, dann bin ich's in diesem Moment."

Er brach ab. Sheerin stieß ihn heftig in die Seite. „Hören Sie mal!"

Theremon folgte Sheerins Blick. Vor dem Fenster stand der Kultist und starrte in den Himmel. Er war völlig in sich gekehrt und schien alles andere um sich herum vergessen zu haben. Ein Ausdruck gänzlicher Verzückung lag auf seinem Gesicht, und er summte in einem fremdartig klingenden Singsang etwas vor sich hin.

„Verstehen Sie, was er singt?" fragte Theremon im Flüsterton.

„Ich glaube, er zitiert aus dem fünften Kapitel des ‚Buches der Offenbarungen'", antwortete Sheerin. „Aber still, hören Sie mal genau zu!" setzte er eindringlich hinzu.

Die Stimme des Kultisten hatte plötzlich an Eindringlichkeit und Inbrunst zugenommen.

„Und es geschah, daß in jenen Tagen die Sonne Beta einsam am Himmel stand und Wache hielt für immer längere Dauer. Und so kam es, daß sie alsbald solange allein war, wie eine halbe Umdrehung währet und einsam, matt und kalt die Welt beschien.

Und die Menschen versammelten sich auf den Plätzen und den Straßen, und sie erschauerten vor der wundersamen Erscheinung, und sie wehklagten, denn eine tiefe Bedrückung hatte sie in Besitz genommen. Und ihre Sinne waren verwirrt und ihre Zungen, denn ihre Seelen harrten des Kommens der Sterne.

Und in der Stadt, die da heißt Trigon, trat zur Mittagsstunde Vendret 2 vor die Menge und sprach zu den Einwohnern von Trigon: ‚Höret, ihr Sünder, und vernehmet, was ich euch sage! Oft seid ihr abgewichen vom Pfade der Gerechtigkeit, und nun ist der Tag der Abrechnung gekommen. Denn schon nähert sich die Höhle, und sie wird Lagash verschlingen und alles, was darauf lebt.'

Und so er noch sprach, öffnete die Höhle ihren gewaltigen Schlund und berührte schon den Rand von Beta mit den Lippen, so daß kein Auge auf Lagash ihn noch zu erblicken vermochte. Und ein schreckliches Wehklagen hob an, als die Menschen sahen, wie Beta immer tiefer in den Schlund der Höhle der Dunkel-

heit sank, und gewaltig war die Seelenqual, die über das Volk hereinbrach.
Und es geschah, daß die Dunkelheit der Höhle auf Lagash fiel und alles Licht verschlang. Und die Menschen erblindeten, und keiner sah mehr seinen Nachbarn, wiewohl er dessen Atem auf seiner Wange spürte.
Und in der Schwärze der Finsternis kamen die Sterne, und es waren unzählige, und es erklang eine Musik von solch wundersamer Schönheit, daß die Blätter der Bäume sich in Zungen verwandelten und vor Bewunderung aufschrien.
Und in diesem Augenblick verließen die Seelen die Körper der Menschen, und die verlassenen Leiber wurden zu Tieren, ja, zu wilden reißenden Bestien, die mit fürchterlichem Geheul und lautem Geschrei durch die schwarzen Straßen der Städte von Lagash rasten.
Und von den Sternen fuhr die Himmlische Flamme herab, und wo sie die Erde berührte, gingen die stolzen Städte von Lagash in Flammen auf, so daß von den Menschen und ihren Werken nichts übrig blieb.
Alsdann...“
Plötzlich änderte sich Latimers Tonfall ein wenig. Zwar hatte er den Blick nicht zur Seite gewandt, aber irgendwie schien ihm doch die gespannte Aufmerksamkeit der beiden Zuhörer nicht entgangen zu sein. Nahtlos, ohne eine Atempause einzulegen, änderte er die Klangfarbe der Wörter. Die Silben hörten sich mit einem Mal flüssiger an.
Theremon blickte überrascht. Die Worte kamen ihm eigentümlich bekannt vor, und doch klangen sie fremdartig. Irgendwie war die Wortmelodie ungewohnt, und auch die Betonung der Vokale wich von der Norm ab. Weiter war eigentlich nichts zu bemerken, und doch war Latimers Sprache völlig unverständlich geworden.
Sheerin grinste spitzbübisch. „Er ist jetzt in die Sprache irgendeines alten Zyklus übergewechselt; wahrscheinlich des zweiten, auf den sich ihre Tradition gründet. Auch das ‚Buch der Offenbarungen‘ ist ja ursprünglich in dieser Sprache geschrieben worden, wie Sie vielleicht wissen.“

„Das macht nichts; ich habe schon genug gehört." Theremon schob seinen Stuhl zurück und fuhr sich mit den Händen durch die Haare. Sie hatten aufgehört zu zittern. „Ich fühle mich schon wieder viel besser."

„Tatsächlich?" Sheerin schien ein wenig überrascht zu sein.

„Ja, wirklich. Vorhin hing mir das Herz ganz schön in der Hose. Erst Ihre Geschichten, und dann noch der tatsächliche Beginn der Verfinsterung — das hätte mit fast den Rest gegeben. Aber was der Knabe da..." — er deutete mit dem Daumen verächtlich auf den blondbärtigen Kultisten — „von sich gibt, ist genau die Sorte Ammenmärchen, die mir mein Kindermädchen immer erzählt hat. Über solche Art von Schwachsinn habe ich mein ganzes Leben lang lachen müssen. Und ich habe nicht vor, mich ausgerechnet heute davon ins Bockshorn jagen zu lassen."

Er sog die Lungen voll Luft und sagte mit hektischer Fröhlichkeit: „Aber wenn ich meine gute Stimmung beibehalten will, dann rükke ich doch meinen Stuhl lieber vom Fenster weg."

„Tun Sie das", sagte Sheerin, „aber sprechen Sie lieber ein wenig leiser. Aton hat eben seinen Kopf aus dem Kasten, in den er ihn hineingesteckt hat, gezogen und Ihnen einen Blick zugeworfen, als wollte er Sie erwürgen."

Theremon zog eine Schnute. „Den alten Knaben hätte ich fast vergessen." Mit übertriebener Vorsicht nahm er den Stuhl vom Fenster weg, warf einen mißmutigen Blick über die Schulter zum Fenster hinaus und sagte: „Ich werde das Gefühl nicht los, daß es irgendeine Möglichkeit gibt, sich gegen diesen Wahn, der beim Anblick der Sterne auftritt, zu immunisieren."

Der Psychologe antwortete nicht sofort. Beta hatte mittlerweile den Zenit schon überschritten, und das rötliche Lichtquadrat, das durch das Fenster in den Raum fiel, war langsam vom Fußboden in Sheerins Schoß gewandert. Gedankenverloren starrte er auf den mattroten Fleck. Dann hob er den Kopf und schaute mit zusammengekniffenen Augen direkt in die Sonne hinein.

Die winzige Kerbe in ihrem Rand war zu einem großen schwarzen Ausschnitt gewachsen, der bereits ein Drittel von Betas Oberfläche verdeckte. Ihn schauderte. Als er sich wieder aufrich-

tete, hatten seine Wangen einiges von ihrem gesunden Rot verloren.
Mit einem Lächeln, das fast ein wenig entschuldigend wirkte, drehte auch er seinen Stuhl um, so daß er mit dem Rücken zum Fenster saß. „Heute versuchen bestimmt zwei Millionen Leute in Saro City, in einer gigantischen Wiederbelebungsaktion ihre längst vergessenen religiösen Gefühle wieder hervorzukramen und so schnell wie möglich dem Kult beizutreten." Und mit ironischem Ton fügte er hinzu: „Die haben jetzt für eine Stunde eine unerwartete Hochkonjunktur. Ich bin sicher, daß sie das beste daraus machen. Nun, wovon sprachen Sie doch vorhin gleich?"
„Mir ist da etwas nicht ganz einleuchtend. Wie ist es den Kultisten eigentlich gelungen, ihr ‚Buch der Offenbarungen' über so viele Zyklen hinweg zu überliefern, und irgendwann muß es doch auch auf Lagash jemanden gegeben haben, der die furchtbare Katastrophe gesund überstand und es niederschrieb? Es muß doch irgendeinen Abwehrmechanismus gegen den verrückten Wahnsinn geben, anderenfalls wäre das Buch ja nie geschrieben worden."
Sheerin warf seinem Gegenüber einen traurigen Blick zu. „Tja, junger Mann, einen lebenden Augenzeugen haben wir leider nicht. Aber wir haben ein paar verdammt gute Vorstellungen, wie es sich ereignet haben könnte. Schauen Sie, es gibt drei Arten von Menschen. Da ist zunächst einmal die Gruppe derjenigen, die die Sterne und die Dunkelheit überhaupt nicht sehen können; nämlich zum einen die Blinden und zum anderen die, die sich zu Beginn der Verfinsterung einen Rausch ansaufen, aus dem sie erst wieder aufwachen, wenn alles vorbei ist. Die können wir wohl ausschließen, denn das sind ja keine richtigen Augenzeugen. Als nächstes kommen in Betracht Kinder unter sechs Jahren. Für sie ist die Welt als Ganzes noch zu neu und zu undurchschaubar, als daß Sterne und Dunkelheit sie in Furcht versetzen könnten. Sie sind nichts weiter als neue Eindrücke in einer ohnehin an Überraschungen reichen Welt. Das leuchtet Ihnen doch ein, nicht wahr?"
Der andere nickte skeptisch. „Ja, so in etwa."

„Schließlich gibt es noch diejenigen, deren Gemüt einfach zu grob strukturiert ist, als daß solche Ereignisse ihren Geist völlig verwirren könnten. Die gänzlich Unsensiblen werden also kaum berührt — damit meine ich zum Beispiel Leute wie ein paar unserer alten Bauern, denen ein Leben voller Arbeit die Sinne abgestumpft hat. So, die flüchtigen Erinnerungen der Kinder, vermischt mit dem konfusen, zusammenhanglosen Gestammel halbverrückter Idioten, bildeten wohl irgendwann die Grundlage des ‚Buches der Offenbarungen'.
Wir können also mit ziemlicher Sicherheit davon ausgehen, daß das Buch in erster Linie auf den Aussagen solcher Leute basiert, die sich wohl am wenigsten zu Geschichtsschreibern eignen; nämlich Kinder und Schwachsinnige. Und wahrscheinlich wurde es von Zyklus zu Zyklus immer wieder neu überarbeitet, ergänzt und so weiter und so fort."
„Glauben Sie," unterbrach ihn Theremon, „daß die Kultisten das Buch auf ähnliche Weise über die Katastrophen hinweggerettet haben, wie wir es zum Beispiel mit den ganzen Daten über die Geheimnisse der Gravitation vorhaben?"
Sheerin hob die Schultern. „Schon möglich. Aber ihre genaue Methode ist unwichtig. Irgendwie haben sie es jedenfalls immer hingekriegt. Aber ich wollte eigentlich auf folgendes hinaus: Das Buch kann einfach nichts anderes sein als ein Sammelsurium konfusen, verdrehten Zeugs; auch wenn es auf nachweisbaren Tatsachen beruht. Nur ein Beispiel: Sie erinnern sich doch an Faros und Yimots Experiment mit den Löchern im Dach, das ja ein Mißerfolg war."
„Ja, natürlich."
„Wissen Sie auch, warum es nicht..." Er brach plötzlich ab und sprang alarmiert auf, als Aton sich näherte. Sein Gesicht war zu einer Maske höchster Bestürzung verzerrt. „Was ist denn?"
Aton zog ihn beiseite. Sheerin fühlte, wie die Finger des Direktors nervös zitterten, als dieser ihn am Ellbogen berührte.
„Nicht so laut!" preßte Aton mit gequält klingender Stimme heraus. „Ich habe soeben über meine Privatverbindung eine Nachricht aus dem Schutzbunker erhalten."

„Gibt es Probleme?" sprudelte Sheerin ängstlich hervor.
„*Sie* haben keine Probleme." Aton dehnte das Pronomen ‚sie' bedeutungsvoll. „Sie haben sich schon vor geraumer Zeit hermetisch von der Außenwelt abgeschlossen, und sie werden wie geplant bis übermorgen dort ausharren. Sie sind in Sicherheit. Aber die Stadt, Sheerin, die Stadt! Sie ist ein einziger riesiger Trümmerhaufen. Sie — Sie können sich gar keine Vorstellung machen..." Seine Stimme versagte ihm fast den Dienst.
„Und — was weiter?" fuhr es plötzlich ungeduldig aus Sheerin heraus.
„Was soll's? Es wird noch schlimmer werden, aber das wissen wir ja. Was bringt Sie denn so außer Fassung?" Dann, mit einem plötzlichen schlimmen Verdacht: „Wie geht es Ihnen?"
Aton entging der plötzlich veränderte Tonfall Sheerins nicht. Seine Augen blitzten wütend auf bei der kaum verhohlenen Anspielung des anderen. Doch dann trat wieder der besorgte, fast ängstliche Ausdruck in seine Augen. „Mensch, begreifen Sie! Die Kultisten sind hochgradig aktiv. Sie wiegeln die Bevölkerung auf, das Observatorium zu stürmen. Sie versprechen ihnen dafür das Blaue vom Himmel, unmittelbare Erlösung, ewige Gnade und ewiges Heil und was weiß ich noch alles! Was sollen wir bloß tun, Sheerin!"
Sheerin senkte den Kopf. Wie geistesabwesend starrte er eine ganze Weile auf seine Fußspitzen. Er klopfte sich mit dem Knöchel eines Fingers vor das Kinn und schaute auf. Plötzlich wieder lebhaft, sagte er: „Tun? Was sollen wir schon tun? Wir tun überhaupt nichts. Wissen die Männer schon, was los ist?"
„Natürlich nicht!"
„Um so besser. Sagen Sie ihnen auch weiterhin nichts davon. Wieviel Zeit bleibt uns noch bis zur totalen Dunkelheit?"
„Knapp eine Stunde."
„Es ist zwar wie ein Glücksspiel, aber uns bleibt keine andere Möglichkeit, als abzuwarten. Es braucht schon eine ganze Weile, bis man einen wirklich gefährlichen Mob organisiert hat. Und es dauert noch länger, bis er hier oben angekommen ist. Wir befinden uns gut fünf Meilen von der Stadt entfernt..."

Er starrte zum Fenster hinaus. Sein Blick schweifte über die Hügel und Felder, die weit hinten am Horizont in die weißschimmernden Häuserzusammenballungen der Vorstadt übergingen. Noch weiter hinten verschwamm die City im nebligen Dunst — in den verschwommenen Schattenbildern, auf die die vergehende Beta ihre letzten Strahlen warf.

Ohne sich von dem Anblick abzuwenden, wiederholte er: „Sie werden einige Zeit brauchen. Gehen Sie am besten wieder an Ihre Arbeit, und beten Sie, daß die totale Dunkelheit uns schneller erreicht als der Mob."

Beta war nun schon zur Hälfte zernagt. Langsam schnitt sich die Dunkelheit in einer konkaven Krümmung in den hellen Teil der Sonne hinein. Es schien, als schlösse sich ein gigantisches Lid unmerklich langsam über ein leuchtendes Weltauge.

Das schwach hörbare Stimmengemurmel, das in den Raum drang, schwand aus seinem Bewußtsein, und er spürte physisch die zusammengeballte Stille, die über den Feldern lag. Selbst die Insekten schienen vor Furcht verstummt, und die Gegenstände im Raum waren von einem Schleier umhüllt. Eine Stimme ließ ihn auffahren. „Ist etwas nicht in Ordnung?" Es war Theremon.

„Wie? Äh — doch, doch. Setzen Sie sich wieder hin. Wir stehen im Weg." Sie gingen wieder in ihre Ecke zurück, aber der Psychologe hüllt sich eine ganze Zeit in Schweigen. Er fuhr sich mit einem Finger in den Kragen und öffnete ihn. Er drehte seinen Hals hin und her, fand aber keine Erleichterung. Er blickte Theremon an. „Haben Sie keine Atembeschwerden?"

Der Reporter riß die Augen weit auf und machte zwei oder drei tiefe Atemzüge. „Nein. Warum?"

„Ich glaube, ich habe zu lange aus dem Fenster geschaut. Die Dunkelheit hat mich schon erwischt. Atemnot ist eins der ersten Symptome eines klaustrophobischen Anfalls."

Theremon holte wieder tief Luft. „Also, mich hat's noch nicht erwischt. Aber sehen Sie doch, da ist ja noch einer unserer Männer."

Beenays massiger Körper hatte sich zwischen das schwach einfallende Licht des Fensters und die beiden Gesprächspartner in

der Ecke geschoben. Sheerin blinzelte ängstlich zu ihm auf. „Hallo, Beenay."
Der Astronom verlagerte sein Gewicht auf das andere Bein und lächelte matt. „Ihr habt doch nichts dagegen, wenn ich mich eine Weile zu euch geselle und mich ein bißchen an eurem Gespräch beteilige? Meine Kameras sind genau eingestellt, und bis zum Eintreten der totalen Verfinsterung habe ich ohnehin nichts zu tun." Er hielt einen Moment inne und warf einen Blick zu dem Kultisten hinüber, der vor einer Viertelstunde ein kleines ledergebundenes Buch aus der Tasche gezogen hatte und seither intensiv darin versunken war. „Die Ratte hat euch doch nicht schon wieder Ärger gemacht, oder?"
Sheerin schüttelte den Kopf. Er hatte die Schultern zurückgeworfen und zwang sich mit vor Konzentration gerunzelter Stirn, gleichmäßig zu atmen. „Haben Sie Atemschwierigkeiten gehabt, Beenay?"
Beenay sog schnüffelnd die Luft ein. „Es scheint mir hier drinnen aber nicht stickig zu sein."
„Ich hatte nur eben einen leichten Anflug von Klaustrophobie", erklärte Sheerin entschuldigend.
„Ach, so! Ich verstehe. Bei mir wirkt sich das ganz anders aus. Ich habe immer mehr das Gefühl, als ob sich meine Augen in den Kopf hineindrückten. Alles scheint zu verschwimmen — die Dinge werden immer undeutlicher. Außerdem finde ich es kalt hier."
„O ja, da kann ich Ihnen nur beipflichten. Das ist keine Einbildung", ließ sich Theremon vernehmen. Er verzog das Gesicht zu einer Grimasse. „Meine Zehen fühlen sich so an, als hätte ich sie tausend Kilometer in einem Kühlwagen transportieren lassen."
„Was wir jetzt brauchen", warf Sheerin ein, „ist ganz einfach Ablenkung. Wir dürfen unsere Gedanken nicht pausenlos um uns selbst kreisen lassen. Theremon, ich wollte Ihnen doch vorhin erzählen, warum Faros Experimente mit dem durchlöcherten Dach fehlschlugen."
„Sie hatten gerade damit angefangen", antwortete Theremon. Er umspannte sein Knie mit beiden Armen und stützte das Kinn darauf.

„Also, die beiden kamen deshalb nicht zum Erfolg, weil sie das ‚Buch der Offenbarungen‘ wörtlich genommen haben. Es ist ein ziemlich unsinniger Gedanke, den sogenannten Sternen wirkliche physische Existenz zuzumessen. Dabei gibt es doch eine relativ einfache und einleuchtende psychologische Erklärung dafür: Es wäre doch durchaus vorstellbar, daß bei totaler Finsternis das Bedürfnis des Menschen nach Licht so übermächtig wird, daß er sich das Licht einfach einbildet. Möglicherweise sind also die Sterne nichts weiter als eine Illusion."

„Mit anderen Worten", warf Theremon ein, „Sie sind der Ansicht, die Sterne sind eher das Resultat des Wahnsinns als eine seiner Ursachen. Welchen Zweck haben dann aber Beenays Fotos?"

„Zu beweisen, daß sie eine Wahnvorstellung sind; oder meinetwegen das Gegenteil. Außerdem..."

Beenay war mit seinem Stuhl ein Stückchen nähergerückt. Ein Ausdruck plötzlicher Begeisterung lag auf seinem Gesicht. „Es freut mich richtig, daß ihr beiden auf dieses Thema gekommen seid." Seine Augen wurden schmal, und er hob einen Finger. „Ich habe lange über diese Sterne nachgedacht, und dabei ist mir was ganz Schlaues eingefallen. Es ist natürlich reine Spekulation, eine kleine Spinnerei sozusagen, und ich habe nicht vor, das ernsthaft als Theorie herauszustellen, aber ich finde die Idee ganz interessant. Wollt Ihr sie hören?"

Er schien sich fast ein wenig zu schämen, aber Sheerin lehnte sich in seinem Stuhl zurück und sagte einladend: „Na, dann schießen Sie mal los! Ich bin gespannt."

„Stellen wir uns einmal vor, es existierten im Universum noch andere Sonnen außer unseren." Er unterbrach sich und grinste ein wenig verschämt. „Ich meine Sonnen, die so weit von uns entfernt sind, daß sie zu schwach leuchten, um von hier aus erkannt werden zu können. Ich glaube, ich mache auf euch schon den Eindruck, als hätte ich zuviel utopische Literatur gelesen, was?"

„Nicht unbedingt. Aber ist diese Möglichkeit nicht ausgeschlossen durch die Tatsache, daß sich gemäß den Gesetzen der Gravitation diese Sonnen zwangsläufig aufeinander zubewegen und sich damit bemerkbar machen würden?"

„Nicht, wenn sie weit genug auseinander wären", warf Beenay ein. „Sagen wir mal, vier Lichtjahre oder noch mehr. In dem Falle wären wir niemals imstande, zum Beispiel Abweichungen von ihren Bahnen festzustellen, weil sie einfach zu klein wären. Stellen wir uns einmal vor, es gäbe eine ganze Menge solcher Sonnen in weitem Abstand von uns — ein oder zwei Dutzend vielleicht."
Theremon stieß einen langgedehnten Pfiff aus. „Das gäbe einen tollen Artikel für die Wochenendbeilage. Zwei Dutzend Sonnen in einem Universum von acht Lichtjahren Ausdehnung! Toll! Das würde unser Universum ja zu völliger Bedeutungslosigkeit zusammenschrumpfen lassen. So was würden die Leser verschlingen!"
„Ist ja nur eine Idee", sagte Beenay grinsend. „Aber ihr seht, worauf ich hinauswill: Während der Verfinsterung würden diese Sonnen plötzlich sichtbar, denn es gäbe ja kein richtiges Sonnenlicht hier, das sie einfach überstrahlt. Und da diese Sonnen sehr weit entfernt sind, würden sie natürlich sehr klein wirken; wie viele kleine Murmeln. Die Kultisten reden zwar gleich von Millionen von Sternen, aber das ist natürlich übertrieben; denn soviel Platz könnte das Universum gar nicht bieten, daß sich eine Million Sonnen darin tummeln könnten. Es sei denn, sie berührten sich gegenseitig."
Sheerin hatte mit wachsendem Interesse zugehört. „Ich glaube, Beenay, Ihre Idee ist gar nicht so abwegig, wie es den Anschein hat. Und wenn Sie von Übertreibung sprechen: Genau das würde eintreffen! Sie wissen ja wahrscheinlich, daß unsere Sinnesorgane so angelegt sind, daß sie keine Zahl, die größer als fünf ist, auf Anhieb erfassen können. Für alles, was darüber hinausgeht, gibt es erst einmal nur die vage Vorstellung ‚viele'. Auf diese Weise wird natürlich aus einem Dutzend schnell eine Million. Wirklich, eine verdammt gute Idee!"
„Ich habe da noch so eine kleine nette Idee auf Lager", sagte Beenay. „Haben Sie schon einmal darüber nachgedacht, wie simpel eigentlich das Problem der Gravitation sein könnte, wenn man ein hinreichend einfaches Ausgangsmodell hätte? Stellen wir uns einmal ein Universum vor, in dem es nur einen Planeten

gäbe mit nur einer Sonne. Die Umlaufbahn des Planeten um diese Sonne beschriebe dann eine vollkommene Ellipse, und das Wesen der Schwerkraft wäre so exakt zu bestimmen, daß sie allgemein als Axiom vorausgesetzt und akzeptiert werden könnte. Gäbe es auf einer solchen Welt Astronomen, so würden sie wahrscheinlich das Schwerkraftgesetz schon errechnen können, noch bevor überhaupt jemand das Teleskop erfunden hätte. Die einfache Beobachtung mit bloßem Auge würde ja schon ausreichen."

„Aber wäre denn ein solches System dynamisch stabil?" fragte Sheerin skeptisch.

„Sicher. Man nennt es den ‚Eins-und-eins-Fall'. Man hat es schon mathematisch dargestellt, aber was mich daran interessiert, sind eigentlich mehr die philosophischen Implikationen."

„Der Gedanke ist ganz reizvoll", sagte Sheerin zustimmend. „Hübsche kleine Abstraktion — wie das perfekte Gas oder die absolute Null."

„Der Haken bei diesem Modell ist natürlich der, daß auf so einem Planeten kein Leben existieren könnte. Es würde nicht genügend Wärme und Licht erhalten, und wenn der Planet sich noch um seine Achse drehte, dann würde während eines halben Tages totale Dunkelheit herrschen. Unter solchen Umständen könnte sich natürlich kein Leben entwickeln, denn das ist fundamental abhängig vom Licht. Darüber hinaus..."

Sheerin sprang so erregt auf, daß er seinen Stuhl umwarf. „Aton kommt gerade mit den Lichtern!"

Beenay gab einen lauten, erschrockenen Laut von sich, drehte sich hastig um und grinste dann erleichtert von einem Ohr zum anderen.

Aton hatte ein großes Bündel etwa einen Fuß langer zolldicker Stäbe auf dem Arm. Über das Bündel hinweg warf er einen verheißungsvollen Blick auf die eilig herbeiströmenden Mitglieder des Stabes. „Bitte, meine Herren, gehen Sie alle zurück an Ihre Plätze. Sheerin, kommen Sie und helfen Sie mir!"

Sheerin trottete an die Seite des Älteren, und dann steckten die beiden in gespannter Stille die Stäbe der Reihe nach in die dafür

vorgesehen, zu diesem Zwecke provisorisch angefertigten Metallhalter, die in regelmäßigen Abständen aus der Wand ragten.
Mit der feierlichen Geste eines Hohepriesters, der soeben eine höchst wichtige sakrale Handlung vollzieht, riß Sheerin ein großes, unhandliches Streichholz an, wartete, bis die Flamme sich voll entwickelt hatte und reichte es dann Aton hinüber, der die Flamme an das obere Ende eines der Stäbe hielt.
Dort umspielte die Flamme eine Weile zögernd die Spitze, bis ein plötzliches knisterndes Aufflackern Atons zerfurchtes Gesicht buchstäblich zum Erstrahlen brachte. Er zog bedächtig das Streichholz zurück, und spontaner Applaus und Jubelrufe ließen die Fensterscheiben erklirren.
Aus der Spitze der Fackel züngelten sechs Zoll hohe gelbe Flammen! Mit penibler Sorgfalt wurden die anderen Fackeln ebenfalls angezündet, bis sechs voneinander unabhängige gelbe Flammen den Raum bis in die hinterste Ecke mit Licht erfüllten.
Das Licht war matt, matter noch als das dürftige Sonnenlicht. Die Flammen tanzten wie verrückt hin und her und warfen wie betrunken schwankende Schatten an die Wände. Die Fackeln entwickelten einen höllischen Rauch; es roch wie angebrannte Suppe. Aber das Wichtigste war — sie spendeten warmes, gelbes Licht.
Nach vier Stunden trüben, rötlich-fahlen Sonnenlichts ist gelbes Licht etwas Wundervolles. Selbst Latimer hatte sich von seinem Buch abgewendet und starrte mit großen Kinderaugen in die Flammen.
Sheerin wärmte sich an der nächstbesten Fackel die Hände. Der Ruß, der als eine Wolke feinen grauen Staubes um ihn herumschwebte, störte ihn dabei nicht im geringsten. Entzückt stammelte er immer wieder: „Wie schön, wie schön! Ich hatte nie gewußt, was Gelb für eine wunderbare Farbe ist!"
Aber Theremon beäugte die Fackeln mit einigem Unbehagen. Angewidert von dem ranzigen Geruch, der ihnen entströmte, rümpfte er die Nase. „Was sind das für Dinger?" wollte er von Sheerin wissen.
„Holz", antwortete Sheerin knapp.

„O nein, das ist doch kein Holz! Die Stäbe brennen ja überhaupt nicht. Lediglich die Spitze ist ein wenig angekohlt, und die Flamme steigt einfach aus dem Nichts auf."

„Das ist ja gerade das Schöne daran. Das ist ein hochwirksamer Mechanismus künstlichen Lichtes. Wir haben ein paar hundert davon anfertigen lassen, die meisten davon sind natürlich im Schutzbunker. Warten Sie, ich erkläre es Ihnen." Er drehte sich um und wischte seine rußigen Hände an seinem Taschentuch ab. „Man nimmt den kräftigen Kern groben Schilfrohres, trocknet ihn sorgfältig und taucht ihn in tierisches Fett, bis er völlig durchtränkt ist. Wenn man ihn dann anzündet, verbrennt nach und nach das Fett. Diese Fackeln haben eine ununterbrochene Brenndauer von fast einer halben Stunde. Genial, was? Einer unserer eigenen jungen Leute von der Saro-Universität hat sie entwickelt."

Die anfängliche Begeisterung über diese Sensation war wieder der Ruhe gewichen. Latimer hatte seinen Stuhl direkt unter eine der Fackeln gestellt und war wieder in sein Buch vertieft. Seine Lippen bewegten sich monoton zu den Gebeten, die er pausenlos rezitierte, um die Sterne anzurufen. Beenay war wieder mit seinen Kameras beschäftigt, und Theremon ergriff die Gelegenheit, um seine Notizen für den Artikel zu vervollständigen, der am folgenden Tag im Saro City Chronicle erscheinen sollte. Diese Prozedur hatte er schon seit zwei Stunden methodisch, gewissenhaft und — was ihm inzwischen eigentlich klar war — sinnloserweise verfolgt.

Aber ganz so sinnlos war diese Beschäftigung doch nicht, sagte er sich. Besser sich mit dem Anfertigen sorgfältiger Notizen ablenken, als nach draußen zu starren und zuzusehen, wie sich der Himmel allmählich in ein tiefes, schreckliches Violett verfärbte. Sheerin, der ihn unverwandt anschaute, schien seine Gedanken erraten zu haben, wie Theremon an dem amüsierten Aufleuchten in den Augen seines Gegenübers festzustellen glaubte.

Die Luft schien dichter zu werden. Die Dämmerung kroch in den Raum, fast wie ein fester Körper, den man mit den Händen greifen konnte. Die tanzenden gelben Lichtkreise über den Fackeln hoben sich immer schärfer von der wabernden grauen Masse um sie herum ab. Beißender Qualm erfüllte den Raum und leises Knistern brennender Fackeln, das sich wie Kichern anhörte. Einer der Männer ging auf Zehenspitzen um seinen Arbeitstisch herum, langsam und zögernd. Manchmal war das Geräusch tiefen Atemholens zu hören, wenn jemand versuchte, Fassung zu bewahren angesichts einer Welt, die sich langsam im Schatten verlor.

Als erster hörte Theremon jenes Geräusch, das von draußen zu kommen schien. Es war eigentlich mehr ein vages, unspezifisches Gefühl von Lauten, die er wohl kaum wahrgenommen hätte, wenn nicht diese Totenstille in der Kuppel geherrscht hätte.

Der Reporter richtete sich auf und steckte sein Notizbuch weg. Er lauschte mit angehaltenem Atem. Zögernd schob er sich zwischen dem Solarskop und einer von Beenays Kameras hindurch und ging langsam, mit wiederstrebenden Schritten, zum Fenster.

Die Stille schien in tausend Stücke zu zerbersten, als er entsetzt aufschrie.

„Sheerin!"

Alle hörten wie auf Kommando sofort mit ihrer Arbeit auf. Der Psychologe stürzte ans Fenster. Auch Aton trat neben ihn. Sogar Yimot 70, der hoch oben in seinem kleinen Lehnstuhl auf Beobachtungsposten hinter dem gewaltigen Solarskop saß, wandte seine Augen von den Linsen und schaute nach unten.

Beta war nur mehr ein schwach glimmender Splitter. Der einst so leuchtende Ball blinzelte zum letzten Male verzweifelt durch das fast geschlossene Augenlid auf Lagash hinunter. Im Osten, wo die Stadt lag, verlor sich der Horizont in der Dunkelheit. Die Straße, die von Saro City zum Observatorium hinaufführte, war nur noch schwach als eine verschwommene rote Linie, eingesäumt von Wald, zu erkennen. Die Bäume schienen ihre Gestalt verloren zu haben; sie waren offensichtlich zu einer einzigen schattigen Masse verschmolzen.

Aber es war die Straße, die die Aufmerksamkeit der Männer an sich zog. Denn auf ihr wälzte sich eine andere, unendlich bedrohlichere, schattenhafte Masse heran.

„Die Wahnsinnigen aus der Stadt! Sie kommen!" schrie Aton mit sich überschlagender Stimme.
„Wie lange noch bis zur völligen Dunkelheit?" fragte Sheerin.
„Fünfzehn Minuten noch... aber sie werden in fünf Minuten hier sein."
„Nur ruhig Blut. Sagen Sie den Männern, sie sollen wieder an die Arbeit gehen. Wir werden sie aufhalten. Das Observatorium ist wie eine Festung gebaut. Aton, Sie behalten unseren jungen Kultisten im Auge, nur zur Sicherheit! Theremon, Sie kommen mit mir."
Sheerin rannte zur Tür hinaus, der Reporter dicht hinter ihm her. Vor ihnen lag die Wendeltreppe, die sich in engen Spiralen nach unten schlängelte, in die feuchtkalte, furchterregende Finsternis. In ihrem ersten Elan waren sie fünfzig Stufen hinuntergerannt, bis sie auf einmal merkten, daß das gelbe flackernde Licht, das aus der offenen Tür der Kuppel fiel, sie nicht mehr erreichte. Von oben und von unten gleichzeitig kam der grauschwarze Schatten wie ein alles verschlingendes Ungeheuer auf sie zu.
Sheerin blieb stehen. Seine feisten Finger krallten sich in seine Brust. Seine Augen traten aus ihren Höhlen hervor, und seine Stimme klang wie trockener Husten. „Ich kann... kaum noch atmen. Gehen ... Sie ... allein weiter. Sperren Sie alle Türen ab..."
Theremon ging noch ein paar Stufen weiter hinunter, dann drehte er sich um. „Warten Sie! Können Sie noch eine Minute aushalten?" Er selbst mußte jetzt nach Luft ringen. Wie dicke, klebrige Melasse floß die Luft in seine Lungen und wieder hinaus. Bei dem Gedanken, allein in das unheimliche Dunkel weitergehen zu müssen, quoll das Gefühl wilder Panik in ihm hoch.
Er, Theremon, fürchtete sich vor der Dunkelheit!
„Bleiben Sie hier stehen!" sagte er. „Ich bin in einer Sekunde wieder zurück." Er schoß die Treppe wieder hinauf, zwei Stufen auf einmal nehmend. Sein Herz klopfte ihm bis zum Hals — aber nicht nur von der Anstrengung. Er taumelte in die Kuppel und riß eine Fackel aus ihrem Halter. Sie stank entsetzlich, und der stechende Qualm trieb ihm Tränen in die Augen. Aber er drückte die Fackel an sich, als wollte er sie vor Freude küssen. Die Flamme

wehte wie ein Schweif hinter ihm her, als er die Stufen wieder hinabjagte.
Sheerin öffnete die Augen und gab ein Stöhnen von sich, als Theremon sich über ihn beugte. Theremon rüttelte ihn unsanft. „Alles in Ordnung. Reißen Sie sich sofort zusammen! Wir haben Licht!"
Er hielt die Fackel hoch über sich, faßte den zitternden Psychologen beim Arm, und gemeinsam gingen sie unter dem schützenden Lichtkreis der Fackel weiter nach unten.
Die Büroräume im Untergeschoß waren noch immer von den letzten matten Strahlen Betas erleuchtet, und Theremon spürte, wie die Panik langsam nachließ.
„Da wären wir", sagte er mit rauher Stimme und reichte Sheerin die Fackel. „Man kann sie schon hören."
Deutlich waren menschliche Stimmen zu vernehmen. Kurze Fetzen heiserer, wortloser Schreie drangen zu ihnen herein.
Aber Sheerin hatte recht; das Observatorium war wie eine Festung ausgebaut. Noch aus dem vorigen Jahrhundert stammend, als der neo-gavottische Architekturstil seinen geschmacklosen Höhepunkt erreicht hatte, war es eher unter dem Gesichtspunkt der Stabilität und Dauerhaftigkeit errichtet worden als für das Auge.
Die Fenster lagen geschützt hinter Gittern aus zolldicken Eisenstäben, die tief in die Betonwände eingelassen waren. Die Wände aus solidem Mauerwerk hätten sogar einem Erdbeben standgehalten, und das Haupttor bestand aus massivem Eichenholz, das man mit querliegenden Eisenbalken verstärkt hatten. Theremon schob die Riegel vor; sie glitten mit dumpfem Laut in ihre Schlitze.
Am anderen Ende des Gangs stieß Sheerin einen leisen Fluch aus. Er zeigte auf das Schloß der Hintertür; jemand hatte es mit einem Brecheisen fast völlig demoliert.
„Das kann nur Latimer gewesen sein", sagte Sheerin.
„Nun stehen Sie nicht hier herum!" drängte Theremon ungeduldig. „Helfen Sie mit lieber, die Tür mit Möbeln zu verbarrikadieren — und gehen Sie mit der verdammten Fackel von meinen Augen weg! Der Rauch bringt mich noch um."

Noch während er sprach, wuchtete er einen schweren Tisch aufrecht vor die Tür, und innerhalb von zwei Minuten hatte er eine Barrikade errichtet, die zwar weder schön noch symmetrisch war, diesen Mangel jedoch durch ihre schier unbeweglich scheinende Masse mehr als wettmachte.
Undeutlich drang, wie von irgendwo aus weiter Ferne kommend, das Geräusch nackter Fäuste, die gegen die Tür hämmerten, an ihr Ohr. Das Schreien und Rufen klang fast unwirklich.
Der Mob war von Saro City losgestürmt, besessen von zwei Empfindungen: Die erste war die verzweifelte Hoffnung, durch die Zerstörung des Observatoriums das Seelenheil erringen zu können, wie es die Kultisten ihnen in Aussicht gestellt hatten. Die zweite Empfindung war Furcht, entsetzliche, lähmende Furcht. Diese Furcht hatte ihre Gedanken so verwirrt, daß sie gar nicht daran gedacht hatten, Fahrzeuge oder Waffen mitzunehmen. Führungslos und ohne jegliche Organisation hatte sich der Haufen zu Fuß auf den Weg gemacht und versuchte nun, das Observatorium mit bloßen Fäusten anzugreifen.
Und während die Menschen in wahnsinniger Angst gegen die Türen hämmerten, blitzte der letzte matte Strahl von Beta noch einmal auf und tauchte die gespenstische Szenerie in rubinrotes Dämmerlicht. Die im Todeskampf liegende Beta beschien flakkernd und mit letzter Kraft eine Menschheit, die nur noch aus allumfassender Angst bestand!
„Gehen wir wieder in die Kuppel", stöhnte Theremon.
In der Kuppel war nur Yimot auf seinem Posten hinter dem Solarskop geblieben. Die anderen drängten sich um die Kameras herum, während Beenay mit heiserer, gepreßter Stimme seine Instruktionen gab. „Paßt jetzt alle genau auf! Ich knipse Beta unmittelbar, bevor sie völlig verdunkelt ist, und wechsle die Platten. Jeder von euch geht an seine Kamera. Ihr wißt alle Bescheid ... über ... die genauen Belichtungszeiten."
Atemloses Gemurmel der Zustimmung.
Beenay rieb sich mit der Hand über die Augen. „Brennen die Fackeln noch? Alles in Ordnung, ich sehe sie." Er lehnte sich schwer gegen die Rückenlehne seines Stuhles. „Und denkt dar-

an: Versucht nicht ... um ... um jeden Preis gute Schnappschüsse zu machen. V-vergeudet keine Zeit damit, z-zwei Sterne auf einmal ins Visier z-zu kriegen. Einer reicht. Und ... wenn ihr f-fühlt, daß euch die Sinne sch-schwinden, sofort weg von den Kameras!“

An der Tür flüsterte Sheerin: „Theremon, bringen Sie mich zu Aton! Ich sehe ihn nicht!“

Der Reporter antwortete nicht sofort. Die Umrisse der Männer waren zu vagen, verschwommenen Schatten zerronnen, die gespenstisch vor seinen Augen tanzten. Die Fackeln oben an der Wand waren nur noch winzige gelbe Punkte.

„Es ist so dunkel!“ wimmerte er.

Sheerin streckte die Arme aus. „Aton!“ Er taumelte vorwärts. „Aton!“

Theremon folgte ihm und faßte ihn beim Arm. „Warten Sie, ich führe Sie.“ Irgendwie gelang es ihm, sich durch den Raum vorzutasten. Er schloß die Augen, um die Dunkelheit abzuwehren, und bemühte sich, das langsam in ihm aufkeimende Chaos zu ersticken.

Niemand hörte die beiden Männer oder schenkte ihnen Beachtung. Sheerin stolperte gegen die Wand. „Aton!“

Der Psychologe spürte, wie eine zitternde Hand ihn befühlte und sich wieder zurückzog. Jemand murmelte: „Sind Sie es, Sheerin?“

„Aton!“ Sheerin bemühte sich, ruhig zu atmen. „Machen Sie sich keine Sorgen wegen des Mobs. Das Haus wird dem Ansturm standhalten.“

Latimer, der Kultist, erhob sich von seinem Platz. Sein Gesicht war zu einer Grimasse der Verzweiflung verzerrt. Er hatte sein Ehrenwort gegeben, und wenn er es brach, so bedeutete das, daß seine Seele in tödliche Gefahr geriet. Aber hatte man ihm sein Ehrenwort nicht unter Zwang abgepreßt? Nein, freiwillig hatte er es ihnen nicht gegeben. Bald würden die Sterne kommen. Nein, er durfte nicht tatenlos dastehen und zusehen ... Aber er hatte doch sein Wort gegeben.

Beenays Gesicht schimmerte dunkelrot auf, als er den Kopf hob und die letzten vergehenden Strahlen von Beta schaute. Latimer sah, wie er sich wieder über seine Kamera beugte, und traf seine Entscheidung im Bruchteil einer Sekunde. Seine Fingernägel gruben sich tief in die Handflächen, als er seinen Körper spannte. Wild taumelnd schoß er vorwärts. Er sah nur Schatten auf sich zufliegen und fühlte noch, wie der Boden unter seinen Füßen schwand. Im nächsten Augenblick war jemand über ihm; Finger krallten sich um seinen Hals. Er fiel.

Er zog das Knie an und bohrte es seinem Gegner hart in die Brust. „Lassen Sie mich los, oder ich bringe Sie um!"

Theremon schrie vor Schmerz auf und murmelte mit erstickter Stimme durch den Vorhang von Schmerz hindurch, der ihm fast die Sinne raubte: „Du dreckige, hinterlistige Ratte!"

Und dann stürzte alles gleichzeitig auf ihn ein. Er hörte Beenays heiseres Krächzen: „Ich hab's! Los, an eure Kameras!" Gleichzeitig drang ihm ins Bewußtsein, daß der letzte schwache Faden Sonnenlicht immer dünner wurde und plötzlich riß.

Er vernahm Beenays letztes keuchendes Würgen und einen seltsamen kleinen Schrei von Sheerin — ein hysterisches Kichern, das mit einem Gurgeln abbrach — und dann eine plötzliche Totenstille, die fremd und unheimlich von draußen hereinkroch.

Theremon lockerte seinen Griff. Der Körper des Kultisten hing schlaff in seinen Armen.

Er starrte Latimer an. In den glänzenden, weit aufgerissenen Augen des Kultisten spiegelten sich die trüben gelben Lichtpunkte der Fackeln. Er sah die Schaumblasen, die sich auf Latimers Lippen gebildet hatten, und hörte das leise, animalische Wimmern, das aus der Brust des Kultisten drang.

Wie gebannt von der Faszination der Angst, stützte er sich auf und ließ seinen Blick zögernd und bang zum Fenster wandern. Das Dunkelrot des Himmels war zu einem tiefen, undurchdringlichen Schwarz geronnen.

Durch das Fenster leuchteten die Sterne!

Und es waren nicht die etwa dreitausendsechshundert schwach funkelnden Sterne, die das menschliche Auge auf unserer Erde wahrnimmt. Lagash befand sich inmitten eines gigantischen Meeres. Dreißigtausend mächtige Sonnen sendeten ihren Glanz herab, der das Blut in den Adern gefrieren ließ. Dieses fürchterliche Licht war in seiner unerbittlichen Gleichgültigkeit hundertmal eisiger als der kalte Wind, der die in Todesfurcht erstarrte, unendlich leere Welt erschaudern ließ.

Theremon kam taumelnd auf die Füße. Sein Hals preßte sich zusammen. Er rang verzweifelt nach Luft. Alle Muskeln seines Körpers krampften sich vor Grauen zusammen. Schier unerträgliche Angst packte seinen zitternden Körper und schüttelte ihn. Er wurde wahnsinnig, und er wußte es, und irgendwo ganz tief in ihm schrie ein letzter Funke gesunden Menschenverstandes gepeinigt auf und focht verzweifelt und hoffnungslos gegen die heranrollende schwarze Flut aus Wahn und Entsetzen. Es war gräßlich, verrückt zu werden und es zu wissen — zu wissen, daß man in einer Minute nur noch als körperliche Hülle existieren würde, daß alles das, was das Menschsein ausmacht, ein für allemal gestorben sein würde, ertrunken in dieser schwarzen Flut. Denn dies war die schreckliche Dunkelheit — die Dunkelheit, die Kälte und der Untergang. Die hellen, leuchtenden Mauern des Universums waren offensichtlich zerborsten, und ihre grausamen schwarzen Trümmer fielen nun herab, um ihn zu zermalmen und auszulöschen.

Er stieß gegen jemand, der auf allen vieren kroch, und er stolperte. Er raffte sich wieder auf, griff mit beiden Händen nach seinem gepeinigten Hals und wankte auf die Fackeln zu. Ihre tanzenden gelben Flammen waren das einzige, was sein gemarterter Geist noch wahrzunehmen vermochte.

„Licht!" schrie er gellend.

Irgendwo in einer Ecke kauerte Aton und wimmerte wie ein zu Tode verängstigtes Kind. „Sterne ... all die Sterne ... das haben wir nicht gewußt ... wir haben gar nichts gewußt ... wir dachten, sechs Sterne sind das Universum ... wir wußten nichts ... bemerkten nicht die Sterne ... Finsternis ist für immer und ewig, und die Wände brechen ein, und wir wußten nichts ... wir konnten es nicht wissen, konnten es..."

Jemand griff nach einer Fackel; sie fiel herunter und erlosch. Der grauenhafte Glanz der Sterne sprang noch näher zu ihnen heran.

Am Horizont, dort, wo Saro City lag, erhob sich ein roter Schein, wurde heller und leuchtender. Es war nicht der Schein der Sonnen.
Wieder war die lange Nacht gekommen.

Robert A. Heinlein

Im Kreis

(By His Bootstraps)

Robert Anson Heinlein wurde 1907 in Butler, Missouri, geboren und wollte nach Schule und Marineakademie eigentlich Offizier werden, wurde aber wegen Untauglichkeit aus der Armee entlassen. Daher stieß er eher zufällig zur SF, denn durch Schreiben konnte er mit seiner angeknacksten Gesundheit — zuvor mußte auch ein Studium wegen Krankheit aufgegeben werden — am leichtesten Geld verdienen, und als langjährigem SF-Leser lag es für Heinlein am nächsten, SF zu schreiben.

Seine erste Story, ***„Life Line"****, erschien im August 1939 in* ***Astounding Science Fiction.*** *Ihr folgten vor allem in den vierziger Jahren eine große Anzahl Kurzgeschichten und Novellen, von denen viele seiner berühmt gewordenen „Geschichte der Zukunft" zuzuordnen sind, und später etwa 30 Romane. Diese Werke machten Heinlein zum bekanntesten SF-Autor überhaupt, sieht man einmal von den Klassikern Verne und Wells ab, und er dürfte diesen Ruf auch heute noch besitzen.*

Trotz seiner großen Popularität wurde er besonders in späteren Jahren zu einem äußerst umstrittenen Autor. Neben einem guten Dutzend erfolgreicher Jugendbücher, von denen eines als Vorlage für den 1950 entstandenen Film ***„Destination Moon"*** *diente, gab er sich in Romanen wie* ***„Starship Troopers"*** *(1959,* ***„Sternenkrieger"****),* ***„Farnham's Freehold"*** *(1964,* ***„Die Reise in die Zukunft"****) und* ***„The Moon is a Harsh Mistress"*** *(1966,* ***„Revolte auf Luna"****) militaristisch und mitunter gar rassistisch. Andere Bü-*

cher, wie das mit 7 Millionen Exemplaren aufgelegte **„Stranger in a Strange Land“** *(1961,* **„Ein Mann in einer fremden Welt“***) stimmten versöhnlicher.* **„Stranger in a Strange Land“** *wurde darüber hinaus zu einem Kultroman der amerikanischen Jugend. Heinleins neueste Romane lassen viel von den einstigen Stärken des Autors vermissen. Mit ihnen ist er zwar finanziell erfolgreicher denn je, dies kann aber nicht darüber hinwegtäuschen, daß seine besten Romane in den fünfziger und frühen sechziger Jahren geschrieben wurden, einer Zeit, in der er vier Hugos gewann. Aber auch diese Erfolge waren Früchte früherer Verdienste. Im* **„Astounding“** *der frühen vierziger Jahre war Heinlein der ungekrönte König. Er war der erste Autor, der die Zukunft überzeugend darzustellen vermochte, was er durch intelligent konstruierte Dialoge und nicht etwa durch langatmige Erklärungen und beschreibende Passagen bewerkstelligte. In den Jahren 1940—42 erschien fast jeden Monat eine neue Heinlein-Story (daher mußte er sich auch der Pseudonyme Anson MacDonald, Caleb Saunders, Lyle Monroe und John Riverside bedienen), und die meisten davon waren der zeitgenössischen Konkurrenz weit überlegen. Neben so wichtigen Stories wie* **„The Roads Must Roll“, „Universe“, „And He Built a Crooked House“** *ragt die unter Anson MacDonald erschienene Zeitparadoxon-Story* **„By His Bootstraps“** *heraus. Sie ist so ziemlich das Verrückteste, was bis dahin zum Thema Zeit zu Papier gebracht worden war. Sie ist für Heinlein nicht unbedingt typisch, obwohl er 15 Jahre später mit* **„All You Zombies“** *das Thema des Zeitparadoxons erneut aufgriff, aber sie zeigt auf überzeugende Weise die unbändige Experimentierfreudigkeit dieser Epoche. Danach gab es für andere Autoren zum gleichen Thema nur noch wenig zu sagen...*

Bob Wilson sah den Kreis nicht wachsen.
Er sah übrigens auch nicht den Fremden, der aus dem Kreis trat, stehenblieb und auf Wilsons Nacken starrte — schwer atmend, als kämpfe er mit ungewöhnlich heftigen, widerstreitenden Gefühlen.
Wilson hatte keinen Grund zu der Vermutung, daß sich außer ihm noch jemand anders in seinem Zimmer befinden könnte; er hatte sich eingeschlossen, um seine Examensarbeit ungestört und in einem Zuge zu vollenden. Ihm blieb keine andere Wahl — morgen war der letzte Tag zur Einreichung der Arbeit, und bis gestern hatte sie lediglich aus dem Titel bestanden: *Eine Untersuchung gewisser mathematischer Aspekte der Genauigkeit metaphysischen Denkens.*
Mit Hilfe von zweiundfünfzig Zigaretten und vier Kannen Kaffee hatte er in dreizehn Stunden ununterbrochener Arbeit siebentausend Worte zu diesem Titel hinzugefügt. Über den wissenschaftlichen Wert oder die Gültigkeit der in seiner Arbeit aufgestellten Thesen machte er sich im Augenblick nicht die geringsten Gedanken; dazu war er viel zu erschöpft. Er hatte nur den einen Wunsch, sie so schnell wie möglich hinter sich zu bringen, einzureichen, sich drei große Schlucke zu genehmigen und eine Woche lang zu schlafen.
Er hob den Kopf und ließ seinen Blick auf der Tür des Kleiderschrankes ruhen, hinter der er eine fast volle Flasche Gin verborgen hatte. Nein, ermahnte er sich selbst, noch einen Schluck, und du wirst überhaupt nicht mehr fertig, Bob, alter Junge.
Der Fremde hinter ihm schwieg.
Wilson tippte weiter: „...noch ist die Annahme wissenschaftlich vertretbar, daß ein denkbares Theorem notwendigerweise auch ein mögliches Theorem darstellt, selbst wenn man in einer mathematischen Ableitung diesen Lehrsatz exakt formulieren kann. Ein besonders umstrittener Fall ist der Begriff des *Reisens in die Zeit.* Zeitreisen mögen vorstellbar und ihre Voraussetzungen mögen auf die verschiedenste Weise theoretisch nachgewiesen worden sein — mit Formeln, die das Paradoxe jeder dieser Theorien deutlich machen, indem sie sich gegenseitig ausschließen.

Wir wissen jedoch bestimmte empirisch nachgewiesene Fakten über die Natur der Zeit, welche sogar die Möglichkeit dieser denkbaren Behauptung ausschließen. Zeit ist eine Funktion des Empfindens und nicht des Raumes. Sie ist kein *Ding an sich*. Folglich...'

Eine Type der Schreibmaschine blieb hängen, drei weitere verklemmten sich über ihr. Wilson fluchte verbissen und streckte die Hand aus, um die widerspenstige Hebelei zu entwirren.

„Bemüh dich nicht", hörte er eine Stimme sagen. „Was du da schreibst, ist sowieso nur eine Menge wertloses Geschwätz."

Wilson fuhr zusammen und setzte sich mit einem Ruck aufrecht. Langsam wandte er den Kopf. Er hoffte inbrünstig, daß jemand hinter ihm stände. Anderenfalls ...

Mit Erleichterung sah er den Fremden. „Gott sei Dank", meinte er. „Einen Augenblick lang dachte ich schon, ich wäre übergeschnappt." Doch während er sich ganz umdrehte, wandelte sich seine Erleichterung in Ärger. „Was, zum Teufel, machen Sie hier in meinem Zimmer?" verlangte er zu wissen. Er schob seinen Stuhl zurück, stand auf und ging zu der einzigen Tür hinüber. Sie war immer noch verschlossen und von innen verriegelt.

Die Fenster halfen ihm auch nicht, das Rätsel zu lösen; sie befanden sich rechts von seinem Schreibtisch und drei Stockwerke über einer belebten Straße. „*Wie* sind Sie hereingekommen?" fragte er.

„Da hindurch", antwortete der Fremde und deutete mit dem Daumen nach dem Kreis. Wilson bemerkte ihn jetzt erst, zwinkerte mit den Augen und sah noch einmal hin. Dort hing er, zwischen ihnen und der Wand, eine große, runde, durchsichtige Scheibe von der undefinierbaren Farbe, die man sieht, wenn man die Augen fest zusammenkneift.

Wilson schüttelte heftig seinen Kopf. Der Kreis blieb. ‚Himmel', dachte er, ‚ich hatte vorhin doch richtig vermutet. Ich möchte nur wissen, wann mein Verstand mit mir durchgegangen ist?' Er schritt auf die Scheibe zu und streckte die Hand aus, um sie zu befühlen.

„Halt!" rief der Fremde scharf.

„Und warum?“ fragte Wilson bissig, zog jedoch seine Hand zurück.
„Ich will’s dir erklären. Aber vorher wollen wir einen Schluck nehmen.“ Er ging geradewegs auf den Schrank zu, öffnete ihn und nahm, ohne hinzusehen, die Flasche Gin heraus.
„He!“ schrie Wilson. „Was erlauben Sie sich? Das ist *meine* Flasche!“
„*Deine* Flasche? ...“ Der Fremde hielt einen Moment lang inne. „Tut mir leid. Entschuldige. Du hast doch nichts dagegen, wenn ich einen Schluck nehme, nicht wahr?“
„Nicht unbedingt“, gestattete Bob Wilson in säuerlichem Ton. „Wenn Sie schon dabei sind, können Sie mir aber auch einen eingießen.“
„In Ordnung“, stimmte der Fremde zu, „und danach will ich’s dir erklären.“
„Versuchen Sie ja nicht, mir einen Bären aufzubinden“, sagte Wilson finster. Trotzdem trank er mit Genuß sein Glas aus. Prüfend musterte er den Fremden.
Vor ihm stand ein Mann von ungefähr seiner Größe und in annähernd dem gleichen Alter — vielleicht ein wenig älter, obwohl auch ein drei Tage alter Bartwuchs für diesen Eindruck verantwortlich sein konnte. Er hatte ein blau unterlaufenes Auge und eine frisch aufgeplatzte und bös angeschwollene Oberlippe. Wilson kam zu dem Schluß, daß er das Gesicht dieses Burschen nicht leiden mochte. Irgend etwas an seinem Gesicht kam ihm jedoch bekannt vor; er fühlte, daß er es eigentlich wiedererkennen mußte, daß er es schon viele Male bei den verschiedensten Gelegenheiten gesehen hatte.
„Wer sind Sie?“ fragte er plötzlich.
„Ich?“ fragte sein Gast zurück. „Erkennst du mich wirklich nicht?“
„Ich weiß es nicht genau“, gab Wilson zu. „Sind wir uns denn schon einmal begegnet?“
„Nun — nicht im eigentlichen Sinne des Wortes“, wich der andere aus. „Laß nur — du würdest es doch nicht verstehen.“
„Wie heißen Sie?“

„Wie ich heiße? Oh ... nenne mich einfach Joe."
Wilson stellte sein Glas hin. „O.K. — Joe. Wie du auch heißen magst, heraus mit deiner Erklärung, und ein bißchen rasch, wenn ich bitten darf!"
„Aber gern", stimmte Joe zu. „Das Dingsda, durch das ich gekommen bin" — dabei deutete er auf den Kreis — „ist ein Tor zur Zeit."
„Ein was?"
„Ein Tor zur Zeit. Die Zeit fließt in nebeneinanderliegenden Schichten an jeder Seite des Tores vorbei, nur durch ein paar tausend Jahre getrennt — wie viele tausend, kann ich nicht genau sagen. Aber während der nächsten zwei Stunden ist das Tor geöffnet. Du kannst in die Zukunft spazieren, indem du einfach durch diesen Kreis steigst." Der Fremde machte eine Pause.
Bob trommelte mit den Fingern auf den Schreibtisch. „Erzähl nur weiter. Ich höre zu. Es ist eine hübsche Geschichte."
„Du glaubst mir nicht, nicht wahr? Ich will's dir beweisen." Joe stand auf, ging wieder zum Kleiderschrank und nahm Bobs Hut heraus, seinen geliebten und einzigen Hut, den er während sechs Jahren studentischen Lebens zu seiner jetzigen verblichenen Pracht und Würde mißhandelt hatte. Joe schleuderte ihn mit einem kurzen Ruck auf die unbegreifliche Scheibe zu.
Der Hut traf die ‚Oberfläche', schoß ohne erkennbaren Widerstand hindurch und verschwand auf der anderen Seite.
Wilson stand auf, ging vorsichtig um die kreisrunde transparente Scheibe herum und betrachtete eingehend den nackten Fußboden.
„Ein feiner Trick", gestand er dem anderen zu. „Doch jetzt wäre ich dir dankbar, wenn du mir meinen Hut wiedergeben würdest."
Der Fremde schüttelte den Kopf. „Du kannst ihn dir selbst holen, wenn du hindurchschreitest."
„Wie?"
„Es stimmt schon. Hör zu..." Der Fremde wiederholte kurz seine Erklärung über das Tor zur Zeit. Wilson, so beteuerte er, habe hier eine Gelegenheit, die sich nur einmal in tausend Jahren ergäbe — er müsse sich nur sputen und durch jenen Kreis schrei-

ten. Und außerdem, wenn Joe es im Augenblick auch nicht in allen Einzelheiten erklären könne, sei es sehr wichtig, daß Wilson hindurchginge.
Bob Wilson schenkte sich ein zweites und danach noch ein drittes Glas ein. Er begann sich äußerst wohl und zum Diskutieren aufgelegt zu fühlen.
„Warum?" fragte er rundheraus.
Joe sah ihn gereizt an. „Verdammt nochmal, wenn du einmal hindurchgegangen bist, ist jede weitere Erklärung überflüssig. Aber wenn du darauf bestehst..." Joes Worten nach wartete auf der anderen Seite irgendein älterer Kerl, der Wilsons Hilfe brauchte. Mit Wilsons Hilfe würden sie drei das ganze Land beherrschen können. Die genaue Art dieser Hilfe konnte oder wollte Joe nicht definieren. Statt dessen verbreitete er sich über die einzigartigen Möglichkeiten für ein wirklich großes Abenteuer. „Bestimmt möchtest du dich nicht dein ganzes Leben lang damit abmühen, irgendwelchen Dummköpfen auf einem unbedeutenden kleinen College Weisheiten einzubläuen", drängte er ihn. „Das hier ist deine Chance! Du brauchst nur zuzupacken!"
Bob Wilson mußte sich eingestehen, daß ein Doktor der Philosophie und eine Berufung als Dozent ihm nicht als Idealbild seiner zukünftigen Existenz vorschwebte. Trotzdem war es immer noch besser, als für seinen Lebensunterhalt arbeiten zu müssen. Sein Blick fiel auf die Ginflasche, deren Flüssigkeitsspiegel sich bedenklich gesenkt hatte. Das erklärte eigentlich alles. Unsicher stand er auf.
„Nein, mein lieber Junge", stellte er fest; „ich werde nicht auf dein Karussell klettern. Weißt du auch, warum?"
„Nun, warum?"
„Weil ich betrunken bin, ganz einfach. Dich gibt's ja überhaupt nicht. Und *das* da auch nicht." Er deutete mit einer weit ausladenden Handbewegung auf den Kreis. „Außer mir ist hier überhaupt nichts und niemand, und ich bin betrunken. Hab' wohl zu hart gearbeitet", fügte er entschuldigend hinzu. „Ich geh' jetzt ins Bett."
„Du bist nicht betrunken."

„Ich *bin* betrunken. Frischers Fitz f-fischt fische Frische." Er schwankte auf sein Bett zu.
Joe packte seinen Arm. „Das kannst du nicht tun", sagte er.
„Laß ihn in Ruhe!"
Sie wirbelten beide herum. Vor ihnen, direkt vor dem Kreis, stand ein dritter Mann. Bob sah den Neuen an, sah wieder zu Joe zurück, zwinkerte mit den Augen und versuchte sich zu konzentrieren. Die zwei sehen sich verflixt ähnlich, dachte er, ähnlich genug, daß man sie für Brüder halten kann. Aber vielleicht sehe ich auch nur doppelt. Schlimmes Zeug, dieser Gin. Hätte schon längst zu Rum übergehen sollen. Köstliches Gesöff, Rum. Man konnte es genausogut trinken wie darin baden. Nein, das ist Gin — äh, ich meine Joe. — Wie dumm! Joe ist doch der mit dem blauen Auge. Wie konnte man sich nur so durcheinanderbringen lassen!
Aber wer ist dann dieser andere Kanake? Können zwei Freunde denn niemals in Ruhe ein Gläschen miteinander trinken, ohne daß andere Leute dazwischenplatzen?
„Wer sind Sie?" fragte er würdevoll.
Der Neue sah erst ihn und dann Joe an. „*Er* kennt mich", sagte er bedeutungsvoll.
Joe musterte ihn eingehend. „Ja", meinte er dann. „Ja, ich glaube, ich kenne dich. Aber was, zum Teufel, suchst du denn hier? Und warum versuchst du, den Plan auffliegen zu lassen?"
„Keine Zeit für langatmige Erklärungen. Ich weiß mehr darüber als du — das wirst du zugeben müssen — und folglich kann ich ihn auch besser beurteilen. Er geht nicht durch das Tor."
„Ich gebe überhaupt nichts dergleichen zu ..."
Das Läuten des Telephons unterbrach ihn. „Nimm den Hörer ab!" rief der Neue scharf.
Bob wollte erst gegen den befehlshaberischen Ton protestieren, ließ es dann aber doch. Er war nicht phlegmatisch genug, um ein läutendes Telephon zu ignorieren.
„Hallo?" rief er in die Muschel.
„Hallo", antwortete jemand, „ist dort Bob Wilson?"
„Ja. Wer spricht da?"

„Darüber mach dir nur keine Gedanken. Ich wollte nur sicherge-hen, daß du da bist. Ich *vermutete* es nämlich. Du befindet dich genau im richtigen Fahrwasser, mein Junge, genau im richtigen Fahrwasser."

Wilson hörte ein leises Lachen und dann ein Klicken, das die Verbindung unterbrach. „Hallo", rief er. „Hallo!" Er drückte ein paarmal auf die Gabel, legte dann aber den Hörer auf.

„Was war da los?" fragte Joe.

„Nichts. Irgendein Verrückter mit einem fehlgeleiteten Sinn für Humor." Das Telephon läutete wieder. „Da ist er nochmal", sagte Wilson und hob den Hörer ab. „Hör zu, du verkümmerter Gartenzwerg! Ich bin ein vielbeschäftigter Mann und *kein* telephonisches Auskunftsbüro!"

„Aber Bob!" erklang eine beleidigte weibliche Stimme.

„Wie? Oh, du bist's, Geneviève. Hör ... es tut mir leid. Ich möchte mich entschuldigen ..."

„Nun, das ist wohl auch das wenigste, was du tun kannst!"

„Das Ganze ist ein Mißverständnis, Liebling. Ein Kerl hat mich über das Telephon belästigt, und ich dachte, er sei es schon wieder. Du weißt doch, Baby, daß ich nicht so mit dir reden würde."

„Dazu hättest du wohl auch kaum einen Grund. Besonders nach alledem, was du heute nachmittag zu mir gesagt hast — was wir *danach* einander bedeuten."

„Wie bitte? Heute nachmittag? Sagtest du ‚heute nachmittag'?"

„Natürlich. Aber der Grund für meinen Anruf ist eigentlich: Du hast deinen Hut in meinem Apartment vergessen. Ein paar Minuten, nachdem du gegangen warst, sah ich ihn und dachte, ich müßte dich gleich mal anrufen und dir sagen, wo er ist. Auf jeden Fall", fügte sie schüchtern hinzu, „war es für mich ein guter Vorwand, deine Stimme wiederzuhören."

„Gewiß doch. Prächtig", sagte er mechanisch. „Weißt du, Liebling, ich bin im Augenblick etwas durcheinander. Hab' den ganzen Tag lang Ärger gehabt, und jetzt wird's noch schlimmer. Heut' abend komm' ich zu dir, dann reden wir noch mal darüber. Aber ich weiß genau, daß ich meinen Hut *nicht* in deinem Apartment gelassen habe —"

„Es *ist* dein Hut, Dummchen!"
„Wie bitte? Oh, gewiß doch! Jedenfalls komm' ich heut' abend zu dir. Wiedersehn." Er legte rasch den Hörer auf. Verflixt, dachte er, diese Frau wird noch ein Problem. Halluzinationen. Er wandte sich wieder seinen Besuchern zu.
„Also gut, Joe; ich bin bereit, mitzukommen, wenn du soweit bist." Er wußte nicht genau, wann oder warum er zu dem Entschluß gekommen war, durch dieses Zeitdingsda zu gehen, aber jetzt wollte er es. Was bildete sich dieser andere Tropf eigentlich ein, einem freien Mann seine Handlungen vorschreiben zu wollen?
„Fein!" sagte Joe, sichtlich erleichtert. „Du brauchst nur hindurchzugehen, das ist alles."
„Nein, das wirst du nicht tun!" Das war der lästige Fremde. Er trat zwischen Wilson und das Tor.
Bob Wilson pflanzte sich vor ihm auf. „Hör mal zu, Bursche! Du platzt hier so einfach herein, als ob ich da überhaupt kein Wörtchen mitzureden hätte! Wenn du was dagegen hast, spring meinetwegen ins Wasser — ich bin gerade in der richtigen Stimmung, dir dabei zu helfen! Hast zu noch was zu sagen?"
Der Fremde streckte den Arm aus und versuchte, ihn am Kragen zu packen. Wilson holte zu einem Schwinger aus, der aber weit danebenging. Selbst die Paketpost ist schneller. Der Fremde duckte den Hieb ab und ließ Bob einen Mundvoll Knöchel spüren — große, harte Knöchel. Joe warf sich rasch dazwischen, um Bob zu Hilfe zu kommen. Wie bei einer Wirtshausprügelei tauschten sie Hiebe aus, und Bob beteiligte sich enthusiastisch, wenn auch wirkungslos. Sein einziger Treffer landete bei Joe, der theoretisch sein Verbündeter war. Nun, beabsichtigt hatte er jedenfalls, den dritten Mann zu treffen.
Dieser *Fauxpas* verschaffte dem Fremden die Gelegenheit, eine saubere, gerade Rechte auf Wilsons Gesicht abzuschießen. Sie landete zwar etliche Zentimeter über seiner Kinnspitze, aber in Bobs benebelter Verfassung reichte sie völlig aus, den Schlußstrich unter seine weitere Teilnahme an der Veranstaltung zu ziehen.

Langsam kam Bob Wilson wieder zu sich und nahm seine Umgebung wahr. Er saß auf einem Fußboden, der ein wenig unter ihm zu schwanken schien. Jemand beugte sich über ihn.
„Geht's jetzt besser?“ fragte die Gestalt.
„Ich glaub' schon“, antwortete er mit belegter Stimme. Sein Mund schmerzte ihn; er fuhr sich mit der Hand darüber und zog sie blutverschmiert zurück. „Mein Kopf tut weh“, sagte er.
„Das kann ich mir denken. Sie sind ja auch Hals über Kopf hindurchgekommen. Ich glaube, Sie sind dabei ganz schön mit dem Kopf aufgeschlagen.“
Verschwommen kehrte Wilsons Erinnerung zurück. Er versuchte sich zu konzentrieren. Hindurchgekommen? Er musterte seinen Helfer genauer. Vor ihm stand ein Mann mittleren Alters mit grau durchzogenem, buschigen Haar und einem kurzen, sauber gestutzten Bart. Seine Kleidung definierte Wilson als einen purpurnen Hausanzug.
Aber der Raum, in dem er sich befand, machte ihm noch mehr Kopfzerbrechen. Er war kreisrund, und die Decke wölbte sich so sacht und übergangslos, daß sich die Höhe nur schwer schätzen ließ. Ein gleichmäßiges, blendfreies Licht aus einer nicht sichtbaren Quelle erfüllte den ganzen Raum. Es gab keine Möbel, und nur eine Art Katheder auf einem Podium in der Nähe der gegenüberliegenden Wand war zu sehen. „Hindurchgekommen? Wo hindurch?“
„Durch das Tor natürlich.“ Der Mann hatte einen merkwürdigen Akzent, den Wilson nicht genau bestimmen könnte; er meinte nur daraus schließen zu können, daß Englisch nicht seine Alltagssprache sei.
Wilson blickte über seine Schulter in die Richtung, wohin die Augen des anderen wiesen, und sah den Kreis.
Seine Kopfschmerzen wurden dadurch nur noch schlimmer. O Gott, dachte er, jetzt bin ich wirklich verrückt geworden. Warum wache ich bloß nicht auf? Er schüttelte den Kopf, damit er klar würde.
Das war ein Fehler. Seine Schädeldecke flog zwar nicht in die Luft — aber viel fehlte nicht daran. Und der Kreis blieb, wo er

war, ein einfacher, in der Luft hängender geometrischer Ort, dessen Fläche bis in unbestimmte Tiefe gehend mit den amorphen Farben und Figuren einer Traumlandschaft erfüllt zu sein schien.
„Bin ich da hindurchgekommen?“
„Ja.“
„Wo bin ich?“
„In der Torhalle des Regierungspalastes von Norkaal. Viel wichtiger aber ist, in welcher *Zeit* Sie sich befinden. Sie sind etwas mehr als dreißigtausend Jahre in die Zukunft gesprungen.“
Jetzt ist es erwiesen, daß ich verrückt bin, dachte Wilson. Er erhob sich unsicher und machte einen Schritt auf das Tor zu.
Der andere legte ihm eine Hand auf die Schulter. „Wohin wollen Sie?“
„Zurück!“
„Nicht so rasch. Sie können zurückgehen — darauf gebe ich Ihnen mein Wort. Aber lassen Sie mich zuerst Ihre Verletzungen behandeln. Und außerdem sollten Sie sich ausruhen. Ich muß Ihnen einiges erklären, und wenn Sie zurückgehen, könnten Sie einen kleinen Auftrag für mich erledigen — zu unserem beiderseitigen Vorteil. Eine große Zukunft wartet auf uns beide, mein Junge — eine große Zukunft!“
Wilson zögerte unentschlossen. Die Beharrlichkeit des älteren Mannes beunruhigte ihn ein wenig. „Mir gefällt das hier nicht.“
Der andere musterte ihn aufmerksam. „Vielleicht wollen Sie einen Schluck trinken, bevor Sie gehen?“
Wilson konnte sich nichts Besseres denken. Gerade im Augenblick wünschte er sich nichts sehnlicher auf Erden — oder in der Zeit? — als einen kräftigen Schluck. „O.K.“
„Kommen Sie mit.“ Der ältere Mann leitete ihn hinter das Podium an der gegenüberliegenden Wand und durch eine Tür, die in einen Korridor führte. Er ging rasch; Wilson mußte sich beeilen, mit ihm Schritt zu halten.
„Übrigens“, fragte er, während sie den langen Korridor hinunterschritten, „wie heißen Sie eigentlich?“
„Wie ich heiße? Nennen Sie mich einfach Diktor — alle anderen hier tun das auch.“

„O.K., Diktor. Wollen Sie meinen Namen wissen?"
„Ihren Namen?" Diktor lachte leise in sich hinein. „Ihren Namen kenne ich. Sie heißen Bob Wilson."
„Wie? Oh — wahrscheinlich hat Joe Ihnen das erzählt."
„Joe? Ich kenne niemanden dieses Namens."
„Wirklich nicht? Er schien Sie aber zu kennen. Sagen Sie mal — womöglich sind Sie gar nicht der Kerl, den ich hier treffen sollte?"
„Doch, der bin ich schon. Ich habe Sie — sozusagen — erwartet. Joe ... Joe — Oh!" Diktor lachte wieder leise in sich hinein. „Mir war die Sache nur einen Moment entfallen. Er hat zu ihnen gesagt, daß Sie ihn Joe nennen sollen, nicht wahr?"
„Heißt er denn nicht so?"
„Joe ist so gut wie jeder andere Name. Wir sind da." Er führte Wilson in einen kleinen, aber freundlichen Raum. Er enthielt keine Möbel, aber der Boden fühlte sich weich und warm unter seinen Füßen an wie lebendiges Fleisch. „Setzen Sie sich. Ich komme gleich wieder zurück."
Bob sah sich vergeblich nach einer Sitzgelegenheit um und wollte Diktor dann um einen Stuhl bitten. Aber Diktor war bereits gegangen — auch die Tür, durch die sie hereingekommen waren, konnte er nicht mehr entdecken. Bob setzte sich auf den bequemen Fußboden und bemühte sich, keine Unruhe aufkommen zu lassen.
Diktor kehrte rasch wieder. Wilson sah, wie die Wand sich teilte und ihn hindurchließ, kam aber nicht dahinter, auf welche Weise das geschah. Diktor trug eine Karaffe, in der es angenehm gurgelte, und ein Becherglas.
„Wohl bekomm's", sagte er herzlich und goß gut vier Fingerbreit ein. „Trinken Sie's aus."
Bob nahm vorsichtig den Becher. „Trinken Sie eigentlich nicht mit?"
„Gleich. Ich will nur erst Ihre Verletzungen behandeln."
„O.K." Wilson goß das erste Glas in beinahe unanständiger Hast hinunter — ein gutes Gesöff, dachte er, im Geschmack fast wie Scotch, nur etwas weicher und nicht so trocken —, während Dik-

tor ihn geschickt mit Salben behandelte, die zuerst schmerzten und dann linderten. „Darf ich noch einen Schluck zu trinken haben?“
„Bitte, bedienen Sie sich.“
Das zweite Glas trank Bob langsamer aus; das heißt, er wollte es austrinken, es entglitt aber schon vorher seinen Fingern, und ein rotbrauner Fleck breitete sich auf dem Fußboden aus, während er entspannt zurücksank. Er begann zu schnarchen.

Als Bob Wilson aufwachte, fühlte er sich frisch und vollkommen ausgeruht. Er war fröhlich, ohne recht zu wissen, warum. Gelöst und mit geschlossenen Augen blieb er noch eine Weile liegen und besann sich. Der Tag würde schön werden, das spürte er. O ja — er hatte diese dreimal verdammte Examensarbeit beendet. Nein, das stimmte auf keinen Fall! Erschrocken fuhr er hoch.
Der Anblick der sonderbaren Wände rings um ihn herum brachte seine Erinnerung wieder zurück. Aber bevor er Zeit hatte, sich Sorgen zu machen, öffnete sich schon diese geheimnisvolle Tür, und Diktor trat ein.
„Geht's Ihnen jetzt wieder gut?“
„Ja, danke. Sagen Sie, wie funktioniert das da?“
„Das erkläre ich Ihnen später. Wie wär's jetzt mit einem Frühstück?“
In Wilsons Wertskala rangierte Frückstück gleich hinter dem Leben und noch vor der Chance zur Unsterblichkeit. Diktor führte ihn in einen anderen Raum — den ersten mit Fenstern, den er seit seiner Aunkunft zu sehen bekam. Genauer gesagt, war der Raum halb offen, eine überdachte Terrasse, die hoch über einer grünen, parkähnlichen Landschaft hing. Eine linde, warme Sommerbrise wehte ihnen entgegen. Sie genossen ein ausgedehntes und schwelgerisches Frühstück im altrömischen Stil, während Diktor erklärte.
Wilson achtete nicht so genau auf seine Worte, wie er es eigentlich hätte tun müssen, denn seine Aufmerksamkeit wurde von den Dienerinnen gefangengenommen, die das Essen servierten. Die erste, die hereinkam, trug ein großes Tablett mit Früchten auf

dem Kopf. Die Früchte waren fantastisch — und das Mädchen auch. So forschend er sie auch betrachten mochte, er konnte nicht den geringsten Makel an ihr entdecken.
Selbst nach ihrer Kleidung forschte er vergebens.
Sie trat zuerst zu Diktor und fiel mit einer anmutig fließenden Bewegung auf ein Knie, hob das Tablett vom Kopf und hielt es ihm hin. Er nahm sich eine kleine rote Frucht und entließ sie mit einer Handbewegung. Danach bediente sie Bob in der gleichen, reizenden Art.
„Wie ich schon sagte", fuhr Diktor fort, „es ist nicht sicher, woher die Erhabenen gekommen sind und wohin sie verschwanden, als sie die Erde wieder verließen. Ich möchte annehmen, daß sie in die Zeit gegangen sind. Auf jeden Fall haben sie über zwanzigtausend Jahre lang regiert und die Kultur des Menschen, wie Sie sie kennen, völlig ausgetilgt. Für Sie und mich aber ist es wichtiger, welche Auswirkungen ihre Herrschaft auf Geist und Gemüt des Menschen hatte. Ein draufgängerisch veranlagter Mensch aus dem zwanzigsten Jahrhundert kann hier einfach alles erreichen, was er will. — Hören Sie nicht zu?"
„Wie? Oh, ja, gewiß doch. Donnerwetter, das Mädchen ist aber Klasse." Seine Augen ruhten immer noch auf dem Ausgang, durch den sie verschwunden war.
„Wer? Ach so, ja, da mögen Sie recht haben. Gemessen an den anderen Mädchen hierzulande ist sie allerdings nicht außergewöhnlich schön."
„Das ist kaum zu glauben. Ich könnte mir denken, daß ich ganz gut mit so einem Mädchen auskommen würde."
„Sie mögen Sie also gern? Nun gut, sie gehört Ihnen."
„Wie?"
„Sie ist eine Sklavin. Machen Sie kein so empörtes Gesicht. Die Menschen hier sind von Natur aus Sklaven. Wenn Sie die Kleine gern haben, schenke ich sie Ihnen. Sie wird sicherlich glücklich darüber sein." Das Mädchen war gerade zurückgekehrt. Diktor rief ein paar Worte in einer Bob unbekannten Sprache. „Ihr Name ist Arma", sagte er, zu Bob gewandt, und sprach dann kurz zu ihr.

Arma lächelte. Doch sofort glättete sich ihr Gesicht wieder, und sie trat zu Wilson, ließ sich auf beide Knie nieder, senkte den Kopf und hielt die Hände zu einer Schale geformt vor sich.
„Berühren Sie ihre Stirn", wies Diktor ihn an.
Bob tat es. Das Mädchen stand auf und blieb ruhig wartend an seiner Seite stehen. Diktor sprach zu ihr. Sie blickte überrascht, verließ aber die Terrasse. „Ich habe ihr gesagt, Sie wünschten, sie möchte uns, ungeachtet ihres neuen Standes, weiter beim Frühstück bedienen.
Während sie ihr Frühstück fortsetzten, nahm Diktor seine Erklärungen wieder auf. Der nächste Gang wurde von Arma und noch einem Mädchen hereingebracht. Als Bob dieses zweite Mädchen sah, entfuhr ihm unwillkürlich ein leiser Pfiff. Er erkannte, daß er sich ein wenig überstürzt von Diktor mit Arma hatte beschenken lassen. Entweder war die weibliche Schönheitsnorm unglaublich gestiegen, überlegte er, oder Diktor gab sich mit der Auswahl seines Personals sehr viel Mühe.
„... und aus diesem Grunde", erklärte Diktor, „müssen Sie unverzüglich wieder durch das Tor zur Zeit zurückgehen. Zunächst müssen Sie diesen anderen Burschen zurückbringen. Dann müssen Sie noch eine kleine Besorgung für uns erledigen, und wir zwei sind gemachte Leute. Wir brauchen uns diese Welt dann nur noch zu teilen. Und hier gibt es so viel zu teilen, daß selbst ich — Sie hören ja gar nicht zu!"
„Aber gewiß doch, Chef. Jedes einzelne Wort hab' ich verstanden." Er betastete sein Kinn. „Sagen Sie, können Sie mir einen Rasierapparat borgen? Ich würde mich gern rasieren."
Diktor fluchte unterdrückt in zwei Sprachen. „Nehmen Sie Ihre Augen von diesen Weibern und hören Sie mir zu! Wichtige Aufgaben warten auf uns."
„Gewiß, gewiß. Ich verstehe vollkommen — Sie können ganz auf mich rechnen. Wann fangen wir an?" Wilson hatte vor einer Weile einen Entschluß gefaßt — genau genommen, kurz nachdem Arma mit dem Früchtetablett eingetreten war. Ihm war, als sei er in einen überaus angenehmen Traum gestolpert. Wenn eine Zusammenarbeit mit Diktor bewirkte, daß dieser Traum fortdauerte

— er hatte nichts dagegen. Zum Teufel mit einer akademischen Laufbahn!
Schließlich verlangte Diktor nicht mehr von ihm, als an seinen Ausgangspunkt zurückzugehen und einen anderen Burschen zu überreden, mit durch das Zeittor zu kommen. Das Schlimmste, was ihm dabei zustoßen konnte, war, daß er sich unwiderruflich im zwanzigsten Jahrhundert wiederfand. Was konnte er dabei verlieren?
Diktor stand auf. „Wir wollen anfangen", sagte er kurz, „bevor Sie sich wieder ablenken lassen. Folgen Sie mir." Mit raschen Schritten ging er los, während Wilson ihm folgte.
Diktor führte ihn in die Torhalle, wo er stehenblieb.
„Sie brauchen jetzt weiter nichts zu tun", sagte er, „als durch das Tor zu treten. Sie werden sich in Ihrem Zimmer und in Ihrer Zeit wiederfinden. Überreden Sie den Mann, den Sie dort finden werden, durch das Tor zu gehen. Wir brauchen ihn dringend. Danach kommen Sie auch wieder zurück."
Bob hob eine Hand und preßte Daumen und Zeigefinder mit den Spitzen zusammen. „Das haben wir in der Tasche, Boß. Betrachten Sie's als erledigt." Er schickte sich an, durch das Tor zu schreiten.
„Warten Sie", kommandierte Diktor mit lauter Stimme. „Sie haben noch keinerlei Erfahrungen in Reisen durch die Zeit. Ich warne Sie — wenn Sie hindurch sind, werden Sie einen gewaltigen Schock bekommen. Dieser andere Bursche — nun, Sie werden ihn erkennen."
„Wer ist es?"
„Das werde ich Ihnen nicht sagen, weil Sie es doch nicht verstehen würden. Aber wenn Sie ihn gesehen haben, werden Sie Bescheid wissen. Denken Sie nur immer daran: Reisen durch die Zeit sind mit einigen sehr merkwürdigen paradoxen Erscheinungen verbunden. Lassen Sie sich durch nichts aus der Fassung bringen, was Sie auch sehen mögen. Tun Sie, was ich Ihnen sage, und es wird Ihnen nichts geschehen."
„Paradoxa machen mir keine Sorgen", entgegnete Bob zuversichtlich. „Ist das alles? Ich bin bereit."

„Einen Augenblick noch." Diktor trat hinter das Podium. Einen Augenblick später erschien sein Kopf seitlich des kathederartigen Aufbaus. „Ich habe das Tor einreguliert. O.K. Gehen Sie!"
Bob Wilson schritt durch den Kreis, der ihm mittlerweile hinlänglich als Tor zur Zeit bekannt war.
Der Durchgang selbst verursachte ihm keine außergewöhnlichen Empfindungen. Es war, als schritte man durch einen Vorhang in einen dunkleren Raum. Auf der anderen Seite blieb er einen Augenblick stehen, bis seine Augen sich an das schwächere Licht gewöhnt hatten. Wie er feststellen konnte, befand er sich tatsächlich in seinem eigenen Zimmer.
An seinem Schreibtisch saß, mit dem Rücken zu ihm, ein Mann. Soweit hatte Diktor recht gehabt. Dies war also demnach der Bursche, den er durch das Tor zurückschicken sollte. Diktor hatte gesagt, er würde ihn kennen. Nun, das würde sich ja gleich herausstellen.
Ein leichter Groll stieg in ihm hoch, als er jemand an *seinem* Tisch und in *seinem* Zimmer sah; doch dann besann er sich eines Besseren. Schließlich hatte er das Zimmer nur möbliert gemietet; nachdem er verschwunden war, hatte man es zweifellos wieder vermietet. Er besaß nicht die geringste Ahnung, wie lange er schon fort war — unter Umständen war es bereits Mitte nächster Woche — einerlei!
Der Kerl kam ihm tatsächlich entfernt bekannt vor, wenn er auch nur seinen Rücken sehen konnte. Wer war es? Sollte er ihn ansprechen, damit er sich umdrehte? Er spürte eine unbestimmte Abneigung dagegen, irgend etwas zu sagen, bevor er sein Gegenüber genau erkannt hatte. Sich selbst gegenüber begründete er diese Abneigung damit, daß er doch zumindest wissen müsse, mit wem er zu verhandeln habe, bevor er diesem Mann das so ungewöhnliche Ansinnen stellte, durch den Kreis zu gehen.
Der Mann am Tisch tippte weiter auf seiner Schreibmaschine, unterbrach sich, um einen Zigarettenstummel in den Aschenbecher zu werfen und ihn dann mit einem Briefbeschwerer auszudrükken. Bob Wilson kannte diese Geste!

Es rann ihm kalt den Rücken hinunter. Wenn er die nächste so anzündet, dachte er, wie ich es vermute ...
Der Mann am Schreibtisch zog langsam und behutsam eine neue Zigarette aus einer Packung, klopfte erst mit dem einen, dann mit dem anderen Ende gegen seinen linken Daumennagel, glättete und drückte das Papier an einer Seite zurecht und steckte sie in den Mund.
Wilson fühlte, wie ihm das Herz bis in den Hals hinauf schlug. *Dort am Schreibtisch, mit dem Rücken zu ihm, saß er selbst, Bob Wilson!*
Ihm wurde schwindlig. Er hielt sich an einer Stuhllehne fest und schloß die Augen. Ich wußte es doch, dachte er, die ganze Sache ist absurd. Ich bin verrückt. Ich muß einfach verrückt geworden sein. Sicher eine Art von Schizophrenie. Ich hätte nicht so hart arbeiten dürfen.
Das Geräusch des Tippens hob wieder an.
Er riß sich zusammen und überdachte die ganze Angelegenheit noch einmal. Diktor hatte ihn gewarnt, daß ihm ein Schock bevorstünde; ein Schock, der nicht im voraus erklärt werden konnte, weil man ihn nicht glauben konnte. Na schön, dachte er, nehmen wir also an, daß ich nicht verrückt bin. Wenn Reisen durch die Zeit überhaupt möglich sind, spricht auch nichts dagegen, daß ich nicht zurückkommen und mich selbst etwas tun sehen kann, was ich in der Vergangenheit getan habe. Wenn ich geistig normal bin, erlebe ich dies jetzt gerade.
Und wenn ich verrückt bin, überlegte er weiter, kann ich durch das, was ich tue, auch nicht das geringste ändern!
Und außerdem, fügte er in Gedanken hinzu, kann ich, wenn ich schon verrückt bin, vielleicht auch weiter verrückt bleiben und durch das Tor zurückgehen! Nein, das ist Blödsinn — aber alles andere doch auch? Ach was, zum Teufel mit diesen fruchtlosen Überlegungen!
Er schlich leise näher und schaute seinem Double verstohlen über die Schulter. ‚Die Zeit ist eine Funktion des Empfindens‘, las er, ‚und nicht des Raumes.

Das schlägt dem Faß den Boden aus, dachte er, ich bin genau wieder an meinem Ausgangspunkt angelangt und sehe mir selbst zu, wie ich meine Arbeit schreibe.
Die Typen hämmerten weiter auf das Papier. ‚Sie ist kein *Ding an sich.* Folglich ...‘ Eine Type blieb hängen, und drei weitere verklemmten sich über ihr. Sein Double am Schreibtisch stieß eine Verwünschung aus und hob die Hand, um die Typenhebel zu entwirren.
„Bemüh dich nicht“, entfuhr es Wilson in einem plötzlichen Impuls. „Was du da schreibt, ist sowieso nur eine Menge wertloses Geschwätz.“
Der andere Bob Wilson richtete sich mit einem Ruck auf und wandte dann langsam den Kopf. „Gott sei Dank“, sagte er erleichtert, „einen Augenblick lang dachte ich schon, ich wäre übergeschnappt.“ Doch dann verdüsterte sich sein Gesichtsausdruck. „Was, zum Teufel, machen Sie hier in meinem Zimmer?“ verlangte er zu wissen. Ohne eine Antwort abzuwarten stand er auf, ging rasch durch das Zimmer zur Tür und untersuchte das Schloß. „*Wie* sind Sie hier hereingekommen?“
Die Sache wird unangenehm, dachte Wilson.
„Da hindurch“, antwortete Wilson und deutete auf das Tor zur Zeit. Sein Double sah hin, zwinkerte mit den Augen, schüttelte den Kopf, ging dann vorsichtig darauf zu und streckte die Hand aus.
„Halt!“ schrie Wilson.
Der andere zog die Hand zurück. „Und warum?“ fragte er in scharfem Ton.
Warum er seinem zweiten Ich eigentlich verbieten mußte, das Tor zu berühren, war Wilson selbst nicht klar, er spürte jedoch ein unmißverständliches Gefühl drohenden Unheils, als er die Absicht des anderen erkannte. „Ich will’s dir erklären“, sagte er ausweichend. „Aber vorher wollen wir einen Schluck nehmen.“ Ein Schnaps war immer eine gute Idee. Und im Augenblick benötigte er dringender denn je einen kräftigen Schluck. Gewohnheitsmäßig ging er zu seinem üblichen Schnapsversteck im Kleiderschrank und nahm die Flasche heraus, die er dort zu finden erwartete.

„He!“ protestierte der andere. „Was erlauben Sie sich? Das ist *meine* Flasche!“

„*Deine* Flasche? ...“ Teufel auch! Es war *seine* Flasche. Nein, das stimmte nicht genau; es war — *ihre* Flasche. Ach, zum Kuckuck! Es war alles viel zu sehr durcheinander, um jetzt eine Erklärung zu versuchen. „Tut mir leid. Enschuldige. Du hast doch nichts dagegen, wenn ich einen Schluck nehme, nicht wahr?“

„Nicht unbedingt“, antwortete sein Doppelgänger mürrisch. „Wenn Sie schon dabei sind, können Sie mir aber auch einen eingießen.“

„In Ordnung“, stimmte Wilson zu, „und danach will ich's dir erklären.“ Solange er nicht einen Schluck getrunken hatte, würde es viel, viel zu schwer sein, irgend etwas zu erklären. Genau genommen konnte er es sich selbst nicht recht erklären.

„Versuchen Sie ja nicht, mir einen Bären aufzubinden“, warnte der andere Wilson und musterte ihn eingehend, während er sein Glas austrank.

Wilson beobachtete sein jüngeres Ich, das ihn verwirrt und mit nahezu ungerechtfertigter innerer Bewegung betrachtete. Konnte dieser Einfaltspinsel denn nicht einmal sein eigenes Gesicht erkennen, wenn es ihm begegnete? Wenn er nicht *sah,* wie die Lage war, wie, um alles in der Welt, sollte *er* es ihm dann erklären?

Ihm war entfallen, daß er sein Gesicht, zerschlagen und unrasiert, wohl selbst kaum wiedererkannt hätte. Was aber noch wichtiger war, er versäumte es, die Tatsache in Betracht zu ziehen, daß kein Mensch mit derselben geistigen Einstellung, mit der er sein eigenes Gesicht im Spiegel oder auf Bildern betrachtete, das Gesicht eines anderen sieht. Kein geistig normaler Mensch erwartet jemals, seinen Kopf auf einem anderen Körper wiederzusehen.

Wilson erkannte deutlich, daß sein Gegenüber von seinem Aussehen verblüfft war; aber er sah ebenso klar, daß der andere keine Ahnung von seiner Identität hatte.

„Wer sind Sie?“ fragte sein Double plötzlich.

„Ich?“ erwiderte Wilson. „Erkennst du mich wirklich nicht?“

„Ich weiß es nicht genau. Sind wir uns denn schon einmal begegnet?"
„Nun — nicht im eigentlichen Sinne des Wortes", wich Wilson aus. Wie sollte er seinem Gegenüber nur erklären, daß sie beide noch ein wenig näher miteinander verwandt waren als Zwillinge? „Laß nur — du würdest es doch nicht verstehen."
„Wie heißen Sie?"
„Wie ich heiße? Oh ..." Oh, oh! Verflixt und zugenäht! Diese Situation war geradezu lächerlich. Er öffnete den Mund und versuchte die Worte ‚Bob Wilson' zu formulieren, gab es aber wieder auf, weil er fühlte, daß dies völlig zwecklos gewesen wäre. Wie manch einer vor ihm fand er sich zu einer Lüge gezwungen, weil die Wahrhaft unglaubhaft geklungen hätte. „Nenne mich einfach Joe", fügte er lahm hinzu.
Bei seinem letzten Wort überlief es ihn siedendheiß — er erkannte plötzlich, daß er *wirklich* ‚Joe' war, derselbe Joe, dem er schon einmal begegnet war. Daß er in seinem Zimmer zu genau derselben Zeit gelandet war, als er an seiner Examensarbeit zu schreiben aufgehört hatte, war ihm bereits aufgegangen, aber er hatte bislang keine Zeit gehabt, die Sache völlig zu Ende zu denken. Als er sich jetzt aber Joe nennen hörte, traf ihn die Erkenntnis wie ein Schlag ins Gesicht: dies war nicht einfach eine ähnliche Szene, sondern *dieselbe* Szene, die er schon einmal erlebt hatte — nur sah er sie jetzt von einem anderen Blickpunkt aus.
Zumindest hielt er es für dieselbe Szene. War sie denn in irgendeiner Beziehung anders? Er konnte es nicht mit Sicherheit wissen, denn es war ihm unmöglich, sich Wort für Wort an die erste Unterhaltung zu erinnern.
Für eine vollständige Aufzeichnung der Szene, die nur in seiner Erinnerung vorhanden war, hätte er jetzt liebend gern fünfundzwanzig Dollar, plus Verkaufssteuer, gezahlt.
Halt — dachte er weiter —, ich befinde mich nicht unter Hypnose. Wenigstens das weiß ich ganz sicher. Alles, was ich tue und sage, ist das Ergebnis meines eigenen freien Willens. Wenn ich mich auch nicht an den genauen Wortlaut unserer Unterhaltung erinnern kann, so *weiß* ich doch, was *Joe* bestimmt nicht gesagt

hat; ‚Mary hat ein kleines Lamm' zum Beispiel. Ich werde jetzt einen Kinderreim zitieren und damit von dieser verdammten Tretmühle abspringen. Er öffnete seinen Mund ...
„O.K. — Joe. Wie du auch heißen magst, heraus mit deiner Erklärung, und ein bißchen rasch, wenn ich bitten darf!" bemerkte sein Gegenüber, indem er das Glas hinstellte, das bis vor kurzem noch einen Achtelliter Gin enthalten hatte.
Er öffnete wieder seinen Mund, um die Frage zu beantworten, schloß ihn jedoch sofort wieder. Ruhig, Junge, ruhig, sagte er zu sich selbst; du bist ein freier Mann. Du willst einen Kinderreim zitieren — also los, fang an. Antworte ihm nicht; fang an und und tu's — spreng diesen *Circulus vitiosus.*
Aber unter dem unfreundlichen, argwöhnischen Blick seines zweiten Ichs konnte er sich plötzlich an überhaupt keinen Kinderreim mehr erinnern. Sein Denkapparat war an einem toten Punkt angelangt. Er kapitulierte.
„Aber gern. Das Dingsda, durch das ich gekommen bin — ist ein Tor zur Zeit."
„Ein was?"
„Ein Tor zur Zeit. Die Zeit fließt in nebeneinanderliegenden Schichten an jeder Seite des Tores vorbei ..." Er fühlte, wie ihm während des Sprechens der Schweiß ausbrach; er war ziemlich sicher, daß er genau dieselben Worte benutzte, mit denen *ihm selbst* diese Erklärung schon einmal geboten worden war. „... in die Zukunft spazieren, indem du einfach durch diesen Kreis steigst." Er machte eine Pause und wischte sich die Stirn.
„Erzähl nur weiter", forderte der andere ihn unerbittlich auf. „Ich höre zu. Es ist eine hübsche Geschichte."
Bob begann sich plötzlich zu fragen, ob dieser andere Kerl *wirklich* er selbst sein konnte. Die dumme, arrogante und dogmatische Einstellung des Mannes machte ihn rasend. Na schön! Er würde es ihm schon zeigen! Er stand auf, ging zum Kleiderschrank hinüber, nahm seinen Hut heraus und warf ihn durch den Kreis.
Sein Gegenüber beobachtete mit ausdruckslosen Augen, wie der Hut sich scheinbar in der Luft auflöste, stand dann auf und

ging mit den vorsichtigen Schritten eines Mannes, der schon leicht beschwipst ist, es aber nicht zugeben will, langsam um das Tor herum.
„Ein feiner Trick“, applaudierte er, nachdem er sich vergewissert hatte, daß der Hut tatsächlich verschwunden war. „Doch jetzt wäre ich dir dankbar, wenn du mir meinen Hut wiedergeben würdest.“
Wilson schüttelte den Kopf. „Du kannst ihn dir selbst holen, wenn du hindurchschreitest“, antwortete er geistesabwesend. Er grübelte über das Problem nach, wie viele Hüte sich auf der anderen Seite des Tores befinden mochten.
„Wie?“
„Es stimmt schon. Hör zu ...“ Wilson tat sein Bestes, eine überzeugende Erklärung dafür zu finden, was er von seinem früheren Ich zu tun erwartete. Oder besser gesagt, es zu beschwatzen; denn Erklärungen im eigentlichen, wahren Sinne des Wortes kamen natürlich überhaupt nicht in Frage. Lieber hätte er versucht, einem australischen Wilden die Tensorkalkulation zu erklären, obwohl er dieses Gebiet der Mathematik selbst nicht beherrschte.
Der andere Mann war nicht im geringsten hilfsbereit. Er schien mehr an seinem Gin als an Wilsons unwahrscheinlichen Darlegungen interessiert zu sein.
„Warum?“ unterbrach er Wilson kampflustig.
„Verdammt nochmal“, entfuhr es Wilson, „Wenn du einmal hindurchgegangen bist, ist jede weitere Erklärung überflüssig. Aber wenn du darauf bestehst ...“ Er fuhr mit einer kurzen Zusammenfassung von Diktors Angeboten fort. Dabei erkannte er gereizt, daß Diktor mit *seinen* Erklärungen äußerst sparsam gewesen war. Er sah sich gezwungen, nur die annähernd verständlichen und logischen Argumente anzuführen und im übrigen an das Gefühl zu appellieren. Hier befand er sich auf unsicherem Boden — niemand wußte besser als er selbst, wie sehr Bob Wilson den Gedanken an die Sklaverei und an die stickige Atmosphäre einer akademischen Laufbahn satt hatte. „Bestimmt möchtest du dich nicht dein ganzes Laben lang damit abmühen,

irgendwelchen Dummköpfen auf einem unbedeutenden kleinen College Weisheiten einzubläuen", schloß er. „Das hier ist deine Chance! Du brauchst nur zuzupacken!"

Wilson beobachtete seinen Gefährten ängstlich und glaubte schon, eine günstige Reaktion erkennen zu können. Der andere schien tatsächlich Interesse an der Sache bekommen zu haben. Doch dann setzte er vorsichtig sein Glas hin, starrte die Ginflasche an und stand schließlich auf.

„Nein, mein lieber Junge", erwiderte er; „ich werde nicht auf dein Karussell klettern. Weißt du auch, warum?"

„Weil ich betrunken bin, ganz einfach. Dich gibt's ja überhaupt nicht. Und *das* da auch nicht." Er deutete schwankend auf das Tor, fiel beinahe hin, konnte sich jedoch mit einiger Anstrengung aufrechthalten. „Außer mir ist hier überhaupt nichts und niemand, und ich bin betrunken. Hab' wohl zu hart gearbeitet", fügte er murmelnd hinzu. „Ich geh' jetzt ins Bett."

„Du bist nicht betrunken", protestierte Wilson hoffnungslos. Verflixt und zugenäht, dachte er, wenn einer keinen Schnaps verträgt, sollte er gefälligst nicht so viel trinken.

„Ich bin betrunken. Frischers Fitz f-fischt fische Frische." Er schwankte auf sein Bett zu.

Wilson packte seinen Arm. „Das kannst du nicht tun", sagte er.

„Laß ihn in Ruhe!"

Wilson wirbelte herum, sah einen dritten Mann vor dem Tor stehen — und erkannte ihn entsetzt. Seine Erinnerung an die Reihenfolge der Ereignisse war nicht allzu klar, da er bei dem ersten Erleben dieses außergewöhnlich geschäftigen Nachmittags ein wenig betrunken — nahezu voll, mußte er sich eingestehen — gewesen war. Trotzdem hätte er auf die Ankunft eines dritten Mannes vorbereitet gewesen sein müssen, wenn ihm seine Erinnerung auch nicht mit Angaben über seine Identität dienlich sein konnte.

Er erkannte sich selbst — einen weiteren Gipsabguß.

Einen Augenblick blieb er völlig stumm und versuchte, diesen neuen Faktor abzugrenzen und in eine vernünftige Gleichung einzufügen. Hilflos schloß er die Augen. Es war ein wenig zuviel.

Im Moment wünschte er dringend, mit Diktor ein paar offene Worte zu reden.
„Wer sind Sie?“ Er öffnete die Augen und stellte fest, daß sein anderes Ich, das betrunkene, seiner letzten Ausgabe diese Frage vorlegte. Der Neue wandte sich zur Seite und warf Wilson einen scharfen Blick zu.
„*Er* kennt mich“, sagte er bedeutungsvoll.
Wilson ließ sich mit der Antwort Zeit. Die Angelegenheit drohte seiner Kontrolle zu entgleiten. „Ja“, gab er zu, „ja, ich glaube, ich kenne dich. Aber was, zum Teufel suchst du denn hier? Und warum versuchst du, den Plan auffliegen zu lassen?“
Sein Faksimile sah ihn an. „Keine Zeit für langatmige Erklärungen. Ich weiß mehr darüber als du — das wirst du zugeben müssen — und folglich kann ich ihn auch besser beurteilen. Er geht nicht durch das Tor!“
Die offensichtliche Arroganz des anderen brachte Wilson gegen ihn auf. „Ich gebe überhaupt nichts dergleichen zu ...“ begann er.
Das Läuten des Telephons unterbrach ihn. „Nimm den Hörer ab!“ rief Nummer Drei scharf.
Die beschwipste Nummer Zwei blickte ihn streitlustig an, nahm aber den Hörer ab. „Hallo ... Ja. Wer spricht da? ... Hallo. Hallo!“ Er tippte ein paarmal auf die Gabel und schmiß dann den Hörer darauf.
„Was war da los?“ fragte Wilson verärgert, weil er den Anruf nicht selbst hatte beantworten können.
„Nichts. Irgendein Verrückter mit einem fehlgeleiteten Sinn für Humor.“ In diesem Augenblick läutete das Telephon wieder. „Da ist er nochmal!“
Wilson versuchte den Hörer abzunehmen, aber sein alkoholisierter Widerpart war schneller und schob ihn beiseite.
„Hör zu, du verkümmerter Gartenzwerg! Ich bin ein vielbeschäftiger Mann und *kein* telephonisches Auskunftsbüro! ... Wie? Oh, du bist's Geneviève. Hör — es tut mir leid. Ich möchte mich entschuldigen ... Das Ganze ist ein Mißverständnis, Liebling. Ein Kerl hat mich über das Telephon belästigt, und ich dachte, er sei

es schon wieder. Du weißt doch, daß ich nicht so mit dir reden würde, Baby ... Wie bitte? Heute nachmittag? Sagtest du *heute* nachmittag? ... Gewiß doch. Prächtig. Weißt du, Liebling, ich bin im Augenblick etwas durcheinander. Hab' den ganzen Tag lang Ärger gehabt, und jetzt wird's noch schlimmer. Heut' abend komm' ich zu dir, dann reden wir nochmal darüber. Aber ich weiß genau, daß ich meinen Hut *nicht* in deinem Apartment gelassen habe ... Wie bitte? Oh, gewiß doch! Jedenfalls komm' ich heut' abend zu dir. Wiedersehn."

Wilson wurde fast übel, als er sein früheres Ich so schmeichlerisch auf die Forderungen dieses an sich so hartnäckig an ihm hängenden Frauenzimmers eingehen hörte. Warum legte er nicht ganz einfach den Hörer auf? Der Gegensatz zu Arma war geradezu überwältigend — der Gedanke an sie machte ihn entschlossener denn je, seinen Plan durchzuführen, wenn seine letzte Ausgabe ihn auch warnte.

Nachdem sein früheres Ich den Telephonhörer aufgelegt hatte, wandte es sich ihm zu, entschieden die Anwesenheit des dritten Mannes ignorierend: „Also gut, Joe; ich bin bereit, mitzukommen, wenn du soweit bist."

„Fein!" stimmte Wilson erleichtert zu. „Du brauchst nur hindurchzugehen, das ist alles."

„Nein, das wirst du nicht tun!" Nummer Drei versperrte den Weg.

Wilson wollte Einspruch erheben, aber ein unberechenbares erstes Ich kam ihm zuvor: „Hör mal zu, Bursche! Du platzt hier so einfach herein, als ob ich da überhaupt kein Wörtchen mitzureden hätte! Wenn du was dagegen hast, spring meinetwegen ins Wasser — ich bin gerade in der richtigen Stimmung, dir dabei zu helfen! Hast du noch was zu sagen?"

Fast ohne jeden Übergang begannen sie sich zu prügeln. Wilson beteiligte sich vorsichtig und spähte nach einer Gelegenheit aus, Nummer Drei mit einem entscheidenden Schlag außer Gefecht zu setzen.

Er versäumte dabei jedoch, seinen betrunkenen Verbündeten im Auge zu behalten. Ein unkontrollierter Schwinger aus dessen Richtung prallte an seinem bereits schwer mitgenommenen Gesicht ab und bereitete ihm unerträgliche Schmerzen. Seine Oberlippe, aufgesprungen und empfindlich von seinem ersten Gefecht, bekam das meiste ab. Er krümmte sich und sprang zurück. Wie durch einen Nebelvorhang drang ein Laut in sein Bewußtsein, ein dumpfes Klatschen. Mühsam konzentrierte er sich und sah gerade noch die Füße eines Mannes durch das Tor verschwinden. Nummer Drei stand davor. „Jetzt hast du's geschafft!" sagte er bitter zu Wilson, während er die Knöchel seiner linken Hand massierte.

Diese offensichtlich unfaire Anschuldigung kam bei Wilson gerade im unrechten Moment an. Sein Gesicht kam ihm wie das Experimentierfeld eines Sadisten vor. „Ich?" erwiderte er ärgerlich. „*Du* hast ihn da hindurchbefördert. Ich habe ihn überhaupt nicht angerührt."

„Ja, aber es ist deine Schuld. Wenn du dich nicht eingemischt hättest, wäre das nicht passiert."

„*Ich* mich eingemischt? Du unverschämter Heuchler — *du* bist doch hier hereingeplatzt und hast dich in unsere Angelegenheit gemischt. Dabei fällt mir ein — du schuldest mir noch Aufklärung für dieses unerhörte Benehmen. Was hast du dir eigentlich gedacht —"

Sein Gegenüber unterbrach ihn. „Laß das jetzt!" sagte er finster. „Es ist doch zu spät. Er ist durch."

„Zu spät wozu?" wollte Wilson wissen.

„Zu spät, um diesen Lauf der Ereignisse aufzuhalten."

„Und warum sollten wir das?"

„Weil", antwortete Nummer Drei bitter, „Diktor mich — das heißt *dich* ... oder besser gesagt, *uns* — ganz erbärmlich hinters Licht geführt hat. Er hat dir doch versprochen, dich dort drüben" — er deutete auf das Tor — „zu einem hohen Tier zu machen, nicht wahr?"

„Ja", gab Wilson zu.

„Nun, das ist alles ganz großer Blödsinn und einfach falsch. Er will uns offensichtlich mit diesem Apparat nur so unentwirrbar in die Zeit verwickeln, daß wir niemals mehr richtig herausfinden können."

Wilson spürte plötzlich einen leisen, nagenden Zweifel. Das *konnte* wahr sein. Bestimmt lag nicht viel Sinn in den bisherigen Ereignissen. Und schließlich: warum sollte Diktor seine Hilfe brauchen, sie so nötig brauchen, daß er mit ihm Halbe-Halbe machen wollte? Das war offensichtlich ein wunder Punkt in seinen verschwommenen Darlegungen.
„Woher willst du das wissen?“ fragte er.
„Wozu sollen wir das jetzt erörtern?“ entgegnete der andere ungeduldig. „Warum nimmst du nicht einfach mein Wort dafür zum Pfand?“
„Warum sollte ich das?“
Sein Gefährte sah ihn mit einem Blick erbitterter Verzweiflung an. „Wenn du mir nicht glaubst, wem willst du dann glauben?“
Die unentrinnbare Logik dieser Frage ärgerte Wilson gewaltig. Er hatte sowieso eine Antipathie gegen dieses unerwünschte Duplikat seiner selbst, und daß es ihm dann auch noch zumutete, sich blindlings seiner Führung anzuvertrauen, reizte ihn noch mehr. „Ich bin aus Missouri“, erwiderte er. „Ich muß mich selbst überzeugen.“ Damit schritt er auf das Tor zu.
„Wo willst du hin?“
„Durch! Ich gehe jetzt zu Diktor und werde ein Hühnchen mit ihm rupfen!“
„Bleib!“ warnte ihn der andere. „Vielleicht können wir diesen Kreislauf auch jetzt noch aufhalten.“ Wilson sah ihn nur verstockt an. Sein Gegenüber seufzte. „Also geh, meinetwegen“, gab er nach. „Schließlich ist es deine eigene Beerdigung. Ich wasche meine Hände in Unschuld.“
Wilson, der bereits im Begriff war, durch das Tor zu steigen, zögerte einen Augenblick. „Wirklich? Hm-m-m — wie kann es aber *meine* Beerdigung sein, wenn es nicht zugleich *deine* ist?“
Der andere sah ihn verständnislos an, plötzlich aber zuckte ein aus Verstehen und Besorgnis gemischter Ausdruck über sein Gesicht. Das war das letzte, was Wilson von ihm sah, bevor er durch das Tor schritt.
In der Torhalle befand sich niemand, als Wilson von der anderen Seite her eintrat. Er sah sich nach seinem Hut um, konnte ihn

aber nicht entdecken, und ging dann hinter die erhöhte Plattform, um den Ausgang zu suchen, an den er sich erinnerte. Fast wäre er dabei mit Diktor zusammengestoßen.
„Ah, da sind Sie ja!“ begrüßte der ältere Mann ihn.
„Fein, fein! Jetzt ist nur noch eine ganze Kleinigkeit zu erledigen, dann haben wir alles ins rechte Lot gebracht. Ich bin sehr zufrieden mit Ihnen, Bob, wirklich, sehr zufrieden.“
„So. sind Sie das, wie?“ fuhr Bob ihn wütend an. „Es ist nur ein Jammer, daß ich nicht dasselbe über Sie sagen kann! Ich bin nicht im geringsten zufrieden. Was haben Sie sich eigentlich dabei gedacht, mich in diesen ... diesen wahnsinnigen Kreislauf zu schicken, ohne mich zu warnen? Was bedeutet dieser ganze Unsinn? Warum haben Sie mir nichts davon gesagt?“
„Sachte, sachte“, entgegnete der andere, „regen Sie sich nicht auf. Seien Sie ehrlich — wenn ich Ihnen erzählt hätte, daß Sie nach Ihrer Rückkehr sich selbst von Angesicht zu Angesicht gegenüberstehen würden, hätten Sie mir das geglaubt? Raus mit der Sprache, aber ohne Ausflüchte!“
Wilson mußte zugeben, daß er das nicht geglaubt haben würde.
„Na also“, fuhr Diktor achselzuckend fort; „hätte es dann irgendeinen Zweck gehabt, Ihnen mehr zu erzählen? Sie hätten mir nicht geglaubt; mit anderen Worten, Sie hätten sich auf falsche Voraussetzungen verlassen. Ist es nicht besser, unwissend zu sein, als etwas Verkehrtes zu glauben?“
„Das mag sein, aber ...“
„Halt! Ich habe Sie nicht absichtlich getäuscht. Ich habe Sie überhaupt nicht getäuscht. Wenn ich Ihnen jedoch die volle Wahrheit erzählt hätte, wären Sie getäuscht worden, weil Sie die Wahrheit zurückgewiesen hätten. Es war besser für Sie, die Wahrheit mit eigenen Augen zu erfahren. Anderenfalls ...“
„Einen Augenblick! Einen Augenblick!“ unterbrach Wilson ihn. „Sie bringen mich völlig durcheinander. Ich will Vergangenes gern vergangen sein lassen, wenn Sie jetzt aufrichtig mit mir sind. Warum haben Sie mich überhaupt zurückgeschickt?“
„Vergangenes vergangen sein lassen“, wiederholte Diktor. „Ach, wenn wir das nur könnten! Aber wir können es nicht. Darum ha-

be ich Sie ja zurückgeschickt — damit Sie überhaupt erst einmal durch das Tor kommen sollten."
„Wie bitte? Einen Augenblick — ich *war* doch bereits durch das Tor gekommen."
Diktor schüttelte den Kopf. „Waren Sie? Überlegen Sie einen Moment. Als Sie in Ihre eigene Zeit und in Ihr Zimmer zurückkamen, fanden Sie doch dort Ihr früheres Ich, nicht wahr?"
„Hmmmm — ja."
„*Er* — Ihr früheres Ich — war noch nicht durch das Tor gegangen, nicht wahr?"
„Nein. Ich ..."
„Wie konnten Sie also schon durch das Tor *gekommen sein,* wenn Sie ihn nicht überredeten, durch das Tor *zu gehen?*"
In Bobs Kopf begann es sich zu drehen. Er begann sich zu fragen, wer hier wem was einbrockte und wer zum Schluß die Suppe auszulöffeln hatte. „Aber das ist unmöglich! Sie wollen mir weismachen, daß ich etwas getan habe, weil ich im Begriff war, dieses zu tun."
„Und, haben Sie's nicht getan? Sie waren doch dort."
„Nein, ich habe — nein ... nun gut, vielleicht habe ich das getan, aber ich hatte nicht das *Gefühl*, es zu tun."
„Warum sollten Sie auch? Es war für Sie ein *völlig neues* Erlebnis."
„Aber ... aber ..." Wilson holte tief Luft und konzentrierte sich. Dann kramte er in seinen akademischen philosophischen Grundbegriffen und brachte es fertig, seinen Gedankengang zu formulieren: „Das widerspricht jeder vernunftmäßigen Auslegung des Kausalprinzips. Sie können mich nicht glauben machen, daß Ursache und Wirkung einen geschlossenen Kreislauf darstellen. Ich soll durch das Tor gegangen sein, weil ich von dem Durchgang, mich selbst zum Hindurchgehen zu überreden, zurückgekommen bin! Das ist Unfug."
„Na und, haben Sie's nicht getan?"
Darauf hatte Wilson keine Antwort parat. Diktor fuhr fort: „Machen Sie sich deswegen keine Sorgen mehr. Das Kausalprinzip, an das Sie gewöhnt sind, besitzt weiterhin Gültigkeit auf dem ihm

zugehörenden Gebiet, aber es ist einfach ein Sonderfall, der dem Allgemeinbegriff untergeordnet ist. *Ein Kausalzusammenhang in räumlicher Hinsicht braucht nicht zu bestehen und ist auch nicht durch den Zeitbegriff des Menschen bedingt.*"

Wilson dachte einen Augenblick darüber nach. Es hörte sich hübsch an, war ihm aber ein wenig zu glatt. „Nur noch eine Sekunde", sagte er. „Wie steht es mit der Entropie? Um die Entropie können Sie nicht herumkommen."

„Oh, um Himmels willen", protestierte Diktor, „hören Sie jetzt bitte auf! Sie erinnern mich an die Mathematiker, die bewiesen haben, daß Fluzeuge nicht fliegen können." Er drehte sich um und schritt durch die Tür. „Kommen Sie. Wir müssen uns an die Arbeit machen."

Wilson eilte ihm nach. „Verdammt nochmal, so können Sie nicht mit mir umspringen! Was ist mit den beiden anderen geschehen?"

„Welchen beiden anderen?"

„Mit meinen zwei anderen Ichs. Wo sind sie? Wie werde ich mich jemals wieder entwirren können?"

„Sie sind mit niemandem verstrickt. Sie fühlen sich doch auch nur als *eine* Person, nicht wahr?"

„Ja, aber ..."

„Dann brauchen Sie sich auch keine Sorgen zu machen."

„Aber ich muß mir darüber Sorgen machen. Was ist mit dem Burschen geschehen, der kurz vor mir durch das Tor gekommen ist?"

„Sie erinnern sich doch, nicht wahr? Aber bitte ..."

Diktor eilte weiter voran, führte ihn einen Korridor hinunter und ließ eine Tür sich öffnen. „Werfen Sie einen Blick hinein", wies er ihn an.

Wilson tat es. Er sah in einen kleinen, fensterlosen und unmöblierten Raum, einen Raum, den er kannte. Auf dem Fußboden ausgestreckt lag schnarchend seine Erstausgabe.

„Als Sie zum ersten Mal durch das Tor kamen", erklärte Diktor, der neben ihn getreten war, „brachte ich Sie hier herein, behandelte Ihre Verletzungen und gab Ihnen etwas zu trinken. Das Ge-

tränk enthielt ein Narkotikum, das Ihnen ungefähr sechsunddreißig Stunden Schlaf verschaffen wird, den Sie dringend benötigen. Wenn Sie aufwachen, werde ich mit Ihnen frühstücken und Ihnen erklären, was getan werden muß."
Wilsons Kopf begann wieder zu schmerzen. „Reden Sie nicht so", bat. „Sprechen Sie nicht von diesem Menschen da, als ob ich es wäre. *Hier* stehe ich, hier neben Ihnen."
„Wie Sie wollen", sagte Diktor. „Das dort ist jedenfalls der Mann, der Sie *waren.* Sie erinnern sich doch an die Dinge, die er erleben wird, nicht wahr?"
„Ja, aber mir wird schwindlig dabei. Bitte, schließen Sie die Tür."
„O.K.", sagte Diktor und kam seiner Bitte nach. „Wir müssen uns sowieso beeilen. Wenn eine Reihenfolge wie diese erst einmal aufgestellt ist, darf man keine Zeit mehr verlieren. Kommen Sie."
Er führte ihn denselben Weg zurück zur Torhalle.
„Ich möchte, daß Sie in das zwanzigste Jahrhundert zurückkehren und verschiedene Dinge für uns beschaffen; Dinge, die sich auf dieser Seite nicht beschaffen lassen, die uns aber für die, äh, Entwicklung — ja, das ist das richtige Wort —, für die Entwicklung dieses Landes sehr nützlich sein werden."
„Was sind das für Dinge?"
„Eine ganze Anzahl verschiedener Gegenstände. Ich habe eine Liste für Sie zusammengestellt — bestimmte Nachschlagwerke, bestimmte Gebrauchsgegenstände. Entschuldigen Sie mich bitte. Ich muß das Tor richtig einstellen." Er stieg von hinten auf die Plattform. Wilson folgte ihm und stellte fest, daß die Kanzel die Form einer großen, oben und hinten offenen Telephonzelle besaß und einen leicht ansteigenden Fußboden hatte. Das Tor konnte man sehen, indem man über die hohen Seitenwände blickte.
Die Kontrolleinrichtung war einzigartig.
Vier farbige Kugeln in der Größe von Glasmurmeln hingen an Kristallstäben, die zueinander wie die vier Hauptachsen eines Tetraeders angeordnet waren. Die drei Kugeln an des Basis des Tetraeders waren rot, gelb und blau; die vierte an der Spitze war weiß.
„Drei Raumkontrollen, eine Zeitkontrolle", erklärte Diktor. „Es ist

ganz einfach. Das Hier-und-Jetzt ist der Nullpunkt; wenn man nun eine Kugel vom Mittelpunkt fortbewegt, verschiebt sich auch das andere Ende des Tores entsprechend: vor oder zurück, nach links oder rechts, nach oben oder unten, in die Vergangenheit oder in die Zukunft — jede Bewegung wird durch die entsprechende Verschiebung der betreffenden Kugel auf ihrem Kristallstab gesteuert."

Wilson studierte das System. „Ja", meinte er, „aber wie können Sie wissen, wo oder wann sich das andere Ende des Tores befindet? Ich sehe keine Grad- oder Zeiteinteilung."

„Die brauchen Sie nicht. Sie können sehen, wo Sie herauskommen. Schauen Sie." Er drückte einen Knopf unter dem Kontrollgerüst auf der dem Tor zugekehrten Seite der Steuerkanzel. Eine Deckscheibe glitt zurück, und Wilson erblickte ein kleines Abbild des Tores. Diktor drehte an einem anderen Knopf, und Wilson konnte durch das abgebildete Tor hindurchsehen.

Er erblickte sein eigenes Zimmer, wie durch das verkehrte Ende eines Fernrohres gesehen. Er konnte zwei Gestalten ausmachen, aber der Maßstab war zu klein, um deutlich zu erkennen, was sie taten oder welche Verkörperung seines Ichs gerade anwesend waren — wenn sie überhaupt in Wahrheit ihn selbst verkörperten! Der Anblick brachte ihn ziemlich aus der Fassung.

„Stellen Sie das ab", sagte er.

Diktor tat es und erwähnte dabei fast beiläufig: „Ich darf nicht vergessen, Ihnen die Liste zu geben." Er fummelte im Aufschlag seines Ärmels herum und brachte dann einen Zettel zum Vorschein, den er Wilson aushändigte. „Hier — stecken Sie ihn ein."

Wilson griff mechanisch nach dem Zettel und stopfte ihn in seine Tasche. „Schauen Sie", begann er, „überall, wo ich hingehe, renne ich in mich selbst. Das ist reichlich verwirrend. Ich komme mir vor wie eine Horde Meerschweinchen. Ich verstehe nicht einmal zur Hälfte, was dies alles zu bedeuten hat, und jetzt wollen Sie mich schon wieder mit einem Haufen halbgarer Erläuterungen durch das Tor hetzen. Heraus mit der Sprache! Sagen Sie mir, worum es geht!"

In Diktors Gesicht zeigte sich zum ersten Mal Erregung. „Sie sind ein dummer und ignoranter junger Narr! Ich habe Ihnen alles erzählt, was Sie verstehen können. Sie erleben einen Abschnitt der Geschichte, der völlig jenseits Ihres Begriffsvermögens liegt. Es würde Wochen dauern, bis Sie ihn überhaupt zu verstehen begännen. Ich biete Ihnen die halbe Welt für ein paar Stunden Zusammenarbeit, und Sie stehen da und rechten mit mir. Ich kann Ihnen nur sagen, lassen Sie das! Also — wo sollen wir Sie absetzen?" Er langte nach der Steuerung.
„Hände weg von der Steuerung!" kommandierte Wilson scharf. Eine Idee begann sich in ihm zu formen. „Wer sind Sie überhaupt?"
„Ich? Ich bin Diktor."
„Das meine ich nicht, und Sie wissen es ganz genau. Wie haben Sie Englisch gelernt?"
Diktor antwortete nicht. Sein Gesicht wurde ausdruckslos.
„Los", drängte Wilson, „erzählen Sie! Hier haben Sie es jedenfalls nicht gelernt; das ist todsicher. Sie stammen aus dem zwanzigsten Jahrhundert, *stimmt's?*"
Diktor lächelte säuerlich. „Ich war schon gespannt, wie lange Sie zu dieser Erkenntnis brauchen würden."
Wilson nickte. „Vielleicht bin ich nicht sehr helle; aber so dumm, wie Sie denken, bin ich auch nicht. Los, erzählen Sie mir den Rest der Geschichte!"
Diktor schüttelte den Kopf. „Das ist unwesentlich. Außerdem vergeuden wir damit nur Zeit."
Wilson lachte. „Mit diesem Vorwand haben Sie mich jetzt einmal zuviel zur Eile anzutreiben versucht. Wie können wir Zeit vergeuden, wenn wir das da haben?" Dabei deutete er auf die Steuereinrichtung und auf das Tor. „Wenn Sie mich nicht angelogen haben, steht uns jeder Zeitabschnitt jederzeit zur Verfügung. Nein, ich glaube, ich weiß, warum Sie mich antreiben wollen: entweder, um mich hier aus dem Wege zu schaffen, oder weil der Auftrag, den Sie mir erteilt haben, irgendeine teuflische Gefahr birgt. Und ich weiß auch, wie ich mit beidem fertig werde — Sie kommen mit!"

„Sie wissen ja nicht, was Sie reden“, antwortete Diktor langsam. „Das ist unmöglich. Ich muß hierbleiben und die Steuerung bedienen.“

„Genau das werden Sie nicht tun. Sie könnten mich hindurchschicken und anschließend verlieren. Ich ziehe es vor, Sie im Auge zu behalten.“

„Kommt gar nicht in Frage!“ erwiderte Diktor. „Sie müssen mir eben vertrauen.“ Er beugte sich wieder über die Steuerung.

„Weg von dem Gerät!“ schrie Wilson ihn an. „Verschwinden Sie von der Kanzel, bevor ich Ihnen eins über den Schädel hauen muß!“ Vor Wilsons drohender Faust zog Diktor sich völlig vom Podium zurück. „So, das sieht schon besser aus“, fügte Wilson hinzu, als sie beide wieder auf dem Boden der Halle standen.

Die Idee, die sich in seinem Kopf zu formen begonnen hatte, nahm vollends Gestalt an. Das Gerät war, wie er wußte, immer noch auf sein Zimmer in dem Apartmenthaus, in dem er wohnte — oder gewohnt hatte —, und auf das zwanzigste Jahrhundert eingestellt. Soweit er es in dem Kontrollbild gesehen hatte, mußte er durch das Tor wieder in genau den Tag des Jahres 1942 zurückgelangen können, an dem alles angefangen hatte.

„Bleiben Sie hier stehen“, befahl er Diktor. „Ich möchte mir etwas ansehen.“

Er ging zum Tor hinüber, als wolle er es genauer untersuchen. Doch anstatt stehenzubleiben, als er es erreichte, schritt er einfach hindurch.

Diesmal war er besser vorbereitet auf das, was ihn auf der anderen Seite erwartete, als bei seinen beiden früheren Zeitdurchgängen — ‚früheren‘ im Sinne der Reihenfolge in seinem Gedächtnis. Trotzdem war es eine Belastung für seine Nerven, sich selbst zu begegnen.

Denn er hatte es wieder einmal vollbracht. Er befand sich wieder in seinem Zimmer, aber zwei Ausgaben seiner selbst erwarteten ihn dort bereits, die sehr miteinander beschäftigt waren; ihm blieben ein paar Sekunden, um die beiden in Gedanken zu sortieren. Der eine hatte ein wunderschönes blaues Auge und eine bös zugerichtete Mundpartie; außerdem mußte er sich dringend

rasieren. Das kennzeichnete ihn. Er war zumindest schon einmal durch das Tor gegangen. Der andere, wenn auch bereits etwas stachelig im Gesicht, zeigte keine Merkmale eines Faustkampfes.
Er konnte sie jetzt auseinanderhalten und wußte, wo und *wann* er sich befand. Das alles verwirrte ihn zwar immer noch entsetzlich, aber nach seinen früheren — nein, nicht *früheren,* berichtete er in Gedanken —, nach seinen *anderen* Erfahrungen beim Zeitdurchgang wußte er besser, was ihn erwartete. Er war wieder am Anfang; diesmal würde er diesem verrückten Unsinn ein für allemal einen Riegel vorschieben.
Die beiden anderen stritten sich; einer schwankte betrunken auf das Bett zu. Der andere packte seinen Arm. „Das kannst du nicht tun!" sagte er.
„Laß ihn jetzt bitte in Ruhe!" fuhr Wilson sehr heftig und mit lauter Stimme dazwischen.
Die beiden anderen wirbelten herum und musterten ihn betroffen. Wilson beobachtete, wie der nüchternere des Paares ihn abschätzend betrachtete, sah, wie sein Ausdruck von ungläubigem Staunen zu erschrockener Gewißheit wechselte. Der andere, der erste Wilson, schien Mühe zu haben, sich überhaupt auf ihn zu konzentrieren. Das wird noch eine harte Aufgabe, dachte Wilson; der Kerl ist ja stinkbesoffen. Wie kann man nur so dumm sein, auf leeren Magen Alkohol zu trinken! Das ist nicht nur dumm, sondern auch sinnlose Verschwendung guten Schnapses.
Er war gespannt, ob sie ihm noch einen Schluck übriggelassen hatten.
„Wer sind Sie?" verlangte sein betrunkener Doppelgänger zu wissen.
Wilson sah ‚Joe' an. „*Er* kennt mich", sagte er bedeutungsvoll.
‚Joe' musterte ihn noch einmal eingehend. „Ja", gab er zu, „ja, ich glaube, ich kenne dich. Aber was, zum Teufel suchst du denn hier? Und warum versuchst du, den Plan auffliegen zu lassen?"
„Keine Zeit für langatmige Erklärungen", sagte Wilson rasch. „Ich weiß mehr darüber als du — das wirst du zugeben müssen —,

und folglich kann ich ihn auch besser beurteilen. Er geht nicht durch das Tor."

„Ich gebe überhaupt nichts dergleichen zu ..."

Das Läuten des Telephons beendete ihren Streit. Wilson begrüßte die Unterbrechung erleichtert, denn er erkannte, daß er die Sache vom verkehrten Ende her anging. War es denn möglich, daß er diesem Geschehen genauso schwerfällig gegenüberstand wie anscheinend dieser hoffnungslose Dummkopf? Machte *er* auf andere Leute vielleicht auch einen solchen Eindruck? Aber die Zeit war zu kurz für Selbsterforschung und Selbstverdammung.

„Nimm den Hörer ab!" befahl er Bob (dem betrunkenen) Wilson.

Der Betrunkene machte einen streitsüchtigen Eindruck, gehorchte aber, als er sah, daß Bob (‚Joe') Wilson ihm zuvorkommen wollte.

„Hallo ... Ja. Wer spricht da? ... Hallo ... Hallo!"

„Was war los?" fragte ‚Joe'.

„Nichts. Irgendein Verrückter mit einem fehlgeleiteten Sinn für Humor." Das Telephon läutete wieder. „Da ist er nochmal." Der Betrunkene riß den Telephonhörer an sicht, bevor die anderen ihn fassen konnten. „Hör zu, du verkümmerter Gartenzweg! Ich bin ein vielbeschäftigter Mann und *kein* telephonisches Auskunftsbüro! ... Wie? Oh, du bist's Geneviève ..." Wilson schenkte dem Telephongespräch wenig Beachtung — er hatte es schon zu oft gehört und mußte zu viel anderes bedenken. Seine erste Personifizierung war viel zu betrunken, um vernünftig denken zu können; daher mußte er ein Argument finden, das ‚Joe' einleuchtete — anderenfalls würde er den beiden unterlegen sein. „... Wie bitte? Oh, gewiß doch!" endete das Telephongespräch. „Jedenfalls komm' ich heut' abend zu dir. Wiedersehen."

Wilson wußte, daß er jetzt sprechen mußte, bevor dieser redselige Tölpel wieder den Mund öffnen konnte. Aber was würde überzeugend klingen?

Doch seine berauschte Erstausgabe sprach zuerst. „Also gut, Joe", erklärte er; „ich bin bereit, mitzukommen, wenn du soweit bist."

„Fein!“ sagte Joe. „Du brauchst nur hindurchzugehen. Das ist alles.“
Die Situation entzog sich seiner Kontrolle — auf einmal sah alles ganz anders aus, als er es geplant hatte. „Nein, das wirst du nicht tun!“ stieß er barsch hervor und sprang vor das Tor. Er mußte sie zur Einsicht bringen, und das so rasch wie möglich.
Aber er bekam keine Chance mehr dazu. Der Betrunkene verwünschte ihn erst in Grund und Boden und holte dann zu einem Schwinger nach ihm aus; Wilson riß die Geduld. In einer Mischung von Wut und Frohlocken erkannte er plötzlich, daß er schon seit langem darauf gewartet hatte, jemand verprügeln zu können. Wofür hielten die beiden sich, daß sie es wagten, in seine Zukunft eingreifen zu wollen?
Der Betrunkene war unbeholfen; Wilson unterlief ihn und traf ihn hart ins Gesicht. Der Schlag war gewichtig genug, um einen nüchternen Mann überzeugt zu haben, aber sein Widersacher schüttelte nur den Kopf und drang wieder auf ihn ein. ‚Joe‘ kam ihm zu Hilfe. Wilson kam zu dem Schluß, daß er seinen ersten Gegner möglichst rasch abfertigen und ‚Joe‘ seine volle Aufmerksamkeit widmen mußte — ‚Joe‘ war bei weitem der gefährlichere der beiden.
Ein kleines Mißverständnis zwischen den beiden Alliierten verschaffte ihm die Gelegenheit. Er trat zurück, zielte sorgfältig und schoß eine lange gerade Rechte ab, einen der härtesten Schläge, die er je in seinem Leben ausgeteilt hatte. Sein Widersacher wurde davon glatt aus dem Sattel gehoben.
Erst als der Schlag landete, merkte Wilson, daß sein erstes Ich genau zwischen ihm und dem Tor stand; die bittere Gewißheit, daß er die Szene wiederum bis zu ihrem unausweichlichen Höhepunkt durchgespielt hatte, überwältigte ihn.
Er war allein mit ‚Joe‘; ihr Gefährte war durch das Tor verschwunden.
Als erstes regte sich bei ihm das unlogische, aber ganz menschliche und allgemein übliche Gefühl, die Verantwortung für das Geschehene auf jemand anders abzuwälzen. „Jetzt hast du's geschafft!“ sagte er ärgerlich.

„Ich?" protestierte ‚Joe'. „Du hast ihn da hindurchbefördert. Ich habe ihn überhaupt nicht angerührt."
„Ja", sah Wilson sich gezwungen zuzugeben. „Aber es ist deine Schuld. Wenn du dich nicht eingemischt hättest, wäre das nicht passiert."
„*Ich* mich eingemischt? Du unverschämter Heuchler, du ... *du* bist doch hier hereingeplatzt und hast dich in unsere Angelegenheit gemischt. Dabei fällt mir ein — du schuldest mir noch eine Aufklärung für dieses unerhörte Benehmen. Was hast du dir eigentlich gedacht..."
„Laß das jetzt!" wies Wilson ihn ab. Er war äußerst ungern im Unrecht, und noch viel unangenehmer war es ihm, sein Unrecht zugeben zu müssen. Er erkannte jetzt, daß von Anfang an keine Aussicht auf Erfolg bestanden hatte. Die völlige Sinnlosigkeit seines Unterfangens drückte ihn nieder. „Es ist doch zu spät. Er ist durch."
„Zu spät wozu?"
„Zu spät, um diesen Lauf der Ereignisse aufzuhalten." Ihm kam plötzlich zum Bewußtsein, daß es immer zu spät sein würde, ganz gleich, zu welcher Tages- oder Jahreszeit oder wie oft er auch zurückkommen mochte, um diesen Kreislauf abzustoppen. Er *erinnerte* sich daran, daß er das erste Mal hindurchgegangen war; er hatte *sich selbst* auf der anderen Seite schlafen gesehen. Er würde den Ereignissen ihren ermüdenden Lauf lassen müssen.
„Und warum sollten wir das?"
Eine Erklärung hatte wenig Sinn, aber er verspürte den Drang, sich selbst zu rechtfertigen. „Weil", antwortete er, „Diktor mich — das heißt *dich* ... oder noch viel besser gesagt, *uns* — offensichtlich ganz erbärmlich hinters Licht geführt hat. Er hat dir doch versprochen, dich dort drüben zu einem hohen Tier zu machen, nicht wahr?"
„Ja ..."
„Nun, das ist alles ganz großer Blödsinn. Er will uns mit diesem Apparat nur so unentwirrbar in die Zeit verwickeln, daß wir niemals mehr richtig herausfinden können."

‚Joe' sah in zweifelnd an. „Woher willst du das wissen?" fragte er.
Da Wilson in dieser Richtung nur Vermutungen äußern konnte, fühlte er sich in Verlegenheit für eine vernünftige Erklärung. „Wozu sollen wir das jetzt erörtern?" wich er aus. „Warum nimmst du nicht einfach mein Wort dafür zum Pfand?"
„Warum sollte ich das?"
Warum solltest du das? Oh, du Trottel, siehst du das denn nicht mit eigenen Augen? Ich bin doch du —, nur älter und erfahrener — du *mußt* mir glauben! Und laut antwortete er: „Wenn du mir nicht glaubst, wem willst du dann glauben?"
‚Joe' räusperte sich. „Ich bin aus Missouri", entgegnete er. „Ich muß mich selbst überzeugen."
Wilson bemerkte plötzlich erschrocken, daß ‚Joe' sich anschickte, eilig durch das Tor zu gehen. „Wo willst du denn eigentlich hin?" fragte er.
„Durch! Ich gehe jetzt zu Diktor und werde ein Hühnchen mit ihm rupfen?"
„Bleib!" bat Wilson. „Vielleicht können wir diesen Kreislauf auch jetzt noch aufhalten." Aber der verstockte, eigensinnige Blick des anderen belehrte ihn, wie vergeblich seine Bemühungen waren. Er blieb weiterhin ein Gefangener des Unvermeidlichen; es *mußte* geschehen. „Also geh, meinetwegen", sagte er achselzuckend. „Schließlich ist es deine eigene Beerdigung. Ich wasche meine Hände in Unschuld."
‚Joe' zögerte einen Augenblick vor dem Tor. „Wirklich? Hm-m-m — wie kann es aber meine Beerdigung sein, wenn es nicht zugleich *deine* ist?"
Wilson starrte sprachlos hinterher, während Joe durch das Tor schritt. Wessen Beerdigung? Über diese Möglichkeit hatte er noch gar nicht nachgedacht. Er verspürte einen plötzlichen Drang, durch das Tor zu springen, sein anderes Ich einzuholen und über ihn zu wachen. Der dumme Tropf war zu allem fähig. Angenommen, er ließe sich umbringen? Was würde dann aus Bob Wilson werden? Natürlich würde er ebenfalls sterben müssen.

Oder vielleicht doch nicht? Konnte der Tod eines Mannes, viele tausend Jahre in der Zukunft, *ihn* im Jahre 1942 sterben lassen? Er erkannte plötzlich die Absurdität der Situation und fühlte sich sehr erleichtert. ‚Joes' Handlungen konnten ihn nicht gefährden; er erinnerte sich an alles, was ‚Joe' getan hatte — tun würde. ‚Joe' würde mit Diktor in Streit geraten und im unabänderlichen Lauf der Ereignisse durch das Tor zur Zeit zurückkommen. Nein, er *war* durch das Tor zur Zeit zurückgekommen. Er selbst war ‚Joe'. Es fiel ihm nicht leicht, das zu behalten.
Ja, er war ‚Joe' und genauso auch der erste, trinkfreudige Bursche. Sie würden beide ihren vorbestimmten Gang gehen, hin und her und im Kreis herum, bis sie schließlich hier bei *ihm* endeten. Sie konnten nicht anders.
Halt mal — in diesem Falle war die ganze verrückte Angelegenheit bereits geklärt! Er hatte Diktor entwischen können, hatte alle seine früheren Verkörperungen ausfindig gemacht und war wieder an seinem Ausgangspunkt angelangt — mit Stoppelbart zwar, aber ohne einen ersichtlichen Schaden davongetragen zu haben, wenn man von dem Schorf an seiner Oberlippe absah. Er war schlau genug, um zu wissen, wann er die Dinge auf sich beruhen lassen mußte. Rasieren und zurück an seine Arbeit, lautete die Parole!
Während des Rasierens starrte er sein Gesicht an und wunderte sich, warum er es nicht beim ersten Mal erkannt hatte. Er mußte zugeben, daß er es noch nie objektiv betrachtet hatte. Er hatte es immer als selbstverständlich hingenommen.
Von dem Versuch, aus den Augenwinkeln einen Blick auf sein eigenes Profil im Spiegel zu werfen, bekam er einen steifen Nakken.
Als er aus dem Badezimmer trat, zuckte er beim Anblick des Tores unwillkürlich zusammen. Insgeheim hatte er aus einem unerfindlichen Grund geglaubt, daß es verschwunden sein müsse. Er inspizierte es und ging rundherum, wobei er sich sorgfältig davor hütete, es zu berühren. Wollte das verdammte Ding denn überhaupt nicht mehr verschwinden? Es hatte seinen Zweck erfüllt; warum schaltete Diktor es nicht ab?

Während er davorstand, verspürte er plötzlich jenen unwiderstehlichen Sog, der die Menschen oft an hochgelegenen Orten überfällt und zum Sprung in die Tiefe zwingt. Was würde geschehen, wenn er hindurchginge? Was würde er vorfinden? Er dachte an Arma. Und die andere — wie hieß sie doch noch? Vielleicht hatte Diktor es ihm nicht gesagt. Jedenfalls meinte er die andere Dienerin — die zweite.
Aber er beherrschte sich und zwang sich dazu, sich wieder an seinen Schreibtisch zu setzen. Wenn er hierbleiben wollte — und selbstverständlich wollte er das —, mußte er seine Examensarbeit beenden. Er mußte essen, mußte die Prüfung bestehen, um einen anständigen Job zu bekommen. Wo war er eigentlich stehengeblieben?
Zwanzig Minuten später war er zu dem Schluß gekommen, daß die Arbeit von Anfang bis zu Ende neu geschrieben werden mußte. Sein Hauptthema, die Anwendung der empirischen Methode auf die Probleme der spekulativen Metaphysik und ihre Fassung in strenge Formeln, war immer noch gültig, aber er hatte eine Menge neuer und noch nicht verarbeiteter Daten erlangt, die er da hineinbringen wollte. Beim Durchlesen seines Manuskriptes staunte er, wie dogmatisch er gewesen war. Wieder und wieder war er in den pathetischen Trugschluß Descartes' verfallen, verständliche Schlußfolgerungen für richtige Schlußfolgerungen zu halten.
Er versuchte einen neuen Entwurf seiner Arbeit anzufertigen, entdeckte aber dabei, daß er sich mit zwei Problemen herumschlagen mußte, die er noch keineswegs klar abgrenzen konnte: mit dem Problem des *Ego* und dem Problem des freien Willens. Als er sich dreimal zur gleichen Zeit in seinem Zimmer befunden hatte, wer war da eigentlich sein *Ego — er selbst* — gewesen? Und woran lag es, daß er es nicht fertiggebracht hatte, den Lauf der Ereignisse zu ändern?
Eine geradezu lächerlich einleuchtende Antwort auf die erste Frage fiel ihm sofort ein: das *Ego* war er selbst. Ich bin ich — eine unbewiesene und unbeweisbare Grundvoraussetzung, die auf direkter Erfahrung beruhte. Wo aber blieben dann die beiden an-

deren? Bestimmt besaßen sie ein ebenso starkes Ichbewußtsein — er erinnerte sich daran. Er überlegte sich eine passende Formulierung: das *Ego* ist ein Moment des Ichbewußtseins, jeweils der letzte Punkt in einer fortdauernden Kette des Erinnerungsvermögens. Das hörte sich ganz wie ein allgemeingültiges Prinzip an, aber er war sich seiner Sache noch nicht sicher; er würde erst einmal versuchen müssen, es in eine mathematische Formel zu fassen, bevor er ihm vertrauen konnte. In wörtlichen Formulierungen steckten manchmal sehr gefährliche, wenn auch noch so harmlos anmutende Fallen.

Das Telephon läutete.

Geistesabwesend nahm er den Hörer ab. „Ja?"

„Bist du das Bob?"

„Ja. Wer spricht da?"

„Aber Liebling, ich natürlich, Geneviève. Was ist heute nur in dich gefahren? Das ist jetzt das zweite Mal, daß du meine Stimme nicht erkannst hast!"

Ärger und Enttäuschung stiegen in ihm auf. Das war das dritte Problem, das er noch nicht gelöst hatte — nun, er würde es sofort lösen. Er ignorierte ihre Klage. „Hör mal, Geneviève, ich habe dir doch gesagt, daß du mich nicht anrufen sollt, wenn ich arbeite. Auf Wiedersehn!"

„Also, das ist doch — so darfst du mir nicht kommen, Bob Wilson! Erstens hast du heute gar nicht gearbeitet, und zweitens, was berechtigt dich zu der Annahme, daß du mich erst mit Schmeicheleien und süßen Redensarten überschütten und zwei Stunden später anknurren darfst? Ich bin gar nicht mehr so sicher, ob ich dich noch heiraten will."

„Du mich heiraten? Wie bist du nur auf diese törichte Idee gekommen?"

Das Telephon knatterte mehrere Sekunden lang. Als das Geschnatter etwas nachließ, schaltete er sich ein: „Beruhige dich. Wie du wissen solltest, leben wir nicht in den neunziger Jahren des vorigen Jahrhunderts. Du kannst nicht von mir erwarten, daß ich dich gleich heirate, weil ich dich ein paarmal ausgeführt habe."

Einen Augenblick blieb es im Hörer stumm. „Also so läuft der Hase, wie?" kam schließlich die Antwort in einer so kalten, harten und heftigen Stimme, daß er sie fast nicht wiedererkannt hätte. „Nun, Gott sei Dank gibt es noch Möglichkeiten, mit Männern wie dir umzuspringen. Eine Frau ist in diesem Land nicht schutzlos!"

„Du mußt es ja wissen!" entgegnete er wütend. „Lange genug hast du dich ja mit Studenten abgegeben!" In seinem Hörer knackte es. Er wischte sich den Schweiß von der Stirn. Diese Dame, das wußte er, war absolut fähig, ihm eine Menge Ärger zu bereiten. Man hatte ihn gewarnt, bevor er sich um sie zu kümmern begann, aber er war seiner selbst viel zu sicher gewesen und hatte die gut gemeinten Worte in den Wind geschlagen. Hätte er doch nur auf sie gehört — aber an solche Folgen hatte er damals natürlich überhaupt nicht gedacht.

Er versuchte, sich wieder auf seine Arbeit zu konzentrieren, brachte es aber nicht fertig. Der Abgabetermin von 10 Uhr früh am nächsten Tag schien auf ihn zuzurasen. Er blickte auf seine Uhr. Sie war stehengeblieben. Er stellte sie nach der Uhr auf seinem Schreibtisch — 4.15 Uhr nachmittags. Selbst wenn er die ganze Nacht aufblieb, konnte er die Arbeit unmöglich zufriedenstellend abfassen.

Und außerdem war da noch Geneviève ...

Das Telephon läutete wieder. Er nahm den Hörer ab und legte ihn daneben. Er würde *nicht* noch einmal mit ihr reden.

Er dachte an Arma. Das war ein richtiges Mädchen mit der richtigen Einstellung zum Leben. Er trat langsam ans Fenster und starrte auf die staubige, lärmerfüllte Straße hinunter. Halb unbewußt verglich er sie mit der grünen, friedlichen Landschaft, die er von der Terrasse während des ausgedehnten Frühstücks mit Diktor gesehen hatte. Dies hier war eine lausige Welt voller lausiger Leute. Wenn Diktor doch nur offen zu ihm gewesen wäre, dachte er bitter.

Ein Gedanke formte sich in seinem Gehirn und pochte wie wild an sein Bewußtsein. Das Tor war noch offen. *Das Tor war noch offen!* Warum sich wegen Diktor Sorgen machen? Er war sein ei-

gener Herr. Er konnte zurückgehen und die Sache ausfechten — er hatte alles zu gewinnen und nichts zu verlieren.
Er trat vor das Tor, doch dann zögerte er. War es auch weise, was er da vorhatte? Was wußte er denn schließlich über die Zukunft?
Er hörte Schritte die Treppe hinauf und durch den Korridor kommen; sie — ja, sie hielten vor seiner Tür. Plötzlich war er überzeugt, daß das Geneviève sein mußte; das machte seinen Entschluß endgültig. Er schritt hindurch.
Niemand war bei seiner Ankunft in der Torhalle.
Er lief um die Steuerkanzel herum zum rückwärtigen Ausgang und hörte gerade noch die Worte: „Kommen Sie. Wir müssen uns an die Arbeit machen." Zwei Gestalten entfernten sich durch den Korridor. Er erkannte beide und blieb wie angewurzelt stehen.
Das ist gerade noch einmal gut gegangen, sagte er sich; ich werde warten müssen, bis sie ganz aus dem Wege sind. Er sah sich nach einem Versteck um, fand aber nichts außer der Steuerkanzel. Sich dort zu verbergen, war sinnlos; sie würden zurückkommen. Immerhin ...
Als er die Kanzel betrat, formte sich bereits verschwommen ein Plan in seinen Gedanken. Wenn es sich herausstellte, daß er die Steuerung bedienen konnte, würde das Tor zur Zeit ihm jeden gewünschten Vorsprung verschaffen. Zuerst mußte er das Kontrollbild einschalten. Er tastete in der Gegend herum, wo Diktor es bei seinem letzten Besuch angeschaltet hatte, faßte dann aber doch erst in die Tasche, um ein Streichholz herauszuholen.
Statt dessen zog er ein Stück Papier heraus. Es war die Liste, die Diktor ihm gegeben hatte. Bis zu diesem Augenblick war er viel zu beschäftigt gewesen, um nachzusehen, was für Dinge er eigentlich aus dem zwanzigsten Jahrhundert herschaffen sollte.
Beim Lesen zog er unwillkürlich die Augenbrauen in die Höhe. Die Liste war eigenartig zusammengestellt. Er hatte halbwegs erwartet, einen Auftrag zur Beschaffung von technischen Nachschlagewerken, Mustern von modernen Geräten und Waffen vorzufinden. Aber nichts dergleichen. Indessen, eine Art irre Logik

schien aus der Zusammenstellung zu sprechen. Vielleicht war es gerade das, was hier gebraucht wurde.

Er revidierte seine Pläne in bezug auf die Möglichkeit, sich mit der Steuerung des Tores einen Vorsprung zu verschaffen. Er entschloß sich, zunächst noch einen Ausflug zurück und die Besorgungen zu machen, die auf Diktors Liste angegeben waren — aber zu seinem eigenen Nutzen, nicht zu Diktors. Er fummelte im Halbdunkel der Kontrollkabine herum und suchte wieder den Knopf oder Schalter für das Kontrollbild. Seine Hand stieß auf eine weiche Masse. Er griff zu und zog sie heraus. Es war sein Hut. Er setzte ihn sich auf den Kopf — wahrscheinlich hatte Diktor ihn hier verstaut — und tastete weiter. Diesmal fand er ein kleines Notizbuch. Anscheinend hatte er einen guten Griff getan — sicher waren es Diktors Notizen über die Bedienung der Steuerung. Hastig öffnete er es.

Doch er fand nicht, was er erhofft hatte, wiewohl das Buch Seite um Seite handschriftliche Aufzeichnungen enthielt. Auf jeder Seite befanden sich drei Kolonnen: die erste in Englisch, die zweite in internationalen phonetischen Symbolen, die dritte in einer ihm völlig fremden Sprache. Er brauchte sich nicht besonders anzustrengen, um darin ein Wörterbuch zu erkennen. Mit einem breiten Lächeln schob er das Büchlein in die Tasche; Diktor mochte Monate oder sogar Jahre gebraucht haben, die Beziehung zwischen den beiden Sprachen herauszuarbeiten; er würde sozusagen auf Diktors Schultern reiten können.

Beim dritten Versuch fand er den Knopf, und das Kontrollbild leuchtete auf. Wie schon beim ersten Mal, empfand er wieder jenes merkwürdig unbehagliche Gefühl, denn er blickte wieder in sein Zimmer, und wieder befanden sich zwei Personen darin. Noch einmal wollte er gewiß nicht in jene Szene hineinplatzen. Vorsichtig berührte er eine der farbigen Kugeln.

Die Szene wechselte, die Wände des Studentenheimes wichen, und das Bild kam mitten in der Luft zur Ruhe, drei Stockwerke über dem Collegegelände. Er war froh, daß er das Tor aus dem Haus hatte, aber drei Stockwerke waren denn doch zu hoch für einen Sprung. Er probierte die beiden anderen farbigen Knöpfe aus und stellte fest, daß der eine die Szene im Kontrollbild weiter von ihm weg oder auf ihn zu rücken ließ, während der andere sie nach oben oder unten bewegte.

Er brauchte für die Aufstellung des Tores einen einigermaßen unauffälligen Platz, wo es nicht die Neugier der Menschen auf sich ziehen konnte. Das machte ihm ein wenig Kopfzerbrechen; er wußte in der Nähe keinen idealen Platz, aber er gab sich mit einer Sackgasse zufrieden, einem kleinen Hof, der von dem Elektrizitätswerk des Colleges und der Rückwand der Bibliothek gebildet wurde. Vorsichtig und unbeholfen manövrierte er sein fliegendes Auge an den gewünschten Ort und setzte das Tor behutsam zwischen den beiden Gebäuden ab. Dann justierte er es so, daß er genau auf eine nackte Mauer blickte. Das sollte ausreichen!

Rasch trat er aus der Steuerkabine, eilte zum Tor hinüber und schritt ohne Umstände in sein Zeitalter zurück.

Er stieß mit der Nase gegen die Ziegelmauer. Ein wenig zu scharf eingestellt, schmunzelte er, während er zwischen der Wand und dem Tor hervorrutschte. Das Tor hing ungefähr vierzig Zentimeter von der Mauer entfernt und ungefähr parallel zu ihr in der Luft. Doch der Zwischenraum reichte aus, entschied er — keine Ursache, zurückzugehen und es mit der Steuerung weiter abzurücken. Er stahl sich aus der Sackgasse und ging quer über das Collegegelände zur Studentenkantine hinüber, um keine Zeit zu verlieren.

„Hallo, Bob."

„Hallo, Soup. Kannst du mir einen Scheck einlösen?"

„Wieviel?"

„Zwanzig Dollar."

„Nun — ich glaube schon. Ist der Scheck in Ordnung?"

„Ich hoffe es. Er lautet auf mein eigenes Konto."

„Na, notfalls kann ich ihn mir ja als Andenken aufheben." Er blätterte eine Zehnernote, eine Fünfer und fünf Einer auf den Tisch.

„Tu das", riet Wilson ihm. „Meine Unterschriften werden noch zu Raritäten in Sammlerkreisen werden." Er reichte ihm den Scheck, nahm das Geld und ging weiter zur Buchhandlung im selben Gebäude. Die meisten Bücher auf seiner Liste konnte er hier kaufen. Zehn Minuten später hatte er folgende Titel erstanden:

Das *Buch vom Fürsten,* von Niccolò Machiavelli, *Hinter den Kulissen des Wahlkampfes*, von James Farley,

Mein Kampf (unbereinigte Ausgabe), von Adolf Schicklgruber,

Wie man Freunde gewinnt und Menschen beeinflußt, von Dale Carnegie.

Die anderen Titel waren in der Buchhandlung nicht vorrätig; er ging in die Universitätsbibliothek hinüber und entlieh das *Handbuch des Grundstückmaklers,* die *Geschichte der Musikinstrumente* und den Quartband *Stilwandel der Bekleidungsmode.* Das letzte Buch war ein umfangreicher Band mit wunderschönen Farbbildern und gehörte eigentlich in die Handbibliothek. Er mußte seine ganze Überredungskunst aufbieten, um es für vierundzwanzig Stunden ausleihen zu dürfen.

Inzwischen war er ziemlich beladen; daher verließ er das Universitätsgelände, ging in ein Leihhaus und kaufte zwei gebrauchte, aber stabile Koffer. In einen davon packte er die Bücher. Von dort ging er in die größte Musikalienhandlung der Stadt und verbrachte fünfundvierzig Minuten mit der Auswahl von Schallplatten, wobei er besonderen Wert auf Swing und Boogie-Woogie legte — alles sehr gefühlsbetonte Stücke. Aber auch klassische und halbklassische Stücke vernachlässigte er nicht, wandte jedoch den gleichen Maßstab auf diese Kategorien an — jedes Musikstück mußte etwas Sinnliches und Zwingendes ausstrahlen. Das Resultat war eine recht merkwürdige Sammlung, Platten wie die *Marseillaise,* Ravels *Bolero,* vier Stücke von Cole Porter und *L'Après-midi d'un Faune.*

Er bestand darauf, den besten mechanischen Plattenspieler zu kaufen, den es zur Zeit auf dem Markt gab, so sehr der Verkäufer sich auch bemühte, ihn davon zu überzeugen, daß nur ein elektrischer für ihn in Frage käme. Schließlich aber hatte er seinen Willen durchgesetzt, schrieb einen Scheck für seine Einkäufe, packte alles in seine Koffer und ließ sich von dem Verkäufer ein Taxi herbeitelephonieren.

Das Ausschreiben des Schecks bereitete ihm einige Gewissensbisse. Das Papier war völlig wertlos, denn schon mit dem ersten Scheck, den er in der Studentenkantine eingelöst hatte, war sein Konto restlos erschöpft. Er hatte den Verkäufer aufgefordert, seine Bank anzurufen, weil er gerade das unbedingt verhindern wollte. Der Trick hatte gewirkt. Ihm war der Dauerrekord für Wechselreiterei geglückt — dreißigtausend Jahre!

Als das Taxi gegenüber der kleinen Sackgasse hielt, wo er das Tor aufgestellt hatte, sprang er heraus.

Das Tor war verschwunden.

Ein paar Minuten blieb er, leise vor sich hinpfeifend, stehen und verdammte sich und seine ganze Schlauheit in Grund und Boden. Die Konsequenzen des ungedeckten Schecks schienen gar nicht mehr so hypothetischer Natur zu sein.

Jemand zupfte ihn am Ärmel. „Sie, junger Mann, brauchen Sie meine Karre noch oder nicht? Der Zähler läuft noch."

„Wie? Oh, gewiß." Er folgte dem Chauffeur und kletterte wieder ins Taxi.

„Wohin?"

Das war ein Problem. Er warf einen Blick auf seine Armbanduhr, erinnerte sich aber rechtzeitig, daß dies normalerweise zuverlässige Instrument durch einen Prozeß gegangen war, der seine Angaben zumindest zweifelhaft erschienen ließ.

„Wie spät ist es?" fragte er daher.

„Zwei Uhr fünfzehn."

Er stellte seine Uhr richtig. Zwei Uhr fünfzehn. In seinem Zimmer fand zur Zeit ein äußerst verwirrendes Zechgelage statt. Auf keinen Fall wollte er *dorthin* — noch nicht. Erst, wenn seine Blutsbrüder ihr schönes Spielchen mit dem Tor beendet hatten.

Das Tor!

Bis kurz nach vier Uhr fünfzehn würde es in seinem Zimmer sein; wenn er die Zeit richtig in Erinnerung hatte... „Fahren Sie zur Ecke Vierte und McKinley-Straße", wies er den Fahrer an; diese Kreuzung lag seiner Wohnung am nächsten.

Am Ziel bezahlte er den Taxifahrer und schleppte seine Koffer in die Tankstelle an jener Ecke, wo der Tankwart ihm versprach, sie sicher für ihn aufzubewahren. Fast zwei Stunden blieben ihm noch, die er irgendwie herumbringen mußte. Weit wollte er sich nur ungern von seiner Wohnung entfernen, aus Furcht, daß ein unvorhergesehener Zwischenfall seinen Zeitplan umwerfen könnte.

Ihm fiel ein, daß er in unmittelbarer Nachbarschaft noch ganz gut eine persönliche Angelegenheit erledigen könnte — Zeit genug dazu hatte er. Kurz entschlossen schritt er pfeifend zwei Straßen weiter und betrat ein Apartmenthaus.

Auf sein Klopfen öffnete sich die Tür des Apartments 211 erst einen Spalt, dann etwas weiter. „Bob, Liebling! Ich dachte, du hättest heute zu arbeiten?"

„Hallo, Geneviève. Im Gegenteil — ich habe Zeit im Überfluß."

Sie blickte über ihre Schulter zurück. „Ich weiß nicht, ob ich dich hereinlassen soll — ich habe dich nicht erwartet. Ich habe weder abgewaschen noch mein Bett gemacht und bin gerade dabei, mein Make-up aufzulegen."

„Zier dich nicht so." Er schob die Tür ganz auf und trat ein.

Als er herauskam, blickte er auf seine Uhr. Drei Uhr dreißig — noch viel Zeit. Mit dem Gefühl, daß jetzt wieder alles in schönster Ordnung sei, ging er die Straße hinunter.

Er bedankte sich bei dem Tankwart und gab ihm einen Vierteldollar für seine Gefälligkeit, wonach ihm nur noch ein einsamer Nikkel blieb. Er blickte die Münze an, grinste in sich hinein und steckte sie in den Münzfernsprecher der Tankstelle. Dann wählte er seine eigene Nummer.

„Hallo", hörte er.

„Hallo", erwiderte er. „Ist dort Bob Wilson?"

„Ja. Wer spricht da?"

„Darüber mach dir nur keine Gedanken", sagte er, leise lachend. „Ich wollte nur sichergehen, daß du da bist. Ich *vermutete* es nämlich. Du befindest dich genau im richtigen Fahrwasser, mein Junge, genau im richtigen Fahrwasser." Grinsend legte er den Hörer auf.

Zehn Minuten nach vier war er zu nervös, um länger zu warten. Gebeugt unter der Last der schweren Koffer, machte er sich auf

den Weg zu seinem Haus. Als er die Tür öffnete, hörte er oben ein Telephon läuten. Er blickte auf seine Uhr — vier Uhr fünfzehn. Noch drei endlose Minuten wartete er im Hausflur, mühte sich dann die Treppe hinauf und schritt den Korridor zu seinem Zimmer hinunter. Er schloß die Tür auf und trat ein.
Das Zimmer war leer, das Tor noch da.
Ohne sich einen Augenblick aufzuhalten, aus Furcht, das Tor könne zu flimmern beginnen und verschwinden, während er noch darauf zueilte, packte er seine Koffer fester und schritt hindurch.
Zu seiner großen Erleichterung war die Torhalle leer. Welch ein glücklicher Zufall, dachte er dankbar; nur fünf Minuten, mehr brauche ich nicht — fünf ungestörte Minuten. Er setzte die Koffer dicht vor dem Tor ab, um rasch verschwinden zu können. Dabei sah er, daß ein großes Stück von der Ecke des einen Koffers fehlte. Ein halbes Buch schaute durch die Öffnung, sauber entzweigeschnitten wie mit der Schneidemaschine des Buchbinders. Er erkannte es als *Mein Kampf.*
Der Verlust des Buches schmerzte ihn nicht besonders, aber bei den Folgerungen aus diesem Ereignis wurde ihm doch leicht übel. Angenommen, er hätte bei seinem ersten, unfreiwilligen Flug durch das Tor keinen sauberen Bogen beschrieben, wäre mit der Gürtellinie auf den Rand des Tores geprallt?...
Er wischte sich über das Gesicht und ging zur Steuerkanzel. Diktors einfache Instruktionen befolgend, brachte er alle vier Kugeln in der Mitte des Tetraeders zusammen. Er warf einen Blick über die Seitenwand der Kanzel und sah, daß das Tor vollkommen verschwunden war. Stimmt genau, dachte er; alles auf Null — kein Tor! Vorsichtig bewegte er die weiße Kugel ein winziges Stück. Das Tor erschien wieder. Indem er das Kontrollbild anschaltete, konnte er sehen, daß die Szene auf der anderen Seite die Torhalle selbst darstellte. So weit, so gut — solange er jedoch nur in die Halle blickte, würde er nicht feststellen können, auf welche Zeit das Tor eingestellt war. Behutsam schob er eine der farbigen Kugeln weiter; die Szene flimmerte durch die Wände des Palastes und blieb im Freien stehen. Er schob die weiße Zeitkontrollkugel auf den Nullpunkt zurück und dann ganz, ganz langsam

darüber hinaus. In dem Miniaturbild auf dem Kontrollschirm wurde die Sonne zu einem strahlenden Kreisbogen über dem Himmel; die Tage flimmerten vorbei wie das Flackern einer ausbrennenden Neonlampe. Er erhöhte die Geschwindigkeit ein wenig und sah den Boden verdorren und braun, von Schnee bedeckt und wieder grün werden.

Mit größter Sorgfalt arbeitend, seine rechte Hand mit der linken abstützend, ließ er die Jahreszeiten vorbeiziehen. Er hatte zehn Winter gezählt, als er irgendwo in der Ferne Stimmen hörte. Er hielt inne und lauschte, stellte dann hastig die Raumkontrolle auf Null zurück, ließ die Zeitkontrolle so, wie sie war — eingestellt auf zehn Jahre in der Vergangenheit — und rannte aus der Kanzel.

Er ließ sich kaum Zeit, seine Koffer zu packen, sie hochzuheben und mitsamt seiner Last durch das Tor zu springen. Diesmal achtete er jedoch trotz seiner Eile sorgfältig darauf, nicht den Rand des Kreises zu berühren.

Wie er geplant hatte, fand er sich auf der anderen Seite in der Torhalle wieder, aber wenn er die Zeiteinstellung richtig gedeutet hatte, durch zehn Jahre von den Ereignissen getrennt, an denen er noch soeben teilgenommen hatte. Eigentlich hatte er Diktor einen größeren Vorsprung lassen wollen, doch die Zeit war zu kurz gewesen. Aber da Diktor, überlegte Wilson, nach seinem eigenen Eingeständnis und nach dem Beweis in seinem kleinen Notizbuch ebenfalls aus dem zwanzigsten Jahrhundert stammte, würden zehn Jahre vielleicht genügen. Diktor mochte sich in dieser Ära noch nicht hier befinden; wenn aber doch, so blieb ihm immer noch das Zeittor, um sich aus dem Staube zu machen. Vernünftiger wäre es auf jeden Fall, zuerst einmal die Lage zu erkunden, bevor er womöglich weitere Zeitsprünge unternähme.

Plötzlich fiel ihm ein, daß Diktor ihn vielleicht durch das Kontrollbild der Steuerkanzel auf der anderen Seite des Tores beobachten könnte. Ohne sich Zeit zu der Überlegung zu nehmen, daß Eile keinen Schutz bedeutete — da man ja durch das Kontrollbild *jeden beliebigen* Zeitabschnitt beobachten konnte —, schleppte er eilends seine beiden Koffer in Deckung hinter die Steuerkanzel. Hinter den schützenden Wänden der Kabine beruhigte er sich ein wenig. Die Beobachtung war in beiden Richtungen gleicherweise möglich. Er fand die Steuerung auf Null eingestellt; indem er noch einmal die gleiche Methode anwandte, versetzte er die Szene im Kontrollbild zehn Jahre in die Zukunft und ging dann mit der Raumkontrolle wieder auf Null. Es war eine sehr schwierige Aufgabe; die notwendige Geschwindigkeit, um in ein paar Minuten die umliegenden Monate zu durchforschen, ließ jede Gestalt so rasch über das Kontrollbild sausen, daß er ihr unmöglich mit dem Auge folgen konnte. Mehrere Male glaubte er in vorbeihuschenden Schatten menschliche Wesen erkannt zu haben, aber sobald er die Zeitsteuerung anhielt, konnte er sie nie wiederfinden.

Mit großer Erbitterung dachte er darüber nach, warum der Erbauer dieses verflixten Gerätes es nicht mit einer Gradeinteilung und einer Art Nonius — einer Vorrichtung zum Ablesen kleinster Maßeinheiten — versehen hatte. Erst viel später ging es ihm auf, daß der Schöpfer des Tores zur Zeit ein so umständliches Hilfsmittel für seine Sinne gar nicht gebraucht haben mochte. Er wollte beinahe schon aufgeben, als ein weiterer, bislang ergebnisloser Versuch rein zufällig mit einer sichtbaren Gestalt im Kontrollbild endete.

Er erblickte sich selbst, wie er, zwei Koffer schleppend, geradewegs in das Sichtfeld hineinmarschierte, größer wurde, den Bildschirm völlig ausfüllte und verschwand. Er warf einen Blick über die Seitenwand, halbwegs erwartend, sich selbst aus dem Tor treten zu sehen.

Doch niemand trat aus dem Tor. Das verblüffte ihn, bis er sich daran erinnerte, daß ja die Einstellung auf der *anderen* Seite, zehn Jahre in der Zukunft, den Austritt aus dem Tor kontrollierte. Doch er hatte erreicht, was er wollte; bequem lehnte er sich zurück und beobachtete. Fast unmittelbar darauf erschienen Diktor und eine andere Ausgabe seiner selbst auf der Szene; er erkannte sie wieder, als er sie auf dem Bildschirm ablaufen sah: Es war Bob Wilson Nummer Drei, im Begriff, mit Diktor zu streiten und zurück ins zwanzigste Jahrhundert zu flüchten.

Das wäre also gelungen — Diktor hatte ihn nicht gesehen, wußte nicht, daß er unerlaubten Gebrauch von dem Tor gemacht hatte, wußte nicht, daß er sich zehn Jahre in der ‚Vergangenheit' versteckte und würde dort nicht nach ihm suchen. Er stellte die Steuerung wieder auf Null und betrachtete diese Angelegenheit als erledigt.

Andere Dinge erheischten jetzt seine volle Aufmerksamkeit — besonders die Nahrungsbeschaffung. Rückblickend erschien es ihm ganz unverzeihlich, daß er sich nicht für wenigstens ein oder zwei Tage Proviant mitgebracht hatte... und vielleicht eine 45er-Pistole. Er mußte zugeben, daß er nicht sehr vorausschauend gehandelt hatte. Aber leichten Herzens vergab er sich dieses Mißgeschick — es war schwierig, vorausschauend zu handeln, wenn die Zukunft einen ständig hinterrücks überholte. „Wird schon schiefgehen, Bob, alter Junge", sprach er sich selbst laut Mut zu, „woll'n mal seh'n, ob die Eingeborenen freundlich sind — wie es die Fremdenverkehrswerbung behauptet."

Bei einer vorsichtigen Erkundung des ihm bereits bekannten kleineren Teils des Palastes begegnete er keiner Menschenseele — keine Lebewesen, nicht einmal Insekten, schienen vorhanden zu sein. Der Ort machte einen ausgestorbenen Eindruck, steril, statisch und unbelebt wie ein Ausstellungsfenster. Einmal rief er laut, um wenigstens eine Stimme zu hören. Das vielfältige Echo ließ ihn unangenehm berührt erschauern; er tat es nicht ein zweites Mal.

Die Architektur des Palastes verwirrte ihn. Sie war ihm nicht nur völlig fremd — das hatte er erwartet —, aber der ganze Bau schien ihm, mit wenigen Ausnahmen, gänzlich ungeeignet für menschliche Benutzung zu sein. Riesige Hallen öffneten sich, groß genug, um zehntausend Leute auf einmal zu fassen — wenn sie Boden zum Stehen gehabt hätten. Denn häufig befanden sich darin keine Fußböden im herkömmlichen Sinne einer ebenen oder einigermaßen ebenen Grundfläche. Während er einem Korridor folgte, stieß er plötzlich auf eine dieser gewaltigen mysteriösen Öffnungen in dem Palast und wäre fast hineingestürzt, ehe er erkannte, daß sein Weg geendet hatte. Zaghaft kroch er vorwärts und blickte über den Rand. Das Ende des Ganges mündete auf einer hohen Mauer, die sich darunter, schroff abfallend, nach innen krümmte, so daß das Auge nicht einmal einer vertikalen Fläche folgen konnte. Tief unter ihm kam die Mauer wieder zum Vorschein und traf in spitzem Winkel — ohne jeden horizontalen Übergang — auf die gegenüberliegende Wand.

Rund herum in den Wänden befanden sich weitere Öffnungen, in unregelmäßigen Abständen verstreut und genausowenig für menschliche Zwecke geeignet wie diejenige, in der er gerade kauerte. „Die Erhabenen", flüsterte er leise. Alle Keckheit war ihm plötzlich vergangen. Er folgte seiner Spur in dem feinen Staub zurück und erreichte wieder die im Gegensatz dazu beinahe freundlich und vertraut anmutende Halle des Tores.

Bei seinem zweiten Versuch beschränkte er sich auf die Gänge und Räumlichkeiten, die offensichtlich dem Menschen angepaßt zu sein schienen. Er war bereits zu der Erkenntnis gekommen, daß diese Teile des Palastes für die Dienerschaft oder — besser ausgedrückt — für die Sklaven bestimmt gewesen sein mußten. Indem er sich ausschließlich in diesem Gebäudeteil aufhielt, gewann er seine Zuversicht wieder. Obgleich auch hier kein lebendes Wesen anzutreffen war, strahlte doch ein Raum oder ein Korridor, der offensichtlich für den Gebrauch von Menschen erbaut war, eine im Gegensatz zu der übrigen Architektur geradezu freundliche und heitere Atmosphäre aus. Die überall herrschende gleichmäßige Beleuchtung, deren Quelle er nicht entdecken konnte, sowie die ununterbrochene Stille irritierten ihn wohl, aber doch nicht in dem Maße, wie ihn die gigantenhaften und geheimnisvoll geformten Säle der ‚Erhabenen' bedrückt hatten.

Er hatte schon fast die Hoffnung aufgegeben, einen Weg aus dem Palast ins Freie zu finden, und wollte gerade umkehren, als der Gang eine scharfe Biegung machte und er plötzlich in hellem Sonnenlicht stand.

Er befand sich am oberen Ende einer steil abfallenden breiten Rampe, die fächerförmig bis zum Fundament des Gebäudes hinabführte. Vor ihm, in einer Entfernung von ungefähr fünfhundert Metern, stieß der untere Rand der Rampe übergangslos gegen eine weite, mit Büschen und Bäumen bedeckte Grünfläche. Es war die gleiche friedliche, üppig gedeihende und vertraute Landschaft, auf die er beim Frühstück mit Diktor geschaut hatte — vor ein paar Stunden erst und gleichzeitig zehn Jahre in der Zukunft.

Eine kurze Zeit blieb er ruhig stehen, genoß den Sonnenschein und ließ die herzbewegende Schönheit des warmen Frühlingstages tief in sich einsinken. „Wunderbar!" rief er freudestrahlend. „Diese Gegend ist einfach herrlich!"

Langsam ging er die Rampe hinunter, während seine Augen unablässig die Gegend nach Menschen absuchten. Ungefähr die Hälfte des Weges hatte er geschafft, als er eine kleine Gestalt auf einer Lichtung zwischen den Bäumen nahe am Fuße der Rampe auftauchen sah. In froher Erregung rief er sie an. Das Kind — wie er sehen konnte, war es ein Kind — blickte auf, starrte ihn einen Augenblick lang an und floh dann zurück in den Schutz der Bäume.

„Nicht so ungestüm, Robert, nicht so ungestüm", schalt er sich selbst. „Du darfst sie nicht erschrecken — behutsamer vorgehen." Doch der Vorfall entmutigte ihn nicht. Wo es Kinder gab, sagte er sich, mußten auch Eltern sein, eine menschliche Niederlassung, Gesellschaft und günstige Möglichkeiten für einen aufgeklärten jungen Mann. Langsam schlenderte er weiter.

Ein Mann erschien an der Stelle, wo das Kind verschwunden war. Wilson blieb stehen. Der Mann musterte ihn und trat zögernd ein paar Schritte näher.

„Komm her", lud Wilson ihn mit freundlicher Stimme ein, „ich tue dir nichts!"

Der Mann konnte wohl schwerlich seine Worte verstanden haben, kam aber langsam näher. Am Rand der gepflasterten Rampe blieb er jedoch stehen, warf einen Blick darauf hinunter und wollte nicht weitergehen.

Etwas an seinem Verhalten löste in Wilsons Gehirn eine Erinnerung aus; es paßte ganz zu dem, was er im Palast gesehen und

was Diktor ihm erzählt hatte. Wenn ich meine Zeit in ‚Anthropologie I' nicht völlig nutzlos abgesessen habe, sagte er sich, ist dieser Palast mitsamt der Rampe tabu, und dadurch, daß ich darauf stehe, bin auch ich tabu. Spiel deine Rolle richtig, Junge, spiel sie richtig!
Er ging bis an den Rand der gepflasterten Rampe, achtete aber sorgfältig darauf, nicht darüber hinauszutreten. Der Mann fiel auf seine Knie, senkte den Kopf und hielt die Hände zu einer Schale geformt vor sich. Ohne zu zögern, berührte Wilson seine Stirn. Mit strahlendem Gesicht stand der Mann auf.
„Das ist noch nicht einmal sportlich", sagte Wilson. „Ich sollte dich eigentlich erschießen."
Sein Diener Freitag legte den Kopf auf die Seite, sah ihn fragend an und antwortete mit einer tiefen, melodischen Stimme. Die Worte in einer fremden Sprache flossen wie die Strophe eines Liedes von seinen Lippen. „Du könntest Geld mit deiner Stimme scheffeln", sagte Wilson bewundernd. „Manche Stars schaffen das mit weniger Begabung. Immerhin — doch jetzt sause erst mal los und hol mir was zu essen. Essen." Er zeigte auf seinen Mund.
Der Mann sah ihn zweifelnd an und sagte wieder etwas. Bob Wilson faßte in seine Tasche und zog das gestohlene Notizbuch hervor. Er suchte das Wort für ‚essen' auf. „Blellan", sagte er, um eine möglichst deutliche Aussprache bemüht.
„Blellaaan?"
„Blellaaaaaaaan", wiederholte Wilson. „Du mußt meinen Akzent entschuldigen. Und jetzt beeil dich." Er suchte das Wort für ‚beeilen' in seinem Wörterbuch, fand es aber nicht. Entweder gab es den Begriff in dieser Sprache nicht, oder Diktor hatte es nicht für nötig befunden, ihn aufzuzeichnen. Das werden wir aber bald haben, dachte Wilson; wenn sie diesen Begriff nicht kennen, werde ich ihn schon einführen.
Wilson ließ sich im Türkensitz nieder und vertrieb sich die Zeit, indem er das Wörterbuch studierte. Er war zu dem Schluß gekommen, daß die Geschwindigkeit seines Aufstieges in diesem Land nur davon abhinge, wie lange er brauchen würde, um sich

seinen Einwohnern voll verständlich zu machen. Aber er hatte nur Zeit, sich mit ein paar allgemeinen Hauptwörtern vertraut zu machen, als sein erster Bekannter zurückkam, diesmal in Gesellschaft.

Die Prozession wurde von einem sehr alten, weißhaarigen, aber bartlosen Mann angeführt. Keiner der Männer trug einen Bart. Er schritt unter einem Baldachin dahin, der von vier Jünglingen getragen wurde. Er allein von allen Leuten trug ausreichende Bekleidung, um damit irgendwo anders als an einem Badestrand auftreten zu können. Dabei schien er sich in seiner Art Toga, deren Streifenmuster an ein Sonnendach erinnerte, recht unglücklich zu fühlen. Offensichtlich war er der Anführer.

Wilson schlug eilends das Wort für ‚Häuptling' nach.

Es lautete ‚Diktor'.

Eigentlich hätte ihn das nicht überraschen dürfen; denn natürlich entsprach es der logischen Wahrscheinlichkeit, daß ‚Diktor' eher ein Titel als ein Name sein mußte. Er hatte lediglich bisher nicht darüber nachgedacht.

Diktor — *der* Diktor — hatte unter das Wort noch eine Anmerkung geschrieben. ‚Eines der wenigen Worte', las Wilson, ‚das aller Wahrscheinlichkeit nach aus den toten Sprachen überkommen ist. Dieses Wort, ein paar Dutzend andere und der grammatische Bau der Sprache scheinen das einzige Bindeglied zwischen der Sprache der ‚Verlassenen' und der englischen Sprache zu sein.'

Der Häuptling blieb vor Wilson stehen, genau am Rand der gepflasterten Rampe. „O.K., Diktor", ordnete Wilson an, „knie nieder. Für dich gilt keine Ausnahme." Er deutete auf den Boden. Der Häuptling kniete nieder, und Wilson berührte seine Stirn.

Das von den Leuten mitgebrachte Essen war reichlich und sehr schmackhaft. Wilson speiste langsam und würdevoll, sich stets der Bedeutung seiner Stellung bewußt bleibend. Während er aß, gab die gesamte Versammlung ihm ein Ständchen. Ihr Gesang war ausgezeichnet, das mußte er zugeben. Ihre Vorstellungen von Harmonie dagegen fand er ein wenig fremdartig, und die Aufführung schien ihm, im Ganzen gesehen, etwas primitiv; aber ih-

re Stimmen waren alle klar und weich, und sie sangen, als ob es ihnen wirklich Freude bereitete.
Das Konzert brachte Wilson auf einen Gedanken. Nachdem er seinen Hunger gestillt hatte, machte er dem Häuptling mit Hilfe des unentbehrlichen kleinen Notizbuches klar, daß er und seine Schar hier auf ihn warten sollten. Dann ging er zur Halle des Tores zurück und holte das Grammophon und ein Dutzend ausgewählter Schallplatten. Er gab ihnen ein Konzert ‚moderner' Musik.
Die Reaktion überstieg seine Hoffnungen. *Begin the Beguine* ließ dem alten Häuptling die Tränen über das Gesicht strömen. Der erste Satz von Tschaikowskijs *Klavierkonzert in b-Moll* brachte sie fast in Raserei. Sie wandten sich in Zuckungen. Sie hielten sich die Köpfe und stöhnten. Sie schrien laut Beifall. Wilson nahm davon Abstand, ihnen noch den zweiten Satz vorzuspielen, und legte ihnen zum Abgewöhnen Ravels *Bolero* mit seiner zwingenden Monotonie auf.
„Diktor", sagte er — und dabei dachte er nicht an den alten Häuptling —, „Diktor, alter Knabe, du hattest diese Leute wirklich durchschaut, als du mich mit deiner Liste einkaufen schicktest. Wenn du wieder auftauchst — falls das überhaupt geschieht —, werde ich inzwischen die Herrschaft angetreten haben."

Dies ist kein Bericht über den Einzug moderner Reklame- und Volksbeglückungsmethoden in Arkadien. Wilsons Aufstieg zur Macht glich mehr einem Triumphmarsch als einem Kampf um die Vorherrschaft; er besaß kaum dramatische Akzente. Was die Erhabenen auch mit der menschlichen Rasse angestellt haben mochten, die Leute hier besaßen nur noch eine körperliche Ähnlichkeit mit ihren Vorfahren, während ihr Temperament sich völlig geändert hatte. Die fügsamen, freundlichen Kinder, mit denen Wilson es zu tun hatte, waren kaum mehr mit den lärmenden, vulgären, begehrlichen und dynamischen Horden zu vergleichen, die sich einst das Volk der Vereinigten Staaten genannt hatten.
Die Verwandschaft war ungefähr so wie zwischen friedlichen Milchkühen und Langhorn-Rindern, wie zwischen Cocker-Spa-

niels und Wölfen. Die Kampflust war ihnen völlig verlorengegangen. Nicht, daß es ihnen an Intelligenz oder Verständnis für schöne Künste fehlte; nur der Wettbewerbsgeist, der Wille zur Macht, war ihnen fremd.

Auf diesen Gebieten besaß Wilson das Monopol.

Aber selbst er verlor das Interesse an einem Spiel, das er stets gewann. Nachdem er sich als Herrscher etabliert hatte, indem er im Palast Wohnsitz nahm und sich als Vizekönig der abgezogenen Erhabenen ausgab, beschäftigte er sich einige Zeit damit, bestimmte Pläne voranzutreiben, um Kultur und Zivilisation auf den ‚neuesten Stand' zu bringen — er regte die Wiedererfindung von Musikinstrumenten an, richtete ein Postnetz mit regelmäßiger Zustellung ein, belebte die Idee verschiedener Stilrichtungen in der Bekleidung neu und errichtete ein Tabu gegen das Tragen derselben Mode in mehr als einer Saison. Mit diesem letzten Plan verfolgte er eine List. Er nahm an, wenn er erst einmal die Eitelkeit der Frauen erweckt hätte, würde das die Männer zwingen, sich um die Erfüllung ihrer Wünsche zu bemühen. Was der Kultur hier fehlte, war der innere Antrieb — es ging langsam, aber sicher, mit ihr bergab. Und diesen Antrieb wollte er ihr geben.

Seine Untertanen kamen seinen Wünschen zwar nach, machten dabei aber immer einen leicht erstaunten Eindruck — ihr Tun glich mehr dem Gehorsam eines Hundes, der ein Kunststück ausführt, nicht weil er die Notwendigkeit einsieht, sondern weil sein Herr es so wünscht. Er hatte die Sache bald satt.

Aber das Rätsel der Erhabenen, und besonders das Rätsel ihres Tores zur Zeit, beschäftigte weiterhin seinen Geist. Seiner ganzen Natur nach war er zur Hälfte Arbeitstier, zur Hälfte Philosoph. Jetzt war der Philosoph an der Reihe.

Für seinen Intellekt war es eine Notwendigkeit, daß er sich im Geiste ein physikalisch-mathematisches Modell für die Phänomene konstruieren konnte, die durch das Tor zur Zeit ausgelöst wurden. Er brachte auch eins zustande — vielleicht kein sehr gutes, aber es entsprach wenigstens ungefähr allen Anforderungen. Man denke sich eine glatte Fläche, ein Stück Papier oder, besser noch, ein seidenes Taschentuch — Seide, weil sie nicht starr ist und sich leicht falten läßt, dabei aber mit allen wesentlichen Eigenschaften eines zweidimensionalen Kontinuums durch die Oberfläche der Seide an sich ausgestattet ist. Sodann stelle man sich die Schußfäden als Dimension — oder Laufrichtung — der Zeit, die Kettfäden als die drei Dimensionen des Raumes vor. Ein Tintenfleck auf dem Taschentuch wird zum Zeittor. Indem man das Taschentuch faltet, drückt dieser Fleck sich auf irgendeiner anderen Stelle der Seide ab. Alsdann presse man die beiden Flecken zwischen Daumen und Zeigefinger zusammen; die Steuerung ist eingestellt, das Tor geöffnet, ein mikroskopischer Bewohner der Seide kann von dem einen Stück Stoff zum anderen hinüberkrabbeln, ohne einen Teil der Oberfläche des Tuches überqueren zu müssen.

Das Modell ist unvollkommen, denn das Bild ist statisch; aber ein körperliches Bild ist notwendigerweise durch das Wahrnehmungsvermögen der darstellenden Person begrenzt.

Er konnte zu keinem Schluß kommen, ob die Vorstellung des Übereinanderfaltens eines vierdimensionalen Kontinuums — dreier räumlicher und einer zeitlichen Dimension —, um damit die ‚Öffnung' des Tores darzustellen, das Vorhandensein höherer Dimensionen zur Verwirklichung dieser Faltung erforderte oder nicht. Es schien zwar so, konnte aber genauso durch die begrenzte Fassungskraft des menschlichen Verstandes bedingt sein. Nichts als leerer Raum wurde für die ‚Faltung' benötigt, aber ‚leerer Raum' war auch so ein Ausdruck, der sich jeder formelmäßigen Deutung widersetzte — er kannte sich genügend in Mathematik aus, um das zu wissen.

Wenn höhere Dimensionen nötig waren, um ein vierdimensionales Kontinuum zu ‚halten', waren die Dimensionen von Raum und Zeit notwendigerweise unendlich; eine jede Ordnung benötigte dann die nächsthöhere Ordnung, um sie zu halten.

Aber ‚unendlich' war ein weiterer nicht fest zu umreißender Begriff. ‚Offene Reihe' war etwas besser, aber nicht viel.

Eine andere Überlegung brachte ihn zu dem zwangsläufigen Schluß, daß zumindest eine weitere Dimension neben den vier,

die seine Sinne wahrnehmen konnten, existieren mußte: das Tor zur Zeit selbst. Er wurde mit der Zeit sehr geschickt in der Handhabung der Steuerung, kam aber nie auch nur andeutungsweise dahinter, wie der Mechanismus arbeitete oder wie das Gerät erbaut war. Ihm schien, daß seine Erbauer notwendigerweise die Fähigkeit besessen haben mußten, außerhalb der ihm gesetzten räumlichen und zeitlichen Grenzen zu stehen, um das Tor im Gewebe von Raum und Zeit verankern zu können. Und das überstieg wiederum sein Vorstellungsvermögen.
Er vermutete, daß die Einrichtungen, die er sehen konnte, nur ein Teil des Ganzen waren, der in den Raum hindurchragte, den er kannte. Der Palast selbst mochte nicht mehr als nur ein dreidimensionaler Teil eines unendlich komplizierten Gebäudes sein. Eine solche Vorstellung half auch, die sonst völlig unverständliche Architektur des gewaltigen Baues zu erklären.
Er wurde regelrecht besessen von dem überwältigenden Wunsch, mehr über diese merkwürdigen Geschöpfe zu erfahren — die ‚Erhabenen', die aus dem Nichts gekommen waren, die menschliche Rasse beherrscht, den Palast und das Tor gebaut hatten und wieder gegangen waren —, in deren Kielwasser er über dreißigtausend Jahre hinweg an dieses Gestade gespült worden war. Für die menschliche Rasse bedeuteten sie nicht mehr als eine heilige Sage, eine kontradiktorische Größe der Tradition. Kein Bild war von ihnen geblieben, keine Spur ihrer Schrift, keines ihrer Werke außer dem Palast von Norkaal und dem Tor zur Zeit; und ein Gefühl unersetzlichen Verlustes in den Herzen der Rasse, die sie einst beherrscht hatten, eines Verlustes, der sich in der selbstgewählten Bezeichnung dieser Leute ausdrückte: die ‚Verlassenen'.
Mit Kontrollbild und Steuerung jagte er durch die Vergangenheit und suchte die Erbauer. Es war eine langwierige Arbeit, wie er schon früher hatte feststellen müssen. Ein vorbeihuschender Schatten, mühsames Zurückstellen der Steuerung — vergebens. Einmal war er ganz sicher, daß er einen solchen Schatten im Bild der Torhalle auf dem Kontrollbildschirm gesehen hatte. Er schob die Steuerungskugeln weit genug zurück, um sicherzugehen,

daß der Schatten noch einmal zurückkommen mußte, bewaffnete sich mit Speise und Trank und wartete.
Er wartete drei Wochen lang.
Der Schatten konnte zwar vorbeigegangen sein, während er schlafen mußte, aber er war gewiß, daß er sich in der richtigen Zeit befand; daher blieb er weiter auf dem Posten.
Er sah das Wesen.
Es bewegte sich auf das Tor zu.
Als er wieder zu Sinnen kam, war es bereits den Korridor, der von der Halle wegführte, zur Hälfte hinuntergerannt. Er merkte, daß er geschrien hatte. Noch jetzt schüttelte ihn das Entsetzen am ganzen Leibe.
Etwas später zwang er sich dazu, in die Halle zurückzukehren. Mit abgewendeten Augen betrat er die Steuerkanzel und schob die Kontrollkugeln auf Null. Dann ging er rückwärts wieder hinaus und verließ die Halle, um in seine Gemächer zu gehen. Mehr als zwei Jahre lang berührte er weder die Steuerung des Zeittores, noch betrat er die Halle.
Weder die Furcht vor körperlicher Bedrohung noch das Aussehen des Wesens hatten ihn so verstört — er konnte sich überhaupt nicht daran erinnern, *wie* es ausgesehen hatte. Es war ein Gefühl unendlicher Traurigkeit, das ihn in jenem Augenblick durchflossen hatte, ein Gefühl der Tragik, unerträglichen und unausweichlichen Kummers, unendlichen Grams. Emotionen hatten ihn getroffen, die viel zu stark für die Fasern seines Geistes waren und die zu ertragen er genausowenig befähigt war wie eine Auster zum Violinspiel.
Er spürte sehr genau, daß er alles über die Erhabenen erfahren hatte, was ein Mensch überhaupt erfahren und dennoch dabei geistig normal bleiben konnte. Seine Neugier war gestillt. Die Erinnerung an jenes Gefühl überschattete noch lange seinen Schlaf und ließ ihn schweißnaß aus wirren Träumen hochfahren.
Noch ein anderes Problem beschäftigte ihn — die Frage nach sich selbst und seinen Irrfahrten durch die Zeit. Er zerbrach sich immer noch den Kopf darüber, daß er sich selbst sozusagen auf

dem Rückweg begegnet war, mit sich selbst gesprochen, mit sich selbst handgreiflich gekämpft hatte.

Wer davon war eigentlich *er selbst?*

Er verkörperte alle diese Ichs, dessen war er sicher, denn er erinnerte sich genau, jeder von ihnen gewesen zu sein. Wie aber verhielt es sich dann, als er mehrere Male gleichzeitig anwesend gewesen war?

Aus reiner innerer Not sah er sich gezwungen, das Prinzip der Nichtidentität — ‚Nichts ist mit etwas anderem identisch, nicht einmal mit sich selbst' — auch auf das *Ego* auszudehnen. In einem vierdimensionalen Kontinuum ist jedes Ereignis absolut einmalig, es hat seine Raumkoordinaten und sein Datum. Der Bob Wilson, der er soeben war, konnte *nicht* der Bob Wilson von vor zehn Minuten sein. Jeder war ein für sich alleinstehender Teilabschnitt eines vierdimensionalen Prozesses; der eine glich dem anderen in vielen Einzelheiten, wie eine Scheibe Brot der nächstfolgenden desselben Laibes gleicht. Aber sie waren *nicht derselbe* Bob Wilson — sie unterschieden sich durch einen dazwischenliegenden Zeitabschnitt.

Als er sich selbst begegnet war, hatte er diesen Unterschied mit eigenen Augen sehen können, denn zu diesem Zeitpunkt war die Trennung vorwiegend räumlicher Natur gewesen, und der Mensch war nun einmal so ausgerüstet, daß er einen Raumunterschied *sehen,* sich an einen Zeitunterschied aber nur *erinnern* konnte. Wenn er zurückdachte, konnte er sich an viele verschiedene Bob Wilsons erinnern — Baby, kleines Kind, älterer Knabe, Jüngling, junger Mann. Sie alle waren verschieden geartet — er wußte es. Das einzige Band, das ihnen allen das Gefühl der Identität verlieh, war die Kontinuität der Erinnerung.

Und dieses gleiche Band hielt auch die drei — nein, vier Bob Wilsons an einem bestimmten, ereignisreichen Nachmittag zusammen: eine Erinnerungsbahn, die durch sie alle hindurchlief. Das einzig Merkwürdige an dem ganzen Geschehen blieb nur noch der Zeitsprung selbst.

Und noch ein paar andere Dinge blieben problematisch — die Natur des ‚freien Willens', der Begriff der Entropie und das Ge-

setz von der Erhaltung von Energie und Masse. Die beiden letzten, erkannte er jetzt, mußten erweitert oder generalisiert werden, um auch die Fälle einzuschließen, in denen das Zeittor oder ein ähnliches Gebilde ein Durchsickern von Masse-Energie oder Entropie von einem Punkt im Kontinuum zu einem anderen benachbarten Punkt gestattete. Ansonsten blieben sie unverändert gültig. Mit dem freien Willen verhielt es sich anders. Man konnte ihn nicht gänzlich leugnen, denn man konnte ihn persönlich am eigenen Leibe erfahren — doch sein eigener ‚freier Wille' hatte als Werkzeug gedient, dieselbe Szene wieder und wieder neu zu schaffen! Offensichtlich mußte man den menschlichen Willen als einen Faktor innerhalb der Prozesse des Kontinuums betrachten — ‚frei' für das *Ego,* mechanistisch von außen her gesehen.
Und doch hatte seine Handlung, mit der er sich Diktors Einfluß entzog, augenscheinlich den Lauf der Ereignisse geändert. Seit vielen Jahren war nun schon hier und ‚regierte' das Land, aber Diktor war nicht erschienen. Konnte es möglich sein, daß eine jede ‚echtem' freiem Willen entsprungene Handlung eine neue, andere Zukunft schuf? Viele Philosophen hatten diese Ansicht vertreten.
Diese Zukunft jedenfalls schien keine solche Person wie Diktor — *den* Diktor — zu enthalten, nirgendwo und nirgendwann.

Als seine ersten zehn Jahre in der Zukunft sich dem Ende näherten, wurde er zusehends nervöser und immer unsicherer in der Beurteilung seiner Situation. Verdammt nochmal, dachte er, wenn Diktor wieder auftauchen soll, wird es allmählich höchste Zeit dazu. Er fieberte förmlich danach, sich mit ihm auseinanderzusetzen, ein für allemal klarzustellen, wer hier der Boß war.
Er hatte ein Agentennetz über das ganze Land der Verlassenen ausgebreitet und Instruktionen ausgegeben, jeden Mann mit einem Bart zu verhaften und unverzüglich zum Palast zu bringen. Die Halle des Tores beobachtete er selbst.
Er versuchte auch die Zukunft nach Diktor zu durchforschen, hatte aber kein besonderes Glück. Dreimal stieß er auf einen Schatten und konnte ihn auch scharf einstellen; doch jedesmal

war er es selbst. Aus Langeweile und teils auch aus Neugier probierte er, ob er noch einmal den Beginn des ganzes Herganges sehen könnte; er bemühte sich, seinen dreißigtausend Jahre in der Vergangenheit liegenden ursprünglichen Wohnort wieder aufzuspüren.

Es war eine lange, mühselige Suche. Je weiter er die Zeitkugel vom Mittelpunkt fortrückte, um so schwieriger wurde die Einstellung. Es gehörte viel Geduld und Übung dazu, das Bild wenigstens annähernd innerhalb eines Jahrhunderts der gewünschten Zeit zum Stillstand zu bringen. Im Laufe dieses Experimentierens entdeckte er auch, wonach er schon einmal gesucht hatte: eine Feineinstellung. Sie war genauso einfach zu handhaben wie die Grobeinstellung; man mußte nur die Kugel dazu drehen, anstatt sie zu schieben.

Er hielt das Bild im zwanzigsten Jahrhundert an, bestimmte mit Hilfe der Feineinstellung die Zeit nach Automodellen und anderen Äußerlichkeiten, bis er im Jahre 1942 angelangt zu sein glaubte. Behutsames Drehen an den Kugeln zur Raumeinstellung brachte das Bild nach mehreren Versuchen in die Universitätsstadt, von wo er hergekommen war.

Er ortete das Haus, in dem er gewohnt hatte — das Bild war zu klein, um Straßennamen lesen zu können — und brachte das Tor in sein Zimmer. Es war unbewohnt; keine Möbel standen darin.

Er nahm das Tor aus dem Zimmer und versuchte es noch einmal, ein Jahr früher. Erfolg — sein Zimmer und seine Möbel, doch niemand darin. Rasch drehte er die Zeit zurück und hielt nach Schatten Ausschau.

Da! Er hielt das Bild an. Drei Gestalten befanden sich im Zimmer, aber die Wiedergabe war zu klein und das Licht zu schwach, als daß er mit Sicherheit erkennen konnte, ob eine davon er selbst war. Er beugte sich vor und studierte die Szene.

Plötzlich hörte einen dumpfen Aufschlag außerhalb der Steuerkanzel. Er richtete sich auf und blickte über die Seitenwand.

Auf dem Fußboden lag ausgestreckt ein bewußtloser Mann. Ganz in der Nähe entdeckte er einen zerdrückten, schon reichlich mitgenommenen Hut.

Erstarrt blieb er stehen und merkte nicht, wieviel Zeit verstrich, während er auf die beiden hinabblickte, den Hut und den Mann, und während das Unfaßbare dieses Vorganges an den Grundfesten seines Verstandes rüttelte. Er brauchte die bewußtlose Gestalt nicht näher zu untersuchen, um sie zu identifizieren. Er wußte... *er wußte* — daß es sein jüngeres Ich war, das *er* dort nolens volens durch das Tor zur Zeit geschlagen hatte.
Es war nicht die Tatsache an sich, die ihn so erschütterte. Er hatte dieses Ereignis zwar kaum mehr erwartet, da er halbwegs zu dem Schluß gekommen war, daß er in einer anderen Zukunft lebte, welche diejenige, in der er ursprünglich das Tor zur Zeit durchquert hatte, ausschloß; aber im Unterbewußtsein hatte er trotzdem damit gerechnet, so daß es ihn jetzt nicht sonderlich überraschte.
Als es ‚damals' passierte, *war er selbst der einzige Zuschauer gewesen!*
Er war Diktor. Er war *der* Diktor. Er war *der einzige* Diktor!
Er würde Diktor nie wiederfinden, noch sich mit ihm auseinandersetzen müssen. Er brauchte sein Kommen nicht zu fürchten. Es hatte nie eine andere Person namens Diktor gegeben, und es würde nie einen anderen Diktor geben, denn Diktor war er selbst und würde es bleiben.
Rückblickend schien es offensichtlich zu sein, daß er allein Diktor sein mußte; es gab so viele kleine Beweisteilchen, die darauf hindeuteten. Und doch war es wiederum nicht so offensichtlich. Jede Ähnlichkeit zwischen ihm und dem Diktor seiner Erinnerung war, wie er feststellte, aus rationalen Beweggründen entstanden — gewöhnlich aus seinem Verlangen, die hervorstechenden Merkmale des ‚anderen' nachzuahmen und dadurch seine eigene Machtposition und Autorität fest zu begründen, bevor der ‚andere' Diktor wieder auftauchte. Aus dieser Überlegung heraus hatte er sich auch in denselben Gemächern niedergelassen, die ‚Diktor' benutzt hatte, damit er ‚ältere' Rechte darauf geltend machen konnte.
Gewiß, sein Volk nannte ihn Diktor, aber dabei hatte er sich nichts gedacht — sie nannten jeden so, der Herrscherfunktionen

ausübte, sogar die kleinen Unterhäuptlinge, die seine örtlichen Verwalter waren.

Er hatte sich genauso einen Bart wachsen lassen, wie Diktor ihn getragen hatte; teils in einfacher Nachahmung des ‚anderen' Mannes, mehr aber, um sich von den bartlosen Männern der Verlassenen deutlich zu unterscheiden. Es erhöhte sein Prestige und verstärkte sein Tabu. Er betastete sein bärtiges Kinn. Sonderbarerweise war es ihm nie aufgegangen, daß sein gegenwärtiges Aussehen völlig mit dem ‚Diktors' übereinstimmte. ‚Diktor' war ihm eigentlich immer wesentlich älter vorgekommen. Er selbst war erst zweiunddreißig — zehn Jahre hier, zweiundzwanzig Jahre *drüben.*

Er hatte ‚Diktor' für ungefähr fünfundvierzig gehalten. Vielleicht würde ein unvoreingenommener Beobachter ihn selbst genauso alt einschätzen. Seine Haare und sein Bart waren graumeliert — seit jenem Jahr, als er so erfolgreich den Erhabenen nachspioniert hatte. Sein Gesicht war von Falten durchzogen. Das Regieren eines Landes, selbst eines friedvollen Arkadiens, bringt eben Sorgen mit sich, läßt einen manche Nacht nicht zur Ruhe kommen.

Nicht, daß er sich beklagen wollte — es war ein gutes Leben, ein großartiges Leben, das alles übertraf, was die alte Vergangenheit zu bieten hatte.

Auf jeden Fall hatte er stets nach einem Mann Mitte der vierziger Jahre Ausschau gehalten, an dessen Gesicht er sich nach zehn Jahren nur undeutlich erinnerte und von dem er keine Photographie besaß. Es war ihm nie in den Sinn gekommen, jenes verschwommene Gesicht zu seinem eigenen in Beziehung zu setzen; natürlich nicht.

Doch da waren noch andere Kleinigkeiten. Arma zum Beispiel. Vor ungefähr drei Jahren hatte er ein geeignet erscheinendes Mädchen ausgesucht und in seine Dienerschaft eingereiht; in sentimentaler Erinnerung an das Mädchen, das er einst so gern gemocht, hatte er sie Arma genannt. Logischerweise war es unumgänglich, daß die beiden dasselbe Mädchen waren — nicht zwei Armas, sondern nur eine.

Doch so, wie er sie in der Erinnerung hatte, war die ‚erste' Arma viel schöner gewesen.
Hmmm — in dieser Beziehung mußten sich wohl seine Ansichten geändert haben. Es ließ sich nicht leugnen, daß er viel mehr Gelegenheit gehabt hatte als sein junger Freund dort drüben, erlesener Frauenschönheit überdrüssig zu werden. Schmunzelnd erinnerte er sich daran, wie er seine Person mit einem ausgeklügelten System von Tabus hatte umgeben müssen, um sich die heiratsfähigen Töchter seiner Untertanen vom Leibe zu halten. Er hatte eine bestimmte Bucht des an dem Palast vorbeifließenden Flusses seiner alleinigen Benutzung weihen lassen, damit er schwimmen konnte, ohne jedesmal von Meerjungfrauen umgarnt zu werden.
Der Mann auf dem Fußboden stöhnte, öffnete aber nicht seine Augen.
Wilson, der Diktor, beugte sich über ihn, machte aber keine Anstalten, ihn wieder zur Besinnung zu bringen. Er hatte allen Grund zu der festen Annahme, daß der Mann nicht ernsthaft verwundet war. Er wünschte nicht, daß er erwachte, bevor er selbst seine Gedanken völlig geordnet hatte.
Denn auf ihn wartete jetzt Arbeit — eine Arbeit, die mit peinlicher Genauigkeit verrichtet werden mußte, um jeden Fehler auszuschließen. Jedermann, so dachte er mit verschlagenem Lächeln, macht Pläne zur Sicherung seiner Zukunft.
Er selbst schickte sich jetzt offensichtlich an, seine Vergangenheit zu sichern.
Zunächst war die Frage zu klären, wie er das Zeittor einstellen mußte, wenn er später sein früheres Ich zurückschicken wollte. Als er vor ein paar Minuten die Szene in seinem Zimmer eingestellt hatte, war er gerade zurechtgekommen, um sein früheres Ich herübersegeln zu sehen. Um ihn zurückzuschicken, mußte er den Zeitknopf ein winziges Stück zurückdrehen, bis zu einem Augenblick um etwa zwei Uhr jenes Nachmittags. Das würde recht einfach sein; er brauchte nur einen kurzen Zeitsektor abzusuchen, bis er sein früheres Ich allein und an seinem Schreibtisch arbeitend vorfand.

Aber das Tor zur Zeit war zu einer späteren Stunde in seinem Zimmer erschienen — das hatte er selbst gerade veranlaßt! Verwirrt schüttelte er den Kopf.
Halt, einen kleinen Augenblick — wenn er die Zeiteinstellung veränderte, würde das Tor zu der gewünschten früheren Zeit in seinem Zimmer erscheinen, dort stehenbleiben und sich einfach ungefähr eine Stunde später in sein ‚Wiedererscheinen' einblenden. Ja, so war es richtig. Jemandem, der sich während dieser Zeit im Zimmer aufhielt, würde es einfach so vorkommen, als ob das Tor zur Zeit ununterbrochen seit ungefähr zwei Uhr dagewesen wäre.
Und *daß* es sich so verhielte, dafür wollte er sorgen.
So vertraut er auch mit den verblüffenden Phänomenen war, die durch das Zeittor bewirkt wurden, erforderte es doch von ihm eine gewaltige Anstrengung seines ganzen Scharfsinnes, anders als in kontinuierlichen Zeitabläufen zu denken, gewissermaßen einen *zeitlosen* Standpunkt einzunehmen.
Dort lag übrigens der Hut. Er hob ihn auf und probierte ihn. Er paßte nicht mehr so gut, zweifellos, weil er sein Haar jetzt länger trug. Der Hut mußte irgendwo verstaut werden, wo man ihn wiederfände. Ach richtig, in der Steuerkanzel. Und auch das Notizbuch.
Das Notizbuch, das Notizbuch — hmmm, eine merkwürdige Geschichte! Als das von ihm gestohlene Notizbuch Eselsohren bekommen hatte und fast bis zur Unleserlichkeit abgenutzt war, hatte er den Inhalt vor ungefähr vier Jahren sorgfältig in ein neues Notizbuch abgeschrieben — mehr um seine Englischkenntnisse aufzufrischen, als daß er es noch als Sprachführer benötigte. Das verschlissene Notizbuch hatte er anschließend vernichtet; es war also das neue, das er holen und hier zurücklassen mußte, damit sein jüngeres Ich es fände.
Folglich hatte es niemals zwei Notizbücher gegeben!
Sein jetziges Notizbuch würde, nachdem es durch das Tor getragen und zehn Jahre in die Vergangenheit zurückversetzt worden war, das Notizbuch sein, aus dem er es abgeschrieben hatte. Sie waren einfach verschiedene Abschnitte desselben physikali-

schen Prozesses, der auf beiden Seiten des Tores gleichzeitig und nebeneinander für die Dauer einer gewissen Zeit ablief.
So wie auch er selbst Teil dieses Prozesses gewesen war — an einem bestimmten Nachmittag.
Er wünschte, daß er das ausgediente Notizbuch nicht weggeworfen hätte. Wenn er es jetzt zur Hand hätte, könnte er sich selbst überzeugen, daß beide identisch waren, bis auf die Abnützung durch die zunehmende Entropie.
Doch wann hatte er die Sprache gelernt, um dieses Wörterbuch überhaupt anlegen zu können? Erst als er es kopierte, *beherrschte* er die Sprache — das Kopieren war eigentlich überhaupt nicht notwendig gewesen.
Aber er *hatte* es kopiert.
Der physikalische Prozeß war ihm völlig klar, aber die verstandesmäßige Erklärung der Sache lief völlig im Kreise. Sein älteres Ich hatte sein jüngeres Ich eine Sprache gelehrt, die das ältere Ich beherrschte, weil das jüngere Ich, nachdem es sie gelernt hatte, zum älteren Ich wurde und daher die Fähigkeit besaß, seine Kenntnisse weiterzugeben.
Aber wo hatte es angefangen?
Was war zuerst dagewesen, die Henne oder das Ei? Man füttert die Katzen mit Ratten, häutet die Katzen und füttert mit ihren Kadavern die Ratten, die man dann wieder den Katzen vorwirft. Die Pelztierzucht als *Perpetuum mobile!*
Wenn die Gott die Welt erschaffen hat, wer hat dann Gott erschaffen?
Wer schrieb das Wörterbuch? Wer startete den Kreislauf?
Er war am Rande der geistigen Verzweiflung, die jeden aufrichtigen Philosophen heimsucht. Er wußte, daß er ungefähr die gleiche Chance hatte, diese Probleme zu begreifen, wie ein Collie verstehen kann, auf welche Weise Hundefutter in Konservendosen kommt. Angewandte Psychologie entsprach mehr seinen Fähigkeiten — das erinnerte ihn an verschiedene Bücher, die seinem früheren Ich gut zustatten kommen würden, die politischen Angelegenheiten des Landes zu regeln, das er beherrschen sollte. Er prägte sich ein, eine Liste anzufertigen.

Der Mann am Fußboden regte sich und richtete sich langsam und vorsichtig auf. Wilson wußte, daß jetzt die Zeit gekommen war, seine Vergangenheit zu sichern. Er machte sich keine Sorgen; er spürte die unerschütterliche Zuversicht des überzeugten Falschspielers, der *weiß*, wieviel Augen ihm der nächste Wurf bringen wird.
Er beugte sich über sein jüngeres Ich. „Geht's jetzt besser?" fragte er.
„Ich glaub' schon", murmelte der jüngere Mann. Er faßte sich mit der Hand in sein blutiges Gesicht.
„Mein Kopf tut weh", sagte er.
„Das kann ich mir denken", stimmte Wilson zu. „Sie sind ja auch Hals über Kopf hindurchgekommen. Ich glaube, Sie sind dabei ganz schön mit dem Kopf aufgeschlagen."
Sein jüngeres Ich schien den Sinn der Worte nicht gleich zu begreifen. Der Mann blickte benommen umher, als gäbe er sich Mühe, sich zu orientieren. Schließlich fragte er: „Hindurchgekommen? Wo hindurchgekommen?"
„Durch das Tor natürlich", erwiderte Wilson. Dabei deutete der mit dem Kopf zu dem Tor hinüber, weil er meinte, daß dessen Anblick den immer noch recht angeschlagenen jüngeren Bob ein wenig ernüchtern würde.
Der junge Wilson blickte über seine Schulter in die angedeutete Richtung, richtete sich mit einem Ruck ganz auf, schüttelte sich ein wenig und schloß die Augen. Nach einer kleinen Weile, in der er im stillen ein Stoßgebet gesprochen haben mochte, öffnete er sie wieder, blickte noch einmal hin und fragte: „Bin ich da hindurchgekommen?"
„Ja", versicherte Wilson ihm.
„Wo bin ich?"
„In der Torhalle des Regierungspalastes von Norkaal. Viel wichtiger aber ist, in welcher *Zeit* Sie sich befinden", fügte Wilson hinzu. „Sie sind etwas mehr als dreißigtausend Jahre in die Zukunft gesprungen."
Dieses Wissen schien den jüngeren Bob Wilson nicht zu beunruhigen. Er stand auf und machte einen unsicheren Schritt auf das

Tor zu. Wilson legte ihm eine Hand auf die Schulter und hielt ihn zurück.
„Wohin wollen Sie?“ fragte er.
„Zurück!“
„Nicht so rasch.“ Er wagte es nicht, ihn zurückgehen zu lassen, bevor er das Tor neu eingestellt hatte. Außerdem war sein jüngeres Ich noch betrunken — sein Atem ging unregelmäßig und roch bedenklich. „Sie können zurückgehen — darauf gebe ich Ihnen mein Wort. Aber lassen Sie mich zuerst Ihre Verletzungen behandeln. Und außerdem sollten Sie sich ausruhen. Ich muß Ihnen einiges erklären, und wenn Sie zurückgehen, könnten Sie einen kleinen Auftrag für mich erledigen — zu unserem beiderseitigen Vorteil. Eine große Zukunft wartet auf uns beide, mein Junge — eine große Zukunft!“

Eine große Zukunft!

1942

Lester del Rey

Die Flügel der Nacht

(The Wings of Night)

A. E. van Vogt

Asyl

(Asylum)

1942 ...

Auf den „Reichprotektor von Böhmen und Mähren", Reinhard Heydrich, wird erfolgreich ein Attentat verübt. Als Vergeltungsaktion wird das Dorf Lidice dem Erdboden gleichgemacht. Alle Männer des Dorfes werden getötet, die Frauen und Kinder verschleppt. Der deutsche Autor Stefan Zweig begeht in Brasilien Selbstmord. Bert Brecht schreibt „Galileo Galilei". Astrid Lindgren veröffentlicht „Pippi Langstrumpf". Deutschland, Italien und Japan schließen ein Militärbündnis. Die sechste Armee unter General Paulus wird bei Stalingrad eingeschlossen. Albert Speer wird Reichsminister für Bewaffnung und Munition. In Amerika gibt es den ersten Computer. Enrico Fermi gelingt in Chicago die erste kontrollierte Kettenreaktion im ersten Kernreaktor der Welt. Der Amerikaner Warmerdam erhöht den Weltrekord im Stabhochsprung auf 4,77 m. Es kommt zum uneingeschränkten U-Boot-Krieg. In den USA beginnt die Arbeit am „Manhattan"-Projekt, dessen Ziel die Entwicklung der Atombombe ist. Daran beteiligt sind 150000 Menschen, darunter 14000 Wissenschaftler. Die Firmen Junkers und BMW entwickeln die ersten Turbinen-Strahltriebwerke für Jagdflugzeuge. General MacArthur wird Oberbefehlshaber im Fernen Osten. Japan erobert die Philippinen, Celebes, Java, die Salomonen, die Aleuten und weitere Territorien. Die Japaner fliegen Luftangriffe gegen Australien. Bei den Midway-Inseln kommt es zu einer Seeschlacht, der ersten Flugzeugträgerschlacht der Geschichte. Die japanische Niederlage wird zu einer Vorentscheidung für den weiteren Kriegsverlauf im pazifischen Raum. Walt Disney dreht „Bambi". Gandhi fordert die Engländer auf, Indien zu verlassen, und wird verhaftet. Ernst Lubitsch dreht in Amerika den Spielfilm „Sein oder Nichtsein". Die Feuergeschwindigkeit des Maschinengewehrs wird auf 1000 Schuß pro Minute gesteigert. Deutsche Truppen besetzen den bisher verschonten Teil Frankreichs und nehmen Tunis ein. Rommels Panzerarmee wird zurückgedrängt. G. P. Kuiper entdeckt Anzeichen dafür, daß der Saturnmond Titan eine Atmosphäre besitzt.

Lester del Rey

Die Flügel der Nacht

(The Wings of Night)

Lester del Rey hat allen anderen SF-Autoren zumindest eines voraus: die Länge des Namens! Ramon Felipe San Juan Mario Silvio Enrico Smith Heathcourt-Brace Sierra y Alvarez del Rey y de los Uerdes, wie der Autor und Herausgeber mit vollem Namen heißt, wurde 1915 geboren, wuchs arm auf und versuchte sich in einer ganzen Reihe von Jobs, bevor er 1938 seine erste SF-Geschichte an John W. Campbell verkaufen konnte. ***„The Faithful"*** *wurde im April desselben Jahres in* ***„Astounding"*** *veröffentlicht; del Rey begann seine Karriere also gut ein Jahr vor Beginn des „Golden Age". Während der ersten Hälfte der vierziger Jahre war er ein profilierter Lieferant von Kurzgeschichten für* ***„Astounding"****, aber er schrieb auch Stories mit Fantasyeinschlag für das Schwestermagazin* ***„Unknown"****.*

In den fünfziger Jahren verlegte er sich mehr auf Romane, verfaßte unter den Pseudonymen Philip St. John und Erik van Lhin einige Jugendbücher und schrieb unter dem Pseudonym Edson McCann zusammen mit Frederik Pohl den Roman ***„Preferred Risk"*** *(1955,* ***„Der Wohlfahrtskonzern"****), der den beiden einen nicht unbeträchtlichen Geldpreis eintrug. Nachdem del Rey Anfang der fünfziger Jahre schon einmal Herausgeber mehrerer kleiner SF-Magazine gewesen war, übernahm er Mitte der siebziger Jahre die Redaktion der SF-Reihe bei Ballantine Books. 1976 entschloß man sich dort, die gesamte SF-Produktion unter dem Signum* ***„Del Rey Books"*** *zu veröffentlichen, womit del Rey eine*

Ehre zuteil wurde, die bislang noch kein anderer SF-Autor für sich verbuchen konnte. Lester del Rey ist ein vielseitiger SF-Autor, wenngleich ihm die großen Erfolge auf dem Romansektor fehlen. Seine besten Arbeiten lieferte er zwischen 1938 und 1945 in Form von kürzeren Texten. Seine besten Geschichten aus dieser Zeit sind häufig etwas sentimental, so auch die insgesamt etwas überschätzte Roboterstory ***„Helen O'Loy"*** *(in* ***„Science Fiction Hall of Fame"*** *enthalten) und* ***„The Day Is Done"****, die beide für diese Anthologienserie in Betracht gekommen wären. Am liebsten hätten wir jedoch del Reys imaginativstes Werk, den im September 1942 in* ***„Astounding"*** *erschienenen Kurzroman* ***„Nerves"****, der einen Unfall in einem Atomkraftwerk antizipiert, in diesem Band präsentiert, aber in bezug auf Textumfang waren uns Grenzen gesetzt. Statt dessen wählten wir eine andere seiner Geschichten aus dem Jahr 1942 aus,* ***„The Wings of Night"****, die Autor und Epoche ebenfalls bestens vertritt. Sie ist ähnlich spannend wie* ***„Nerves"*** *und zeichnet sich durch einen Idealismus und eine Toleranz aus, die für die beste SF jener Jahre typisch war.*

„Diese verdammten Marsmenschen!“ stieß Fats Welchs mit dünnen Lippen hervor, zutiefst verletzt in seiner Würde als Mitglied einer überlegenen Rasse. „Da sitzen wir fest, knapp über dem Mond, randvoll mit erstklassigem Iridium, wie es nie zuvor auf den Asteroiden gefördert wurde. Und der Injektor funktioniert schon wieder nicht. Wenn mir dieser Zwiebeltyp noch einmal unter die Augen tritt ...“

„Ja, ja.“ Slim Lane tastete hinter seinem Rücken nach dem Schraubenschlüssel mit dem flexiblen Schaft, fand ihn und zwängte sich ächzend in die Maschinenmasse.

„Ja, ich weiß, du wirst Hackfleisch aus ihm machen. Bist du eigentlich schon mal auf die Idee gekommen, daß du dir nur selber Schwierigkeiten machst? Daß die Marsbewohner vielleicht doch denkende und fühlende Wesen sein könnten? Lyro Bmachis hat dir gesagt, es würde zwei Tage dauern, die Kontrollschaltung des Injektors zu überholen. Und da hast du ihn niedergeschlagen und seine Ahnen als dreckige Hunde bezeichnet und ihm acht Stunden Zeit gegeben, um das Ding zu reparieren. Und jetzt erwartest du, daß er sich bei der ganzen Hetzerei auch noch mächtig anstrengt und dir zuliebe eine Meisterleistung vollbringt ... Ach, lassen wir's doch, Fats. Gib mir mal den Schraubenzieher.“

Es war sinnlos. Über dieses Thema hatte er mit Fats schon ein dutzendmal diskutiert. Aber Fats wollte es einfach nicht begreifen. Er war ein guter Astronaut, aber er besaß nicht genug Phantasie, um das Gewäsch der Reorganisationsregierung über das Schicksal der Menschheit und den göttlichen Plan zu vergessen. Das alles lief ja nur darauf hinaus, andere Rassen auszubeuten. Nicht daß Fats viel davon haben würde ... Slim kannte den Wert des Idealismus besser als mancher andere.

Er hatte das College mit viel Idealismus und einem Erbe verlassen, das groß genug für drei war. Erfüllt vom alten Kreuzfahrergeist, hatte er Bücher geschrieben und veröffentlicht. Reden gehalten, Regierungsbeamte interviewt, intrigiert, war organisierten Vereinen beigetreten und hatte sich einen keineswegs schmeichelhaften Ruf erworben. Nun verdiente er seinen Lebensunterhalt, indem er Ware vom Mars zur Erde transportierte, in einem raumgeschädigten Frachtschiff, das ihm zu einem Viertel gehörte. Und Fats, der als U-Bahnarbeiter angefangen und sich ohne die Mithilfe von Idealen hochgearbeitet hatte, besaß die anderen drei Viertel.

Fats beobachtete ihn, als er aus dem Laderaum kroch. „Nun?"

„Nichts. Ich kann es nicht reparieren. Ich verstehe nichts von Elektronik. Mit dem Relais, das den Zeitabstand kontrolliert, stimmt irgendwas nicht. Aber das Meßinstrument zeigt nicht an, was im Eimer ist, und ich will hier draußen nicht experimentieren."

„Werden wir's bis zur Erde schaffen?"

Slim schüttelte den Kopf. „Das bezweifle ich, Fats. Landen wir lieber auf dem Mond. Dann können wir vielleicht herausfinden, was los ist, bevor uns die Luft ausgeht."

Damit hatte Fats bereits gerechnet und die Fluggeschwindigkeit gedrosselt. Er kämpfte gegen die sprunghaften Erschütterungen der Explosionen an und verfluchte die Schwerkraft des Mondes, so gering sie auch war. Aber die Bildschirme verrieten immerhin, daß er auf die Stelle zuflog, die er sich ausgesucht hatte — eine kleine Ebene, deren Zentrum überraschend frei von Schutt und Narben war.

„Wenn sie da unten wenigstens eine Notstation eingerichtet hätten" sagte er.

„Früher war eine da", erwiderte Slim. „Aber es fliegt ja kein Mensch zum Mond, und es besteht auch kein Grund, warum die Passagierschiffe dort landen sollten. Sie verbrauchen wesentlich weniger Treibstoff, wenn sie gleich durch die Erdatmosphäre fallen, statt erst noch hierherzujetten. Die Frachter zählen ja nicht. Komisch, wie glatt diese Fläche da unten ist! Wir sind nur mehr eine Meile entfernt, und ich kann nicht einmal eine Meteornarbe sehen."

„Dann haben wir endlich mal Glück und werden die Landung ohne Loch im Rumpf überstehen." Fats blickte auf den Radio-Höhenmesser und den Fallindikator. „Aber wir werden verdammt hart aufschlagen. Wenn ... He, was zum Teufel ..."

Slim blickte auf den Bildschirm, gerade noch rechtzeitig, um zu sehen, wie sich die Ebene in zwei Hälften teilte und geschmeidig unter ihnen davonglitt, eine Sekunde, bevor das Schiff sie berührt hätte. Und dann fielen sie langsam in einen bodenlos scheinenden Krater, der rasch größer wurde. Plötzlich kamen die Maschinen auf volle Touren. Der Bildschirm, der das Geschehen hinter dem Schiff registrierte, zeigte zwei durchscheinende Platten, die aufeinander zuglitten und sich schlossen. Ungläubig starrte Slim auf den Höhenmesser.

„Hundertsechzig Meilen unterhalb der Mondoberfläche — und gefangen ... Die Röhrengeräusche zeigen an, daß wir wenigstens ein bißchen Luft haben. Aber diese verrückte Falle — das ist doch verrückt ... Warum ..."

„Das ist doch jetzt egal. Wir können nicht mehr durch diese Platte nach oben fliegen, also fliegen wir hinunter und werden vermutlich herausfinden, was das zu bedeuten hat. Verdammt — und ich habe keine Ahnung, wie der Landeplatz da unten aussieht." Fats Mangel an exzessiver Phantasie war in solchen Situationen sehr nützlich. Er lenkte das Schiff vorsichtig und behutsam durch den gewaltigen Krater, als würde er den Flughafen von York ansteuern, und die unregelmäßigen Explosionen hielten ihn so in Atem, daß er nicht weiter darüber nachdachte, was ihn am Ende des Schachts erwarten könnte. Slim starrte ihn verwundert an, dann blickte er wieder auf die Bildschirme und suchte nach der Ursache, die hinter dieser offenbar künstlich angelegten Falle steckte.

Lhin kroch langsam durch den Berg aus Schmutz und zerbrochenem Schiefer, zog einen roten Stein hervor, der ihm zuvor entgangen war, und richtete sich auf. Die Großen waren gut zu ihm gewesen. Sie hatten einen Felsrutsch bewirkt, gerade in dem Augenblick, als die alten Lager vom vielen Graben dünn und armselig geworden waren. Seine sensitiven Nüstern verrieten ihm, daß es hier Magnesium gab, eisenhaltige Materie und Schwefel im Überfluß, und das alles konnte er gut gebrauchen. Natürlich hoffte er, daß er irgendwo auch Kupfer finden würde, auch wenn es nur ein daumengroßes Stückchen war. Aber davon war nichts zu sehen. Und ohne Kupfer ...

Er verdrängte diesen Gedanken und griff nach seinem Korb, der halb mit zerbrochenem Felsgestein und halb mit dem flechtenartigen Gewächs gefüllt war, das an diesem Ende des Kraters wuchs. Mit flinken Fingern scharrte er ein paar brüchige Steine mit Flechtenstreifen zusammen und schob sich die Mischung in den Mund. Gepriesen seien die Großen, die den Felsrutsch verursacht hatten! Der angenehme Magnesiumgeschmack kitzelte seinen Gaumen, und die Flechten schmeckten nach dem üppigen Reichtum des Bodens ringsum. Wenn er jetzt auch noch ein bißchen Kupfer fände, wäre er wunschlos glücklich.

Lhin grunzte, wedelte wehmütig mit seinem biegsamen Schwanz und kehrte zu seiner Höhle zurück. Er warf einen flüchtigen Blick auf das Höhlendach. Dort oben, viele Meilen weit weg, stach eine helle Lichtlanze herab, wurde immer diffuser, während sie die Luftschichten durchdrang, und zeigte an, daß sich der Mondtag der Mittagsstunde näherte. Bald würde die Sonne direkt durch das kleine Wächtertürchen scheinen. Es befand sich so hoch oben, daß er es nicht sehen konnte, aber er wußte von der abgedeckten Öffnung an der Stelle, wo die schrägen Wände des riesengroßen Tals endeten und das Dach begann. Während des langsamen, tausendjährigen Niedergangs seiner Rasse hatte das Dach gehalten, nur von der Wand gestützt, die einen Kreis von vielleicht fünfzig Meilen Durchmesser bildeten, stark und dauerhafter als der Krater selbst, ein bleibendes Monument seiner großartigen Rasse.

Er wußte, daß es ein künstliches Dach war. Man hatte es gebaut, als die letzte dünne Luft den Mond verlassen und die Rasse hier im tiefsten Krater Zuflucht gesucht hatte, wo man den Sauerstoff festhalten und verhindern konnte, daß er entwich. Auf vage Weise spürte er die Zeitalter, die seither verstrichen waren und wunderte sich über das feste Kuppeldach, das einem Jahrtausend getrotzt hatte.

Früher war die Rasse mächtig gewesen, wie ihre Umgebung immer noch zeigte. Aber die Zeit hatte ihr die jugendliche Kraft und damit die Hoffnung geraubt. Welchen Sinn hatte ihre Existenz hier in dieser kleinen Kolonie, fern von ihrer einstigen Welt? Das Volk war immer kleiner geworden, seine Fähigkeiten hatten nachgelassen. Die Maschinen waren zerbröckelt und nicht durch neue ersetzt worden. Die Rasse war zurückgefallen in ein primitives Stadium, indem sie Steine aus den Kraterwänden brach und die Flechten pflückte, die sie gezüchtet hatte, um Energie aus der Hitze und der radioaktiven Phosphoreszenz des Tales zu beziehen statt vom Sonnenlicht. Jedes Jahr hatten sie weniger Junge eingepflanzt, und von den wenigen erwies sich ein immer geringerer Prozentsatz als fruchtbar, so daß die ursprüngliche Anzahl von einer Million auf ein paar Tausende geschrumpft war, dann auf einige Hundert, und schließlich hatten nur noch verschwindend wenige Individuen ein trauriges Dasein gefristet.

Sie hatten die Gefahr des Aussterbens erst erkannt, als es zu spät gewesen war, dagegen anzukämpfen. Als Lhin aufgewachsen war, hatten nur noch drei Ältere gelebt, und sein Samen war als einziger fruchtbar gewesen. Die Älteren waren schon vor vielen Jahren gestorben, und nun hatte Lhin den ganzen Krater für sich allein. Das Leben bestand aus Schlaf und Nahrungssuche, aus ständig gleichbleibenden Gedanken, während sich Lhins tote Welt immer wieder dem Licht zudrehte, sich immer wieder davon abwandte. Die Monotonie hatte seine Rasse langsam getötet. Aber nun, wo das Werk beinahe vollbracht war, existierte diese Monotonie nicht mehr. Lhin war zufrieden mit seinem Lebensstil und immun gegen die Langeweile.

Seine Füße hatten sich so träge wie seine Gedanken bewegt, und nun hatte er den Eingang der Felsenhöhle erreicht, in der er wohnte. Er steckte sich noch eine Handvoll Steine und Flechten in den Mund, ließ sich noch ein paar Minuten lang vom diffusen Sonnenlicht bescheinen, dann ging er in seine Höhle. Er brauchte kein Licht, denn die Felswände waren in der fernen Jugend seiner Rasse radioaktiviert worden, und seine Augen waren an alle Lichtverhältnisse gewöhnt. Rasch durchquerte er den Vorraum, der ein Bett aus gewebten Flechten und einfache Möbel enthielt, und betrat das kombinierte Kinder- und Arbeitszimmer,

in das ihn immer wieder eine unlogische, aber unauslöschliche Hoffnung zog.
Aber es war wie immer sinnlos. In der mit nahrhaftem, sorgfältig gewässertem Lehm gefüllten Kiste regte sich kein Leben. Nicht einmal eine winzige rote Knospe gab ihm neue Hoffnung auf die Zukunft. Seine Saat war unfruchtbar, und der Zeitpunkt, wo alles Leben in diesem Tal sterben würde, rückte immer näher. Verbittert wandte er dem Kinderbett den Rücken zu.
So wenig fehlte — und doch so viel. Wenn er ein paar Hundert Moleküle Kupfersalz zu sich nehmen könnte, würde sein Samen wieder fruchtbar werden. Und wenn er dem Wasser einige Kupfermoleküle beifügen könnte, würde die jetzige Saat zu einem kräftigen Mann oder einer Frau heranwachsen. Die Mitglieder von Lhins Rasse besaßen männliche und weibliche Elemente und konnten die Saat, aus der Kinder entstehen sollten, allein oder zu zweit zeugen. Solange ein Mitglied der Rasse lebte, konnte es jedes Jahr hundert Junge im sorgsam gehüteten Brutkasten aufziehen, wenn ihm die lebenswichtigen Hormone, die im Kupfer enthalten waren, zur Verfügung standen.
Aber Lhin hatte kein Kupfer. Er inspizierte seinen Apparat, den er mühsam aus handgearbeiteten Steinschüsseln und Rohren, aus schlanken Gerten zusammengefügt, gebaut hatte, und seine Herzen wurden schwer. Das schwache Feuer aus getrockneten Flechten und Gummiharz brannte immer noch, und langsam, Tropfen um Tropfen, träufelte eine Flüssigkeit aus der letzten Röhre in eine der Schüsseln. Doch sie roch nicht nach Kupfersalzen. Nun, er hatte es versucht, und es war mißlungen. Sorgsam hatte er das Wasser untersucht, das die Erde im Brutkasten befeuchtete, aber es enthielt zu wenig lebensnotwendige Mineralien. Seufzend steckte er die Metallrollen, auf denen die wissenschaftlichen Erkenntnisse seiner Rasse festgehalten waren, in ihren Zylinder zurück und begann die chemischen Teile seines Labors auseinanderzunehmen.
Nun mußte er die andere Möglichkeit ausprobieren — die riskantere. Aber es war notwendig geworden. Wie er den Metallrollen entnommen hatte, gab es irgendwo oben in der Nähe des Da-

ches Kupfer in geringen Mengen, oberhalb des Raums, der konzentrierte lebenswichtige Luft enthielt. Das bedeutete, daß er sich mit einem Helm und Lufttanks ausrüsten mußte, mit Werkzeugen, um den verschütteten alten Treppenaufgang freizulegen, mit Instrumenten, um das Kupfer aufzuspüren, und einer Pumpe, um die Tanks zu füllen. Dann mußte er die Tanks nach oben schleppen, sie irgendwo deponieren, mußte weitere Vorratsdepots anlegen, in regelmäßigen Abständen, bis seine Kette von Luftvorräten das Dach erreichte, wo er — vielleicht — Kupfer finden würde.

Er wollte nicht daran denken, wie lange es dauern würde, diese Aufgabe zu erfüllen, auch nicht an den möglichen Mißerfolg. Er trat auf die kleinen Blasebälge, und blaue Flammen züngelten aus der primitiven Esse empor, als er raffinierte Metallstücke formbar machte. Es war fast unmöglich, sie mit den Händen so zu gestalten, wie es die alten Instruktionen auf den Metallrollen vorschrieben. Aber er würde es schaffen. Seine Rasse durfte nicht sterben.

Einige Stunden später fuhr ein schrilles Geräusch durch die Höhle. Ein Meteor näherte sich den Dachplatten. In Lhins bisherigem Leben war noch kein Meteor herangeflogen, der groß genug gewesen wäre, um die Warnschilder zu aktivieren. Er hatte sich bereits gefragt, ob der für die Ewigkeit geschaffene Mechanismus, der bis zum Tod der Sonne Sonnenenergie speichern sollte, noch funktionierte. Und während er dastand und zur Tür starrte, klang der schrille Pfeifton wieder auf.

Wenn er jetzt nicht auf die Induktionsspule drückte, würden die automatischen Kräfte in Aktion treten, den Meteor am Dach vorbeilenken. Aber daran dachte er nicht, als er zu der Schalttafel rannte, hinter der sich die Induktionsspule befand, und auf den entsprechenden Knopf drückte. Deshalb hatte er sich diese Höhle ausgesucht, in der einst die Wächter gewohnt hatten — die Männer, die damals die letzten Patrouillenraketen aus und ein gelassen hatte. Die Spule glühte auf und verkündete, daß der Meteor das Dach passiert hatte. Lhin ließ die Hand sinken, und die Dachplatten schlossen sich wieder.

Er ging zum Eingang und wartete ungeduldig auf den Aufprall. Vielleicht hatten die Großen seine Gebete endlich erhört. Da er kein Kupfer finden konnte, sandten sie ihm ein Geschenk aus dem All. Wieviel kostbares Kupfer mochte der Meteor enthalten? Vielleicht sogar eine Handvoll? Aber warum schlug der Meteor nicht auf? Besorgt sah Lhin zum Dach hinauf, voller Angst, daß er zu spät auf den Knopf gedrückt hatte, daß der Meteor vorbeigeflogen war.
Nun flackerte ein Licht auf. War es nur ein so schwaches Licht, das dieser große Meteor erzeugte, während er den Luftwiderstand durchbrach? Und dieses scharfe Wimmern, das nun seine Ohren erreichte — das war kein Geräusch, das ein Meteor logischerweise verursachen müßte. Er kniff die Augen zusammen, und da sah er, daß das Ding ganz langsam herabsegelte, nicht im freien Fall, und daß das Licht aus der Vorderseite strahlte, statt hinten zu verlöschen. Das konnte nur eines bedeuten — Kontrolle durch Intelligenz. Eine Rakete ...
Lhins Gedanken wirbelten wild durcheinander, verrückte Vorstellungen, daß seine Ahnen von einem anderen unbekannten Zufluchtsort zurückkehrten, daß die Großen ihn persönlich besuchen wollten, schossen ihm plötzlich durch den Kopf. Doch sein anderes Ich überlegte logisch und folgerichtig und erkannte, daß das alles unmöglich war. Diese Maschine konnte nicht vom öden Mond kommen, also mußte sie von dem Fabelplaneten stammen, der unter dem Boden seiner Welt lag — oder von anderen Sternen, die um die Sonne kreisten. Intelligenz — dort draußen?
Er erinnerte sich an die Berichte, die er gelesen hatte, Berichte aus jenen fernen Zeiten, wo seine Ahnen das All durchflogen hatten, um zu anderen Planeten zu gelangen — lange, bevor dieser Zufluchtsort gebaut worden war. Wegen der starken Schwerkräfte hatten sie keinen dieser Planeten kolonialisieren können, aber detaillierte Beobachtungen gemacht. Auf dem zweiten Planeten lebten nur schuppige Wesen, die durchs Wasser glitten, und auf dem bißchen Land wuchsen seltsame Farne. Die Urzeit des Mondes hatte gigantische Tiere hervorgebracht, die mit dem Boden

ebenso fest verwurzelt waren wie die Pflanzen. Auf der vierten Welt hatte Leben geherrscht, das Lhins Rasse vertrauter war.
Wie bei seinen Urahnen hatte es auch dort keine Trennung zwischen tierischem und pflanzlichem Leben gegeben, aber beide Elemente waren allgegenwärtig. Kugelförmige Lebensblasen hatten sich zusammengefunden, vom Instinkt geleitet, ohne Kommunikationsmöglichkeit. Auf dieser Welt hätte sich noch am ehesten intelligentes Leben entwickeln können, und deshalb nahm Lhin an, daß die Rakete von dort stammte. Wenn sie von der dritten Welt kam, mußte Lhin alle Hoffnungen aufgeben. Der Blutdurst dieser Welt war auf den Metallrollen deutlich genug beschrieben worden, mit Hilfe von Bildern, die gigantische Bestien zeigten, wie sie sich aufeinander stürzten, einander zerfleischten. Halb ängstlich, halb erwartungsvoll hörte er das Schiff irgendwo landen, dann ging er darauf zu, den Schwanz fest zusammengerollt.
Als er die beiden Kreaturen sah, die vor den offenen Schleusentoren des Schiffes standen, wußte er, daß seine Vermutung falsch gewesen war. Diese Wesen waren gegabelt wie er selbst, aber massiver und größer, und das bedeutete, daß sie von der dritten Welt kamen. Zögernd bleib er stehen und beobachtete sie, als sie sich umblickten und mit sichtlichem Genuß die Luft des Tales einatmeten. Dann sprach der eine mit dem anderen, und Lhin erlitt einen neuen Schock.
Artikulation und Intonation wiesen auf Intelligenz hin, aber was dabei herauskam, war nur sinnloses Geschwätz, Sollte das eine Sprache sein? Vermutlich — wenn die Worte auch keine Bedeutung hatten ... Moment mal — in den alten Berichten ... Slha der Freidenker hatte sich mit solchen Überlegungen befaßt. Er hatte über die längst vergangenen Zeiten geschrieben, wo die Mondbewohner noch keine Sprache besessen hatten, und die Theorie aufgestellt, daß sie die Laute erfunden und ihnen willkürliche Bedeutungen gegeben hatten. Erst nach jahrhundertelangem Gebrauch wären die Laute zu einem instinktiven Gut der neugewachsenen Kinder geworden. Slha hatte sogar zu bezweifeln gewagt, daß die Großen die Sprache und die Bedeutung der einzel-

nen Laute den Mondbewohnern als unabdingbare Komponenten intelligenten Lebens in die Wiege gelegt hatten. Nun sah es tatsächlich so aus, als ob er recht gehabt hätte. Lhin tastete sich durch den Nebel seiner neuen Entdeckungen und führte seine Gedanken zu einem einzigen Strahl zusammen.

Wieder erschrak er. Ihre Gehirne waren schwer zu erreichen, und als er den Schlüssel gefunden hatte und in ihre Gedanken vordrang, erkannte er, daß sie die seinen nicht lesen konnten. Trotzdem waren sie intelligent. Der eine, auf dessen Gedanken er sich gerade konzentrierte, erblickte ihn und packte den anderen. Die Worte waren immer noch primitiv, aber ihr Sinn wurde dem Mondwesen klar. „Fats, was ist denn das?"

Der andere wandte sich um und starrte Lhin an. „Sieht wie ein dürrer dreibeiniger Affe aus. Wahrscheinlich ist er harmlos."

„Wahrscheinlich — vielleicht ist er sogar intelligent. Ich habe mir gleich gedacht, daß diese Falle nicht von politischen Flüchtlingen gebaut wurde. Die Konstruktion ist nicht menschlich. Hallo!" Der eine, der sich in Gedanken Slim nannte, kam auf Lhin zu. „Wer und was bist du?"

„Lhin", antwortete er und las freudiges Erstaunen in Slims Gehirn. „Ich bin Lhin."

Fats grunzte. „Ich möchte nur wissen, wer schon mal hier war und ihm Englisch beigebracht hat."

Lhin bemühte sich, die einzelnen Laute zu behalten und sich ihre Bedeutung zu merken. „Niemand war hier. Ich ..." Er trat näher an Slim heran, deutete auf Slims Kopf und dann auf seinen eigenen. Überraschenderweise begriff Slim sofort, was er meinte.

„Er weiß, was wir denken. Wahrscheinlich eine Art von Telepathie ..."

„Meinst du? Die Marsbewohner behaupten, daß sie das untereinander auch tun, aber ich habe noch nie erlebt, daß einer die Gedanken eines Erdenmenschen gelesen hätte. Sie sagen, daß wir uns nicht öffnen. Vielleicht lügt dieser Rin-Affe."

„Das bezweifle ich. Schau dir doch mal den Radioaktivitätsgrad im Lebensfähigkeitsmesser an! Hier war noch kein Erdenmensch, sonst hätte er die gute Nachricht daheim längst verbrei-

tet. Außerdem heißt er nicht Rin — eher Lin. Aber ganz genau werden wir das wohl nie wissen.“ Slim sandte einen halben Gedanken zu Lhin hinüber, der seinen Namen gehorsam wiederholte. „Siehst du, wie schlau er ist? Das war ein Knacklaut —, und der letzte Konsonant ist ein Lippenlaut — wenn er auch mehr wie einer unserer Zahnlaute klingt. Solche Geräusche können wir gar nicht machen. Ich frage mich nur, wie groß seine Intelligenz ist.“
Er kehrte ins Schiff zurück, bevor Lhin sich eine Antwort ausdenken konnte, und kam einen Augenblick später mit einem kleinen Paket unter dem Arm zurück. „Das ist das englische Raum Code-Buch“, erklärte er Fats. „Das hat man schon vor hundert Jahren benutzt, um den Marsbewohnern Englisch beizubringen.“
Dann sagte er zu Lhin: „Hier sind die sechshundert nützlichsten Wörter unserer Sprache. Schau dir die entsprechende Zeichnung an, während ich das Wort sage und denke, Klar? Also, fangen wir an. Eins — eeeeiiiiinnnnnnssss — zwei — Zzzwwwweii ...“
Fats sah ihnen eine Zeitlang belustigt zu, dann wurde es ihm zu langweilig. „Okay, Slim. Du kannst den Eingeborenen ja noch ein bißchen verhätscheln und ihn ausfragen. Ich schau mit inzwischen diese radioaktiven Wände an, bis du bereit bist, mit der Reparatur anzufangen. Wenn die Radios in diesen Frachtern nicht so verdammt knapp wären — dann könnten wir einen Hilferuf durchgeben.“
Er schlenderte davon, aber Lhin und Slim merkten es kaum. Sie widmeten sich der problematischen Aufgabe, eine Kommunikationsmöglichkeit zu schaffen, was vor allem dadurch erschwert wurde, daß sie fast keine gemeinsame Basis hatten. Lhin war mit einer komplizierten Sprache aufgewachsen, die ihm so selbstverständlich erschien wie das Atmen. Nun verzerrten sich seine Lippen, um die fremden Laute zu bilden, prägte sich ihre Bedeutung unauslöschlich ein.
Fats fand sie schließlich in Lhins Höhle, wohin ihn der Klang der Stimmen gelockt hatte, und setzte sich, um die beiden zu beobachten, wie ein Erwachsener einem Kind zusah, daß mit einem Hund spielte. Er hegte keinen Groll gegen Lhin, aber er betrach-

tete den Mondmann nur als ein kluges Tier, genauso wie die Mars- und die primitiven Venusbewohner. Aber wenn es Slim Spaß machte, Lhin als seinesgleichen zu behandeln, wollte Fats ihm die Freude nicht verderben — zumindest vorläufig nicht.

Lhin war sich dieser und anderer noch schlimmerer Gedanken vage bewußt, aber er achtete kaum darauf, so sehr nahm ihn das Erlebnis gefangen, nach fast einem Jahrhundert wieder Kontakt mit einem anderen Wesen zu haben. Er wedelte mit dem Schwanz, breitete die Arme aus und kämpfte mit den Erdenlauten, während Slim ihn aufmerksam beobachtete und ihm zuhörte, so gut er konnte.

Schließlich nickte der Erdenmann. „Ich glaube, jetzt hab ich's. Außer dir sind alle tot, und es paßt dir nicht, daß deine Rasse mit dir aussterben soll. Hm ... Würde mir auch nicht gefallen. Und nun hoffst du, daß diese ‚Großen', die wir Götter nennen, uns geschickt haben, um dir zu helfen. Aber wie sollen wir dir denn helfen?"

Lhin strahlte. Sein Gesicht verzerrte sich zu einer grimmigen Freudengrimasse, bevor ihm klar wurde, daß Slim diese Miene mißverstehen konnte, und er glättete die Falten rasch wieder. Slim meinte es gut. Wenn er wußte, was Lhin brauchte, würde er ihm das Kupfer sicher gern geben. Vor allem, da ja in den alten Berichten stand, daß die dritte Welt ungewöhnlich reich an Mineralien war.

„Ich brauche Nra. Ich kann mein Leben mit Hilfe von einfachen Dingen erhalten — mit Luft, Flüssigkeit, Nahrung —, all das habe ich, und so lebe ich. Aber um neues Leben zu schaffen, brauche ich Nra. Ich weiß das englische Wort nicht ..."

Er wartete ungeduldig, während Slim das langsam verdaute. „Ist das ein Hormon oder ein Vitamin — wie das Vitamin E_6? Vielleicht können wir es herstellen, aber ..."

Lhin nickte. Wie gut die Großen waren. Seine Herzen erwärmten sich bei dem Gedanken, wie viele der sorgfältig aufbewahrten Saaten heranwachsen würden, wenn er erst einmal das Kupfer hatte. Und der Erdenmann war bereit, ihm zu helfen. Nur noch eine kleine Weile — dann würde alles gut werden.

„Man muß es nicht herstellen", schrillte er glücklich. „Es entsteht in mir. Aber dazu brauche ich Nra. Schau!" Er nahm eine Handvoll Steine aus einem Korb, zerkaute sie langsam und zeigte Slim, wie sie sich in seinem Mund verändert hatten.
Nun war Fats' Interesse geweckt. „Mach das noch einmal, Affe!"
Lhin gehorchte und stellte überrascht fest, daß die Erdenmenschen offenbar nur Dinge aßen, die fremdes Leben hervorgebracht hatte.
„Verdammt! Steine — simple Steine! Und er ißt sie. Hat er vielleicht einen Kropf wie ein Vogel, Slim?"
„Er verdaut die Steine. Wenn du von diesen Halbtieren und Halbpflanzen gelesen hättest, von denen die Marsbewohner abstammen, wüßtest du, wie sein Stoffwechsel aussieht. Hör mal, Lhin, ich glaube, du meinst ein Element. Natrium, Kalzium, Chlor? Nein, ich glaube, das hast du alles. Vielleicht Jod? Hm ..."
Er nannte noch ein Dutzend Elemente, die seiner Meinung nach für die Entstehung des Mondlebens erforderlich sein könnten, aber Kupfer war nicht dabei. Allmählich schlich sich Furcht in Lhins Gedanken. Sollte diese seltsame Kommunikationsbarriere alles zunichte machen?
Er suchte nach einer Verständigungsmöglichkeit — und atmete erleichtert auf. Natürlich! Wenn auch kein gebräuchliches Wort dafür existierte, das Element war simpel genug in seiner Struktur. Hastig blätterte er in den Seiten des Code-Buchs, bis er zu einem leeren Blatt kam, und griff nach dem Bleistift des Erdenmannes. Und während Slim und Fats neugierig zusahen, begann er die atomare Struktur des Kupfers aufzuzeichnen. Er fing mit dem Zentrum an, dann fügte er ein Teilchen nach dem anderen hinzu, so wie es die Meisterphysiker seiner Rasse getan hatten.
Aber sie verstanden es nicht. Slim gab ihm das Blatt zurück und schüttelte den Kopf. „Wenn ich mich nicht irre und wenn das wirklich ein Atom ist, dann müssen wir auf der Erde noch eine ganze Menge lernen."
Fats verzog die Lippen. „Wenn das ein Atom ist, bin ich ein Spiegelei. Komm, Slim, es ist Schlafenszeit, und du hast einen ganzen Tag vertan. Außerdem will ich mit dir über diese Radioaktivität reden.

Sie ist so stark, daß sie uns in einer halben Stunde rösten würde, wenn wir nicht unsere tragbaren Annullisatoren hätten. Aber der Affe scheint davon zu leben. Ich habe da eine Idee ..."

Slim sah auf seine Uhr. „Verdammt ... Hör mal Lhin, sei nicht traurig, wir reden morgen noch einmal darüber. Aber Fats hat recht. Wir müssen jetzt schlafen. Bis bald, mein Junge!"

Lhin nichte ihm zu und ließ sich auf sein Bett fallen. Er hörte, wie Fats vor der Höhle einen Plan entwickelte, mit Lhins Hilfe an die Radioaktivität heranzukommen, und er hörte auch, wie Slim protestierte. Aber das interessierte ihn jetzt nicht. Er hatte die atomare Struktur des Kupfers richtig gezeichnet, das wußte er. Aber die Wissenschaft der Erdenmenschen war eben noch nicht so weit, und sie wußten zu wenig, um den Sinn seiner Zeichnung zu verstehen.

Chemische Formeln? Reaktionen, die andere Reaktionen eliminieren würden? Vielleicht, wenn sie Chemiker wären ... Irgendeine Lösung mußte es geben. Vorausgesetzt, daß es auf der Erde Kupfer gab. Die Großen, die sie Götter nannten, würden die Gebete eines Jahrhunderts doch nicht mit Spott beantworten? Es mußte eine Lösung geben, und er würde sie finden, während die beiden schliefen — und wenn er jede Metallrolle studieren mußte.

Ein paar Stunden später trottete er über die Ebene auf das Schiff zu, von neuer Hoffnung erfüllt. Die Lösung, die er gefunden hatte, war ganz einfach. Die Elemente waren in Familien und Klassen eingeteilt. Slim hatte das Natrium erwähnt, und auf primitiveren Tabellen, wie sie vielleicht auf der Erde benutzt wurden, war das Kupfer damit verwandt. Und was noch wichtiger war — es hatte die atomare Nummer 29, nach der elementaren Theorie, die jeder Rasse, die Raketen baute, geläufig sein mußte.

Die Schleusentore waren offen, und er schlüpfte durch beide hindurch. Die Wellen der halbgeformten menschlichen Gedanken führten ihn zu Slim und Fats. Er fragte sich, was für Gewohnheiten sie hatten. Lhin hatte bereits festgestellt, daß die Gesetze seines Volkes nicht notwendigerweise mit den Regeln der Erden-

bewohner übereinstimmen mußten. Vielleicht mochten sie es nicht, wenn man sie aus dem Schlaf weckte. Schließlich setzte er sich, hin- und hergerissen zwischen Höflichkeit und Ungeduld, auf den Metallboden, umklammerte die Metallrolle, die er mitgebracht hatte, und seine Nüstern testeten das Metall ringsum. Er konnte kein Kupfer entdecken, aber er hatte auch nicht erwartet, in diesem Schiff ein so seltenes Element vorzufinden, wenn auch andere vorhanden waren, die er nicht kannte — vermutlich Schwermetalle, die auf dem Mond kaum vorkamen. Fats gurgelte und schlug mit beiden Armen um sich, gähnte und setzte sich auf, immer noch im Halbschlaf. Irgendeine Erdenperson vom weiblichen Element, das den beiden Männern fehlte, wie Lhin bereits erkannt hatte, erfüllte Fats' Gedanken gemeinsam mit der Vorstellung, was er tun würde, wenn er reich wäre. Lhin interessierte sich sehr für diese Gedankenbilder, bis ihm klarwurde, daß es besser wäre, in diese offenbar geheimen Dinge nicht einzudringen. Er zog seinen Gedankenstrahl zurück, und im selben Augenblick entdeckte ihn der Mann.
Fats war niemals in bester Verfassung, wenn er erwachte. Schreiend sprang er auf und packte einen Gegenstand.
„Du heimtückischer kleiner Affe! Schleicht sich hier herein, um uns abzumurksen ..."
Lhin quietschte und wich dem Schlag aus, der ihn unweigerlich zu Brei zermalmt hätte. Er wußte nicht, was er verbrochen hatte, aber es war wohl besser, das Weite zu suchen. Er kannte keine körperliche Angst. Zu viele Generationen waren herangewachsen und gestorben, ohne die Notwendigkeit dieser Furcht kennenzulernen. Aber es war wie ein betäubender Schock, als ihm bewußt wurde, daß diese Wesen tatsächlich dazu imstande wären, eine andere intelligente Kreatur zu töten. Galt das Leben auf der Erde so wenig?
„He! Fats! Hör auf!" Der Lärm hatte Slim geweckt ... Lhin drehte sich vorsichtig um und sah, daß der andere Mann den wütenden Fats am Arm festhielt. „Was ist denn los?"
Aber nun war Fats hellwach und beruhigte sich. Er ließ den Metallbarren fallen und grinste verlegen. „Ich weiß nicht ... Er mein-

te es wahrscheinlich gut. Aber er saß da, hielt dieses Metallding in der Hand und starrte mich an, und da dachte ich, er wollte mir die Kehle durchschneiden oder so was Ähnliches. — Komm zurück, Affe, es ist alles in Ordnung!"
Slim ließ seinen Partner los und nickte Lhin zu. „Natürlich. Komm zurück, mein Junge. Fats hat ein paar komische Ideen über die Leute, die nicht auf der Erde wohnen, aber im Grunde ist er ein gutmütiger Kerl. Wenn du brav bist, wird er dir nichts tun. Vielleicht krault er dich sogar hinter den Ohren."
„So was Verrücktes!" Fats grinste, und seine Stimmung hob sich wieder. Er wußte zwar, daß Slim ihn mit dieser Bemerkung zurechtweisen wollte, aber das war ihm egal. Was war schon dabei, wenn man Marsmenschen und Affen so behandelte, wie sie es verdienten? „Was hast du denn da, Affe? Noch ein paar Bilder ohne Bedeutung?"
Lhin nickte, womit er die Erdenmenschengeste der Zustimmung imitierte, und gab Slim die Metallrolle. Fats war zwar freundlicher geworden, aber er war eine unbekannte Größe, und außerdem zeigte Slim mehr Interesse. „Bilder, die sehr viel bedeuten. Das ist Nra — die Nummer 29 unter dem Natrium."
„Eine Tabelle mit acht Spalten", erklärte Slim, zu Fats gewandt. „Zumindest sieht es so aus. Gib mir mal das Handbuch, ja? Hm ... unter Natrium — die Nummer 29. Natrium, Kalium — Kupfer! Das ist die Nummer 29. Habe ich recht, Lhin?"
Lhins Augen blitzten triumphierend. Gepriesen seien die Großen! „Ja, es ist Kupfer. Habt ihr welches? Und wenn es nur ein Gramm ist ..."
„Zehntausend Gramm, wenn du willst. Bedien dich nur ..."
„Moment mal", unterbrach ihn Fats. „Sicher haben wir Kupfer, Affe. Was willst du dafür bezahlen?"
„Bezahlen?"
„Was gibt du uns dafür? Wir helfen dir, du hilfst uns. Das ist doch fair, nicht wahr?"
Auf diese Idee wäre Lhin nie gekommen, aber es war tatsächlich fair. Und was sollte er den beiden für das Kupfer geben? Dann las er, was sich in Fats Gehirn abspielte. Für das Kupfer sollte er

arbeiten, ausgraben, die Radioaktiva raffinieren, die dem Krater Wärme, Licht und Leben gaben, die man so mühsam geschaffen hatte, als dieser Zufluchtsort gebaut worden war, die man so transmutiert hatte, daß sie den speziellen Bedürfnissen des Volkes genügten, das hier leben sollte. Und nach ihm würden seine Söhne und deren Söhne graben und schwitzen und dafür nur so viel Kupfer bekommen, daß genug Bergarbeiter am Leben blieben.

Fats' Gehirn füllte sich wieder mit Träumen von jener Erdenperson. Für sie würde er eine Rasse zu einem Leben ohne Stolz, ohne Hoffnung verdammen. Lhin konnte das nicht verstehen. Es gab doch so viele Lebewesen auf der Erde. Warum war es nötig, ihn zu versklaven?

Aber nicht nur die Versklavung drohte ihm, sondern der Untergang. Seine Rasse würde sterben, wenn die Erde mit Radioaktiva gesättigt oder wenn der Vorrat auf dem Mond so geschrumpft war, daß er unter den lebenswichtigen Grad sank. Lhin erschauerte, als er sich die Tragweite der Entscheidung vor Augen führte, die jetzt von ihm verlangt wurde.

Slims Hand legte sich behutsam auf seine Schulter. „Fats sieht das ganz falsch, Lhin. Er wird sich's sicherlich überlegen. Nicht wahr, Fats?"

Da war etwas in Slims anderer Hand — etwas, das Lhin vage als Waffe erkannte. Der andere Mann zuckte zusammen, aber dann grinste er.

„Du bist zu weichherzig. Slim. Vielleicht glaubst du wirklich an diesen Unsinn von der Gleichheit aller Rassen. Aber du würdest mich für diesen Glauben nicht umbringen. Jedenfalls gebe ich mein Kupfer nicht umsonst her."

Plötzlich grinste auch Slim und steckte die Waffe wieder ein. „Okay, Lhin kann mein Kupfer haben. Es gibt genug in der Rakete — in Formen, die wir entbehren können. Vergiß nicht, daß ein Viertel davon mir gehört!"

Fats Gedanken gaben Antwort. Er überlegte hin und her, dann zuckte er mit den Schultern. Slim hatte recht. Er konnte mit seinem Anteil machen, was er wollte. Trotzdem ... „Okay, ich helfe dir, das Zeug loszueisen oder auszubuddeln. Wie wäre es mit dem Draht im Maschinenraum?"

Lhin sah schweigend zu, als sie eine kleine Kabine öffneten und darin herumwühlten. Mit seinem halben Gehirn studierte er die Maschinen und Kontrollschalter, die andere Hälfte zitterte vor Entzücken, als sie an das Kupfer dachte. Er würde nicht nur eine Handvoll bekommen, sondern soviel er tragen konnte, reines Kupfer, das sich mit Hilfe der Säuren, die er bereits vorbereitet hatte, leicht in verdauliches Sulfat verwandeln ließ. In einem Jahr würde der Krater wieder bevölkert sein, vor Leben nur so wimmeln ...

Dann weckte ein Teil der Maschinerie, die er betrachtete, seine ganze Aufmerksamkeit, und er zupfte Slim am Hosenbein. „Das Ding da ist nicht gut, was?"

„Eh? Nein, ist es nicht. Deshalb sind wir ja hier. Warum fragst du?"

„Dann kann ich ohne Radioaktiva bezahlen. Ich werde es reparieren." Dann kamen ihm Zweifel. „Das wäre doch auch eine Form der Bezahlung?"

Fats schleppte eine Rolle aus herrlich duftendem Draht aus der Kabine, wischte sich den Schweiß von der Stirn und nickte. „Das wäre eine Bezahlung, aber laß dieses Ding in Ruhe. Es ist schon kaputt genug, und vielleicht kann Slim es wieder reparieren."

„Ich kann es reparieren."

„Ach! Und in welcher Schule hast du deinen Elektroingenieur gemacht? In dieser Rolle sind zweihundert Fuß Draht, das macht fünfzig für ihn. Willst du ihm wirklich alles geben, Slim?"

„Ja, ich denke schon." Slim sah Lhin zweifelnd an. „Hast du so ein Ding schon mal in der Hand gehabt, Lhin? Die Kontrollen für die Ionenzufuhr und die Injektoren sind ziemlich kompliziert in so einer Rakete. Wieso glaubst du, daß du den Injektor reparieren könntest? Es sei denn, deine Rasse besaß solche Dinge, und du hast die Berichte studiert."

Lhin suchte nach Worten, als er es zu erklären versuchte. Sein Volk hatte solche Dinge nicht besessen, seine Atomenergie hatte auf andere Weise funktioniert, da Uran auf dem Mond nur in geringen Mengen vorkam und direkt in Kraft umgewandelt worden war. Aber das Prinzip dieses Geräts war ihm klar, auch wenn er es nur von außen sah. Er konnte die Art, wie es funktionierte, in seinem Kopf spüren.

„Ich fühle es. Ich hätte es schon reparieren können, als ich eben erst herangewachsen war. Es ist die Art, wie ich denke, nicht die Art, wie ich lerne — obwohl ich alles in den Berichten gelesen habe. Dreihundert Millionen Jahre lang, nach eurer Zeitrechnung, hat mein Volk das alles gelernt — und nun fühle ich es."

„Dreihundert Millionen Jahre! Ich wußte, daß deine Rasse alt ist, als du mir sagtest, du hättest von Anfang an reden und lesen können — aber damals war unsere Erde noch von Dinosauriern bewohnt."

„Ja, mein Volk hat sie auf eurer Welt gesehen", versicherte Lhin feierlich. „Darf ich das Ding reparieren?"

Slim schüttelte verwirrt den Kopf und übergab dem Mondmann wortlos einen Werkzeugkasten.

„Dreihundert Millionen Jahre, Fats ... Und während all dieser Zeit waren sie weiter, als wir es jetzt sind. Als wir noch kleine Kriechtiere waren und von den Eiern der Dinosaurier lebten, flogen sie schon von einem Planeten zum anderen. Wenn sie auch nicht lange bei uns bleiben konnten — denn die Erdenschwerkraft ist sechsmal so stark wir die des Mondes. Und jetzt — nur weil sie auf einer leichten Welt bleiben mußten und der Luftverlust sie dazu zwang, sich hier zurückzuziehen und künstlich die nötigen Lebensbedingungen zu schaffen, ist nur noch Lhin übrig."

„Und wieso wird er deshalb zum Mechaniker?"

„Durch Instinkt. Überleg doch, was die Tiere in demselben Zeitraum instinktiv gelernt haben — sie wissen, was sie essen müssen, sie wittern ihre Feinde, sie sorgen für ihre Jungen. Lhin kennt sich instinktiv mit dieser Maschinerie aus. Wahrscheinlich weiß er nicht alles, aber er kann fühlen, wie so ein Ding funktionieren müßte. Wenn man jetzt noch bedenkt, wie viele wissenschaftliche Berichte er gelesen hat ... Eigentlich dürfte es keine einzige Maschine geben, die er nicht reparieren kann."

Fats sagte sich, daß es keinen Sinn hatte zu protestieren, und so schaute er schweigend zu. Entweder brachte der Affe das Ding in Ordnung, oder sie würden nie mehr von hier wegkommen. Lhin hatte eine Metallschere genommen und die Kontrollkiste abgetrennt. Mit erstaunlichem Geschick löste er Drähte, zog Röhren heraus, kuppelte Transformatoren aus.
Es fiel ihm nicht schwer. Sie hatten atomare Treibkraft in Energie umgewandelt und gewisse Methoden entwickelt, um Materie zu ionisieren und den Grad der Ionisation zu kontrollieren. Sie beförderten die Ionen in die Raketenröhren und zwangen sie, mit Höchstgeschwindigkeit durch Spiralen hinauszurasen. In der angewandten Elektronik war es ein elementares Problem, die Ionenkraft zu rationieren und zu kontrollieren.
Mit flinken kleinen Händen bog er Drähte zu Spulen, setzte andere Spulen in Relation zu den ersten ein und kuppelte eine Röhre an dieser Kombination fest. Rings um das Ganze nahmen andere Spulen und Röhren Form an, dann wurde eine lange Zuführungsleitung mit dem Rohr verbunden, das die Masse enthielt, die ionisiert werden mußte. Stromzuführungsschienen verbanden sich mit der aufgenommenen Energiemenge. Die Injektoren, die für die Ionenzufuhr sorgten, waren überflüssigerweise sehr kompliziert, aber er änderte sich nicht, da sie so, wie sie waren, recht gut funktionierten. In weniger als zehn Minuten hatte er die Arbeit beendet.
„So, jetzt funktioniert das Ding wieder. Aber paßt gut auf, wenn ihr es zum erstenmal benutzt! Nun erledigt es die ganze Arbeit — nicht nur einen Teil wie zuvor.“
Slim inspizierte das vollendete Werk. „Das ist alles? Und was ist mit dem ganzen Zeug, das du nicht verwendet hast?“
„Das ist nichts wert. So, wie das Ding jetzt ist, funktioniert es wunderbar.“ So gut er konnte, erklärte er Slim, was passieren würde, wenn das Gerät nun benutzt wurde. Schon vorher hatte es eines gut ausgebildeten Technikers bedurft, um die Wirkungsweise zu beschreiben. Aber nun stand ein wissenschaftliches Produkt vor den beiden Erdenmännern, das weit über die ungeschickten, viel zu komplizierten atomaren Erstlingsversuche hin-

ausging. Irgend etwas hatte geschehen müssen — und es war geschehen, auf einfachste Weise ... Slim verstand nicht, warum man das nicht gleich so gemacht hatte — eine ganz normale Reaktion, sobald die endgültige Vereinfachung erreicht war. Er nickte.

„Sehr gut, Fats, das ist die Masche! Jetzt kriegst du 99,99 Prozent an Wirkungskraft statt des üblichen Maximums von 20. Du bist ein Pfundskerl, Lhin."

Fats verstand nichts von Elektronik, aber was Lhin da erzählte, klang einleuchtend. Und so verzichtete er auf einen Kommentar. Statt dessen ging er zum Kontrollraum. „Okay, dann werden wir jetzt starten. Leb wohl, Affe!"

Slim sollte den Draht zusammen und überreichte ihn Lhin, dann begleitete er ihn zu den Schleusentoren. Als sich die Tore schlossen, blickte der Mondmann hinauf und brachte ein erdenhaftes Lächeln zustande. „Ich mache euch die Tür am Ende des Kraters auf. Ich habe euch bezahlt — auf faire Weise, nicht wahr? Leb wohl, Slim! Die Großen werden dich lieben, weil du mir mein Volk wiedergegeben hast."

„Adios!" antwortete Slim und winkte noch einmal, bevor die Tore zuklappten. „Vielleicht werden wir einmal wiederkommen und sehen, wie es dir geht."

Lhin saß in der Höhle, streichelte das Kupfer und wartete auf den Lärm der Rakete, von gemischten Gefühlen erfüllt. Das Kupfer schenkte ihm reine Freude, aber die Gedanken, die er in Fats' Gehirn gelesen hatte, beunruhigten ihn. Diese vielen rätselhaften Faktoren ... Nun, er hatte genug Kupfer, um ganze Generationen heranzuziehen. Was mit seinem Volk geschehen würde, lag jetzt nur noch in den Händen der Großen.

Er stand vor dem Höhleneingang und sah zu, wie die Rakete nach oben schoß und das Schicksal seiner Rasse in sich trug. Wenn sie auf der Erde von den Radioaktiva berichteten, drohten dem Volk des Mondes die Sklaverei und dann der Untergang.

Wenn sie schwiegen, würde Lhins Rasse vielleicht zur einstigen Größe zurückkehren. Sie würde wieder zu anderen Planeten flie-

gen, die Reisen unternehmen, die sie auf dem Höhepunkt ihrer Entwicklung schon längst aufgegeben hatte. Aber nun existierte intelligentes Leben auf den Planeten statt des einstigen Dschungels. Vielleicht würde das Mondvolk mit der Zeit von anderen Welten Materie kaufen und mit seinem alten Wissen bezahlen können — vielleicht sogar einen Stoff, der es ihm gestattete, seine Welt im alten Glanz wiederaufzubauen, so wie sie gewesen war, bevor sich Hoffnungslosigkeit und die dunklen Schwingen einer tödlichen Nacht über den Mond gesenkt hatten.
Die Rakete glitt in Spiralbewegungen direkt über ihm davon, verdunkelte immer wieder das Licht mit einem Schatten, der wie ein Flügelschlag aus dem Nebel des Altertums wirkte, aus jener Zeit, als die Luft des Mondes noch von beschwingtem Leben erfüllt gewesen war. Vielleicht waren sie ein Omen, diese schwarzen Schattenflügel, die jetzt das Dach passierten, als er es öffnete. Aber er wußte nicht, ob sie ein gutes oder böses Omen waren. Langsam wandte sich Lhin ab und trug den Kupferdraht ins Kinderzimmer.
An Bord des Schiffs beobachtete Slim belustigt, wie Fats in seinem Sitz hin und her rutschte und nachzudenken versuchte. „Nun, war er nicht gut — vielleicht sogar ebensogut wie jeder Erdenmensch?“
„Ja, schon gut. Ich sage zu allem ja. Er ist so gut wie ich, vielleicht sogar besser. Bist du jetzt zufrieden?“
„Nein.“ Slim wollte das Eisen schmieden, solange es heiß war. „Was ist mit diesen Radioaktiva?“
Fats stieß noch mehr Kraft in die Röhren und schnappte nach Luft, als ihn eine neue Explosion am Rakentenende in den Sitz zurückpreßte. Dann richtete er sich wieder auf und starrte geradeaus. Schließlich zuckte er mit den Schultern und sah Slim an. „Okay, du hast gewonnen. Der Affe behält seine Freiheit, meine Lippen sind versiegelt. Zufrieden?“
„Ja.“ Slim war mehr als zufrieden. Auch ihm erschien das Geschehen im Krater als zukunftsweisendes Omen, als Beweis, daß der Idealismus doch kein Unsinn war. Vielleicht würde das Erdenimperium eines Tages frei sein von den Schatten dunkler

Vorurteile und Verachtung für andersartige Wesen, genauso, wie sich diese Schatten jetzt in Fats' Gehirn auflösten. Vielleicht würde Slim es nicht mehr erleben — aber eines Tages würde die Intelligenz regieren, nicht die Rasse.

„Ich bin sehr zufrieden, Fats", sagte er. „Und du brauchst nicht zu befürchten, daß du zuviel verlieren könntest! Mit Lhins neuen Atomprinzipien werden wir mehr Geld machen, als wir jemals ausgeben können. Ich habe mir schon ein Dutzend Anwendungsmöglichkeiten ausgedacht. Was wirst du denn mit deinem Anteil anfangen?"

Fats grinste: „Etwas ganz Idiotisches. Ich werde dir helfen, einen neuen Propagandafeldzug zu starten, durchs All fliegen und Marsmenschen und Affen küssen. Was wird unser kleiner Affe jetzt wohl denken?"

Aber Lhin dachte überhaupt nichts. Er hatte die verwirrenden Faktoren in Fats' Gehirn enträtselt, und er wußte jetzt, wie die Entscheidung des Erdenmannes ausfallen würde. Er stellte das Kupfersulfat her und sah den Morgen in seinem Tal anbrechen, wo die Nacht zu lang gewesen war. Jede Morgendämmerung ist schön — aber dies war ein ganz besonderer Morgen.

A. E. van Vogt

Asyl

(Asylum)

Alfred Elton van Vogt ist einer der drei Autoren (die anderen beiden sind Asimov und Heinlein), die als SF-Giganten aus dem „Golden Age" hervorgingen. Noch Mitte der fünfziger Jahre führte bei Abstimmungen dieses Spitzentrio das Feld an, wenngleich van Vogts Position durch Ray Bradbury gefährdet wurde. Heute hat der Autor viel von seiner einstigen Popularität eingebüßt. Der Grund dafür ist die Tatsache, daß sein kreatives Schaffen auf die vierziger Jahre beschränkt blieb.

*A. E. van Vogt wurde 1912 in Winnipeg, Kanada, geboren. Im Juli 1939 erschien mit **„Black Destroyer"** seine erste SF-Geschichte in **„Astounding"**, nachdem er zuvor schon in anderen Genres geschrieben hatte. Bis 1947 wurden mindestens 35 seiner Texte in diesem Magazin abgedruckt, wobei einige Romanlänge aufwiesen oder später zu Romanen zusammengefaßt wurde. Sie sorgten allein für van Vogts Ruf als Meister der undurchschaubaren, metaphysischen Space Opera. Zunächst waren seine Erzählungen noch geradlinige Abenteuerstoffe, wie die zu **„The Voyage of the Space Beagle"** (1939—43, **„Die Weltraumexpedition der Space Beagle"**) zusammengefaßten Stories, oder dem Mutantenroman **„Slan"** (1940, **„Slan"**). Später wurden sie jedoch in steigendem Maße von kompliziert ineinander verwobenen Handlungssträngen abgelöst, aus denen der **„Isher"-** (1941—43) und **„Null-A"**-Zyklus (1945—49) aufgebaut war. In ihnen agierten van Vogts messianische Superhelden vor dem Hintergrund sinistrer* *galaktischer Imperien und riesiger Zeitspannen und vermittelten den Lesern einen absoluten „sense of wonder". Die beabsichtigte Aneinanderreihung traumartiger Sequenzen und rascher Perspektivwechsel führte dabei zu Brüchen in der logischen Abfolge der Handlungen, aber wie es scheint, war es gerade das, was bei van Vogt als quasi übernatürliche Qualität empfunden wurde und beim jugendlichen Leserpublikum den nachhaltigsten Eindruck hinterließ.*

Als A. E. van Vogt sich 1950 ganz der neuen „Heilslehre" seines Kollegen Ron Hubbard, der ***„Dianetic"****, später Scientology genannt, zuwandte, war er für die SF viele Jahre so gut wie nicht existent. Erst in den sechziger Jahren schrieb er wieder, aber seinen neueren Erzählungen und Romane lassen jegliche Verve vermissen. Er war und ist ein typischer Autor der vierziger Jahre, ein Autor, dessen Name untrennbar mit John W. Campbells* ***„Astounding"*** *verbunden ist.*

Unter seinen Erzählungen wählten wir ***„Asylum"*** *für diesen Band aus, weil sie aus dem Jahr stammt, das van Vogt in* ***„Astounding"*** *dominierte: 1942. Darüber hinaus tauchte sie später nicht als Teil eines Romans wieder auf, überragt andere nennenswerte Geschichten des Autors aus demselben Jahr —* ***„The Weapon Shop", „The Weapon Makers"*** *und* ***„Co-Operate — or Else"*** *— und verbindet Hard-SF mit Irrationalismen, die beiden Hauptfaktoren, die van Vogts SF-Karriere ausmachten.*

1

Unschlüssigkeit brütete dunkel in den Gedanken des Mannes, als er durch den Kontrollraum des Sternenschiffes zu der Lagerstatt schritt, auf der die Frau so starr und still lag. Er beugte sich über sie und sagte mit seiner tiefen Stimme:
„Wir bremsen ab, Merla."
Keine Antwort, keine Bewegung, keine Andeutung eines Bebens ihrer feinen, bleichen Wangen. Ihre zarten Nasenflügel bewegten sich kaum merklich mit jedem schwachen Atemzug. Das war alles.
Der Dreegh hob ihren Arm und ließ ihn los. Wie ein Stück totes Holz fiel er auf ihren Schoß zurück. Behutsam legte er seine Finger an ein Auge, zog das Lid hoch und blickte hinein. Es starrte zurück, ein umwölktes, sichtloses Blau. Er richtete sich auf. Als er dort, umfangen vom tiefen Schweigen des rasenden Schiffes, stand, schien er die fleischgewordene Verkörperung grimmiger, eiskalter Berechnung zu sein. „Wenn ich sie jetzt wiederbelebe, wird sie mehr Zeit haben, mich anzugreifen, und mehr Kraft. Wenn ich warte, wird sie schwächer sein."
Langsam entspannte er sich. Ein Teil der Müdigkeit der unzähligen Jahre, die er und diese Frau zusammen in der dunklen Unendlichkeit des Weltraums verbracht hatten, kehrte zurück, um seine Logik in Fragmente zu zerschmettern. Mitleid berührte ihn, und er traf seine Entscheidung. Er bereitete eine Injektion vor und spritzte sie in ihren Arm ein. Seine grauen Augen leuchteten in stählernem Glanz, als er seine Lippen an das Ohr der Frau brachte. Mit schallender, resonanter Stimme sagte er: „Wir nähern uns einem Sternensystem. Dort wird es Blut geben, Merla! Und Leben!"
Die Frau bewegte sich. Kein Farbhauch überzog ihre Wangen, aber ihre Augen hellten sich auf und wurden aufmerksam. Mit verhärtender Feindseligkeit starrte sie fragend zu ihm empor.
„Ich schlief", sagte sie. Ihr Blick konzentrierte sich auf ihn. „Es ist komisch, Jeel, daß du noch immer munter bist. Wenn ich vermutet hätte ..."

Er war kalt und wachsam. „Vergiß es", entgegnete er schorff. „Du hättest nur Energie verschwendet, wenn du wach geblieben wärst, und das weißt du auch. Aber das spielt jetzt keine Rolle mehr. Wir werden bald landen."
Die flammenartige Spannung in ihr verging. Sie setzte sich mit schmerzverzerrtem Gesicht auf, aber dann trat ein nachdenklicher Zug in ihr Antlitz, als sie sagte: „Ich bin daran interessiert, zu erfahren, welche Risiken wir eingehen. Dies ist kein galaktischer Planet, nicht wahr?"
„Hier draußen gibt es keine Galaxier. Aber es gibt einen Beobachter. Ich habe die geheimen Ultra-Signale seit zwei Stunden empfangen, die alle Schiffe vor einem Eintritt in das System warnen, da es für einen Kontakt mit galaktischen Planeten noch nicht bereit ist."
Etwas von der teuflischen Freude, die seine Gedanken erfüllte, mußte in seiner Stimme zum Ausdruck gekommen sein. Die Frau starrte ihn an, und langsam weiteten sich ihre Augen. Sie flüsterte halb: „Du meinst ..."
Er zuckte die Achseln. „Die Signale werden inzwischen ihre volle Intensität erreicht haben. Wir werden sehen, in welchem Entwicklungsstadium sich dieses System befindet. Aber du kannst bereits jetzt zu hoffen beginnen."
Am Steuerpult betätigte er den Schalter, der den Kontrollraum verdunkelte, und stellte die Automatik ein. Ein Bild begann sich langsam auf einem Schirm an der gegenüberliegenden Wand zu formen.
Zuerst war da nur ein heller Lichtpunkt inmitten eines sternenübersäten Raumsektors, dann ein Planet, der strahlend im dunklen All schwebte. Seine Kontinente und Ozeane waren klar erkennbar. Eine Stimme kam aus dem Schirm:
„Dieses Sternensystem enthält einen bewohnten Planeten, den dritten von der Sonne, der von seiner vorherrschenden Rasse Erde genannt wird. Er wurde vor etwa siebentausend Jahren von Galaxiern in der üblichen Weise kolonisiert. Er befindet sich jetzt im dritten Stadium, da er vor wenig mehr als hundert Jahren eine beschränkte Form der Weltraumfahrt entwickelt hat."

Mit einer raschen Bewegung schaltete der Mann das Bild ab und ließ die Raumbeleuchtung aufflammen. Dann blickte er triumphierend zu der Frau hinüber. „Drittes Stadium!“ sagte er leise. „Nur drittes Stadium. Merla, erkennst du, was das bedeutet? Dies ist die große Gelgenheit, die sich nur einmal bietet. Ich werde den ganzen Dreegh-Stamm benachrichtigen und herbeirufen. Wenn es uns nicht gelingt, mit mehreren Tankern voll Blut und einer ganzen Batterie voll ‚Leben‘ davonzukommen, verdienen wir nicht, unsterblich zu sein.“
Er wandte sich dem Nachrichtengerät zu; und während dieses Moments der freudigen Erregung trat die Vorsicht und Wachsamkeit in einen unbeachteten Winkel seines Geistes zurück. Aus den Augenwinkel sah er die Frau vom Rand der Lagerstatt emporschnellen und mit einem Satz auf ihn zuspringen. Zu spät warf er sich zur Seite. Die Bewegung rettete ihn nur teilweise. Es waren ihre Wangen, und nicht ihre Lippen, die sich trafen.
Blaues Feuer flammte von ihm zu ihr. Die lodernde Energie versengte seine Wange und hinterließ in Sekundenbruchteilen blutendes Fleisch. Er stürzte halb zu Boden. Und dann stachelte ihn der unerträgliche Schmerz zu wahrer Raserei auf; er rang sich frei.
Ihr Lachen schwebte vom Fußboden zu ihm empor, auf den er sie niedergeschmettert hatte. Sie sagte: „Du hattest dir also tatsächlich einen geheimen Vorrat an ‚Leben‘ reserviert. Du verdammter Betrüger!“
Seine Wut verrauchte vor der Erkenntnis, daß jeder Ärger nutzlos war. Den ganzen Körper angespannt gegen die Schwäche, die bereits wie ein unerträgliches Gewicht auf seinen Muskeln lag, wirbelte er zum Steuerpult herum und begann in fieberhafter Eile die Einstellungen vorzunehmen, die das Schiff in das normale Raum-Zeit-Kontinuum zurückbringen würden.
Die körperliche Schwäche wuchs mit rasender Schnelligkeit in ihm. Schließlich saß er schlaff und zerfallen an den Kontrollen; sein Kopf sank auf die Brust, und er spürte die lähmende Starre tiefer und tiefer in sich hineinsinken. Er trieb das Schiff zu schnell voran. Es strahlte in Weißglut auf, als es schließlich in die Atmo-

sphäre des dritten Planeten eintrat. Aber seine extrem harten Metalle hielten der Hitze stand; und die ungeheure Geschwindigkeit des Schiffes wich allmählich vor dem wütenden Ansturm der Bremsaggregate und des Luftdrucks, der sich mit jeder Meile verstärkte.

Es war die Frau, die seine schwankende Gestalt in das winzige Rettungsbott trug. Sein Blick war stumpf geworden, als die Frau das kleine Schiff in der Dunkelheit hinter einem Schuppen in einer verlassenen Gasse landete. Und da die Rettung plötzlich so handgreiflich nahe schien, war er in der Lage, neben ihr zu der matt erhellten Vorortsstraße zu gehen, die sich vor ihnen auftat.

Er wäre achtlos in die Ungeschütztheit der Straße hinausgetreten, wenn ihn die starken Finger der Frau nicht zurückgehalten und in den Schatten der Gasse gezogen hätten. „Bist du verrückt?" flüsterte sie. „Lege sich hin. Wir werden hier warten, bis jemand kommt."

Der Zement war hart unter seinem Körper, aber nach einem Moment der qualvollen Ruhe, die er ihm bot, fühlte er sich von einem schwachen Strom neuer Energie durchpulst und war in der Lage, seinem bitteren Gedanken Ausdruck zu geben. „Wenn du nicht den größten Teil meines mühsam gesparten ‚Lebens' gestohlen hättest, wären wir jetzt nicht in dieser verzweifelten Situation. Du weißt ganz genau, daß es von ungemeiner Wichtigkeit ist, daß ich unter voller Energie bleibe."

Die Frau lag in der Dunkelheit neben ihm und schwieg eine Zeitlang. Dann kam ihr scharfes Flüstern: „Wir benötigen beide einen Blutwechsel und eine neue Aufladung mit ‚Leben'. Vielleicht habe ich dir tatsächlich etwas zuviel entnommen, aber dann nur deshalb, weil ich es rauben mußte. Aus freiem Willen hättest du es mir niemals gegeben, das weißt du auch."

Eine Zeitlang blieb es still. Aber als die Minuten verstrichen, wirkte sich der unerträgliche physische Drang von neuem auf sein Denken aus. Er sagte schwer:

„Du erkennst natürlich, daß wir unsere Anwesenheit enthüllt haben. Wir hätten warten sollen, bis die anderen eintreffen. Es besteht gar kein Zweifel, daß unser Schiff von dem galaktischen

Beobachter in diesem System bemerkt worden ist, noch bevor wir die äußeren Planeten erreichten. Sie werden ihre Suchinstrumente auf uns gerichtet halten, wohin wir auch immer gehen mögen; und sie werden das exakte Versteck unseres Schiffes kennen, ganz gleich, wo wir es vergraben. Es ist unmöglich, die Energien des interstellaren Antriebs zu verbergen. Da sie niemals den Fehler begehen würden, derartige Energien auf einen Planeten dritten Stadiums zu bringen, können wir nicht hoffen, sie auf diese Art aufzuspüren. Aber wir müssen uns auf einen Angriff irgendwelcher Art gefaßt machen. Ich hoffe nur, daß keiner von den Großen Galaxiern daran teilnimmt."

„Einer von ihnen!" Ihr Flüstern war ein erschrockenes Keuchen. Sie riß sich zusammen und sagte ärgerlich: „Versuche nicht, mir Angst einzujagen. Du hast mir ungezählte Male versichert ..."

„In Ordnung, in Ordnung!" Er sprach mürrisch und müde. „Eine Million Jahre haben bewiesen, daß wir in ihren Augen zu niedrig stehen, um von ihnen beachtet zu werden. Und es soll nur einer von diesen Agenten, die sie auf Planeten dieser niederen Kategorie sitzen haben, versuchen, uns aufzuhalten!"

„Fußschritte! Schnell, steh auf!"

Er sah ihre schattenhafte Gestalt in die Höhe schnellen. Dann zerrten ihre Hände an ihm. Taumelnd kam er auf die Füße.

„Jeel! Es ist ein Mann und eine Frau. Es ist ‚Leben', Jeel, ‚Leben'!"

Leben!

Er richtete sich auf. In der nächtlichen Düsterheit der Straße kam das Paar auf sie zu und wich seitwärts aus, um sie vorbeizulassen.

Er sah, wie sich Merla auf den Mann warf; dann packte er die Frau und neigte noch im gleichen Moment den Kopf zu jenem anomalen Kuß.

Als alles vorüber war — als sie sich auch des Blutes bemächtigt hatten — breitete sich im Gehirn des Mannes eine nüchterne Überlegung aus, ein hartes Gewebe von Gedanken und Gegen-Gedanken, das sich langsam zu einem logischen Plan umformte. Er sagte: „Wir werden die Toten hier liegenlassen."

Ihr erschrockenes Flüstern erhob sich protestierend, aber er schnitt ihr energisch die Worte ab. „Laß mich diese Angelegenheit handhaben! Diese Leichen werden neue Nachrichtensammler, neue Reporter zu dieser Stadt ziehen, oder wie man ihre Gattung auf diesem Planeten auch immer nennen mag. Und wir benötigen jetzt eine derartige Person. Irgendwo im Reservoir von Nachrichten und Tatsachen, über die eine Person dieses Typs verfügt, müssen irgendwelche Hinweise enthalten sein, die für sie zwar bedeutungslos sind, uns aber helfen können, die geheime Operationsbasis der galaktischen Beobachters in diesem System zu finden. Wir müssen diese Basis ausfindig machen, ihre Stärke auskundschaften und sie nötigenfalls zerstören, wenn der Stamm eintrifft.

Und jetzt werden wir diese Stadt erforschen, ein stark frequentiertes Gebäude suchen, unter dem wir unser Schiff verstecken können, die Sprache lernen, unsere eigenen lebensnotwendigen Vorräte ergänzen und diesen Reporter schnappen."

2

Hinter Leigh, dem Reporter, öffnete sich plötzlich eine Tür. Augenblicklich verstummte das Gewirr der Stimmen im Raum zu einem Murmeln. Er wandte sich mit angespannter Aufmerksamkeit um.

Über ihm strahlten die Lampen zu sonnengleicher Helligkeit auf. In ihrem blendenden Schein sah er, worauf die anderen Augen bereits starrten: auf die beiden Leichen, die des Mannes und der Frau, als sie hereingerollt wurden. Das tote Paar lag Seite an Seite auf der ebenen, glänzenden Fläche der Rollbahre. Ihre Körper waren steif, ihre Augen geschlossen.

Um ihn herum waren die Stimmen jetzt völlig verstummt. Das einzige Geräusch bildeten das rauhe Atmen des Mannes neben ihm und das Schleifen seiner eigenen Schuhe, als er vorwärtsschritt. Er beugte sich über die Toten. Seine Finger betasteten behutsam die Stellen am Hals der Frau, wo sich die Einschnitte befan-

den. Er blickte nicht auf, um den Wärter anzusehen, als er leise sagte:
„Hier wurde das Blut entnommen?"
„Ja."
Bevor er eine weitere Frage zu stellen vermochte, warf ein anderer Reporter ein: „Keine besondere Bekanntmachung von den Wissenschaftlern der Polizei? Seit der Tat ist jetzt mehr als ein Tag vergangen. Irgend etwas muß doch inzwischen festgestellt worden sein."
Leigh hörte es kaum. Der Körper der Frau, der zur Einbalsamierung elektrisch gewärmt wurde, fühlte sich unter seiner Berührung erschreckend lebendig an. Erst nach einem langen Moment bemerkte er, daß ihre Lippen tiefe, fast brutale Verletzungen aufwiesen.
Sein Blick huschte zum Kopf des Mannes. Und dort waren die gleichen Halseinschnitte, die gleichen zerrissenen Lippen. Er blickte auf. Fragen bebten auf seiner Zunge. Sie blieben unausgesprochen, als die ruhige Stimme des Wärters sagte:
„Wenn die elektrischen Einbalsamierer angewandt werden, macht sich normalerweise ein Widerstand bemerkbar, der auf der statischen Elektrizität des Körpers beruht. Eigenartigerweise war dieser Widerstand in keinem der beiden Körper feststellbar."
Jemand fragte: „Und was bedeutet das?"
„Diese statische Kraft ist tatsächlich eine Form von Lebenskraft, die aus dem toten Körper nur sehr langsam entweicht und im Durchschnitt dazu einen Monat benötigt. Wir kennen keinen Prozeß, mit dem sich dieser Vorgang beschleunigen läßt, aber die Lippen zeigen deutliche Verbrennungen, die sehr bezeichnend sind. Vermutlich könnte ein anomal Veranlagter mit derartiger Gewalt geküßt haben."
„Ich dachte", entgegnete Leigh bestimmt, „es gibt keine anomal Veranlagten mehr, seit Professor Ungarn die Regierung veranlaßt hat, seine Methode der mechanischen Psychologie in allen Schulen einzuführen und somit unter Mord, Diebstahl, Krieg und allen unsozialen Perversionen für alle Zeit einen Schlußstrich zu setzen."

Der Wärter im schwarzen Gehrock zögerte und sagte dann: „Einer der gefährlichsten scheint jedoch übersehen worden zu sein.“ Er schloß: „Das ist alles, meine Herren. Keine Fingerzeige, kein Versprechen einer baldigen Verhaftung, und nur diese letzte Tatsache: Wir haben Professor Ungarn per Radio verständigt, und das Glück hat es gewollt, daß wir ihn auf seinem Flug zur Erde von seinem Meteorwohnsitz in der Nähe des Jupiters erreicht haben. Er wird kurz nach Einbruch der Dunkelheit in wenigen Stunden landen.“
Die Deckenlampen verdunkelten sich. Als Leigh stirnrunzelnd zusah, wie die Leichen hinausgerollt wurden, drangen einige Worte aus dem anwachsenden Gewirr der Stimmen an sein Ohr:
„... der Kuß des Todes ...“
„Ich sage euch“, meinte eine andere Stimme, „der Captain dieses Raumlinienschiffes schwört, daß es wahr ist. Das Raumschiff schoß mit einer Geschwindigkeit von einer Million Meilen pro Stunde an ihm vorüber, und es verlangsamte seinen Flug, beachtet das, Leute! — Es verlangsamte seinen Flug vor zwei Tagen.“
„Der Vampir-Fall! So werde ich in Zukunft sicherlich die Geschichte nennen ...“
Als Leigh im Schein der Spätnachmittagssonne auf die Straße hinaustrat, beschäftigte nichts anderes seine Gedanken.
Um ihn herum begann sich das Gewimmel der Menschen zu verdichten. Zweimal spürte Leigh das Zupfen an seinem Arm, bevor ihm der Gedanke kam, daß jemand nicht rein zufällig gegen ihn stieß.
Er wandte sich um und blickte auf ein Paar brennende Augen hinunter, die in einem braunen, runzligen Gesicht saßen. Der kleine Mann winkte ihm mit einem Stoß von Papieren.
„Sensation!“ sagte der kleine Mann. „Professor Ungarns Logbuch, alles über ein Raumschiff, das von den Sternen kam. Teufel an Bord, die Blut trinken und Leute zu Tode küssen!“
„Hören Sie mal!“ begann Leigh ärgerlich und verstummte dann. Ein seltsam frostiger Hauch durchwehte ihn. Er stand unbeweglich und taumelte ein wenig, als sich der Schock des Gedankens auswirkte, der in seinem Gehirn erstarrt war:

Die Zeitungen mit jenen Details von „Blut“ und „Kuß“ waren noch gar nicht erschienen!
Der Mann sagte: „Sehen Sie, Professor Ungarns Name steht in Goldbuchstaben am Kopf jeder Seite, und es handelt sich um das Raumschiff, das er achtzehn Lichtjahre entfernt entdeckt hat, und wie es diese ganze Distanz in wenigen Stunden zurückgelegt hat ... und er weiß, wo es jetzt ist, und ...“
Leighs Reportergehirn wirbelte in einem Schwarm von Gedanken, die sich plötzlich schlagartig zu einem harten Muster formten.
Er sagte: „Lassen Sie mich mal sehen!“ und griff zu, noch während er sprach.
Die Papierblätter befanden sich im nächsten Moment in seiner Hand, aber Leigh beachtete sie mit keinem Blick. Sein Gehirn war kristallklar, seine Augen kalt. Er sagte: „Ich weiß nicht, worauf Sie hinauswollen. Ich möchte drei Dinge wissen, beeilen Sie sich mit Ihren Antworten! Erstens: Wie konnten Sie mich mit Namen, Beruf und allem aus der Menschenmenge herauspicken, auf der überfüllten Straße einer Stadt, in der ich seit einem Jahr nicht mehr gewesen bin?
Zweitens: Professor Ungarn wird auf seinem Flug vom Jupiter in zwei Stunden hier landen. Wie erklären Sie Ihren Besitz dieser Papiere, die er vor weniger als zwei Tagen geschrieben haben muß?“
„Hören Sie, Boß“, schnatterte der Mann, „Sie haben mich völlig mißverstanden ...“
„Meine dritte Frage“, sagte Leigh grimmig, „lautet: Wie werden Sie eigentlich der Polizei Ihre genauen Kenntnisse der Morddetails erklären, die der Öffentlichkeit noch nicht bekanntgegeben worden sind?“
Die Augen des kleinen Mannes waren glasig, und zum erstenmal spürte Leigh Mitleid in sich aufdämmern. Er sagte fast sanft: „Nun, mein Junge, raus mit der Sprache!“
Die Worte kamen überstürzt, und zuerst waren es nur sinnlose Laute. Aber langsam schälte sich ein Zusammenhang heraus. „... und genau so war es, Boß. Ich stehe dort, und dieser Junge

kommt zu mir und deutet auf Sie und gibt mit fünf Dollar und diese Papiere hier und sagt mir, was ich Ihnen sagen soll, und ..."
„Dieser Junge", sagte Leigh, „könnte er Ihrer Meinung nach in einem College sein?"
„Stimmt, Boß. Genau das! Genau so sah er aus. Sie kennen ihn, eh? Okay, dann habe ich nichts mehr mit der Sache zu tun und werde jetzt gehen ..."
„Warten Sie!" rief Leigh. Aber der kleine Mann verschwand um eine Ecke und ließ sich nicht wieder sehen.
Leigh runzelte die Stirn und las den dünnen Stoß Papiere durch. Es war eine vage Serie von Eintragungen auf losen Notizblättern. Von Hand niedergeschrieben, ermangelte die Geschichte über das Raumschiff und seine Besatzung jeglicher Tiefe und Nüchternheit. Mit jeder verstreichenden Sekunde machte sie einen unglaubwürdigeren Eindruck.
Das Gefühl, das Opfer eines dummen Streichs geworden zu sein, wuchs so überwältigend in ihm an, daß Leigh ärgerlich dachte: Wenn dieser Collegejunge sich tatsächlich einen Scherz erlaubt hat, wird das Interview heute nachmittag, um das er mich gebeten hat, nur sehr kurz sein.
Leigh betrat das prunkvolle Foyer, das den riesenhaften und großarigen Palast Constantines eröffnete. Im hochragenden Portal blieb er stehen, um die ausgedehnte, glitzernde Fläche der Tische zu überblicken und die hängenden Gärten der Teeräume.
Leigh nannte seinen Namen und meinte: „Ein Mr. Patrick hat einen Tisch reservieren lassen."
Das Mädchen entgegnete: „O ja, Mr. Leigh. Mr. Patrick hat Privat-Drei reserviert. Er rief gerade an und läßt Ihnen sagen, daß er in wenigen Minuten hier sein wird. Unser Empfangschef wird Sie begleiten."
Leigh wandte sich ab. Die überschwengliche Art des Mädchens verwunderte ihn. Dann durchzuckte ihn ein Gedanke. Er sah das Mädchen wieder an. „Einen Moment", meinte er, „sagten Sie Privat-Drei? Wer bezahlt dafür?"
Das Mädchen erwiderte: „Es wurde telegrafisch bezahlt. Viertausendfünfhundert Dollar!"

Leigh stand unbeweglich. Konnte es sich um ein närrisches, reiches Jüngelchen handeln, das darauf aus war, einen starken persönlichen Eindruck auf ihn zu machen?
Seine Augen verengten sich, als ihm eine Idee kam. „Wo ist Ihr Telefon?" fragte er kurz.
Eine Minute später sagte er in die Sprechmuschel: „Ist dort das Sekretariat der Vereinigten Universitäten? Ich möchte mich erkundigen, ob ein Mr. Patrick in einem Ihrer lokalen Colleges registriert ist und falls dies zutrifft, ob er von irgendeiner Studentenzeitung autorisiert worden ist, William Leigh vom Planetarischen Nachrichtendienst zu interviewen oder nicht. Hier spricht Leigh."
Es dauerte sechs Minuten, und dann kam die Antwort zurück: „Es gibt drei Mr. Patriks in unseren siebzehn College-Einheiten. Alle nehmen zur Zeit in ihren offiziellen Wohnsitzen das Abendessen ein. Es gibt ferner vier Miß Patricks, die von unserem Sekretariatsstab ebenfalls als anwesend gemeldet wurden. Keiner von diesen sieben steht in irgendwelcher Weise mit einer Universitätszeitung in Verbindung. Wünschen Sie unsere Hilfe in Ihrem Vorgehen gegen den Betrüger?"
Leigh zögerte. „Nein", sagte er und hing ein.
Er trat aus der Telefonzelle, von seinen eigenen Gedanken erschüttert. Es gab nur einen Grund, warum er zu dieser Zeit in dieser Stadt weilte. Mord! Und er kannte kaum eine Seele. Es schien unglaublich, daß ihn ein Fremder aus einem Grund zu sprechen wünschte, der nicht mit dem Zweck seines Hierseins zusammenhing. Er wartete, bis das lähmende Frösteln in ihm vergangen war. Dann sagte er: „Führen Sie mich bitte nach Privat-Drei."
Kurz darauf nahm er die luxuriöse Zimmerflucht in Augenschein.
„Ich bin froh, daß Sie groß und stark sind", sagte plötzlich eine Stimme hinter ihm. „So viele Reporter sind mager und klein."
Die Stimme unterschied sich in gewisser Hinsicht von der, die am frühen Nachmittag über das Telefon zu ihm gesprochen hatte. Der Unterschied beruhte auf berechneter Absicht. Er trat auch im äußeren Aussehen des Körpers zutage, wie er bemerkte, als er sich umwandte. Der Unterschied eines Frauenkörpers

von dem eines Jungen, der kunstvoll, aber nicht vollständig unter seinem gut geschneiderten Herrenanzug verborgen war. Tatsächlich war sie natürlich von Gestalt recht knabenhaft, jung, zierlich gebaut. Und tatsächlich hätte er ihr wahres Geschlecht niemals vermutet, wenn sie nicht absichtlich mit ihrer normalen weiblichen Stimme gesprochen hätte. Kalt echote sie seine Gedanken.

„Ja, ich wollte, daß Sie es erfahren. Aber jetzt ist keine Zeit, Worte zu verschwenden. Sie wissen gerade so viel, wie Sie für alles Weitere wissen müssen. Hier ist eine Pistole. Das Raumschiff liegt unterhalb dieses Gebäudes vergraben."

Leigh traf überhaupt keine Anstalten, die Waffe zu nehmen oder sie überhaupt eines Blickes zu würdigen. Der erste Schock war vorüber.

Er ließ sich auf den seidenen Stuhl vor dem Toilettenspiegel nieder, lehnte sich mit dem Rücken gegen den Tisch, zog die Augenbrauen in die Höhe und sagte: „Betrachten Sie mich als einen Nachrichtenmann mit langer Leitung, der genau erfahren möchte, was hier eigentlich vorgeht. Warum dieser ganz Hokuspokus?"

3

Er sah nach einem Moment, daß das Mädchen von kleiner Gestalt war. Und das schien seltsam, überlegte er lange und sorgfältig. Denn sein erster Eindruck war der einer beträchtlichen Körperlänge gewesen. Oder vielleicht — er erwog jetzt die Möglichkeit unbeirrt und bedächtig — bildete dieser zweite Effekt ein weiteres beabsichtigtes Resultat ihrer männlichen Verkleidung.

Er ließ das Problem als vorläufig unlösbar fallen. Bei genauerer Überlegung war die Größe des Mädchens völlig unwichtig. Sie besaß lange, schwarze Wimpern und dunkle Augen, die ihn aus einem stolzen, beinahe hochmütigen Gesicht anglühten. Und das war es! Das war die Essenz ihrer Persönlichkeit.

Beißend sagte sie:
„Ich habe Sie ausgewählt, weil jede Zeitung, die ich heute gelesen habe, Ihre Story der Morde gebracht hat, und weil es mir schien, daß jemand, der bereits aktiv an dem Fall arbeitet, die wesentlichen Einzelheiten mit der erforderlichen Schnelligkeit erfassen würde. Was die dramatischen Vorbereitungen betrifft, so hielt ich sie für überzeugender als jede Erklärung. Ich sehe, daß ich mich geirrt habe.“ Sie befand sich jetzt ganz dicht bei ihm. Sie beugte sich halb über ihn, legte ihren Revolver neben seinem Arm auf den Toilettentisch und schloß fast gleichgültig: „Hier ist eine sehr wirkungsvolle Waffe. Sie schießt keine Kugeln, aber sie besitzt einen Abzugbügel und wird wie jede andere Pistole in Anschlag gebracht. Sollten Sie die Anfangsstadien von Mut entwikkeln, kommen Sie mir so rasch wie möglich in den Tunnel hinunter nach, aber platzen Sie nicht in den Raum hinein, in dem ich mich mit einigen Leuten unterhalten werde. Bleiben Sie versteckt! Handeln Sie nur, wenn ich bedroht werde.“
Tunnel. Leigh überlegte stumpf, als sie mit leichtem Schritt den Raum verließ. Ein Tunnel hier in diesem Apartment Privat-Drei. Entweder war er verrückt oder sie.
Er erkannte plötzlich, daß er sich über die Art und Weise ärgern sollte, in der sie mit ihm gesprochen hatte. Er war verstimmt über ihren Trick, den Raum zu verlassen. Indem sie ihn allein zurückließ, beabsichtigte sie, seine Neugier anzustacheln. Er lächtelte kläglich, nahm die Pistole und verharrte dann einen Augenblick bewegungslos, als das trockene, gedämpfte Geräusch einer sich nur widerstrebend öffnenden Tür an seine Ohren drang.
Er fand sie im Schlafzimmer zur Linken des Speisesalons. Er empfand nur gelinde Überraschung, als er sah, daß sie das Ende eines dicken Teppichs zurückgerollt hatte und daß im Boden zu ihren Füßen ein Loch gähnte. Das Viereck des Fußbodens, das den Deckel des Tunnels gebildet hatte, war zurückgeklappt, von einem komplizierten Scharnier an Ort und Stelle gehalten.
Leighs Blick löste sich von der dunklen Öffnung und heftete sich auf das Mädchen. In ihrem Wesen drückte sich in diesem Moment, kurz bevor sie seiner gewahr wurde, eine Andeutung von

Unsicherheit aus. Ihr rechtes Profil, das halb von ihm abgewandt war, zeigte geschürzte Lippen und eine angespannte, bleiche Gesichtshaut. Ihr Aussehen vermittelte ihm den unmißverständlichen Eindruck von Unschlüssigkeit. Dann bemerkte sie ihn, und ihr Aussehen veränderte sich augenblicklich.

Ohne ihn weiter zu beachten, trat sie auf die oberste Stufe der kleinen Treppe, die in das Loch hinunterführte, und begann ohne das geringste Zögern hinabzusteigen. Aber sein erster Eindruck, daß sie unschlüssig geworden war, veranlaßte ihn, mit verengten Augen vorzutreten. Und plötzlich ließ die Überzeugung, daß sie für kurze Zeit Angst empfunden hatte, diesen ganzen Wahnsinn Wirklichkeit werden. Er stürzte sich vorwärts und die steile Treppe hinunter, um erst dann anzuhalten, als er sah, daß er sich tatsächlich in einem glatten, schwach erhellten Tunnel befand, in dem das Mädchen stehengeblieben war und einen Finger an ihre Lippen hielt.

„Pschscht!" flüsterte sie. „Die Tür des Schiffes könnte offenstehen."

Das verärgerte natürlich Leigh, und die Verstimmung durchströmte ihn wie ein hartes, kleines Rinnsal. Jetzt, da er sich dem Unternehmen angeschlossen hatte, fühlte er sich automatisch als Anführer dieser phantastischen Expedition. Die Anmaßungen des Mädchens und ihr hochmütiges Gebaren machten ihn wahnsinnig ungeduldig.

„Kommen Sie mir nicht mit ‚Pschscht', Kleine!" zischte er scharf. „Sagen Sie mir nur, was los ist, und ich übernehme das übrige."

Er verstummte abrupt. Die Bedeutung ihrer Worte sickerte in sein Bewußtsein. „Schiff?" fragte er ungläubig. „Versuchen Sie mir einzureden, daß tatsächlich ein Schiff hier unter dem Hotel vergraben liegt?"

Das Mädchen schien ihn nicht zu hören. Leigh sah, daß sie sich am Ende eines kurzen Ganges befanden. Metall schimmerte dumpf vor ihnen. Dann hörte er das Mädchen sagen: „Hier ist die Tür. Also, merken Sie sich: Sie stehen Wache. Halten Sie sich verborgen und schußbereit. Und wenn ich rufe: ‚Schieß', dann schießen Sie!"

Sie bückte sich. Ein winziger purpurner Blitz flammte auf. Die Tür öffnete sich und gab den Blick auf eine zweite Tür direkt dahinter frei. Wieder dieser millimetergroße, intensive rote Blitz, und dann schwang auch die zweite Tür auf.
Es geschah ungeheuer schnell, viel zu schnell für Leigh. Bevor er überhaupt erkannte, daß die Krisis gekommen war, trat das Mädchen kühl und gelassen in den hellerleuchteten Raum jenseits der zweiten Tür.
Leigh verharrte unschlüssig, verblüfft und erschrocken über das Tun des Mädchens. An der Metallwand war tiefer, schwarzer Schatten; er verbarg sich darin mit einer einzigen instinktiven Bewegung und erstarrte zur Reglosigkeit. In Gedanken verfluchte er die törichte junge Frau, die tatsächlich mitten unter Feinde von unbekannter Zahl trat, ohne einen sorgfältigen Plan des Selbstschutzes organisiert zu haben. Oder wußte sie, wie viele von ihnen dort drinnen waren? Und wer?
Er wartete angespannt. Aber die Tür blieb offen, und nichts schien sich dahinter zu rühren. Langsam löste Leigh seine starre Haltung und konzentrierte seine Aufmerksamkeit auf seine Umgebung. Der Teil des Untergrundraumes, den er durch die Türöffnung erblicken konnte, zeigte das Ende einer Metallwand, die mit winzigen Lichtern blinkte, anscheinend eine Schalttafel. Er vermochte den Rand einer verhältnismäßig prunkvollen Lagerstatt zu sehen. Das Ganze entsprach so genau dem Bild eines Raumschiffes, daß Leigh erstaunt dachte: Das Mädchen hatte ihn nicht zu narren versucht. Unglaublicherweise befand sich hier unter der Erde, tatsächlich unter Constantine, ein kleines Raumschiff.
Der Gedanke endete, als die Stille jenseits der offenen Tür, diese eigenartig lang währende Stille, plötzlich von der kühlen Stimme eines Mannes durchschnitten wurde. „Wenn ich Sie wäre, würde ich noch nicht einmal den Versuch machen, jene Pistole zu heben. Die Tatsache, daß Sie seit Ihrem Eindringen noch nichts gesagt haben, zeigt mir, wie enorm wir uns von dem unterscheiden, was Sie sich vorgestellt haben.“ Er lachte ein höhnisches Lachen, das klar an Leighs Ohren drang. Dann fuhr der Unbekannte fort: „Merla, welches ist deiner Meinung nach die Psychologie

hinter dem Unterfangen dieser jungen Dame? Du hast natürlich bemerkt, daß sie eine junge Dame ist und kein Knabe."
Die volle, klangreiche Stimme einer Frau erwiderte: „Sie ist hier geboren, Jeel. Sie besitzt keine der normalen Merkmale eines Kluggs, aber sie ist eine Galaxierin, jedoch auf keinen Fall der Galaktische Beobachter. Wahrscheinlich befindet sie sich nicht allein hier. Soll ich nachsehen?"
„Nein." Die Männerstimme klang gleichgültig. „Wir brauchen uns über den Gehilfen eines Kluggs keine Sorgen zu machen."
Leigh entspannte sich langsam.
Bewundernd vermerkte er die Intensität ihrer Stimme, als das Mädchen sagte: „Mein Schweigen hatte seine Ursache in der Tatsache, daß Sie die ersten Dreeghs sind, die ich jemals gesehen habe. Ich habe Sie deshalb natürlich mit einiger Neugier betrachtet. Aber ich kann Ihnen versichern, ich bin nicht im geringsten beeindruckt. Jedoch will ich in Anbetracht Ihrer außergewöhnlichen Ansichten in dieser Angelegenheit gleich zur Hauptsache kommen: Ich bin vom Galaktischen Beobachter in diesem System beauftragt worden, Ihnen mitzuteilen, daß Sie bis morgen früh verschwunden sein müssen. Wir lassen Ihnen diesen Spielraum nur aus dem einzigen Grund: Diese ganze Geschichte soll vor der Bevölkerung geheimgehalten werden. Aber verlassen Sie sich nicht darauf. Die Erde steht kurz davor, ins vierte Stadium einzutreten; und wie Sie wahrscheinlich wissen, erhalten Welten im vierten Stadium in Notfällen Galaktische Aufklärung. Diesen Notfall betrachten wir morgen bei Tagesanbruch als eingetreten."
„Nun, nun" — der Mann lachte zynisch —, „eine hübsche Rede, die für uns bedeutungslos ist."
„Was hast du mit ihr vor, Jeel?"
Der Mann war ungemein selbstsicher. „Es besteht kein Grund, warum sie entkommen sollte. Sie hat Blut und mehr als die normale Menge Leben. Wir werden damit dem Beobachter mit aller Deutlichkeit unsere Verachtung für sein Ultimatum zum Ausdruck bringen. Wir werden jetzt ein einfaches, kleines Drama inszenieren. Die junge Dame wird versuchen, ihre Pistole in An-

schlag zu bringen, um mich damit zu erschießen. Bevor sie jedoch überhaupt so weit kommt, werde ich meine eigene Waffe heraus haben und feuern. Die ganze Angelegenheit ist, wie sie erkennen wird, eine Sache der Nervenkoordination. Und Kluggs bewegen sich von Natur aus fast ebenso langsam wie menschliche Wesen."

Seine Stimme verstummte. Sein Lachen versickerte. Schweigen.

Leigh kauerte im Schatten und umklammerte die Pistole, die das Mädchen ihm gegeben hatte.

Die Stille aus dem Kontrollraum des Schiffes dauerte an. Es war die gleiche seltsame Stille, die dem überstürzten Eindringen des Mädchens vor wenigen Minuten gefolgt war. Nur war es diesmal das Mädchen, von dem die Stille gebrochen wurde. Ihre Stimme klang furchtlos. „Ich bin hier, um Sie zu warnen, und nicht, um es auf eine Auseinandersetzung ankommen zu lassen. Und ich rate Ihnen, keinen Angriff zu versuchen, es sei denn, Sie wären mit der Lebensenergie von fünfzehn Menschen geladen. Schließlich wußte ich ja genau, mit wem ich es zu tun haben würde, als ich hierherkam."

„Was meinst du, Merla? Können wir sicher sein, daß sie eine Klugg ist? Könnte sie nicht vielleicht eine Vertreterin des höheren Lenneltyps sein?"

„Klugg!" sagte Merla im Brustton der Überzeugung. „Schenke ihren Beteuerungen keine Beachtung, Jeel. Du weißt, ich kann mich auf mein Gefühl verlassen, wenn ich es mit einer Frau zu tun habe. Sie lügt. Sie ist nichts als eine kleine Närrin, die hier hereinmarschiert kam im Glauben, wir würden uns von ihr ins Bockshorn jagen lassen. Vernichte sie!"

Jetzt gab es keinen Aufschub mehr. Leigh warf sich mit einem Sprung durch die offene Tür. Er erblickte sofort den Mann und die Frau; beide trugen Abendkleider. Der Mann stand aufrecht, die Frau saß. Die Schalttafel, von der er bereits einen kleinen Teil gesehen hatte, erwies sich jetzt als ein riesenhaftes, massives Gebilde aus glühenden Instrumenten; und dann wurde all dies ausgelöscht, als er mit harter Stimme schnarrte:

„Das genügt vollkommen. Hoch mit den Händen, los!"

Für einen Moment hatte er den Eindruck, daß sein Erscheinen eine allgemeine Überraschung bildete und daß er die Situation beherrschte. Keiner von den drei Leuten im Raum sah zu ihm hin. Der Mann, Jeel, und das Mädchen standen sich Auge in Auge gegenüber. Die Frau, Merla, saß in einem tiefen Sessel und hatte ihren Kopf zurückgeworfen, so daß er ihr feines Profil sehen konnte. Sie war es, die, ohne auch nur zu ihm herüberzublicken, die Worte sprach, die sein kurzes Gefühl des Triumphes erstickten. Sie sagte zu dem verkleideten Mädchen:
„Sie reisen wahrscheinlich in niedriger Gesellschaft, mit einem törichten, minderwertigen menschlichen Wesen. Sagen Sie ihm, es soll verschwinden, bevor es zu Schaden kommt."
Das Mädchen meinte: „Leigh, es tut mir leid, daß ich Sie in diese Sache verwickelt habe. Jede Bewegung, die Sie beim Hereinkommen gemacht haben, wurde gehört, beobachtet und als unwichtig abgetan, noch bevor Sie sich überhaupt der Szene anzupassen vermochten."
„Sein Name ist Leigh?" fragte die Frau scharf. „Ich dachte mir doch gleich, als er hereinkam, daß ich ihn schon irgendwo gesehen haben muß. Er ist seinem Foto über seiner Zeitungsspalte sehr ähnlich." Ihre Stimme wurde seltsam straff: „Jeel, ein Zeitungsreporter!"
„Wir brauchen ihn jetzt nicht mehr", entgegnete der Mann. „Wir wissen, wer der Galaktische Beobachter ist."
„Eh?" sagte Leigh. Sein Verstand stürzte sich blitzschnell auf diese erstaunlichen Worte. „Wer? Wie haben Sie es herausbekommen? Was ..."
„Die Information", meinte die Frau, und er erkannte plötzlich, daß die seltsame Klangfarbe in ihrer Stimme Begierde war, „wird für Sie nicht von Nutzen sein. Ganz gleich, was mit dem Mädchen geschieht, Sie bleiben hier."
Sie warf dem Mann einen raschen Blick zu, als ob sie sich seiner Zustimmung vergewissern sollte. „Du weißt, Jeel, du hast es mir versprochen."
Es schien so bedeutungslos, daß Leigh kein Gefühl persönlicher Gefahr empfand. Sein Verstand beachtete die Worte kaum. Seine

Augen konzentrierten sich auf eine Einzelheit, die bis zu diesem Moment seiner Aufmerksamkeit entgangen war. Er sagte sanft: „Sie gebrauchten soeben die Phrase: Ganz gleich, was mit dem Mädchen geschieht. Als ich hereinkam, sagten Sie: ‚Sagen Sie ihm, es soll verschwinden, bevor es zu Schaden kommt'." Leigh lächelte grimmig. „Ich brauche wohl kaum festzustellen, daß dies ein himmelweiter Unterschied von der Drohung sofortigen Todes ist, die vor wenigen Sekunden über uns hing. Und ich habe soeben den Grund bemerkt.
Vor kurzer Zeit hörte ich unseren lieben Jeel meine kleine Freundin hier herausfordern, sie solle ihre Pistole heben. Ich stelle jetzt mit großer Freude fest, daß sie sie erhoben hat. Mein Erscheinen hat also tatsächlich eine Wirkung gehabt." Er wandte sich vertrauensvoll an das Mädchen. „Wollen wir schießen oder uns zurückziehen?"
Es war der Mann, der darauf antwortete. „Ich würde Rückzug empfehlen. Ich könnte noch immer gewinnen, aber ich bin nicht der heroische Typ, der das Risiko eingeht, das sich aus einer etwas gewagten Situation ergibt." Er fügte, zu der Frau gewandt, hinzu: „Merla, wir können uns diesen Mann Leigh jederzeit schnappen, jetzt, da wir wissen, wer er ist."
Das Mädchen sagte: „Sie zuerst, Mr. Leigh." Und Leigh hielt sich nicht damit auf, Einspruch zu erheben.
Metallene Türen schlugen hinter ihm zu, als er den Tunnel entlangjagte. Nach einem Moment wurde er des Mädchens gewahr, das leicht und geschmeidig neben ihm herlief.
Das seltsam unwirkliche kleine Drama war vorüber; es endete ebenso phantastisch, wie es begonnen hatte.

4

Außerhalb des Hotels Constantine umfing sie graues Dämmerlicht. Sie befanden sich in einer Seitenstraße. Im matten Zwielicht der fortgeschrittenen Dämmerung sah seine Begleiterin ganz wie ein Junge aus.

„Was war das eigentlich alles?“ fragte er. „Sind wir nun um Haaresbreite entronnen? Oder haben wir einen Sieg davongetragen? Was veranlaßte Sie, zu denken, Sie könnten wie Gottvater handeln und jenen beiden hartgesottenen Sündern zwölf Stunden zugestehen, das Sonnensystem zu verlassen?“

Das Mädchen schwieg, als er gesprochen hatte. Sie ging jetzt ein Stück vor ihm, den Kopf im Zwielicht gesenkt. Dann wandte sie sich um. Sie sagte: „Ich hoffe, Sie sind klug genug, um davon abzusehen, irgend jemandem von all dem zu erzählen, was Sie gerade gesehen und gehört haben.“

Leigh entgegnete: „Dies ist die größte Story seit ...“

Ihre Stimme klang bedauernd, als sie sagte: „Sie werden kein Wort davon veröffentlichen, denn in etwa zehn Sekunden werden Sie erkennen, daß niemand in der Welt auch nur etwas davon glauben wird.“ Leigh lächelte angespannt in der Dunkelheit. „Der mechanische Psychologe wird jede Silbe bestätigen.“

„Auch auf diesen Fall habe ich mich vorbereitet!“ entgegnete die klare Stimme. Ihr Arm schwang empor zu seinem Gesicht. Zu spät warf er sich zurück.

Licht flammte in seine Augen, eine blendende weißstrahlende Kraft, die mit all der qualvollen Macht unerträglicher Helligkeit in seine empfindlichen optischen Nerven eindrang. Leigh fluchte laut und wild und griff nach seiner Peinigerin. Seine rechte Hand berührte flüchtig eine Schulter. Er schlug blindwütig mit der Linken zu, erwischte aber nur den Rand eines Ärmels, der ihm im gleichen Moment aus der Hand gerissen wurde.

„Du kleine Teufelin!“ tobte er. „Du hast mich geblendet.“

„Das geht wieder vorüber“, kam die kühle Antwort. „Aber Sie werden sehen, daß der mechanische Psychologe alles, was Sie sagen, als reine Einbildung analysieren wird. Angesichts Ihrer Drohung, die Sache zu veröffentlichen, sah ich mich zu dieser Handlung gezwungen. Aber geben Sie mir jetzt meine Pistole.“

Der erste Schimmer des Sehens kehrte zurück. Trotz des andauernden Schmerzes lächelte er grimmig. Seine Stimme war sanft, als er sagte: „Mir fällt gerade in diesem Moment ein, daß Sie gesagt haben, diese Pistole würde keine Kugeln verschießen. Allein ihre äußere Form wird einen interessanten Beweis für alles darstellen, was ich berichten werde. Deshalb ..."

Sein Lächeln verging, denn das Mädchen trat heran. Das Metall, das sich gegen seine Rippen preßte, stieß so kräftig zu, daß er keuchte.

„Her mit der Pistole!"

„Ich denke gar nicht daran", stöhnte Leigh. „Du undankbare kleine Hexe, wie kommst du dazu, mich so grob zu behandeln, nachdem ich dir das Leben gerettet habe?"

Er verstummte. Mit lähmender Plötzlichkeit erkannte er, daß sie es ernst meinte.

Hastig händigte er die Waffe aus. Das Mädchen nahm sie und sagte kalt: „Sie scheinen unter der Illusion zu leiden, daß mir Ihr Erscheinen im Raumschiff die Möglichkeit gab, meine Waffe in Anschlag zu bringen. Sie befinden sich im Irrtum. Sie erreichten nichts weiter, als daß Sie mir die Gelegenheit verschafften, die beiden glauben zu lassen, daß die Situation dergestalt war und daß sie sie beherrschten. Aber ich versichere Ihnen, mehr hat Ihre Hilfeleistung nicht fertiggebracht. Sie war nahezu wertlos."

Leigh lachte laut auf.

„In meinem kurzen Leben", sagte er, „habe ich gelernt, die Qualität der Persönlichkeit im menschlichen Wesen zu erkennen. Sie haben eine ganze Menge sogar, aber nicht einen Bruchteil soviel wie jene beiden Freunde besonders der Mann. Er war unglaublich. Gnädigste, ich vermag nur zu vermuten, was hier eigentlich vorgeht, aber ich rate Ihnen und all den anderen Kluggs, diesem Paar von nun an weit aus dem Wege zu gehen. Was mich betrifft, so werde ich die Polizei verständigen, und in Privat-Drei wird eine Razzia stattfinden. Mir gefiel jene seltsame Drohung nicht, daß sie mich jederzeit wieder schnappen könnten. Warum mich?"

Er brach hastig ab: „He, wohin gehen Sie? Ich möchte Ihren Namen wissen."

Er sagte nichts weiter. Seine ganze Aufmerksamkeit konzentrierte sich auf die Verfolgung. Er konnte sie einen kurzen Moment lang sehen, eine verschwommene, knabenhafte Gestalt vor einer

düsteren Eckenlampe. Dann war sie um die Straßenecke verschwunden.
Schwitzend umrundete er die Ecke, und zuerst schien die Straße dunkel und völlig verlassen. Dann erblickte er den Wagen. Das ganz normal aussehende, lange, niedrig gebaute Coupé mit der mächtigen Kühlerhaube, das sich geräuschlos in Bewegung setzte. Aber dann wurde es unnatürlich. Es hob sich empor. Leigh traute seinen Augen kaum, als es von der Straße emporschwebte. Er erhaschte einen flüchtigen Schimmer von weißen Gummirädern, die im Unterteil verschwanden. Stromlinienförmig und jetzt fast zigarrenförmig schoß das Raumschiff, das ein Wagen gewesen war, in einer steilen Kurve in den Himmel empor. Sekunden später war es verschwunden.
Über Leigh türmte sich die dräuende Nacht auf, ein seltsames, helles Blau. Trotz der strahlenden Lichter der Stadt, die den Himmel erhellten, waren mehrere Sterne erkennbar. Er starrte zu ihnen hinauf und fühlte sich innerlich leer.
Plötzlich von Hunger gepackt, kaufte er sich an einem Kiosk einen Schokoladenriegel und stand eifrig kauend im Zwielicht. Er begann sich besser zu fühlen. Dann schritt er zur nächten Wandsteckdose hinüber und schob den Kontakt seines Armbandradios hinein.
„Jim“, sagte er seinem Lokalredakteur, „ich habe eine große Story, nicht zur Veröffentlichung, aber vielleicht können wir die Polizei einschalten. Dann möchte ich, daß du einen mechanischen Psychologen in mein Hotelzimmer bringen läßt. Es muß noch einige Erinnerungen geben, die meinem Gehirn entnommen werden können ...“

5

Die kleinen, glitzernden Kugeln des mechanischen Psychologen wirbelten schneller und schneller. Und dann berührte der erste köstliche Hauch des Psycho-Gases seine Riechnerven. Er fühlte, wie er hinunterglitt in das Nichts, schwerelos davongetragen in

Regionen, in denen das Bewußtsein keinen Platz hatte. Eine Stimme begann in der dunstigen Ferne zu sprechen, so weit entfernt, daß kein einziges Wort zu ihm durchkam. Schließlich löste sich die Stimme langsam auf. Sie blieb noch eine Weile vernehmbar, ein sanftes, melodisches Geräusch im entferntesten Hintergrund seines Gehirns, verschwand aber mit jedem verstreichenden Augenblick mehr und mehr. Er schlief einen tiefen, hypnotischen Schlaf, als die Maschine weitersummte.
Als Leigh seine Augen öffnete, war das Schlafzimmer, abgesehen von der Stehlampe neben einem Eckstuhl, in Dunkelheit gehüllt. Die Lampe beschien die dunkel gekleidete Frau, die dort saß, aber ihr Gesicht blieb im Dunkeln, ein matter Schatten über dem Lichtkreis. Er mußte sich bewegt haben, denn der Schattenkopf blickte plötzlich von den Papierblättern auf, die sie in den Händen hielt. Die Stimme von Merla, der Dreegh-Frau, sagte:
„Das Mädchen hat ganze Arbeit geleistet, als sie Ihre unbewußten Erinnerungen auslöschte. Es gibt nur einen möglichen Hinweis auf Ihre Identität und ..."
Ihre Worte verstummten, aber sein Gehirn führte sie in jenem ersten Schock des Erkennens bis zur Sinnlosigkeit fort. Es war zuviel, zuviel Grauen innerhalb zu kurzer Zeit. Gedanken an Flucht jagten durch sein Gehirn. Wenn er zur Bettkante gleiten könnte, auf der Seite, die von ihr abgewandt lag, und zur Badezimmertür eilen würde ...
„Gewiß, Mr. Leigh", erreichte ihn die Stimme der Frau, „sind Sie viel zu klug, um etwas so Törichtes zu versuchen. Wenn ich Sie zu töten beabsichtigen würde, hätte ich dies viel einfacher und leichter tun können, während Sie schliefen. Sehen Sie das nicht ein?"
Leigh lag still, sammelte seine Gedanken und benetzte seine trockenen Lipppen. „Was ... wollen ... Sie?" brachte er schließlich hervor.
„Information! Wer war jenes Mädchen?"
„Ich weiß es nicht." Er starrte in das Halbdunkel, wo sich ihr Gesicht befand. „Ich dachte ... Sie wüßten es." Er fuhr rascher fort: „Ich dachte, der Galaktische Beobachter wäre Ihnen bekannt,

und das Mädchen könnte auf diesem Weg jederzeit identifiziert werden."

Er gewann den Eindruck, daß sie lächelte. Sie meinte: „Wir sagten dies nur, um Sie und das Mädchen zu täuschen und um die Situation, die für uns untragbar geworden war, zu einem teilweisen Sieg für uns zu wenden."

Die Übelkeit, die Leighs Körper durchbrandete, hielt noch immer an. Aber die verzweifelte Angst, die ihre Ursache war, verging vor den Überlegungen, die das Eingeständnis ihrer Schwäche nahelegte. Diese Dreeghs waren nicht so übermenschlich, wie er gedacht hatte. Der Erleichterung folgte Wachsamkeit, Vorsicht, warnte er sich selbst, es wäre unklug, sie zu unterschätzen. Aber er konnte nicht umhin, zu sagen:

„Ich möchte nur darauf hinweisen, daß selbst diese sogenannte Umwandlung der Niederlage in einem Sieg nicht besonders geschickt ausgeführt wurde. Die Erklärung Ihres Mannes, daß Sie mich jederzeit wieder schnappen könnten, hätte sehr leicht zu einem Mißlingen der Schnapperei führen können."

Die Stimme der Frau klang eine Spur verächtlich. „Wenn Sie ein wenig über Psychologie Bescheid wüßten, würden Sie erkennen, daß Sie in Wirklichkeit von der vagen Phrasierung der Drohung eingelullt worden sind. Tatsächlich haben Sie es ja versäumt, auch nur die geringfügigsten Vorkehrungen zu treffen. Und das Mädchen hat keine Anstalten getroffen, Sie zu beschützen."

Der Hinweis auf eine wohlbedachte, ausgeklügelte, psychologische Taktik erzeugte in Leigh die Beklemmung zurückkehrenden Grauens. Tief in seinem Innern dachte er: Welchen Abschluß dieser seltsamen Unterredung plante die Dreegh-Frau?

„Sie erkennen natürlich", sagte die Dreegh sanft, „daß Sie sowohl lebendig für uns von Wert sein werden als auch tot. Es gibt keine Alternative. Ich würde Ihnen Wachsamkeit und Aufrichtigkeit in Ihrer Zusammenarbeit mit uns empfehlen. Sie sind jetzt völlig in diese Angelegenheit verwickelt, und es gibt keinen Ausweg mehr für Sie."

Das also war es. Ein dünnes Rinnsal von Schweiß tröpfelte über Leighs Wange hinunter. Seine Finger zitterten, als er nach einer

Zigarette auf dem Tischchen neben seinem Bett griff. Bebend entzündete er sei.
Mit einiger Anstrengung riß sich Leigh zusammen. Er sagte: „Ich nehme an, das ist mein psychographisches Diagramm, das Sie in der Hand halten. Was sagt es?"
„Sehr enttäuschend." Ihre Stimme schien weit entfernt. „Es enthält eine Warnung bezüglich Ihrer Lebensweise. Es scheint, daß Ihre Mahlzeiten zu unregelmäßig sind."
Sie spielte mit ihm. Ihr Versuch eines Scherzes ließ sie noch unmenschlicher erscheinen, statt das Gegenteil zu bewirken. Denn irgendwie standen die Worte mit Ihrem tatsächlichen Wesen, mit der dunklen Ungeheuerlichkeit des Weltraumes, aus dem sie gekommen war, in unerträglichem Widerstreit. Leigh schauderte. Dann dachte er wild: Verdammt, ich rede mir selbst Angst ein. Solange sie in ihrem Sessel sitzt, kann sie mir nicht mit ihrem Vampirakt kommen.
Laut sagte er: „Wenn im Psychogramm nichts zu finden ist, kann ich Ihnen nicht helfen, fürchte ich. Sie können mich also jetzt verlassen. Ihre Anwesenheit trägt nicht sehr zu meinem Wohlbefinden bei."
Sie saß regungslos im Sessel, und ihre Augen glitzerten matt aus dem Halbdunkel. Endlich sagte sie: „Wir werden das Psychogramm gemeinsam durchgehen. Ich glaube, die Auskünfte über Ihren Gesundheitszustand können wir ohne weiteres als belanglos ausschalten. Aber da sind etliche Faktoren, die ich erläutert haben möchte. Wer ist Professor Ungarn?"
„Ein Wissenschaftler", entgegnete Leigh bereitwillig. „Er hat dieses System der mechanischen Hypnose erfunden und wurde herangeholt, als die beiden Leichen gefunden wurden, denn die Morde schienen von Verrückten begangen worden zu sein."
„Haben Sie irgendwelche Kenntnisse über seine physische Erscheinung?"
„Ich habe ihn noch nie gesehen", erwiderte Leigh. „Er gibt niemals Interviews. Ich habe verschiedene Geschichten über ihn gehört, aber ..." Er zögerte. Er skizzierte ihr nur ein allgemeines Bild.

„Diese Geschichten", sagte die Frau, „vermitteln sie den Eindruck, daß er ein Mann von ungewöhnlicher magnetischer Kraft ist, in dessen Gesicht jedoch die Linien seelischen Leidens und einer Art Resignation eingegraben sind?"

„Resignation? Wovor?" rief Leigh scharf. „Ich habe nicht die geringste Ahnung, worüber Sie sprechen. Ich habe nur Fotografien von ihm gesehen, und sie zeigen ein feines, eher gefühlvolles, müdes Antlitz."

Sie sagte: „Ließen sich in einer öffentlichen Bibliothek mehr Informationen über ihn finden?"

„Oder im Archiv des Planetarischen Dienstes", entgegnete Leigh und hätte sich im nächsten Moment für diese bereitwillige Auskunft die Zunge abbeißen können.

„Archiv?" fragte die Frau.

Leigh erklärte, aber seine Stimme bebte vor Ärger über sich selbst. Seit einigen Sekunden wuchs ein lähmendes Gefühl immer stärker in ihm an: War es möglich, daß sich diese Teufelin auf der richtigen Fährte befand? Und sie veranlaßte ihn zu Antworten, die ihr mehr und mehr zum Sieg verhalfen, nur weil er nicht wagte, eine offensichtliche Verteidigungsposition einzunehmen und sie mit Lügen in die Irre zu führen. Er empfand ein drükkendes Gefühl der Niederlage, als er erkannte, in welch anomal kurzer Zeit sie das Rätsel um die Identität des Galaktischen Beobachters gelöst hatte. Denn es konnte tatsächlich Professor Ungarn sein.

Ungarn war eine geheimnisumwitterte Figur, ein Wissenschaftler und großer Erfinder auf einem Dutzend hochentwickelter, weit voneinander entfernter Wissensgebiete. Er besaß seinen Wohnsitz in der Nähe eines Jupitermondes, wo er mit seiner Tochter Patricia lebte. Gütiger Himmel, Patrick — Patricia!

Sein fiebernder Gedankenstrom endete, als die Frau sagte: „Können Sie veranlassen, daß Ihr Büro die Informationen zu Ihrem Aufzeichnungsgerät hier sendet?"

„J-ja." Sein Zögern war so offensichtlich, daß sich die Frau nach vorne lehnte.

„Ah!" sagte sie. „Sie halten es also auch für möglich?"

Sie gab einen Befehl. „Sie werden sich vom Bett erheben und den Aufzeichner betätigen. Natürlich werden Sie nicht mehr tun und nicht mehr sagen, als unbedingt erforderlich ist.“
Leigh bewegte sich langsam, den Befehl der Frau befolgend. Er stellte die Maschine ein und sagte:
„Hier ist William Leigh. Geben Sie mir alle Unterlagen über Professor Garrett Ungarn, die Sie haben.“
Es dauerte eine Weile, dann kam eine Stimme: „Sie haben sie. Unterschreiben Sie das Formular.“
Leigh unterzeichnete und sah die Unterschrift sich auflösen und in der Maschine verschwinden. In diesem Augenblick hörte er die Frau sagen: „Soll ich es hier lesen, Jeel, oder wollen wir die Maschine mitnehmen?“
Leigh blinzelte und wirbelte herum — und dann ließ er sich sehr langsam auf die Bettkante nieder. Der Dreegh, Jeel, lehnte lässig am Pfosten der Badezimmertür, mit einem satanischen Lächeln auf den Lippen. Hinter ihm — aber nein, das konnte doch nicht sein! Hinter ihm, jenseits der offenen Badezimmertür, war nicht die glänzende Badewanne, sondern eine zweite Tür; und jenseits dieser Tür befand sich unglaublicherweise eine weitere Tür und jenseits davon der Kontrollraum des Dreegh-Raumschiffes!
Dort war es, genau so, wie er es im kompakten Erdboden unter dem Hotel Constantine gesehen hatte.
Leigh dachte in flackerndem Irrsinn: Natürlich parke ich mein Raumschiff in meinem Badezimmer.
Es war die Stimme des Dreeghs, die seinen Geist aus dem lähmenden Wirbel des Entsetzens riß und in die Gegenwart zurückholte. Der Dreegh sagte: „Ich glaube, wir beeilen uns besser. Ich habe große Schwierigkeit, das Schiff auf der Alternanz der Raum-Zeit-Ebenen zu halten. Bringe den Mann und die Maschine und...“
Leigh hörte das letzte Wort nicht. Er schoß in die Höhe, abrupt bei hellwachem Bewußtsein. „Sie nehmen ... mich ... mit?“
„Aber natürlich.“ Es war die Frau, die sprach. „Sie sind mir versprochen worden, und überdies benötigen wir Ihre Hilfe, um Ungarns Meteor zu finden.“

Leigh stand unbeweglich und ohne die Möglichkeit, einen eigenen Plan zu schmieden. Unter Aufbietung aller Kräfte zwang er sich, seinen Körper und Geist zu entspannen. Als er schließlich seine außerirdischen Häscher wieder anblickte, hatte sich Reporter Leigh mit seinem Schicksal abgefunden.
„Ich kann mir nicht im geringsten vorstellen“, sagte er, „warum ich mit Ihnen gehen sollte. Und wenn Sie glauben, ich würde Ihnen helfen, den Beobachter zu vernichten, dann sind Sie verrückt.“
Die Frau entgegnete gleichmütig: „In ihrem Psychogramm fand ich einen flüchtigen Hinweis auf eine Mrs. Henry Leigh, die in einem Dorf namens Relton an der pazifischen Küste wohnt. Innerhalb einer halben Stunde könnten wir dort sein, und Ihre Mutter und deren Haus würden eine Minute später nicht mehr existieren. Oder vielleicht sollten wir ihr Blut unseren Reserven beifügen.“
„Sie ist zu alt“, sagte der Mann mit eisiger Stimme. „Wir machen uns nicht viel aus dem Blut von alten Leuten.“
Der Dreegh beugte seine hochgewachsene Gestalt über die kleine Maschine auf dem Ecktisch. „Wie funktioniert sie?“ fragte er.
Leigh trat vor. Noch immer hatte er eine Chance, die Angelegenheit in seine Hand zu nehmen, ohne andere Menschen zu gefährden. Er sagte: „Drücken Sie auf die Taste mit der Aufschrift ‚Titel‘, und die Maschine wird alle Hauptüberschriften drucken.“
„Das klingt vernünftig.“ Der Dreegh langte zu und betätigte den Druckknopf. Der Aufzeichner summte leise, und ein Abschnitt seiner Oberfläche leuchtete auf. Druckzeiten erschienen unter einer transparenten Schutzplatte. Mehrere Überschriften standen untereinander.
„Sein Meteorheim“, las der Dreegh. „Das ist es, was ich suche. Welches ist der nächste Schritt?“
„Drücken Sie die Taste, ‚Untertitel‘.“
Leigh fühlte sich plötzlich schwach. Er stöhnte innerlich. War es möglich, daß dieses Monster tatsächlich die Informationen erlangte, die es suchte? Es wäre bestimmt nicht leicht, eine derart ungeheure Intelligenz unbemerkt von einer logischen Sequenz

abzulenken. Er zwang sich zu grimmiger Ruhe. Er mußte es eben wagen.
„Der Untertitel, den ich haben will“, sagte der Dreegh, „heißt ‚Lage‘. Und vor ihm steht eine Zahl, eine Eins. Was jetzt?“
„Drücken Sie die Taste Nummer eins“, erklärte Leigh, „und dann die Taste mit der Aufschrift ‚Allgemeine Freigabe‘.“
Im gleichen Moment noch, als er gesprochen hatte, spannten sich seine Nerven bis zur Grenze des Erträglichen. Wenn alles klappte, würde Taste Nummer eins sämtliche Informationen, die unter diesen Untertitel fielen, ausliefern. Und gewiß würde sich der Mann vorerst damit zufriedengeben. Schließlich stellte dies ja nur einen Test dar. Die Zeit drängte. Und später, wenn der Dreegh entdecken würde, daß die Taste ‚Allgemeine Freigabe‘ sämtliche anderen Informationen gelöscht hatte, wäre es zu spät.
Der Gedanke versickerte. Leigh erstarrte. Der Dreegh hatte seinen eisigen Blick auf ihn geheftet. Der Mann sagte: „Ihre Stimme war wie eine Orgel; jedes Wort, das Sie ausgesprochen haben, enthielt eine Fülle von feinen Schattierungen, die einem geübten Ohr eine Menge verraten können. Demgemäß werde ich Taste Nummer eins drücken. Aber nicht ‚Allgemeine Freigabe‘. Und sobald ich die kleine Story im Aufzeichner gelesen habe, werde ich mich wegen dieses versuchten Tricks näher mit Ihnen befassen. Das Urteil ist Tod.“
„Jeel!“
„Tod!“ wiederholte der Mann knapp. Und die Frau schwieg.
Eine Weile herrschte Stille, abgesehen von dem gedämpften Summen des Aufzeichners. Leighs zielloser Blick kehrte zu dem Aufzeichnungsgerät zurück und zu dem finsteren Mann, der nachdenklich dort stand und auf die Worte hinunterstarrte, die es enthüllte. Seine Gedanken beschleunigten sich. Und plötzlich hatte er ein Ziel vor Augen.
Wenn er dem Tod auch nicht mehr zu entrinnen vermochte, so konnte er doch wenigstens irgendwie versuchen, jene Freigabe-Taste niederzuschlagen. Er starrte die Taste an und schätzte die Entfernung. Wenn er sich jetzt mit aller Kraft auf die Maschine stürzte, wie könnte selbst ein Dreegh das tote Gewicht seines

Körpers und seine ausgestreckten Finger daran hindern, eine derart simple Mission zu erfüllen?
Er sah, daß sich der Dreegh von der Maschine abwandte. Der Mann schürzte seine Lippen, aber es war die Frau, Merla, die aus dem Halbdunkel sprach, in dem sie stand:
„Nun?"
Der Mann runzelte die Stirn. „Die genaue Lage ist nirgends zu finden. Anscheinend hat man in diesem System die Meteore noch nicht erforscht. Das habe ich vermutet. Schließlich beherrscht der Mensch hier die Raumfahrt erst seit hundert Jahren, und die neuen Planeten und die Monde des Jupiter haben bisher alle Energien der forschenden Raumpioniere in Anspruch genommen."
„Das hätte ich Ihnen auch sagen können", meinte Leigh.
Wenn er sich etwas mehr zur Seite des Aufzeichners hinüberschieben könnte, so daß der Dreegh nicht einfach seinen Arm auszustrecken brauchte ...
Der Mann fuhr fort: „In den Archivunterlagen wird jedoch ein Mann erwähnt, der Nahrungsmittel und Waren vom Mond Europa zu dem Meteor Ungarns transportiert. Wir werden diesen Mann überreden, uns den Weg dorthin zu zeigen."
„Eines schönen Tages", sagte Leigh, „werden Sie zu Ihrem Erstaunen entdecken, daß sich nicht alle menschlichen Wesen überreden lassen. Welchen Druck werden Sie auf diesen armen Burschen ausüben? Angenommen, er hat keine Mutter."
„Er hat ... Leben!" entgegnete die Frau sanft.
„Ein Blick auf Sie", sagte Leigh, „und er wird erkennen, daß er das auf jeden Fall verlieren wird."
Noch während er sprach, trat er nach links, einen winzigen kurzen Schritt.
„Wir könnten", sagte die Frau, „William Leigh dazu benutzen, ihn zu überreden."
Die Worte wurden leise und sanft ausgesprochen, aber sie erschütterten Leigh bis ins Mark. Denn sie stellten einen schwachen Hoffnungsschimmer dar. Und sie zerschmetterten gleichzeitig sein verzweifeltes Vorhaben in unbedeutende Fragmente.

Er kämpfte innerlich, um seine harte Entschlossenheit wieder zurückzuerlangen. Er konzentrierte seinen Blick auf die Aufzeichnungsmaschine, aber die Frau hatte wieder das Wort ergriffen.
„Er ist ein zu wertvoller Sklave, um vernichtet zu werden. Wir können jederzeit sein Blut und seine Energie nehmen, aber jetzt müssen wir ihn zum Mond Europa schicken, damit er den Frachterpilot der Ungarns aufsucht und ihn zum Ungarn-Meteor begleitet. Wenn er das Innere des Wohnsitzes auskundschaften könnte, würde sich unser Angriff ungemein vereinfachen. Außerdem besteht immerhin die Möglichkeit, daß Ungarn über neue Waffen verfügt, von denen wir in Kenntnis gesetzt werden sollten. Wir dürfen die Wissenschaft der Großen Galaxier nicht unterschätzen. Natürlich würden wir uns ein wenig näher mit Leighs Gehirn beschäftigen, bevor wir ihn freilassen und so im bewußten Teil seines Geistes alles auslöschen, was sich auf die Geschehnisse in diesem Hotelzimmer bezieht. Wir könnten die Identifizierung von Professor Ungarn als Galaktischen Beobachter für Leigh plausibel machen, indem wir sein Psychogramm ein wenig umschreiben; und morgen früh wird er in seinem Bett aufwachen mit einem neuen Ziel vor Augen, das sich auf einen sehr simplen menschlichen Impuls begründet, nämlich auf das Gefühl der Liebe zu dem Mädchen."
Die bloße Tatsache, daß ihr Jeel gestattete, weiterzureden, brachte die erste schwache Färbung auf Leighs Wangen, ein feines Erröten über den unfaßlichen Verrat, den sie von ihm erwartete.
„Wenn Sie glauben, ich würde mich in ein Mädchen verlieben, das einen doppelt so hohen Intelligenzquotienten hat wie ich, dann sind Sie ..."
Die Frau schnitt ihm die Worte ab. „Schweigen Sie, Sie Narr! Begreifen Sie denn nicht, daß ich Ihnen das Leben gerettet habe?"
Der Mann war kalt, eiskalt. „Ja, wir werden ihn benutzen. Nicht, weil er von besonderem Wert wäre, sondern weil wir genügend Zeit haben, uns unseren endgültigen Sieg über Ungarn so leicht wie möglich zu machen. Die ersten Angehörigen des Dreegh-Stammes werden vor anderthalb Monaten nicht eintreffen, und

Mr. Leigh wird etwa einen Monat brauchen, um den Mond Europa mit einem der primitiven Passagierschiffe der Erde zu erreichen. Glücklicherweise liegt die nächste Galaktische Militärbasis mehr als drei Monate entfernt bei Galaktischen Schiffsgeschwindigkeiten."

„Zu guter Letzt" — mit unfaßbarer, tigerhafter Schnelligkeit wirbelte der Dreegh zu Leigh herum — „als Mahnung für Ihr Unterbewußtsein, keine Tricks zu versuchen, und als volle Strafe für vergangene und beabsichtigte Tricks ... dies!"

Verzweifelt versuchte Leigh, dem Metall auszuweichen, das seinen glühenden Schein nach ihm ausstrahlte. Seine Muskeln krampften sich in gräßlichen Zuckungen zusammen, um das Vorhaben auszuführen, das sich in seinem Innern bis zur Krisis emporgearbeitet hatte. Er warf sich nach dem Aufzeichner, aber etwas traf seinen Körper, etwas, was keine materielle Gestalt besaß.

Der grauenhafte Schmerz, der ihn packte, schien dem Tod selbst voranzugehen. Ungeheure Kräfte verzerrten seine Halsmuskeln und erstickten den Schrei, der dort entstehen wollte. Sein ganzes Wesen begrüßte die gestaltlose Schwärze, die sich über ihn legte und barmherzig den höllischen Schmerz aufsaugte.

6

Am dritten Tag begann Europa Stück um Stück des Weltraums an die riesenhafte Masse des Jupiters abzugeben, der sich hinter dem Mond befand. Die Maschinen, in denen magnetische Anziehung so unvollkommen in Abstoßung umgewandelt wurde, funktionierten besser und besser, als der Widerstreit von Gravitationszug und Gegenzug mit wachsender Distanz an Schwergewicht verlor. Der alte, langsame, kleine Frachter zog hinaus in die ungeheure, endlose Nacht, während die Tage zu Wochen wurden und die Wochen ihren eintönigen Weg zum vollen Monat entlangschlichen. Am siebenunddreißigsten Tag wurde das Gefühl des

Abbrensens so deutlich, daß Leigh stumpf aus seiner Koje kroch und fragte: „Wie lange noch?"
Der Frachtpilot grinste ihm zu. Sein Name war Hanardy, und er sagte jetzt gleichmütig: „Wir schwenken erst ein. Sehen Sie den Lichtpunkt dort zur Linken? Er bewegt sich auf uns zu."
Leigh klammerte sich an das Bullauge und versuchte, die Dunkelheit des Raumes mit den Augen zu durchdringen. Es dauerte lange Sekunden, bis sein Blick eine Anzahl rasch bewegter Lichtpunkte ausmachte. Er zählte sie in dumpfer Verwunderung. „Eins, zwei, drei ... sieben", murmelte er. „Und alle dicht beieinander."
„Was sagten Sie?" Hanardy bückte sich neben ihm. „Sieben?"
Für eine Weile herrschte Schweigen zwischen ihnen, als die Lichter sichtlich kleiner wurden und dann in der Ferne verschwanden.
„Pech", sagte Leigh, „daß Jupiter hinter uns steht. Vor seiner hellen Fläche wären sie als Sillhouetten länger in Sicht geblieben. Welcher von ihnen war Ungarns Meteorit?"
Hanardy richtete sich auf und runzelte finster die Stirm. Langsam sagte er: „Das waren Schiffe. Ich habe noch niemals Schiffe gesehen, die so schnell flogen. Sie waren nach weniger als einer Minute außer Sicht." Er zuckte die Achseln. „Ein paar von jenen neuen Polizeischiffen, nehme ich an. Und wir müssen sie aus einem recht komischen Winkel gesehen haben, daß sie so schnell verschwanden."
Halb sitzend, halb kniend kauerte Leigh vor der Luke, zu Reglosigkeit erstarrt. Und nach jenem flüchtigen Blick auf das harte Gesicht des Piloten wandte er sein eigenes rasch wieder ab.
Dreeghs! Zweieinhalb Monate waren seit den Morden verstrichen. Es hatte länger als einen Monat gedauert, von der Erde zu Europa zu gelangen, und jetzt diese einsame Reise mit Hanardy, dem Mann, der den Frachtverkehr für die Ungarns tätigte. Jede einzelne Minute dieser endlos langen Zeit hatte er mit unumstößlicher Sicherheit gewußt, daß sich die Gefahr im Grunde nicht geändert, sondern nur eine unauffälligere Form angenommen hatte. Die einzige glückliche Tatsache der ganzen Angelegenheit be-

stand darin, daß er an jenem Morgen nach dem Test des mechanischen Psychologen aus einem traumlosen Schlaf aufgewacht war und in seinem Psychogramm die Identifizierung von Ungarn als Galaktischer Beobachter gefunden hatte, zusammen mit der Feststellung, daß er in das Mädchen verliebt war.
Jetzt dies! Sein Geist flammte. Dreeghs in sieben Schiffen. Das bedeutete, daß das erste Schiff ungeheure Verstärkung erhalten hatte. Und vielleicht bildeten die sieben nur einen Aufklärungstrupp, der sich jetzt, bei Hanardys Annäherung, zurückzog. Oder vielleicht hatten jene phantastischen Mörder bereits die Operationsbasis des Beobachters angegriffen. Vielleicht war das Mädchen tot.
Er blickte unruhig hinaus, als der Ungarn-Meteorit auf seinem dunklen Pfad in der Schwärze zur Linken heraufgezogen kam. Die beiden Körper, das Schiff und die öde, grobgeformte Masse metallischen Steins, glitten in der endlosen Nacht langsam aufeinander zu, wobei das Schiff ein wenig zurücklag. Ein großes Stahlportal schob sich im Felsen auf. Behutsam schwebte das Schiff in die gähnende Höhlung hinein. Leigh vernahm ein lautes, klickendes Geräusch. Hanardy kam aus dem Kontrollraum, und sein Gesicht lag in tiefen Falten der Verwunderung.
„Jene verdammten Schiffe sind wieder dort draußen", sagte er, „Ich habe die großen Stahlschleusen geschlossen, aber ich verständige lieber den Professor und ..."
Die Welt erbebte. Der Fußboden schoß in die Höhe und versetzte Leigh einen schmetternden Schlag. Aus irgeneinem Grund hatten die Vampire gewartet, bis der Frachter im Innern des Meteoriten verschwunden war. Und dann griffen sie ohne das geringste Zögern mit blindwütiger Gewalt an. In Rudeln!
„Hanardy!" Die helle Stimme eines Mädchens tönte aus einem der Lautsprecher.
Der Pilot setzte sich unsicher auf dem Boden auf, wo er dicht bei Leigh niedergestürzt war. „Ja, Miß Patricia."
„Sie haben es gewagt, einen Fremden mitzubringen!"
„Nur einen Reporter, Miß. Er schreibt einen Artikel über meine Route."

„Sie törichter Narr! Das ist William Leigh, ein hypnotisierter Spion jener blutdürstigen Teufel, die uns angreifen. Bringen Sie ihn augenblicklich in die Station. Er muß sofort getötet werden."
Der Pilot starrte Leigh aus verengten Augen an, und alle Freundlichkeit war von seinem rauhen Gesicht verschwunden. Leigh lachte kurz: „Lassen Sie sich von ihr nichts vormachen, Hanardy. Ich habe einmal den Fehler begangen, jener jungen Dame das Leben zu retten, und von jenem Augenblick an haßt sie mich."
Der Mann fletschte die Zähne. „Sie kannten sie also. Das haben Sie mir nicht gesagt, Sie kommen besser mit, bevor ich Ihnen eine verpasse!"
Linkisch zog er die Pistole aus seiner Seitentasche und legte sie auf Leigh an.
„Los, wird's bald!" sagte er.
Hanardy langte nach einer Reihe winziger Lämpchen, die neben der getäfelten Tür von Patricia Ungarns Apartment leuchtete, und Leigh machte einen riesigen Satz und schlug einmal zu. Er fing den untersetzten, schweren Körper auf, nahm die Pistole an sich, legte den bewußtlosen Piloten auf den Boden des Korridors und stand dann, angespannt wie ein großes Raubtier, auf Geräusche lauschend da.
Stille! Er betrachtete forschend die helle Täfelung der Tür zu der Wohnabteilung. Er dachte erstaunt: War es möglich, daß Vater und Tochter tatsächlich ohne Gefährten, ohne Diener oder sonstige menschliche Gesellschaft, hier lebten? Und daß sie ständig hofften, den Angriff der furchtbaren Dreeghs abschlagen zu können?
Sie verfügten natürlich über ungeheure Mengen von Energie. Allein die Aufrechterhaltung der erdgleichen Schwerkraft nahm unfaßbare Kräfte in Anspruch. Aber jetzt würde er sich besser beeilen, bevor das Mädchen ungeduldig wurde und mit einer ihrer Waffen herauskam! Was er tun mußte, war sehr einfach und hatte nichts mit diesem Unsinn von Spionage zu tun. Er mußte das kombinierte Automobil-Raumschiff finden, in dem ihm „Mr. Patrick" in jener Nacht entkommen war. Und mit diesem winzigen Schiff mußte er versuchen, Ungarns Meteorit zu verlassen, durch

die Linien der Dreeghs zu schlüpfen und zur Erde zurückzufliegen.
Was für ein Narr war er doch gewesen, sich unter diese Leute zu mischen! Die Welt war voll von normalen Mädchen mit Intelligenzquotienten, die auf der gleichen Ebene lagen wir der seine. Warum war er nicht glücklich mit einer von ihnen verheiratet? Noch immer darüber nachdenkend, begann er Hanardy keuchend über den glatten Fußboden zu ziehen. Er ließ den Körper liegen, sobald er ihn um die Ecke außer Sicht gezerrt hatte, und jagte den Korridor hinunter, unterwegs mehrere Türen versuchend. Die ersten vier ließen sich nicht öffnen. Die fünfte war ebenfalls verschlossen, aber diesmal verharrte Leigh, um zu überlegen.
Es schien kaum glaublich, daß hier alle Eingänge abgeschlossen waren. Zwei Menschen allein in einem einsamen Meteoriten würden sich nicht die Mühe machen, dauernd Türen auf- und zuzuschließen. Sorgfältig untersuchte er die Tür und entdeckte ihr Geheimnis. Sie öffnete sich auf einen leichten Druck auf einen winzigen halbversteckten Knopf, der beim ersten Hinsehen als ein Integralteil der Schloßkonstruktion erschienen war. Er trat durch den Eingang und fuhr schrocken zurück. Der Schock war wie ein körperlicher Schlag.
Der Raum besaß keine Decke. Über ihm war Weltraum. Ein eiskalter Strom von Luft empfing ihn. Er erhaschte einen flüchtigen Schimmer von gigantischen Maschinen in dem Raum, dann sprang er in den Korridor zurück. Die Tür des Observatoriums schloß sich automatisch hinter ihm.
Als er zur nächsten Tür eilte, erkannte er, daß er sich wie ein Narr benommen hatte. Die Existenz der kalten Luft zeigte, daß der Eindruck eines in den Weltraum offenstehenden Raums nur eine Illusion war, die von dem unsichtbaren Glas hervorgerufen wurde. Aber er entschied, nicht zurückzukehren.
Die sechste Tür öffnete sich in eine kleine Zelle. Ein Moment der Verdutztheit verstrich, bevor er erkannte, was es war. Ein Aufzug!
Er sprang hinein. Ein gedämpftes Klicken ertönte, und dann setzte sich der Lift aufwärts in Bewegung. Die Pistole im Anschlag,

stand Leigh angespannt und sprungbereit, als der Aufzug anhielt. Die Tür glitt auf.
Leigh erstarrte. Das war kein Traum. Die Tür öffnete sich in blanke Schwärze. Er streckte tastend eine Hand aus, in der halben Erwartung, einen soliden Gegenstand zu fühlen. Aber als seine Hand in das schwarze Gebiet eindrang, verschwand sie. Er riß sie zurück und starrte sie erschrocken an. Sie leuchtete in einem eigenen Licht, und alle Knochen waren deutlich sichtbar.
Der gespenstische Schein verging rasch, und die Haut wurde wieder undurchsichtig, aber sein ganzer Arm pulste in einem wogenden Gewebe von Schmerz. Er dachte: Narr! Narr! und lachte bitter. Und da geschah es:
Ein Blitz kam aus der Schwärze. Etwas, das lebhaft und feurig funkelte, etwas Materielles, das auf einem strahlenden, sprühenden Pfad zu seiner Stirn flammte und in seinen Kopf hineinglitt. Und dann ...
Er befand sich nicht mehr im Aufzug. Zu beiden Seiten vor ihm erstreckte sich ein langer Korridor. Der untersetzte Hanardy griff gerade nach einem der winzigen Lämpchen neben der Tür von Patricia Ungarns Apartment. Seine Finger berührten es. Es erlosch. Lautlos öffnete sich die Tür. Eine junge Frau mit stolzen, kühnen Augen und der Haltung einer Königin stand in der Öffnung.
„Vater möchte, daß Sie zum Stockwerk vier hinuntergehen", sagte sie zu Hanardy. „Einer von den Energieschirmen ist zusammengebrochen. Er benötigt Ihre Hilfe, um einen neuen zu errichten."
Sie wandte sich an Leigh. Ihre Stimme veränderte sich, als sie sagte: „Mr. Leigh, Sie können hereinkommen!"

7

Leigh trat ein, ohne daß sein Körper fühlbar zitterte. Ein kühler Luftzug streichelte seine Wangen, und aus der Ferne klangen die melodischen Laute zwitschernder Vögel. Er blieb stehen, als er

den sonnenbeschienenen Garten jenseits der breiten Glasfenster sah. Nach einem Moment dachte er: Was ist mit mir geschehen? Er griff mit der Hand nach dem Kopf und betastete seine Stirn, dann den ganzen Kopf. Aber er fand nichts, was nicht in Ordnung gewesen wäre. Er sah, daß ihn die junge Frau anstarrte.
„Was ist los mit Ihnen?“ fragte sie.
Leigh blickte sie mißtrauisch an. „Tun Sie nicht so unschuldig. Ich war oben im schwarzen Raum, und ich kann nur sagen, wenn Sie mich töten wollen, dann verstecken Sie sich nicht feige hinter künstlicher Nacht und anderen Tricks.“
Die Augen des Mädchens waren verengt und eiskalt. „Ich habe keine Ahnung, was Sie mir vormachen wollen“, sagte sie frostig. „Ich versichere Ihnen, es wird Ihren Tod nicht verzögern.“ Sie legte eine kurze Pause ein und schloß dann ungläubig: „Was für einen Raum?“
Leigh erklärte seine Worte, zunächst verwundert über ihr Erstaunen und dann verärgert über das verächtliche Lächeln, das sich auf ihrem Gesicht ausbreitete. Sie unterbrach ihn schroff: „Ich habe noch niemals eine verrücktere Story gehört. Wenn Sie mit dieser unmöglichen Geschichte beabsichtigen, mich in Staunen zu versetzen und Ihren Tod hinauszuschieben, dann ist es Ihnen mißlungen, Sie müssen verrückt sein. Sie konnten Hanardy gar nicht niedergeschlagen haben, denn als ich die Tür öffnete, stand er vor mir, und ich schickte ihn zu Vater hinunter.“
„Hören Sie mal!“ begann Leigh. Dann verstummte er. Denn Hanardy hatte tatsächlich vor ihr gestanden, als sie die Tür öffnete! Und doch vorher...
Wann?
Hartnäckig verfolgt Leigh den Gedanken. Vorher hatte er Hanardy niedergeschlagen. Und dann war er, Leigh, in einem Aufzug hinaufgefahren und dann irgendwie wieder zurückgekommen. Er fühlte erneut den inneren Taumel, als sich sein Verstand aus dem Gleichgewicht zu schieben begann. Mit zitternden Fingern befühlte er seinen Kopf.
Ein Schreck durchzuckte ihn, als er sah, daß das Mädchen eine Pistole aus einer Tasche ihres einfachen weißen Kleides zog. Er

starrte auf die Waffe und dachte: Ich muß sie noch weiter aufzuhalten versuchen.

Er sagte eindringlich und unmißverständlich: „Ich beginne zu glauben, daß Sie meine Worte vor ein Rätsel stellen. Lassen Sie uns deshalb ganz von vorn beginnen. Es gibt einen derartigen Raum, oder nicht?“

„Bitte“, entgegnete das Mädchen müde, „verschonen Sie mich mit Ihrer Logik. Mein Intelligenzquotient ist zweihundertdreiundvierzig, der Ihre ist einhundertundzwölf. Ich kann Ihnen deshalb versichern, daß ich durchaus in der Lage bin, meine Überlegungen an jedem beliebigen Punkt zu beginnen, den Sie sich denken können. Es gibt keinen ‚schwarzen‘ Raum, wie Sie ihn nennen, und kein funkelndes Gebilde, das in menschliche Schädel hineinschlüpft. Einzige Tatsache ist, daß Sie von den Dreeghs während ihres Aufenthaltes in Ihrem Hotelzimmer hypnotisiert worden sind. Diese seltsame Geistesillusion kann nur ein Resultat jener hypnotischen Beeinflussung sein ... bitte keine Auseinandersetzung ... Wir haben keine Zeit. Aus irgendeinem Grund haben die Dreeghs etwas mit Ihrem Gehirn gemacht. Warum? Was haben Sie in jenen Räumen gesehen?“

Während er ihr beschrieb, was er in den Räumen erblickt hatte, erkannte Leigh, daß er sie überwältigen und unschädlich machen mußte. Das Vorhaben hielt sein ganzes Bewußtsein in Spannung, als er ihrem Wink folgte und vor ihr auf den Korridor hinausschritt. Es war noch immer da, beherrscht von eisiger Entschlossenheit, als er die Türen von der Ecke abzählte, an der er den bewußtlosen Hanardy liegen lassen hatte.

„Eins, zwei, drei, vier, fünf. Diese Tür!“ sagte er.

„Öffnen Sie sie!“ befahl das Mädchen.

Er tat es, und sein Kinn sank herab. Er starrte in einen prunkvollen, gemütlichen Raum, der mit Regalen schön gebundener Bücher angefüllt war. Leigh sah bequeme Sessel, einen herrlichen handgewebten Teppich und einen Schreibtisch.

Es war das Mädchen, das die Tür schloß und ihm mit einem Wink bedeutete, weiterzugehen. Sie kamen zum sechsten Raum.

„Und dies ist Ihr Aufzug?“

Leigh nickte stumm; da sein ganzer Körper zitterte, war er nur gelinde überrascht, hinter der Tür keinen Aufzug vorzufinden, sondern nur einen langen, leeren, stillen Korridor. Das Mädchen stand halb von ihm abgewandt und hielt ihm ihren Rücken zugekehrt. Wenn er ihr jetzt einen Schlag versetzte, würde sie hart gegen den Türpfosten geschmettert werden.
Die Brutalität des Gedankens war es, die ihn einen Augenblick unschlüssig verharren ließ. Und dann war es zu spät. Das Mädchen wirbelte herum und blickte gerade in seine Augen.
Ihre Pistole hob sich und zielte auf ihn. „Nicht auf diese Weise", sagte sie ruhig. „Einen Moment lang wünschte ich, Sie würden es wagen. Aber damit hätte ich mir die Sache zu leicht gemacht. Schließlich habe ich schon öfter aus reiner Notwendigkeit getötet, obgleich ich mich jedesmal dazu überwinden mußte. Sie werden in Anbetracht dessen, was die Dreeghs mit Ihnen gemacht haben, verstehen, daß es notwendig ist."
Ihre Stimme war wieder hart und schroff. „Deshalb zurück zu meinen Räumen. Ich habe eine Luftschleuse dort, mit deren Hilfe ich mich Ihrer Leiche entledigen kann."
Als er das Apartment betrat, rief ihn das Gezwitscher der Vögel aus seiner geistigen Depression zurück. Er schritt zu den breiten Glasflächen der Fenster und blickte lange auf die strahlende Pracht des sommerlichen Gartens hinaus. Wenigstens fünftausend Quadratmeter Grasfläche mit Blumen und Bäumen erstreckten sich vor ihm. Er sah einen weiten, tiefen Teich mit grünem Wasser. Überall flatterten zwitschernde und farbenprächtige Vögel, und über allem flammte der strahlende Schein der Sonne.
Es war der Sonnenschein, der Leighs Aufmerksamkeit am längsten auf sich zog. Schließlich glaubte er die Lösung gefunden zu haben. Er sagte mit gedämpfter Stimme, ohne sich umzuwenden: „Die Überdachung besteht aus Vergrößerungsglas. Sie macht die Sonne so groß, wie sie auf der Erde aussieht. Ist dies das ..."
„Es wäre besser, wenn Sie sich umdrehen würden", kam die feindselige Stimme aus dem Hintergrund des Raumes. „Ich

schieße niemanden in den Rücken. Und ich möchte diese Angelegenheit endlich erledigen."

Er wirbelte herum. „Sie verdammter kleiner Klugg! Sie können mich nicht in den Rücken schießen, eh? O nein! Und Sie können natürlich auch nicht gut auf mich schießen, wenn ich Sie angreife, denn das würde Ihnen die Sache zu einfach machen. Nein, es muß haargenau in Übereinstimmung mit Ihrem Gewissen geschehen!"

Er verhielt so abrupt seinen Schritt, daß er gestolpert wäre, wenn er sich rascher bewegt hätte. Er sah Patricia Ungarn figürlich, beinahe buchstäblich zum erstenmal seit seiner Ankunft auf dem Meteor.

Er sah sie zum erstenmal als weibliches Wesen.

Leigh holte tief Luft. In männlicher Kleidung war sie jugendhaft hübsch gewesen. Aber jetzt trug sie ein einfaches schneeweißes Sportkleid. Es war kaum mehr als eine Tunika und endete ein gutes Stück oberhalb ihrer Knie. Ihr Haar schimmerte in braun-goldenem Glanz und fiel auf die Schultern hinunter. Ihre bloßen Arme und Beine glänzten in einer gesunden Bräunung. Schneeweiße Sandalen umschlossen ihre Füße. Ihr Gesicht vermittelte den Eindruck außergewöhnlicher Schönheit. Und dann sah er zu seinem größten Erstaunen, daß ihre Wangen lebhaft erröteten.

Das Mädchen sagte: „Wagen Sie es nicht noch einmal, mich so zu nennen!"

Sie mußte vor innerer Wut völlig außer sich sein. Ihre Verärgerung bildete ein derart enormes Faktum, daß Leighs Atem stockte. Dann erkannte er die ungeheure Gelegenheit, die sich ihm hier bot.

„Klugg!" sagte er verächtlich. „Klugg, Klugg, Klugg! Sie fangen jetzt also an, zu erkennen, daß die Dreeghs haargenau Ihre schwache Stelle getroffen haben, daß Ihr ganzes furchtloses Gebaren nur auf dem sehnlichen Wunsch Ihres Klugg-Geistes beruht, Ihr trostloses, einsames Leben mit Anmaßungen anzufüllen. Sie fühlten sich innerlich dazu getrieben, so zu tun, als ob Sie eine wichtige Persönlichkeit wären, und wußten doch während der ganzen Zeit, daß nur die zehntklassigen Leute zu diesen weitab liegenden Außenposten geschickt werden, Klugg, noch nicht einmal Lennel! Die Dreegh-Frau wollte Ihnen noch nicht einmal Lennel-Status zugestehen, was das auch immer sein mag. Und sie weiß Bescheid. Denn wenn Ihr IQ zweihundertdreiundvierzig ist, dann haben die Dreeghs einen Intelligenzquotienten von mindestens vierhundert. Das haben auch Sie feststellen müssen, nicht wahr?"

„Schweigen Sie!" zischte Patricia Ungarn. Und Leigh bemerkte überrascht, daß sie unter ihrer braunen Tönung erbleicht war. Stärker als zuvor erkannte er, daß er nicht nur die psychologische Achillesferse dieser seltsamen jungen Frau getroffen hatte, sondern auch die tiefsten Wurzeln ihrer seelischen Existenz.

„So", meinte er bedächtig, „Ihre hohe Moralität ist also im Abnehmen begriffen. Sie sind jetzt bereits so weit, daß Sie mich töten können, ohne mit der Wimper zu zucken. Wenn ich daran denke, daß ich hierherkam, um Sie zu fragen, ob Sie mich heiraten wollen — weil ich dachte, daß ein Klugg und ein menschliches Wesen vielleicht miteinander auskommen könnten!"

„Was wollten Sie?" fragte das Mädchen. Dann lachte sie gezwungen. „Das also machten die Dreehgs zur Gundlage Ihrer hypnotischen Beeinflussung. Nun ja, es liegt ja auch nahe, für einen einfachen menschlichen Geist einen einfachen Impuls zu benutzen." Sie brach ab, sichtlich bemüht, ihre Ruhe wiederzugewinnen. „Ich glaube, es genügt jetzt. Ich kenne den Typ von Gedanken sehr gut, die ein männliches menschliches Wesen empfindet, wenn es verliebt ist. Selbst die Überlegung, daß Sie nicht daran schuld sind, macht die Vorstellung nicht erträglicher. Übelkeit steigt in mir auf, wenn ich daran denke. Erfahren Sie bitte, daß mein zukünftiger Ehemann in drei Wochen mit den Verstärkungen hier eintrifft. Er ist darauf vorbereitet, die Arbeit meines Vaters zu übernehmen ..."

„Noch ein Klugg!" sagte Leigh, und das Mädchen wurde um einige Schattierungen bleicher.

Leigh war bis ins Innerste verblüfft. Noch niemals in seinem ganzen Leben war er jemandem begegnet, der seelisch derart erschüttert werden konnte wie dieses junge Mädchen. Die intellektuelle Maske war verschwunden, und zutage trat eine brodelnde Masse von Gefühlen, deren Bitterkeit alles überstieg, was Worte auszudrücken vermochten. Hier war der Augenschein eines Lebens von einer Trostlosigkeit und Einsamkeit, die seine Vorstellungskraft nicht mehr erfassen konnte. Aber er konnte jetzt nicht einhalten, um Mitleid mit ihr zu empfinden. Sein Leben stand auf dem Spiel, und nur weitere Worte würden den Tod hinauszögern können.

Er fuhr daher fort:

„Ich möchte Sie etwas fragen. Wie haben Sie herausgefunden, daß mein IQ einhundertundzwölf beträgt? Welches spezielles Interesse hat Sie veranlaßt, sich diese Information zu beschaffen? Ist es möglich, daß auch Sie hier in Ihrer Einsamkeit von ganz allein auf einen gewissen Typ von Gedanken gekommen sind, obwohl Ihr Intellekt ein derart niederes Liebesverhältnis zurückwies, und daß seine Existenz die wahre Triebfeder hinter Ihrer Entschlossenheit ist, mich lieber zu töten, als zu heilen? Ich ..."

„Das genügt vollkommen", unterbrach Patricia Ungarn.

Es dauerte einen Moment, bis Leigh erkannte, daß sie sich in den vergangenen kurzen Sekunden wieder vollständig in die Gewalt bekommen hatte. Er beobachtete sie angespannt und sehr aufmerksam, als sie ihn mit der Pistole zu einer Tür winkte, die ihm bisher entgangen war. Sie sagte kurz: „Ich glaube, es gibt noch eine andere Lösung als Tod. Ich meine, sofortigen Tod. Und ich habe mich bereits mit dem Verlust meines Raumschiffes abgefunden."

Sie wies mit dem Kopf zur Tür. „Es liegt dort in der Luftschleuse. Seine Funktion ist sehr einfach. Das Steuerrad läßt sich nach oben oder unten oder seitwärts bewegen, und die gleiche Richtung wird das Schiff einschlagen. Sie brauchen bloß auf den Beschleunigungshebel zu treten, dann bewegt sich die Maschine vorwärts. Das linke Pedal betätigt den Bremsmechanismus. Die Automobilräder falten sich automatisch in den Rumpf, sobald sie sich vom Boden erheben. Jetzt verschwinden Sie. Ich brauche Ihnen wohl nicht zu sagen, daß Sie wahrscheinlich von den

Dreeghs erwischt werden. Aber hier können Sie nicht bleiben, das düfte ja offensichtlich sein."

„Danke." Mehr brachte Leigh nicht über die Lippen. Plötzlich durchflutete ihn bebende Kälte, als ihm bewußt wurde, was noch alles vor ihm lag. Unsicher schritt er zur Luftschleuse. Und dann...

Es geschah!

Ein überwältigendes Gefühl würgender Übelkeit überfiel ihn. Er stürzte taumelnd durch undurchdringliche Schwärze.

Und dann stand er vor der getäfelten Tür, die vom Korridor zu Patricia Ungarns Apartment führte. Hanardy befand sich neben ihm. Die Tür öffnete sich. Die junge Frau, die auf der anderen Seite der Schwelle stand, sagte eigenartig bekannte Worte zu Hanardy über ein viertes Stockwerk, zu dem er hinuntergehen sollte, um einen Energieschirm zu reparieren. Dann wandte sie sich zu Leigh und sagte mit harter Stimme: „Mr. Leigh, Sie können hereinkommen."

8

Das Verrückte daran war, daß er eintrat, ohne daß sein Körper fühlbar zitterte. Ein kühler Luftzug streichelte seine Wangen. Und aus der Ferne klangen die melodischen Laute zwitschernder Vögel. Leigh blieb unsicher stehen. Mit reiner Willenskraft verjagte er den betäubenden Schleier aus seinem Bewußtsein und stürzte sich geistig in den Zyklon der plötzlich zurückkehrenden Erinnerungen.

Alles war auf einmal wieder da, die Methode, mit der die Dreeghs in sein Hotelzimmer gekommen waren und ihn skrupellos ihrem Willen unterworfen hatten, die Art, wie der schwarze Raum auf ihn eingewirkt hatte und wie ihm von dem Mädchen sein Leben geschenkt worden war.

Aus irgendeinem Grund war die ganze Szene mit dem Mädchen unbefriedigend gewesen für — Jeel; es klang phantastisch, aber sie sollte jetzt wiederholt werden.

Der Gedanke verging. Die ganze ungeheuerliche Realität des Geschehens wurde von einem ungemein viel größerem Faktum verdrängt: Irgend etwas war in seinem Kopf: Ein materielles Etwas. Auf eine seltsame, schreckliche, unerklärliche Weise kämpfte sein Geist instinktiv dagegen an. Das Resultat war unvorstellbare Verwirrung. Was es auch immer sein mochte, es ruhte im Innern seines Schädels, unberührt von den fieberhaften Anstrengungen seines Gehirns, kalt, überlegen, beobachtend.
Beobachtend.
Dem Irrsinn nahe, erkannte er, was es war. Ein anderer Geist! Leigh zuckte vor der Erkenntnis zurück wie vor vernichtendem Feuer. Er konzentrierte sein Gehirn bis zur Grenze des Möglichen. Für einen Moment war seine Anstrengung so groß, daß sich sein Gesicht qualvoll verzerrte. Und alles verschwamm vor seinen Augen.
Schließlich stand er völlig erschöpft, mit einem intensive Gefühl der Leere. Und der fremde Geist saß noch immer in seinem Kopf. Unberührt.
Was war mit ihm geschehen?
Bebend griff Leigh mit den Händen nach der Stirn. Dann betastete er seinen ganzen Kopf. Er hatte die vage Idee, daß er nur kräftig zu drücken brauchte, um den fremden Geist hinauszutreiben. Er riß die Hände herunter und stieß in Gedanken einen wilden Fluch aus. Er wiederholte sogar die Handlungen dieser Szene! Er wurde gewahr, daß ihn das Mädchen anstarrte. Er hörte sie sagen:
„Was ist mit Ihnen?"
Es war der gleiche Tonfall, genau die gleichen Worte, und sie brachten den Umschwung. Er lächelte verzerrt. Sein Geist entfernte sich von dem Abgrund, an dessen äußerstem Rand er geschwankt hatte. Er war wieder bei klarem Verstand.
Finster erkannte er, daß er noch immer weit davon entfernt war, normal zu sein. Bei klarem Verstand, ja, aber leer und kraftlos. Offensichtlich erinnerte sich das Mädchen nicht an die vorhergegangene Szene, sonst hätte sie nicht wie ein Papagei die gleichen Worte wiederholt. Aber auch dieser Gedanke verging. Es

geschah etwas Seltsames. Der Geist in seinem Gehirn rührte sich und blickte durch seine Augen. Blickte scharf und konzentriert.

Konzentriert.

Der Raum und das Mädchen in ihm veränderten sich, nicht pysisch, sondern subjektiv. Er schien plötzlich alles von einem anderen Gesichtspunkt aus zu sehen. Die Einzelheiten brannten sich in sein Bewußtsein. Mobiliar und Gestaltung, die noch vor einem Moment als ein fließendes, künstlerisches Ganzes erschienen waren, zeigten Mängel und Fehler in Geschmack, Anordnung und Aussehen. Sein Blick glitt zum Garten hinaus und fand ihn weit unter dem Durchschnitt. Niemals in seinem ereignisreichen Leben hatte er eine Kritik von derart ungeheuren, vernichtenden Ausmaßen gesehen oder gespürt.

Nur war es keine Kritik. Tatsächlich. Der unbekannte Geist war völlig anders. Er sah die Dinge. Automatisch sah er einige der Möglichkeiten. Bei einem Vergleich damit zog die Realität den kürzeren. Er beurteilte nicht etwa alles von vornherein negativ. Die Unstimmigkeit war manchmal kaum merklich. Vögel, die aus einem Dutzend verschiedener Gründe nicht für ihre Umgebung geeignet waren. Büsche, die eine unendlich feine Dissonanz in dem ehemals herrlichen Garten bildeten.

Der Geist wandte sich blitzschnell wieder vom Garten ab und studierte jetzt zum erstenmal das Mädchen. Keine Frau auf der ganzen Erde war jemals so scharf und kritisch in Augenschein genommen worden. Die Struktur ihres Körpers und ihres Gesichtes, die Leigh so fein und stolz geformt, so prachtvoll und edel erschienen war, er fand sie jetzt zweitrangig und barbarisch.

Ein ausgezeichnetes Beispiel von niederstufiger Entwicklung in der Isolation.

So lautete der Gedanke; er war weder verächtlich noch abfällig, sondern einfach der Eindruck eines erschreckend treffsicheren Geistes, der auch die Hintergründe sah, die Realitäten hinter den Realitäten, tausend Fakten, wo nur ein Faktum sichtbar war.

Dem Gedanken folgten eine kristallklare Beurteilung der Psychologie des Mädchens und die objektive Bewunderung des Sy-

stems der isolierten Erziehung, das die Klugg-Mädchen zu solch guten Rasse-Erhaltern machte; und dann ...
Angriff!
Augenblicklich ausgeführt. Leigh tat drei rasche Schritte auf das Mädchen zu. Er sah, daß sie blitzschnell nach der Pistole in ihrer Tasche griff. Schreck und Überraschung überzogen ihr Gesicht. Dann hatte er sie. Ihre Muskeln spannten und wanden sich wie Stahlfedern. Aber sie waren nutzlos gegen seine Superstärke, seine Superschnelle. Er fesselte sie mit Draht, den er in einer halbgeöffneten Schublade bemerkt hatte.
Dann trat er zurück, und in diesem Augenblick traf Leigh der Schock, den das plötzliche Erkennen des unglaublichen Geschehnisses mit sich brachte. Er begriff erst jetzt, daß all dies, was so normal zu sein schien, in Wirklichkeit derart unfaßbar und übermenschlich war und sich derart schnell abspielte, daß nur Sekunden verstrichen waren, seitdem er den Raum betreten hatte.
Sein privater Gedanke endete. Er wurde gewahr, daß der Geist nüchtern erwog, was er getan hatte und was er noch tun mußte, bevor der Meteorit vollständig unter Kontrolle sein würde.
Der Sieg der Vampire stand nahe bevor.
Es kam die Phase, in der er durch lange, leere Korridore schritt und mehrere Treppenfluchten hinuntereilte. Er eilte mit einem simplen, tödlichen Vorhaben vor Augen geradewegs zu den Maschinenräumen auf dem vierten Stockwerk, wo Professor Ungarn und Hanardy daran arbeiteten, einen neuen Verteidigungsenergieschirm zu errichten.
Er fand Hanardy allein vor. Der Mann stand an einer Drehbank, die laut summte, und das Geräusch machte es ihm leicht, sich heranzuschleichen.
Der Professor befand sich in einem riesenhaften Raum, in dem große Maschinen summten. Er war ein hochgewachsener Mann, und er hielt seinen Rücken der Tür zugekehrt, als Leigh eintrat. Aber seine Reaktionen waren ungleich viel schneller als Hanardys, schneller noch als die des Mädchens. Er fühlte die Gefahr. Mit katzengleicher Geschmeidigkeit wirbelte er herum und unter-

lag im gleichen Augenblick Muskeln, die ihn überwältigten. Leigh fesselte ihn und hatte während dieser Arbeit einen Moment Zeit, seinen Gefangenen zu betrachten.
Auf den Fotografien, die Leigh gesehen hatte, war das Gesicht des Professors gefühlvoll, müde, zugleich aber edel gewesen, wie er es der Dreegh, Merla, im Hotel erklärt hatte. Aber es war mehr als das. Der Mann strahlte buchstäblich Kraft aus, wie es kein Foto zu zeigen vermochte, gute Kraft im Gegensatz zu der rohen, bösartigen Kraft der Dreeghs.
Der Eindruck einer kraftvollen Persönlichkeit verging vor der Aura kosmetischer Müdigkeit, die ihn umgab. Es war ein erstaunlich gefurchtes Gesicht. Und Leigh erinnerte sich plötzlich daran, was die Dreegh-Frau gesagt hatte. Es traf alles zu: tief eingegrabene Linien von Trauer und unsagbarem seelischem Leiden, verwoben mit einer seltsamen Abgeklärtheit. Wie Resignation. In jener Nacht vor vielen Monaten hatte er die Dreegh-Frau gefragt: Resignation wovor? Und jetzt fand er hier in diesem zermarterten, gütigen Antlitz die Antwort: Resignation vor der Hölle.
Eigenartigerweise tröpfelte eine unerwartete zweite Antwort in sein Bewußtsein: Schwachsinnige; es sind Galaktische Schwachsinnige. Kluggs. Der Gedanke schien keinen Ursprung zu besitzen, aber er gewann an Stärke. Professor Ungarn und seine Tochter waren Kluggs. Schwachsinnige im Galaktischen Sinn. Kein Wunder, daß das Mädchen wie eine geistesgestörte Person reagiert hatte. Offensichtlich hier geboren, mußte sie die Wahrheit erst in den letzten zwei Monaten geahnt haben.
Der Intelligenzquotient von menschlichen Schwachsinnigen schwankte zwischen fünfundsiebzig und neunzig, der von Kluggs etwa zwischen zweihundertfünfundzwanzig und vielleicht zweihundertdreiundvierzig. Wie mußte erst die Galaktische Zivilisation beschaffen sein, wenn die Dreeghs über vierhundert verfügten, und die Kluggs, die auf der niedrigsten Intelligenzstufe standen, nach irdischem Standard den größten Genies gleichkamen und die höchste Intelligenzebene einnahmen? Jemand mußte natürlich die eintönigen Routinearbeiten der Zivilisation ausführen. Offensichtlich wurden Kluggs und Lennels und dergleichen dazu

bestimmt. Kein Wunder, daß man ihnen die Last ihrer untergeordneten Existenz ansah, die sich selbst auf ihre innerste Nerven- und Muskelstruktur auswirken mußte. Kein Wunder, daß ganze Planeten in Unkenntnis gehalten wurden.
Leigh hatte den Professor an Händen und Füßen gefesselt und begann jetzt, Stromkreise auszuschalten Mehrere der großen Motoren verlangsamten sich bereits sichtlich, als er den riesenhaften Maschinenraum verließ. Das machtvolle Brummen der Kraft wurde leiser und leiser.
Wieder im Apartment des Mädchens, betrat er die Luftschleuse, klettert in das kleine Automobil-Raumschiff und startete in die Nacht hinaus. Rasch wich die schimmernde Masse des Meteoriten hinter ihm in die Dunkelheit zurück. Plötzlich wurde sein kleines Schiff von einem starken magnetischen Kraftfeld gepackt und unwiderstehlich zu der fünzig Meter langen, zigarrenförmigen Maschine gezogen. die blitzartig aus der Dunkelheit auftauchte. Er fühlte die Taststrahlen, und dann mußte er erkannt worden sein, denn ein anderes Schiff schoß heran, um Anspruch auf ihn zu erheben.
Luftschleusen öffneten sich lautlos und schlossen sich wieder. Von würgender Übelkeit gepackt, starrte Leigh auf die beiden Dreeghs, auf den hochgewachsenen Mann und die hochgewachsene Frau. Er erklärte, was er getan hatte. Dumpf und verschwommen fragte er sich, warum er ihnen so genau berichten mußte. Dann hörte er Jeel sagen:
„Merla, dies ist der erstaunlichste und erfolgreichste Fall von Hypnose in unserer ganzen Geschichte. Er hat alles getan. Selbst die winzigsten Gedanken, die wir in sein Gehirn eingeprägt haben, hat er haargenau ausgeführt. Und bewiesen wird es dadurch, daß die Schirme bereits verschwinden. Mit dieser Bastion in unserer Macht können wir selbst dann noch aushalten, wenn die Galaktischen Kriegsschiffe eintreffen. Wir werden unsere Tanker und Energiereservoire für zehntausend Jahre füllen. Hörst du, zehntausend Jahre!"
Seine Erregung verblaßte. Er lächelte in plötzlichem Verständnis, als er die Frau anblickte. Dann sagte er lakonisch: „Meine Liebe,

die Prämie gehört dir ganz allein. Nimm dir deinen Reporter. Aber vorher will ich ihn für dich fesseln."
Leigh empfand einen kalten, weit entfernten Gedanken: der Kuß des Todes. Und er erschauerte in entsetzter Erkenntnis dessen, was er getan hatte.

9

Er lag auf der Couch, auf der ihn Jeel an Händen und Füßen gebunden hatte. Die Frau kam in den Raum und auf ihn zu. Sie lächelte.
„Da sind Sie also", sagte sie.
„Ja, da bin ich."
Törichte Worte. Aber er kam sich nicht töricht vor. Noch während er sprach, fühlte er die plötzliche Starre. Es waren ihre Augen, die ihn mundtot machten. Zum erstenmal, seitdem er sie kennengelernt hatte, lähmten ihn ihre Augen wie ein elektrischer Schlag. Ein Frösteln überlief Leigh. Er hatte die gespenstische Empfindung, daß dies eine tote Frau war, die vom Blut und Leben getöteter Männer und Frauen künstlich am Leben erhalten wurde. Sie lächelte, aber ihre kalten Fischaugen blieben ausdruckslos und leer. Sie sagte:
„Wir Dreeghs verbringen ein hartes, einsames Leben. So einsam, daß ich manchmal nicht umhin kann zu glauben, daß unser mühseliger Kampf, am Leben zu bleiben, eine aussichtslose, verrückte Verblendung ist. Wir tragen keine Schuld daran, daß wir zu dem geworden sind, was wir heute sind. Es geschah während eines interstellaren Fluges, der vor einer Million Jahren stattfand. Wir befanden uns unter mehreren tausend Ferienreisenden, die vom Gravitationsfeld einer riesigen Sonne eingefangen wurden, einer Sonne, die man später die Dreegh-Sonne nannte. Ihre Strahlen, die für menschliches Leben unermeßlich gefährlich sind, veränderten uns alle. Man fand heraus, daß wir nur mit fortwährenden Bluttransfusionen und der Lebenskraft anderer menschlicher Wesen gerettet werden konnten. Eine Zeitlang er-

hielten wir Spenden, aber dann beschloß die Regierung, uns alle töten zu lassen, weil wir hoffnungslos unheilbar schienen. Wir waren alle jung und liebten natürlich das Leben. Ein paar hundert von uns ahnten das Todesurteil voraus, und anfangs besaßen wir noch immer einige Freunde. Wir konnten entkommen. Seit jenem Tag haben wir pausenlos gekämpft, um am Leben zu bleiben."
Alle entstanden sie vor seinem geistigen Auge, diese phantasievollen Bilder. Aber sie erregten keinerlei Mitgefühl in ihm für die Frau. Sie war zu kalt. Die Jahre und jene Teufelsjagd nach dem Leben hatten ihre Seele, ihre Augen und ihr Antlitz gezeichnet.
Und überdies schien ihr Körper jetzt angespannter, als sie sich zu ihm lehnte, sich immer näher zu ihm beugte. Als sie sprach, hauchte sie die Worte fast. „Ich möchte, daß Sie mich küssen. Fürchten Sie nichts. Ich werde Sie noch tagelang am Leben halten, aber ich möchte, daß Sie meinen Kuß erwidern. Sträuben Sie sich nicht, und entspannen Sie Ihren ganzen Körper."
Er glaubte kein Wort davon. Ihr Gesicht schwebte eine Handspanne über ihm. Der Ausdruck in ihm sprach von einer unterdrückten Begierde von derartiger Wildheit, daß sie nur Tod bedeuten konnte. „Schnell!" sagte sie atemlos.
Leigh hörte es kaum. Denn jener andere Geist, der in einem verborgenen Winkel seines Gehirns gekauert hatte, brandete in seiner unglaublichen, unbeschreiblichen Weise hervor. Er hörte sich selbst sage: „Ich werde Ihrem Versprechen vertrauen."
Ein blendender Blitz zuckte auf, gefolgt von einem qualvollen, brennenden Schmerz, der sich in einer unwiderstehlichen Welle zu jedem Nerv seines Körpers ausbreitete. Am ganzen Körper prickelnd, erstaunt, daß er noch am Leben war, öffnete Leigh die Augen.
Er fühlte plötzlich eine Woge von Überraschung. Die Frau lag mit verkrümmtem, leblosem Körper neben ihm, ihre verzerrten Lippen dicht neben den seinen. Und der Geist, jener ungemein überlegene Geist, war in voller Macht da und beobachtete wachsam, als die große Gestalt des Dreegh in den Raum geschleudert kam, zusammenzuckte und dann blitzschnell heranschnellte.

Er riß ihren schlaffen Körper in seine Arme. Als sich ihre Lippen trafen, flammte der gleiche blaue Blitz auf — vom Mann zur Frau. Nach einer Weile bewegte sie sich schwach und stöhnte. Er rüttelte sie brutal. „Du Närrin!" tobte er. „Wie konntest du so etwas geschehen lassen.? Noch eine Minute, und du wärest tot gewesen, wenn ich nicht zufällig hereingekommen wäre."

„Ich ... weiß ... nicht." Ihre Stimme war dünn und alt. Sie sank zu Boden. Ihr blondes Haar war verwirrt und sah eigenartig matt und farblos aus. „Ich weiß nicht, Jeel. Ich habe versucht, mir seine Lebenskraft zu nehmen, und er hat statt dessen meine bekommen. Er ..."

Sie verstummte. Ihre blauen Augen weiteten sich. Sie erhob sich taumelnd auf die Füße. „Jeel, er muß ein Spion sein. Kein menschliches Wesen hätte so etwas fertiggebracht. Jeel" — nacktes Entsetzen lag plötzlich in ihrer Stimme —, „Jeel, wir müssen hier heraus! Begreifst du denn nicht? Er ist im Besitze meiner Energie. Er liegt jetzt dort, und was auch immer die Kontrolle über ihn ausübt, er verfügt über meine Energie und kann jetzt damit arbeiten ..."

„Nur ruhig, nur ruhig." Er tätschelte ihre Finger. „Ich versicherte dir, er ist nur ein menschliches Wesen. Und er hat deine Energie. Du hast einen Fehler gemacht, und der Energiestrom ist in die verkehrter Richtung geflossen. Aber es wäre für irgend jemanden ungemein viel mehr als das erforderlich, um einen menschlichen Körper erfolgreich gegen uns einsetzen zu können. Deshalb ..."

„Du begreifst nicht!"

Ihre Stimme bebte. „Jeel, ich habe dich betrogen. Ich weiß nicht, was in mich gefahren ist, aber ich habe nicht genug Lebenskraft bekommen können. Während der vier Male, die wir auf der Erde waren, habe ich mich jedesmal, wenn sich die Gelegenheit bot, aus dem Schiff geschlichen. Ich habe ahnungslose Menschen auf den Straßen überfallen. Ich weiß nicht genau, wie viele es waren, da ich ihre Körper aufgelöst habe, wenn ich mit ihnen fertig war. Aber es waren Dutzende. Und er hat jetzt die ganze Energie, die ich in mir angesammelt hatte, genug für

Hunderte von Jahren, genug für — begreifst du nicht? —, genug für sie."
„Meine Liebe!" Der Dreegh schüttelte sie brutal. „Seit einer halben Million Jahren haben uns die Großen Galaxier ignoriert und ..."
Er unterbrach sich. Er wirbelte herum und griff blitzschnell nach seiner Pistole, als Leigh aufstand.
Der Mensch Leigh wunderte sich über nichts mehr. Weder über die Weise, in der die harten Stricke zerfetzt von seinen Handgelenken und Füßen abfielen, noch über die Art, in der der Dreegh nach einem Blick in seine Augen steif erstarrte. Denn der erste Schock der ungeheuren, der unglaublichen, beinahe kosmischen Wahrheit saß bereits in ihm.
„Da ist nur ein Unterschied", sagte Leigh mit einer Stimme, die derart tönend und schwingend war, daß seine Schädeldecke vor den ungewohnten Gewalt des Geräusches erzitterte. „Dieses Mal sind zweihundertsiebenundzwanzig Dreeghschiffe in einem bestimmten Gebiet versammelt. Den Rest können wir unbesorgt unseren Polizeipatrouillen überlassen."
Der Große Galaxier, der William Leigh gewesen war, lächelte finster und ging auf seine Gefangenen zu. „Es war ein außerordentlich interessantes Experiment mit der Spaltung von Persönlichkeiten. Vor drei Jahren zeigten uns unsere Zeitmanipulatoren diese Gelegenheit, alle Dreeghs, die uns aufgrund der endlosen Weite unserer Galaxis bisher entkommen sind, gemeinsam vernichten zu können. Und so kam ich zur Erde und baute die Persönlichkeit von William Leigh, Reporter, auf, komplett mit Familie und Lebensgeschichte. Es war erforderlich, etwa neun Zehntel meines Geistes in eine spezielle Abteilung des Gehirns zurückzuziehen und einen gleichen Prozentsatz an Lebensenergie vollständig abzustoßen.
Das war die Schwierigkeit: Wie konnte diese Energie später wieder in entsprechender Menge aufgenommen werden, ohne daß ich in die Rolle eines Vampirs zu verfallen brauchte? Ich errichtete eine Anzahl von versteckten Energievorratslagern, aber natürlich waren wir zu keiner Zeit in der Lage gewesen, die vollständi-

ge Zukunft zu sehen. Wir blieben in Unkenntnis der Einzelheiten der Geschehnisse an Bord dieses Schiffes oder in meinem Hotelraum in jener Nacht, als Sie kamen, oder unter Constantines Restaurant. Überdies hätte es Ihr Suchstrahl sofort festgestellt, wenn ich im Besitze meiner vollen Energie gewesen wäre, als ich mich diesem Schiff näherte. Und Sie hätten sicherlich mein kleines Automobil-Raumschiff augenblicklich zerstört. Demgemäß mußte ich mich zunächst möglichst schnell zum Meteoriten begeben, um dort die Kontrolle über meinen eigenen Körper zurückzuerlangen, und zwar über das Medium eines meiner Energievorratslager, das meine irdische Persönlichkeit den ‚schwarzen' Raum nannte.

Diese irdische Persönlichkeit bereitete unerwartete Schwierigkeiten. Sie hatte in den drei Jahren an Stärke und Einfluß gewonnen, und dieses Beharrlichkeitsvermögen machte es erforderlich, eine Szene mit Patricia Ungarn noch einmal zu wiederholen und direkt als ein zweiter, bewußter Geist zu erscheinen, um Leigh davon zu überzeugen, daß er sich unterwerfen mußte. Der Rest bestand natürlich darin, nach dem Betreten Ihres Schiffes die noch fehlende Quantität an Lebenenergie zu beschaffen, die ich dann" — er verneigte sich leicht vor der erstarrten Frau — „von ihr erhalten habe.

Ich habe Ihnen all dies erzählt, aus dem einfachen Grund, weil ein Geist nur dann eine komplette Kontrolle akzeptiert, wenn er die Vorgänge und die Unumstößlichkeit seiner Niederlage vollkommen begreift und versteht. Ich muß Sie deshalb zu guter Letzt davon in Kenntnis setzen, daß Sie während der nächsten paar Tage noch am Leben bleiben werden. Sie werden mir während dieser Zeit dabei helfen, mit Ihren Freunden in persönlichen Kontakt zu treten."

Er entließ sie mit einer Handbewegung. „Kehren Sie jetzt in Ihre normale Existenz zurück. Ich habe noch meine beiden Persönlichkeiten zu koordinieren, und dazu ist Ihre Anwesenheit nicht erforderlich."

Die Dreeghs verließen den Raum mit leeren Augen und ausdruckslosen Gesichtern.

Und dann waren die beiden Bewußtseine in einem Körper allein!
Leigh — der irdische Leigh — hatte den ersten niederschmetternden Schock überstanden. Der Raum war eigenartig düster, als ob er durch Augen hinausblicken würde, die nicht länger die seinen waren! Er dachte in einem verzweifelten Versuch, sich wieder unter Kontrolle zu bekommen: Ich muß kämpfen. Irgendein Ding versucht meinen Körper in Besitz zu nehmen. Alles andere ist Lüge.
Eine beängstigende Gedankenwelle stahl sich in die schattenverhüllte Kammer, in die sein Selbst zurückgedrängt worden war: „Keine Lüge, sondern wundersame Wahrheit. Du hast nicht gesehen, was die Dreeghs gesehen und gefühlt haben, denn du befindest dich im Innern dieses Körpers und weißt nicht, daß er unvorstellbar lebendig geworden ist, ungleich allem, was sich deine kümmerlichen, kleinen Träume auf der Erde jemals auszumalen vermochten. Du mußt deine große Bestimmung akzeptieren, sonst wird dir der Anblick deines eigenen Körpers stets schrecklich und furchtbar sein. Sei gelassen, sei tapferer, als du es jemals gewesen bist, und der Schmerz wird sich in Freude wandeln."
Aber die Ruhe kam nicht. Sein Geist zitterte in seinem dunklen Winkel und spürte mit anomaler Deutlichkeit die seltsamen und unnatürlichen Druckkräfte, die wie Winde aus einer unirdischen Nacht gegen ihn preßten. Für einen Moment voll entsetzlicher Angst gab er dieser schiebenden, drückenden Nacht nach, zwang dann aber seinen gesunden Verstand zurück und empfand einen weiteren eigenen Gedanken, einen finsteren Gedanken: Der teuflische Eindringling versuchte ihn zu überreden. Konnte dies bedeuten, daß eine Koordination unmöglich war, wenn er den durchtriebenen Überredungskünsten nicht nachgab?
Er würde niemals nachgeben.
„Sieh", wisperte der fremde Geist, „sieh dich als eine wertvolle Facette eines Supergeistes mit einem Intelligenzquotienten von zwölfhundert, sieh dich als einen Teil davon, der seine Rolle zu Ende gespielt hat. Und jetzt kehrst du zu einem Normalzustand

zurück. Du warst ein Schauspieler, der völlig in seiner Rolle aufgegangen ist, aber das Spiel ist aus. Du bist allein in deinem Ankleideraum und wischst dir die Schminke ab. Die Atmosphäre des Spiels schwindet, schwindet, schwindet..."

„Geh zum Teufel!" sagte William Leigh laut. „Ich bin William Leigh, Intelligenzquotient einhundertundzwölf und vollauf zufrieden mit dem, was ich bin. Ich schere mich nicht darum, ob du mich aus den elementaren Bestandteilen deines Gehirns aufgebaut hast, oder ob ich normal geboren wurde. Ich weiß, was du mit diesem hypnotischen Suggestions-Kram bezweckst, aber es funktioniert bei mir nicht. Ich bin hier. Ich bin ich selbst. Und ich bleibe ich selbst. Geh und suche dir einen anderen Körper, wenn du so klug bist."

Schweigen senkte sich dort, wo seine Stimme gewesen war. Und die Leere, das vollständige Fehlen jeglichen Lautes, brachte die Angst erneut zurück.

Er hatte sich so stark auf diesen inneren Kampf konzentriert, daß er sich keiner äußeren Bewegung bewußt war, bis er mit einem herzbeklemmenden Schreck bemerkte, daß er aus einem Lukenfenster hinausblickte. Schwarze Nacht breitete sich vor ihm aus, die lebende Nacht des Weltraums.

Ein Trick, dachte er, und das Entsetzen in ihm wurde zu derart grauenvoller Qual, daß er beinahe laut aufgeschrien hätte, ein Trick, der irgendwie bezwecken sollte, die vergehende Kraft der Hypnose zu verstärken. Er versuchte zurückzuspringen und mußte zu seinem Schreck feststellen, daß er es nicht konnte. Sein Körper gehorchte ihm nicht. Er versuchte zu sprechen und die ihn umhüllende Wand der gespenstischen Stille mit Worten zu durchdringen. Aber kein Ton kam.

Kein Muskel zuckte, kein Finger bebte; kein einziger Nerv seines Körpers zitterte auch nur.

Er war allein.

Abgeriegelt in seiner kleinen Gehirndecke.

Enthoben.

„Ja, enthoben", kam das eigenartig mitleidsvolle Wispern eines Gedankens, „enthoben einer kümmerlichen Existenz, enthoben einem Leben, dessen Ende vom Augenblick der Geburt an bereits in Sicht ist, enthoben einer Zivilisation, die schon tausend verschiedene Male vor sich selbst gerettet werden mußte. Selbst du, glaube ich, vermagst einzusehen, daß du all diesem für immer enthoben und entronnen bist."

Leigh dachte angestrengt: Das Ding versucht die Fundamente einer noch größeren Niederlage zu legen, indem es die Ideen stetig wiederholt und mir meine Niederlage bildlich vor Augen führt. Es war der älteste Trick eines einfachen Hypnotismus für einfache Leute. Er durfte ihm nicht nachgeben.

„Du hast", drängte der Geist unerbittlich, „die Tatsache akzeptiert, daß du deine Rolle zu Ende gespielt hast, und jetzt hast du unser Einssein erkannt und gibst die Rolle auf. Der Beweis für dieses Erkennen deinerseits tritt zutage in deiner Übergabe der Kontrolle über unseren Körper."

„...Unseren Körper, unseren Körper..."

Die Worte widerhallten wie ein titanenhaftes Geräusch tosend in seinem Gehirn und vermischten sich dann rasch mit den ruhigen, durchdringenden Gedankenschwingungen des anderen Geistes:

„... Konzentration. Aller Intellekt leitet sich von der Fähigkeit ab, sich zu konzentrieren; und mit wachsendem Intellekt zeigt der Körper selbst zunehmendes Leben und reflektiert diese wachsende, emporstrebende Kraft.

...Ein Schritt bleibt noch: Du mußt sehen ..."

Erstaunlicherweise blickte er plötzlich in einen Spiegel. Wo er hergekommen war, vermochte er nicht zu sagen. Er befand sich dort, einen Meter vor ihm, wo noch ein Sekundenbruchteil zuvor das schwarze Bullauge des Schiffes gewesen war. Etwas begann sich in ihm zu formen, vorerst noch gestaltlos.

Langsam und wohlbedacht wurde seine Sicht geklärt. Er sah. Und dann sah er nichts mehr!

Sein Gehirn weigerte sich zu sehen. Es verzerrte sich in irrsinniger Verzweiflung wie ein Körper, der lebendig begraben wurde und sich seines grauenhaften Schicksals für einen kurzen, gräßlichen Augenblick bewußt wird. In rasendem Wahnsinn versuchte sein Gehirn dem flammenden, blendenden Ding im Spiegel zu

entfliehen. So entsetzlich war die Anstrengung, so titanisch die Angst, daß er sinnlos zu plappern begann, daß sein Bewußtsein schwindelerregend zu wirbeln anfing wie ein Rad, das schneller und schneller rotierte.
Das Rad platzte in zehntausend qualerfüllte Fragmente auseinander. Dunkelheit kam, schwärzer als die Galaktische Nacht. Und da war ...
Einssein!

1943

Lewis Padgett

Gar elump war der Pluckerwank

(Mimsy Were the Borogoves)

1943 . . .

Die in Stalingrad eingeschlossene sechste Armee des General Paulus wird vollständig vernichtet bzw. gefangengenommen. 146000 deutsche Soldaten sterben, 90000 wandern in die Kriegsgefangenschaft. Der deutsche Theaterregisseur Max Reinhardt stirbt. Heinrich Mann schreibt den Roman „Lidice". Thomas Mann schreibt den Roman „Josef und seine Brüder". Oscar Hammersteins Musical „Oklahoma" wird uraufgeführt. Die Alliierten fliegen verstärkt Luftangriffe auf Deutschland. Besonders in Hamburg und Berlin kommt es zu starken Zerstörungen durch Bombenabwürfe. Insgesamt werden im Verlauf des Krieges von den Engländern und Amerikanern 1,3 Millionen Tonnen Bombenlast über Deutschland abgeworfen. 450000 Menschen sterben, 7,5 Millionen werden obdachlos. Hitler ordnet an, beim Rückzug aus der Sowjetunion nach dem Prinzip der „Verbrannten Erde" vorzugehen. Roosevelt und Churchill treffen in Casablanca zusammen und fordern die bedingungslose Kapitulation Deutschlands. Franz Werfel schreibt „Jacubowsky und der Oberst". Der russische Komponist Sergej Rachmaninow stirbt. Dem Astronomen Baade gelingt im Mt.-Wilson-Observatorium die Sichtbarmachung von einzelnen Sternen im Kern des Andromedanebels. Im Warschauer Ghetto kommt es zu einem Aufstand der Juden. Die Deutschen schlagen den Aufstand nieder und töten fast alle 40000 Bewohner des Ghettos. Josef von Baky dreht mit Hans Albers in der Hauptrolle den Film „Münchhausen". Der russische Regisseur Varlanow dreht den Film „Stalingrad". In Teheran findet eine Konferenz zwischen Stalin, Roosevelt und Churchill statt. Der UdSSR wird dabei die Curzon-Linie als künftige Westgrenze zugestanden. Bei Kursk kommt es zu der bislang größten Panzerschlacht der Geschichte. Michael Curtiz dreht mit Humphrey Bogart und Ingrid Bergmann in den Hauptrollen den Spielfilm „Casablanca". Frank Sinatra wird in Amerika zu einem Star. Der deutsche U-Boot-Krieg erreicht den Höhepunkt, als allein im März 851000 BRT versenkt werden. Die Alliierten landen auf Sizilien und in Italien. Italien kapituliert. Die Geschwister So-

phie und Hans Scholl sowie Professor Kurt Huber werden wegen Verfassung und Verteilung antifaschistischer Flugblätter hingerichtet.

Lewis Padgett

Gar elump war der Pluckerwank

(Mimsy Were the Borogoves)

Lewis Padgett ist eines der Pseudonyme, das C. L. Moore und Henry Kuttner für ihre Kollaborationen verwendeten. Beide waren ursprünglich keine Science Fiction-Autoren, sondern wurden von John W. Campbell stärker eingespannt, als viele seiner ***„Astounding“****-Autoren im Zweiten Weltkrieg eingezogen waren. Wenn Heinlein in* ***„Astounding“*** *der König des Jahres 1941 war und van Vogt 1942 dominierte, dann gehörte 1943 den Kuttners.*

Catherine Lucille Moore ist die First Lady der amerikanischen Science Fiction. Begonnen hatte die Karriere der 1911 geborenen Autorin im Magazin ***„Weird Tales“****, als dort 1933 ihre Fantasy-Erzählung* ***„Shambleau“*** *abgedruckt wurde. Nur wenig später schuf sie mit der Amazone Jirel of Joiry die erste Sword-and-Sorcery-Heldin und verfeinerte den in der ersten Story geprägten, romantischen Stil. Auch der 1914 geborene Henry Kuttner debütierte in* ***„Weird Tales“****, und zwar 1936 mit der klassischen Horrorgeschichte* ***„The Graveyard Rats“****, die deutlich den Einfluß von H. P. Lovecraft zeigt, mit dem Kuttner einen eifrigen Briefwechsel unterhielt. Kuttner zeichnete sich in der Folgezeit in erster Linie durch den Gebrauch zahlloser Pseudonyme aus, bis er 1940 die bekanntere C. L. Moore heiratete. Danach wird es schwierig, die Arbeiten der beiden auseinanderzuhalten, denn sie kollaborierten nicht nur unter den neuen Pseudonymen Lewis Padgett und Lawrence O'Donnell, sondern oft waren auch Ge-*

schichten, die unter dem Namen Henry Kuttner erschienen, von beiden geschrieben.
Zuerst machten sie durch ***„The Twonky“*** *auf sich aufmerksam, eine Story, die im September 1942 in* ***„Astounding“*** *erschien. 1943 verging kaum ein Monat, in welchem die Kuttners nicht mit einer guten Geschichte in* ***„Astounding“*** *vertreten waren. Kuttner veröffentlichte als Lewis Padgett seine humorvollen* ***„Galloway Gallagher“****-Stories um den versoffenen Erfinder gleichen Namens, C. L. Moore ihren ersten Roman,* ***„Judgement Night“****, und unter Lawrence O'Donnell* ***„Clash by Night“****, dessen Fortsetzung* ***„Fury“*** *(1947,* ***„Alle Zeit der Welt“****) als berühmtester Roman der beiden angesehen werden muß. Und schließlich kam im Februar 1943 die neben* ***„Vintage Season“*** *(von C. L. Moore allein/unter Lawrence O'Donell) berühmteste Erzählung der beiden,* ***„Mimsy Were the Borogoves“*** *heraus, die auch wir für ihre beste halten. Sie zeigt vielleicht am deutlichsten die Aufbruchsstimmung der vierziger Jahre, den Optimismus, das Gefühl, daß man an der Schwelle zu etwas Neuem, gänzlich Fremdem stand, das nur von aufgeweckten Geistern verstanden werden konnte. Wie so oft in der SF dienen auch hier Kinder als Symbol für die Lernfähigkeit der Spezies Mensch und letztendlich auch für ihre Veränderung. Diese Geschichte spielt natürlich auf* ***„Through the Looking Glass“ („Alice hinter den Spiegeln“)*** *an, wie auch das Pseudonym Lewis Padgett eine Verbeugung vor Lewis Carroll darstellt.*
Leider blieb der direkte Einfluß der Kuttners auf die Magazine beschränkt. Trotz ihrer vielen guten Kurzgeschichten und Novellen schrieben sie nur einen relativ bekannten Roman. Für Bücher war die Zeit in den vierziger Jahren noch nicht reif, und ab 1950 studierten die beiden und wandten sich wichtigeren Dingen zu. Als dann Henry Kuttner 1958 völlig unerwartet starb, zerschlug sich die Hoffnung vieler Fans, die beiden im Genre noch einmal aktiv zu sehen.

Es hat überhaupt keinen Zweck zu versuchen, Unthahorsten oder seine Umgebung zu beschreiben. Denn einerseits sind seit dem Jahre des Herrn 1942 über eine Million Jahre vergangen; und andererseits befand sich Unthahorsten, technisch gesehen, nicht auf der Erde. Er tat etwas, das vergleichbar war dem Aufenthalt in etwas, das einem Laboratorium vergleichbar war. Er bereitete den Test seiner Zeitmaschine vor.

Als er den Strom eingeschaltet hatte, bemerkte Unthahorsten plötzlich, daß der Behälter leer war. Sein Vorhaben benötigte einen Kontrollgegenstand, einen dreidimensionalen Körper, der auf die Bedingungen eines anderen Zeitalters reagieren konnte. Sonst konnte Unthahorsten bei der Rückkehr der Maschine nicht feststellen, wo und wann sie gewesen war. Dagegen würde ein fester Körper in der Schachtel automatisch der Entropie und dem Strahlenbombardement des anderen Zeitalters ausgesetzt sein, und Unthahorsten konnte nach Rückkehr der Maschine die quantitativen und qualitativen Änderungen messen. Dann konnten die Rechner ans Werk gehen, und unmittelbar danach würde Unthahorsten erfahren, daß der Behälter vor kurzer Zeit das Jahr 1 000 000, das Jahr 1000 oder, was auch der Fall sein konnte, das Jahr 1 besucht hatte.

Er hatte nicht mehr viel Zeit. Der Behälter begann zu glühen und zu zittern. Unthahorsten blickte gehetzt umher, verschwand im nächsten Glimmering und suchte dort in einer Lagerkiste herum. Er richtete sich auf und hatte den Arm voller merkwürdiger Gegenstände. Einige der ausrangierten Spielzeuge seines Sohns Snowen, die der Junge mitgebracht hatte, als er nach Erlernen der notwendigen Technik von der Erde herübergekommen war. Na ja, Snowen brauchte das Gerümpel nicht mehr. Er war konditioniert und hatte alles Kindliche abgelegt. Außerdem war das Experiment wichtiger, auch wenn Unthahorstens Frau die Spielzeuge aus Sentimentalität aufbewahrte.

Unthahorsten verließ den Glimmering und schüttete die merkwürdige Sammlung in den Behälter; er schlug den Deckel zu, gerade bevor das rote Warnlicht aufblitzte. Der Behälter ver-

schwand. Die Begleitumstände des Verschwindes ließen Unthahorstens Augen schmerzen.
Er wartete.
Und er wartete.
Schließlich gab er auf und baute noch eine Zeitmaschine; mit dem gleichen Erfolg. Snowen hatte sich über den Verlust seiner alten Spielsachen nicht geärgert, ebensowenig wie Swowens Mutter. Deshalb leerte Unthahorsten die Kiste aus und schüttete den Rest der Kindheitsüberbleibsel seines Sohnes in den Behälter der zweiten Zeitmaschine.
Nach seinen Berechnungen hätte sie auf der Erde auftauchen müssen, in der zweiten Hälfte des neunzehnten Jahrhunderts. Wenn es so war, dann war das Gerät dort geblieben.
Stocksauer beschloß Unthahorsten, keine Zeitmaschinen mehr zu bauen. Aber die Panne war nun mal passiert. Es gab zwei, und die erste . . .

Scott Paradine fand sie, als er die Volksschule schwänzte. An diesem Tag war eine Geographieprüfung angesagt, und Scott hielt es für sinnlos, die Namen von Orten auswendig zu lernen —1942 war das eine ziemlich vernünftige Theorie. Und außerdem war es einer dieser warmen Frühlingstage mit einem Hauch von Frische in der Luft, die jeden Jungen dazu einluden, sich ins Feld zu legen und die vorübertreibenden Wolken anzustarren, bis er einschlief. Zum Teufel mit der Geographie! Scott döste vor sich hin.
Etwa um die Mittagsstunde wurde er hungrig, und seine stämmigen Beine trugen ihn zum nächsten Geschäft. Dort investierte er seine kargen Geldreserven mit knausriger Sorgfalt und einer stolzen Mißachtung seiner Magensäfte. Er ging zum Bach hinunter, um zu essen.
Nachdem der gesamte Vorrat an Käse, Schokolade und Kuchen erschöpft und die Limonadenflasche bis auf den Grund geleert war, fing Scott Kaulquappen und studierte sie ausdauernd mit geradezu wissenschaftlicher Neugier. Er blieb nicht lange bei dieser Tätigkeit. Irgend etwas purzelte die Uferböschung hinunter und plumpste in den schlammigen Boden nahe dem Wasser.

Scott blickte sich vorsichtig um und beeilte sich, nachzuschauen.
Es war ein Behälter. Es war in der Tat *der* Behälter. Die Vorrichtungen, die an ihm angebracht waren, sagten Scott wenig, obwohl er sich darüber wunderte, daß sie so verbrannt und verformt waren. Er dachte nach. Seine Zunge schaute aus dem Mundwinkel, während Scott sich mit seinem Taschenmesser an dem Ding zu schaffen machte. Niemand war in der Nähe. Wo war der Behälter hergekommen? Jemand mußte ihn hier liegengelassen haben, und rutschendes Erdreich hatte ihn von dem unsicheren Platz mitgerissen.
„Das ist eine Spirale", entschied Scott, aber er irrte. Der Behälter war zwar spiralförmig, aber wegen der Verdrehung im Innern war es keine Spirale. Wäre das Ding ein Modellflugzeug gewesen, ganz gleich wie kompliziert, hätte es Scott keinerlei Rätsel aufgegeben. Aber so, wie es aussah, war es für ihn ein Problem. Irgend etwas sagte Scott, daß das Gerät viel komplizierter war als der Explosionsmotor, den er am Freitag mit geschickten Fingern auseinandergenommen hatte.
Aber kein Junge hat jemals eine Schachtel ungeöffnet gelassen, es sei denn, man hätte ihn mit Gewalt fortgezogen. Scott versuchte es tiefer. Die Winkel an dem Ding waren merkwürdig. Kurzschluß vermutlich. Deshalb ... uuih! Das Messer rutschte ab. Scott lutschte an seinem Daumen und fluchte wie ein Müllkutscher.
Vielleicht war es eine Musikbox.
Scott hatte keinen Grund, sich zu ärgern. Die technischen Vorrichtungen hätten Einstein Kopfschmerzen verursacht und Steinmetz zum Wahnsinn getrieben. Die Schwierigkeit bestand natürlich darin, daß der Behälter noch nicht völlig in das Raum-Zeit-Kontinuum eingetreten war, in dem Scott lebte. Darum konnte er nicht geöffnet werden. Jedenfalls nicht, bis Scott einen geeigneten Felsbrocken benutzte, um die spiralförmige Un-Spirale in eine günstigere Position zu hämmern.
Er hämmerte sie tatsächlich von ihrer Kontaktstelle mit der vierten Dimension fort und beseitigte dadurch die Raum-Zeit-Krümmung, die bis dahin bestanden hatte. Ein sprödes Schnappen

war zu hören. Der Behälter quietschte leise, lag dann bewegungslos, nun nicht mehr nur teilweise existierend. Scott öffnete ihn jetzt mühelos.
Der weiche, gewebte Helm war der erste Gegenstand, der seinen Blick auf sich zog, aber er legte ihn ohne großes Interesse beiseite. Es war nur eine Kappe. Als nächstes holte er einen eckigen, durchscheinenden Kristallblock heraus, klein genug, um ihn mit der Handfläche zu bedecken; viel zu klein, um die technischen Vorrichtungen einer Maschine zu enthalten. Scott hatte dieses Problem augenblicklich gelöst. Der Kristall war eine Art Vergrößerungsglas, das die Dinge innerhalb des Blocks riesig erscheinen ließ. Es waren sehr seltsame Dinge. Miniaturmenschen, zum Beispiel...
Sie bewegten sich. Wie Uhrwerkautomaten, aber viel geschmeidiger. Es war so, als sehe man bei einem Theaterstück zu. Scott fand zwar ihr Kostüme recht interessant, aber die Handlung faszinierte ihn. Die winzigen Leute bauten geschickt ein Haus auf. Scott wünschte, es würde in Brand geraten; dann könnte er die Leute beim Löschen beobachten.
Flammen leckten an dem halbfertigen Bauwerk. Die Automatenpuppen löschten das Feuer.
Scott brauchte nicht lange, um das zu begreifen. Aber er war ein wenig besorgt. Die Männlein folgten seinen Gedanken. Als er das entdeckte, erschrak er und warf den Würfel weg.
Während er die Böschung hinaufkraxelte, dachte er noch einmal darüber nach und kehrte zurück. Der Kristallblock lag halb im Wasser und glänzte in der Sonne. Er war ein Spielzeug; Scott fühlte das mit dem unbeirrbaren Instinkt eines Kindes. Aber er hob ihn nicht sofort auf. Statt dessen ging er zu dem Behälter zurück und untersuchte den restlichen Inhalt.
Er fand einige wirklich bemerkenswerte Geräte. Der Nachmittag ging viel zu schnell vorüber. Schließlich packte Scott die Spielsachen in den Behälter zurück und schleppte ihn stöhnend und keuchend nach Hause. Sein Gesicht war rot angelaufen, als er die Küchentür erreichte.
Er versteckte seinen Fund hinter einem Schrank in seinem Zimmer. Den Kristallwürfel steckte er in seine Tasche, die von den

vielen anderen Dingen schon ausgebeult war: Kordel, eine Drahtrolle, zwei Pennies, ein Klumpen Silberpapier, eine verschmutzte Feldpostmarke und ein Brocken Feldspat. Emma, Scotts zwei Jahre alte Schwester, wackelte auf unsicheren Beinen in den Flur und begrüßte ihn.

„Hallo, Schnecke", nickte Scott von der Größe seiner sieben Jahre und einiger Monate herab. Er bemutterte Emma schrecklich, aber sie bemerkte es gar nicht. Klein, rundlich, mit großen Augen, plumpste sie auf den Teppich und starrte traurig auf ihre Schuhe.

„Bind zu, bitte, Scotty, ja?"

„Kamel", sagte Scott freundlich, aber er band ihre Schnürsenkel zu. „Abendessen schon fertig,"

Emma nickte.

„Zeig mir deine Hände!" Wie durch ein Wunder waren sie einigermaßen sauber, wenn auch wahrscheinlich nicht absolut keimfrei. Scott betrachtete seine eigenen Pfoten nachdenklich und ging dann Grimassen schneidend ins Badezimmer, wo er sich flüchtig wusch. Die Kaulquappen hatten offensichtlich Spuren hinterlassen.

Dennis Paradine und seine Frau Jane nahmen unten im Wohnraum einen Cocktail vor dem Abendessen.

Er war ein Mann mittleren Alters mit graumeliertem Haar und hagerem Gesicht; er lehrte Philosophie an der Universität. Jane war klein, zierlich, dunkelhaarig und sehr hübsch. Sie schlürfte ihren Martini und sagte:

„Neue Schuhe, gefallen sie dir?"

„Das hier ist verbrecherisch", murmelte Paradine abwesend. „Mhmm? Schuhe? Nicht jetzt. Warte, bis ich damit fertig bin. Ich hatte einen schlimmen Tag."

„Examensprüfungen?"

„Ja. Heiß entbrannte Jugend, die sich auf die Menschheit stürzen will. Ich hoffe, sie sterben. In furchtbarem Todeskampf. Insh' Allah!"

„Ich möchte die Olive", bat Jane.

„Ich weiß“, sagte Paradine kläglich. „Seit Jahren habe ich keine mehr geschmeckt. In einem Martini, meine ich. Selbst wenn ich sechs in dein Glas fülle, wirst du sicherlich nicht zufrieden damit sein.“

„Ich will deine. Blutsbrüderschaft. Symbolismus. Deshalb.“

Paradine beobachtete seine Frau unheilvoll und schlug seine langen Beine übereinander: „Das hört sich an, als wärst du einer meiner Studenten.“

„Wie diese vorwitzige Betty Dawson vielleicht?“ Jane machte Krallen. „Schaut sie dich immer noch so lüstern an?“

„Das tut sie. Das Kind ist ein hübsches psychologisches Problem. Zum Glück aber nicht meins. Wenn sie es wäre . . .“ Paradine nickte bedeutungsvoll. „Sex-Bewußtsein und zu viele Filme. Ich nehme an, sie glaubt immer noch, sie käme durch die Prüfung, indem sie mir ihre Knie zeigt. Die sind übrigens ziemlich knochig.“

Jane rückte ihren Rock mit selbstzufriedenem Stolz zurecht. Paradine schälte sich aus dem Sessel und goß neue Martinis ein. „Ganz ehrlich, ich sehe keinen Sinn darin, diesen Affen Philosophie beizubringen. Sie haben alle das falsche Alter. Ihre Verhaltensmuster, ihre Denkmethoden sind schon festgefahren. Sie sind fürchterlich konservativ, würden es aber nie zugeben. Die einzigen Menschen, die Philosophie verstehen können, sind reife Erwachsene oder Kinder wie Emma und Scotty.“

„Schreib Scotty aber nicht in dein Seminar ein“, bat Jane. „Er ist noch nicht weit genug für einen Doktor der Philosophie. Ich halte nichts von genialen Kindern, vor allem nicht, wenn es sich um meinen Sohn handelt.“

„Scotty würde wahrscheinlich besser sein als Betty Dawson“, schnaufte Paradine.

„Er starb als geschwächter, alter, kindischer Greis im Alter von fünf Jahren“, zitierte Jane verträumt. „Ich will deine Olive haben.“

„Hier. Übrigens, mir gefallen die Schuhe.“

„Danke. Da kommt Rosalie. Abendessen?“

„Es ist alles vorbereitet, Gnä' Frau“, sagte Rosalie mit flatternder Stimme. „Ich werde Fräulein Emma und Herrn Scotty rufen.“

„Ich hole sie." Paradine steckte den Kopf durch die nächste Tür und brüllte: „Kinder! Kommt rein!"
Kleine Füße polterten die Stufen herunter. Scott stürmte ins Blickfeld, geschrubbt und glänzend, eine widerspenstige Haarsträhne zeigte steil nach oben. Emma folgte, sie stieg vorsichtig die Stufen hinab. In der Mitte der Treppe gab sie die Bemühung auf, aufrecht hinunterzugehen. Sie drehte sich herum und legte den Rest des Wegs wie ein Affe zurück. Ihr schmaler Rücken gab einen Eindruck davon, mit welcher Sorgfalt ihre Hände zu Werke gingen. Paradine beobachtete dieses Schauspiel fasziniert, bis er von seinem Sohn mit einem Stoß zurückgeworfen wurde.
„Hallo, Vati!" schrie Scott.
Paradine konnte sich im letzten Moment halten und sah Scott würdevoll an: „Selber hallo. Hilf mir, zum Tisch zu gehen. Du hast mindestens eins meiner Hüftgelenke ausgerenkt."
Aber Scott sauste schon ins nächste Zimmer, wo er auf Janes neue Schuhe trat, eine Entschuldigung hervorsprudelte, und dann zu seinem Platz am Eßtisch rannte. Paradine zog eine Augenbraue hoch, als er hinterherging, während Emmas Patschhändchen verzweifelt seinen Zeigefinger festhielten.
„Ich frage mich, was mit dem kleinen Teufel los ist."
„Nichts Gutes, wahrscheinlich", seufzte Jane. „Hallo, Liebling, zeig deine Ohren."
„Sie sind *sauber*. Mickey hat sie abgeleckt."
„Na ja, die Zunge dieses Airdale-Terriers ist weit sauberer als es deine Ohren sind", dachte Jane laut, während sie die Ohren kurz prüfte. „Jedenfalls ist der Dreck nur oberflächlich, solange du hören kannst."
„Fläschisch?"
„Nur ein bißchen, heißt das." Jane zog ihre Tochter zum Tisch und rückte ihre Beine auf einem hohen Stuhl zurecht. Erst seit kurzem genoß Emma den Vorzug, gemeinsam mit der übrigen Familie zu essen. Dadurch, so pflegte Paradine zu bemerken, wurde sie vom Stolz aufgefressen. Nur Babys spuckten ihr Essen aus, hatte man Emma erzählt. Als Folge davon bemühte sie sich mit so großer Gewissenhaftigkeit, ihren Löffel zum Mund zu

führen, daß Paradine jedesmal kribbelig wurde, wenn er sie beobachtete.
„Ein Förderband wäre genau das richtige für Emma", schlug er vor, während er einen Stuhl für Jane heranzog. „Kleine Eimer mit Spinat, die in regelmäßigen Abständen vor ihrem Gesicht landen."
Das Abendessen ging ereignislos vonstatten, bis Paradine zufällig ein Blick auf Scotts Teller warf. „Hee, du. Krank? Beim Mittagessen zu vollgestopft?"
Scott untersuchte nachdenklich und sehr sorgfältig das Essen, das noch vor ihm stand. „Ich habe alles gegessen, was ich brauchte", erklärte er.
„Gewöhnlich ißt du soviel du nur eben kannst, und sogar eine ganze Menge mehr", sagte Paradine. „Ich weiß, daß heranwachsende Knaben täglich Tonnen von Essen brauchen, aber du liegst heute abend darunter. Fühlst du dich okay?"
„Mhmm. Ehrlich, ich habe alles, was ich brauche."
„Auch alles, was du *willst*?"
„Sicher. Ich esse anders."
„Haben sie dir das in der Schule beigebracht?" wollte Jane wissen.
Scott schüttelte ernst den Kopf.
„Das hat mir niemand beigebracht. Ich habe es selbst rausgefunden. Ich benutze Spucke."
„Versuch's noch mal", schlug Paradine vor. „Das war das falsche Wort."
„Hm . . . S-Speichel, Mmm?"
„Mhmm. Mehr Säure? Ist im Speichel mehr Säure, Jane? Ich erinnere mich nicht."
„In meinem ist Gift", bemerkte Jane. „Rosalie hat wieder Klumpen im Kartoffelpüree gelassen."
Aber Pardines Interesse war geweckt. „Du meinst, du holst alles aus deinem Essen heraus — nichts wird verschwendet — und ißt dann weniger?"
Scott dachte darüber nach. „Ich glaube schon. Es ist nicht nur Spu . . . Speichel. Irgendwie messe ich ab, wieviel ich auf einmal

in den Munde nehme und womit ich es dann mischen muß. Weiß nicht. Ich tu' es halt."
„Hmmm", sagte Paradine und machte sich eine Notiz, um es später genauer zu prüfen. „Eine ziemlich revolutionäre Idee." Kinder hatten oft verrückte Einfälle, aber dieser schien gar nicht so dumm zu sein. Er schürzte die Lippen. „Irgendwann, so nehme ich an, essen die Menschen ganz anders. Ich meine ihre *Art* zu essen, ebenso wie was. Was sie essen, meine ich. Jane, unser Sohn zeigt Anzeichen dafür, daß er ein Genie wird."
„Was?"
„Ernährungswissenschaftlich hat er gerade eine gute Sache gebracht. Hast du dir das selbst ausgedacht, Scott?"
„Sicher", sagte der Junge, und er glaubte es auch.
„Wie kamst du auf die Idee?"
„Oh, ich . . ." Scott wand sich. „Ich weiß nicht. Sie bedeutet wohl nicht viel, glaube ich."
Paradine war übertrieben enttäuscht. „Aber sicher . . ."
„S-s-s-spucke!" kreischte Emma in einem plötzlichen Anfall von Unartigkeit. „Spucke!" Sie versuchte, es vorzuführen, aber das endete damit, daß sie ins Lätzchen sabberte.
Mit einem Ausdruck von Resignation half Jane ihrer Tochter und tadelte sie zugleich, während Paradine mit ziemlich verblüfftem Interesse zusah. Aber erst nach dem Abendessen, im Wohnzimmer geschah wieder etwas.
„Irgendwelche Hausaufgaben?"
„N-Nein", sagte Scott und errötete schuldbewußt. Um seine Verlegenheit zu verbergen, holte er ein Gerät, das er in dem Behälter gefunden hatte, aus der Tasche und begann es aufzuklappen. Das Ergebnis ähnelte einem Tesserakt, der mit Kugeln behangen war. Paradine sah ihn zuerst nicht, aber Emma bemerkte ihn. Sie wollte damit spielen.
„Nein. Leg das hin, Schnecke", befahl Scott. „Paß auf, was ich damit mache." Er betastete die Kugeln und erzeugte weiche, Aufmerksamkeit erregende Töne. Emma streckte einen dicken Zeigefinger aus und jauchzte.
„Scotty", sagte Paradine warnend.

„Ich habe ihr nicht weh getan."
„Doch, hast du", maulte Emma.
Paradine schaute auf. Er runzelte die Stirn. Was, zum Teufel . . .
„Ist das ein Abakus?" fragte er. „Zeig es mir, bitte."
Widerstrebend brachte Scott das Gerät seinem Vater. Paradine blinzelte. Ausgeklappt maß der ‚Abakus' fast einen Quadratmeter. Er bestand aus dünnen festen Drähten, die an einigen Stellen miteinander verknüpft waren. Auf die Drähte waren die farbigen Perlen geknüpft. Man konnte sie hin und her bewegen, von einer Stütze zur anderen, selbst über die Verbindungspunkte. Aber . . . eine durchbohrte Kugel konnte nicht über die Knotenpunkte der Drähte gleiten . . .
Offenbar waren sie also nicht durchbohrt. Paradine schaute näher hin. Jede der kleinen Kugeln hatte ringsherum eine tiefe Rille; so konnten sie sich gleichzeitig um die Drähte drehen und auf ihnen auf- und abgleiten. Paradine versuchte eine abzuziehen. Sie blieb wie an einem Magneten haften. Eisen? Sie sah eher wie Kunststoff aus.
Der Rahmen selbst — Paradine war kein Mathematiker. Aber die Winkel, die die Drähte bildeten, waren fast erschreckend; geradezu lachhaft, wie sie der Euklidischen Logik entbehrten. Sie waren ein Irrgarten. Vielleicht war dieses Gerät . . . ein Geduldspiel.
„Wo hast du das her?"
„Onkel Harry gab es mir", sagte Scott, ohne zu überlegen. „Letzten Sonntag, als er hier war." Onkel Harry war nicht in der Stadt, eine Tatsache, der Scott sich sehr wohl bewußt war. Im Alter von sieben Jahren lernt ein Junge schnell, daß die Launen der Erwachsenen bestimmten Mustern folgen und daß sie mit Geschenkgaben sehr heikel sind. Vor allem würde Onkel Harry erst in einigen Wochen zurückkehren. Das Ende dieses Zeitraums war für Scott unvorstellbar. Oder zumindest bedeutete ihm die Tatsache, daß seine Lüge schließlich aufgedeckt würde, weniger als die Vorteile, die er hätte, wenn er das Spielzeug behalten durfte.
Paradine stellte fest, daß er immer verwirrter wurde, als er versuchte, die Kugeln zu bewegen. Die Winkel waren irgendwie un-

logisch. Es war wie ein Puzzle. Diese rote Kugel: wenn sie auf diesem Draht zu *jener* Kreuzung glitt, müßte sie *dort* landen — aber sie tat es nicht. Ein Labyrinth, merkwürdig, aber ohne Zweifel lehrreich. Paradine hatte das wohlbegründete Gefühl, daß er selbst für dieses Ding nicht genug Geduld aufbringen könnte.
Scott jedoch konnte es, als er sich in eine Ecke zurückzog und fummelnd und seufzend die Kugeln gleiten ließ. Die Kugeln teilten tatsächlich einen leichten Schock aus, wenn Scott die falschen wählte oder sie in die falsche Richtung bewegte. Schließlich jubelte er triumphierend:
„Ich hab's geschafft, Vati!"
„Hee? Was? Zeig mal!" Das Gerät sah für Paradine genau wie vorher aus, aber Scott zeigte mit dem Finger darauf und strahlte.
„Ich hab' sie verschwinden lassen."
„Es ist doch noch da."
„Die blaue Kugel. Sie ist jetzt weg."
Paradine konnte das nicht glauben, also schnaufte er nur. Scott brachte den Rahmen wieder durcheinander. Er experimentierte. Jetzt gab es nicht den kleinsten Schock mehr. Der ‚Abakus' hatte ihm die richtige Methode gezeigt. Nun lag es an ihm, selbst weiterzumachen. Irgendwie schienen die bizarren Winkel der Drähte jetzt weniger verwirrend zu sein.
Es war ein sehr lehrreiches Spielzeug.
Es funktionierte ähnlich wie der Kristallwürfel, überlegte Scott. Als er sich daran erinnerte, holte er das Gerät aus der Tasche und überließ Emma den ‚Abakus', die vor Freude sprachlos war. Sie machte sich an die Arbeit und ließ die Kugeln gleiten, diesmal ohne Protest gegen die Schocks, die wirklich nur minimal waren. Da sie gut nachmachen konnte, schaffte sie es fast so schnell wie Scott, eine Kugel verschwinden zu lassen. Die blaue Perle tauchte wieder auf — aber Scott bemerkte es nicht. Er hatte sich vorsorglich hinter einem überladenen Stuhl in eine Sofaecke zurückgezogen und vergnügte sich nun mit dem Würfel.
Kleine Leute waren in dem Ding, winzige Männlein, die durch die Vergrößerungskraft des Kristalls wuchsen, und sie bewegten sich. Sie bauten ein Haus. Es fing Feuer mit ganz natürlichen

Flammen, und sie standen abwartend daneben. Scott keuchte drängend: „Macht es aus!"
Aber nichts geschah. Wo war dieser merkwürdige Feuerwehrwagen mit den rotierenden Armen, der vorhin aufgetaucht war? Da war er. Er kam ins Bild gerauscht und bremste. Scott trieb ihn an.
Das war ein Spaß. Wie eine Theateraufführung, nur realistischer. Die kleinen Leute taten alles, was Scott ihnen — im Innern seines Kopfes — sagte. Wenn er einen Fehler machte, warteten sie, bis er den richtigen Weg fand. Sie stellten ihm sogar neue Probleme ...
Auch der Würfel war ein äußerst lehrreiches Spielzeug. Er unterrichtete Scott mit beunruhigender Rasanz — und er unterrichtete ihn sehr unterhaltsam. Aber er vermittelte ihm dabei nicht wirklich neues Wissen. Er war noch nicht bereit dazu. Später ... später ...
Emma wurde des ‚Abakus', überdrüssig und machte sich auf die Suche nach Scott. Sie konnte ihn nicht finden, auch nicht in seinem Zimmer; aber als sie schon einmal da war, wurde ihre Neugierde vom Inhalt seines Schrankes geweckt. Sie entdeckte den Behälter. Er enthielt einen kostbaren Schatz — eine Puppe, die Scott schon bemerkt, aber dann verächtlich beiseite gelegt hatte. Sie quietschte vergnügt. Emma nahm die Puppe mit nach unten, hockte sich auf den Boden und begann sie auseinanderzunehmen.
„Liebling, was ist das?"
„Onkel Bär."
Ganz offensichtlich war es nicht Onkel Bär; der war blind, ohne Ohren, doch gemütlich in seiner rundlichen Weichheit. Aber für Emma hießen alle Puppen Onkel Bär.
Jane Paradine zögerte: „Hast du sie einem anderen kleinen Mädchen weggenommen?"
„Hab' ich nicht. Sie ist meine."
Scott kam aus seinem Versteck hervor und steckte den Würfel in die Tasche. „Das ist von Onkel Harry."
„Hat Onkel Harry dir das gegeben, Emma?"

„Er hat es mir für Emma gegeben", warf Scott eilig ein und setzte damit einen weiteren Stein in seine Lügenkonstruktion. „Letzten Sonntag."
„Du machst sie kaputt, Liebes."
Emma brachte die Puppe zu ihrer Mutter. „Sie geht auseinander, siehst du?"
„Oh? Sie . . . huch!" Jane zog die Luft ein. Paradine blickte schnell auf.
„Was ist los?"
Sie brachte ihm die Puppe, zögerte und ging dann ins Eßzimmer, wobei sie Paradine einen bedeutungsvollen Blick zuwarf. Er folgte ihr und schloß die Tür. Jane hatte die Puppe bereits auf den abgeräumten Tisch gelegt.
„Das ist nicht sehr schön, nicht wahr, Denny?"
„Hmm." Auf den ersten Blick war es sehr unerfreulich. Eine anatomische Puppe hätte man in einer Medizin-Hochschule erwartet, aber eine Kinderpuppe . . .
Das Ding zerfiel in Einzelteile, Haut, Muskeln, Organe; alle im Kleinformat, aber ziemlich perfekt, soweit Paradine sehen konnte. Sein Interesse erwachte. „Weiß nicht. Für ein Kind haben diese Dinge nicht die gleiche Bedeutung . . ."
„Sieh dir die Leber an. Ist es eine Leber?"
„Sicher. Sag mal, ich . . . Ist das nicht seltsam?"
„Was?"
„Sie ist auf jeden Fall anatomisch nicht vollkommen." Paradine zog einen Stuhl heran. „Der Verdauungstrakt ist zu kurz. Kein Dickdarm. Und auch kein Blinddarm"
„Sollte Emma so etwas haben?"
„Ich hätte nichts dagegen, selbst so etwas zu haben", sagte Paradine. „Wo, um alles in der Welt, hat Harry das aufgetrieben? Nein, ich glaube nicht, daß es irgendwie schädlich ist. Erwachsene sind so erzogen, daß sie auf Eingeweide angewidert reagieren. Kinder nicht. Sie stellen sich vor, daß sie innen fest wie eine Kartoffel sind. Emma kann durch diese Puppe eine Menge über Physiologie lernen."
„Aber was ist das da? Nervenstränge?"

„Nein, das sind keine Nerven. Hier die Arterien; dort die Venen. Eine merkwürdige Aorta . . ." Paradine stutzte. „Das . . . Was ist das lateinische Wort für Netzwerk? Egal . . . Rita? Rata?"

„Rales", schlug Jane aufs Geratewohl vor.

„Das hat was mit der Atmung zu tun", sagte Paradine gepreßt. „Ich kann nicht begreifen, was dieses aufleuchtende Netzwerk sein soll. Es erstreckt sich über den ganzen Körper, wie ein Nervensystem."

„Blut."

„Unsinn. Kein Kreislauf, kein Nervensystem . . . Komisch! Es scheint mit den Lungen verbunden zu sein."

Sie beschäftigten sich intensiver mit der seltsamen Puppe. Sie war mit bemerkenswerter Detailgenauigkeit gebaut; und das wiederum war im Hinblick auf die physiologischen Abweichungen seltsam.

„Warte, ich hole das medizinische Handlexikon", sagte Paradine, und schon verglich er die Puppe mit den anatomischen Faltblättern. Er erfuhr wenig daraus, doch seine Verblüffung nahm noch zu.

Aber es war unterhaltsamer als ein Puzzlespiel.

In der Zwischenzeit schob Emma im Nebenraum die Kugeln in dem ‚Abakus' hin und her. Die Bewegungen erschienen nun nicht mehr so eigenartig. Selbst, wenn die Perlen verschwanden. Sie konnte ihrer neuen Richtung fast folgen . . . fast . . .

Scott starrte herzklopfend in den Kristallwürfel und gab Gedanken-Befehle; beim Errichten einer Konstruktion, die weit komplizierter war als die, die eben vom Feuer zerstört worden war, machte er viele falsche Ansätze. Auch er lernte . . . wurde konditioniert . . .

Wenn man es rein anthropomorphisch sah, machte Paradine den Fehler, die Spielsachen nicht augenblicklich loszuwerden. Er erkannte ihre Bedeutung nicht; und als er es schließlich tat, waren die Ereignisse schon zu weit fortgeschritten. Onkel Harry war nicht da, also konnte Paradine mit ihm nichts abklären. Außerdem liefen gerade die Zwischenprüfungen, und das hieß: große geistige Anstrengung und völlige Erschöpfung am Abend; und

Jane kränkelte eine gute Woche lang. Emma und Scott hatten mit den Spielzeugen freie Hand.
„Was ist“, fragte Scott eines Abends seinen Vater, „was ist ein Gemank, Vati?“
„Gemenge?“
Er zögerte. „Ich . . . ich glaube nicht. Ist Gemank nicht richtig?“
„Meinst du Manko?“
„Ich wüßte nicht“, murmelte Scott und machte sich stirnrunzelnd davon, um sich mit seinem ‚Abakus‘ zu vergnügen. Er konnte ihn jetzt schon ziemlich geschickt handhaben. Aber mit dem Instinkt von Kindern, die Unterbrechungen möglichst vermeiden wollen, pflegten er und Emma nur für sich allein mit den Spielsachen zu spielen.
Das war natürlich nicht offensichtlich — aber verzwicktere Experimente wurden nie unter den Augen eines Erwachsenen durchgeführt.
Scott lernte schnell. Was er jetzt in dem Kristallwürfel sah, hatte kaum noch Beziehung zu den anfänglichen simplen Problemen. Sie waren von faszinierend technischer Natur. Hätte Scott geahnt, daß seine Ausbildung — wenn auch nur mechanisch — angeleitet und überwacht wurde, hätte er wahrscheinlich das Interesse verloren. So wie es war, wurde seine Initiative nie unterdrückt.
‚Abakus‘, Würfel, Puppe — und andere Spielsachen, die die Kinder in dem Behälter fanden . . .
Weder Paradine noch Jane ahnten, welch große Wirkung die Inhalte der Zeitmaschine auf die Kinder hatten. Wie konnten sie auch? Kinder dramatisierten instinktiv, schon aus Gründen des Selbstschutzes. Sie haben sich noch nicht an die Notwendigkeiten — die ihnen zum Teil unerklärlich sind — einer reifen Welt angepaßt.
Von dem einen wird ihnen gesagt, daß sie im Dreck spielen, aber beim Graben keine Blumen oder Bäumchen ausreißen dürften. Ein anderer Erwachsener verbietet den Dreck *per se.* Die Zehn Gebote sind nicht in Stein gemeißelt; sie variieren, und Kinder hängen hilflos von den Launen derer ab, die sie zur Welt bringen,

sie ernähren und kleiden. Und tyrannisieren. Die jungen Tiere widersetzen sich dieser wohltätigen Tyrannei nicht, denn für sie ist sie ein wesentlicher Bestandteil der Natur. Sie sind jedoch Individualisten und erhalten ihre Integrität in einem subtilen, passiven Kampf.

Unter den Augen eines erwachsenen Tieres ändern sie sich. Wie Schauspieler auf der Bühne geben sie sich Mühe, zu gefallen und gleichzeitig die Aufmerksamkeit auf sich zu ziehen.

Es ist schwer zuzugestehen, daß Kindern die Subtilität fehlt. Kinder unterscheiden sich vom heranwachsenen Tier, weil sie auf andere Art denken. Wir können mehr oder weniger leicht ihre Verstellungsversuche durchschauen — aber sie auch die unseren. Kinder können die Heuchelei eines Erwachsenen erbarmungslos entlarven. Bilderstürmerei ist ihr Vorrecht.

Stutzertum, zum Beispiel. Die Höflichkeiten des gesellschaftlichen Miteinander, fast bis zum Absurden übertrieben. Der Gigolo . . .

„Welche Lebensart! Was für ein gutes Benehmen!" Die Matrone und das blonde junge Ding sind häufig beeindruckt. Männer haben weniger angenehme Kommentare auf der Zunge. Aber das Kind geht an die Wurzel der Sache.

„Du bist *blöde*!"

Wie kann ein ungereifter Mensch das komplizierte System sozialer Beziehungen verstehen? Für ihn ist die Überspitzung natürlicher Höflichkeit blöde. Sie ist in der funktionalen Struktur seines Rasters vom Leben reinstes Rokoko. Er ist ein egoistisches kleines Tier, das sich nicht in die Lage eines anderen versetzen kann — jedenfalls nicht in die eines Erwachsenen. Eine verschlossene, fast vollständige natürliche Einheit, in der die Wünsche von den anderen erfüllt werden: Das Kind hat viel von einem einzelligen Geschöpf, das im Blutstrom treibt; Nahrung wird zu ihm herangetragen, die Abfallprodukte werden weggeschwemmt . . .

Vom Standpunkt der Logik aus ist ein Kind geradezu erschrekkend vollkommen. Ein Säugling kann sogar noch vollkommener sein; aber er ist für einen Erwachsenen so fremd, daß nur Schein-Vergleichsmaßstäbe Anwendung finden. Die Gedankengänge eines Kleinkinds sind völlig unvorstellbar. Aber Babys denken, selbst vor der Geburt. Im Leib der Mutter bewegen sie sich; und schlafen sie nicht allein durch den Instinkt? Wir sind darauf gedrillt, auf den Gedanken, daß ein beinahe lebensfähiger Embryo denken könnte, ziemlich eigenartig zu reagieren. Wir sind überrascht, geschockt und abgestoßen.

Nichts Menschliches ist fremd. Aber ein Baby ist nicht menschlich. Ein Embryo ist weit weniger als menschlich.

Vielleicht kam es daher, daß Emma mehr als Scott von den Spielsachen lernte. Er konnte natürlich seine Gedanken vermitteln; Emma konnte es nicht, abgesehen von einigen verborgenen Bruchstücken. Zum Beispiel die Sache mit dem Gekritzel . . .

Gebt einem kleinen Kind Papier und Bleistift: es wird etwas zeichnen, das für es selbst anders als für einen Erwachsenen aussieht. Die unsinnigen Stricheleien haben wenig Ähnlichkeit mit einem Feuerwehrwagen; aber es ist tatsächlich ein Feuerwehrwagen. Vielleicht ist er sogar dreidimensional. Babys denken anders, und sie sehen anders.

Darüber brütete Paradine, als er eines Abends die Zeitung las und beobachtete, wie sich Emma und Scott verständigten. Scott stellte seiner Schwester Fragen. Manchmal frage er in Englisch. Manchmal mußte er ein Kauderwelsch und Zeichensprache zu Hilfe nehmen. Emma versuchte zu antworten, aber die Hindernisse waren zu groß.

Schließlich holte Scott Papier und Bleistift. Emma mochte das. Mit herausgestreckter Zunge schrieb sie mühsam eine Botschaft auf. Scott nahm das Papier, betrachtete es sorgfältig und runzelte die Stirn.

„Das ist nicht richtig, Emma", sagte er.

Emma nickte energisch. Sie ergriff wieder den Bleistift und malte noch mehr Kritzel. Scott knobelte einige Zeit daran herum, lächelte schließlich zögernd und stand auf. Er verschwand in der Diele. Emma wandte sich wieder dem ‚Abakus' zu.

Paradine stand auf und sah sich das Papier an. Er hatte den verrückten Einfall, daß Emma urplötzlich Schreiben gelernt hatte. Aber sie hatte es nicht. Das Papier war mit sinnlosen Kritzeleien

in der Art, wie sie allen Eltern vertraut sind, bedeckt. Paradine schürzte die Lippen.
Es könnte sich um ein Diagramm handeln, das die geistigen Abweichungen einer manisch-depressiven Küchenschabe zeigte, aber das war es wahrscheinlich nicht. Dennoch hatte es für Emma zweifellos eine Bedeutung. Vielleicht stellte das Gekritzel Onkel Bär dar.
Scott kam zurück, er sah vergnügt aus. Er begegnete Emmas Blick und nickte. Paradine wurde plötzlich neugierig.
„Geheimnisse?“
„Ach was. Emma . . . mmm . . . bat mich, etwas für sie zu erledigen.“
„Oh.“ Paradine erinnerte sich an die Beispiele von Kleinkindern, die in unbekannten Sprachen brabbelten und die Linguisten verblüfften. Er nahm sich vor, das Papier an sich zu nehmen, wenn die Kinder fertig waren. Am nächsten Tag zeigte er in der Universität Elkins das Gekritzel. Elkins hatte den Ruf, viele verschiedene Sprachen zu beherrschen, aber er lachte über Emmas Ausflug in die Literatur.
„Hier ist eine freie Übersetzung, Dennis: Anführung. Ich weiß nicht, was es bedeutet, aber ich werde meinen Vater damit teuflisch reinlegen. Abführung.“
Die beiden Männer lachten und gingen zu ihre Klassen. Aber Paradine sollte sich später noch an den Zwischenfall erinnern. Besonders, nachdem er Holloway begegnete. Davor sollten aber noch Monate vergehen und die Situation sich noch weiter auf ihren Höhepunkt zu entwickeln.

Vielleicht hatten Paradine und Jane zuviel Interesse für das Spielzeug an den Tag gelegt. Emma und Scott gingen dazu über, es zu verstecken und nur noch ganz unter sich damit zu spielen. Sie taten das nicht offensichtlich, aber mit einer gewissen aufdringlichen Vorsicht. Besonders Jane war irgendwie beunruhigt.
Eines Abends sprach sie mit Paradine darüber. „Die Puppe, die Harry Emma gegeben hat.“
„Ja?“

„Ich war heute in der Stadt und versuchte herauszufinden, woher sie stammt. Nichts."
„Vielleicht hat Harry sie in New York gekauft."
Jane war nicht überzeugt. „Ich habe mich auch nach den anderen Sachen erkundigt. Sie zeigten mir ihr Lager — Johnsons Laden ist ziemlich groß, weißt du. Aber da gibt es nichts, was Emmas ‚Abakus' ähnelt."
„Hmmm." Paradine war offensichtlich nicht sehr interessiert. Sie hatten Eintrittskarten für eine Revue, und es war schon sehr spät. Daher wurde das Thema zumindest für den Moment fallengelassen.
Später kam es wieder auf, als Jane mit einer Nachbarin telefonierte.
„Scotty ist nie so gewesen, Denny. Mrs. Burns erzählte mir, daß er Francis zu Tode erschreckt hat."
„Francis? Ein kleiner fetter Frechdachs, nicht wahr? Wie sein Vater. Ich habe Burns mal das Nasenbein gebrochen, als wir noch Studenten waren."
„Hör auf zu prahlen, und hör mir zu", sagte Jane, während sie einen Whisky-Soda mixte. „Scott hat Francis etwas gezeigt, das ihm Angst einjagte. Solltest du nicht besser . . ."
„Ich glaube auch." Paradine lauschte. Lärm im Zimmer nebenan sagte ihm, wo sein Sohn war. „Scotty!"
„Peng", sagte Scott und erschien lächelnd. „Ich habe' sie alle umgelegt. Raumpiraten. Du hast gerufen, Vati?"
„Ja; wenn du nichts dagegen hast, die Raumpiraten einige Minuten unbegraben zu lassen. Was hast du mit Francis Burns angestellt?"
Scotts blaue Augen spiegelten gerade zu unglaubliche Offenheit wider: „Hmm?"
„Denk genau nach. Du kannst dich erinnern, da bin ich sicher."
„Ah, das. Ich hab' nix getan."
„Nichts", verbesserte Jane abwesend.
„Nichts. Ehrlich. Ich hab' ihn nur in meinen Fernsehapparat gukken lassen, und das . . . hat ihm Angst gemacht."
„Fernsehapparat?"

Scott fingerte den Kristallwürfel heraus. „Kein richtiger. Siehst du?"
Paradine untersuchte das Gerät und war von dem Vergrößerungseffekt verblüfft. Alles, was er sehen konnte, war ein Labyrinth sinnloser Farbmuster.
„Onkel Harry . . ."
Paradine griff nach dem Telefonhörer. Scott schluckte. „Ist . . . ist Onkel Harry wieder zurück?"
„Ja."
„Ich gehe in die Badewanne." Scott ging zur Tür. Paradine sah Jane an und nickte bedeutungsvoll.
Harry war zu Hause, aber er stritt jede Kenntnis von den merkwürdigen Spielsachen ab. Grimmig forderte Paradine Scott auf, alle seine Spielsachen aus seinem Zimmer herunterzuholen. Schließlich lagen sie alle in einer Reihe auf dem Tisch: Würfel, ‚Abakus', Puppe, die helmähnliche Kappe und einige andere rätselhafte Gegenstände. Scott wurde ins Kreuzverhör genommen. Eine Zeitlang log er tapfer, aber schließlich streckte er die Waffen und weinte; er schluchzte sein Geständnis hinaus.
„Hol den Behälter, in dem die Sachen waren", befahl Paradine. „Dann ab ins Bett."
„Wirst du mich . . . huch . . . bestrafen, Papa?"
„Fürs Schuleschwänzen und fürs Lügen, jawohl. Du kennst die Spielregeln. Zwei Wochen kein Fernsehen. Und ebenso lange keine Limonade."
Scott schluckte. „Behältst du meine Sachen?"
„Ich weiß noch nicht."
„Also gut . . . Nacht, Papa. Nacht, Mama."
Nachdem der kleine Kerl die Treppe hinaufgegangen war, rückte Paradine einen Stuhl zum Tisch und untersuchte den Behälter eingehend. Nachdenklich kratzte er an den verbrannten Vorrichtungen. Jane sah aufmerksam zu.
„Was ist das, Denny?"
„Weiß nicht. Wer würde einen Behälter voll Spielzeug unten am Bach liegen lassen?"
„Er könnte aus einem Auto gefallen sein."

„Nicht an dieser Stelle. Nördlich der Eisenbahnbrücke führt die Straße gar nicht am Bach vorbei. Nur leere Grundstücke — sonst nichts." Paradine zündete sich eine Zigarette an. „Etwas zu trinken, Süßes?"
„Ich hole was." Jane ging mit sorgenvollem Blick an die Arbeit. Sie brachte Paradine ein Glas, stellte sich hinter ihn und fuhr mit den Fingern durch sein Haar. „Stimmt etwas nicht?"
„Natürlich nicht. Nur . . . wo können diese Spielsachen herkommen?"
„Bei Johnsons wußten sie es nicht, und sie bekommen ihre Waren aus New York."
„Ich habe mich auch erkundigt", gab Paradine zu. „Diese Puppe . . ." — er ergriff sie — „bereitet mir Kopfschmerzen. Vielleicht auf Bestellung hergestellt. Aber ich würde zu gern wissen, wer sie gemacht hat."
„Ein Psychiater? Der ‚Abakus' — benutzen sie solche Sachen nicht, um Leute zu testen?"
Paradine schnippte mit den Fingern. „Klar! Und stell dir vor: Nächste Woche kommt so ein Kerl namens Holloway zu einem Vortrag an die Universität, er ist Kinderpsychologe. Er ist eine ganz große Nummer, hat einen ziemlich guten Ruf. Vielleicht weiß er etwas darüber."
„Holloway? Ich kann mich nicht . . ."
„Rex Holloway? Er ist . . . Hmmm! Er wohnt nicht weit von hier. Meinst du, er könnte diese Sache selber hergestellt haben?"
Jane untersuchte den ‚Abakus'. Sie verzog das Gesicht und legte ihn zurück. „Wenn er es war, mag ich ihn nicht. Aber versuch mal, was du rausfinden kannst, Denny."
Paradine nickte. „Das werde ich."
Stirnrunzelnd trank er seinen Whisky. Er war irgendwie besorgt. Aber er hatte keine Angst — noch nicht.

Rex Holloway war ein fetter, öliger Mann. Er hatte eine Glatze und trug eine wuchtige Brille, über der die dicken, schwarzen Augenbrauen sich wie Raupen kringelten. Paradine brachte ihn eine Woche später eines Abends mit zum Essen. Holloway

schien die Kinder gar nicht zu beachten, aber ihm entging nichts von dem, was sie taten und sprachen. Seine grauen, scharfen Augen registrierten fast alles.
Die Spielsachen faszinierten ihn. Im Wohnzimmer versammelten sich die drei Erwachsenen um den Tisch, auf dem das Spielzeug ausgebreitet war. Holloway studierte es gründlich, während er sich anhörte, was Jane und Paradine ihm erzählten. Schließlich brach er sein Schweigen.
„Ich bin froh, daß ich heute abend hierher gekommen bin. Aber nicht nur froh. Das ist ziemlich verwirrend, müssen sie wissen."
„Hee?" Paradine starrte ihn an, und Janes Gesicht zeigte deutlich ihre Verblüffung. Die nächsten Worte Holloways waren nicht dazu angetan, sie zu beruhigen.
„Hier haben wir es mit Geisteskrankheit zu tun."
Er lächelte über die schockierten Blicke, die ihn jetzt trafen. „Aus dem Blickwinkel eines Erwachsenen sind eigentlich alle Kinder verrückt. Haben Sie schon einmal Hughes' *Sturm in Jamaica* gelesen?"
„Ich habe es hier." Paradine holte das kleine Buch aus dem Regal. Holloway streckte die Hand aus, nahm das Buch und blätterte die Seiten durch, bis er die gewünschte Stelle gefunden hatte. Laut las er vor:
„Kleinkinder sind natürlich nicht menschlich — und sie besitzen eine sehr alte und sehr komplizierte Kultur; ähnlich wie sie Katzen haben, und Fische, und sogar Schlangen. In der Struktur ist sie die gleiche, aber viel komplizierter und lebhafter; denn Babys sind immerhin eine der am meisten entwickelten Arten der niederen Wirbeltiere. Kurz gesagt: Babys haben einen Verstand, der in eigenen Ausdrucksformen und Kategorien funktioniert, die nicht in die Ausdrucksformen und Kategorien des menschlichen Verstands übersetzt werden können."
Jane versuchte, das ruhig hinzunehmen, konnte es aber nicht.
„Sie wollen doch nicht sagen, daß Emma . . ."
„Könnten Sie wie Ihre Tochter denken?" fragte Holloway. „Hören Sie zu: ‚Man kann genausowenig wie ein Baby denken, wie man wie eine Biene denken kann.' "

Paradine mixte die Drinks. Über die Schulter sagte er: „Sie theoretisieren da ein bißchen, nicht wahr? So wie ich es verstehe, wollen Sie sagen, daß Säuglinge eine eigene Kultur haben, ja sogar eine sehr hohe Intelligenz."
„Nicht unbedingt. Sehen Sie, es gibt kein Zentimetermaß dafür. Ich sage nur, daß Babys anders denken als wir. Nicht unbedingt *besser* — das ist eine Frage der Wertmaßstäbe. Aber mit einer anderen Art der Ausdehnung ..." Grimassen schneidend suchte er nach Worten.
„Fantasterei", sagte Paradine ziemlich grob. Er war wegen Emma verärgert. „Babys habe keine anderen Sinne als wir sie haben."
„Wer hat das behauptet?" fragte Holloway. „Sie benutzen ihren Verstand nur in unterschiedlicher Weise, das ist alles. Aber reicht das aus?"
„Ich versuche, das zu verstehen", sagte Jane langsam. „Ich denke an meine Küchenmaschine. Ich kann damit Kartoffeln zerkleinern und stampfen, aber ich kann auch Orangen damit auspressen."
„Etwas in dieser Richtung. Das Gehirn besteht aus vielen Bausteinen, es ist eine sehr komplizierte Maschine. Wir wissen wenig über seine potentiellen Fähigkeiten. Wir wissen nicht einmal, wieviel es aufnehmen kann. Aber es ist bekannt, daß der Verstand konditioniert wird, wenn das menschliche Tier heranreift. Er folgt verschiedenen vertrauten Schablonen, und alle Gedanken sind nachher auf Muster gegründet, die man als richtig angenommen hat. Sehen Sie das hier." Holloway berührte den ‚Abaku'. „Haben Sie damit experimentiert?"
„Ein bißchen", sagte Paradine.
„Aber nicht viel, wie?"
„Nun ..."
„Warum nicht?"
„Es ist sinnlos", klagte Paradine. „Selbst ein Geduldspiel muß irgendeine Logik haben. Aber diese verrückten Winkel ..."
„Ihr Verstand ist euklidisch konditioniert", sagte Holloway. „Also ermüdet uns dieses ... Ding und scheint ohne Sinn. Aber ein Kind weiß nichts über Euklid. Eine Geometrie, die sich von der

unseren unterscheidet, würde ihm nicht unlogisch vorkommen. Es glaubt, was es sieht."

„Wollen Sie mir erzählen, daß dieses Gerät eine vierdimensionale Ausdehnung hat?" fragte Paradine.

„Auf jeden Fall keine erkennbare", verneinte Holloway. „Ich will damit nur sagen, daß unser Verstand, euklidisch konditioniert wie er ist, darin nur ein unlogisches Wirrwarr von Drähten sieht. Aber ein Kind, vor allem ein Säugling, könnte mehr sehen. Nicht sofort. Es wäre natürlich erst einmal ein Geduldspiel. Nur wäre ein Kind nicht durch zu viele vorweggenommene Ideen beeinflußt."

„Verhärtung der Gedanken-Arterien", warf Jane ein.

Paradine war nicht überzeugt. „Dann käme ein Kind besser als Einstein mit der Differentialrechnung zurecht? Nein, das meine ich nicht. Ich sehe mehr oder weniger deutlich, worauf Sie hinauswollen. Nur . . ."

„Passen Sie auf! Nehmen wir an, es gibt zwei Arten von Geometrie — wir grenzen es ein, weil es nur ein Beispiel ist. Unsere Art, die euklidische, und eine andere, die wir X-Geometrie nennen. X hat nicht viel Beziehung zu Euklid. Sie ist auf anderen Lehrsätzen aufgebaut. Zwei und zwei müssen darin nicht notwendigerweise vier ergeben; sie könnten y_2 ergeben, oder sie können vielleicht *gar nichts* ergeben. Der Verstand eines Säuglings ist noch nicht konditioniert, abgesehen von gewissen zweifelhaften Faktoren der Vererbung und der Umgebung. Lassen Sie das Kleinkind mit Euklid anfangen . . ."

„Armes Kind", sagte Jane.

Holloway warf ihr einen raschen Blick zu. „Der Grundlage von Euklid. Alphabetische Einheiten. Mathematik, Geometrie, Algebra — das kommt viel später. Andererseits: Lassen Sie das Baby mit den grundlegenden Prinzipien unserer X-Logik beginnen."

„Einheiten? Was für welche?"

Holloway schaute den ‚Abakus' an. „Für uns ergibt er wenig Sinn. Aber wir sind euklidisch konditioniert."

Paradine goß sich selbst einen großen Schuß Whisky ein. „Das ist ganz schön schrecklich. Sie setzen der Mathematik überhaupt keine Grenzen."

„Richtig! Ich kann ihr doch überhaupt keine Grenzen setzen. Wie könnte ich das auch! Ich bin ja nicht für die X-Logik konditioniert."
„Das ist die Antwort", sagte Jane mit einem Seufzer der Erleichterung. „Wer ist das überhaupt? Nur so jemand könnte die Art von Spielzeugen herstellen, für die Sie diese hier offenbar halten."
Holloway nickte. Seine Augen blinzelten hinter den dicken Linsen. „Solche Leute könnte es geben."
„Wo?"
„Sie könnten es vorziehen, verborgen zu bleiben."
„Übermenschen?"
„Ich wünschte, ich wüßte es. Sehen Sie, Paradine, Sie haben wieder ein Zentimetermaß-Problem. Aber unsere Maßstäbe könnten diesen Leuten unter bestimmten Blickwinkeln als absolute Spitze erscheinen. Unter anderm Blickwinkel könnten sie schwachsinnig erscheinen. Es ist kein quantitativer, sondern ein qualitativer Unterschied. Sie *denken* unterschiedlich. Ich bin sicher, wir können Dinge tun, die sie nicht können."
„Vielleicht würden sie es gar nicht wollen", sagte Jane.
Paradine trat gegen die verbrannten Geräte an dem Behälter. „Was ist damit? Das hat doch . . ."
„Einen Zweck, sicher."
„Transport?"
„Daran denkt man zuerst. Wenn dem so ist, könnte der Behälter von überallher stammen."
„Von dort, wo . . . Sachen . . .*anders* sind?" fragte Paradine langsam.
„Genau. Im Raum, oder sogar in der Zeit. Ich weiß es nicht; Ich bin Psychologe. Unglücklicherweise bin ich auch euklidisch konditioniert."
„Das muß ein komischer Ort sein", sagte Jane. „Denny, werde diese Spielsachen los!"
„Das habe ich vor."
Holloway hob den Kristallwürfel hoch. „Haben Sie den Kindern viele Fragen gestellt?"

„Ja. Scott behauptete, als er das erstemal in diesen Würfel geblickt habe, seien Leute drin gewesen“, sagte Paradine. „Ich habe ihn gefragt, was jetzt darin ist.“
„Was antwortete er?“ Die Augen des Psychologen wurden größer.
„Er sagte, sie würden eine Ortschaft bauen. Das waren genau seine Worte. Ich fragte ihn wer — Leute? Aber er konnte es nicht erklären.“
„Nein, ich nehme an, er konnte es wirklich nicht“, murmelte Holloway. „Es muß sich weiterentwickeln. Wie lange haben die Kinder diese Spielzeuge schon?“
„Ungefähr drei Monate, glaube ich.“
„Zeit genug. Sehen Sie, das vollkommene Spielzeug ist sowohl lehrreich, als auch mechanisch. Es sollte etwas tun, um das Interesse des Kindes anzuregen; und es soll etwas vermitteln, am besten ganz unaufdringlich. Anfangs einfache Probleme. Später . . .“
„X-Logik“, sagte Jane erbleichend.
Paradine murmelte einen Fluch. „Emma und Scott sind vollkommen normal!“
„Wissen Sie, wie ihr Verstand arbeitet — jetzt?“
Holloway verfolgte diesen Gedanken nicht weiter. Er fingerte an der Puppe herum. „Es würde interessant sein, die äußeren Bedingungen des Orts zu kennen, von dem diese Sachen stammen. Aber induktive Schlüsse würden hier wohl auch nicht viel weiterhelfen. Es fehlen zu viele Faktoren. Wir können uns keine Welt vorstellen, die auf dem X-Faktor basiert — eine Umgebung, die den in X-Mustern denkenden Gehirnen angepaßt ist. Dieses leuchtende Netzwerk im Innern der Puppe. Es könnte alles mögliche sein. Es könnte in unserem eigenen Innern existieren, obwohl wir es bisher noch nicht entdeckt haben. Wenn wir die richtige Stelle finden . . .“ Er zuckte die Achseln. „Was halten Sie von diesem Ding da?“
Es war eine blutrote Kugel, fünf Zentimeter im Durchmesser, mit einer Beule auf der Oberfläche.

„Was könnte überhaupt jemand davon halten?"
„Scott? Emma?"
„Ich habe es zum erstenmal vor drei Wochen gesehen. Damals begann Emma, damit zu spielen." Paradine biß sich auf die Unterlippe. „Danach fand auch Scott Interesse daran."
„Was machen sie damit?"
„Sie halten es vor sich und bewegen es hin und her. Kein besonderes Bewegungsmuster."
„Kein euklidisches Muster", korrigierte Holloway. „Am Anfang konnten sie den Sinn der Spielsachen nicht erkennen. Sie mußten dafür ausgebildet werden."
„Das ist ja schrecklich", sagte Jane.
„Nicht für sie. Emma versteht X wahrscheinlich schneller als Scott, denn ihr Verstand ist noch nicht für diese Umgebung konditioniert."
Paradine sagte: „Aber ich kann mich an eine Menge Sachen erinnern, die ich als Kind tat. Selbst als Säugling."
„Und?"
„War ich . . . damals . . . verrückt?"
„Die Sachen, an die Sie sich *nicht* erinnern, sind das Merkmal Ihrer Verrücktheit", gab Holloway zurück. „Aber ich benutze das Wort ‚Verrücktheit' ausschließlich als passendes Symbol für Abweichungen von der bekannten menschlichen Norm. Das Durchschnittsniveau geistiger Gesundheit."
Jane stellte ihr Glas ab. „Sie sagten, induktive Schlußfolgerungen seien schwierig, Mr. Holloway. Aber ich habe eigentlich den Eindruck gewonnen, Sie ziehen sehr viele solcher Schlußfolgerungen aufgrund sehr weniger Tatsachen. Alles in allem sind diese Spielsachen . . ."
„Ich *bin* Psychiater, und ich habe mich auf Kinder spezialisiert. Ich bin kein Laie. Diese Spielsachen sagen eine Menge, und hauptsächlich deshalb, weil sie so wenig sagen."
„Sie könnten sich irren."
„Nun, ich hoffe, ich irre mich. Ich würde die Kinder gern untersuchen."
Jane hob die Arme. „Wie?"

Nachdem Holloway es erklärt hatte, nickte sie, wenn auch immer noch widerstrebend. „Nun ja, in Ordnung. Aber sie sind keine Versuchskaninchen."
Der Psychiater fächelte mit seiner plumpen Hand in der Luft. „Meine Liebe! Ich bin kein Frankenstein. Für mich ist das Individuum der wesentliche Faktor — natürlicherweise, denn ich habe mit dem Verstand der Leute zu tun. Wenn mit den Kindern irgend etwas nicht in Ordnung ist, möchte ich sie gern heilen."
Paradine legte seine Zigarette ab und sah der blauen Rauchspirale nach, die in einem kaum wahrnehmbaren Lufthauch davonzog. „Können Sie eine Prognose geben?"
„Ich will es versuchen. Das ist alles, was ich versprechen kann. Wenn der unentwickelte Verstand sich in den X-Kanal gewendet hat, ist es notwendig, ihn zurückzudirigieren. Ich sage nicht, daß es die klügste Methode ist, aber gemessen an unseren Maßstäben ist sie es. Schließlich müssen Emma und Scott in dieser Welt leben."
„Ja, ja. Ich glaube nicht, daß mit ihnen ernsthaft etwas nicht stimmt. Sie scheinen doch in etwa durchschnittlich zu sein, völlig normal."
„Oberflächlich mögen sie so scheinen. Sie haben keinen Grund, sich abnormal zu verhalten, oder? Und wie können Sie es merken, wenn sie — anders denken?"
„Ich rufe sie", sagte Paradine.
„Machen Sie es ganz ungezwungen. Ich will nicht, daß sie gewarnt sind."
Jane deutete mit einer Kopfbewegung auf die Spielsachen. Holloway sagte: „Lassen Sie die Sachen da liegen."
Als Emma und Scott hineingerufen worden waren, machte der Psychologe nicht sofort den Versuch, direkte Fragen zu stellen. Ihm gelang es, Scott ganz unauffällig in ein Gespräch zu ziehen, in dem er ab und zu Schlüsselworte fallen ließ. Nichts Eindeutiges wie ein Wort-Assoziations-Test — dafür ist die Bereitschaft zur Zusammenarbeit nötig.
Die interessanteste Entwicklung ergab sich, als Holloway den ‚Abakus' in die Hand nahm. „Wärst du so nett, mir zu zeigen, wie er funktioniert?"

Scott zögerte. „Ja, Sir. So . . ." Er führte eine Kugel in verworrenen Bahnen durch das Labyrinth; das geschah so schnell, daß niemand völlig sicher war, ob sie schließlich verschwunden war oder nicht. Es hätte auch nur ein Taschenspielertrick sein können. Dann noch einmal . . .
Holloway versuchte es. Scott beobachtete ihn und zog die Nase kraus.
„Ist das richtig so?"
„Hmm. *Da* muß es hin . . ."
„Hierhin? Warum?"
„Nur so funktioniert es."
Aber Holloway war euklidisch konditioniert. Es gab keinen erkennbaren Grund, warum die Kugel von dem einen besonderen Draht zu dem anderen gleiten sollte. Das schien eine reine Zufallsentscheidung zu sein. Außerdem fiel Holloway plötzlich auf, daß die Kugel eine andere Bahn genommen hatte, als Scott mit dem Spielzeug umging. Zumindest, soweit er sich erinnern konnte.
„Zeigst du es mir noch einmal?"
Scott tat es. Und auf Holloways Bitte noch zwei weitere Male. Holloway zwinkerte durch seine dicken Brillengläser. Zufall, jawohl. Und variabel! Jedesmal bewegte Scott die Kugel über andere Bahnen.
Irgendwie konnte keiner der Erwachsenen feststellen, ob die Kugel nun verschwand oder nicht. Hätten sie sicherlich ihr Verschwinden erwartet, wären ihre Reaktionen möglicherweise anders gewesen.
Am Ende war gar nichts erklärt. Holloway schien sich nicht ganz wohl zu fühlen, als er sich verabschiedete.
„Darf ich noch einmal wiederkommen?"
„Ich möchte es schon", sagte Jane ihm. „Zu jeder Zeit. Denken Sie immer noch . . ."
Er nickte. „Der Verstand der Kinder reagiert nicht normal. Sie sind in keiner Weise dumm; aber ich habe den außergewöhnlichen Eindruck, daß sie Schlußfolgerungen in einer Weise ziehen, die wir nicht verstehen. Als ob sie Algebra benutzen, während

wir Geometrie heranziehen. Die gleiche Schlußfolgerung, aber eine andere Methode, dahin zu gelangen."
„Was ist mit den Spielsachen?" fragte Paradine plötzlich.
„Halten Sie sie fern von ihnen. Ich möchte sie mir gerne ausleihen, wenn ich darf . . ."
Paradine schlief schlecht in dieser Nacht. Holloways Vergleich war schlecht gewählt. Er führte zu verwirrenden Theorien. Der X-Faktor . . . Die Kinder benutzten das Äquivalent algebraischer Überlegung, während Erwachsene Geometrie benutzten.
Klar genug. Aber . . .
Algebra kann Antworten geben, zu denen Geometrie nicht in der Lage ist. Denn bestimmte Formeln und Symbole können geometrisch nicht ausgedrückt werden. Angenommen, X-Logik führte zu Schlußfolgerungen, die für den Verstand des Erwachsenen unbegreifbar sind?
„Verdammt!" flüsterte Paradine. Jane fuhr erschreckt neben ihm hoch.
„Liebes? Kannst du auch nicht schlafen?"
„Nein." Er stand auf und ging langsam ins Nebenzimmer. Emma schlief friedlich wie ein Engel; ihr kleiner dicker Arm war um Onkel Bär geschlungen. Durch die offenstehende Tür sah Paradine Scotts dunklen Kopf bewegungslos auf dem großen Kissen liegen.
Jane stand neben ihm, er legte seinen Arm um sie.
„Die armen kleinen Würmchen", flüsterte sie. „Und Holloway nannte sie verrückt. Ich glaube, wir sind diejenigen, die verrückt sind, Denny."
„Mhm. Wir sind überdreht."
Scott schrak im Schlaf hoch. Ohne aufzuwachen, sagte er etwas — offensichtlich eine Frage, obwohl sie in keiner erkennbaren Sprache gestellt wurde. Emma stieß einen kurzen wimmernden Schrei aus, dessen Tonhöhe abrupt wechselte.
Sie war nicht aufgewacht. Und die Kinder lagen völlig ruhig.
Aber mit einem plötzlichen Unbehagen dachte Paradine, daß die Szene sich genauso abgespielt hatte, als ob Scott Emma etwas gefragt und sie geantwortet hätte.

Hatte sich ihr Verstand so verändert, daß sogar Schlaf — anders für sie war?
Er verwarf den Gedanken. „Du wirst dich erkälten. Komm, wir gehen wieder ins Bett. Möchtest du einen Drink?"
„Ich glaube ja", sagte Jane, während sie Emma beobachtete. Ihre Hand streckte sich nach dem Kind aus; sie zog sie zurück. „Komm schon, sonst wecken wir die Kinder noch auf."
Sie tranken einen kleinen Weinbrand, aber sie sagten nichts. Später weinte Jane im Schlaf.

Scott war nicht wach, aber sein Verstand arbeitete — langsam und vorsichtig. So:
Sie werden uns die Spielzeuge wegnehmen. Der fette Mann . . . Vielleicht gefährliche Listawa. Aber die Ghorik-Richtung wird sich nicht . . . Epankrus Mahnung-hat-nicht-sie. Neulingotion . . . hell und glänzend. Emma. Sie ist jetzt kopranscher als . . . Ich weiß immer noch nicht, wie man . . . Sawara linxi dorb . . .
Ein wenig von Scotts Gedanken war immer noch verständlich, aber Emma war viel schneller auf X konditioniert worden.
Sie überlegte auch.
Nicht wie ein Erwachsener oder wie ein Kind. Nicht einmal wie ein Mensch. Es sei denn wie ein Mensch, dessen Art dem *genus homo* erschreckend unähnlich ist.
Manchmal hatte Scott selber Schwierigkeiten, ihren Gedanken zu folgen.
Wäre Holloway nicht gewesen, hätte das Leben zur Alltagsroutine zurückkehren können. Die Spielsachen erinnerten nun nicht mehr an die Geschehnisse. Emma freute sich immer noch über ihre Puppen und den Sandkasten, ihr Vergnügen daran war völlig normal. Scott war mit Baseball und seinem Chemiekasten zufrieden. Sie taten alles, was andere Kinder auch tun, und zeigten nur wenige (wenn überhaupt welche) Anzeichen von Abnormalität. Doch Holloway schien ein Schwarzseher zu sein.
Er hatte die Spielsachen untersuchen lassen — mit ziemlich idiotischen Ergebnissen. Er zeichnete endlos Karten und Diagramme, korrespondierte mit Mathematikern, Ingenieuren und ande-

ren Psychologen und wurde fast verrückt bei dem Versuch, im Aufbau der Geräte ein Schema oder einen Sinn zu finden. Der Behälter selbst mit seiner geheimnisvollen Apparatur sagte gar nichts. Die Verbrennungshitze hatte zuviel zu Schlacke werden lassen. Aber die Spielsachen . . .

Das Zufallselement brachte die Untersuchung aus dem Konzept. Sogar das war eine semantische Frage. Denn Holloway war überzeugt, daß es nicht wirklich Zufall war. Es waren einfach nicht genug Faktoren bekannt. Zum Beispiel konnte kein Erwachsener mit dem ‚Abakus' arbeiten. Und nach einiger Überlegung verzichtete Holloway darauf, ein Kind mit dem Ding spielen zu lassen.

Der Kristallwürfel war ähnlich geheimnisvoll. Er zeigte ein verrücktes Farbmuster, das sich manchmal bewegte. Darin ähnelte es einem Kaleidoskop. Aber es wurde weder vom Gleichgewichtsmoment noch von Schwerkraft beeinflußt. Schon wieder der Zufallsfaktor.

Oder besser: Das Unbekannte. Das X-Muster. Schließlich fielen Paradine und Jane in so etwas wie Beschaulichkeit zurück; sie hatten nunmehr das sichere Gefühl, daß nun, da die wesentliche Ursache beseitigt war, die Kinder von ihrer geistigen Eigenart geheilt waren. Die verschiedenen Beschäftigungen Emmas und Scotts gaben ihnen jetzt allen Grund, sich nun keine Sorgen mehr zu machen.

Denn die Kinder vergnügten sich mit Schwimmen, Radfahren, Fernsehen, Spielen, mit allen normalen Spielzeugen dieses bestimmten Zeit-Sektors. Zwar kamen sie mit manchen komplizierten, mechanischen Aufgaben, die einige Berechnung erforderten, nicht zurecht; zum Beispiel mit dem dreidimensionalen Kugel-Puzzle, das Paradine aufgetrieben hatte. Aber das fand er selber sehr schwierig.

Ab und zu gab es Ausrutscher. Eines Sonntagnachmittags radelte Scott zusammen mit seinem Vater ins Blaue, auf der Kuppe eines Hügels machten sie Pause. Unter ihnen erstreckte sich ein sehr schönes Tal.

„Hübsch, nicht wahr?" bemerkte Paradine.

Scott untersuchte die Szene ernsthaft. „Es ist alles falsch", sagte er.
„Hee?"
„Weiß nicht."
„Was ist daran falsch?"
„Huuii . . ." machte Scott in die verblüffte Stille hinein. „Weiß nicht."
Die Kinder hatten ihre Spielsachen vermißt, aber nicht für lange. Emma erholte sich zuerst, obschon Scott immer noch den Kopf hängen ließ. Er führte mit seiner Schwester unsinnige Gespräche und studierte intensiv sinnlose Kritzeleien, die sie aufs Papier brachte. Es war fast so, als frage er sie bei schwierigen Problemen um Rat, die er selbst nicht in den Griff bekam.
Wenn Emma mehr Verstand entwickelte, besaß Scott eine größere praktische Intelligenz und auch handwerkliche Geschicklichkeit. Er baute mit seinem Stabilbaukasten eine Maschine, war aber unzufrieden damit. Der offensichtliche Grund seiner Unzufriedenheit verschaffte Paradine Erleichterung, als er die Konstruktion in Augenschein nahm. So etwas machte jeder normale Junge, es erinnerte verschwommen an ein kubistisches Schiff.
Es war ein bißchen zu normal, um Scott Freude zu machen. Er stellte Emma noch mehr Fragen, jedoch nur, wenn sie allein waren. Sie dachte eine Weile nach, packte dann den Bleistift mit ungeschicktem Griff und machte einige weitere Kritzel.
„Kannst du das lesen?" frage Jane ihren Sohn eines Morgens.
„Nicht richtig lesen. Ich kann verstehen, was sie meint. Nicht immer, aber meistens."
„Schreibt sie?"
„N-Nein. Es bedeutet nicht das, wo es nach aussieht."
„Symbolismus", meinte Paradine über seine Kaffeetasse hinweg.
Jane blickte ihn mit weit aufgerissenen Augen an. „Denny . . ."
Er zwinkerte ihr zu und schüttelte den Kopf. Später, als sie allein waren, sagte er: „Laß dich von Holloway nicht verrückt machen. Ich will doch gar nicht andeuten, daß die Kinder sich in einer unbekannten Sprache verständigen. Wenn Emma einen Krakel hinmalt und sagt, das sei eine Blume, dann handelt es sich um eine

willkürliche Regelung — Scott behält das im Gedächnis. Beim nächstenmal malt sie den gleichen Krakel, oder sie versucht es zumindest — das ist alles."
„Sicher", sagte Jane zweifelnd. „Hast du bemerkt, daß Scott in letzter Zeit viel mit Lesen beschäftigt war?"
„Ich hab's bemerkt. Aber nichts Ungewöhnliches. Weder Kant noch Spinoza."
„Er schmökert, mehr nicht."
„Nun, das habe ich mit Sicherheit in dem Alter auch getan", sagte Paradine und ging zu den Vormittagsvorlesungen. Er aß zusammen mit Holloway zu Mittag (das wurde ihm allmählich zur täglichen Gewohnheit) und erzählte von Emmas literarischen Bemühungen.
„Hatte ich recht, als ich auf Symbolismus tippte, Rex?"
Der Psychologe nickte. „Völlig richtig. Unsere eigene Sprache stellt auch nur einen willkürlichen Symbolismus dar. Zumindest in ihrer Anwendung. Sehen Sie!" Er zeichnete eine sehr enge Ellipse auf seine Serviette. „Was ist das?"
„Sie meinen: Was stellt es dar?"
„Ja. Was stellen Sie sich darunter vor. Es könnte eine primitive Darstellung von — was sein?"
„Da gibt's eine Menge", sagte Paradine. „Der Rand eines Glases. Ein Spiegelei. Ein französisches Stangenbrot. Eine Zigarre."
Holloway fügte seiner Zeichnung ein kleines Dreieck hinzu, dessen Spitze mit dem einen Ende der Ellipse verbunden ar. Er schaute Paradine an.
„Ein Fisch", sagte der prompt.
„Unser vertrautes Symbol für Fisch. Selbst ohne Flossen, Augen und Maul ist es erkennbar, denn wir sind konditioniert, diese bestimmte Form mit unserem geistigen Bild eines Fisches gleichzusetzen. Die Grundlage eines Bilderrätsels. Ein Symbol bedeutet für uns viel mehr als das, was wir tatsächlich auf dem Papier sehen. Was geht in Ihrem Kopf vor, wenn Sie diese Skizze sehen?"
„Nun ja — ein Fisch."
„Machen Sie weiter. Was stellen Sie sich vor — alles!"

„Schuppen", sagte Paradine langsam, während er in die Luft blickte.
„Wasser. Gischt. Ein Fischauge. Die Schwanz- und Seitenflossen. Die Farben."
„Also stellt das Symbol viel mehr als nur die abstrakte Idee *Fisch* dar. Achten Sie darauf, daß es sich um den Bedeutungsinhalt eines Substantivs dreht, nicht um den eines Verbs. Handlungen sind mit Symbolen sehr viel schwerer auszudrücken. Ganz gleich — kehren Sie diesen Prozeß um. Stellen Sie sich vor, Sie wollen ein Symbol für ein bestimmtes Substantiv malen, sagen wir *Vogel.* Zeichnen Sie es!"
Paradine zeichnete zwei miteinander verbundene Bogen mit der Wölbung nach innen.
„Der kleinste gemeinsame Nenner", meinte Holloway nickend. „Wir haben die natürliche Neigung zu vereinfachen. Vor allem, wenn ein Kind etwas zum erstenmal sieht und keine Vergleichsmaßstäbe hat. Es versucht, die neue Sache mit bereits Vertrautem zu vergleichen. Haben Sie schon mal darauf geachtet, wie ein Kind das Meer zeichnet?" Er wartete nicht auf eine Antwort, sondern fuhr fort: „Eine Reihe gezackter, kurzer Linien. Wie die oszillierende Linie auf einem Seismographen. Als ich den Pazifik zum erstenmal sah, war ich drei Jahre alt. Ich erinnere mich ziemlich deutlich daran. Er sah — schräg aus. Eine flache Ebene, die in einem Winkel gekippt war. Die Wellen waren regelmäßige Dreiecke mit der Spitze nach oben. Nun, ich *sah* ihn nicht so stilisiert, aber als ich mich später erinnerte, mußte ich irgendeinen vertrauten Vergleichsmaßstab finden. Und das ist die einzige Methode, die Vorstellung von einer völlig neuen Sache zu gewinnen. Das Durchschnittskind versucht, diese regelmäßigen Dreiecke zu zeichnen — aber seine Ko-Ordination ist dürftig. Es erhält ein Seismographen-Muster."
„Und was bedeutet das alles?"
„Ein Kind sieht das Meer. Es stilisiert es. Es zeichnet ein bestimmtes begrenztes Muster, das für es das Meer symbolisiert. Vielleicht sind Emmas Kritzeleien auch Symbole. Ich will damit nicht sagen, daß für sie die Welt anders aussieht — klarer viel-

leicht und schärfer, lebhafter und mit schwächer werdender Wahrnehmung oberhalb der Augenhöhe. Was ich damit sagen will: Ihre Denkprozesse sind anders, so daß sie das, was sie sieht, in abnormale Symbole überträgt."

„Sie glauben immer noch . . ."

„Ja, genau das. Ihr Verstand wurde ungewöhnlich konditioniert. Es kann sein, daß sie das, was sie sieht, in einfache, offensichtliche Muster zerlegt und diesen Mustern eine Bedeutung zumißt, die wir nicht verstehen. Nehmen Sie den ‚Abakus'. Sie erkannte ein Muster darin, obwohl es sich für uns um reine Zufallsprozesse handelte."

Paradine beschloß ganz plötzlich, das gemeinsame Mittagessen mit Holloway allmählich einzustellen. Der Mann war ein notorischer Pessimist. Seine Theorien wurden immer fantastischer und kurioser, und er zog alles mögliche an den Haaren herbei, um sie zu stützen — ob es nun paßte oder nicht.

Höhnisch meinte er: „Wollen Sie sagen, daß Emma sich mit Scott in einer unbekannten Sprache verständigt?"

„In Symbolen, für die sie keine Worte hat. Ich bin sicher, daß Scott einen großen Teil dieser . . . Kritzeleien versteht. Für ihn mag ein gleichschenkliges Dreieck irgendeinen Faktor darstellen, wahrscheinlich aber ein konkretes Substantiv. Könnte ein Mensch, der absolut keine Ahnung von der symbolischen Schreibweise in der Chemie hat, die Bedeutung von „H_2O" verstehen? Könnte er begreifen, daß dieses Symbol ein Abbild des Meeres hervorrufen kann?"

Paradine antwortete nicht. Statt dessen erwähnte er Scotts seltsame Bemerkung, daß die Landschaft vom Hügel aus völlig falsch aussehe.

Einen Augenblick später neigte er bereits wieder dazu, diese Anwandlung zu bedauern, denn der Psychologe legte schon wieder los.

„Scotts Denkmuster bauen sich zu einer Gesamtheit auf, die dieser Welt nicht entspricht. Vielleicht erwartet er im Unterbewußtsein, die Welt zu sehen, von der diese Spielsachen stammen."

Paradine hörte ihm nicht mehr zu. Was zuviel war, war zuviel. Mit den Kindern war inzwischen alles in Ordnung, Holloway selbst war der einzige störende Faktor. An diesem Abend jedoch entwickelte Scott ein Interesse an Aalen, das später bedeutungsvoll werden sollte.

In der Naturgeschichte gab es nichts offensichtlich Schädliches. Paradine sprach von Aalen.

„Aber wo legen sie eigentlich ihre Eier? Oder legen sie überhaupt welche?"

„Das ist noch ein Rätsel. Man kennt ihre Laichgründe nicht. Vielleicht das Sargasso-Meer oder die Tiefsee, wo der Druck ihnen dabei hilft, die Nachkommenschaft aus dem Körper zu pressen."

„Komisch", sagte Scott und dachte darüber nach.

„Die Lachse tun mehr oder weniger dasselbe. Sie schwimmen zum Laichen flußaufwärts." Paradine ging ins Detail. Scott war fasziniert.

„Das ist es, Vati. Sie werden im Fluß geboren, und wenn sie schwimmen können, gehen sie ins Meer. Und dann kommen sie zurück, um ihre Eier zu legen, hmm?"

„Richtig."

„Nur, wenn sie nicht zurückkommen würden", dachte Scott laut nach. „Sie würden nur ihre Eier schicken . . ."

„Dazu brauchten sie eine lange Legeröhre", sagte Paradine und ließ sich zu einigen gewählten Bemerkungen über die Fortpflanzung durch Eierlegen herab.

Sein Sohn war nicht völlig zufriedengestellt. Blumen, so argumentierte er, schickten doch auch ihre Samen über weite Entfernungen.

„Sie leiten sie aber nicht. Nur wenige fallen auf fruchtbaren Boden."

„Blumen haben auch kein Gehirn. Vati, warum leben die Leute *hier*?"

„In Glendale?"

„Nein — *hier*. Der ganze Ort. Ich wette, das ist nicht alles, was es gibt."

„Meinst du die anderen Planeten?"

Scott zögerte kurz. „Das ist nur . . . ein Teil . . . eines großen Ortes. Wie der Fluß, den die Lachse hinaufschwimmen. Warum gehen die Leute nicht hinunter ans Meer, wenn sie erwachsen werden?“

Paradine begriff, daß Scott im übertragenen Sinne sprach. Er fühlte einen kurzen Schauder. Das — Meer?

Die Jungen dieser Spezies sind nicht dafür konditioniert, in der Welt ihrer Eltern aufzuwachsen. Erst wenn sie sich genügend entwickelt haben, betreten sie diese Welt. Später legen sie Eier. Die befruchteten Eier werden im Sand vergraben, weit oben am Fluß, wo sie heranreifen. Schließlich schlüpfen die Jungen aus, beginnen zu wachsen.

Und sie lernen. Reiner Instinkt ist verhängnisvoll langsam. Vor allem im Fall einer Art, die nicht einmal dieser Welt gewachsen ist. Unfähig, zu essen oder zu trinken oder zu überleben, wenn nicht jemand mit Voraussicht für diese Bedürfnisse gesorgt hätte.

Die Jungen, die gefüttert und angeleitet werden, würden überleben. Es müßte Inkubatoren und Roboter geben. Sie würden überleben; aber sie würden nicht wissen, wie sie flußabwärts zu der größeren Welt des Meeres schwimmen könnten.

Also muß es ihnen beigebracht werden. Sie müssen auf viele Arten geübt und konditioniert werden.

Ohne Schmerzen, behutsam versteckt. Kinder lieben Spielzeug, das etwas macht. Und wenn dieses Spielzeug sie gleichzeitig unterrichtet . . .

In der zweiten Hälfte des neunzehnten Jahrhunderts saß ein Engländer auf der grasbewachsenen Böschung nahe bei einem Fluß. Neben ihm lag ein zierliches Mädchen, das in den Himmel starrte. Sie hatte ein merkwürdiges Spielzeug zur Seite gelegt — und jetzt flüsterte sie ein wortloses kleines Lied, dem der Mann mit halbem Ohr lauschte.

„Was war das, mein Liebes?“ fragte er schließlich.

„Nur etwas, was ich mir eben jetzt ausgedacht habe, Onkel Charles.“

„Sing es noch einmal.“ Er zog ein Notizbuch hervor.

Das Mädchen gehorchte.

„Hat es irgendeine Bedeutung?"
Sie nickte. „Genau wie die Geschichten, die ich dir schon erzählte."
„Das sind wunderschöne Geschichten, Liebes."
„Und du wirst sie eines Tages in ein Buch schreiben?"
„Ja, aber ich muß sie ganz schön verändern, sonst würde sie niemand verstehen. Aber dein kleines Lied werde ich wohl nicht verändern."
„Das darfst du auch nicht. Wenn du das tätest, hätte es keinen Sinn mehr."
„Ich werde die Strophe auf keinen Fall verändern", versprach er. „Doch was bedeutet sie?"
„Es ist der Weg nach draußen, glaube ich", sagte das Mädchen zweifelnd. „Aber ich bin nicht sicher. Mein Zauberspielzeug hat mir das gesagt."
„Ich möchte zu gern wissen, welche Geschäft in London dieses herrliche Spielzeug verkauft."
„Mama hat es für mich gekauft. Sie ist tot. Papa kümmert sich nicht darum."
Sie log. Sie hatte die Spielsachen eines Tages in einem Behälter gefunden, als sie an der Themse spielte. Und sie waren in der Tat wunderbar.
Ihr kleines Lied — Onkel Charles dachte, es hatte überhaupt keine Bedeutung. (Er war nicht ihr richtiger Onkel, ergänzte sie für sich. Aber er war nett.) Das Lied bedeutete sehr viel. Es zeigte den Weg.
In diesem Augenblick würde sie tun, was das Lied sagte, und dann . . .
Aber sie war schon zu alt. Sie fand den Weg niemals.

Paradine hatte Holloway links liegen lassen. Jane hatte eine tiefe Abneigung gegen ihn entwickelt. Das war ganz natürlich, denn sie wollte vor allem ihre Ängste beruhigt sehen. Da Scott und Emma sich jetzt normal verhielten, war Jane zufrieden. Es war zum Teil Wunschdenken, dem sich Paradine nicht völlig anschließen konnte.

Scott brachte Emma immer noch alle möglichen Gegenstände und wartete auf ihre Zustimmung. Meist schüttelte sie den Kopf. Manchmal sah sie zweifelnd drein. Und ganz selten gab sie ihr Einverständnis zu erkennen. Dann folgte eine Stunde voll Geschäftigkeit; verrückte Kritzeleien auf Fetzen von Notizpapier — und nachdem Scott die Aufzeichnungen sorgfältig studiert hatte, ordnete er seine Steine, Maschinenteilchen, Kerzenstummel und verschiedenen Krimskrams immer wieder aufs neue. Jeden Tag räumte das Dienstmädchen sie weg, und jeden Tag begann Scott von vorn.
Er ließ sich dazu herab, seinem verblüfften und erstaunten Vater, der wenig Sinn und Zweck in diesem Spiel sah, ein wenig zu erklären.
„Aber warum muß der Kiesel ausgerechnet hier hin?"
„Er ist hart und rund, Vati. Er *gehört* dort hin."
„Der hier ist auch hart und rund."
„Nun, aber der ist mit Vaseline eingerieben. Wenn man einmal soweit ist, kann man einfach kein hartes, rundes Ding mehr *sehen*."
„Was kommt jetzt? Die Kerze da?"
Scott sah ihn verärgert an. „Die kommt erst am Schluß. Als nächstes ist der Eisenring dran."
Paradine kam das vor wie die gewissenhafte Auskundschaftung eines Waldes, Hinweiszeichen in einem Labyrinth. Aber da war schon wieder der Zufallsfaktor. Logik — normale Logik — versagte gegenüber Scotts Absichten, als er das Gerümpel auf diese Art ordnete.
Paradine ging hinaus. Über seine Schulter sah er, wie Scott ein zerknülltes Papier und einen Bleistift aus seiner Tasche zog und zu Emma ging, die grübelnd in einer Ecke hockte.
Nun . . .
Jane war mit Onkel Harry zum Mittagessen gegangen, und an diesem heißen Sommertag konnte man wenig mehr tun als Zeitung lesen. Paradine ließ sich am kühlsten Fleck, den er finden konnte, mit einem Magazin nieder und vertiefte sich in ein paar Comics.

Eine Stunde später riß ihn Fußgetrappel oben im Haus aus seinem Halbschlaf. Scotts Stimme schrie triumphierend: „Das ist es, Schnecke! Mach weiter . . ."
Stirnrunzelnd stand Paradine auf. Als er in die Diele kam, klingelte das Telefon. Jane hatte versprochen anzurufen . . .
Seine Hand lag auf dem Hörer, als Emmas dünne Stimme vor Freude quietschte. Paradine verzog das Gesicht. Was, zum Teufel, war da oben los?
Scott schrie: „Aufgepaßt, Schnecke. So geht's!"
Paradine, dessen Nerven auf geradezu lächerliche Weise gereizt waren, vergaß das Klingeln des Telefons und raste die Treppe hinauf.
Die Tür von Scotts Zimmer stand offen.
Die Kinder waren im Begriff zu verschwinden.
Sie lösten sich auf — wie dicker Rauch im Wind, oder eher wie mit einer Bewegung in einem Zerrspiegel.
Sie gingen Hand in Hand in eine Richtung, die Paradine nicht begreifen konnte.
Und als er noch blinzelnd auf der Türschwelle stand, waren sie fort.
„Emma!" schrie er mit trockener Kehle. *„Scotty!"*
Auf dem Teppich lag ein Muster aus einigen kleinen Gegenständen; Kieselsteine, ein Eisenring — und sonstiger Krimskrams. Ein Zufallsmuster. Ein zerknüllter Papierfetzen wehte auf Paradine zu.
Mit einer automatischen Bewegung hob er ihn auf.
„Kinder, wo seid ihr denn? Versteckt euch nicht . . .— Emma! SCOTTY!"
Unten hörte das schrille, monotone Klingeln des Telefons auf.
Paradine schaute auf das Papier in seiner Hand.
Es war eine Seite, die aus einem Buch gerissen war; auf ihr waren wahllose Unterstreichungen und unleserliche Randnotizen, Emmas sinnlose Kritzelei. Eine gereimte Strophe war so sehr unterstrichen und übermalt, daß sie fast nicht mehr lesbar war, aber Paradine kannte *Alice hinter den Spiegeln* ziemlich gut. Sein Gedächnis sagte ihm die Worte . . .

Verdaustig wars und glasse Wieben
Rotterten gorkicht im Gemank;
Gar elump war der Pluckerwank,
Und die gabben Schweisel frieben*.

Idiotisch dachte er: Das Gedicht von Humpty Dumpty** gab die Erklärung. Gemank ist der Grasfleck rund um eine Sonnenuhr. Eine Sonnenuhr. Zeit — es hat etwas mit Zeit zu tun. Vor langer Zeit hatte Scotty ihn gefragt, was ein Gemank ist. Symbolismus.

„Verdaustig wars . . .“
Eine perfekte mathematische Formel, die alle Bedingungen enthielt; in einem Symbolzusammenhang, den die Kinder schließlich verstanden hatten. Das Gerümpel auf dem Boden. Die Wieben mußten glasse gemacht werden — Vaseline? —, und sie mußten in einer ganz bestimmten Ordnung hingelegt werden, dann konnten sie gorkicht rottern.
Wahnsinn!
Aber für Emma und Scott war es kein Wahnsinn gewesen. Sie dachten anders. Sie benutzten X-Logik. Die Anmerkungen, die Emma auf der Buchseite gemacht hatte — sie hatte Carolls Worte in Symbole übertragen, die sie und Scott verstehen konnten. Der Zufallsfaktor hatte für die Kinder einen Sinn gehabt. Und sie hatten die Bedingungen der Raum-Zeit-Gleichung erfüllt.
Und die gabben Schweisel frieben . . .
Tief in Paradines Kehle löste sich ein gespenstischer Ton. Er blickte auf das verrückte Muster auf dem Teppich. Wenn er den Kindern folgen konnte . . . Aber er konnte es nicht. Das Muster war für ihn ohne Sinn. Der Zufallsfaktor besiegte ihn. Er war euklidisch konditioniert.

---

*Aus Lewis Carroll (eig. Charles Lutwidge Dodgson, 1832-1898), Alice hinter den Spiegeln, übersetzt von Christian Enzensberger, Frankfurt a. M. 1963 (Bibliothek der Romane im Insel Verlag). Das Original lautet:

Twa brillig, and the slithy toves
Did gyre and gimbel in the wabe.
All mimsy were the borogoves,
And the mome raths outgrabe.

**„Goggelmoggel“ in der Enzenbergerschen Übersetzung.

Selbst wenn er verrückt würde, könnte er es nicht tun. Es wäre die falsche Art des Irrsinns.
Sein Verstand schien auszusetzen. Aber die Erstarrung ungläubigen Entsetzens wich im Nu — Paradine zerknüllte die Buchseite in den Fingern. „Emma, Scotty", rief er mit tonloser Stimme, so als würde er gar keine Antwort erwarten.
Sonnenlicht fiel durch die geöffneten Fenster und ließ den goldenen Pelz von Onkel Bär aufleuchten. Unten begann das Telefon wieder zu klingeln.

1944

Fredric Brown

Arena

(Arena)

1944 ...

Der Versuch einer aus deutschen Offizieren und Politikern bestehenden Widerstandsbewegung („20. Juli"), Hitler durch ein Attentat zu töten und die Naziherrschaft zu beenden, mißlingt. Die Beteiligten, fünftausend Menschen, werden hingerichtet. Generalfeldmarschall Erwin Rommel wird zum Selbstmord gezwungen. Weitere Selbstmorde begehen die Generale Wagner und von Treskow, der Generaloberst Beck und der Generalfeldmarschall von Kluge. Otto Hahn erhält für seine Leistungen auf dem Gebiet der Uranspaltung den Chemie-Nobelpreis. KPD-Führer Ernst Thälmann wird im KZ Buchenwald ermordet. Der französische Flieger und Dichter Antoine des Saint-Exupéry („Der kleine Prinz") wird abgeschossen und stirbt. Jean Paul Sartre schreibt das Schauspiel „Hinter verschlossenen Türen". Der französische Dichter und Diplomat Jean Giraudoux stirbt. Albert Camus schreibt das Drama „Caligula". Zwischen New York und San Francisco wird zum erstenmal eine Bildfunkübertragung von Zeitungsdruckplatten vorgenommen. Die deutsche V2-Rakete erreicht eine Höhe von 175 Kilometern. Helmut Käutner dreht mit Hans Albers in der Hauptrolle den Spielfilm „Große Freiheit Nr. 7". Der amerikanische Präsident Roosevelt widerruft den „Morganthau-Plan", wonach Deutschland zu einem reinen Agrarstaat gemacht werden sollte. General MacArthur beginnt mit der Rückeroberung der Philippinen. General de Gaulle bildet eine provisorische französische Regierung. Unter Himmler und Bormann werden unter der Bezeichnung „Volkssturm" die letzten Reserven zum Kampf eingezogen und notdürftig bewaffnet. Es sterben der norwegische Maler und Grafiker Edward Munch und der russische Maler Wassily Kandinsky. Die „Panzerfaust" findet als tragbare Panzerabwehrwaffe im deutschen Heer Verwendung. Die V1 und die V2 werden gegen England eingesetzt. Am 6. Juni landen die Allierten in der Normandie. Bei Arnheim kommt es zu einer Luftschlacht. Antwerpen, Straßburg und Aachen werden erobert. Die deutsche Ardennenoffensive bringt die Allierten vorübergehend in Schwierigkeiten. Der Aufstand der polnischen

Untergrundbewegung wird niedergeschlagen. Griechenland und Finnland werden von deutschen Truppen geräumt.

Fredric Brown

Arena

(Arena)

Fredric Brown wurde 1906 in Cincinnati geboren und starb 1972. Er gilt als einer der wenigen Autoren im Feld der SF, die wirklich humorvoll und satirisch schreiben konnten. Brown arbeitete zunächst im Büro und danach als Korrekturleser in einem Verlag, bevor er selbst begann, Kurzgeschichten zu verfassen. Er war ab 1936 in mehreren Genres aktiv und wurde 1947 freier Schriftsteller, als bereits mehrere hundert seiner Stories und Vignetten publiziert waren. Brown schrieb in erster Linie Krimis und SF. In ersterem Genre gewann er in den vierziger Jahren mit dem Roman ***„The Fabulous Clipjoint“*** *den Edgar-Award, in letzterem ist er vor allem für seine satirischen Romane* ***„What Mad Universe“*** *(1949,* ***„Das andere Universum“****) und* ***„Martians, Go Home“*** *(1954,* ***„Die grünen Teufel vom Mars“****), wie auch seine verblüffenden Kurzgeschichten bekannt.*

Brown ist ein verfeinerter Kurzgeschichtenautor gewesen, dem es sehr auf die überraschende Wendung, den Knalleffekt, ankam. Viele seiner Stories sind sehr kurz, oft nur eine Seite lang, und warten mit verrückten Gags und Pointen auf, so die 47 in ***„Nightmares and Geezenstecks“*** *(1961,* ***„Alpträume“****) gesammelten Vignetten, die teilweise auch dem Kriminal- und Horrorgenre angehören. Längere und mehr der SF verhaftete Stories befinden sich in* ***„Honeymoon in Hell“*** *(1958,* ***„Flitterwochen in der Hölle“****) und* ***„Space on My Hands“*** *(1951). Zu seinen besten Einzelgeschichten zählen* ***„Man of Distinction“, „Placet Is a Crazy Place“***

*und **„Arena“**. **„Arena“** gilt allgemein als seine berühmteste Story. Sie erschien zuerst im Juni 1944 in **„Astounding“**, wurde sehr oft nachgedruckt und in Robert Silverbergs Sammlung **„Science Fiction Hall of Fame“** gewählt, die die 25 besten SF-Stories vor 1965 enthält. **„Arena“** zeigt Fredric Brown nicht von der lustigen Seite. Hierbei handelt es sich vielmehr um einen kosmischen Thriller, der wohl vom Kriegsgeschehen jener Zeit beeinflußt war. In ihm wird von einer überlegenen interstellaren Rasse erzählt, die den Weltraumkrieg zwischen den Menschen und Outsidern auf seltsame Weise beenden wollen: Sie lassen ein Exemplar jeder Spezies als Gladiatoren besonderer Art gegeneinander antreten: Der Sieger siegt für seine Spezies, die Raumflotte des Verlierers verschwindet. Reine Spannungslektüre, die zur Zeit des „Golden Age“ natürlich auch nicht zu kurz kam.*

Carson öffnete die Augen und blickte hinauf in das flimmernde blaue Dämmerlicht.
Es war heiß. Ein spitzer Stein, der aus dem Sand ragte, auf dem er lag, bohrte sich schmerzhaft in seinen Rücken. Er rollte sich auf die Seite, herunter von dem Stein, und richtete sich in eine sitzende Position auf.
„Ich muß verrückt sein", dachte er, „verrückt ... oder tot ... oder sonst etwas." Der Sand war blau, strahlend blau. Und so etwas wie blauen Sand gab es nicht, weder auf der Erde, noch auf irgendeinem Planten.
Blauer Sand.
Blauer Sand unter einer blauen Kuppel, die nicht der Himmel war, oder sonst ein Raum, und doch irgendwie begrenzt — er wußte einfach, daß sie begrenzt und endlich war, auch wenn er ihren höchsten Punkt nicht erkennen konnte.
Er nahm etwas Sand in seine Hand und ließ ihn durch die Finger rinnen. Er rieselte auf sein nacktes Bein hinunter.
Nackt?!
Er war völlig nackt, und dort, wo die zermürbende Hitze den Schweiß aus seinem Körper getrieben hatte, war er mit dem blauen Sand bedeckt.
Ansonsten hatte sein Körper die gewohnte bleiche Farbe.
Er dachte: Dann ist der Sand wirklich blau. Wenn er nur blau erschiene durch das blaue Licht, müßte ich genauso blau aussehen. Aber ich bin weiß. Also ist der Sand blau. *Blauer Sand.* Aber es gibt keinen blauen Sand! Es gibt überhaupt keinen Ort, der so aussieht wie der, an dem ich mich hier befinde.
Der Schweiß lief ihm in die Augen.
Es war heiß, heißer als in der Hölle. Auch war allgemein bekannt, daß die Hölle, von der die Überlieferung erzählte, rot war und nicht blau. Aber wenn dieser Ort nicht die Hölle war, was war er dann? Der einzige Planet, auf dem eine solche Hitze herrschte, war Merkur. Aber Merkur war vier Milliarden Meilen entfernt von...
Da dämmerte es ihm, wo er zuletzt gewesen war. In einem kleinen Ein-Mann-Aufklärer, außerhalb der Umlaufbahn Plutos. Ein

vorgeschobener Posten vor dem einen Flügel der Armada der Erde, die dort aufmarschiert war, um den Angriff der *Outsider* abzufangen. Plötzlich ertönte das durchdringende, nervenzermürbende Schrillen der Alarmglocke, als ein feindlicher Aufklärer — ein Outsider-Schiff — in die Reichweite seiner Ortungsgeräte geraten war . . .

Niemand wußte, wer die Outsider waren, wie sie aussahen oder aus welcher Galaxis sie stammten. Man vermutete, daß sie ungefähr aus der Richtung der Plejaden kamen.
Zuerst hatte es sporadische Überfälle auf Kolonien und Vorposten der Erde gegeben. Vereinzelte Gefechte zwischen irdischen Patrouillen und kleinen Gruppen von Outsider-Kampfschiffen. Manchmal wurden diese Gefechte verloren, manchmal gewonnen, aber niemals war es gelungen, ein feindliches Schiff zu erbeuten. Auch hatte nie ein Bewohner einer überfallenen Kolonie überlebt, so daß er die Outsider hätte beschreiben können.
Am Anfang stellte dies alles keine zu ernste Bedrohung dar. Denn die Überfälle waren nicht sehr häufig und hatten auch keinen unerträglichen Schaden angerichtet. Es hatte sich erwiesen, daß die Schiffe in der Bewaffnung den irdischen leicht unterlegen waren, jedenfalls den besten irdischen Kriegsschiffen. Dafür waren die feindlichen Schiffe überlegen, was die Geschwindigkeit und die Manövrierfähigkeit betraf. Sie waren genau um so viel schneller, daß sie jeweils die Wahl hatten, ob sie flüchten oder den Kampf aufnehmen wollten. Dennoch hatte sich die Erde auf den Ernstfall vorbereitet, auf die Entscheidungsschlacht; dafür hatte sie die mächtigste Armada aller Zeiten aufgebaut. Diese Armada hatte lange genug abgewartet, aber jetzt war die Stunde der Entscheidung gekommen.
Späher, die zwanzig Milliarden Meilen entfernt im Raum stationiert waren, hatten das Herannahen einer mächtigen Flotte gemeldet, der Armada der Outsider. Die Späher waren nie zur Erde zurückgekehrt, aber ihre Meldungen waren angekommen. Und nun formierte sich die Armada der Erde hier draußen, zehntausend Schiffe und fünfhunderttausend Mann. Außerhalb der Um-

laufbahn Plutos waren sie in Stellung gegangen, bereit, die Schlacht auf Leben und Tod auszufechten.
Eine ausgewogene Schlacht würde es werden, wenn man den Berichten der Männer aus der Vorpostenlinie Glauben schenken durfte; für diese Berichte hatten jene Männer ihr Leben gegeben. Stärke und Anzahl der feindlichen Schiffe kamen der der Erde gleich. Die Herrschaft über das Sonnensystem hing vom Ausgang dieser Schlacht ab. Wenn die irdische Armada verlieren würde, waren die Erde und alle ihre Kolonien den Outsidern schutzlos preisgegeben . . .
Ja, jetzt erinnerte sich Bob Carson wieder.
Nicht daß dies alles den flimmernden blauen Sand erklärte. Aber doch das durchdringende Läuten der Alarmglocke und seinen Sprung an die Kontrolltafel. Ihm fiel ein, wie er sich hastig im Sitz festschnallte. Der Punkt auf dem Bildschirm, der größer wurde. Die Dürre in seiner Kehle. Das schreckliche Bewußtsein, daß dies der Augenblick war. Für ihn jedenfalls, die Hauptflotten waren voneinander noch außer Reichweite.
Dies war also der Geschmack des Krieges. Innerhalb von drei Sekunden war er entweder siegreich — oder ein verkohlter Klumpen. Tot.
Drei Sekunden, das war die Zeitspanne, die ein Weltraumgefecht dauerte. Genug Zeit, um langsam bis drei zu zählen, und dann hatte man gewonnen, oder man war tot. Ein Treffer genügte völlig für ein leichtes Ein-Mann-Schiff wie dieser Aufklärer.
Während seine Lippen unbewußt das Wort Eins formten, arbeitete er krampfhaft an den Kontrollknöpfen, um den Punkt im Zentrum des Spinnennetzes auf seinem Bildschirm zu halten. Damit waren seine Hände beschäftigt, während sein rechter Fuß über dem Pedal schwebte, das den Blitzschlag auslösen würde. Dieser einzige Schlag konzentrierter Hölle mußte genau ins Ziel teffen, sonst . . . Für einen zweiten Schuß würde keine Zeit mehr sein.
„Zwei!“ Auch daß er das gesagt hatte, wußte er nicht. Der Punkt auf dem Bildschirm war jetzt kein Punkt mehr. Nur noch ein paar tausend Meilen entfernt, zeigte er sich durch die Vergrößerung

des Bildschirms, als sei er nur ein paar hundert Meter weit weg. Es war ein kleiner schlanker Aufklärer, ungefähr so groß wie sein eigener.

Ein feindliches Schiff, ganz eindeutig.

„Drei . . ." Sein Fuß berührte das Auslösepedal . . .

Da schwenkte der Outsider plötzlich ab, glitt aus dem Fadenkreuz. Hastig betätigte Carson die Kontrollknöpfe, versuchte dranzubleiben.

Eine Zehntelsekunde lang war das Schiff völlig vom Bildschirm verschwunden, und dann, als der Bug seines Aufklärers herumgeschwungen war, sah er es wieder, wie es gerade auf den Boden hinabschloß.

Den Boden?

Dies war irgendein Trugbild. Es mußte eines sein, dieser Planet oder was immer da seinen Bildschirm bedeckte. Was es auch war, es konnte gar nicht da sein. Das war unmöglich. Der nächste Planet war Pluto, Neptun war auf der anderen Seite der Sonne, Welten entfernt. Seine Detektoren! Sie hatten kein Objekt angezeigt von den Ausmaßen eines Asteroiden, geschweige denn eines Planeten, wie er ihn nun vor sich sah. Und sie taten es noch immer nicht.

Also konnte das gar nicht da sein, auf was er jetzt zustürzte, das nur noch ein paar hundert Meilen entfernt schien.

In seiner plötzlichen Angst vor einem Aufschlag vergaß er sogar das Outsiderschiff. Er zündetet die vorderen Bremsraketen, und noch während der heftige Ruck ihn nach vorn in die Gurte warf, zündete er die rechten Steuerraketen für eine Notwende. Er hielt die Zündknöpfe fest heruntergedrückt, er wußte, daß er alles aufbieten mußte, um den Aufschlag zu verhindern, und daß der heftige Richtungswechsel ihn für kurze Zeit besinnungslos machen würde.

Er machte ihn besinnungslos.

Tja, das war alles. Und nun saß er in diesem blauen Sand, splitternackt, aber ansonsten unversehrt. Kein Anzeichen von einem Raumschiff und nichts zu sehen vom Weltraum. Die Kuppel über ihm war kein Himmel, was sie auch sonst sein mochte.

Er richtete sich unbeholfen auf.
Die Schwerkraft schien ein bißchen stärker als auf der Erde zu sein, nicht viel allerdings.
Ebener Sand erstreckte sich zu allen Seiten, da und dort standen ein paar dünne Büsche. Auch die Büsche waren blau, doch variierten sie im Farbton, manche waren heller als der Sand, manche dunkler.
Unter dem nächstgelegenen Busch huschte ein kleines Etwas hervor, das einer Eidechse ähnelte, nur daß es mehr als vier Beine hatte. Auch sie war blau, hellblau; sie sah ihn und rannte zurück unter den Busch.
Er blickte hinauf, versuchte zu erkennen, was es eigentlich war, das sich über ihm wölbte. Es war nicht eigentlich ein Kuppeldach, und doch hatte es die Form einer gewaltigen Halbkugel. Es flimmerte ständig, und es fiel ihm schwer, zu der Wölbung hinaufzustarren. Ganz offensichtlich jedoch senkte sich die Begrenzung ringsum bis auf den blauen Sand herab.
Er war nicht sehr weit von der Mitte der Halbkugel entfernt. Er schätzte, daß die Wand an der nächsten Stelle etwa hundert Meter von ihm entfernt war, falls man überhaupt von einer Wand sprechen konnte.
Es war einfach so, daß sich eine Wölbung von *irgend etwas* über eine flache Scheibe erhob, die mit Sand bedeckt war und einen Umfang von etwa zweihundertfünfzig Metern hatte.
Und alles war blau, bis auf ein Ding. Gar nicht weit entfernt, nahe der Außenwand lag ein rotes Objekt im Sand. Es hatte in etwa die Gestalt einer Kugel mit einem Durchmesser von ungefähr einem Meter. Obwohl er es gar nicht genau ausmachen konnte, fröstelte er unbewußt.
Er wischte sich den Schweiß von der Stirn, oder er versuchte es zumindest.
War dies ein Traum, ein Nachtmahr? Diese Hitze, der Sand, und das unbestimmte Gefühl der Angst, das er hatte, wenn er zu dem roten Objekt hinüberblickte?
Ein Traum? Nein, man schlief nicht ein und träumte, mitten in einer Weltraumschlacht.

Der Tod? Nein, niemals! Wenn es Unsterblichkeit gab, sie würde nicht so unsinnig sein, nicht ein Gemisch aus blauer Hitze, blauem Sand und rotem Schrecken.

Und dann hörte er die Stimme . . .

Erhörte sie im Innern seines Kopfes, nicht mit seinen Ohren. Sie kam von nirgendwo und von überall.

„Wanderer bin ich, durch Raum und Zeit", erklangen die Worte in seinem Hirn, *„und in diesem Raum und in dieser Zeit finde ich zwei Völker, bereit, einen Krieg miteinander auszutragen, der eines auslöschen wird und das andere so schwächen, daß es sich zurückentwickeln würde und niemals sein Schicksal erfüllen könnte. Verderben würde es und zurückkehren in den Staub der Bewußtlosigkeit, aus dem es sich einst erhob. Und ich sage: Dies soll nicht geschehen!"*

„Wer . . . was bist du?" Carson sagte es nicht laut, aber die Worte formten sich in seinem Bewußtsein.

„Du würdest es niemals völlig verstehen. Ich bin . . ." Es entstand eine Pause, als ob die Stimme etwas suchte, in Carsons Gehirn, ein Wort, das gar nicht darin war, das er nicht kannte. *„Ich bin der Abschluß der Entwicklung einer Rasse, die so alt ist, daß man diesen Zeitraum nicht in Worte fassen könnte, die dein Verstand zu begreifen in der Lage wäre. Eine Rasse, die zu einer Ganzheit verschmolzen ist; auf ewig . . .*

Eine Ganzheit, zu der auch deine primitive Rasse einmal werden kann" — wieder die Suche nach einem Wort — *„in ferner Zukunft. Das gilt auch für die Rasse, die du in deinem Sinn die Outsider nennst. Darum greife ich ein in die kommende Schlacht. In die Schlacht zweier Flotten, die sich in der Schlagkraft so sehr gleichen, daß der Untergang beider Rassen bevorsteht. Eine jedoch muß überleben, eine muß fortschreiten und sich entwikkeln."*

„Eine?" dachte Carson. „Meine, oder ...?"

„In meiner Macht liegt es, die Schlacht anzuhalten und die Outsider in ihre Galaxis zurückzuschicken. Aber sie würden zurückkehren, oder deine Rasse würde ihnen früher oder später dorthin folgen. Nur wenn ich immer hier bliebe, in diesem Raum und die-

ser Zeit, könnte ich einen Krieg verhindern. Für immer hier zu verweilen aber ist mir nicht möglich.
Darum werde ich sofort eingreifen. Ich werde die eine Flotte völlig zerstören, die andere wird keine Verluste erleiden. Eine Zivilisation wird überleben."
Ein Nachtmahr. Dies mußte ein Alptraum sein, dachte Carson, aber er wußte, daß es keiner war.
Das alles war einfach zu verrückt, zu irrsinnig; also mußte es die Wirklichkeit sein.
Er wagte es nicht, die Frage zu stellen: Welche Rasse? Seine Gedanken fragten für ihn.
„Die stärkere wird überleben", sagte die Stimme. *„Das kann ich nicht und will ich nicht verhindern. Ich greife nur ein, damit es ein vollständiger Sieg wird und kein Pyrrhussieg, der auch den Sieger zum Verlierer macht.*
Vom Rand des Schlachtfeldes habe ich mir zwei Wesen hierhergeholt, dich und den Outsider. In deiner Erinnerung habe ich entdeckt, daß in eurer frühen Geschichte Kämpfe zwischen zwei Einzelkriegern nicht unüblich waren, um einen ganzen Krieg zu entscheiden.
Du und dein Gegner, ihr seid hier einander gegenübergestellt. Nackt und unbewaffnet und unter Bedingungen, die für euch beide gleich unangenehm sind. Eine Zeitbegrenzung gibt es nicht, denn hier gibt es keine Zeit. Jeder kämpft für seine Rasse, die siegreiche Rasse wird überleben."
„Aber . . ." Carsons Protest war zu unartikuliert, als daß er ihn hätte aussprechen können, aber die Stimme antwortete ihm dennoch.
„Es ist fair. Die Bedingungen sind so, daß Körperkraft allein nicht über den Ausgang des Kampfes entscheidet. Es gibt eine Barriere, du wirst sehen. Verstandeskraft und Mut werden den Ausschlag geben, besonders Mut, denn das ist der Wille zu überleben."
„Aber während wir hier kämpfen, werden die Flotten . . ."
„Nein, ihr seid in einem anderen Raum, in einer anderen Zeit. Solange ihr hier seid, steht die Zeit still in dem Universum, das du

kennst. Ich merke, daß du dich fragst, ob dieser Ort hier wirklich ist. Er ist es, und er ist es nicht. So wie auch ich — für deine begrenzte Auffassungsgabe — wirklich und unwirklich zugleich bin. Meine Existenz ist geistig und nicht körperlich. Du hast mich als Planeten gesehen, aber ich hätte auch ein Staubkorn oder eine Sonne sein können.

Für dich allerdings ist dieser Platz hier die Wirklichkeit. Was du hier erleidest, wird dir wirklich zustoßen. Wenn du stirbst, wird dein Ende den Untergang deiner Rasse bedeuten. Das war alles, was du wissen mußtest."

Dann schwieg die Stimme.

Und er war allein und doch nicht allein. Denn als Carson aufblickte, sah er dieses rote Ding, diese rote Kugel des Schreckens, und sie rollte auf ihn zu. Rollte!

Sie schien keine Arme oder Beine oder sonst irgendwelche Gliedmaßen zu haben. Sie rollte über den Sand mit der gleitenden Schnelligkeit eines Quecksilbertropfens. Vor ihr her, Carson konnte sich nicht erklären, wie sich dies ihm mitteilte, wehte eine Welle lähmenden, ekelerregenden Hasses.

Carson blickte sich hektisch um. Ein Stein, der in seiner Nähe lag, kam einer Waffe noch am nächsten. Er war nicht groß, aber er hatte scharfe Kanten, wie ein Feuerstein. Tatsächlich sah er auch aus wie ein blauer Feuerstein.

Er nahm ihn vorsichtig und behutsam auf und duckte sich, um dem Angriff zu begegnen. Das Ding rollte schnell. Schneller, als er rennen konnte.

Er hatte keine Zeit zu überlegen, wie er es bekämpfen sollte. Wie sollte er überhaupt gegen ein Wesen kämpfen, dessen Eigenschaften, dessen Verhalten er überhaupt nicht kannte? Jetzt wo es so schnell rollte, hatte es eine vollendete Kugelform. Zehn Meter war es noch entfernt. Fünf. Und dann hielt es an.

Genauer, es wurde angehalten. Die Carson zugewandte Seite wurde plötzlich flach, als ob es gegen eine unsichtbare Mauer gerollt wäre. Es prallte zurück wie ein Gummiball.

Hier mußte also irgendeine Trennwand sein. In Carsons Verstand klickte es. Der Satz, den das fremde Wesen in seinen Verstand

projiziert hatte, fiel ihm wieder ein: *„Körperkraft allein wird nicht den Ausschlag geben; es gibt eine Barriere.“*
Ein Kraftfeld natürlich. Das Netzianische Feld konnte es nicht sein, das war der irdischen Wissenschaft bekannt; es schimmerte rötlich und knisterte, solange es wirksam war. Dies hier war unsichtbar, geräuschlos.
Es war eine Wand, die durch die ganze Halbkugel verlief. Carson brauchte das nicht selber festzustellen, die Kugel nahm ihm die Arbeit ab, sie rollte die Barriere entlang und suchte eine Lücke, fand jedoch keine.
Carson ging ein paar Schritte vorwärts, die linke Hand hatte er vorgestreckt, er berührte die Barriere. Sie fühlte sich glatt an, federnd. Eher wie eine Gummischeibe als wie Glas. Sie schien ein wenig nachzugeben, aber nur ein wenig, selbst wenn er sein ganze Gewicht dagegenstemmte.
Sie fühlte sich warm an. Aber nicht wärmer als der Sand unter seinen Füßen. Ein begrenzte Nachgiebigkeit, aber dann unüberwindlicher Widerstand.
Er richtete sich auf die Zehenspitzen auf, tastete so hoch er konnte, doch die Barriere schien auch nach oben unbegrenzt.
Er sah die Kugel zurückkommen. Wieder traf Carson die Welle des Hasses, und er trat einen Schritt von der Barriere zurück, als die Kugel vorbeikam. Sie hielt nicht an.
Endete die Barriere auf dem Boden? Carson kniete sich hin und grub im Sand. Der war weich, es war leicht, in ihm zu graben. In einen halben Meter Tiefe fühlte er die Barriere noch immer.
Die Kugel kam zurück. Offenbar hatte sie nirgendwo einen Durchschlupf gefunden.
Es muß einen Weg hindurch geben, dachte Carson, einen Weg, wie wir uns erreichen können, oder dieses Duell ist sinnlos.
Aber es eilte nicht, dies herauszufinden. Zuerst mußte er etwas anderes ausprobieren. Die Kugel war zurückgekommen und hatte zwei Meter vor ihm angehalten. Sie schien ihn zu studieren, allerdings konnte Carson, so sehr er sich auch bemühte, keine äußeren Sinnesorgane an dem Ding entdecken. Nichts, das ausgesehen hätte wie Augen oder Ohren, auch keinen Mund. Aller-

dings sah er eine Reihe von Grübchen, vielleicht ein Dutzend davon. Aus zweien von ihnen fuhren plötzlich zwei Tentakel heraus und gruben im Sand, als ob sie ihn untersuchen wollten. Tentakel, die vielleicht drei Zentimeter dick waren und etwa einen halben Meter lang.

Aber diese Tentakeln ließen sich in die Grübchen einziehen, und da blieben sie auch, wenn sie nicht gebraucht wurden. Eingezogen wurden sie auch, wenn das Ding sich bewegte, und sie schienen nichts mit seiner Art der Fortbewegung zu tun zu haben. Diese brachte es offenbar — Carson war ganz auf seine Vermutungen angewiesen — durch Verlagerung des Schwerpunktes zustande.

Ihn schauderte, während er das Ding ansah. Es war fremd, sehr fremd, so völlig und schrecklich anders als alle Lebensformen der Erde und der anderen Planeten des Sonnensystems. Instinktiv wußte er, daß sein Verstand ihm so fremd sein mußte wie sein Körper.

Aber er mußte es versuchen. Wenn es überhaupt keine telepathischen Fähigkeiten besaß, war der Versuch von vornherein zum Scheitern verurteilt, aber er glaubte, daß es solche Fähigkeiten hatte. Er hatte vorher eine Projektion von etwas verspürt, das nicht körperlich war, als das Wesen auf ihn zustürmte. Eine fast materielle Welle des Hasses.

Wenn es so etwas projizieren konnte, vielleicht konnte es dann auch in seinem Verstand lesen, für diesen Zweck mochte es ausreichen.

Bedächtig hob Carson den Stein, der seine einzige Waffe gewesen war, und ließ ihn mit einer verzichtenden Geste in den Sand fallen. Dann erhob er seine leeren Hände und hielt seine Handflächen der Kugel entgegen.

Er sprach laut. Zwar wußte er, daß seine Worte für die Kreatur vor ihm ohne Bedeutung sein würden, aber so würde er sich stärker auf seine gedachte Botschaft konzentrieren können.

„Können wir nicht Frieden schließen?“ sagte er, und seine Stimme klang sehr fremd in der absoluten Stille um sie herum. „Das Wesen, das uns hierher brachte, hat gesagt, was geschehen muß, wenn unsere Rassen miteinander kämpfen: eine wird ausgelöscht, und die andere geht ebenfalls dem Untergang entgegen. Der Verlauf der Schlacht zwischen ihnen, so sagte das Wesen, hängt davon ab, was wir hier tun. Warum also sollen wir nicht Frieden schließen? Deine Rasse bleibt in ihrer Galaxis und wir in unserer."

Carson entspannte sich völlig, um die Antwort aufzunehmen.

Sie kam, und sie warf ihn beinahe von den Füßen. Sein Magen verkrampfte sich, als er den Anprall dieses reinen Hasses und der geballten Mordlust verspürte. Es waren keine artikulierten Worte, so wie die Sprache des alten Wesens, sondern eine Welle triebhafter Gefühle.

Einen Augenblick lang, der ihm selbst wie eine Ewigkeit erschien, mußte er gegen den mächtigen Ansturm dieses Hasses ankämpfen, er mußte seinen Verstand davon befreien, in den er diese verschiedenen Gedankenwellen so leichtfertig eingelassen hatte. Ihm war übel.

Langsam klärte sich sein Geist wieder, so wie sich am Morgen nach dem Erwachen das Schreckensgewebe eines Alptraums allmählich lichtet. Er atmete schwer und fühlte sich geschwächt, aber er konnte denken.

Er musterte die Kugel. Sie hatte völlig regungslos verharrt während des geistigen Duells, das sie beinahe gewonnen hätte. Sie rollte ein paar Meter zur Seite, zu dem nächsten der blauen Büsche. Aus den Vertiefungen fuhren drei Tentakel heraus und begannen, den Busch zu untersuchen.

„Okay!" sagte Carson. „Also führen wir Krieg." Er brachte ein schwaches Grinsen zustande. „Wenn ich dich richtig verstanden habe, hat der Friede wenig Anziehungskraft auf dich." Und weil er ein normaler junger Mann war und einem leichten dramatischen Impuls nicht widerstehen konnte, fügte er noch hinzu: „Auf Leben und Tod!"

Aber in dem tiefen Schweigen um sie herum kam ihm der Klang seiner Stimme selbst närrisch vor. Es wurde ihm klar, daß es wirklich um Leben und Tod ging. Nicht nur um sein eigenes Leben oder das dieses runden Dings, an das er nur noch als „die

Kugel" dachte, sondern um das Leben ihrer beider Rassen. Sein Scheitern würde den Tod für alle Menschen bedeuten.
Plötzlich fühlte er sich sehr klein und hilflos, und er hatte Angst, diese Gedanken weiterzuspinnen. Diese Gedanken, die eine Gewißheit bedeuteten. Mit einer Sicherheit, die stärker als Glaube war, wußte er, daß das Wesen, das diesen Kampf arrangiert hatte, die Wahrheit gesagt haben mußte, über seine Ansichten und seine Macht. Es hatte nicht gescherzt.
Die Zukunft der Menschheit hing von *ihm* ab. Es war schrecklich, dies zu erkennen, und er zwang seine Gedanken in eine andere Richtung. Er mußte sich auf seine gegenwärtige Situation konzentrieren.
Es mußte einen Weg geben, diese Barriere zu durchdringen oder durch sie hindurch zu töten.
Durch Geisteskraft? Er hoffte, daß es nicht so war, denn die Kugel hatte offenbar stärkere telepathische Fähigkeiten; sie waren wirkungsvoller als die primitiven unterentwickelten Fähigkeiten der Menschen. Oder vielleicht nicht?
Er hatte es geschafft, die Gedankenimpulse der Kugel aus seinem Verstand zu verdrängen; konnte sie auch mit seinen fertig werden? Wenn ihre Ausstrahlungskraft stärker war, vielleicht war dann auch ihre Empfängergabe verwundbarer?
Er starrte sie an und bemühte sich, all seine Gedanken auf sie zu konzentrieren.
„Stirb!" dachte er. „Du wirst sterben . . . Du stirbst . . . Du . . ." Er variierte diesen Satz und versuchte es mit geistigen Bildern. Schweiß trat ihm auf die Stirn, und er spürte, daß er vor Anstrengung zitterte. Aber die Kugel setzte die Untersuchung des Busches fort, so ungerührt, als ob er das kleine Einmaleins aufgesagt hätte.
Also hatte *das* keinen Zweck.
Er fühlte sich ein wenig geschwächt und benommen durch die Hitze und seine ungeheure Anspannung. Er ließ sich auf den blauen Sand nieder und widmete seine ganze Aufmerksamkeit der Beobachtung der Kugel. Wenn er sie genau studierte, konnte er vielleicht ihre Stärken erkennen und ihre Schwächen bemer-

ken, konnte er Dinge erfahren, die wertvoll sein konnten, wenn sie sich einmal in Reichweite gegenüberstünden.
Sie brach Zweige ab. Carson beobachtete sie genau, versuchte einzuschätzen, wieviel Kraft sie hierzu brauchte. Später, so dachte er, konnte er auf seiner Seite einen ähnlichen Busch suchen, Zweige von gleicher Dicke abbrechen und so einen Vergleich erhalten von der Stärke seiner Arme und der Tentakel des Wesens.
Es hatte Mühe, die Zweige abzubrechen; Carson sah genau hin. Er versuchte zu beurteilen, wie schwer den Tentakeln diese Arbeit fiel.
Jeder Tentakel, stellte er fest, verzweigte sich am Ende in zwei Finger, die mit einer Klaue oder einem Nagel bewehrt waren. Die Klauen schienen nicht besonders lang oder gefährlich zu sein. Nicht gefährlicher als seine eigenen Fingernägel, wenn er sie ein bißchen wachsen ließ.
Nein, im Ganzen gesehen, schien sie nicht zu kräftig zu sein, es sei denn, der Busch war aus besonders widerstandsfähigem Material. Carson blickte sich um, und tatsächlich war da ein Busch des gleichen Typs.
Er griff hinüber und riß einen Zweig ab. Er brach ihn leicht durch. Es konnte natürlich sein, daß die Kugel sich absichtlich schwach gestellt hatte, aber daran glaubte er nicht.
Andererseits, wo war sie verwundbar? Wie sollte er sie töten, wenn er eine Gelegenheit dazu hätte? Er wandte sich wieder der Beobachtung zu. Die Außenhaut machte einen sehr festen Eindruck. Er würde irgendeine Waffe brauchen. Er nahm das Stück Stein wieder auf. Es war fünfundzwanzig Zentimeter lang, schmal und einigermaßen scharf an einer Seite. Wenn es so splitterte wie Feuerstein, würde er eine brauchbare Waffe daraus machen können.
Die Kugel beschäftigte sich weiter mit den Büschen. Sie rollte weiter, näherte sich dem nächstgelegenen einer anderen Gattung. Eine kleine blaue Eidechse, so vielbeinig wie die, die Carson gesehen hatte, schoß unter dem Busch hervor.
Ein Tentakel der Kugel schnellte vor, fing sie, hob sie hoch. Ein weiterer Tentakel schwang herüber und begann die Beine der Ei-

dechse abzureißen, so teilnahmslos und ruhig, als ob er Blätter von einem Zweig zupfte. Das Tierchen wand sich in Todesnot und stieß einen schrillen Schrei aus; dies war der erste Laut, den Carson hier zu hören bekam, außer seiner eigenen Stimme.

Carson fröstelte und wandte seine Augen ab. Aber dann zwang er sich, weiter hinzusehen. Alles, was er über seinen Widersacher in Erfahrung bringen konnte, mochte wertvoll sein. Selbst diese Erfahrung seiner unnötigen Grausamkeit. Besonders, so dachte er in einer Aufwallung plötzlicher Gefühle, dieses Wissen um seine unnötige Grausamkeit. So würde es eine Genugtuung sein, dies Ding zu töten, wenn er die Gelegenheit dazu bekäme.

Aus diesem Grund zwang er sich, das Zerfleischen der Eidechse zu beobachten.

Aber er war doch froh, als das Tier, nachdem es die Hälfte seiner Beine verloren hatte, aufhörte zu schreien, erschlaffte und still und tot in den Klauen der Kugel lag.

Die Kugel beendete ihre Tätigkeit. Verächtlich warf sie die Eidechse weg, in Carsons Richtung. Sie segelte durch die Luft und landete vor seinen Füßen.

Sie war durch die Barriere gekommen! Die Barriere war nicht mehr da.

Wie ein Blitz war Carson auf den Beinen. Den Feuerstein fest in der Hand, stürmte er vorwärts. Hier und jetzt würde er der Sache ein Ende machen! Jetzt, wo die Barriere fort war . . .!

Aber sie war noch da. Schmerzhaft war für Carson diese Erfahrung. Er rannte mit dem Kopf zuerst dagegen und schlug sich beinahe bewußtlos. Er wurde zurückgeworfen und fiel.

Und als er sich wieder aufrichtete und den Kopf schüttelte, um ihn wieder klarzubekommen, sah er, wie etwas durch die Luft auf ihn zuflog. Um ihm auszuweichen, warf er sich flach auf den Sand, rollte auf die Seite, um seinen Körper aus der Gefahrenzone zu bringen, aber dann spürte er einen stechenden Schmerz in seiner linken Wade.

Er rollte zurück, ignorierte den Schmerz im Bein und stolperte auf die Füße. Es war ein Stein, stellte er jetzt fest, der ihn getroffen hatte. Und die Kugel ergriff gerade wieder einen, hielt ihn zwi-

schen den Klauen eines Tentakel gepackt, holte aus und war zu einem neuen Wurf bereit.
Aber diesmal war es leicht, dem Geschoß auszuweichen. Die Kugel konnte offenbar genau werfen, aber nicht sehr weit oder heftig. Der erste Stein hatte ihn nur deshalb getroffen, weil er gerade auf dem Boden gesessen und ihn erst gesehen hatte, als es schon zu spät war.
Während er noch dem zweiten Wurf gekonnt auswich, hatte Carson schon den Stein geschleudert, den er noch in der Hand gehalten hatte. Wenn Wurfgeschosse die Barriere durchqueren können, dachte er grimmig, dann können sicherlich beide Seiten dies Spiel spielen. Und der kräftige rechte Arm eines Erdenmenschen . . .
Das einen Meter große Ziel konnte er auf vier Meter Entfernung gar nicht verfehlen, und er verfehlte es auch nicht. Der Stein sauste durch die Luft, mehrfach schneller, als es die Wurfgeschosse der Kugel gewesen waren. Er traf mit der flachen Seite auf und nicht mit der Spitze.
Aber er traf mit einem vernehmlichen Klatschen, und augenscheinlich schmerzte er. Die Kugel hatte gerade nach einem weiteren Stein gegriffen, aber sie änderte nun ihre Absicht und suchte lieber das Weite. Bis Carson wieder einen Stein gefunden hatte und ihn werfen konnte, war sie schon vierzig Meter von der Barriere entfernt und immer noch sehr in Eile.
Sein zweiter Wurf ging einen halben Meter daneben, und der dritte war nicht weit genug.
Die Kugel war außer Reichweite, zumindest außer Reichweite für ein Geschoß, mit dem man sie ernstlich hätte verletzten können.
Carson grinste; diese Runde war an ihn gegangen. Außer . . . Er hörte auf zu grinsen, als er sich hinabbeugte, um seine Wade zu untersuchen. Ein kantiges Ende des Steins hatte ein ziemlich tiefes Loch gerissen, die Schramme war fast zehn Zentimeter lang. Sie blutete heftig, aber Carson glaubte nicht, daß die Wunde so tief war, daß eine Arterie verletzt sein könnte. Wenn es von allein aufhörte zu bluten, war alles in Ordnung, wenn nicht, würde er Schwierigkeiten bekommen.

Doch zunächst mußte er unbedingt etwas herausfinden, das Vorrang hatte vor seiner Wunde: Wie war eigentlich die Barriere beschaffen?
Er ging noch einmal zu ihr, diesmal hatte er die Hände vorgestreckt. Er fand sie. Während er seine Hand dagegen hielt, schlug er die andere Hand mit Sand gefüllt dagegen. Der Sand ging geradewegs hindurch, seine Hand nicht.
War es eine Frage organischer und anorganischer Stoffe? Nein, denn die tote Eidechse war mit Sicherheit organisch. Pflanzliches Leben? Er brach einen Zweig ab und stocherte durch die Barriere. Ohne Widerstand ging er hindurch, aber an der Stelle, wo seine Finger den Zweig ergriffen hatten, wurde er gestoppt. Er kam nicht durch, die Kugel auch nicht. Aber die Steine, die Pflanzen und eine tote Eidechse . . .
Wie war es mit einer lebenden Eidechse? Er untersuchte die Büsche, bis er eine fand, und fing sie. Er warf sie sanft gegen die Barriere, sie prallte ab und huschte quer über den blauen Sand davon.
Nun hatte er immerhin eine Antwort nach seinen bisherigen Erfahrungen: Diese Wand war eine Barriere für alle Lebewesen; tote organische oder anorganische Materie konnte sie durchqueren.
Nachdem das geklärt war, sah sich Carson sein verletztes Bein wieder an. Die Blutung hatte nachgelassen, was bedeutete, er würde es nicht abzubinden brauchen. Aber er sollte etwas Wasser finden, falls es das hier gab, um die Wunde zu reinigen.
Wasser. Der Gedanke daran machte ihm bewußt, daß er schrecklichen Durst hatte. Er *mußte* Wasser finden, dann nämlich, wenn sich herausstellte, daß dieser Wettkampf sich in die Länge ziehen würde.
Leicht humpelnd machte er sich daran, in einem weiten Halbkreis seine gesamte Hälfte der Arena abzusuchen. Mit einer Hand die Fühlung zu der Barriere haltend, schritt er voran, bis er an die geschwungene Seitenwand stieß. Aus der Nähe war sie sichtbar, gleichmäßig blaugrau, sie hatte die gleiche elastische Oberfläche wie die Barriere.

Er untersuchte sie, indem er eine Handvoll Sand dagegen warf, der Sand erreichte die Wand und flog glatt hindurch, verschwand in ihr. Auch diese Halbkugel war also ein Kraftfeld, nur daß es im Gegensatz zur Barriere sichtbar war.

Er folgte der Außenwand, bis er wieder auf die Barriere stieß, dann ging er die Barriere entlang, bis er seinen Ausgangspunkt wieder erreicht hatte.

Nirgendwo eine Spur von Wasser.

Besorgt ging er nun in Zickzacklinien zwischen der Barriere und der Außenwand hin und her und suchten den ganzen Boden seiner Hälfte sorgsam ab.

Kein Wasser. Blauer Sand, blaue Büsche und unerträgliche Hitze, sonst nichts.

Das konnte er sich doch nur einbilden, sagte er sich ärgerlich, daß er so durstig war. Wie lange war er denn schon hier? Doch nur sehr kurze Zeit, wenn er von seiner Zeitrechnung ausging. Das Wesen hatte ihm gesagt, daß die Zeit stillstand, während sie hier draußen waren. Aber seine Körperfunktionen standen dennoch nicht still. Wenn er nach seinem Körper ging, wie lange war er schon hier? Doch nicht mehr als drei oder vier Stunden. Sicher nicht lange genug, um ernstlich unter Durst zu leiden.

Aber er litt darunter. Seine Kehle war trocken und ausgedörrt. Vielleicht war die gewaltige Hitze der Grund. Es war heiß! Vielleicht fünfundvierzig Grad. Eine trockene, lastende Hitze, ohne die geringste Luftbewegung.

Er humpelte ziemlich stark und war völlig ausgepumpt, als er mit der Untersuchung des Terrains fertig war.

Er starrte zu der reglosen Kugel hinüber und hoffte, daß es ihr genauso dreckig ging wie ihm. Es war gut möglich, daß ihr die Lage auch nicht zusagte. Das Wesen hatte gesagt, daß die Bedingungen für beide gleichermaßen unvertraut und unangenehm seien. Vielleicht kam die Kugel von einem Planeten, wo in der Regel siebzig Grad Hitze herrschten, vielleicht erfror sie, während er geröstet wurde.

Vielleicht war die Luft für sie viel zu dick, so wie sie für ihn zu dünn war. Denn sein Entdeckungsgang hatte ihn völlig ausgepumpt. Die Atmosphäre hier, so erkannte er nun, war nicht viel dicker als die des Mars.

Kein Wasser.

Das war für ihn auf jeden Fall eine tödliche Sackgasse. Wenn er keinen Weg auf die andere Seite finden würde, um seinen Feind zu töten, würde der Durst ihn unausweichlich umbringen.

Dies erfüllte ihn mit einem Gefühl der Hast. Er mußte sich beeilen.

Aber was war zu tun? Nichts und doch so vieles! Die unterschiedlichen Büsche zum Beispiel. Sie sahen wenig vielversprechend aus, und doch mußte er sie untersuchen, um festzustellen, was man mit ihnen machen konnte.

Und sein Bein, auch darum mußte er sich kümmern, auch wenn er kein Wasser hatte, um es zu reinigen. Er mußte Munition sammeln in Form von Steinen. Einen Stein finden, der ein gutes Messer abgeben würde . . .

Sein Bein schmerzte ziemlich stark. Er kam zu dem Schluß, daß er sich zuerst hierum kümmern müsse. Eine Buschart hatte Blätter oder zumindest etwas, das Blättern sehr ähnlich sah. Er riß eine Handvoll von ihnen ab und entschloß sich, nachdem er sie untersucht hatte, daß er es mit ihnen probieren sollte. Er benutzte sie, um Sand, Schmutz und das geronnene Blut zu entfernen, dann machte er ein Polster aus diesen Blättern und band es mit Schößlingen derselben Pflanze über die Wunde.

Diese dünnen Zweiglein erwiesen sich als unerwartet zäh und stark. Sie waren schlank und sehr biegsam, aber abbrechen konnte er sie nicht. Er mußte sie mit einem scharfkantigen Stück Feuerstein abschneiden. Die dickeren Zweige waren mehr als vierzig Zentimeter lang, und er merkte sich für später, daß ein paar von ihnen aneinandergeknotet einen guten Strick abgeben würden. Vielleicht würde er sich einmal eine Verwendung für einen Strick ausdenken können.

Als nächstes machte er sich ein Messer. Der blaue Feuerstein splitterte wirklich. Aus einem zwanzig Zentimeter langen Splitter machte er sich eine einfache, aber wirksame Waffe. Aus den Zweigen des Busches schließlich flocht er sich einen Gürtel,

durch den er das Messer schieben konnte, so konnte er es immer bei sich tragen und hatte doch die Hände frei.
Er wandte sich wieder der eingehenden Untersuchung der Büsche zu. Es gab noch drei andere Arten. Eine war zweiglos, trokken und spröde, fast so wie abgestorbenes Unterholz. Eine andere war aus einem weichen, porösen Holz und ähnelte Zunder. Es sah so aus, als ob man es sehr gut zum Entzünden eines Feuers würde brauchen können. Die dritte Art kam Holz noch am ähnlichsten, sie hatte zarte Blätter, die aber auf kurzen festen Stielen saßen.
Es war schrecklich, unerträglich heiß.
Er humpelte zu der Barriere hinüber, vergewisserte sich, daß sie noch da war. Sie war es.
Dann beobachtete er die Kugel für eine Weile. Sie hielt sich in einem sicheren Abstand von der Barriere, außerhalb der Reichweite eines gefährlichen Steinwurfs. Sie bewegte sich, tat etwas, er konnte aber nicht erkennen, was sie trieb.
Einmal hielt sie inne, kam näher und schien ihre Aufmerksamkeit auf ihn zu konzentrieren. Wieder spürte Carson eine Welle der Übelkeit. Er warf einen Stein, und die Kugel zog sich wieder zurück, nahm ihre geheimnisvolle Beschäftigung wieder auf.
Auf jeden Fall konnte er sie auf Distanz halten.
Aber, so dachte er bitter, was, zum Teufel, nützte ihm das schon? Trotzdem verbrachte er die nächste Stunde damit, Steine von beträchtlicher Größe zu sammeln, und kleine Häufchen entlang seiner Seite der Barriere aufzurichten.
Seine Kehle brannte wie Feuer. Es fiel ihm schwer, an etwas anderes zu denken als an Wasser.
Aber er *mußte* an andere Dinge denken. Wie er durch die Barriere kommen, sich diese rote Kugel schnappen und sie umbringen konnte, bevor dieser Ort des Durstes und der Hitze ihn erledigte.
Auf jeder Seite reichte die Barriere bis an die Wand. Aber wie hoch in die Luft, und wie tief unterirdisch?
Eine Zeitlang war Carsons Verstand zu benommen, um eine Methode zu entwickeln, wie er eine dieser Fragen beantworten sollte. Untätig saß er im blauen Sand und wußte nicht einmal, daß er

dort saß. Er beobachtete eine blaue Eidechse, die von einem Busch zum anderen huschte.
Unter einem Busch hervor sah sie zu ihm herüber.
Carson grinste ihr zu. Vielleicht hatte er schon einen Sonnenstich, denn ihm fiel plötzlich die alte Wüstengeschichte von den Marskolonisten ein, die noch von einer viel älteren Wüstengeschichte von der Erde abstammte. „Und bald merkst du, daß du mit den Eidechsen redest, und nicht viel später merkst du, daß sie dir antworten . . ."
Eigentlich hätte er sich darauf konzentrieren sollen, wie er die Kugel zur Strecke brächte, aber statt dessen grinste er die Eidechse an und sagte: „Hallo, du da!"
Die Eidechse machte ein paar Schritte auf ihn zu. „Hallo", sagte sie.
Für einen Moment war Carsons sprachlos, dann warf er den Kopf zurück und stieß ein röhrendes Lachen aus. Es schmerzte nicht in seiner Kehle, so zu lachen. So durstig war er offenbar doch nicht gewesen.
Warum auch nicht? Warum sollte das Wesen, das diesen Alptraum von einem Ort sich ausgedacht hatte, neben all seinen Fähigkeiten nicht auch Sinn für Humor haben? Sprechende Eidechsen, die die Gabe haben, mir in meiner eigenen Sprache zu antworten, wenn ich sie anspreche; irgendwie hatte dieser Gedanke etwas Possierliches.
Er lächelte die Eidechse an und sagte: „Komm doch mal rüber." Aber die Eidechse wandte sich ab und lief davon, huschte von Busch zu Busch, bis sie außer Sicht war.
Er war wieder durstig.
Und er mußte etwas unternehmen. Er konnte den Kampf nicht gewinnen, wenn er hier rumsaß und sich miserabel fühlte. Er mußte etwas tun. Aber was?
Durch die Barriere kommen! Aber er kam nicht durch sie hindurch oder über sie hinüber. Aber war es sicher, daß er nicht unter ihr hindurch kam. Und wo er schon einmal daran dachte, fand man nicht manchmal Wasser, wenn man ein Loch grub? Zwei Fliegen mit einer Klappe . . .

Unter Schmerzen humpelte Carson zu der Barriere hinüber und begann zu graben, schaufelte den Sand händeweise empor. Es war harte Arbeit, denn der Sand rieselte von den Rändern zurück, und je tiefer er kam, desto größer wurde der Durchmesser seines Loches. Wie viele Stunden er dazu brauchte, konnte er nicht sagen, aber etwa bei eineinhalb Metern stieß er auf Fels. Fels und kein Wasser.

Und das Kraftfeld der Barriere ging bis zu dem Felsen hinunter. Keine Lücke, kein Wasser, überhaupt nichts.

Er krabbelte aus dem Loch und lag keuchend da, dann hob er den Kopf, um zu sehen, was die Kugel trieb. Irgendwas mußte sie dort hinten bauen.

Das tat sie auch. Sie baute etwas aus den Zweigen des Busches, die sie mit den Trieben des anderen Busches zusammengebunden hatte. Einen sonderbar geformten Rahmen, der etwa quadratisch war. Um es besser sehen zu können, kletterte Carson auf den Sandhaufen, den er aufgeworfen hatte.

Seitlich ragten zwei lange Bögen heraus, und am Ende konnte er etwas wie einen Löffel erkennen, eine Art Katapult, dachte Carson.

Ganz eindeutig hob die Kugel einen größeren Felsbrocken in die löffelförmige Schale. Ein anderer Tentakel spannte einen Hebel, dann bewegte sie das ganze Ding ein wenig hin und her, als ob sie damit zielte, schließlich flog der Löffel hoch, und der Stein schnellte heraus.

Der Stein zischte ein paar Meter über Carsons Kopf hinweg, so hoch, daß er sich nicht zu ducken brauchte, aber er schätzte die Entfernung ab, die das Ding geflogen war, und pfiff leise durch die Zähne. Einen Stein dieses Gewichts konnte er höchstens die halbe Strecke weit werfen. Selbst wenn er sich ganz an die Wand der Arena zurückzog, würde er nicht aus der Reichweite dieser Maschine sein, wenn die Kugel sie bis an die Barriere vorschob.

Ein weiterer Brocken flitzte heran. Nicht ganz so weit daneben diesmal.

Das Ding konnte gefährlich werden, sagte er sich, vielleicht sollte er etwas dagegen unternehmen.

Indem er sich ständig entlang der Barriere bewegte, so daß das Katapult ihn nicht verfolgen konnte, warf er ein Dutzend Steine in seine Richtung. Aber das nützte nicht viel, stellte er fest. Entweder waren die Steine zu klein, als daß sie etwas hätten ausrichten können, oder sie waren so schwer, daß er sie nicht weit genug werfen konnte. Auch hatte die Kugel auf diese Entfernung keine Schwierigkeiten, denen auszuweichsen, die ihr zu nahe kamen.
Außerdem ermüdete sein Arm schnell. Er schmerzte vor Erschöpfung. Wenn er sich nur etwas ausruhen könnte, ohne ständig den Geschossen aus dem Katapult ausweichen zu müssen.
Er stolperte zu entfernten Wand der Arena. Bald merkte er, daß das nichts nützte. Die Steine reichten auch hierhin, nur daß die Abstände zwischen den einzelnen Geschossen größer wurden, als ob es länger dauerte, den Mechanismus des Katapults zu spannen.
Erschöpft schleppte er sich wieder zur Barriere. Unterwegs stürzte er mehrmals und konnte sich kaum wieder erheben. Er war an der Grenze seines Leistungsvermögens angelangt, das wußte er; trotzdem wagte er nicht stehenzubleiben, solange das Katapult nicht zerstört war.
Eines der Geschosse brachte ihm eine Eingebung. Es schlug auf einem Steinhaufen auf, den er als Munition vor der Barriere aufgehäuft hatte, und es schlug Funken.
Funken! Feuer! Die ersten Menschen hatten Feuer entfacht, indem sie Steine aneinanderschlugen. Und wenn man diese trokkenen Büsche als Zunder benutzte . . .
Zum Glück war einer dieser Büsche ganz in seiner unmittelbaren Nähe. Er brach ihn ab und trug ihn zu dem Steinhaufen hinüber, dann schlug er geduldig einen Stein nach dem anderen gegen andere, bis ein Funken in das zunderartige Holz des Busches sprang. Er ging so schnell in Flammen auf, daß er seine Augenbrauen versengte, und war sekundenschnell zu Asche verbrannt.
Aber die Idee war nun einmal geboren, und nach ein paar Minuten hatte er ein kleines Feuer in Gang gebracht, in der Sandgrube, die er vorher vergebens gegraben hatte. Mit den Zunderbü-

schen hatte er es entfacht, und nun unterhielt er es mit dem Holz anderer Büsche, das langsamer brannte.
Die drahtähnlichen Zweige, aus denen er seinen Gürtel gemacht hatte, brannten schlecht; also ließen sich damit leicht Brandbomben herstellen, die man werfen konnte. Ein Bündel Zunderruten, um einen kleinen Stein gebunden, damit es das nötige Gewicht hatte, und eine Schlinge aus diesen rankenähnlichen Zweigen, mit der er das Ganze schleudern konnte.
Er fertigte ein halbes Dutzend davon an, bevor er die erste anzündete und warf. Sie flog zu weit, und die Kugel trat einen schnellen Rückzug an, wobei sie das Katapult hinter sich herzog. Aber Carson hatte die anderen bereit und warf sie in schneller Folge. Die vierte trafen den Rahmen des Katapults und verrichtete ganze Arbeit. Die Kugel versuchte verzweifelt, die sich ausbreitenden Flammen zu ersticken, indem sie Sand darauf warf, aber die Klauen an den Tentakeln konnten immer nur einen Teelöffel voll ergreifen, und so waren ihre Bemühungen fruchtlos. Das Katapult verbrannte.
Die Kugel entfernte sich von dem Feuer und konzentrierte ihre Aufmerksamkeit auf Carson. Wieder verursachte ihm die Welle von Haß ein Gefühl der Übelkeit. Aber schwächer diesmal. Entweder war die Kugel schwächer geworden, oder Carson hatte es gelernt, sich besser gegen die psychischen Attacken zu schützen.
Er machte ihr eine lange Nase und vertrieb sie, indem er einen Stein nach ihr schleuderte. Die Kugel rollte davon, bis in die hintere Hälfte ihres Teils der Arena, und begann wieder Büsche abzubrechen. Vielleicht wollte sie ein neues Katapult bauen.
Carson vergewisserte sich, zum hundertstenmal, daß die Barriere noch wirksam war — und plötzlich saß er im Sand, weil er zu schwach war, um sich auf den Beinen zu halten.
In seinem Bein klopfte es jetzt ständig, und der Durst war inzwischen unerträglich geworden. Aber dies war nebensächlich, verglichen mit der äußersten Erschöpfung, die seinen Körper ergriffen hatte.
Und diese Hitze!

So mußte die Hölle sein, dachte er. Die Hölle, an die die Alten geglaubt hatten. Er kämpfte gegen den Schlaf. Aber es schien sinnlos, sich wachzuhalten, denn es gab nichts, das er tun konnte. Nichts, solange die Barriere undurchdringlich blieb und sich die Kugel außer Reichweite hielt.
Aber irgend etwas mußte es doch geben. Er versuchte sich an die archäologischen Bücher zu erinnern, die er gelesen hatte. Wie hatte man gekämpft, in der Zeit, bevor es Eisen und Plastik gab? Als erstes gab es steinerne Geschosse. Nun, damit hatten sie es schon probiert.
Die einzige Verbesserung wäre ein Katapult, so wie die Kugel schon eins gebaut hatte. Aber er würde keins bauen können, aus dem bißchen Holz, das die Büsche hergaben, kaum ein Stück war länger als ein halber Meter. Sicher konnte er den Mechanismus für ein Katapult konstruieren, aber er hatte nicht mehr die Kraft für eine Aufgabe, die ihn Tage in Anspruch nehmen würde.
Tage? Aber die Kugel hatte doch eins gebaut. Waren sie denn schon Tage hier? Dann fiel ihm ein, daß die Kugel viele Tentakel hatte, mit denen sie gleichzeitig arbeiten konnte, und so konnte sie auch eine solche schwierige Aufgabe schneller bewältigen als er.
Und außerdem, auch ein Katapult brachte keinen endgültigen Sieg. Er mußte überlegen und sich schon etwas Besseres einfallen lassen.
Pfeil und Bogen? Nein, er hatte es schon einmal mit dem Bogenschießen versucht und wußte, wie ungeschickt er in dieser Kunst war. Selbst mit dem modernen Sportgerät eines Athleten. Mit einer Waffe, die er sich aus dem, was er hier vorfand, zusammenbauen müßte, würde er wahrscheinlich nicht einmal so weit schießen können, wie er werfen konnte, und sicher nicht so genau.
Ein Speer? *Den* würde er bauen können. Als Wurfgeschoß würde er zwar auf keinen Fall etwas nützen, aber auf geringe Reichweite könnte er ganz brauchbar sein.
Zum Glück saß er direkt neben einem seiner Steinhaufen. Er durchsuchte ihn, bis er einen Stein fand, der ungefähr die Form

einer Speerspitze hatte. Mit einem kleineren Stein begann er, ihn zurechtzuhauen. Am Ende ließ er lange Zacken stehen, so daß er nicht so leicht herauszuziehen war, wenn er einmal eingedrungen sein würde.
Wie bei einer Harpune! Darüber lohnte es sich nachzudenken. Für diesen verrückten Wettkampf war eine Harpune vielleicht besser geeignet als ein Speer, wenn er die Kugel mit etwas durchbohren könnte, an dem ein Strick befestigt war, konnte er die Kugel an die Barriere ziehen, und sein Steinmesser würde hindurchgehen, auch wenn seine Hand es nicht vermochte.
Der Schaft war schwieriger herzustellen als die Spitze. Er verband die vier dicksten Zweige eines Busches miteinander, indem er sie mit den Ranken einer anderen Art umwickelte, so erhielt er einen Stiel, der über einen Meter lang war. In einem Spalt am oberen Ende des Schaftes klemmte er die Speerspitze ein und band sie fest.
Die Waffe sah primitiv aus, aber sie war stabil.
Jetzt der Strick. Aus den Ranken flocht er sich eine Leine von etwa sechs Metern Länge. Sie war leicht und sah nicht sehr zuverlässig aus, aber er wußte, daß sie mehr als sein Gewicht halten würde. Er band ein Ende an den Stiel der Harpune, das andere wickelte er sich um sein rechtes Handgelenk. Wenn er jetzt die Harpune durch die Barriere warf, würde er sie zumindest wieder einholen können, wenn er sein Ziel verfehlte.
Als er dann den letzten Knoten festgezogen hatte und es nichts mehr für ihn zu tun gab, waren die Hitze, die Erschöpfung und der Schmerz in seinem Bein plötzlich tausendmal stärker als zuvor.
Er versuchte aufzustehen, zu sehen, was die Kugel trieb, und er stellte fest, daß er sich nicht erheben konnte. Beim dritten Versuch kam er bis auf die Knie, dann fiel er wieder flach auf den Rücken.
„Ich muß schlafen“, dachte er. „Wenn es jetzt zur Entscheidung käme, wäre ich völlig hilflos. Sie könnte hierherkommen und mich töten, wenn sie es wüßte. Ich muß wieder etwas Kraft sammeln.“

Langsam und unter Schmerzen kroch er von der Barriere weg. Zehn Meter, zwanzig . . .

Der dumpfe Ton von etwas, das neben ihm einschlug, weckte ihn. Er hatte einen wirren und schrecklichen Traum gehabt, und jetzt war er wieder in einer Wirklichkeit, die noch viel wirrer und schrecklicher war.

Wie lange hatte er geschlafen? Eine Minute? Einen Tag?

Ein weiterer Stein schlug neben ihm auf, näher diesmal, etwas Sand traf ihn. Er stützte sich auf die Ellbogen und blickte auf. Er sah die Kugel in zwanzig Metern Entfernung, direkt an der Barriere.

Sie rollte hastig davon, als er sich aufrichtete, hielt erst an, als sie an der Rückwand ihrer Hälfte angekommen war.

Er war zu schnell eingeschlafen, stellte er fest, als er noch in der Wurfreichweite der Kugel war. Als sie ihn reglos daliegen sah, hatte sie es gewagt, bis an die Barriere vorzukommen und Steine nach ihm zu werfen. Zum Glück merkte sie nicht, wie schwach er war, sonst hätte sie dort bleiben können, um weitere Steine nach ihm zu schleudern.

Hatte er lange geschlafen? Er glaubte es nicht, denn er fühlte sich so, wie er sich davor gefühlt hatte. Überhaupt nicht erholt, nicht durstiger, gar nichts war anders. Wahrscheinlich hatte er nur ein paar Minuten gedöst.

Er begann wieder zu kriechen, diesmal zwang er sich, durchzuhalten, bis er so weit war, wie er kommen konnte, bis die schimmernde Eingrenzung der Arena nur noch einen Meter von ihm entfernt war.

Dann verschwamm ihm wieder alles vor den Augen.

Als er aufwachte, hatte sich um ihn her nichts verändert, aber diesmal wußte er, daß er lange geschlafen hatte.

Als erste spürte er das Innere seines Mundes. Er war trocken, verklebt. Seine Zunge war geschwollen.

Irgend etwas stimmte nicht, das wußte er, als er langsam wieder voll das Bewußtsein erlangte. Er fühlte sich weniger erschöpft, der Zustand äußerster Schwäche war gewichen. Dafür hatte der Schlaf gesorgt.

Aber da war der Schmerz, der lähmende Schmerz. Erst als er versuchte, sich zu bewegen, spürte er, daß der Schmerz von seinem Bein herrührte.
Er hob den Kopf und sah sich das Bein an. Unterhalb des Knies war es schrecklich angeschwollen, ja, die Schwellung zog sich sogar die halbe Länge seines Schenkels hinauf. Die Pflanzenranken, die er dazu benutzt hatte, um das schützende Blätterpolster auf seine Wunde zu binden, schnitten tief in das geschwollene Fleisch.
Das Messer unter die tief eingesunkenen Schlingen zu bringen, um diese aufzuschneiden, war unmöglich. Zum Glück hatte er die Ranken auf dem Schienbein verknotet, wo die Schwellung nicht so stark war. So war er schließlich unter starken Schmerzen in der Lage, die Knoten zu lösen.
Ein Blick unter das Blätterpolster sagte ihm alles. Ganz eindeutig eine Entzündung mit Blutvergiftung.
Ohne Medikamente, ohne Verbandszeug und schließlich ohne Wasser konnte er nichts dagegen tun.
Nichts, als zu sterben, wenn das Gift erst hoch genug hinaufgestiegen war.
Er wußte, daß es hoffnungslos war und daß er verloren hatte.
Und mit ihm die Menschheit. Wenn er hier starb, dann wußte er, daß dort draußen im Universum alle seine Freunde, ja alle Menschen ebenfalls sterben mußten. Und die Erde, die Kolonien auf den Planeten, sie würden den scheußlichen Outsidern gehören. Kreaturen wie aus einem Alptraum, die mitleidlos und nur so zum Spaß Eidechsen zerpflückten.
Das war ein Gedanke, der ihm den Mut gab, fast blind vor Schmerzen wieder auf die Barriere zuzukriechen. Diesmal kroch er nicht auf Händen und Knien, sondern zog sich nur mit den Armen vorwärts.
Die Chancen standen eins zu einer Million, daß er noch Kraft genug haben würde, wenn er erst dort war, die Harpune zu werfen, mit tödlicher Wirkung, wenn, und wieder standen die Chancen eins zu einer Million, die Kugel zur Barriere kommen würde. Oder wenn die Barriere inzwischen nicht mehr da war.

Es schien ihm, daß er Jahre brauchte, um dort hinzugelangen.
Die Barriere war nicht verschwunden. Sie war genauso undurchdringlich wie in dem Moment, wo er sie zum erstenmal gespürt hatte.
Und die Kugel war auch nicht an der Barriere. Wenn er sich auf die Ellbogen aufrichtete, konnte er sie hinten in der Arena sehen, wie sie an etwas arbeitete, an einem hölzernen Rahmen, an einem Katapult, das ein Duplikat dessen war, das er zerstört hatte. Jetzt bewegte sie sich sehr langsam. Zweifellos war auch sie geschwächt.
Aber Carson bezweifelte, daß sie jemals ein zweites Katapult brauchen würde. Er würde tot sein, bevor sie es fertig hatte.
Wenn er sie nur an die Barriere locken könnte, während er noch lebte. Er winkte mit dem Arm und versuchte zu brüllen, aber aus seiner wunden Kehle drang kein Laut.
Oder wenn er durch die Barriere käme . . .
Sein Verstand mußte für einen Augenblick ausgesetzt haben, denn er ertappte sich dabei, wie er mit den Fäusten in verzweifeltem Zorn gegen die Barriere schlug. Er zwang sich, aufzuhören.
Er schloß die Augen und versuchte sich zu beruhigen.
„Hallo“, sagte die Stimme.
Es war ein schwaches, dünnes Stimmchen, es klang wie . . .
Er öffnete die Augen und drehte den Kopf. Es *war* die Eidechse.
„Geh weg“, wollte Carson sagen, „geh weg, du bist nicht wirklich da, oder du bist da, sprichst aber nicht wirklich, ich fantasiere nur.“
Aber er konnte nicht sprechen. Die Trockenheit seiner Kehle und seines Mundes ließ keinen Laut mehr zu. Er schloß die Augen.
„Schmerzen!“ sagte die Stimme. „Töten. Schmerzen-Töten. Komm!“
Er öffnete die Augen wieder. Die blaue zehnbeinige Eidechse war noch immer da. Sie lief ein Stück die Barriere entlang, kam zurück, lief wieder los und kam zurück.
„Schmerzen“, sagte sie, „töten, komm!“
Carson stöhnte. Wenn er dem verfluchten Ding nicht folgte, würde er nie mehr Ruhe haben.

Also folgte er ihm, kriechend. Ein anderes Geräusch drang an sein Ohr. Ein durchdringendes hohes Quietschen. Es kam näher. Etwas lag dort im Sand, wand sich und zuckte. Etwas Kleines, das auch wie eine Eidechse aussah, aber nicht ganz . . .
Dann sah er, was es war. Es war die Eidechse, deren Beine die Kugel ausgerissen hatte. Aber sie war nicht tot. Sie war aus der Bewußtlosigkeit erwacht und wand sich nun, vor Schmerzen schreiend.
„Schmerzen", sagte die andere Eidechse, „Schmerzen, töten, töten."
Carson verstand. Er zog das Steinmesser aus seinem Gürtel und tötete die gequälte Kreatur. Die lebende Eidechse huschte schnell davon.
„Wenn ich nur so weit käme", dachte er, „wenn ich hindurchkäme. Ich könnte gewinnen. Sie sieht auch schwach aus. Ich könnte . . ."
Und dann hatte er wieder das Gefühl schwärzester Hoffnungslosigkeit. Der Schmerz überwand seinen Willen, und er wünschte, daß er tot wäre. Er beneidete die Eidechse, die er gerade getötet hatte. Sie brauchte nicht weiterzuleben und zu leiden. Aber er mußte es. Es konnte noch Stunden oder Tage dauern, bis die Blutvergiftung ihn umbrachte.
Und wenn er das Messer gegen sich gebrauchte . . .
Aber er wußte, daß er das nicht tun konnte. Solange er noch lebte, gab es immer noch den Bruchteil einer Chance . . .
Er spannte sich, drückte mit den flachen Händen gegen die Barriere. Dabei bemerkte er, wie dünn seine Arme geworden waren. Er mußte also wirklich schon eine lange Zeit hier sein. Es dauerte doch bestimmt Tage, bis sie so dünn werden konnten.
Wie lange konnte es noch dauern, bis er sterben würde? Wieviel Hitze, Durst und Schmerz konnte sein Körper ertragen?
Einen Augenblick lang wurde er beinahe wieder hysterisch, aber dann kam eine Zeit tiefer Ruhe — und ein Gedanke, der aufregend war.
Die Eidechse, die er gerade getötet hatte. *Sie hatte die Barriere durchquert, als sie noch lebte.* Sie war von der Seite der Kugel

gekommen; die Kugel hatte ihr die Beine ausgerissen und sie verächtlich in seine Richtung geworfen, und sie war durch die Barriere gekommen. Weil sie tot war, so hatte er angenommen. Aber sie war nicht tot gewesen, nur besinnungslos.
Eine lebende Eidechse konnte nicht durch die Barriere, aber eine bewußtlose konnte es. Also war es keine Barriere für lebende Wesen, sondern nur für Wesen mit Bewußtsein. Es war eine geistige Projektion, ein geistige Sperre.
Und mit diesem Gedanken begann Carson an der Barriere entlangzukriechen, für seinen letzten, verzweifelten Zug. Es war eine Hoffnung, die zu unwahrscheinlich war, ein Versuch, den nur ein sterbender Mensch zu unternehmen wagte.
Es hatte gar keinen Sinn, die Erfolgschancen auszurechnen, denn wenn er es nicht versuchte, waren seine Chancen ohnehin gleich Null.
Er kroch die Barriere entlang, bis er zu dem einen Meter hohen Sandhaufen kam, den er aufgeworfen hatte, als er — vor wie vielen Tagen? — versuchte, ein Loch unter der Barriere hindurchzugraben.
Der Haufen war an der Barriere aufgetürmt.
Er nahm einen Stein von einem Haufen in der Nähe, kletterte ganz oben auf den Sandhügel und lehnte sich gegen die Barriere. Sein ganzes Gewicht lastete dagegen, so daß er in das Gebiete seines Gegners hinüberrollen mußte, wenn die Barriere plötzlich aufgehoben würde.
Er vergewisserte sich noch einmal, daß das Messer fest in seinem Gürtel steckte, daß die Harpune sicher in seiner Armbeuge lag, und daß das Seil an ihr und an seinem Handgelenk gut verknotet war. Dann hob er mit der rechten Hand den Stein, der ihn am Kopf treffen sollte. Bei diesem Schlag mußte das Glück ihm beistehen: Er durfte nicht zu fest sein, damit er nicht zu lange in Bewußtlosigkeit versank, aber er mußte hart genug sein, ihm für die kurze Zeit die Besinnung zu rauben.
Er hatte das Gefühl, daß die Kugel ihn beobachtete. Sie würde ihn durch die Barriere rollen sehen und herbeikommen, um ihn zu untersuchen. Sie würde annehmen, daß er tot wäre, denn

wahrscheinlich hatte sie die gleichen Schlüsse über die Barriere gezogen wie er. Aber sie würde vorsichtig näher kommen. Etwas Zeit würde ihm bleiben.

Er schlug zu . . .

Der Schmerz rief ihn ins Bewußtsein zurück. Ein plötzlicher, stechender Schmerz in seiner rechten Hüfte, der anders war als der dumpfe Schmerz in seinem Bein und in seinem Kopf.

Aber er hatte mit einem solchen Schmerz gerechnet, als er sein ganzes Unternehmen vorher im Kopf durchgespielt hatte. Ja, er hatte sogar auf einen solchen Schmerz gehofft. Er war darauf vorbereitet, nicht mit einer plötzlichen Bewegung aufzuwachen.

Er lag reglos, aber die Augen öffnete er einen Spalt und stellte fest, daß er richtig kalkuliert hatte. Die Kugel kam näher. Sie war vielleicht sechs Meter entfernt, und der Schmerz, der ihn geweckt hatte, stammt von einem Stein, den sie geworfen hatte, um festzustellen, ob er lebte oder tot war.

Er lag bewegungslos. Sie kam näher, war nur noch vier Meter entfernt und hielt wieder an. Carson atmete kaum.

So gut er es vermochte, versuchte er auch seinen Verstand völlig ruhig zu halten, damit ihre telepathischen Fähigkeiten sein Bewußtsein nicht entdecken konnten. Sein offener Verstand war den Gedankenimpulsen der Kugel preisgegeben. Der Ansturm dieser Impulse erschütterte Carsons Hirn.

Er fühlte nacktes Entsetzen vor der äußersten Fremdheit, der Andersartigkeit dieser Gedanken. Er spürte Impulse, die er nicht enträtseln konnte, weil die irdische Sprache keine Wörter dafür hatte, die er in Bilder fassen konnte, weil es in seiner Verstandeswelt keine Bilder dafür gab. Der Verstand einer Spinne, dachte er, oder der einer Gottesanbeterin, oder auch eines marsianischen Sandkrebses, würde gegen diese Gedanken vertraut und bekannt erscheinen, wenn man die telepathischen Impulse dieser Tiere in menschliche Sprache übersetzen würde.

Er verstand nun, daß jenes Wesen recht gehabt hatte: Für Menschen und diese Kugel war nicht gleichzeitig Platz in einem Universum. Sie waren weiter voneinander entfernt als Gott und Satan, zwischen ihnen konnte es keine friedliche Koexistenz geben.

Näher. Carson wartete, bis sie auf einen Meter heran war, bis sich ihre klauenbewehrten Tentakeln vorreckten . . .
Unempfindlich gegen alle Schmerzen, schwang er sich auf und schleuderte die Harpune mit aller Kraft, die noch in ihm steckte. Ja, für diesen alles entscheidenden Wurf hatte er noch Kraft hinzugewonnen.
Als die Kugel, in die die Harpune tief eingedrungen war, davonzurollen begann, versuchte er auf die Füße zu kommen, um hinter ihr herzulaufen, aber das schaffte er nicht. Er fiel und ließ sich schleifen.
Der kräftige Zug an seinem Handgelenk riß ihn vorwärts. Sie zog ihn ein paar Meter, dann hielt sie an. Ihre verkrümmten Tentakel versuchten vergeblich, die Harpune aus dem Leib herauszureißen.
Die Kugel schien zu zittern, dann mußte sie erkannt haben, daß sie nicht entkommen konnte, denn sie rollte auf ihn zu, die Tentakel vorgestreckt.
Das steinerne Messer fest in der Hand, erwartete er sie. Er schlug zu, wieder und immer wieder, während die schrecklichen Krallen Haut, Fleisch und Muskeln von seinem Körper rissen.
Er stach und hieb, und schließlich regte sich die Kugel nicht mehr.
Eine Glocke läutete, und er brauchte eine Weile, bis er sagen konnte, wo er war und was er war. Er war in den Sitz seines Aufklärers geschnallt, und der Bildschirm vor ihm zeigte nur den leeren Weltenraum. Kein Outsiderschiff und auch kein unmöglicher Planet.
Die Glocke gehörte zur Verständigungsanlage; jemand wollte, daß er den Empfänger einschaltete. Nur ein Reflex ließ ihn hinübergreifen und den Hebel umlegen.
Das Gesicht von Brander, dem Kapitän der *Magellan*, die das Mutterschiff seiner Aufklärereinheit war, flackerte auf dem Bildschirm auf. Sein Gesicht war bleich, und seine Augen glühten vor Erregung.
„*Magellan an Carson*“, schrie er, „laufen Sie ein! Der Kampf ist vorbei, wir haben gewonnen!“

Der Bildschirm war wieder leer. Wahrscheinlich rief Brander die anderen Aufklärer seines Kommandos.
Zögernd stellte Carson die Regler für den Rückflug ein. Langsam, ungläubig löste er seine Sicherheitsgurte und ging zum Trinkwassertank hinüber. Er leerte sechs Becher.
Er lehnte sich gegen die Bordwand und versuchte nachzudenken.
War es wirklich geschehen?
Er war in guter körperlicher Verfassung, unverletzt. Sein Durst war eher eine psychische als eine physische Erscheinung, seine Kehle war nicht trocken gewesen. Sein Bein . . . Er rollte das Hosenbein hoch und blickte auf seine Wade hinab. Dort war eine lange weiße Narbe, eine Narbe, die vollständig verheilt war. Vorher hatte er dort keine gehabt. Er öffnete sein Hemd über der Brust und stellte fest, daß sein gesamter Brustkorb von einem Netzwerk kleiner, fast unsichtbarer, gut verheilter Narben übersät war.
Es war geschehen.
Der Aufklärer glitt bereits — automatisch gesteuert — durch das große Luk des Mutterschiffs. Greifer transportierten ihn in seine Bucht, und einen Augenblick später zeigte ein Summer an, daß die Staubucht des Aufklärers mit Luft gefüllt war. Carson öffnete seine Kabine, kletterte hinaus und trat durch die Doppeltür der Bucht.
Er ging direkt zu Branders Kabine, trat ein und grüßte.
Brander machte immer noch einen benommenen Eindruck.
„Hallo, Carson!“ sagte er. „Da haben Sie ja einiges verpaßt! Das war eine Schau!“
„Was ist geschehen, Sir?“
„Genau wissen wir es auch nicht. Wir feuerten eine Salve — und ihre gesamte Flotte löste sich in Staub auf. Irgend etwas sprang wie ein Blitz von einem Schiff zum anderen über, sogar auf die, auf die wir gar nicht gezielt hatten, oder die, die außer Reichweite waren! Die ganze Flotte verschwand vor unseren Augen, und keines unserer Schiffe hat auch nur eine Schramme am Lack. Wir können uns nicht einmal etwas darauf einbilden. Es muß eine

unstabile Komponente in dem Metall gewesen sein, das sie benutzt haben, und unser erster Schuß löste dann eine Art Kettenreaktion aus. Zu schade, daß Sie dieses Schauspiel verpaßt haben."

Carson schaffte es, zu grinsen. Es war nur der garstige Schatten eines Grinsens, und es würde noch Tage dauern, bis Carson den seelischen Schock überwunden haben würde.

„Jawohl, Sir", sagte er, denn er wußte, wenn er je von seinem Erlebnis erzählte, würde er für immer als der größte Aufschneider des ganzen Universums gelten. „Ja, Sir, es ist wirklich ein Pech, daß ich dieses Ereignis verpassen mußte."

Copyrightangaben: